Loutering

Guido Eekhaut bij Boekerij:

Absint
Loutering

www.boekerij.nl

Guido Eekhaut

Loutering

Tweede druk juli 2010

ISBN 978-90-225-5373-2
NUR 330

Omslagontwerp: HildenDesign, München
Omslagillustratie: Raisa Kunaresa / Shutterstock
Zetwerk: Mat-Zet bv, Soest

Proloog

De mist die over de laaggelegen delen van het landschap hing zou niet direct optrekken, maar waarschijnlijk tot de middag blijven hangen. Het was per slot van rekening januari, hartje winter en intens koud. Kouder dan het in deze streken zou mogen zijn. De dagen ervoor had het wat gesneeuwd. Niet veel, maar genoeg om alle objecten die aan de elementen waren blootgesteld – bomen, struiken, rotsen – te bedekken met een onregelmatig laagje krakend wit poeder, dat alleen in de verbeelding van optimistische wintersporters voor sneeuw kon doorgaan. Er liepen geen sporen over de bodem en er waren in de hele omgeving geen dieren te bekennen. Zelfs de vogels durfden zich niet te vertonen. Omdat het windstil was, bewoog er in het landschap niets. Het was net een immens schilderij van een naargeestig kunstenaar die alleen nog maar zwart, wit, grijs en een beetje bruin op zijn palet had.

Alexandra Dewaal keek even achterom naar Walter Eekhaut, die in haar voetsporen volgde, het hoofd wat voorovergebogen om te kijken waar hij zijn voeten neerzette. Vandaag waren ze vrijwel zeker de enige levende wezens die hier passeerden en sporen nalieten.

Dat vond Eekhaut jammer. Hij gaf er de voorkeur aan de natuur ongerept te laten. Hij gaf er ook de voorkeur aan de januaridagen in een warm kantoor of in zijn even aangenaam warme flat door te brengen, in plaats van hier, ergens midden in de Belgische Ardennen en ongelooflijk ver verwijderd van elke vorm van beschaving. Nooit gedacht dat de beschaving zo ver weg kon zijn in zo'n dichtbevolkt land als België. Als iemand hem zou vertellen dat ze zich in het noorden van Canada of in Alaska bevonden, dan had hij dat meteen geloofd.

Dewaal bleef staan en raadpleegde het gps dat ze in haar linkerhand hield. Eekhaut wachtte geduldig. Het was een technisch gps, dat coördinaten en meer nuttige informatie gaf, voor het geval je wilde weten waar je je ergens op de

planeet bevond. Het échte spul dus, niet het soort speelgoed in de auto dat je
voortdurend vertelde om te keren.

'En?' vroeg hij, met een stem die nodeloos luid de stilte verbrak.

Ze schudde het hoofd. Ze waren nog niet bij hun bestemming aangekomen.

'Is het nog ver?' vroeg hij. Hij was zich ervan bewust dat hij klonk als een
tienjarige achter in de auto, op weg naar Spanje, en nog maar net de grens met
Frankrijk over. Maar hij begon langzaam te verkillen, alsof de dood door zijn
schoenen naar binnen drong.

De dood. Die gedachte paste maar al te goed bij het landschap.

Ze haalde haar schouders op, of ze zou dat gedaan hebben als ze niet gehinderd werd door de parka die ze droeg en die eruitzag alsof hij bestemd was
voor nog veel koudere streken, en door de rugzak van vijftig liter die een veel
langere tocht voorspelde. Hij vroeg zich af wat daar allemaal in zat, in die rugzak. Niet dat hij zich daar onder de gegeven omstandigheden druk om maakte.
Zijn eigen parka was warm genoeg en hij droeg alleen een kleine schoudertas.
Hij hoopte maar dat ze hier niet gingen kamperen of overnachten. Dat zou
wat hem betrof op een ramp uitlopen. Hij had niet eens een extra set ondergoed mee. Ze had ook niks gezegd over overnachten in het bos, toen ze die
ochtend uit Amsterdam vertrokken. Ze had erg weinig gezegd. Alleen dat hij
stevige schoenen en warme kleren aan moest trekken. En handschoenen moest
dragen. En zijn wapen mee moest nemen. Dat had hij allemaal gedaan. Hij
kende haar net lang genoeg om te weten dat ze voor haar speciale missies geen
nee van hem verwachtte.

Natuurlijk wist ze niet of het nog ver was. Het gps berekende geen afstanden.
Het gaf aan waar je was. Je moest het dan maar verder uitzoeken op de kaart.
Bovendien waren afstanden hier betrekkelijk, gezien de aard van het landschap.
Je liep makkelijk een paar honderd meter over de bevroren aarde wanneer je
boomloze open plekken overstak, maar even verderop was het klimmen of
moest je een bos door. Dat viel niet mee. Er waren hier duidelijk geen mensen
van bosbeheer langs geweest die de struiken trimden.

Ze keek naar de kaart, die ze in haar andere hand hield. Opgevouwen, en in
een plastic hoesje geduwd. Het was een stafkaart, geen toeristische. Daar was
hij al blij om. Hij wilde niet het gevoel krijgen dat hun uitstapje ook maar iets
met toerisme te maken had.

'Het kan niet ver meer zijn,' zei ze, en bij elk woord condenseerde haar adem
in de lucht.

Hij knikte en trok met zijn linkerhand zijn muts wat beter over zijn oren.

Ze had de capuchon van de parka opgezet. Ze droeg een tweedelig skipak onder de parka, van het soort dat een lid van een SWAT-team zou dragen. Het had, om te beginnen, een heleboel zakken op ongewone plaatsen. Ze zag er stoer uit. Avontuurlijk. De indruk van een poolreiziger was bijna compleet. Zo met-een passeerde er een ijsbeer. Zo meteen brak dit deel van de wereld af van het continent en raakten ze op drift, de oceaan over.

Ze kwam weer in beweging en hij volgde haar. Langs hun linkerzijde steeg het landschap en vormde het gaandeweg een steile wand, met vooruitstekende brokken rots waartussen de wortels van planten zich vastgrepen, alsof die be-sloten hadden de rotsen dood te drukken. Aan hun rechterzijde rezen strakke dennen op, als een leger van vaalgroene strijders die hun verboden aan die kant in het bos door te dringen. Waarschijnlijk heersten daar oeroude krachten waar de mens maar beter bij vandaan kon blijven. De ondergrond was rotsig en onef-fen onder de sneeuw. Eekhaut vertraagde, in de hoop geen letterlijke misstap te begaan. Hij kon zich geen val veroorloven. Je brak hier makkelijk een enkel.

Dewaal bleef even staan en keek over haar schouder. Haar gezicht werd ver-borgen door de schaduw van haar capuchon, dus kon hij haar uitdrukking niet zien. Ze was de hele dag al stil geweest, ook tijdens de lange rit hiernaartoe. Nu, met het witte puntje van haar neus net onder de schaduw van de capuchon uit, zag ze eruit als een geest.

Het bos aan de ene zijde leek nog dichter te worden dan zonet. Zelfs het licht verdween uit de omgeving, alsof een dichte sluier over het landschap trok. De wand aan de linkerzijde liep hoog boven hun hoofden door. Wat daarachter zat konden ze niet zien. Waarschijnlijk nog meer bos.

En wolven, dacht hij. Of op z'n minst everzwijnen. Er waren wilde everzwij-nen zat in de Ardennen. Je kon maar beter een eind uit hun buurt blijven. Het waren doorgaans slechtgehumeurde beesten en algauw een paar honderd kilo zwaar. Wolven daarentegen zouden er niet zijn. Hoewel: er waren geruchten geweest…

'We zullen dat stuk bos door moeten,' zei Dewaal. Ze was blijven staan. Ze wees naar wat net nog hun rechterflank was geweest. 'Anders moeten we misschien een heel eind omlopen. Het is niet zo duidelijk op de kaart.'

Hij trok haar capaciteiten als kaartlezer niet in twijfel. Maar het bos door, dat leek hem geen aantrekkelijke optie. Het was een muur van dode takken en dode struiken tussen de rechte stammen. 'En daarna?'

Ze keek even op de kaart. 'Dan zijn we er bijna.' Ze keek op. 'Heb je nog wat van die koffie?'

Hij knikte, trok de rits van de schoudertas open en haalde er een slanke aluminium thermoskan uit. Hij schroefde de dop eraf en goot daar een flinke scheut dampende koffie in. Die hadden ze diezelfde ochtend in de kantine gehaald, vers uit de machine. Niet dat Eekhaut veel kwaliteiten toedichtte aan die koffie, maar het goedje was heet en hij had er behoorlijk wat suiker bij gedaan. Het was toen acht uur in de ochtend geweest.

Ze dronk de koffie zowat in één keer op. Haar blik richtte zich van onder de capuchon even op hem, en vervolgens keek ze weer op de kaart. Hij stopte de thermoskan in de tas en ritste die dicht. Zelf had hij geen zin in koffie.

'Zullen we dan maar?' vroeg ze, alsof het om niets méér ging dan een wandelingetje over een zomers strand. Zomerse stranden waren wat hij in gedachten had, maar het seizoen en de plek waren helemaal verkeerd. Hij volgde haar dan maar, en zo hoorde het ook, want zij was zijn baas. Hoofdcommissaris Dewaal, die niet voor het eerst in het veld op onderzoek uitging. Niet dat ze hem voortdurend met haar rang voor de ogen wapperde. Dat deed ze alleen wanneer ze in haar kantoor waren en ze om de een of andere reden boos op hem was. Wanneer hij net iets te achteloos omging met de regels van de AIVD. Of met haar regels. Precies wat zijn probleem was. Hij had een beetje moeite met regels.

Maar hij had geen moeite met hoofdcommissaris Dewaal. Ook al was ze een Nederlandse én een vrouw. Daar had hij geen problemen mee. Of misschien een beetje wanneer hij vroeg uit bed moest voor een expeditie zoals deze.

Ze drong door in het eigenlijke bos. Opgeslokt, dat was het woord dat hem in gedachten kwam. Ze werd opgeslokt door het bos. Hij volgde haar, vastbesloten haar niet kwijt te raken.

'Waarom laat je mij niet vooropgaan?' suggereerde hij.

Ze bleef staan. Tussen de struiken lagen gevallen takken, stukken schors en een dik tapijt van bladeren en naalden onder de weinige beetjes sneeuw die de bodem hadden bereikt. Dat alles maakte het lopen moeilijk. 'Waarom zou ik?'

'Omdat ik groter en breder ben dan jij,' zei hij.

Ze keek onderzoekend naar hem. Natuurlijk wist ze dat hij groter en breder was dan zij. Maar ze wilde toch als eerste gaan, zelfs als dat roekeloos was. Nu was het niet eens roekeloos, het was onnodig. Een onnodige verspilling van energie.

'Oké,' zei ze, en ze stapte wat opzij.

Meteen had hij spijt van zijn opoffering, want de hindernissen waren taai. De bodem liep omhoog, genoeg om hem te doen beseffen dat het slecht gesteld was met zijn lichamelijke conditie. In de parka had hij het al gauw te warm, maar het kledingstuk uitdoen kon hij niet. Hij zou bevriezen.

Naast zich hoorde hij een harde klik, het geluid van een vuurwapen dat geladen werd. Hij draaide zijn hoofd even om. Dewaal had haar pistool in de hand. Ze keek naar hem. Hij tastte naar zijn eigen wapen onder de parka, haalde dat tevoorschijn en trok de slede naar achteren. Het geluid droeg ongetwijfeld een eind ver, zelfs door de bomen. Hun komst was aangekondigd. Ze stapten verder. Niks bewoog. Er waren alleen de bomen. Stramme stammen van naaldbomen, en de kromme vormen van loofbomen, die hier samen overleefden.

En toen opeens, zonder enige merkbare overgang, stonden ze aan de rand van een open plek. Dewaal hurkte neer en Eekhaut deed hetzelfde. Met het pistool voor zich uit keken ze allebei in het rond. Rondom die open plek, die verscheidene honderden meters in doorsnede mat en een ruwe cirkel vormde die tegen de heuvel opliep, stonden de grijze wanden van het bos als een muur. Onder andere omstandigheden zou Eekhaut even naar boven gekeken hebben, naar de hemel, maar nu kon hij zijn aandacht nergens anders op richten dan op het schouwspel dat zich voor hen openbaarde.

Een schouwspel als een verschrikkelijke, apocalyptische openbaring.

Dewaal, naast hem, maakte geen geluid. Dat verwachtte hij ook niet van haar. Ze was wel het een en ander gewend. Ze had in haar carrière ongetwijfeld verschrikkelijke dingen gezien, net als hij. Je leerde afstand te nemen, als politieman, en je leerde die verschrikkelijke dingen te objectiveren, alsof het decorstukken waren.

Je leerde die dingen zéker niet te zien als mensen, dat kon je beter niet doen.

Toch slaagde hij daar niet in. Ook al leken de aan staken gebonden objecten niet echt meer op mensen, ze waren het ooit geweest. Ook al hadden ze allang de essentiële kenmerken van hun menselijkheid verloren.

Hun ogen, om te beginnen.

En eigenlijk ook de rest van hun gezicht.

'Zeven,' zei Dewaal. Het klonk alsof ze eerst een hele prop emoties had moeten doorslikken. Eekhaut begreep het: zelf kon hij geen woord uitbrengen.

Het ging er niet zozeer om dat dit mensen waren geweest. Dat was niet waar het om ging. Het ging om wat ze hadden moeten doorstaan, voor de dood hen bevrijdde.

De plek was verlaten. Zelfs de hoop had deze plek al lang geleden verlaten. Als stilte ooit oorverdovend kon zijn, dan was dat nu het geval. Het ijs onder hun voeten leek een immens kabaal te maken. Hij probeerde een ander geluid op te vangen, in de hoop dat er minstens één levend wezen in het bos was. Maar er was niets.

'Pak jij het fototoestel,' zei Dewaal, die haar pistool wegstopte. Ze klonk al wat zakelijker, ook al praatte ze zacht. Ook zij was onder de indruk van de stilte. 'Maak zo veel mogelijk foto's. Ook van de details.'

Waarom maak jij de foto's van de details niet? dacht Eekhaut. Waarom ga jij niet met je hoofd vlak bij die… dingen hangen en maak je foto's van al die verschrikkelijke details. Die verschrikkingen waarvan je weet dat ze door andere mensen zijn veroorzaakt, ook al wil je dat liever niet geloven. Waarom doe jij dat niet?

Maar hij stelde die vraag niet hardop. Waarschijnlijk was dit niet het juiste moment om haar autoriteit in twijfel te trekken. Hij merkte dat haar lichaam strak stond als een snaar, en haar gezicht was nu helemaal wit. En daar had hij alle begrip voor.

Midden op de open plek stonden zeven lange staken min of meer rechtop in de grond. Aan elk van die staken was een mens vastgebonden. Eerder vastgeketend, zag Eekhaut. Mensen en staken en kettingen leken van eenzelfde materie gemaakt: een ruwe, zwarte, kartelige materie die je deed denken aan houtskool voor de barbecue. Zoiets. De grond rondom de staken was nu bedekt met sneeuw, net zoals de menselijke figuren gedeeltelijk besneeuwd waren. Maar Eekhaut was er zeker van dat die grond daaronder even zwart zou zijn als de figuren.

De meest voor de hand liggende vraag verdrong hij uit alle macht. De vraag waarop hij het antwoord niet wilde weten.

Waren ze al dood toen het vuur hen begon te verteren?

Dewaal liep naar de meest nabije figuur. Die leek merkwaardig lang, langer dan een gemiddelde mens. Dat was echter een illusie. De staken stonden elk op een kegelvormige verhoging, en elk van de figuren was nog maar een karikatuur van een menselijk wezen. Een *Matchstick Man*, dacht Eekhaut.

Hij wist dat er grote hitte nodig was om dat effect te bereiken. Hij had foto's gezien van gelijksoortige gevallen. Slachtoffers van vliegtuigbranden, bijvoorbeeld. Het soort foto's dat je niet in de krant of op tv te zien kreeg. Omdat de media nog net genoeg kiesheid hadden om hun publiek dergelijke verschrikkingen te onthouden.

Hij snoof. De lucht was zo goed als geurloos, vanwege de kou.

Dewaal draaide haar hoofd naar hem om. Ze duwde de capuchon van haar parka naar achteren. Haar haren zaten in de war, maar dat zou haar een zorg zijn.

Hij stopte zijn eigen wapen ook weg en haalde het fototoestel uit zijn tas, een kleine digitale camera die uitermate geschikt was voor dit soort werk, en maakte foto's van de meest nabije figuur. Hij keek niet naar het schermpje maar door de zoeker. Op die manier waren de lichamen eerder abstracte voorwerpen dan dode mensen, elk als een grotesk kunstwerk.

Een kunstwerk.

Wie was de kunstenaar geweest? En zou hij die kunstenaar willen ontmoeten? Liever niet. Maar natuurlijk waren ze hier om álle vragen beantwoord te krijgen. Ook de vragen die angst en pijn veroorzaakten.

Terwijl Dewaal de lichamen van dichtbij bekeek, maakte hij foto's. Daar was hij even mee bezig. Tegelijk observeerde hij. Hoewel er niet veel te herkennen viel. Het ergste waren de gezichten – of wat daarvan over was. Van twee figuren was het hoofd grotendeels weggebrand en bleef slechts de schedel over. De andere hadden nog iets wat voor een gezicht kon doorgaan, al waren oren, neus, lippen en ogen slechts rudimentair aanwezig. En wat hij kon herkennen waren uitdrukkingen van een gruwelijke pijn, van een laatste wanhopige kreet, van een stomend uit de longen ontsnappende laatste adem, van een onmogelijke poging om aan de vlammenzee te ontsnappen.

Het was niet de vuurdood geweest die deze wanhoop had veroorzaakt, maar het besef dat daaraan niet te ontsnappen viel.

Hij sloot even zijn ogen en zette een stap achteruit.

Dewaal stond midden in de cirkel en hield haar ogen gesloten. Ook zij leek te beseffen wat deze macabere opstelling inhield. Haar lichaam was, onder de lagen kledij, gespannen. Ze hield haar armen stijf naar beneden.

Hij zette een stap achteruit en richtte zijn aandacht weer op het slachtoffer aan de staak vóór hem. Het was niet meteen te achterhalen of het lichaam een man of een vrouw was geweest. Welke leeftijd dit slachtoffer had gehad. Welke huidskleur. Dat zou nader onderzoek moeten uitwijzen.

Hij draaide zich om. Dewaal schreef iets in een zwart boekje. Ze keek op en zag zijn blik. 'Ik probeer gewoon…' zei ze, alsof ze zich wilde verontschuldigen. En ze maakte een hulpeloos gebaar alsof ze wilde zeggen: ik doe dit maar omdat ik anders niet weet hoe ik zin moet geven aan onze aanwezigheid. Zin geven, dat was ook wat hij wilde doen. Dus maakte hij nog maar wat foto's.

Ze stonden samen midden in de cirkel van de dood. 'Het is een ritueel,' zei ze ten slotte. 'Het dient geen enkel ander doel.'

'Niemand werd verondersteld dit te vinden, dat besef je toch?'

'Misschien niet,' gaf ze toe. 'Een ritueel hoeft niet bestemd te zijn voor de buitenwereld. Als je dit soort dingen doet, dan wil je misschien liever niet dat de buitenwereld ervan weet. Dan heb je heel eigen, heel persoonlijke redenen. Het volstaat dat het volbracht is.'

'En je informant stuurt ons hiernaartoe omdat we dit gezien moeten hebben?'

'Hij wilde dat ík het zag. Omdat hij mij vertrouwt.'

'Een ritueel.'

'Dat is het, ja.'

'Kunnen we hen identificeren?'

'De slachtoffers? Nu meteen? Dat lijkt me niet…'

'Ik bedoelde, laten we een team van de technische recherche komen?' Hij keek naar haar bleke gezicht. Ze zag eruit alsof ze het betreurde hiernaartoe gekomen te zijn. Ze zag er ziek uit.

'Onze Belgische collega's? Ja, natuurlijk. We hebben hier geen gsm-ontvangst, maar als we terug bij de auto zijn, bel ik meteen.' Ze keek naar rechts en hij volgde haar blik. 'Is dat een hut of zo?'

Aan de rand van de open plek, tegen de muur van bomen, stond een klein hoekig gebouwtje dat er even grijs en doods uitzag als de hele omgeving. Het stond wat hoger tegen de helling aan. Ze kwam in beweging en stapte tussen twee lichamen door. Hij volgde haar, het fototoestel in de aanslag, klaar om welk detail dan ook vast te leggen.

Een ritueel. Dat voorspelde niets goeds. Zeven lichamen. Waarom zeven? Het leek hem geen toeval. Hij hield niet van dat soort met symboliek beladen getallen.

De hut was een vervallen en ruw bouwsel, opgetrokken uit dunne boomstammetjes. Het had, voor zover ze konden zien, alleen een deur, gemaakt van ruwe planken, maar geen raam. Het bouwsel zag er niet uit alsof het als een permanente woonplaats moest dienen. Het dak was van golfplaten, die onder de sneeuw waarschijnlijk roestig zouden zijn.

Dewaal bleef staan en maakte geen aanstalten om de deur te openen en naar binnen te gaan. Eekhaut vermoedde waarom. Binnen kon nog meer griezeligs te ontdekken zijn. Nog meer lichamen. Nog meer bewijzen van perverse rituelen.

Ze bleef ook staan, zag hij nu, om naar iets te kijken op de buitenmuur.

Hij kwam dichterbij en zag het ook.

Alsof zijn bloed plotseling een paar graden kouder werd, en in zijn aderen stolde – zo voelde het. Hij vergat zelfs de camera te gebruiken.

Op de buitenmuur, aan de voorkant van de hut en naast de deur, had iemand met ruwe letters een tekst geschreven. Het kostte hem enige moeite om de tekst te ontcijferen. Iemand had de tijd genomen om, waarschijnlijk met zijn vingers, drie regels achter te laten:

Deze wereld lijkt eeuwig te duren,
Maar het is slechts
De droom van een slaper.

Dewaal zei: 'Het is bloed. Het is geschreven in bloed.'

Iemand had de moeite genomen om met bloed deze drie regels op de buitenmuur van de hut te schrijven. Daarna had hij zeven mensen aan staken geketend en vervolgens in brand gestoken. De woorden op de muur waren zo goed als zwart geworden. Dit was allemaal niet recent gebeurd, maar ook niet echt lang geleden.

'Misschien,' suggereerde Eekhaut, 'gaat het hier om collectieve zelfmoord. Dat is een mogelijkheid die we niet mogen uitsluiten.'

Dewaal keek hem verbaasd aan. Waarom wilde hij zichzelf troosten met een illusie? Had hij daar behoefte aan? Was het een soort strohalm waar hij zich aan vastklampte, een poging om toch nog het ultieme kwaad op deze plek te weren? 'Geen mens,' zei ze, 'pleegt op die manier zelfmoord.' Ze wist natuurlijk meer over deze zaak. Ze had een informant.

'Wil je hier naar binnen gaan?' vroeg ze.

'De hut?'

'We moeten het hoe dan ook doen. We moeten de hele omgeving aflopen, op zoek naar sporen.'

'Sporen?'

'Dit is een moordonderzoek, Eekhaut. Je zit lang genoeg bij de politie om te weten hoe een moordonderzoek in elkaar zit.'

Hij schudde zijn hoofd. Haar gezicht had weer wat kleur gekregen, op dat tipje van haar neus na. 'Toen ze me vorig jaar van de recherche in Brussel wegstuurden naar jullie Algemene Inlichtingen- en Veiligheidsdienst, nam ik aan dat mijn dagen van moordzaken achter de rug waren. Ik herinner me wat mijn opdracht was: onderzoek naar staatsgevaarlijke organisaties en naar...'

'Ik wéét wat jouw opdracht én wat de mijne is, Eekhaut,' zei Dewaal scherp.

Ze had nog steeds de capuchon van haar parka niet weer opgezet, maar ze had het blijkbaar niet koud meer. Er gloeide vuur in haar ogen, een soort van koorts. Onder de gegeven omstandigheden vond hij dat helemaal niet vreemd.

'Je wil dus dat ik hier naar binnen ga, de hut in.'

'Nou,' zei ze knorrig, 'anders doe ik het zelf wel. Ik dacht alleen: jij bent het alfamannetje, dus ligt het voor de hand dat jij het doet. Je wil toch niet dat een vrouw risico's loopt, of wel?'

Normaal kon hij een heleboel tegenargumenten bedenken op zo'n uitdaging, maar misschien lag het aan de kou: hij slaagde er niet in er ook maar één te vinden. Misschien had het een beetje met de kou te maken, maar in elk geval met het tafereel achter hen.

Wat kon er zich in de hut bevinden dat erger was dan zeven totaal verkoolde lijken aan staken geketend?

Heel wat. Er waren zelfs nog veel ergere ervaringen.

Hij trapte tegen de deur van de hut. Die knalde moeiteloos naar binnen, in z'n geheel, met de deurpost en scharnieren en al, compleet doorgerot.

Uit de hut steeg een oude, muffe geur op die, zo wist Eekhaut, de rest van de dag in hun neusgaten zou blijven hangen. En in hun kleren. En overal. Een geur van een kelder, een kelder die te lang gesloten is geweest.

Hij knipte zijn zaklantaarn aan en trok opnieuw zijn pistool.

Hij deed wat hij onder dergelijke omstandigheden gewoonlijk deed, hij dacht aan Fox Mulder van *The X-Files* en stapte over het weinige wat er van de drempel resteerde naar binnen.

'Wat zie je?' vroeg Dewaal, die buiten bleef staan, waar de lucht beter te verdragen was.

Eekhaut hield zijn pistool in de aanslag en de zaklamp voor zich uit, maar zag niets. Er was geen raampje in de hut, en hij stond in de deuropening zodat hij bijna al het binnenvallende licht blokkeerde. De lichtbundel van zijn zaklantaarn bewoog zich als een talmende vinger over wat in de hut voor muren doorging, en vervolgens over de vloer.

'Het is dood,' zei hij ten slotte.

'Wat?' vroeg Dewaal. Aan haar stem hoorde hij dat ze het ergste verwachtte. Dat het dood was, leek haar geen geruststelling. 'Wat is dood?'

Hij stapte achteruit, stond net weer in de openlucht, draaide zijn hoofd naar haar om en zei: 'Het heeft tentakels en een lichaam als een spin.'

Een moment lang zag hij dat de gruwel haar in de greep kreeg. Maar toen verscheen er een frons op haar voorhoofd. 'Tentakels?'

'Een van de Oude Goden,' zei hij. 'Nooit Lovecraft gelezen? De details zijn me lang geleden al ontgaan, maar zoiets was het. Tentakels, en…'

Hij wist dat ze onder andere omstandigheden naar hem uitgehaald zou hebben. Met het pistool dat ze in haar hand had. Minstens. Daarom ging hij er maar niet op door. 'Het is niets,' zei hij. 'Een vos. Zijn kop is eraf geschoten. O, waarschijnlijk is het zijn bloed waarmee ze die boodschap schreven…'

Ze draaide zich met een ruk om en zette enkele stappen bij de hut vandaan. Hij had zijn reputatie weer waargemaakt, maar hij had ook een beetje medelijden met haar. Een beetje maar. Het was per slot van rekening haar idee om hier in de Ardennen op zoek te gaan op basis van niets meer dan wat coördinaten en de dringende boodschap van een informant. Die informant had haar verzekerd dat hier iets belangrijks te ontdekken zou zijn. Nou, dat bleek inderdaad te kloppen. Zeven lijken en een dode vos in een hut. Hier kwam niet alleen de technische recherche bij kijken, maar ook de dierenbescherming. Die zou er een hele kluif aan hebben.

Hou op, dacht hij. Je maakt het alleen maar erger. Je schiet er niets mee op als je er een grapje van maakt. Hier waren zeven mensen een verschrikkelijke vuurdood gestorven.

De hoofdcommissaris stopte haar pistool weer weg en draaide zich naar hem om. 'Hoe laat is het?' vroeg ze.

Hij keek op zijn horloge. 'Iets na drieën.'

'Mmm. We hebben niet veel daglicht meer. Ik voel er niets voor om hier de nacht door te brengen. Hoe lang hebben we gelopen van de auto tot hier?'

'Een klein uurtje.'

'Dan gaan we meteen terug.'

'En dit hier?'

'Zie jij hier iets wat er op eigen houtje vandoor kan gaan, hoofdinspecteur? Ik niet. Wat vertelt dit decor ons? Dat hier geen publiek welkom is. Maar ik denk niet dat er iemand is achtergebleven om alles op te ruimen voordat onze versterking komt. In de auto bel ik meteen de nodige mensen, en jij doet hetzelfde, elk aan onze kant van de landsgrens, en met wat geluk staat hier morgenochtend een heleboel volk om dit… circus per vierkante centimeter te onderzoeken. Kan je daarmee leven? Want anders nodig ik je uit om hier alleen de nacht door te brengen.'

Nee, dat zou hij niet doen. Zelfs Fox Mulder zou dat niet doen. Niet hier, waar de rauwe kreten van de zeven slachtoffers nog naklonken. En dat wist ze. Daarom keek ze ook niet meer achterom terwijl ze weer in de richting van het bos liep. Hij schrok niet echt van haar uitbarsting. Je kon om minder van streek raken. Maar ze was niet van streeek. Ze was woedend. Ze was woedend omdat hier zeven mensenlevens nutteloos vernietigd waren.

MAANDAG

1

'Twee?' zei hoofdcommissaris Dewaal met een frons die de laatste tijd wel permanent leek te worden. 'Meen je dat echt? En daar hebben ze drie weken over gedaan? Om ons te vertellen dat ze maar bij twéé van de slachtoffers bruikbaar DNA-materiaal hebben gevonden?'

Eekhaut, netjes gekleed in een grijze ribfluwelen broek, een donkerblauw hemd en een wollen jasje, zat tegenover haar in haar strenge, sobere kantoor aan de Amsterdamse Kerkstraat. Tussen hen in lag een grijze leren map waaruit – een beetje onkarakteristiek slordig, leek het hem – papieren en foto's staken. Eekhaut wist wat er op die foto's te zien was. Dingen die hij in de afgelopen drie weken vaak te zien had gekregen, maar die wat hem betrof steeds minder betekenis bevatten. Details, en nog kleinere details, die uiteindelijk geen eigen verhaal meer te vertellen hadden. Twee of drie van de nauwelijks herkenbare gezichten zouden misschien aanwijzingen geven voor het onderzoek. Totdat dat lukte, vertelden die gezichten alleen maar een weinig fraai verhaal van ondraaglijk leed.

Een verhaal van een doodsstrijd die, zo hoopte Eekhaut, maar kort had geduurd. Dat hoopte hij al drie weken lang. Hij zou nooit te weten komen hoe lang de slachtoffers erover hadden gedaan om te sterven, tenzij een specialist het hem vertelde. Maar eigenlijk wilde hij het niet weten. Eén blik op de restanten van de lichamen vertelde hem al meer dan genoeg.

Zoals Dewaal had voorspeld was de open plek in het bos de ochtend na de ontdekking niet langer een geïsoleerde en door de mensheid verlaten plek. Op zeker moment telde Eekhaut iets meer dan veertig mensen, die allemaal een wandeling van een klein uur achter de rug hadden, want het bleek onmogelijk om er met een voertuig dichterbij te komen. Wat op zich merkwaardig was, gezien de inspanning die de moordenaar of moordenaars zich hadden moeten getroosten om hun slachtoffers daar te krijgen, met of tegen hun zin.

Lokale politie, federale recherche, twee teams van het Slachtoffer Identificatieteam, een lokale procureur, een nationale procureur, enkele artsen, enkele leden van de lokale brandweer, twee boswachters, en nog wat mensen die niets zeiden en niets vertelden. Staatsveiligheid, vermoedde Eekhaut. De hele familie bij elkaar, alsof het een jaarlijkse bedrijfspicknick betrof. Hij kende niemand van de aanwezigen en dus was er niemand met wie hij ging praten. Dat kwam hem goed uit. Hij was niet aan praten toe.

Dewaal had heel wat vragen te beantwoorden gekregen, maar de meeste beantwoordde ze niet, zich beroepend op het onderzoek dat in Nederland liep. De nationale procureur, die een lijzig Brussels accent had, schold haar nog net niet de huid vol omdat ze ongevraagd op Belgische bodem opereerde, maar ze herinnerde hem eraan dat ze een internationale organisatie vertegenwoordigde en dat ze een Belgische collega bij zich had. Het leek de Belgische collega een goed idee enigszins uit de buurt van de voornoemde procureur te blijven. Hij was nooit vrienden geweest met procureurs. Misschien kende deze zijn reputatie van vroeger. Het was een klein wereldje.

De nationale procureur vroeg zich ook hardop af waarom Nederlandse officieren persoonlijk dergelijk veldwerk deden. Een dagje ploeteren in de Ardeense sneeuw? Hadden ze daar geen medewerkers voor? Dewaal haalde alleen maar haar schouders op. Ze wilde hem niet uitleggen dat ze geoordeeld had zelf op onderzoek uit te moeten gaan om de vertrouwelijkheid van haar informatie niet te schaden. Dat ging de Belgische collega niks aan.

Zeven zwarte lijkzakken lagen netjes op een rij, alsof deze eenvoudige ordelijkheid voldoende compensatie moest vormen voor het vreselijke lot van de slachtoffers. Alsof hiermee de chaos van hun laatste momenten draaglijk werd gemaakt. In witte overalls geklede leden van de technische recherche verzamelden de staken en de kettingen, terwijl andere de hele open plek afzochten naar sporen. Uiteindelijk zou blijken dat er niets te vinden was, ook niet in de hut.

Niettemin werden er monsters van alles en nog wat genomen, gewoon omdat de technische recherche het zich onder deze omstandigheden niet kon permitteren nalatig te zijn. Er kwam zelfs een helikopter aan te pas, die foto's maakte van de open plek en van de omgeving. De dode vos werd meegenomen, maar achteraf wist niemand meer door wie. Uiteindelijk arriveerde er een team van de Nederlandse recherche, omdat vermoed kon worden dat enkele, zo niet alle slachtoffers Nederlanders waren, gezien de omstandigheden en het achtergrondverhaal. Een verhaal dat slechts drie mensen in dat hele gezelschap te horen kregen.

De dagen erop waren bijzonder druk geweest. Vooral voor Dewaal en Eekhaut, die de strategie gingen uitzetten en al gauw tot de ontdekking kwamen dat er niet veel strategie was, omdat namen en sporen vooralsnog ontbraken. Dewaal stelde een opsporingsteam samen uit rechercheurs van haar eigen Bureau die zich konden vrijmaken. De rest van haar mensen kreeg geen informatie, omdat ze vond dat discretie in deze zaak belangrijk was. Ze verstuurde aanvragen voor extra manuren, verplaatsingen buiten het eigen grondgebied, reiskosten, verzoeken tot interventie op vreemde bodem, de hele rataplan. Meteen kreeg ze dubbel zo veel documenten terug die haar vroegen om details, berekeningen, voorafgaande akkoorden van bevoegde instanties, schattingen van extra onkosten, herzieningen van bestaande budgetten. Daar waren zij en Eekhaut wel even zoet mee.

Inspecteur Van Gils, een specialist in het onderduiken wanneer de bureaucratische vijand toesloeg, verdween de straat op, gewapend met niets meer dan een opschrijfboekje en een balpen geleend van een bankkantoor, om eens te horen wat zijn contacten te vertellen hadden. De contacten die hij had hielden zich echter verre van bizarre en onwaarschijnlijke fenomenen als collectieve brandstapels en rituele moordpartijen. Niet specifiek genoeg, zei hij, toen hij terugkwam. Als hij geen details mocht loslaten over de zaak, kon hij niet de juiste vragen stellen. En dan kreeg hij ook niks zinnigs te horen van zijn informanten.

Hoe was het begonnen? Met Dewaal die, net voor hun uitstapje, Eekhauts bureau binnen was gekomen en hem een velletje papier had getoond waar cijfers op stonden. Hij had net zijn koffie opgeslurpt en kon zich al wat beter verzoenen met zijn omgeving, want de avond ervoor had hij afscheid genomen van Linda, die voor een paar maanden naar Afrika vertrok. Ze hadden enkele kroegen bezocht, gewoon omdat ze die laatste avond niet alleen wilden zijn, ook niet alleen met z'n tweeën.

'Weet je wat dat zijn?' vroeg ze. En ze schoof het velletje papier over zijn bureau naar hem toe. Het was geel papier, zo te zien afgescheurd van een groter vel uit een kladblok.

Hij bekeek de cijfers. 'Cijfers,' zei hij. Goed dat hij de koffie al achter de rug had. Want ongetwijfeld probeerde ze hem erin te luizen met de een of andere strikvraag. En die had hij zonet, vond hij, keurig omzeild.

Ze zuchtte. 'Ja, dat weet ik ook, maar wat betekenen ze?'

Hij hield zijn hoofd schuin. 'Coördinaten?'

'Mmm, je bent dus toch wakker. Ik heb op de kaart gekeken. Ze verwijzen naar de Ardennen. Jouw Ardennen.'

Hij trok een gezicht. 'Het zijn de mijne niet, maar goed. De Ardennen, dus. Wat is daar zo speciaal aan? Elke plek op deze planeet heeft coördinaten. En de Ardennen, dat is zo goed als een Hollands wingebied. Jullie mogen het hebben als België zich in tweeën splitst. Hebben jullie ook wat bergen.'

'Ik heb een informant die me dit bezorgd heeft. Wilde niet zeggen waar het over ging. Zoek daar maar, zei hij. En toen was hij weer weg. Hij is een betrouwbare informant, anders zou ik hem niet serieus nemen.'

'Betrouwbaar? Wat doet hij? Waarover informeert hij?'

'Over de Kerk van de Opperste Zuivering.'

Eekhaut fronste zijn voorhoofd.

'Ken je die niet?'

Hij trok een gezicht. 'Ach, er zijn nogal wat kerken in Nederland. Vreemd eigenlijk, voor zo'n goddeloos volk, zo veel kerken. Ben je zéker dat jullie die allemaal nodig hebben? Ik heb nog nooit een godvrezende Nederlander gezien, zeker niet hier, in Amsterdam. En die naam dan! Geen enkel godvrezend mens bedenkt zo'n belachelijke naam voor een kerk.'

Dewaal fronste haar voorhoofd diep. 'Hou je paapsgezinde humor voor je, Eekhaut. De Kerk van de Opperste Zuivering is geen bonafide kerk. Je zou het dossier moeten kennen. Het is een van onze verdomde op te volgen dossiers. Hoe lang zit je nu al bij dit bureau? Vier maanden? Vijf maanden? Je status als symbolisch Belgisch lid van dit stukje van de AIVD begint een mager excuus te worden...'

Dat negeerde hij. Zíj hadden hém gevraagd om naar Nederland te komen, omdat de Brusselse recherche zijn nukken en insubordinatie (hun woorden) beu was. Dat was in september geweest. Hij was hier inderdaad al ruim vier maanden. 'Verdomde? Jullie hebben hier – hoeveel zijn het er? – vijfhonderd organisaties in jullie bestand die jullie allemaal stuk voor stuk opvolgen, van pseudo-private milities tot genootschappen die zich met voodoo bezighouden. Ik ken ze nog niet allemaal. Ik ben pas...'

'Ter zake,' bromde Dewaal. Ze droeg dat strakke mantelpakje waardoor ze er aantrekkelijk en zelfs sexy uitzag, maar hij wist wel beter. Ze was een harde tante, en het burgerlijke uniform was slechts verblinding voor eventueel passerende ambtenaren. 'De Kerk van de Opperste Zuivering is een ondergrondse religieuze organisatie. Het is een sekte. Jullie in België hebben er minder problemen mee die titel op een organisatie te plakken. Jullie doen dat zelfs met Scientology. Wij zijn wat dat betreft wat terughoudender, want voor je het weet krijg je een advocaat aan je deur. De Kerk van de Opperste Zuivering bestaat hier in haar huidige vorm al zeventig jaar... Voor zover wij weten.'

'Da's behoorlijk jong voor een religie.'

'Het is geen verdomde religie, Eekhaut. Het is een sekte. Een SEKTE. Hou je mond en laat me mijn verhaal doen. Hun uitgangspunt is dat de wereld eind 2012 zal vergaan...'

Hij wilde opnieuw wat zeggen, maar haar blik snoerde hem meteen al de mond. '2012 dus,' vervolgde ze. 'Vraag me niet waarom. De wereld zal dan vergaan door het vuur. Dat is erg genoeg, maar de leden van de Kerk geloven dat slechts een handjevol mensen gespaard zal worden. Deze uitverkorenen zullen vervolgens de genade van God ervaren, enzovoort.'

'De gebruikelijke excuses van elke doordeweekse apocalyptische, monotheïstische godsdienst. Idioten die na eeuwen van verlichting nog altijd denken dat een persoonlijke schepper hen van hun eigen domheid zal redden.'

Dewaal knikte terwijl ze met haar hand over de leren map streek. 'Ja, zoiets. Hoe dan ook. De oorspronkelijke stelling was dat alleen de volgelingen die zelf de loutering van het vuur hanteerden, tot de uitverkorenen konden behoren.'

'Laat me raden: ze moesten zichzelf in brand steken. Handig, tegelijk, want dan sterft zo'n religie meteen uit. De waanzin houdt dan vanzelf op.'

Dewaal vouwde geduldig haar handen samen. Hij wist dat hij haar geduld op de proef stelde. 'Nee, Walter, het is heel wat erger dan dat. Dit ritueel van de zuivering hield in dat de uitverkorenen ándere mensen moesten vernietigen door middel van het vuur. Mensen die in de ogen van de Kerk onwaardig waren.'

'Onwaardig.'

'Ja. En iedereen die niet tot de Kerk behoorde, was onwaardig, zo eenvoudig is het. Of dat ritueel ook wel degelijk uitgevoerd werd, is onduidelijk. Er is tenminste niemand die loopt te zwaaien met de bewijzen daarvoor. De ware gelovigen hielden de kiezen stijf op elkaar, wat niet verwonderlijk is, gezien de ernst van zo'n misdrijf. En gezien de mate van geheimzinnigheid die de Kerk van de Opperste Zuivering omringt, weten we dus weinig over de activiteiten van haar leden. Er wordt echter druk gespeculeerd, over rampen waar zij bij betrokken zou zijn geweest. Los Alfaques, de vliegtuigramp op Tenerife, de brand in het Brusselse warenhuis Innovation...'

'Shit,' zei Eekhaut.

'Precies. En dat is nog maar een begin. Bij wijze van profiel klopt dat wel degelijk: allemaal rampen waarbij groepen mensen door vuur om het leven kwamen. En zo zijn er nog een paar.'

'De brand in de Innovation werd inderdaad nooit opgehelderd.'

'De vliegtuigramp op Tenerife, waarbij meer dan vijfhonderd mensen het leven lieten, kreeg wel een technische verklaring, maar er bleven vele vragen onbeantwoord. Het zou dus best kunnen…'

'Dat leden van de religie er de hand in hadden? Maar waarom al die mensen doodmaken? Waarom behoren zij tot… de onwaardigen?'

'Dat laat ik aan je verbeelding over. Los Alfaques: een tankauto vol brandbaar gas explodeert vlak bij een Spaanse camping en de vuurbal doodt honderden mensen. Als je van mening bent dat publiekelijk halfnaakt lopen voor jouw geloof een doodzonde is, dan heb je al snel een motief. Ik bedoel maar…'

'Ja, ik begrijp het. En als je religie je oplegt dat je de eeuwigheid binnen handbereik hebt door mensen om te leggen, dan is elke aanleiding de goede. En… je informant?'

Ze trok een gezicht. Hij zag dat ze er moe uitzag. Dat haar gebruikelijke dynamische persoonlijkheid zoek was geraakt. Hoe lang loopt ze al rond met deze kennis? vroeg hij zich af. Hoe lang vreet dit al aan haar? 'Het verhaal,' zei ze 'is nog iets complexer. Zo'n twintig jaar geleden kwamen er nieuwe mensen aan het hoofd van de Kerk. Ze waren het moorden blijkbaar beu, tenminste, zo gaat het verhaal, en ze hielden het vanaf dat moment bij rituele zuiveringen. Geen aanslagen meer. Veel minder gevaarlijk ook: je deed gewoon niets strafbaars. Er was dus niet de kans dat je voor lange tijd achter de tralies verdween, waarbij je je zuivering misliep.'

'Terwijl de houdbaarheidsdatum van de planeet ondertussen snel nabij kwam.'

'Dat ook, ja. Zo verdween de Kerk van de Opperste Zuivering een tijdje uit ons vizier. Jammer genoeg waren niet alle volgelingen het met die gematigde doctrine eens. Een aantal reactionaire leden ging door met de brandoffers. Ze vormden hun eigen beweging, die bekend raakte onder een al even onfrisse als weinig fantasierijke naam: het Genootschap van het Vuur.'

Eekhaut fronste. 'Werkelijk? Genootschap van het Vuur? Nou, toepasselijker kan niet, en het getuigt inderdaad niet van veel verbeelding. Dat heb je wanneer je mensen dergelijke onzin aanpraat: er is meestal geen weg terug.'

'Wat bedoel je daar nu weer mee?'

'Nou, je weet wel, chef. Je praat mensen het een of andere waanzinnige bijgeloof aan. Je geeft ze een verzameling vooroordelen, verpakt als geloofspunten, en daarna heb je een onverbiddelijke verzameling stijfhoofden die bereid zijn wat dan ook te geloven, zolang zij maar tot de elite behoren. Wat me verbaast is dat jouw informant zomaar met dit soort informatie te koop loopt. Als er ook maar iets van waar is, dan zijn een heleboel mensen rijp voor lange gevangenisstraffen. Of hopen ze dat die misdaden verjaren als ze lang genoeg wachten?'

'Ik kan je niet méér vertellen dan wat er in het dossier staat, en het meeste daarvan is gebaseerd op geruchten. Er is geen enkel lid van de Kerk zelfs ooit maar verdacht van een van deze, eh, voorvallen. Er is een officiële doctrine, maar daar kan je geen mensen voor veroordelen. We moeten maar hopen dat de nieuwe garde zich behoorlijk zorgen maakt om wat de radicalen van plan zijn, en dat er vanuit de kant van de Kerk toevallig iemand bereid is zijn mond open te doen. Zonder zich helemaal bloot te geven natuurlijk. En zelfs onder de radicalen zijn er enkelen die de gang van zaken niet zinnen. Vandaar dat ik zo iemand als mijn informant heb.'

'En van die informant kreeg je dus de coördinaten?' Zo waren ze op een zeer koude januariochtend op een open plek in een bos terechtgekomen, met alleen elkaar en de dood als metgezel. Een informant die een tip had over een activiteit van een sekte. Nu, weken na de expeditie, zaten ze opnieuw in haar kantoor.

'Ja,' zei ze. 'Hij liet doorschemeren dat dit een voorproefje was.'

'Een voorproefje? Van wat?'

Ze keek hem scherp aan. 'Dat weet ik niet, Walter. Ik voer geen lange gesprekken met die informant, verdomme nog aan toe.'

'Oké,' zei hij.

'Begrijp ik het goed,' zei Dewaal, na een ongemakkelijke stilte, 'dat er geen enkele manier is waarop we de andere vijf slachtoffers kunnen identificeren?'

'We kunnen helemaal niemand identificeren, chef,' zei Eekhaut. 'We hebben wel DNA, maar het komt niet overeen met enig DNA-profiel in onze databanken. Het gaat dus niet om al eerder veroordeelde misdadigers. Buiten die categorie lopen er miljoenen burgers rond van wie wij geen gegevens hebben.'

'Tijd dat er een algehele nationale databank komt,' bromde Dewaal. Er was al een tijdje een discussie aan de gang over zo'n databank. Alle Nederlanders met hun DNA-structuur in een enorm archief. Het zou makkelijker worden om slachtoffers van rampen en aanslagen te identificeren. En slachtoffers van misdaden. Maar mensen voelden zich bijzonder ongemakkelijk bij het idee van zo'n databank. Het had de afgelopen maanden geleid tot felle openbare debatten, waarbij geregeld het woord 'politiestaat' viel. Big brother en zo.

'Het hoeven niet eens Nederlanders te zijn. Ik heb de Belgische bestanden ook laten nakijken, zo is iedereen tevreden.'

'Laat me raden, geen veroordeelde Belgen bij de twee monsters.'

'Inderdaad. Niemand.'

'En de vijf andere? Hun gebit? Kunnen ze daar iets mee beginnen?'

'De technische jongens en meisjes hebben gebitsprofielen gemaakt van alle slachtoffers, maar zelfs kaken verbrokkelen bij die intense hitte. Het is al bijzonder dat we ze nog als mensen konden herkennen. Maar goed, de gebitsprofielen zijn wel gedeeltelijk bruikbaar, maar ook nergens te vinden. We kunnen alle tandartsen van België en Nederland aanschrijven, maar dan zijn we wel even bezig.'

Dewaal leunde achterover. Hij hield zijn blik afgewend van haar plots strakke blouse. 'We hebben dus,' zei ze, 'een misdaad, zeven lijken, een onderzoek, maar geen aanwijzingen. Het gebruikte materiaal?'

'Spullen die je in elke doe-het-zelfzaak kunt kopen. De lichamen waren al twee weken dood, heeft de patholoog-anatoom vastgesteld. En ze leefden nog toen ze verbrand werden.'

'Vreselijk.'

'Drie vrouwen en vier mannen. Dat weten we zeker. Leeftijden tussen de dertig en de vijftig. Blank. Meer details zijn niet te achterhalen.'

'Welke brandversnellers werden er gebruikt?'

'Verschillende. Bodemmonsters verraden gewone benzine, kerosine, methylalcohol en nog wat chemische middelen. Merkwaardig genoeg ook sporen van magnesium, wat de hitte nog opdreef.'

'En niemand heeft de rookpluim gezien? Boswachters, dat soort mensen? Geen wandelaars hartje winter?'

'Schijnbaar was er niemand in de buurt. De politie heeft navraag gedaan in nabijgelegen dorpen, maar die liggen op zo'n twintig kilometer afstand van de plek. Je herinnert je ook wel dat we een heel eind reden zonder huizen te zien. Ik zou nooit gedacht hebben dat er daar plekken bestonden die twintig kilometer van enige vorm van bewoning liggen. Ah, en dan nog dit: de dag van de moord – de vermoedelijke dag – sneeuwde het en hingen de wolken laag. Het is onwaarschijnlijk dat iemand onder dergelijke omstandigheden een rookpluim heeft gezien.'

'Iemand heeft deze executie zorgvuldig voorbereid. Heeft aan alles gedacht, zelfs aan de weersomstandigheden.'

'Is dat niet wat we van zo'n sekte mogen verwachten? Met zo'n staat van dienst? Mag je dan niet verwachten dat ze hun zaakjes goed voorbereiden?'

Ze schudde het hoofd.

Hij was niet van plan het hierbij te laten. 'Maar je informant moet toch meer weten? Van wie heeft hij die coördinaten? Welke positie heeft hij binnen die organisatie? Is hij overigens een betrouwbare informant?'

Ze keek op. 'Twijfel je aan de informant, Walter?'

'Ik ken hem niet eens.'

'We hebben de lijken toch gevonden? Dus is hij wat mij betreft een betrouwbare informant. Mag ik het daarbij laten?'

'Nou, misschien was het de bedoeling dat we de lijken vonden. Ik begrijp iets niet: die informant van je, zit die nu bij de Kerk zelf, of bij de radicale nieuwe garde, dat Genootschap?'

Ze haalde haar schouders op. 'Hij maakt deel uit van die laatste groep. Probeer de beide partijen goed uit elkaar te houden, Walter. Kerk en Genootschap. Lukt dat?'

Hij negeerde die opmerking. 'Kunnen we geen verdachten bijeenscharrelen? Hun alibi's van nabij bekijken? Heeft je informant geen namen gegeven? Hoe diep zit hij in die organisatie?'

'O,' zei ze, 'blijkbaar diep genoeg. Daar gaat het niet om. Het gaat erom dat er geen namen gebruikt worden. Mensen in dat soort organisaties opereren onder schuilnamen. Mijn informant is zo bang om ontmaskerd te worden dat hij de meest omslachtige plannen bedenkt om contact met mij op te nemen. Daarom krijg ik ook maar heel beknopte dingen van hem te horen. Walter, in die kringen praten mensen niet met de buitenwereld. Vergeet ook dit niet: die buitenwereld loopt op haar laatste benen. Wat zou jij in hun plaats doen? Je richt je tot God en je begint te bidden.'

'Ik ga in elk geval niet bidden, apocalyps of wat dan ook. Ik breng ook niet dit soort van offers. Als ik een god had, dan zou hij niet zo bloeddorstig zijn. En hoe zit het met die boodschap?'

'Boodschap?'

'Ja,' zei hij, 'de boodschap die op de hut geschreven stond. Slaat dat ergens op?'

Ze trok een bedenkelijk gezicht. 'Jouw gok is zo goed als de mijne, Walter. Ik heb Van Gils laten zoeken, onder andere op het internet, maar hij kon niets vinden. Het zijn zomaar drie regels. Misschien betekent het helemaal niets.'

'Nee,' zei Eekhaut. 'Die boodschap is expliciet. De wereld die een droom is, maar die op haar eind loopt. Dat klinkt duidelijk genoeg als een waarschuwing. Het komt me vaag bekend voor. En wat we ons ook moeten afvragen: hoeveel mensen zijn hierbij betrokken?'

'Er zijn geen sporen gevonden, maar dat is niet abnormaal: in de hele omgeving was de grond bevroren.'

'Eén persoon kan die hele toestand niet in zijn eentje opgezet hebben, chef. Misschien waren de slachtoffers verdoofd toen hij ze vastbond, maar zelfs dan moesten ze dat hele eind naar de open plek gebracht worden. Nee, dit is het werk van verscheidene mensen. Mensen die handelen met een duidelijk doel voor ogen. Die zich laten leiden door een waanzinnige religie. Het soort mensen dat zich niet zomaar laat wegdringen tussen de plooien van de geschiedenis. We zullen nog van hen horen, vrees ik.'

'Ja,' zei ze. 'Ja, je zal wel gelijk hebben. Overigens, ik heb Veneman gevraagd of hij bij het Meldpunt Verdwenen Personen wilde nagaan hoeveel mensen met het zeer ruime profiel van onze slachtoffers er tijdens de weken voorafgaand aan de verbranding verdwenen zijn. Het zal je verbazen hoeveel mensen van tussen de dertig en de vijftig er jaarlijks in Nederland en onze buurlanden vermist raken.'

'Nou?'

'O,' zei ze, 'duizenden. Enkele honderden in Nederland, en net zo veel in België, Duitsland, Frankrijk…'

'Waarom beperken we ons niet tot de Nederlanders?'

'Dat zouden we inderdaad kunnen doen. Maar de Kerk van de Opperste Zuivering heeft naar schatting honderdduizend leden, over de hele wereld. Nederland is daar maar een klein stukje van.'

Hij keek haar verbaasd aan. 'En de radicalen? Het Genootschap? Hoe was het ook weer? Het Genootschap van…'

'Het Genootschap van het Vuur,' herhaalde ze geduldig.

'Precies. Hoeveel…'

'Nou, dat weten we niet. Maar de slachtoffers kunnen overal vandaan komen. Misschien zijn het leden van de Kerk zelf, en hebben leden van het Genootschap, de radicalen dus, op die manier afgerekend met de oude garde.'

Hij wreef met zijn vlakke hand over zijn gezicht en dacht even aan Linda. Linda, die opgetogen was geweest door het nieuws dat ze eindelijk op missie naar Afrika kon. Die het betreurde dat ze afscheid van hem moest nemen, die betreurde dat ze zes maanden van hem gescheiden zou zijn – net zo lang als ze elkaar nu kenden. Linda, die alléén naar de luchthaven was gegaan. Sindsdien hadden ze onregelmatig contact, afhankelijk van de technologie die ze ter plekke, daar in Somalië, ter beschikking had.

Hij wilde even niet denken aan zeven mensen die dood aan staken hingen, in de volle wetenschap dat dergelijke dingen zich zo ongeveer dagelijks ergens op de planeet afspeelden. Maar nu, hier in vredig en welvarend Nederland, leek dat een uiterste pervertering van de beschaving.

Dewaal onderbrak zijn gedachten. 'Jij en Prinsen zoeken naar Nederlanders die in de maand vóór het voorval als vermist zijn opgegeven. Levert dat niks op, dan verruimen we de groep. Die jongen heeft de oefening nodig.'

'Prinsen,' zei Eekhaut. 'Goed, geen probleem.'

'Werkelijk niet?'

'Welnee. Echt niet. Ik mag die jongen best.'

Ze keek hem even aan, zwijgend. Toen zei ze: 'Je doet het omdat hij mijn neef is. Voel je je daarom verplicht?' En met een grijns voegde ze eraan toe: 'Of maakt hij vaderlijke gevoelens bij je los?'

Hij schudde het hoofd. 'Hij kan beter met mij op stap dan met een van die ijzervreters van je, vind je niet? God weet wat ze hem allemaal leren.'

'Dat laat ik helemaal aan jou over, Walter. Hoewel ik me soms afvraag of jij de beste man bent om de jongen wegwijs te maken in dit werk. Ik ken je slechte gewoonten nog niet allemaal, maar ik zei het je al eerder: de jongen krijgt géén speciale behandeling. Op geen enkele manier.'

'Nee,' zei Eekhaut. 'Dat weet ik.' Maar wat hij niet wist, was waar hij met deze opdracht moest beginnen. Als hij op zoek ging naar alle Nederlanders die verdwenen waren in de maand vóór de zevenvoudige moord, zou hij wel een tijdje bezig zijn.

Hij zou Prinsen het loopwerk laten doen. Ja, dat zou een erg dankbare taak zijn. Familieleden ondervragen en dat soort dingen. Het echt vervelende werk. 'Om hoeveel mensen gaat het?' vroeg hij.

'Welke mensen?'

'De verdwenen Nederlanders. Dat kunnen er aardig wat zijn. Zelfs in één maand tijd.'

'Honderdveertig,' zei Dewaal, en ze grijnsde. 'Als je gaat selecteren hou je er minder over. Leeftijd, plaats van herkomst en dat soort dingen.' Ze sloeg hem op de schouder. 'Begin hier in Amsterdam. En kop op. Misschien heb je geluk.'

2

Nick Prinsen hield het fietsen al enkele weken voor gezien. Niet vanwege de kou, die op zich al erg genoeg was, maar door de sneeuw en vooral de smeltende sneeuw in de binnenstad van Amsterdam. Die maakte het rijden op twee wielen erg gevaarlijk, mensen vielen zelfs bij bosjes. De winter was erg streng, ondanks de aangekondigde opwarming van de planeet, door doemprofeten tot een religie verheven. De vlagen storm en sneeuw waren onvoorspelbaar geworden, alsof de natuur er plezier in had de weersvoorspellers uit te dagen. Meer dan een maand nu al lag West-Europa in de greep van een strenge winter. En het zag er niet naar uit dat die gauw voorbij zou zijn. Hoewel die winter ook zijn mooie kanten had. 's Nachts dook de thermometer steeds naar de min tien, maar overdag waren er af en toe heldere luchten en waren er momenten van verlichting waarbij het kwik steeg tot plus vijf. Die momenten werden echter steevast gevolgd door dichte bewolking en harde wind die ofwel vanuit het noorden ofwel vanuit het oosten kwam opzetten, en die nog meer hagel of sneeuw met zich meebracht.

De lol van het fietsen was er al een tijdje af en dus nam Prinsen de tram, tot aan de Prinsenkade, vanwaar hij te voet naar de Kerkstraat ging. De parka's waren in de mode, net als de bergschoenen en de dikke, leren handschoenen. Amsterdam, een stad van fietsers, was een stad van trage, voorovergebogen gestalten geworden, die op de tram stonden te wachten of in de beschutting van gevels hun reistijd te voet zo kort mogelijk hielden. Restaurants en kroegen waren populairder dan ooit, althans overdag en in het weekend, maar 's avonds verkozen de mensen om thuis te blijven. Er werden plots meer films op dvd verkocht, en meer sterkedrank. Ook boeken deden het deze winter goed.

Die ochtend was Prinsen met zijn gedachten echter niet bij de winter, bij de sneeuw, bij de tram of bij zijn werk. Hij had de avond ervoor een telefoontje gekregen. Een telefoontje waar hij al lange tijd op had gewacht. Eileen Calster had hem gebeld vanuit Groningen, en ze had hem verteld dat ze weer terugging naar Amsterdam. Ze had al een flatje geregeld, een baantje gevonden, en ze was van plan ook weer te gaan studeren.

Dat was, wat Prinsen betrof, goed nieuws. Vier maanden eerder had hij, na afloop van een vorige zaak, Eileen naar Groningen gebracht, omdat haar leven niet langer in gevaar was. Ze had een traumatische ervaring achter de rug gehad – haar vriend was voor haar ogen doodgeschoten – en zelf was ze achternagezeten door een huurmoordenaar. In de voorbije maanden had hij verscheidene keren met haar gepraat aan de telefoon. Ze had een beslissing genomen en had haar ouders verteld dat ze in geen geval in Groningen bleef.

Nu zou ze terugkomen. Ze kwam terug in de stad, en ze kwam terug in zijn leven, hoewel ze dat nog steeds niet met zo veel woorden gezegd had. Hun gesprekken lieten niet vermoeden dat ze iets met zijn leven te maken had, niet op de manier die hij wilde. Nóg niet, wat hem betrof. Ze waren vrienden, vermoedde hij, en op dit ogenblik ging het niet verder dan dat. Maar vanochtend, in de tram en ingeklemd tussen de andere passagiers, had hij het gevoel dat het ietsje warmer geworden was in Amsterdam.

De tram kletterde door de Utrechtsestraat en stopte bij een halte. Hij keek op. Dagdromend, zoals zo vaak. En deze keer had hij bijna zijn halte gemist. Hij wurmde zich snel naar de deur en stapte uit, vanuit het muffe, bedrukkende traminterieur weer de frisse lucht in.

Hij duwde Eileen figuurlijk opzij en maakte mentaal ruimte voor zijn werk. De dossiers die hij de dag ervoor had doorgenomen, de vragen van de lokale politie van Alkmaar over een organisatie die daar actief was, de contacten die hij onderhield met collega's in Noorwegen en Zweden, waar rechtse activisten een anti-immigratienetwerk aan het opzetten waren. Alsof er al niet meer dan genoeg van dergelijke netwerken waren in Fort Europa. Soms leek het onvermijdelijk dat mensen zich tegen immigratie keerden. Maar keek je rond in Amsterdam, dan leek het tegendeel waar. Het bleef een kosmopolitische stad, waar elke sektarische en raciale uitzondering gedoogd werd.

Maar dat was niet naar de zin van iedereen.

Dus waren er steeds vaker mensen die immigratie een halt wilden toeroepen. Die zelfs de niet-autochtone bewoners wilden terugsturen naar waar hun voorouders ooit vandaan gekomen waren. Prinsen grinnikte. Derde- of vierdegeneratie allochtonen die allang geïntegreerd waren, die weinig of niets meer met hun oorspronkelijke cultuur te maken hadden – waar stuurde je die naartoe? O, dan maar alleen degenen die niet wilden integreren? Hoe ging je dat meten? Hoe ging je dat verantwoorden? Moest je dan ook alle Nederlanders die in het buitenland woonden en werkten en die vergeten waren de lokale taal en gewoonten over te nemen repatriëren?

Hij was niet van plan aan die discussie deel te nemen. Gewoon omdat het een discussie van meningen en vooroordelen was, en niet van feiten en gegevens. De hele samenleving verzandt in discussies over meningen en opinies, dacht hij. Er was geen dialoog meer, er waren alleen nog maar opinies.

Hij passeerde de toegangscontrole van het gebouw waar het Bureau Internationale Misdaad en Extremistische Organisaties gevestigd was. Het BIMEO. Kortweg, en in de hoofden van iedereen die er werkte, het Bureau, met een belangrijke en allesonthullende hoofdletter. Onderdeel van de Algemene Inlichtingen- en Veiligheidsdienst, de AIVD, maar er fysiek van gescheiden. Toen hij er begon te werken was het nazomer geweest en fleurde de zon het gebouw nog wat op, maar nu, in het grijze winterlicht, had het absoluut geen charme meer. Je kwam er om te werken, en dat deed je natuurlijk ook anoniem, want aan de ingang was niet te zien dat er een afdeling van de AIVD gevestigd was. Dat hoefde ook niet. 'Discretie is ons enige handelsmerk,' zei hoofdcommissaris Dewaal. Ze opereerden in de grootste discretie en buiten het gezichtsveld van het publiek, en dat hielden ze ook zo.

Die toegangscontrole had nog steeds nukken. 'Controle niet geslaagd,' meldde het systeem hem, terwijl hij langs de detectoren liep. 'Biometrische gegevens niet gevonden.' Al wekenlang probeerden technici van de AIVD om het systeem operationeel te krijgen, en steeds bleken er bugs in te zitten. Hoe het systeem werkte was topgeheim, maar blijkbaar kwamen zelfs de specialisten er niet meer uit. De leden van het Bureau hadden het hele controlesysteem Basil genoemd, naar Basil Fawlty, en dat hielp hun om met het grillige temperament ervan om te gaan wanneer ze weer eens niet naar binnen of buiten konden. Telkens was een handmatige ingreep van een van de bewakers nodig. 'Excuses, inspecteur,' zei degene die vandaag dienst had. 'Basil heeft last van de vrieskou.'

Prinsen had nog steeds geen eigen kantoortje, in tegenstelling tot Eekhaut, die een van de vier of vijf afgescheiden kantoren had gekregen. Prinsen werkte in de open ruimte op éénhoog, in het midden van het pand en dus net iets te ver verwijderd van het raam. Het was Van Gils die aan het raam zat, en naast hem zat Veneman, ook een van de oudgedienden. Vanwege hun anciënniteit konden zij zitten waar ze wilden. En ze lieten zich daar niet verjagen, zeker niet door enig jong talent. Prinsen wist dat ze hun eigen ideeën hadden over de verdeling van de werkruimte, en dat ze iets op te merken hadden over de voorkeursbehandeling die Eekhaut genoot. Maar Dewaal had hun uitgelegd dat de Belg in zijn functie van internationaal contactpersoon recht had op een eigen kantoorruimte, en bovendien was dat haar beslissing en hield de discussie daar dan ook op.

Internationaal contactpersoon. Het betekende dat Eekhaut de verslagen en dossiers van Belgische, Britse en Franse veiligheidsdiensten doornam. En daarover rapporten mocht schrijven.

Prinsen mocht de Belg wel. Ze hadden al enkele keren samengewerkt aan dossiers, de man was rechtdoorzee en onomwonden, sprak verscheidene talen en was vlug van begrip wanneer het om ingewikkelde dossiers ging. Dewaal – tante Alexandra, dacht Prinsen telkens, omdat die gewoonte uit zijn jeugd niet sleet – was er overigens van overtuigd dat Eekhaut net iets beter te vertrouwen was dan de meeste andere leden van haar eigen bureau. Veneman en Van Gils waren oké, maar er liepen nog zo'n twintig mensen in dit gebouw rond die onder haar bevel vielen, en ze wist niet in hoeverre ze die allemaal kon vertrouwen.

Die gevoelens waren overigens wederzijds.

'Eekhaut is hier omdat hij voortdurend hommeles had met zijn meerderen, in België,' legde ze hem uit, een maand nadat de Belg zijn intrek had genomen. 'Ik kreeg zijn persoonlijke dossier te zien. Eigen methodes, veel opgeloste zaken, maar slecht in communicatie naar boven toe. Dat profiel herken ik.' Ze zei nog net niet dat dit profiel haar goedkeuring had, maar daar leek het wel op. En Prinsen dacht: ze neemt me in vertrouwen. Dat hoeft ze niet te doen, maar ze doet het toch. Ze wil me duidelijk maken dat ik Eekhaut zelf ook kan vertrouwen, maar dat ik moet opletten wat de andere rechercheurs betreft.

Bij het binnenkomen keek hij even naar het raam van Dewaals kantoor. Zij en Eekhaut zaten daar te praten. Hij had wel een vermoeden waarover. De afgelopen drie weken waren ze zo goed als helemaal in beslag genomen door één zaak. En wat hem betrof mochten ze die zaak ook helemaal alleen afwerken. Mensen die levend verbrand werden, vastgebonden aan staken, een rituele moord in zevenvoud: hij bedankte ervoor. Daar konden alleen maar slechte dingen uit voortkomen, en veel nachtmerries. Hij had een vrij sterke voorkeur voor gewone, aardse zaken en hier was een sekte bij betrokken, en meer van dat fraais. Misschien zelfs iets bovennatuurlijks, iets esoterisch. Dat was niks voor hem.

Van Gils zat aan zijn bureau naar buiten te kijken. Er lag een aanzienlijke stapel mappen voor hem, maar hij was doorgaans niet de man van de dossiers, niet van het papierwerk. Zijn buurman, Veneman, nog minder. Ze waren beiden maar al te blij dat ze een jonge collega, in dit geval Prinsen, hadden gekregen die wát graag in dikke dossiers dook. Op die manier vulden ze elkaar aan. Dat hadden ze de voorbije maanden tot hun wederzijdse genoegen ontdekt. Voor de beide geroutineerde rechercheurs was hij nog steeds het jonkie, maar hij voelde dat hij al een soort van respect had verdiend.

En respect, daar ging het in dit vak toch om.

'Conclaaf?' vroeg hij aan Van Gils, terwijl hij zijn overjas uittrok en aan de kapstok hing. 'Daarbinnen?' Van Gils en Veneman hadden ook afstand gehouden van het nieuwe onderzoek. Ze waren bezig de boekhoudkundige perikelen uit te pluizen van een kantoor dat werd verdacht van het regelen van de financiële zaken van een aantal duistere figuren. En daarbij vielen zo nu en dan aanzienlijke sommen geld van tafel. Steeds per toeval in de omgedraaide pet van een aantal plaatselijke politiemensen, die vervolgens de pet opzetten en wegliepen alsof er niets aan de hand was. Er waren al drie bekentenissen geweest, en de Amsterdamse hiërarchie had geprobeerd het hele verhaal buiten de publiciteit te houden. Veneman noch Van Gils voelde zich bij die poging betrokken. Zij zochten richting georganiseerde misdaad en veroorzaakten daarbij nog méér commotie. 'Maar dat is nou net onze taak,' had Veneman gezegd. 'Dit soort onfrisse zaakjes uitzoeken.'

'Conclaaf?' herhaalde Van Gils, die blijkbaar weinig bekend was met Roomse terminologie. Toch een alledaags woord, meende Prinsen, maar dat bleek niet het geval. 'O,' zei Van Gils. 'Ja, ze hebben zo te zien heel wat te bespreken. De resultaten van het forensisch onderzoek vallen tegen, hoorde ik. En dat terwijl dit de eerste echte stap voorwaarts is in drie weken.'

'De zeven lijken. Enzovoort, enzovoort.'

'Precies. Als je iets in brand steekt en daarna de hitte voldoende opdrijft, blijft er van wat je in brand steekt doorgaans niet veel meer over. Dat weten ze wanneer ze mensen cremeren. Dat weet het gajes ook. We hebben ooit een lijk in een olievat gevonden. Nou, de resten ervan. Maar in de openlucht kan je natuurlijk niet de hitte krijgen zoals in een verbrandingsoven of in een oliedrum.'

'Hoewel dat blijkbaar vrij goed gelukt is, daar in de Ardennen. Zelfs in de winterse openlucht.'

'Ik wil er liever niet aan denken,' zei Van Gils. Ook hij was niet van plan te veel details over die zaak onder ogen te zien. Hij had in zijn dertig jaren tellende carrière heel wat meegemaakt, maar nooit iets van die aard. Er was weliswaar brandstichting geweest, zelfs met slachtoffers, maar mensen die aan staken gebonden waren...

'Is dit wel iets voor ons bureau?'

'Er is een sekte mee gemoeid, voor zover ik weet. Dus ja, dat is iets voor dit bureau.'

3

Met de handen stevig op de heupen geplant, in een onbewust bezitterige pose die helemaal niet overeenkwam met wat ze echt voelde, bekeek Linda het landschap. Na zo veel tijd – was dat al drie weken geweest? dacht ze – was de aanblik nog steeds vreemd en ongewoon. Zo heel anders dan wat ze zich voorgesteld had.

Toch was het landschap niet opmerkelijk. Documentaires en foto's hadden haar er al op voorbereid. De eenzame, troosteloze uitgestrektheid van de Afrikaanse savanne, die met aanzienlijke snelheid een woestijn aan het worden was. Dit was waarschijnlijk het eerste landschap waarin haar verre, verre voorouders hadden geleefd, waar ze hun eerste stappen als mens hadden gezet, waar ze voor het eerst opgekeken hadden naar de moordende zon, en 's nachts naar de ontstellende hoeveelheid sterren.

Maar wat foto's en tv-beelden niet lieten zien was dat je helemaal omringd werd door dat landschap, en dat deze ervaring elke innerlijke dimensie wegvaagde. Het voelde alsof je op het oppervlak van een immense tafel stond, alsof de aarde gewoon niet rond kon zijn, alsof de horizon pas in het oneindige ophield.

Ze wist dat ze niet bij dit continent hoorde, alleen al op basis van de vorm van haar gezicht en de kleur van haar huid.

's Nachts was het landschap vredig. Stil was het nooit helemaal, maar zelden bewoog er zich iets. Enkele nachtdieren riepen en kwetterden, met geluiden die eerder amusant en lachwekkend dan dreigend klonken. Het kamp zelf sliep al snel wanneer het donker werd, in de eerste plaats omdat er weinig elektriciteit voorhanden was voor verlichting. 's Avonds was er weinig anders te doen dan slapen. Wie na het vallen van de nacht nog in het kamp rondliep, liep het risico onderschept te worden door patrouillerende soldaten. Al waren het er niet veel, ze waren efficiënt genoeg, ook 's nachts.

Gelukkig maar dat de soldaten er waren. Een stuk of honderd, onder aanvoering van een luitenant en drie sergeanten. Kenianen met blauwe helmen. Een klein onderdeel van de Afrikaanse vredesmacht in Somalië, die geacht werd het kamp – waar enkele tienduizenden mensen een onderkomen hadden gevonden – te beschermen tegen rebellen, tegen plunderaars, tegen moordenaars, tegen kidnappers, tegen verkrachters, tegen wilde dieren. Daarvoor was honderd man misschien niet voldoende, maar de Kenianen waren effectief en bedaard, en ze respecteerden de vluchtelingen.

Misschien deden ze dat omdat er in het kamp twee ambtenaren van de Verenigde Naties achtergebleven waren. En een stuk of tien teamleden van Artsen zonder Grenzen, waartoe ook Linda behoorde. Het was een kwestie van het bewaken van de bewakers, dat wist ze. Maar ze was bereid de Kenianen het voordeel van de twijfel te geven. Hun luitenant verzekerde haar ervan dat zijn mannen en hijzelf meer dan voldoende betaald werden, en dat er van plundering en uitbuiting geen sprake zou zijn.

Ze nam een slok van de thee die ze net had gezet. Het stelde niet veel voor, gewoon opgewarmd water met een muntsmaakje. Er was geen citroen of melk te krijgen, maar ze dronk toch van de thee omdat er niets anders was. Bevoorrading was problematisch en grote groepen vluchtelingen wankelden voortdurend op de rand van de hongerdood. Een aantal mensen was begonnen met het slaan van een vierde waterput, omdat de andere drie niet volstonden voor zo veel dorstigen. De voorraden begonnen zienderogen te slinken nu de vrachtwagens al een week niet meer langs waren geweest. Alles herinnerde eraan dat ze nog steeds in een oorlogsgebied verbleven.

Het was altijd oorlog in deze regio. Gisteren was er een oorlog geweest en vorig jaar was het oorlog en morgen zou het nog steeds oorlog zijn. Deze mensen waren heel hun leven al op de vlucht. Of ze verbleven, hoe tijdelijk ook, in kampen zoals dit.

Het kamp begon nu te ontwaken. Er werden vuren gemaakt en er werd pap gekookt in grote ijzeren ketels. De ambtenaren wilden de bevolking de ijzeren ketels laten inruilen voor ketels van roestvrij staal of aluminium, maar de artsen hadden daar een stokje voor gestoken. Gezien het karige dieet van deze mensen waren de kleine hoeveelheden ijzer die ze vanwege het koken in deze potten binnenkregen van levensbelang.

'Mevrouw Weisman,' zei een beschaafde stem achter haar, in een vormelijk Engels dat ze al een hele tijd niet meer had gehoord. Ze draaide zich om. Luitenant Odinga stond achter haar, in zijn nette uniform, alsof hij op een paradeterrein in Mombassa zijn troepen inspecteerde. Hij stond erop dat de Keniaanse vlag elke ochtend gehesen en elke avond weer gestreken werd, en niemand maakte daar bezwaar tegen. Er was geen burgerlijk bestuur in het kamp, op enkele dorpsoudsten en priesters na, eveneens op de vlucht en afgesneden van hun traditionele sociale structuur. Luitenant Odinga was de feitelijke bestuurder van het kamp, uit hoofde van zijn militaire macht, een positie die hij blijkbaar niet echt apprecieerde. De ambtenaren van de VN adviseerden hem, en hij was steeds bereid naar hen te luisteren, maar aan het eind van de dag was hij degene die de beslissingen nam, al had hij daar weinig zin in. Hij klaagde echter niet. De rebellen bleven uit de buurt, er heerste orde in het kamp, en dat was het voornaamste.

'Luitenant,' zei ze, ook in het Engels. 'U weet dat het "juffrouw" Weisman is, nietwaar?'

Hij glimlachte. 'Het is verstandiger dat mensen u zien als een vrouw met een vaste partner, ook al is die ver hiervandaan. Daarom noem ik u onder alle omstandigheden "mevrouw". U kent wellicht nog niet alle vooroordelen van dit volk. Onderschat die niet. Een vrouw alleen, zonder man in haar leven, is geen goed idee. Ze hebben van die traditionele ideeën, die wij hun niet uit het hoofd zullen praten, u en ik. Wij zijn hier om deze mensen te beschermen, mevrouw. Meer doen we niet. Voor ons echter zijn het barbaren die het licht van de beschaving nog niet aanschouwd hebben.'

Ze wist eigenlijk niet goed wat ze daarop moest zeggen. De luitenant terechtwijzen kon ze niet. Zij was degene die met beide voeten op onbekend terrein stond, niet hij. Haar Nederlandse nuchterheid kwam haar van pas, dat had ze meteen gemerkt, maar ze zou nog een lange tijd geconfronteerd worden met de onbegrijpelijke nieuwheid van dit continent.

Nee, het ging niet om Afrika. Het landschap, daar kon ze mee omgaan. Het was woest en wild maar het bood na enkele weken geen echte uitdaging meer. De mensen echter, vooral degenen die als skeletten elke dag langs de tenten van het medische team schuifelden, waren de voor haar onbekende factor. De mensen die haar blik ontweken en die niet met haar konden praten omdat ze geen gemeenschappelijke taal hadden. De mensen wier ervaringen ze zich niet eens kon inbeelden, laat staan hun gevoelens.

'Waar komt u ook weer vandaan, mevrouw?' vroeg hij, met een innemende glimlach. 'Ik probeer me te herinneren of iemand het me heeft verteld...'

'Nederland,' zei ze, in de hoop dat de naam hem iets zei.

'Nederland.' Hij keek peinzend in de verte, alsof hij meende daar, aan de einder, Nederland te zien liggen. Een mythisch land dat wellicht erg rijk was en waar alleen blanke mensen woonden. Een land dat te veel artsen had. Een land waar een Afrikaan snel rijk kon worden. Of voorgoed een verschoppeling blijven. 'Mmm… Nederland.'

'In Europa,' hielp ze hem. Met zijn één meter negentig was luitenant Odinga een imposante verschijning, ook als hij twee stappen lager dan zijzelf op de helling stond. Ze bekeek zijn gezicht. Een regelmatig gezicht, met een fijne neus en volle jukbeenderen. Zijn haar was kortgeknipt, en aan de slapen meende ze al wat grijs te zien. Ze schatte hem op veertig. Waarschijnlijk schatte ze verkeerd.

'O,' zei hij op een bijna vrolijke toon, alsof hij zich amuseerde om haar nodeloze uitleg, 'ik weet dat Nederland in Europa ligt, mevrouw. Vlak bij Duitsland. Ik heb mijn militaire opleiding genoten in het Verenigd Koninkrijk. U weet toch waar het Verenigd Koninkrijk ligt, nietwaar? Daar in de buurt ligt ook Nederland. En Amsterdam. Mijn vrienden en ikzelf hebben er een weekend doorgebracht. Vreselijke stad. Lawaaierige jonge mensen, drugsgebruikers, de stank van verslaving in de steegjes, de vrouwen zo goed als naakt achter de ramen; we hebben het allemaal gezien. Ja, ik weet waar Nederland ligt, mevrouw.'

Ze zei niets. Ze wilde geen discussies aangaan met de enige man die tussen haar en de Somalische chaos stond. Of tussen haar en de rebellen.

'Nederland is nu ver hiervandaan, mevrouw, en ik wil u of uw landgenoten niet beledigen. Uiteraard doet u veel goeds voor Afrika, al is Afrika zich daar niet van bewust. U verkoopt wapens aan onze legers en u verkoopt wapens aan de rebellen, en wanneer die twee groepen slaags raken, stuurt u ons artsen en hulpgoederen om de gewone burgers te helpen. U helpt dus altijd, en Afrika is u daar dankbaar voor.'

'U moet mijn intenties niet verkeerd opvatten, luitenant,' zei ze. Ze had het scherper willen zeggen, maar dat lukte haar niet. Omdat hij gelijk had, op die onverstoorbare manier van hem.

'Mevrouw, ik heb niet de minste intentie uw intenties verkeerd op te vatten. U bent hier omdat u werkelijk mensen wil helpen. Uw kwaliteiten zijn welkom. U merkt dat er hier aan veel gebrek is. Daarom zijn wij hier. Maar ook onze intenties worden verkeerd opgevat. Zijn we in Somalië omdat Kenia van plan is de rol van lokale supermacht te spelen? Zijn we hier omdat we op die manier Ethiopië en zelfs Tanzania willen ergeren? Ongetwijfeld is dat allemaal waar.

Maar kijk, het maakt mij niets uit. Ik doe niet aan politiek. Ik voer een order uit. De generaal zegt: luitenant Odinga, jij gaat met honderd mannen de vrede bewaren in dat deel van Somalië, omdat de Verenigde Naties jullie loon betalen, jullie allemaal een blauwe helm geven en omdat de Keniaanse overheid een paar tientallen miljoenen dollars krijgt toegestoken. Dus ga ik en zorg ik ervoor dat de mensen in dit kamp niets overkomt.'

'Omdat u het als uw plicht beschouwt?'

Hij keek even naar het landschap, op zoek naar zijn plicht. 'Ik heb geen enkele verwantschap met Somaliërs. Onze voorvaderen voerden ooit oorlog met elkaar. Nu voeren we nog steeds oorlog, maar met andere Somaliërs. Dat zijn moslims, en wij haten de moslims.'

'U beschermt deze mensen, dat lijkt mij genoeg,' zei ze.

Hij knikte. 'Maar, mevrouw, wat gebeurt er met deze mensen wanneer de VN opeens geen geld meer stuurt naar mijn overheid? Dan gaan ik en mijn mannen weg.'

'Zomaar? Van het ene moment op het andere?'

'Natuurlijk. We zijn niet verantwoordelijk voor het lot van deze mensen. Dat soort dingen zie je alleen in films. Waar de Amerikaanse held zich verantwoordelijk voelt voor honderden zwarte vluchtelingen, omdat ze zwart zijn en omdat ze het licht van de beschaving niet hebben aanschouwd, en gewoon omdat de Amerikaanse held zich béter wil voelen dan zij. Maar dat is film.'

Ze had niet beseft dat hij zo'n spraakzaam man was. Hun vorige ontmoetingen waren nooit door meer dan twee, drie zinnen begeleid geweest. Misschien was er iets gebeurd wat hem spraakzaam maakte.

'Mensen voelen zich béter wanneer ze dergelijke films zien, luitenant,' zei ze. 'Het versterkt hun geloof in de mensheid. Moeten we daarop neerkijken?'

Zijn ogen richtten zich op haar gezicht. Keken in haar ogen. 'Het geloof in de rest van de mensheid?' vroeg hij.

'Ja. Ondanks de oorlogen en de wreedheden en de honger en de armoede.'

'Oké,' zei hij na een korte pauze. 'Ik ben bereid om in de rest van de mensheid te geloven. In de Russen en in de Amerikanen en in de Britten. En zelfs in de Nederlanders. Maar de Somaliërs…'

'Wij hebben ook ooit onze erfvijanden gehad, luitenant. De Engelsen en de Hollanders waren ooit…'

'Ja,' zei hij. 'Ik ken uw geschiedenis. Het maakte deel uit van onze lessen militaire strategie. Hoe de Hollanders bijna met een vloot de Theems opvoeren. Erfvijanden, zoals u zegt. Hoe lang bestaan Nederland en Engeland al, mevrouw? Hoe lang denkt u, zo ongeveer. Ik zal de vraag beantwoorden: duizend jaar.'

'Nou, dat is…'

'Sta me gewoon even toe met ruwe maatstaven te meten. Europese naties bestaan duizend jaar. Enkele honderden jaren strijd, dat is wat we daarvan onthouden. Hooguit. Hier, in Afrika, bestaan volken en hun herinneringen vijfduizend jaar. Langer zelfs. We weten niet eens hoe lang. Het lijkt zelfs alsof onze stammen hier altijd geweest zijn, zo lang is het.'

'Niemand hier kan rekenen in periodes van vijfduizend jaar, luitenant. Ook collectieve herinneringen gaan niet zo ver terug. Er is geen geschiedschrijving, er is geen bewijs voor het bestaan van grote beschavingen, op de Egyptische na…'

Hij zei niets. Ze had het onaangename gevoel alsof ze opeens niets meer wist van geschiedenis. Alsof elk boek dat ze gelezen had zo meteen vol leugens zou blijken te staan.

'Er is iets wat ik u wil laten zien, mevrouw,' zei hij na enkele ogenblikken. 'Maar ik moet u verzoeken alleen mee te gaan.'

Ze aarzelde.

'O,' zei hij, 'u mag uw collega's best vertellen dat u met mij meegaat. Het hoeft niet in het geheim te gebeuren. We willen geen roddel veroorzaken, nietwaar? We gaan met een stel van mijn soldaten. Een kleine groep is al daar ter plekke, ze bewaken de plek.'

'De plek?'

'Ja. De plek die ik u wil tonen.'

'Wat is er met die plek?'

'Hebt u even geduld. Woorden kunnen het niet beschrijven. U moet het zien. Het vertelt u iets over Afrika. Maar ik waarschuw u dat de aanblik ervan uw hart zal vullen met ontzetting.'

'U maakt me nieuwsgierig, luitenant,' zei ze. Is hij daarom zo spraakzaam, vroeg ze zich af. Omdat ze hier in de steppe iets bijzonder ontdekt hebben? Een archeologische vindplaats van een verdwenen beschaving misschien? Iets wat een heel nieuw licht werpt op de geschiedenis van Afrika?

'Nieuwsgierigheid is geen goede eigenschap, niet hier in Afrika,' zei hij. 'Wij zijn geen nieuwsgierige volkeren, mevrouw Weisman, omdat de ervaring ons heeft geleerd dat achter de volgende boom een leeuw op de loer ligt, of een slang in het gras. Daarom houden we ons aan de betreden paden. Misschien hebben daarom de Afrikaanse volken niet het beschavingsniveau bereikt van uw glorieuze westerse voorouders. Misschien dat, en misschien omdat wij in de rimboe leven, of in de woestijn.'

'U bedoelt dat ik niet…'

'Ja,' zei hij luchtig, 'ik wéét dat blanken – vergeef me de term – alles willen weten. Daarom wil ik u tonen wat ik u ga tonen. U hebt toch wel even tijd, neem ik aan?'

Ze had wel even tijd, ja. Ze had een heleboel tijd, maanden zelfs. De tijd die ze zichzelf gegeven had om afstand te nemen van Nederland en van Walter en van zichzelf. Walter was in deze beschouwing nog de minst dringende factor geweest. Na die maanden ballingschap zou ze naar hem terugkeren. Ze was niet weggegaan omdat het met hun relatie verkeerd liep, maar juist om dat te voorkomen. Ze had hem leren kennen toen haar vorige relatie, met Theo, nog maar net in scherven aan haar voeten lag. Toen de laatste en meest bittere woorden waren gesproken in een dialoog die al een hele tijd tussen doven werd gevoerd. Tussen die scherven lag de naam van Theo. Maar Theo was verleden tijd. Ze wilde niet meer aan Theo denken. Dat was een vorige relatie, met een punt erachter.

4

Eekhaut zou Prinsen het loopwerk laten doen. Dat was zijn plan. Nee, eerlijk was het niet. De jongeman had dit niet verdiend, maar hij was de jongste van de ploeg en moest dus nog leren in de pas te lopen. Hij moest nog leren dat politiewerk inhield dat je voortdurend van hot naar haar rende, en vaak achter spoken en illusies aanliep.

Eekhaut zat achter zijn bureau en grinnikte. In de pas lopen. Precies waar hijzelf helemaal niet goed in was. Hij zou Prinsen tonen hoe weinig hij bereikte door in de pas te lopen. Hij zou van de jongen een perfecte kleine rebel maken, dat zou hij. Het goede werk van individualisme en rebellie moest voortgezet worden. Het jochie was gewoon te braaf. In deze jungle overleefde je niet als je te braaf was. En er was behoorlijk wat werk aan de winkel wat die opvoeding van Prinsen betrof. Sociaal bewustzijn, kritisch denken, historisch perspectief: precies waar de jongen tekortschoot. Op school kon hij dat niet geleerd hebben, dat gaven ze je daar niet mee. Het kwam met het onofficiële deel van je opvoeding, of het kwam niet. Of doordat je er ergens over struikelde, maar het vaakst doordat je met onrecht in aanraking kwam. In zijn jeugd was Eekhaut zelf over sociaal bewustzijn en kritisch denken gestruikeld, en hij was naar de betekenis daarvan op zoek gegaan. Dat was zijn leerschool geweest.

Nu zou hij Prinsen ook op een zoektocht sturen, een ander soort zoektocht weliswaar.

Zelf gaf hij niet veel om het veldwerk. Het achternalopen van informatie, dat had hij jarenlang bij de recherche gedaan, eerst in Leuven en vervolgens in Brussel. En daarna hadden ze hem bedankt voor het harde werk en hem op buitenlandse missie gestuurd, hier bij het Bureau. Hij kon daar uiteindelijk wel mee leven. Zelfs zijn cynisme kon daarmee leven. Hij voerde niet langer hele conversaties met zichzelf, wanneer hij 's avonds in bed lag en niet kon slapen, over de stupide onrechtvaardigheid van mensen en van politiechefs in het bijzonder. Op dat gebied leek hij het nu niet slecht getroffen te hebben, met zijn nieuwe baas.

Maar dat weerhield hem er niet van Prinsen op pad te sturen.

De vraag was alleen of het zin had het spoor van de verdwijningen op te volgen. Die zeven lijken konden overal vandaan komen. Het hoefden geen Nederlanders te zijn.

Hij kwam overeind en liep naar de deur van zijn kantoor. Door de glazen afscheiding zag hij Prinsen zitten, gebogen over een aantal dossiers. Hij wist niet waar de jongeman mee bezig was. Dat hoorde hij ook niet te weten. Hij hoefde hem niet te controleren, dat zou zijn tante wel doen. Zo bleef het allemaal in de familie. Maar het viel wel op dat Prinsen maar wat zat te dromen. En daar was waarschijnlijk een goede reden voor: Eekhaut had gehoord dat Eileen Calster weer naar Amsterdam kwam. En dat Prinsen het nieuws met de nodige opwinding had ontvangen.

Hij opende zijn deur. 'Nick,' zei hij, 'heb je een momentje?'

Prinsen keek op en knikte. Hij klapte het dossier dicht en liep het kantoor van Eekhaut binnen. Hij sloot de deur achter zich en ging zitten.

'De chef wil dat we op zoek gaan naar vermiste Nederlanders,' zei Eekhaut. 'In verband met wat we in België hebben gevonden. Ze vermoedt dat er Nederlanders bij de slachtoffers waren.'

'Dat wordt puzzelen,' zei Prinsen. 'Heb je er enig idee van hoeveel Nederlanders er zoal verdwijnen per jaar?'

'Ach, we hoeven niet een heel jaar te doen. Een maand, dat is genoeg.'

'In heel Nederland?'

'Begin hier in Amsterdam. Waarom ook niet? Suggestie van Dewaal. Jij bent goed in het verzamelen van informatie. In het ontdekken van verbanden tussen feiten. Jij bent dat pientere joch dat in tv-series altijd achter de computer zit en meteen hele brokken informatie tevoorschijn tokkelt, zodat de echte helden aan de slag kunnen. Dat ben jij. De diverse recherches en politiediensten publiceren met grote regelmaat en even grote ernst cijfers en lijsten met namen. Dat houdt de ambtenaren bezig, maar het is ook handig voor ons. Duik de computer in en je vindt ongetwijfeld al heel wat.'

'Ik vind dat we Van Gils erbij moeten halen,' zei Prinsen. 'Als er iets gebeurt, ergens in Amsterdam bijvoorbeeld, dan weet hij het. En hij heeft een gevoel voor... nou ja...'

'Een gevoel voor verdwijningen.'

Prinsen knikte langzaam. 'Ja, dat soort dingen. Waarom Nederlanders? Is er een gegronde reden om aan te nemen dat de slachtoffers Nederlanders zijn? Zijn er papieren gevonden of zo?'

'De informant die ons naar de Ardennen en naar de plaats delict leidde, is een Nederlander. Misschien betekent dat niet veel, maar we moeten ergens beginnen.'

'Is er, eh, iets wat ik nog moet weten?'

'Zoals achtergronden?'

'Ja. Het gaat om een sekte, hoorde ik. Maar ik word ver van dit dossier vandaan gehouden, zogezegd omdat ik me moet bezighouden met dat geval van afpersing bij het ministerie van Milieubeheer. En natuurlijk weer vanwege tante Dewaal met haar fobie voor loslippige rechercheurs. Dus: een sekte. En wat nog meer?'

Eekhaut gaf Prinsen een beknopt verslag van wat hij bij Dewaal had gehoord. De details vermeldde hij alleen wanneer ze echt ter zake deden, en de gruwelijke dingen liet hij weg, om de gevoelige Prinsen te sparen. Wat onnodig was, want de jongen leek al te weten wat er precies in de Ardennen was aangetroffen.

'Het Genootschap van het Vuur? Griezelig,' zei Prinsen. 'Mensen verbranden. Je moet er niet aan denken. Dat deden de Romeinen met christenen en slaven. Je vraagt je af wat mensen ertoe aanzet om anderen pijn te doen. Wat winnen ze daar in godsnaam bij?'

'Een sterke overtuiging doet de grenzen van het aanvaardbare en van de beschaving vervagen,' zei Eekhaut. 'Gebeurt elke keer opnieuw. Lees wat meer Stephen King en je weet wat dat kan betekenen. Of lees misschien het Oude Testament.'

Prinsen schudde het hoofd. 'Nou...'

'Nee, echt. Een wraakzuchtige en wrede god, die er geen been in ziet hele volksstammen uit te laten moorden door zijn uitverkoren volgelingen. Is dat geen mooie boodschap voor de mensheid? Vanaf dat moment is voor de ware gelovige alles mogelijk. Maar ik dwaal af, Nick. Kun jij op zoek gaan? Naar sporen bedoel ik, en naar mensen die ergens vermist worden?'

Prinsen tuitte zijn lippen. 'Misschien is het nutteloos, maar ik probeer het wel. Zijn er helemaal geen aanwijzingen?'

'Wat algemene dingen zoals ras en leeftijd, maar dat laatste alleen met zeer ruime marges. Sla kinderen en oude mensen over. Dat maakt de groep van kandidaten meteen kleiner.'

'Misschien is er een ander verband,' suggereerde Prinsen.

'Zoals?'

'Als het om een ritueel gaat, zijn de slachtoffers misschien niet toevallig samengeraapt of uitgekozen. Misschien hebben ze allemaal iets gemeenschappelijks. Misschien kenden ze elkaar. Misschien waren het leden van die Kerk.'

'Zou kunnen,' zei Eekhaut. 'Je verwacht dat zo'n ritueel een inherente logica heeft. Maar dat hoeft niet. De vraag is, of dat ergens correleert met de profielen van verdwenen burgers.'

'Mmm, waarschijnlijk niet. Maar ik kijk ernaar uit.' Prinsen kwam overeind. 'Hoeveel tijd heb ik?'

'Voor de slachtoffers maakt het niet zo veel uit. Maar de baas wil snel resultaat. Je weet ondertussen hoe dat gaat.'

Prinsen knikte. 'Het dossier krijgt meteen mijn aandacht.' Hij liep naar buiten en trok de deur achter zich dicht. Ik moet, dacht Eekhaut, misschien die deur open laten staan. Er waren medewerkers die de gesloten deur ergerlijk vonden. Die het ergerlijk vonden dat hij, als nieuweling, een apart kantoor had gekregen. Maar hij had andere dingen aan zijn hoofd. Hij keek op zijn horloge. Half elf. Belangrijke dingen te doen.

Hij kwam overeind, pakte zijn jas en ging zijn kantoor uit. Hij nam de trap naar beneden en verliet het gebouw langs de garage. Terwijl hij zijn jas aantrok liep hij al de Kerkstraat door en sloeg de hoek naar de Utrechtsestraat om. Hij was in de buurt van zijn flat, maar daar ging hij niet naartoe. Hij stapte binnen bij Café Bouwman op de hoek, waar het terrasje met de rieten stoelen al lang een herinnering was. Hij nam een tafeltje aan het raam, waar er voldoende licht was, en bestelde een Leffe. Die kwam direct van het vat en was lekker ijskoud. Leffe, ook de bruine variant, hoorde ijskoud te zijn al was het hartje winter. Hij dronk altijd de bruine variant.

Hij zat daar niet zomaar. De afgelopen maanden had hij de gewoonte aangenomen om af en toe het kantoor te laten voor wat het was, en ter bevordering van zijn denkvermogen en humeur 's ochtends al een Leffe te gaan drinken. Dat maakte hem waarschijnlijk tot een alcoholicus, maar zorgen maakte hij zich daar niet om. In Brussel was het Duvel geweest. Of rode wijn. Hier was hij overgeschakeld op Leffe.

Om beter te kunnen nadenken.

Het was een excuus dat even goed klonk als welk excuus dan ook. Om te kunnen vergeten, dat was beslist even belangrijk. Er waren dingen waaraan hij liever niet meer dacht. Zeven levend verbrande mensen aan staken geketend bijvoorbeeld. Of de dood van Esther, tien jaar geleden. Of het feit dat hij Linda nu verscheidene maanden zou missen en hij zijn avonden alleen doorbracht, vaak in zijn flat. Al die dingen waren erg, sommige erger dan andere, maar ze waren niet onoverkomelijk. Aan de dood van Esther had hij genoeg duistere gedachten gewijd. Wat gebeurd was, kon niet meer ongedaan gemaakt worden. Hetzelfde gold voor de zeven slachtoffers in de Ardennen. Maar op Linda kon hij nog invloed uitoefenen. Voor zover haar afwezigheid een probleem was...

'Ik moet dit echt doen, Walter,' zei Linda hem, toen ze haar besluit had genomen. 'Ik weet het: het is het andere eind van de wereld, ik ben zes maanden weg, maar ik moet het doen. Ik moet eventjes afstand nemen van Amsterdam en van Nederland en van de corruptie en van alles. Behalve van jou. Ik zou je vragen met me mee te gaan, maar ik weet dat je hier niet weg kunt. En eigenlijk wil ik een tijdje alleen zijn.'

Hij begreep het allemaal. Ze kenden elkaar... hoeveel maanden? Vier? Nog maar net dus. Hij was nog niet eens bij haar thuis geweest, maar zij wel bij hem, en ze hadden drie keer de liefde bedreven... de liefde bedreven, zo formuleerde zijn geheugen dat. Alsof een rauwere beschrijving van hun passie hem ongepast leek. Alsof een rauwere beschrijving de daad zelf zou degraderen tot iets wat het uiteindelijk wel degelijk was geweest: brute passie, zweterige lichamen, chaos in zijn flat, verloren lichaamsvocht, dorst en honger, verklaringen van uitbundige trouw. En beloftes.

Met in elk geval één enkele belofte waarop ze, tijdelijk, had moeten terugkomen. Ze wilde alles van hem, en ze was bereid hem alles te geven, maar eerst moest ze afstand nemen, een tijdje, en daarna zou ze terugkomen.

Hij besefte dat hij zelfs na vier maanden niet zo heel veel over haar wist. Er waren heel wat dingen die zij ook niet over hem wist. Ze wist niets over Esther, ze wist niets over zijn jeugd, ze wist niets over...

Hun wederzijdse levens besloegen een enorm uitgestrekt en nog te ontdekken gebied.

Hij keek op zijn horloge. Eigenlijk verwachtte hij een telefoontje van haar, maar ze had hem ervoor gewaarschuwd dat communicatie afhing van zeer uiteenlopende omstandigheden. Je loopt in Somalië niet naar het postkantoor om de hoek en je mobieltje heeft er geen bereik. Dat gebrek aan buitenwereld was waarschijnlijk de reden waarom ze de baan had aangenomen. Het was in alle opzichten een tijdelijke baan. Daarna, had ze beloofd, kwam ze naar Amsterdam en naar hem terug, en dan zou ze bekijken wat ze met haar verdere leven zou doen.

Zijn mobieltje zoemde. Hij haalde het uit zijn zak en bekeek het alsof het uit een ander universum kwam. Daar kwam het ook vandaan, een universum met oneindige communicatiemogelijkheden. Hij opende het en zei zijn naam.

'Walter?' Het was Prinsen. 'Ik heb wat gevonden. Misschien is het niets bijzonders, maar het lijkt me…'

'Nu al?'

'Ja. Ik keek eerst naar lokale rapporten, hier in Amsterdam. En met succes. Waar ben je? Kom je kijken wat ik heb gevonden?'

'Ik ben binnen tien minuutjes bij je,' zei hij. En hij verbrak de verbinding. Tien minuutjes. Net voldoende om de Leffe op te drinken. Maar hij was niet van plan zich te haasten.

Iets meer dan tien minuten later dus stond hij naast Prinsen. Hij had onderweg nog snel een broodje gehaald en knabbelde daar nu op. Prinsen leek aan die culinaire uitsloverij geen aanstoot te nemen, al was het nog geen middag. Siegel, een veertiger die zichzelf fysiek goed in vorm hield en toch ook tot de oudere generatie van rechercheurs behoorde, zat naast hen aan een laptop. Zijn vingers lagen bewegingloos op de toetsen alsof hij iets op het scherm las.

'Laat nu maar eens zien wat je gevonden hebt, Nick,' zei Eekhaut. 'Als het goed is zet je een eerste stap naar promotie.'

Prinsen reageerde daar niet op maar hield wel drie vellen papier omhoog. Eekhaut zag foto's, namen en tekst. Profielen uit het een of andere bestand. 'Drie vermisten,' zei de jonge rechercheur.

'Zijn er in Amsterdam maar drie mensen zoekgeraakt in een maand tijd?'

Het was Siegel die, vanachter zijn computer, antwoordde. 'Nee, twaalf om precies te zijn. Maar deze vallen me op omdat ze wat gemeen hebben.'

'Nou, wat dan?'

Prinsen trok een verontschuldigend gezicht. 'Ze wonen alle drie in de omgeving van Amsterdam. Ze zijn tussen de dertig en de vijftig. Ze hebben alle drie een managementfunctie. Ze verdwenen zonder het spreekwoordelijke spoor achter te laten, tussen de vier en de vijf weken geleden. Het is waarschijnlijk toeval, maar even waarschijnlijk ook niet. Eigenlijk te toevallig om toeval te zijn.'

'Goed,' zei Eekhaut. 'Voeg hun profielen aan het dossier toe. Is er een manier om aan hun DNA te komen?'

'Hoe zou dat moeten?'

'Mogelijkheden zat,' zei Eekhaut. 'Misschien hebben ze recent bloed gegeven? Of een stuk van zichzelf afgestaan voor een medemens? Of een operatie

48

ondergaan waarvoor bloedonderzoek nodig was? Iets in die richting? Hoeveel verbeelding heb je, Nick?'

'Nou,' zei Prinsen. 'Behoorlijk wat.'

'Kan je daar iets mee, met die suggesties?'

De jongeman knikte. 'Ik neem contact op met hun huisarts en stel de nodige vragen. Lijkt dat wat?'

'Dat lijkt al heel wat.' Hij liet de jongeman puzzelen en trok zich terug in zijn eigen kantoor, waar hij zijn broodje verder opat. Het zat goed met die jongen, vond hij. Niet dat er meteen een promotie inzat, maar de jongen was pienter en snel, en bereid werk over te nemen van zijn collega's. Eekhaut zou hem voor dat laatste moeten waarschuwen. Zoiets dreigde tot misbruik te leiden. Hij kende de oude garde, die hier in Amsterdam niet anders zou zijn dan in Brussel. Altijd bereid meer te werken met de mond dan met de handen. Altijd bereid voorstellen te doen, die anderen vervolgens moesten uitvoeren. De extra oude garde, zoals Van Gils en Veneman, muntte uit in dat soort tactieken. De iets jongere garde – zoals Siegel, die al tien jaar bij het Bureau werkte en, volgens wat hij hoorde, de komst van Dewaal ook al niet verteerd had – zou met jonkies als Prinsen wel raad weten door hun eerst wat fouten te laten maken, en hun dan de juiste weg te tonen. Eerst even door het slijk halen, en dan oppikken. Eekhaut kende dat. Hij had dat vroeger ook met jonge collega's gedaan.

Hij gooide het papieren servet in de vuilnisbak en ging rechtop zitten. Hij pakte het toetsenbord, trok dat naar zich toe en begon te typen. Hij voerde de tekst die ze op de muur van de hut in de Ardennen gevonden hadden in in Google en toen klikte hij op ZOEKEN.

De zoekmachine kwam meteen met de boodschap dat daarvoor geen resultaten te vinden waren. Logisch ook. Zoiets werkte niet voor drie hele zinnen. Er waren een aantal suggesties voor diverse termen zonder de aanhalingstekens, maar die leken allemaal te verwijzen naar zelfhulpgroepen, religieuze organisaties, pastorale hulp, nazorg, dat soort dingen. Wellicht zat er wat bruikbaars bij, maar dat zou zo nog honderden pagina's doorgaan, tot hij elke vorm van vergeving en vergeten gepasseerd was.

Het was in elk geval geen Bijbelse tekst of iets dergelijks, dat nam hij maar aan. Geen letterlijke tekst. Het was iets van de moordenaars zelf. De afzonderlijke woorden zouden honderdduizenden resultaten opleveren. Niet zinnig dus.

Hij duwde het toetsenbord weer van zich af. Hij dacht aan Linda. Hij dacht veel te vaak aan Linda. Meer dan goed voor hem was.

5

De handen van Jan-Pieter Maxwell lagen zoals gebruikelijk boven op de gesloten zwartleren portfolio, waarin niet veel meer dan tien documenten waren opgeborgen. Iets anders hoefde Maxwell voor deze vergadering niet bij zich te hebben, omdat hij alle kennis over dit bedrijf en over het functioneren ervan in zijn hoofd had opgeslagen. Al wat in zijn leven belangrijk was zat in zijn hoofd opgeslagen. Zijn ene hand lag geduldig over de andere, afwachtend. Hij zag er goed verzorgd uit: de nagels keurig geknipt, geen vlekken op zijn handen, geen tekenen van vermoeidheid, ook niet op zijn gezicht, en geen grijs aan zijn slapen. Hij was per slot van rekening zo oud nog niet, achter in de veertig als je zijn officiële biografie geloofde en misschien maar net de vijftig gepasseerd indien je zijn moeder geloofde, maar de ambtenaar van de burgerlijke stand zou bevestigen dat zestig dichter bij de waarheid lag.

Hij keek welwillend naar de verschillende leden van de raad van bestuur, die de zaal binnenkwamen en plaatsnamen rondom de tafel. Ieder had zijn vaste plaats. Ze gingen zitten zonder gestommel, zonder chaos. Ordening, daar hield Jan-Pieter Maxwell van. Ordening. Een duidelijk begrensde hiërarchie der dingen. Pas daarna kon er geïmproviseerd worden. Zo bestuurde hij ook zijn bedrijf. Hij bestuurde dat bedrijf vanuit zijn hoofd. En uiteraard ook vanuit zijn hart, want hij had het zelf helpen oprichten. Net zoals hij nog andere bedrijven had helpen oprichten. Maar dit was het eerste van die bedrijven geweest, en dus zijn oudste telg. Dat maakte TransCom speciaal. Dat maakte TransCom apart. Daarom miste hij geen enkele bestuursvergadering van TransCom. En terecht, want hij was de voorzitter van het bestuur.

Hij ging met zijn linkerhand over zijn jasje, dat altijd goed zat. Als het even kon droeg hij voortdurend donkerblauwe pakken, die hij bij de beste kleermaker in Amsterdam liet maken, tenzij hij daarvoor rechtstreeks naar Londen ging.

Hij hield natuurlijk wel van tradities.

Hij hield van ordening.

Hij hield van leren portfolio's, waarin overbodige documenten zaten, zodat het leek alsof hij net menselijk genoeg was om niet alles te weten. Hij hield van mechanische chronometers, en van dure vulpennen met een zuigersysteem, van discrete maar perfect functionerende auto's. Hij verspilde geen woorden, en hij verspilde zelden energie.

'Zullen we beginnen?' stelde hij voor.

Er was niemand die het voorstel tegensprak. De bestuursleden van Trans-Com kenden zijn passie voor vormelijkheid, en veel meer dan een knikje was van hun kant niet nodig om hem toestemming te geven de vergadering te openen.

'Punt één op de agenda dus…'

Een uur later was de vergadering afgelopen. Vergaderingen mochten niet langer duren dan strikt noodzakelijk, dat was zijn credo. Na korte tijd al ebde de concentratie weg. De aandacht verslapte. De verbeelding sloeg toe, of misschien de vermoeidheid. Een uur lang, efficiënt vergaderen, beslissingen nemen – of in zijn geval en wat TransCom betrof beslissingen doorduwen – en vervolgens nieuwe afspraken maken. Zo kon hij verscheidene bedrijven beheren zonder zestien uur per dag te hoeven werken. Zestien uur per dag werken, dat zou een verspilling van energie zijn.

De leden van het bestuur verlieten de zaal, overtuigd van het feit dat ze zoals steeds de zaak in handen hadden, een illusie die Maxwell hun al te graag gunde. Hij stapte naar buiten, en op dat moment begon zijn BlackBerry te trillen. Hij keek naar het schermpje en herkende het nummer. Aan het eind van de korte gang ging hij zijn eigen kantoor binnen – palissander, koper, een bibliotheek met raamdeuren, twee schilderijen, een dik kamerbreed tapijt, een humidor op het bureau en een kleine maar erg dure laptop op het tafeltje ernaast.

Hij gooide de portfolio naast de laptop en legde de BlackBerry ernaast, na op een knopje gedrukt te hebben. 'Koerier!' zei hij luid.

De stem vertelde hem meer dan hij wilde weten. Hij had een ochtend gepland voor diverse organisatorische problemen, maar als Koerier belde dan waren er andere zorgen. Zorgen van een heel andere aard.

'Ze hebben de plek van het ritueel gevonden,' zei Koerier.

Maxwell zei niets. Hij haalde een bril tevoorschijn uit het borstzakje van zijn jas en zette die op. De stem aan de andere kant bleef even stil.

'Ben je er nog?' vroeg de stem. 'Baphomet? Ben je er nog?'

'Wie heeft de plek gevonden, Koerier? Wie?'

'De politie. De politie heeft de plek gevonden. Drie weken geleden al.'

Een ogenblik lang zweeg Maxwell. 'Drie weken geleden?'

'Ja. Blijkbaar.'

'En dat hoor ik nu pas?'

'Ik weet het ook nog maar net.'

'Waarom?'

'Waarom ik het nu pas weet? Omdat niemand van ons van plan was daar nog naartoe te gaan. We hadden geen reden om er nog naartoe te gaan. En net hoor ik, via mijn professionele contacten, dat de politie de locatie heeft gevonden. Die vertellen me, geheel toevallig, wat de politie gevonden heeft, drie weken geleden. Er is al een onderzoek gestart.'

'Een onderzoek.' Maxwell ging op de rechte maar zeer comfortabele stoel zitten. 'En die vrienden van jou, hebben die er enig idee van wat jouw betrokkenheid is bij...?'

'Natuurlijk niet,' zei Koerier verontwaardigd. Op een toon alsof hij eraan toe wilde voegen: doe niet zo belachelijk. Maar dat durfde hij niet te zeggen.

'Natuurlijk loopt er een onderzoek, Koerier,' zei Maxwell. 'Wat dacht je? De politie vindt de locatie, ze vinden zeven slachtoffers en ze beginnen zich toch dingen af te vragen. Dacht je dat ze de schouders zouden ophalen en de zaak afdoen als een ongelukje? De vraag die wij ons moeten stellen, Koerier, is deze: wat voor antwoorden zullen ze vinden?'

'Geen enkel antwoord, Baphomet. Op die plek sowieso niet. Er zijn daar geen antwoorden te vinden.'

'O nee?'

'Nee. Daar hebben we op gelet. We zijn zorgvuldig en precies geweest. Er is daar niets meer wat hun nog antwoorden kan geven. Er zijn geen sporen te vinden. Het vuur heeft alles uitgewist.'

'Ja. Dat denk jij. Maar misschien onderschat je de technologie die de politie tegenwoordig ter beschikking heeft. De traditie leert ons dat we onze sporen zorgvuldig moeten verbergen. Nooit toestaan dat er zelfs maar zoiets als sporen voorkomen. Dat is wat we in het verleden deden, en daarom waren we succesvol. Maar vandaag zijn de techniek en de wetenschap geëvolueerd. Er zijn sporen te vinden in de minuscuulste zaken. Dus moeten we ons telkens de vraag stellen: zijn we dat nog steeds? Succesvol?'

'Ik hoop het.'

'Je hoopt het,' herhaalde Maxwell. 'Laat ik je dit zeggen, Koerier: ik baseer mijn gemoedsrust niet op wat jij hoopt. Ik baseer mijn gemoedsrust alleen op zekerheid. Zo zit ik in elkaar. En daarom wil ik dat jij je vrienden bij de politie of waar dan ook ondervraagt, en dat je uitzoekt of er sporen zijn, of er antwoorden gevonden zijn op de vele vragen die de speurders ongetwijfeld gesteld hebben. En of die sporen ergens naartoe leiden. Naar ons, bijvoorbeeld. Want dat zou mij zeer teleurstellen, Koerier. Ik zou zeer teleurgesteld zijn als bepaalde sporen naar ons zouden leiden. Of naar mij, wat ik persoonlijk nog méér zou betreuren.'

'Ik zal de nodige stappen zetten, Baphomet.'

'Maar natuurlijk doe je dat, Koerier. En voor ik het vergeet: je belt me niet meer op dit nummer. Dit is mijn zakelijke nummer. Je weet hoe je me moet bereiken. Ook in geval van nood.'

'Ik dacht...'

'Soms denk je te veel, Koerier. Je moet wat meer handelen. En daarbij de juiste dingen doen. Kan je dat voor elkaar krijgen?'

'Ik denk het wel, Baphomet. Ik denk het wel.'

Maxwell verbrak de verbinding. De BlackBerry was gewapend tegen indringers. Hij was gewapend tegen virussen. Hij was tot de tanden gewapend. Niemand kon meeluisteren. Maar dat wilde niet zeggen dat Koerier of anderen zomaar hun gang konden gaan. Hem bellen op zakelijke nummers en dergelijke. Dat kon hij niet toestaan. Orde en zekerheid, dat had Maxwell nodig.

6

'Kunt u die analyses meteen naar ons doorsturen, dokter?' vroeg Prinsen door de telefoon. 'Dan kan ons laboratorium ze vergelijken met de data die wij al hebben.' Hij knikte toen hij het antwoord kreeg. 'Dank u wel. U bewijst ons een grote dienst.'

Hij kwam overeind en liep naar het kantoor van Eekhaut. 'We krijgen zo dadelijk de gegevens van twee monsters. Een ervan komt van de huisarts van een van de verdwenen mannen. Het andere komt uit het streekziekenhuis waar een ander slachtoffer bloed heeft gegeven. Dat geeft ons al twee kansen op een match met het DNA van twee van de slachtoffers.'

Eekhaut keek op. 'Prachtig. En nu maar hopen dat we geluk hebben. Zo gauw de gegevens binnen zijn stuur je ze door naar het lab, die moeten er dan maar nachtwerk van maken. Ze hebben lang genoeg gewacht met de DNA-analyse van de zeven slachtoffers. En met een pover resultaat ook nog. Ze hebben een gepaste straf verdiend.'

Prinsen knikte en liep terug naar zijn plaats, waar een van de jongere vrouwelijke agenten, Thea Marsman, binnenkomende verslagen afwerkte, afkomstig van buitenlandse veiligheidsdiensten. Het soort van routinewerk dat altijd door de jongste rechercheurs gedaan werd, en onder normale omstandigheden dus ook door Prinsen.

In zijn kantoor pakte Eekhaut de hoorn van de telefoon op – een geruststellend ouderwets toestel met een kronkelende kabel eraan vast – en belde Dewaal. 'We vorderen,' zei hij.

'O,' zei ze. 'En daarom bel je me? Terwijl je in het duivenhok naast het mijne zit. Kom gewoon hiernaartoe.'

Hij voelde zich belachelijk, legde de hoorn neer en stapte haar kantoor binnen, waarvan de deur zoals altijd openstond. 'Je jonge neef heeft het DNA van twee vermiste Nederlanders uit onze lijst gevonden. Het is een gok, dat weet hij ook, maar we gaan het vergelijken met de twee resultaten die wij in het lab hebben.'

'Waarom niet? We hebben niet veel om op terug te vallen. Hebben de twee vermisten iets gemeenschappelijk?'

'Een algemeen sociaal profiel, zo ongeveer. Zelfde achtergrond, voor zover ik kon zien. Ik zal hun volledige dossier opvragen bij de administratie en de processen-verbaal van hun verdwijning bij de recherche. Dan weten we meer.'

'Als we geluk hebben, kunnen we op die manier twee slachtoffers identificeren, Walter. Het is niet veel, maar het helpt ons misschien een stap vooruit. Het loont om uit zoeken of ze lid waren van de Kerk.' Ze wreef in een onbewust gebaar haar handen over elkaar. Het betekende iets, wist Eekhaut, maar het was niet het moment om daar dieper op in te gaan. 'Dan weten we bovendien waarom onze informant ons naar die locatie heeft gestuurd. Omdat er leden van de Kerk bij betrokken zijn. Het lijkt op een afrekening. Dat is al iets anders dan een ritueel met willekeurige slachtoffers, zoals die vermeende aanslagen van voordien. Dit keer is het vermoedelijk een gerichte moord, een terechtstelling.'

'Dan resteren er nog een aantal andere slachtoffers, waar we voorlopig geen namen op kunnen plakken.'

'Juist. We moeten ervan uitgaan dat we hun identiteit misschien nooit zullen leren kennen.' Ze leek te rillen, hoewel het niet koud was in het kantoor. 'Wat me verontrust, is dat zeven wellicht gezonde en weerbare mensen op een brandstapel eindigen, ergens ver van de beschaafde wereld. Dat gebeurt niet zomaar. Daar zit een hele organisatie achter, in meer dan één betekenis van het woord. Dat is nu net wat mij zorgen baart, Walter.'

'Waarom baart het je zorgen? We weten nu toch al dat er een groep mensen achter zit, zelfs met internationale allure. Het bewijst dat er altijd genoeg mensen te vinden zijn voor dergelijke onbegrijpelijke wreedheden.'

'Onder oorlogsomstandigheden, Walter. Dat zou ik kunnen begrijpen. Niet goedkeuren, begrijp me niet verkeerd, maar als het oorlog is, gebeuren er verschrikkelijke…'

Ze heeft dit nog nooit eerder meegemaakt, besefte hij. Ze heeft nog nooit eerder dergelijke wreedheid op een persoonlijk niveau meegemaakt. Als het om georganiseerde misdaad gaat, zijn slachtoffers zelden onschuldig. Ze zijn nooit willekeurig. Hier was dat misschien wel het geval. Dat raakte haar. 'Zo zie je maar, chef,' zei hij snel. 'Aan misdadige geesten geen gebrek. Een minderheid, altijd, gelukkig maar. Hier en daar wat psychopaten aan wie een schroefje loszit, die niet in staat zijn zich in andere mensen te verplaatsen en dus geen spijt of pijn voelen bij het lijden van anderen. We moeten aannemen dat het een heel kleine minderheid is.' Anders, dacht hij erbij, verlies je je hoop in de samenleving en de vooruitgang.

'Ik deel je positieve en hoopgevende visie op de mensheid niet, Walter. Ik wou dat ik dat kon, maar het lukt me niet. Was jij overigens niet de cynicus, en ik de...'

'Cynicus?'

Ze forceerde een glimlach. 'Nee? Sorry hoor. Dan heb ik je rol verkeerd ingeschat. Misschien moet ik je persoonlijke dossier nog even bekijken voor ik verder werk met jou. Stond daar het woord "onwillig" niet in, en ergens anders "recalcitrant"?'

Hij grinnikte. 'Je verwart een aantal dingen, baas. Het wordt tijd dat we een kroeg opzoeken en een Leffe drinken. Dat is goed voor de werking van de hersencellen, zoals Morse ook al wist. Oké, in zijn geval was het dankzij een ander biermerk.'

Hij merkte een subtiele verandering op in haar. Ze zei: 'Intuïtie – je weet wel, dat geheime vrouwelijke wapen – zegt me dat je al een Leffe ophebt, vandaag. En niet op een onverdacht moment. Maar dat kleine geheimpje is veilig bij mij. Zolang het om één Leffe gaat.'

'Zoals koffie bij andere mensen op de hersencellen werkt...'

'Nou, koffie. Een biertje is wel wat anders...' Ze kwam overeind. 'Voor we daar een meningsverschil over krijgen, Walter, wil ik weten waar we morgen aan beginnen.'

'Een bezoek aan een niet officieel erkende religie?' stelde hij voor.

'Ja?'

Hij trok een bedenkelijk gezicht. 'Dat lijkt me een goede plek om een onderzoek naar een psychopatensekte te starten. We vragen hun of ze gelovige zieltjes missen. En dan bezoeken we de bedrijven waar onze mogelijke vermisten werkten. Voor zover er een match is tussen de DNA-monsters, natuurlijk.'

Ze liep met hem naar buiten. In hun dikke jassen gehuld herinnerde hij zich de tocht door de Ardennen. Daar dacht hij liever niet aan. Ze stapten een kroeg binnen waar maar een paar mensen zaten. Er speelde zacht klassieke muziek. 'Eten we ook wat?'

Zijn hoofd stond niet naar eten, maar hij bestelde toch maar een broodje tonijn en een Leffe.

'Heb je al nieuws van Linda?' vroeg Dewaal, die ook haar bestelling doorgaf. 'Krijg je makkelijk contact met haar?'

'Het lukt niet altijd. Ze hebben een satelliettelefoon, maar die functioneert niet goed. Ik verwacht ook niet meteen dat ze me elke dag belt. Ze is om te beginnen niet het soort vrouw dat geneigd is tot praatjes. Als er wat ernstigs aan de hand is, dan hoor ik het wel.'

'Het komt allemaal wel in orde met haar. Hoe staat het verder tussen jullie? Niet dat ik me wil bemoeien met… Maar ik moet natuurlijk letten op de geestelijke gezondheid van mijn medewerkers, niet alleen op hun lichamelijke gezondheid.'

De drankjes werden gebracht. 'Ik kon het haar niet verbieden, Alexandra,' zei Eekhaut. 'Ik kon haar niet hier houden, tegen haar zin. Je weet dat ze haar baan heeft opgezegd, en daar had ze het moeilijk mee. Ze wilde iets doen wat weer zin geeft aan het professionele deel van haar leven. Ze wilde niet thuis zitten wachten tot een nieuwe geschikte baan zich zou aandienen.'

'Dus ging ze in op een aanbod…'

'Een oude studievriend kende mensen bij verschillende hulporganisaties. Die zijn voortdurend op zoek naar professionele medewerkers. Artsen en verpleegkundigen in de eerste plaats, maar ook mensen die gewoon dingen kunnen organiseren. Die verscheidene talen spreken. Die er geen probleem in zien om een half jaar ver van de beschaving te gaan kamperen en vluchtelingen te helpen.

'Met het risico dat… nou ja, dat jullie relatie in de kou komt te staan.'

'Als onze relatie dit niet aankan,' zei Eekhaut, 'dan is het een armzalige relatie, die het niet verdient doorgezet te worden.'

'Was dat jouw conclusie?'

Hij keek haar aan. 'Ja, eigenlijk wel. En de hare ook, denk ik. We hebben dat niet expliciet uitgesproken, maar ja, dat was wel wat we allebei dachten. Vermoed ik.'

'Loopt ze risico's? Fysieke risico's?'

'Wel, het is niet alsof een bijstandsorganisatie je in geval van nood daarvandaan komt plukken. Er zijn soldaten van de een of andere vredesmacht, maar dat zijn eigenlijk huurlingen. Die zijn er verantwoordelijk voor de veiligheid. En elke week komt er een vliegtuig…'

'Ze loopt dus risico's.'

'Ja,' gaf hij toe.

'Maar we lopen allemaal risico's.'

Hun broodjes werden gebracht. Eekhaut merkte dat hij de Leffe nog niet had aangeraakt. Zij dronk koffie. Zwart.

'We lopen allemaal risico's,' herhaalde ze, tussen twee happen door. 'Kijk maar naar de slachtoffers in de Ardennen. Veilige mensen, ongetwijfeld, in een veilige omgeving. En dan komt er een sekte die je per se dood wil, en je sterft…'

'Ja,' zei hij, 'een verschrikkelijke dood.' Hij werd teruggebracht bij de realiteit van het onderzoek. Wat maar goed was ook. Te veel over Linda nadenken diende nergens toe. Ze was te ver van hem vandaan. Kwam ze in nood, dan kon hij haar niet helpen.

'Morgen,' zei hij, 'weten we waarschijnlijk of we een overeenkomst hebben tussen de zeven slachtoffers en minstens één van de verdwenen Nederlanders op onze lijst. Zo niet, dan hebben we gewoon te weinig informatie. Wat doen we dan?'

Dewaal haalde de schouders op. 'Dan bedenken we wat anders, Walter. Ik weet het niet zo meteen, en tijdens de lunch probeer ik even niet aan het werk te denken als je 't niet erg vindt, maar we bedenken wel wat. Wat ik me overigens afvraag, nu we het er toch over hebben, is dit: we hebben één plek gevonden waar de sekte dit ritueel uitvoerde – als het al een ritueel is en geen complexe vorm van executie. Ik vraag me af of er nog meer van die plekken zijn.'

'Liever niet, als het even kan.'

Ze maakte een zijwaartse beweging met haar hoofd, alsof ze wilde zeggen: onze wensen komen niet altijd uit. 'Onze verlangens spelen hier geen rol, Walter. We moeten de werkelijkheid onder ogen zien. De doctrine van de sekte, het Genootschap of hoe heet het, veronderstelt dat al haar leden zich inspannen om onwaardige mensen te verbranden. Misschien is elke brand waarbij mensen omkwamen nu wel verdacht. Maar waarom liet de sekte deze keer zo nadrukkelijk bewijzen achter? Waarom een dergelijke sinistere opstelling? Waarom zo'n theater?'

'Een theater, maar dan zonder toeschouwers. Was het de bedoeling dat we ze vonden?'

'Je hebt een punt.'

'Wat zegt jouw informant?'

'Mijn informant heeft de gewoonte aangenomen niets te zeggen. Zijn informatie bestaat hooguit uit enkele geschreven zinnen, een vage foto die iets moet betekenen, dat soort dingen. Het is niet alsof ik plots een heel dossier over dat Genootschap op mijn bureau gemept kreeg. Ik verwacht niet dat zijn informatie in deze zaak tot concrete doorbraken zal leiden. Maar wel interessant dat hij ons de juiste coördinaten bezorgde. Hoewel daarmee nog niks is gezegd over zijn motieven.'

'Waarom contacteer je hem niet direct?'

'Hij wil geen direct contact. Ongetwijfeld weet hij wat de straf voor zijn verraad is. Kun je je voorstellen dat hij zich daar ongemakkelijk bij voelt?'

'Ja,' zei Eekhaut, 'dat kan ik me heel goed voorstellen.'

'Goed, dat maakt het wat makkelijker voor mij. Dan begrijp je waarom ik niet te veel reken op mijn informant. Vanuit die richting hoeven we niet te veel aanwijzingen te verwachten. Dat van die coördinaten, dat was de limiet, vermoed ik.'

7

Linda Weisman zat in de jeep van luitenant Odinga. Ze zat naast de luitenant, die zelf reed. Hij reed niet te snel, want een weg was er niet door de savanne. Het voertuig leek haar zo goed als nieuw en was geschilderd in een verbleekt roodbruin, zodat het grotendeels opging in de omgeving. Ze reden zuidwaarts, waar de bergen in de verte opdoemden als vingerwijzingen naar een ander continent. De andere leden van het team van Artsen zonder Grenzen hadden haar gewaarschuwd voor de bergen. Uit die richting kwamen meestal de rebellen. Dat was tenminste wat de vluchtelingen zeiden. Sinds de aankomst van het hulpteam en van het contingent Keniaanse blauwhelmen waren er geen rebellen meer te zien geweest. Een paar keer hadden ze in de verte geweerschoten kunnen horen, maar geluid droeg ver over de open vlakte, en misschien waren de schoten afkomstig van jagers. Of stropers. Die lieten zich niet ontmoedigen door de aanwezigheid van de soldaten.

Ze keek achter zich, maar het kamp was niet meer zichtbaar. Het voertuig wierp een stofwolk op, maar dat stof was zwaar en ging al gauw weer liggen. Het had een scherpe, metalige geur, vond ze, zoals wanneer je bloed in je neus of in je mond had. Er was echter geen ontsnappen aan. De wereld bestond uit stof.

Even overwoog ze de luitenant opnieuw te vragen wat hij haar wilde laten zien. Maar een blik op zijn vastberaden gezicht vertelde haar dat ze moest wachten. Dat hij haar niet kon uitleggen wat er daar verderop te zien was, omdat de woorden hem tekortschoten. Het verbaasde haar nog steeds dat hij háár aangesproken had. Haar in het bijzonder. De afgelopen drie weken had hij geen aandacht aan haar besteed. Hij praatte met zijn sergeanten, met de artsen, met de twee ambtenaren van de Verenigde Naties. Hij praatte zelfs met enkele oudere vluchtelingen. Maar haar had hij genegeerd.

Daarom vermoedde ze dat hij haar nu zou laten wachten op een verklaring. Ook al was ze opeens het onderwerp van een speciale behandeling. Een wel heel speciale behandeling. Temeer omdat hij haar vroeg discreet te zijn over dit kleine tochtje.

Nee, ze had haar teamleider niet gezegd waar ze naartoe ging. In haar weinige vrije tijd deed ze wat ze wilde. Er was niemand aan wie ze verantwoording schuldig was. Ze was hier niet naartoe gekomen om zich te laten betuttelen. Dat was in haar vorige baan al genoeg gebeurd. Een baan die geen waardering inhield, niet van haar baas en niet van de andere medewerkers. Een baan die ze, na vier jaar, voor gezien hield.

Tegenover Walter was ze eerlijk geweest: ze wilde een tijdje wég uit Amsterdam en uit Nederland, en dat had niets met hem te maken. Integendeel, hij was waarschijnlijk de enige die haar in Amsterdam kon houden. En toch was ze vertrokken. Hij had het begrepen. Ze nam afscheid van een vorig leven, om een nieuwe horizon te vinden, en ze schaamde zich voor het cliché. Dat ze tegelijk iets kon doen aan de armoede, was meegenomen. Mooi meegenomen. Hij argumenteerde, niet geheel ten onrechte, dat je hulp aan derdewereldlanden – de term alléén al stuitte haar tegen de borst – beter kon geven via renteloze leningen, in de vorm van structurele middelen, in kennis, in de kans om deel te nemen aan de wereldhandel tegen aanvaardbare prijzen. Maar dat was voor haar geen oplossing.

Het is een oorlogsgebied, zei ze. Er is geen economie. Wat ze daar nodig hebben is medische zorg, materiaal om waterputten te slaan, tenten, dat soort dingen. Ze herinnerde zich, uit haar verre kindertijd, het verzamelen van kroonkurken voor de arme landen. Ze herinnerde zich de ijver van kerkgemeenschappen om zendelingen uit te sturen die gingen helpen. Walter herkende dat. Steun aan de missies. Congo natuurlijk, voor zover ze de Belgische geschiedenis kende. Hij glimlachte. We hebben allemaal missies gehad, zei hij, maar niet altijd in dezelfde betekenis van het woord. We hebben allemaal kolonies gehad, en we hebben ze allemaal uitgebuit.

Er waren andere redenen om te gaan. Redenen die alleen háár aangingen. Die niets met hulp aan noodlijdende volken te maken hadden. Eén van die redenen was duidelijk genoeg: in Nederland was er geen horizon. Er was geen weidse vlakte meer waar verre figuren zich aan de einder bewogen. Nederland was opdringerig. Er stonden te veel huizen, en als er niet te veel huizen stonden, stonden er stationsgebouwen, voetbalstadions, flatgebouwen, fabrieken, kantoorgebouwen. Of mensen, heel veel mensen. De plicht om je aan te passen aan de massa. Doe maar gewoon, zeiden de mensen, dan doe je al gek genoeg. Dat had ze zo vaak gehoord. Haar moeder berispte haar kinderen daar om de haverklap om. Doe gewoon, Linda! Al die fratsen zijn nergens voor nodig. Waar maak je je toch druk om, Linda? Mensen kéken de hele tijd naar je, en je wist niet wat ze dachten, maar jij wist toch dat ze dachten: dat gekke kind komt nooit goed terecht.

In haar beroep was dat niet anders geweest. Mensen die naar je keken. Mensen van wie je nooit wist wat ze dachten. De onuitgesproken codes waren het ergste. Je wist dat je je daaraan moest houden, maar niemand drong ze letterlijk op. Buitensporig gedrag werd niet gestraft, maar afgestraft. Het was waar wat gezegd wordt: blikken deden meer kwaad dan handelingen.

Ze keek omhoog, naar de lucht. Ze zou vanavond proberen Walter te bellen. De dag ervoor was het niet gelukt. Het team van AZG had een satelliettelefoon, die echter niet goed functioneerde. De batterijen opladen was ook een hele onderneming. De twee mensen van de VN hadden een kortegolfzender, maar daarmee kon ze moeilijk Walter op zijn mobieltje bellen.

Een mobieltje. In een jeep, in het hart van Afrika, ver weg van de beschaving, het was idioot om aan zoiets banaals als een mobieltje te denken.

'We gaan toch niet te ver?' zei ze.

Hij draaide even zijn hoofd naar haar om. 'In Afrika meten we afstanden anders dan in Europa. Hier reizen we tweehonderd kilometer om een buurman te spreken. En daar doen we soms een week over. Voor een gesprek, om iemand te zien die zelfs geen familie is, al is het maar één keer in het jaar. Nee, het is niet ver, zelfs niet naar uw maatstaven.'

Ze naderden de uitlopers van de bergen. Rode, nauwelijks door erosie aangetaste rotsen. Ook het zand en de wind hadden er geen invloed op, zo hard was het gesteente. Misschien was het van recente datum, geologisch gezien. Ze droomde wel eens van onder het zand verborgen liggende gebouwen. Een beschaving hier ver weg in Afrika, waar geen mens ooit over had gehoord. Maar dat was een idiote, populaire mythe uit een vorige eeuw geweest.

De luitenant minderde vaart. Ze vroeg zich af of hij de weg zocht. Of misschien zocht hij naar iets in het landschap wat hem bekend voorkwam. Maar hij reed zelfverzekerd door, net of ze op een snelweg zaten. Toen merkte ze dat hij een rij keien volgde, die per drie een soort markering vormden, met zo'n honderd meter tussenruimte. Een primitieve maar afdoende manier om een traject aan te duiden. Uiteindelijk zouden die keien onder het bewegende zand verdwijnen, maar voorlopig deden ze uitstekend dienst.

'Hoe lang blijft u hier?' vroeg hij.

Het leek een voor de hand liggende vraag. Het was iets wat je vraagt omdat je nu eenmaal moet converseren met de mensen in je nabijheid. Eén uit de duizend standaardvragen. Behalve dat een dergelijke vraag hier, in dit land zonder centrum en zonder geschiedenis, een heel andere betekenis leek te hebben. Hij wilde weten – zo veronderstelde ze – of ze zich verbonden voelde met dit volk, met deze vluchtelingen. En hoe diep haar engagement ging.

'Ik ben hier in principe voor zes maanden,' zei ze. Dat was niet helemaal waar maar ook niet helemaal een leugen. Na de helft van die tijd kon ze al terug, maar ze kon ook blijven als ze dat wilde. Er kwam om de week een vliegtuig. Het stond haar vrij er gebruik van te maken. Niemand zou haar dat verwijten.

Hij knikte alleen maar. Zes maanden leken een eeuwigheid. Al die tijd gescheiden van Walter, wat zwaar was, zeker nu ze elkaar nog maar pas kenden. Daarom was het een moeilijke beslissing geweest. Ze zou ongetwijfeld eerder teruggaan. Een belangrijk deel van haar leven was in Amsterdam achtergebleven.

Maar er waren ook nog de vluchtelingen, die haar nodig hadden.

Ach nee, de vluchtelingen hadden haar niet nodig. Raak niet persoonlijk betrokken – dat was de waarschuwing die ze had meegekregen. Raak niet persoonlijk betrokken, en raak ook niet emotioneel betrokken, want er is weinig wat je voor deze mensen kunt doen. En vervolgens keer je terug naar je eigen realiteit. Er zijn andere maatregelen nodig dan het zenden van medische teams. Structurele en politieke maatregelen zijn er nodig. Maar dit is Afrika, en voor Afrika worden geen structurele en politieke maatregelen genomen. Ook niet door de grote westerse naties die het zich kunnen veroorloven.

Bind je dus niet aan deze mensen. Doe je werk, en kom dan terug.

Ze was geen arts of verpleegster. Ze stond in voor het beheer van voorraden, het opstellen van werkroosters, de communicatie met de buitenwereld, de maaltijden voor het hele team, en nog veel meer praktische, dagelijkse dingen waar de medisch specialisten zich niet om wilden bekommeren. Kwartiermeester en kok en dat soort dingen, tot zover haar taken. Ze hoefde dus niet echt rechtstreeks in contact te komen met de vluchtelingen.

Behalve met de kinderen, die allang ontdekt hadden waar de voorraden van het team te vinden waren, en die er altijd op uit waren om de resten van de maaltijden te bemachtigen.

Ze liet ze begaan. Ze liet de kinderen de resten van de beschaving meenemen, en soms gaf ze hun wat extra. Gaandeweg zou dat onhoudbaar worden: er waren gewoon te veel kinderen.

Ook daarvoor hadden ze haar gewaarschuwd, voor de nabijheid van zinloze bronnen van vrijgevigheid. En dat soort waarschuwingen was doorgaans als een vloek. Ze hadden de neiging om werkelijkheid te worden.

'Wat u te zien krijgt, mevrouw Weisman,' zei de luitenant plotseling, 'kan schokkend voor u zijn. Ik wil u daarop voorbereiden, al weet ik niet helemaal hoe ik dat moet doen.'

'Waarom laat u het me dan zien? Als het zo schokkend is, is het dan niet iets waar u zich mee bezig moet houden, vanuit uw militaire positie? Is het niet iets voor de vn?'

'Zo eenvoudig ligt het niet, mevrouw. Misschien moet ik een antropoloog laten overkomen uit Mombassa. Of een criminoloog. Wie weet. Wie weet wat voor mensen we hier nodig hebben.'

Ze vroeg zich in stilte af waar hij het over had. Een criminoloog? Hier, op deze plek, waar misdaden door de woestijn gesmoord werden?

Waar hád hij het over?

En waarom had hij háár nodig?

De jeep begon te klimmen, tussen kartelige rotsen door. De weg – wat voor een weg doorging – leek op een smalle rivier die tussen oevers van rotsen liep, slingerend. Maar er was tenminste een weg, dat was een voordeel. Ze zag zichzelf niet te voet dit landschap beklimmen.

Luitenant Odinga stuurde het voertuig met overtuiging en vakmanschap door krappe bochten en langs hellingen. Ze bereikten een vlakker stuk, maar hielden meteen halt tegenover een hoge rotswand, die schijnbaar helemaal tot de top van de berg reikte, of die indruk had ze althans. Ze keek omhoog. De heldere, blauwe lucht stak onwaarschijnlijk scherp af tegen de roodbruine pieken en breuken. Dit was een foto waard, maar ze had geen camera bij zich.

De luitenant zette de motor af. Meteen daalde een verontrustende stilte over het landschap neer. Ze hoorde nog slechts een licht gesuis, misschien van haar eigen bloed in haar oren, of misschien was het een geluid dat hoorde bij de opwarmende atmosfeer. Iets anders was er niet. In het kamp en in de wijdere omgeving daarvan waren er altijd geluiden te horen. Van ruim tienduizend mensen, in de eerste plaats, maar ook van de wind die voortdurend over de vlakte en door struiken en de zeldzame, kale bomen bewoog, en af en toe de bizarre geluiden van dieren ver weg.

Niets daarvan hier.

Alleen stilte.

Onderbroken door het tikken van de afkoelende motor van de jeep.

Ze keek de luitenant aan. Tussen de rotsen was het heet, zelfs zo vroeg op de dag al, en nergens was er de afkoelende bries te voelen die op de vlakte heerste. 'Is het dat?' vroeg ze, in de veronderstelling dat hij haar hiernaartoe gebracht had om haar de schoonheid van de natuur te laten bewonderen.

Voor het eerst werd ze een beetje bang. Stel dat hij minder fatsoenlijke plannen met me heeft, dacht ze. Niemand wist dat zij hier was. Niemand wist dat zij bij hem was. Waarom was ze zo dwaas geweest?

Of hoopte ze toch onbewust op een avontuur, desnoods met luitenant Odinga?

Doe niet zo mal, dacht ze. Daar heb je geen moment aan gedacht. Tot daarnet kwam dat idee helemaal niet bij je op. Tenzij je een tweede persoonlijkheid aan het ontwikkelen bent, die dergelijke bedoelingen in haar perverse ziel koestert.

Hij keek haar aan. 'We moeten door de kloof,' zei hij.

De kloof, dacht ze.

Hij wees. Tussen de rotsen zag ze langgerekte schaduwen. Een kloof?

'Kom,' zei hij. 'Het wordt alleen maar heter. En we hebben geen water meegebracht. Mijn mannen wachten.'

Hij ging eerst, stapte tussen de schaduwen, en toen ze hem volgde bevonden ze zich plots in een smalle, hoge kloof die de berg in tweeën leek te splijten. Het was een wonderlijk gezicht. In de kloof was het koeler dan daarbuiten, en dat was meegenomen.

De kloof was niet diep. Ze begreep de afmetingen van de berg niet – die waarschijnlijk meer gewoon een rotsformatie dan een echte berg was – en ze kon zich ook niet oriënteren, maar plotseling stonden ze aan de rand van een grote open ruimte, als een kom waarvan onregelmatige pieken de rand vormden, een rand die door een reus met zijn tanden was bewerkt.

Een stuk of zes soldaten lagen tegen de rand en kwamen overeind nu ze de luitenant zagen. Hun wapens stonden tegen de rotsen.

Maar dat was het niet wat haar aandacht trok. De soldaten, de zanderige kom in het midden van de rotsen, de blauwe hemel, de schaduwen, dat hoorde allemaal tot de gewone, dagelijkse wereld, hoe ongewoon ook. Dat was een wereld die ze begreep en waar ze zich – ook hier, zo ver van huis – thuis voelde.

De gewone, materiële dingen.

Wat er zich midden in de open ruimte bevond deed haar twijfelen aan de zin van die wereld.

Onwillekeurig telde ze. Elf. Elf figuren, rechtop, zwart als de nacht en misschien nog zwarter, zo zwart als de grond waarop ze stonden. Elf figuren, ooit mensen geweest, en nu slechts de overblijfselen van menselijk leed.

Ze stapte naar voren. Ze wist dat de luitenant en de soldaten naar haar keken, maar dat deed haar niets. Ze vroeg zich zelfs niet af waarom de luitenant haar hiernaartoe had gebracht. Ze stelde zich geen vragen over zijn motieven. Deed hij dat om de blanke vrouw angst aan te jagen? Om een neutrale getuige te hebben? Was er wel een zinnige verklaring? Geen enkele verklaring leek, in het licht van de onwaarschijnlijke vondst tussen de rotsen, zinvol te zijn.

Na vier of vijf stappen hield ze halt. Het rationele deel van haar brein registreerde details. De armen van de figuren waren achter op hun rug gebonden, met riemen of touwen, dat kon ze niet goed uitmaken. Door de hitte waren die riemen, net als wat waarschijnlijk kleren waren geweest, versmolten met de lichamen. Ze zag open monden, vleesloze hoofden, zelfs de tanden waren zwart. Het waren mensen geweest, misschien heel lang geleden, maar het vuur had bijna abstracte beelden van hen gemaakt, een abstracte beeldengroep achtergelaten in een ontoegankelijk deel van de woestijn.

Elf figuren, in een cirkel, met de gezichten naar binnen gekeerd, elk vastgebonden aan een paal. Daarna had het vuur zich van hen meester gemaakt.

Ze draaide zich om naar de luitenant. Die stond enkele passen van haar vandaan, het hoofd een beetje gebogen, zijn blik gericht op het zand alsof de aanblik van de figuren een godslastering was.

'Wanneer is dit gebeurd?' vroeg ze zacht.

Natuurlijk was het een belachelijke vraag. Hoe kon de luitenant dat weten? Ze moest andere vragen stellen. Vragen die binnen het bereik van de luitenant lagen.

'Heel lang geleden,' antwoordde hij.

Ze zei niets.

'Het gebrek aan vocht in de atmosfeer heeft ervoor gezorgd dat de lichamen zo goed bewaard zijn gebleven. Dit is niet recent gebeurd. We hebben discreet wat lokale mensen ondervraagd, naar dingen uit het verleden. Naar hun mythen, en de verhalen die ze elkaar vertellen wanneer de nacht valt.'

'En?'

'Hierover bestaan geen verhalen,' zei hij.

'Niemand weet hier dus van?'

'Het is niet het soort van… ontdekking waar we veel vragen over willen stellen,' zei hij. 'Misschien was dit een openbare executie, maar waarschijnlijk was het een ritueel. Ik ben niet bekend…' Hij stopte even. 'Ik ben geen antropoloog, mevrouw Weisman. Misschien woonde hier ooit een volk dat rituele verbranding van mensen, van vijanden desnoods, praktiseerde.'

'Maar dat gebeurde recent niet meer.'

'Dít is in elk geval niet recent, nee.'

'Hoe oud…' begon ze. En toen keek ze hem strak aan. 'Dít niet? U bedoelt… er zijn nog andere…'

Hij wees. Ze draaide zich om. Achter haar, aan de andere kant van de open ruimte, maakten de rotsen een inham, en daar was, zo zag ze nu, nog een kloof. Hij stapte langs haar heen en liep die kant op. Ze volgde hem. De soldaten bleven waar ze waren.

'Ik waarschuwde u,' zei hij. 'Voor hetgeen u te zien zou krijgen.'

'Die lijken zijn zo goed als versteend,' zei ze.

'Een natuurlijk proces in deze streken. En waarschijnlijk ook een gevolg van de hitte van het vuur.'

'Zouden ze levend…'

Hij hief zijn hand op. De kloof was korter en minder hoog dan de eerste. Ze waren er met een paar passen door.

Ze wist wat ze kon verwachten.

Ze stonden niet meer in een kom tussen rotsen, maar tegenover een ruim open terrein met ongelijke plateaus en rotsen die alle richtingen uit wezen. Verderop was er nog een richel, en daarachter strekte zich de savanne weer uit. Ze waren aan de andere kant van de rotsformatie uitgekomen.

Een nieuwe cirkel met lichamen. Zeven, deze keer. Deze waren niet versteend. Ze waren zelfs maar gedeeltelijk verkoold. Sommige hoofden waren nog zo goed als intact. De hitte was minder intens geweest, de vuren hadden minder goed gebrand. De slachtoffers waren allemaal Afrikanen, één ervan was een vrouw, minstens één.

Linda wendde haar hoofd af. 'Lieve god,' fluisterde ze.

'O,' zei de luitenant, 'God heeft hier heel weinig mee te maken. Dit is het werk van mensen, mevrouw Weisman. Van mensen. Van wrede, labiele mensen, die geloven dat het nodig is andere mensen vreselijk te martelen.'

'Wie zijn die mensen dan?'

'Ik vrees dat die vraag niet te beantwoorden is. En uw volgende vraag zal ik maar meteen beantwoorden: deze tweede locatie is niet ouder dan enkele weken. Omdat het hier zo droog is, is er nog nauwelijks verrotting opgetreden. Ik heb een van mijn mensen foto's laten maken van de slachtoffers die herkenbaar zijn, en we zullen de lokale bevolking ondervragen, maar we…' Hij maakte een machteloos gebaar.

'Wanneer hebt u dit ontdekt?'

'Drie dagen geleden. We hebben het niet zelf ontdekt. Een paar vluchtelingen liepen de kloof binnen op zoek naar water, tevergeefs zoals bleek, en toen ze in het kamp kwamen deden ze hun verhaal. Ik kon ze ervan weerhouden met anderen te praten, maar ik kan uiteindelijk niet garanderen dat deze ontdekking geheim blijft. Dit is erg krachtige toverij, mevrouw. In dit land is dit erg krachtige toverij. Wie dit gedaan heeft bezit een bijzonder soort macht.'

Ze draaide zich om. Vier soldaten zaten op rotsen naast de kloof die naar de andere offerplek leidde. Tussen hen in zat een man in vuile, halfvergane kleren. Ze zag aan zijn gezicht dat hij een Somaliër was.

'Wie is dat?' vroeg ze aan Odinga.

De handen van de man waren samengebonden. Hij keek haar aan alsof zijn onfortuinlijke situatie hem niet kon deren.

'We troffen hem hier aan, mevrouw,' zei de luitenant. 'Hij praat niet. Maar hij was hier niet toevallig.'

'Heeft hij iets met deze moorden te maken, denkt u?'

De luitenant keek verveeld. 'Omdat hij niet praat, weten we niets over hem, mevrouw. Alles is mogelijk. Misschien kwam hij hier langs. Misschien is hij een rebel, hoewel hij geen wapen bij zich had. We vermoeden dat hij hier al enkele dagen was, omdat we een paar vodden en wat stukken oud brood vonden.'

'En dus vermoedt u dat hij iets met dit alles te maken heeft.'

'We vermoeden niets. We zullen hem meenemen naar het kamp, en daar zal hij met ons praten. Mogelijk komen we dan meer te weten over hem en over deze… over deze slachtoffers.'

Ze keek niet meer naar de slachtoffers. Ze wilde hier weg, zo snel mogelijk.

8

Eileen Calster had een kort maar wat Nick Prinsen betrof aangenaam berichtje achtergelaten op zijn voicemail: ze was in haar Amsterdamse flatje gearriveerd. Hij zat achter zijn bureau toen hij het berichtje kreeg, met de restanten van een vorig onderzoek nog om zich heen verspreid. Van Gils was er niet, en drie andere agenten zaten verderop luidruchtig te overleggen over een van de lopende zaken: wapensmokkel naar een van de Kaukasische republieken. Niemand lette op hem, en dat was maar goed ook, want ze zouden de emotie op zijn gezicht hebben kunnen aflezen. In haar vorige berichtje had ze gemeld dat ze definitief uit Groningen vertrok. Over haar ouders had ze niets te vertellen gehad. Hij begreep dat ze dit onderwerp wilde vermijden, want ze zei niets over hun reactie op haar vertrek. Of eigenlijk hun gebrek aan reactie. Ze had hen afgeschilderd als norse mensen die geen gevoelens konden uiten, en wie het schijnbaar onverschillig liet wat hun vervreemde dochter deed.

Ze sneed het onderwerp niet aan omdat ze precies voor dat gebrek aan gevoelens op de vlucht was. Ze was op de vlucht voor alles waar haar ouders voor stonden. Ze had nog maar eens geprobeerd om tot hen door te dringen, om hun te laten begrijpen dat de negentiende eeuw allang achter hen lag en dat zij, Eileen, besloten had om in het heden te leven. Het simpele feit dat ze terugkeerde naar Amsterdam was voor Prinsen veelzeggend: er was een definitieve breuk. Ze kapte definitief met haar pogingen om hun muur van stille afwijzing te doorbreken.

Hij keek op zijn horloge. Vandaag zou hij wat vroeger naar huis gaan. Hij sloot zijn computer af, deed de laden van zijn bureau op slot en kwam overeind. Veneman, aan het andere eind van het werkvertrek, keek even op maar besteedde verder geen aandacht aan hem. Prinsen trok zijn jas en handschoenen aan, wikkelde een sjaal om zijn hals en nam de trap naar beneden. Buiten kreeg de kou hem meteen te pakken. Hij keek omhoog. Er was opnieuw sneeuw op komst, dat merkte je aan die scherpe, rafelige kou. Hij stapte de Kerkstraat door, in de richting van het centrum. Een wandeling zou hem goed doen. Zelfs in de kou.

Zou hij eerst een hapje eten? Zou hij Eileen uit eten vragen? Ja, dat zou hij doen. Om te vieren dat ze zichzelf bevrijd had. Hij haalde zijn mobieltje tevoorschijn en toetste haar nummer in. Ze nam meteen op, hijgend, alsof ze gehold had.

'Hi! Ik ben in mijn flat. Alles is in orde, maar het is er nog koud. Er is een tijdje niet gestookt. Waar ben jij?'

'Ben net van kantoor vertrokken. Het is nog vroeg, maar zullen we ergens iets eten? Ik trakteer. Om te vieren dat je terug bent.'

Daar hoefde ze niet lang over na te denken. 'Goed idee. Ik heb niks in huis om te eten. En uitgehongerd dat ik ben! Je hebt er geen idee van. Het is waarschijnlijk de verandering van omgeving. Waar spreken we af?'

Gek genoeg schoot hem zo gauw niets te binnen. Hij ging zelden de deur uit en wanneer hij iets ging eten, lette hij nauwelijks op de naam van het restaurant. Snel, dacht hij, ik moet snel iets bedenken. Ze mag me niet horen aarzelen. 'Ergens in de buurt van de Dam? Het is daar allemaal wel toeristisch, maar er is beslist een Argentijns steakhouse waar we behoorlijk kunnen eten.'

'Waar het binnen donker is,' zei ze, alsof dat bijdroeg tot de culinaire pret. Of wilde ze niet samen met hem gezien worden? Ze klonk opgetogen. 'In de Raadhuisstraat?'

'Nu meteen?'

'Wanneer anders?'

'Oké dan. Ik ben onderweg.' Het kostte hem tien, hooguit vijftien minuten om er te komen. Onderweg aarzelde hij. Zou hij iets voor haar meenemen? Een cadeautje? Maar wat dan? Hij kon moeilijk met bloemen bij het restaurant aankomen. Zeker niet met dit weer. Een boek dan? Een cd? Hij kende haar smaak niet eens op het gebied van boeken en muziek. Hij belde nu al enkele maanden met haar, maar wist niet wat voor boeken ze las of naar welke muziek ze luisterde. Waar hadden we het dan de hele tijd over gehad?

Hij wist het antwoord. Ze hadden het gehad over hun jeugd en over ouders en gevoelens.

Misschien kocht hij een dagboek voor haar. En een pen. Misschien schreef ze graag alles op. Ze leek hem het soort meisje dat graag dingen aan een dagboek toevertrouwt, hoe onbelangrijk ook. Gewoon omdat ze die dingen uit haar hoofd kwijt wilde raken. Daarvoor leek een dagboek hem geschikt.

Hij stapte de Bijenkorf in en nam de roltrap, ondertussen zijn jas openma-kend. Hij vond een in zwart leer gebonden dagboek met gelinieerde pagina's, een Waterman-pen en wat extra vullingen met donkerblauwe inkt. Hij liet alles als cadeau inpakken. Dat duurde even, en toen hij in de Raadhuisstraat arri-veerde liep Eileen al te ijsberen, wat gezien de temperatuur niet ontoepasselijk was. Ze hield haar armen over elkaar, alsof ze het zelfs in haar parka koud had. 'Sorry,' zei hij. 'Dit duurde eventjes langer dan ik had voorzien.'

'Je bent er, da's het voornaamste.' En ze vergaf het hem meteen. Op dat mo-ment zou ze hem alles vergeven hebben, zolang hij er maar was. Ze zoende hem op de wang, met haar handen op zijn schouders.

Ze liepen het restaurant binnen en kozen een tafeltje bij het raam. Het was vroeg, en er zaten alleen vier jonge mannen, Amerikanen zo te zien. Ze waren al halverwege een aanzienlijke steak, gebakken aardappels en een salade, elk met een glas bier naast zich.

Nadat ze haar parka had uitgetrokken en haar haren in model had gebracht, bekeek hij haar zorgvuldig. Ze richtte haar blik op hem en glimlachte. 'Zie ik er anders uit?'

'Ja,' zei hij. 'Je ziet er anders uit. Ik weet niet waarom. Gewoon anders.'

'Een paar kilootjes aangekomen,' gaf ze toe. 'En mijn haar wat anders ge-daan.'

Dat was echter niet alles. Er was veel meer veranderd aan haar. Ze was niet meer het angstige maar vastberaden magere meisje dat zo veel maanden eerder door de politie op een schuiladres was ondergebracht, en dat hij later naar Gro-ningen had gereden. Zoals ze hier nu zat had ze duidelijk afstand genomen van de angst die ze had gekend. De angst dat haar leven elk moment bedreigd werd.

'Waarom ben je vier maanden weggebleven?' vroeg hij.

Ze lachte. 'Het is een willekeurige periode…' De ober verscheen naast hen, en snel doken ze in het menu. Hij bestelde kip op Mexicaanse wijze en een sa-lade, en zij verbaasde hem door een steak te nemen, medium. En bier. Goed, dan nam hij ook maar bier.

'Een arbitraire periode?'

'Als het vijf maanden waren geweest, had je me dan gevraagd waarom vijf maanden?'

'Ik bedoelde: waarom nam je niet meteen de beslissing om in Amsterdam te blijven? Waarom ging je terug naar Groningen?'

Ze schudde haar hoofd. Het ging niet alleen om Pieter van Boer, haar vriend, die was doodgeschoten. Dezelfde moordenaar had ook haar broer om het leven gebracht. Daarom was ze, tegen beter weten in, naar haar ouders teruggegaan.

'En hebben ze de dood van je broer verwerkt?'

Ze keek naar buiten en even dacht hij dat er geen antwoord ging komen. Het bier werd gebracht. Ze zei: 'Ze wilden niet over hem praten. Wat hen betreft bestaat hij niet meer. Hij heeft nooit bestaan. Er zijn geen foto's van hem in hun huis. Alsof hij er nooit is geweest.'

'Ze blijven ontkennen…'

'Nee, dat is het niet.'

'Wat dan?'

Hij zag tranen in haar ogen. 'Wie uit de gemeenschap treedt, treedt uit hun leven, Nick. Zelfs ik ben niet langer hun dochter. Ze begroeten me wanneer ik binnenkom, en ze praten met me op dezelfde manier waarop ze met vreemden praten, maar geen moment verwijzen ze naar wat er in Amsterdam is gebeurd. Ik besta voor hen alleen maar voor zover ik in hun huis woon. Maar stel je bij dat praten niks voor, Nick. Als kind al vond ik het vreemd dat ze nauwelijks iets zeiden. Ik was bang van hen, omdat hun stilte zo dreigend was, omdat er dingen nooit uitgesproken werden.'

Nick wist maar al te goed waar ze het over had. Ook hij was opgevoed in een strenge en gelovige omgeving, maar misschien niet zo extreem als Eileen. Dat schiep iets tussen hen. Een band, maar dan een band die hij betreurde. Hij had liever een band tussen hen gebaseerd op een positieve ervaring.

De maaltijd verscheen op tafel. De ober wenste hun smakelijk eten en Nick bedankte hem, maar zijn aandacht was elders. Bij Eileen.

'En jij?' vroeg hij.

Ze keek op. 'Ik?'

'Waar besta jij? Besta jij ook alleen maar in de schaduw van je ouders?'

Ze schudde het hoofd. 'Nee, Nick. Ik weet wel beter. Ik heb al een tijdje afstand genomen van alles waar zij voor staan. Dacht je dat ik naar Amsterdam was gekomen met mijn hoofd vol heimwee? Ik heb geen heimwee. Ik heb opnieuw gezien hoe ze leven, en daar wil ik niets meer mee te maken hebben.'

Ze sneed een stuk van het vlees af en at. Enkele ogenblikken lang zwegen ze. Buiten passeerden alleen maar haastige mensen, waarschijnlijk op weg naar een warmere plek. Het sneeuwde nog steeds niet, maar er stond wat wind en die was ongetwijfeld koud.

'Heb je een baan in het vooruitzicht?' vroeg hij.

'Ja, dankzij vroegere kennissen. Veel is het niet, maar het betaalt de huur en ik kan eten. Ik zie wel wat er komt. In september ga ik weer studeren. Ik kan een beurs krijgen.'

'Van de overheid?'

'Nee, van een bedrijf. Mijn studieadviseur aan de universiteit heeft dat geregeld. Hij zei: vergeet dit jaar. Doe wat anders. Kom daarna terug en pik je studie weer op. Pik je hele leven weer op. Hij is een schat, mijn studieadviseur. Zonder hem was ik helemaal nergens.'

Hij knikte en wijdde zich aan zijn kip.

Na een tijdje zei ze: 'En jij?'

'Het gebruikelijke.'

'Wat is dat? Speurwerk, neem ik aan?'

'Ja. Wat ik eerst ook deed. Dossiers, problemen, complotten, misdaad.'

'Waarom zijn wij hier eigenlijk samen?' vroeg ze plotseling.

Hij keek op. De kip viel best mee, maar hij had geen trek. 'Waarom?'

'Ja, waarom zijn we hier samen? Hebben wij iets te delen? Is er iets tussen ons? Misschien is het beter dat ik daarvan op de hoogte ben, Nick. Dat er iets is, bijvoorbeeld iets wat je me wilt vertellen.'

Hij was in de war. Hoofdzakelijk omdat hij voor zichzelf nog niet had uitgemaakt waar hun relatie op gebaseerd was. Hij had om te beginnen nog niet uitgemaakt wat hij werkelijk voor haar voelde. Hij had aangenomen dat er een onuitgesproken band tussen hen bestond, die zij ook voelde.

Het stemmetje in zijn hoofd vertelde hem een onoverkomelijke waarheid: natuurlijk is er iets tussen jullie. Waarom vroeg hij haar anders mee uit eten? Waarom zat hij anders de afgelopen dagen ongeduldig te wachten tot ze weer in Amsterdam was?

Natuurlijk was er iets.

'Ik, eh…'

'Omdat je me weer naar huis bracht, na die vorige zaak?'

'Omdat je er erg kwetsbaar uitzag en ik je wilde helpen.'

Ze hield het hoofd een beetje omlaag. 'Mmm. Je houdt dus van kwetsbaar. Ik ben niet kwetsbaar, Nick. Toen, op dat moment, was ik bang. Mijn vriend was voor mijn ogen doodgeschoten, ik werd zo goed als ontvoerd, beschoten, weet ik wat, en een huurmoordenaar doodde mijn broer. Dat is meer dan iemand kan verdragen.'

'Ja,' zei hij. 'Dat begrijp ik.'

'Maar ik ben niet kwetsbaar.'

Nee, dacht hij. Want dan was je niet teruggekomen. Dan was je wel degelijk in Groningen gebleven.

'Je wil toch niet dat ik kwetsbaar ben, Nick,' drong ze aan. 'Ik wil niet dat je beschermende gevoelens voor me hebt. Daar kan ik niet mee omgaan. Dan stik ik.'

Hij schudde zijn hoofd. 'Dat wil ik ook niet.'

'Want dat deden mijn ouders ook. Me verstikken. In te goed bedoelde mentale armoede.'

Verstikken wilde hij haar niet. Maar wat wil je dan wel, Nick? vroeg hij zich af. Wilde hij niet meteen te veel van haar? Deed hij er niet beter aan wat afstand te houden, tot ze haar plekje in Amsterdam had gevonden?

9

Niet ver van het Argentijnse steakhouse zat Eekhaut in een andere openbare gelegenheid. Hij at een kipsaté met frites in de Roode Leeuw en dronk daar een groot glas Amstel bij. Geen echt bier, volgens zijn boekje, maar ze hadden weinig anders. Hier kwam zelfs hartje winter een trouwe clientèle, dat zag je aan de manier waarop het personeel ermee omging. Je werd er op een wat afstandelijke maar toch correcte manier bediend, en dat stond hem wel aan. Geen terloops met menu's gooiende uitbaters of gelegenheidsobers, maar keurige jongens en meisjes in uniform. De saté was al jaren onveranderlijk goed. Sinds die eerste keer dat hij hier als toerist kwam, halverwege de jaren negentig, had hij steeds diezelfde saté op zijn bord gehad. Op die manier bood het etablissement, vanwege zijn traditie, zekerheid voor iedereen die ver van huis was.

En was hij niet ver van huis?

Niet in de strikt fysieke zin, dat niet. Het was maar vijftien minuten lopen naar zijn flatje. Dat was, alles in aanmerking genomen, een onbeduidende afstand. Hij had zich laten verleiden tot nog maar een bezoek aan de Bijenkorf, op zoek naar dingen die hij strikt genomen niet nodig had. In de plastic draagtas naast hem zaten twee witte t-shirts en drie paar zwarte sokken. En een boek van Stephen King, *Duma Key*. Het was al een tijdje uit, maar toen het verscheen had hij het gemist. Hij had specifiek naar de Engelse gebonden editie gezocht, omdat hij geen pockets wilde.

Hij genoot langzaam van de saté en de pindasaus. Een echt uitgebreide maaltijd was het niet, maar hij had niet zo'n trek. Zelfs na drie weken meende hij nog steeds de stank van verbrande lichamen te ruiken. En de ervaring speelde hem nog steeds parten. Slapen deed hij niet zo goed. Hij droomde misschien nog van de lijken, ook al kon hij zich geen dromen herinneren. Hij zag nog steeds die karikaturale menselijke vormen, verenigd in de dood. De absolute stilte die op de open plek heerste. De dode vos, die niets anders betekende dan een dode vos. De in bloed geschreven boodschap betekende echter des te meer, maar wat? Tot nog toe was niemand erin geslaagd te begrijpen wat het betekende.

Hij had Dewaal gewaarschuwd: we staren ons misschien blind op een boodschap die geen betekenis heeft. Of die alleen een rituele betekenis heeft, voor diegenen die de misdaad begingen. Alleen voor de mensen die deel uitmaakten van het ritueel, degenen die deel uitmaakten van het Genootschap. Of misschien was hij bestemd voor een specifiek iemand. Iemand die na een tijd verondersteld werd de plek te vinden. Waarom zou je boodschappen achterlaten op plekken waar je niemand verwachtte? Werden wij misschien verondersteld, dacht hij, die plek te vinden? Werden wij gemanipuleerd door die zogenaamde informant?

Ondertussen lag het hele onderzoek al drie weken zo goed als stil. Er was al die tijd nauwelijks vooruitgang geboekt. En dat ondanks de verschillende wetenschappelijke disciplines die zich hadden gebogen over de lijken en over de omgeving waar ze aangetroffen waren. Het DNA was met veel moeite onttrokken aan bijna-dode materie, maar misschien leidde dit nergens naartoe.

Maar zijn gedachten bleven niet lang hangen bij het onderzoek. Ze gingen in de eerste plaats uit naar Linda, die nu ver weg naar een andere hemel zat te kijken. Naar een hemel met sterren die je hier niet kon zien. Nog niet zo lang geleden dronken ze samen 's avonds iets op een terrasje in de binnenstad, en toen het te koud werd trokken ze zich terug ergens in een kroeg. Jammer genoeg had de Absinthe, hun favoriete bar, waar ze elkaar hadden leren kennen, zijn deuren gesloten. Van de ene dag op de andere was hij dichtgegaan. Ze hadden verbaasd staan kijken naar de gevel, waar het uithangbord verdwenen was, en naar de ramen, die waren afgedekt met houten panelen. Niet lang daarna opende er een Japans restaurant. Alsof er al niet genoeg Japanse restaurants in Amsterdam waren.

Vier tafeltjes verderop zat een vrouw hem aan te kijken. Ze merkte dat zijn blik op haar gericht was, knikte hem kort toe en keek vervolgens naar buiten, waar niets was wat haar interesseerde. Hij was zich zonet niet bewust geweest van haar aandacht, verzonken in gedachten als hij was. Misschien zat ze daar al een hele tijd naar hem te kijken. Ze leek rond de veertig. Ze was alleen. Donkerblond, gekleed in jeans en een zo te zien dure blouse. Een dikke jas hing over de stoel naast haar. Een kleine zwarte handtas. Details die zonder dat hij er erg in had tot hem doordrongen, omdat het in zijn leven een gewoonte was

geworden om op de kleine dingen te letten. De kleine dingen, die je alles vertelden over mensen. Hun fysionomie, de manier waarop ze hun bestek vasthielden, de blikken die ze op hun omgeving wierpen. De kleren die ze droegen
en de manier waarop ze die droegen.

Naast haar op de stoel lag een plastic tasje van de Bijenkorf. Misschien stond
haar auto daar in de parkeergarage. Wat wilde zeggen dat ze niet op een euro-
tje hoefde te kijken. En dus dronk ze liever een kop koffie in de Roode Leeuw
dan in de koffiebar van het warenhuis. Ze wachtte niet op iemand, daarvoor
zat ze hier al te lang, en ze keek ook niet op haar horloge, dus was er niemand
die ergens op haar wachtte. Ze wilde een sigaret roken, maar dat mocht al een
tijdje niet meer in cafés en restaurants. Ze wilde gezelschap, maar wist dat ze
toch weer alleen naar huis zou gaan.

Precies dezelfde situatie waarin hij zich bevond. Op de sigaretten na dan.
En nog enkele details. De blik die ze op hem geworpen had, was om een aantal
redenen betekenisvol.

Hij veegde zijn mond af aan het servet en dronk van het bier. Toen keek hij
weer naar haar. Hun blikken kruisten elkaar. Er bestonden maar weinig goede
manieren om contact te maken met iemand die je niet kende. Er waren maar
weinig goede manieren om non-verbaal te laten weten wat je van de andere
partij wilde. Uiteindelijk ging het allemaal om veronderstellingen. Alles ging
altijd om veronderstellingen. Het was niet zijn gewoonte om uitgebreide stra-
tegieën toe te passen, niet onder deze omstandigheden.

Hij kwam overeind, liep naar haar tafeltje, boog zich naar haar toe en zei:
'Ik geloof dat u niet nee zult zeggen als ik u een koffie aanbied, nietwaar?'

Ze keek op met een blik die erin slaagde geen enkele van haar emoties te
verraden, op een milde geamuseerdheid om het aanbod na. 'Koffie zou een
leuk idee zijn,' zei ze. Ze had een lage, warme stem. Hij wist dat hij zich niet
vergist had.

DINSDAG

10

Linda had het gevoel dat ze die nacht helemaal niet geslapen had. Ondanks het feit dat haar faciliteiten niet geheel oncomfortabel waren – de omstandigheden in ogenschouw genomen. Ze had een deel van een grote tent tot haar beschikking, afgescheiden met canvas flappen, zodat ze behoorlijk wat privacy had. De twee verpleegsters en de vrouwelijke arts van het team sliepen bij elkaar, apart van de mannen. Maar ze moesten het allemaal met tenten doen. Er waren geen permanente gebouwen in het kamp, zelfs niet voor de operatieruimte. De tenten waren afkomstig van het Franse leger en waren solide genoeg, maar overdag was het er warm en 's nachts koud, net als buiten. Ze deden niet veel meer dan de zon en het zand buitenhouden. De enige tent die van een betere kwaliteit was diende als operatieruimte, maar zelfs daar was er van een steriele omgeving geen sprake.

Ze was die nacht niet veel aan slapen toegekomen. Twee keer had ze in de verte schoten gehoord. Schoten van wat volgens haar automatische wapens waren. Ze had er geen idee van uit welke richting de schoten kwamen, of wie ze had afgevuurd. De mannen die luitenant Odinga had achtergelaten bij de lijken in de vuurcirkels? Waren die mannen spoken gaan zien, en hadden ze daarop geschoten? Of hadden ze geschoten op hyena's of andere dieren die op zoek waren naar een nachtelijke snack?

Ze was niet naar buiten gegaan. Nachtelijke wandelingen in het kamp en in de omgeving daarvan werden afgeraden. Er liepen altijd wel gewapende soldaten rond, maar het was niet ondenkbaar dat die schoten op alles wat bewoog.

De ochtend erop zat ze met andere leden van het team aan het ontbijt. Het ontbijt was Linda's verantwoordelijkheid, ze werd bij het bereiden ervan geholpen door twee uit de groep van vluchtelingen gerekruteerde helpers. De thee was sterk en mierzoet en het ontbijt bestond uit zelfgemaakte chapati's, jam en een portie hete bonen in tomatensaus. Het was steeds hetzelfde. Ruimte voor variatie was er niet. Er waren geen eieren, er was geen vlees, er waren geen verse groenten of fruit. De vluchtelingen maakten pap van havermout waar vitamines aan toe waren gevoegd, geleverd door een vluchtelingenorganisatie. Ze kregen ook meelkoeken, melkpoeder en repen gedroogd vlees, hoewel dat laatste slechts één keer per week. Een eenzijdig dieet, maar dat van de soldaten en de artsen was niet veel beter. Je ging dood van verveling bij dit soort eten, maar anders ging je dood van de honger.

'Lord Jim zou er goed aan doen zijn soldaten wat beter onder controle te houden,' zei een van de artsen, in het Frans. Linda begreep waar het gesprek over ging, hoewel haar kennis van het Frans te wensen overliet. Gelukkig spraken de vier Belgische leden van het team ook Nederlands.

Lord Jim was de bijnaam die het team, lang voor haar komst al, aan de luitenant had gegeven. Ze vroeg niet naar de oorsprong van de bijnaam. Ze vroeg heel weinig. Niemand had veel tijd om zich met de andere leden van het team bezig te houden. De artsen en verpleegsters waren meestal twaalf uur per dag in de weer. Er waren altijd genoeg zieken. Er waren ook altijd genoeg doden. En de voorraden waren altijd te krap. De vrachtwagens kwamen niet vaak genoeg en de soldaten en buitenlanders kregen hun eigen voorraden, met het strikte voorschrift niets daarvan te delen met de inlanders, anders werd het een chaos.

Linda begreep dat wel. Ze zag kinderen die honger leden. Ze zag moeders die honger leden. Ze wist dat de leden van het team niet bepaald goed aten, maar ze hadden hun krachten nodig om de vluchtelingen te helpen. Dat soort keuzes maakte je, uit noodzaak. Je bepaalde de prioriteiten van alles wat je deed. Als de hulpverleners niet in staat waren hulp te verlenen, dan was hun aanwezigheid nutteloos. Dus hielden ze het voedsel voor zichzelf.

'Wat doen ze daar in de heuvels en tussen de rotsen?' vroeg een van de verpleegsters. Niemand leek in de gaten te hebben gehad dat de luitenant Linda had meegenomen. Niemand vroeg ernaar. En Linda zelf sprak er niet over. Hoe kon ze uitleggen wat ze tussen de rotsen gezien had? Hoe leg je de gruwel van een oud ritueel uit aan mensen die je nauwelijks kent? Ze wilde de teamleden geen angst aanjagen, dat ook al niet. Zolang Odinga geen uitleg kon geven over de herkomst van de slachtoffers was discretie noodzakelijk. Waren de recente slachtoffers vluchtelingen geweest? Hadden rebellen of smokkelaars hen uit het kamp ontvoerd en vermoord? Maar waarom dan op zo'n manier? En wat was er met de man die de soldaten ter plekke aangetroffen hadden? Hij was onopvallend overgebracht naar het kamp, meer wist Linda niet over hem.

Ze keek op. Luitenant Odinga stond naast een van de militaire tenten en keek in de richting van de savanne. Daar was, voor zover Linda kon zien, alleen leegte. Zij zag een lege savanne, maar misschien zag hij, door zijn ervaring, iets anders. Een plek waar de dood altijd op de loer lag, zoiets. Hij zag een mogelijke dreiging, omdat hij een beroepssoldaat was.

'Komt er vandaag transport?' vroeg een van de artsen.

Toen hij zag dat Linda niet oplette, zei hij: 'Linda? Komt het transport vandaag niet? En het vliegtuig? Wanneer verwachten we dat?'

Ze keek hem aan, gewekt uit haar gedachten. 'Ja, vandaag verwachten we het transport. Het vliegtuig komt overmorgen pas, afhankelijk van het weer.'

De arts rekte zich uit en geeuwde. Slaaptekort was een veel voorkomende kwaal binnen het team. 'Ik denk dat ik maar eens met het spreekuur begin,' zei hij.

Linda kwam overeind. De anderen ruimden de ontbijtspullen op en de lokale helpers deden daarna de afwas – met zand in plaats van met kostbaar water – en zorgden ervoor dat de keuken opgeruimd werd. Dat leverde hun een extra rantsoen voedsel en water op. Er waren altijd genoeg kandidaten voor zo'n klusje. Het was een van de taken van Linda om ervoor te zorgen dat niet altijd dezelfde mensen uit het kamp voor die baantjes in aanmerking kwamen.

Enkele ogenblikken later was de halfopen tent waar ze gezeten hadden leeg. Linda liep naar buiten, in de richting van Odinga. Die keek even naar haar en vervolgens weer naar de savanne. 'Is er wat aan de hand, luitenant?' vroeg ze. 'U lijkt bezorgd.'

'Misschien trekt er later op de dag een storm over,' zei hij. 'Ik weet het niet zeker, maar ik heb een slecht voorgevoel.'

'Waarom schoten uw soldaten vannacht? Waren dat de mannen die u achterliet tussen de rotsen?'

Hij draaide zijn hoofd weer naar haar om, liet zijn kin wat zakken en fronste. 'Wat wilt u, mevrouw? Het is daar donker. Misschien hoorden ze een wild dier. Die plek wakkert hun verbeelding aan. Ik ga hen niet berispen omdat ze op spoken schoten.'

Ze liet het er maar bij. Uiteindelijk ging de verspilling van munitie haar niks aan. 'Wat gaat u met die slachtoffers doen?'

'Wat wilt u dat ik met hen doe, mevrouw Weisman? Ben ik verantwoordelijk voor ze? Ik dacht van niet.'

'U kunt ze niet laten waar ze nu zijn,' zei ze. 'Ze moeten begraven worden.'

'Begraven? Niet noodzakelijk. De lokale bevolking gelooft niet in begraven. Dan gaan de geesten van de overledenen verloren, denken ze. En we mogen hun geloof geen geweld aandoen, nietwaar?'

'Dus blijven die lichamen daar hangen?'

'Voorlopig wel' zei hij.

'Voorlopig?' vroeg ze. 'Wordt er een onderzoek ingesteld?'

Hij trok een gezicht. 'Wie zou er een onderzoek moeten instellen? De lokale politie? De overheid? Er is hier geen lokale politie. Geen overheid. Er is niemand die een onderzoek zal instellen. Zeker ik niet. Ik heb hier geen autoriteit om een crimineel onderzoek te leiden. Ik ondervraag de gevangene, maar hij praat niet met mij. Wat kan ik doen? Hem martelen tot hij onzin gaat uitkramen en op die manier uw vooroordelen bevestigen? En waarom zou er ook een onderzoek moeten komen? Mensen sterven hier voortdurend. Er worden aan de lopende band mensen vermoord. Dit is een oorlogsgebied.'

'Mensen worden normaal gesproken niet op die manier om het leven gebracht.'

'Nee, hopelijk niet. Maar ze sterven wel, en in grote aantallen. Ondanks de hulp van het Westen en ondanks onze aanwezigheid.' De luitenant keek opnieuw naar de horizon, op zoek naar zijn hypothetische storm. 'Wat u hier doet stelt niets voor, mevrouw, maakt u zich daarover geen illusies. Het betekent niets. Hier, in dit deel van het continent, is altijd honger geweest. Zoals u merkt groeien hier nauwelijks gewassen en zijn er nauwelijks dieren. De stammen die hier passeerden waren op weg van de ene plek naar de andere, en om goede redenen: geen eten en nauwelijks water. Nu zijn er hier de vluchtelingen. Dat maakt de zaak er niet beter op. Ook zij moeten verder trekken, naar het westen, waar de grond vruchtbaar is en waar ze voedsel kunnen vinden.'

'Daar zijn ze niet toe in staat,' zei Linda. 'Dat zou zelfs u duidelijk moeten zijn. Ze overleven hier nog maar nauwelijks. En daarginds zijn al stammen en soldaten, en die staan het hun niet toe zich daar te vestigen.'

Hij schudde het hoofd en leek een beetje op een kwade god die hier ter plekke besliste over het leven van duizenden mensen. 'Ik weet alles van territoria af, in dit deel van Afrika, mevrouw. Er is geen alternatief. Als ze niet verder trekken, dan sterven ze hier.'

'We zijn hier om hen te helpen. En om te voorkomen...'

'Nee, u bent hier omdat het niet wenselijk is dat deze mensen naar het Westen trekken. Of ergens anders naartoe. U bent hier, om de mensen ertoe te bewegen hier te blijven. Zodat ze hier allemaal kunnen sterven. Anders worden er geopolitieke evenwichten verstoord. Ook daarnaar zal geen onderzoek gedaan worden.'

'U bent cynisch, luitenant. U twijfelt aan onze goede bedoelingen.'

Hij zuchtte geduldig. 'Kijk om u heen, mevrouw. Ziet u een oplossing? Ziet u een redder? Is er een god, of misschien een wereldlijke leider die deze mensen helpt? U houdt ze alleen wat langer in leven. En dat doen wij ook. Maar op die manier verstoren we een natuurlijke orde. De natuurlijke orde die stelt dat deze mensen horen te sterven.'

'Wij houden hen in leven, tegen de natuurlijke orde in?'

'Ja,' zei hij kortaf, 'dat is precies wat we doen.'

Ze weigerde te geloven dat dit zijn persoonlijke mening was. Of anders had ze hem verkeerd ingeschat. 'Daar ben ik het niet mee eens, luitenant. We houden hen lang genoeg in leven om hun de mogelijkheid te geven terug te keren. Dat is wat we proberen te doen.'

Zijn gezicht, donker en glad, kreeg een uitdrukking die haar niet aanstond. Alsof ze een van zijn meest fundamentele overtuigingen had ondermijnd. Hij zag haar waarschijnlijk als een naïeve weldoener. 'Terugkeren?' vroeg hij. 'Waarnaartoe? Waar wil u dat ze naartoe gaan? U weet niet eens waar ze vandaan komen. Ze komen overal vandaan. Ze kunnen nergens meer heen. Als dat wel het geval was, mevrouw Weisman, dan waren ze allang vertrokken. Ze beseffen maar al te goed dat deze plek hun geen toekomst biedt.'

'Dat kunnen we niet toelaten.'

'Het gaat om enkele duizenden mensen, mevrouw. Het betekent niets. Binnen het kader van de dingen die in Afrika gebeuren, betekent het lot van een paar duizend mensen niets. Net zoals de lijken die we tussen de rotsen vonden niets betekenen. Er is geen geschiedschrijving, er zijn geen kronieken die ons later aan het bestaan van deze mensen zullen helpen herinneren. Ze verdwijnen. Ze bestaan niet. Ze hebben nooit bestaan.'

'Wat doet u hier dan?'

Hij zuchtte, en de uitdrukking op zijn gezicht werd weer neutraal, alsof het gevaar wat hem betrof geweken was. 'Het is mijn werk om de illusie in stand te houden dat ze hier onbeperkt in veiligheid kunnen blijven, tot iemand oplossingen bedenkt. Daarom bent u ook hier. Omdat er een illusie moet zijn. Omdat er geen wanhoop mag ontstaan, ook al weten ze beter.'

Ze keerde zich van hem af. 'Tegen beter weten in. Terwijl zijzelf beseffen dat ze nergens naartoe gaan. Dat is wreed.'

'Ja. Maar u moet doen wat deze mensen lang geleden al leerden. Wat onvermijdelijk is, moet u leren aanvaarden. Dat heet fatalisme, de meest verspreide religie op dit continent.'

'Dat is nog wreder.'

Hij schudde het hoofd. 'Nee, dat is niet wreed – het is gewoon het aanvaarden van de realiteit. Uw beschaving is een illusie, mevrouw. Uw beschaving houdt vol dat uiteindelijk iedereen gered zal worden. Uw beschaving zegt dat iedereen recht heeft op redding. Uw beschaving zegt: mensen horen geen risico's te lopen. U kapselt mensen in, zodat ze geen risico's kúnnen lopen. Maar de wereld werkt zo niet. De rest van de wereld, en zeker dit deel van Afrika, leeft een korte tijd en sterft dan. Waar maakt u zich per slot van rekening druk om? Het verschil tussen u en deze mensen is dat u wat langer leeft dan zij. Maar uiteindelijk ziet de bestemming er voor iedereen hetzelfde uit.'

Ze zei niets meer. Dat leek haar het beste.

'Wat wij hier doen,' vervolgde hij, 'is proberen de privileges van de rijke beschaving over te brengen naar deze mensen. Bescherming en een eeuwig leven. Dat werkt hier niet, en u weet dat net zo goed als ik. Wellicht werkt het als de westerse beschaving instort bij u ook niet meer.'

'Ik denk anders over dingen als beschaving en leven dan u, luitenant. Deze mensen hebben hulp nodig. Wij bieden hulp. Dat volstaat voor mij, gewoon omdat die manier van handelen eenvoudig is, zonder bijbedoelingen. Waarom volstaat het niet voor u?'

Hij strekte zijn linkerhand uit en kneep met zijn rechtervingers in de huid daarvan. 'Daarom, mevrouw. Omdat ik zwart ben. Dit zijn mijn broeders niet. Dit zijn geen verwanten van mij. Ze behoren tot een verre stam waarmee ik geen relatie onderhoud. We hebben niet dezelfde voorvaderen en niet dezelfde goden. Maar we hebben dezelfde kleur. Het stelt niet veel voor, maar dat is het enige wat ons verbindt.'

'Dan zou u des te meer…'

'Daarom begrijp ik waarom ik hier ben, mevrouw Weisman. Ik ben hier omdat andere volken ooit naar Afrika kwamen en rijkdom zagen. Slaven, goud, ertsen, diamanten, dieren… Noemt u het maar op. De mensen hier ter plekke zagen die rijkdommen niet, omdat het voor hen gewone dingen waren, of omdat ze niet eens bestonden. Iedereen wil sindsdien de rijkdommen van Afrika, maar niemand wil de problemen van dit continent oplossen.'

'Dat is postkoloniale onzin, luitenant. Dat soort retoriek is allang achterhaald.'

'Ik heb het niet over koloniale machten. Ik heb het over degenen die vandaag de dag dit continent in bezit nemen. Nu zijn het weer de Chinezen. Die bouwen hier wegen, om sneller de ertsen en andere rijkdommen weg te kunnen slepen. En ondertussen worden we verscheurd door ideeën die niet de onze zijn. De islam. Kapitalisme. Olie. De jongeren vluchten naar elders. De weinigen die een opleiding kregen ook. Mensen zoals u bedoelen het goed, mevrouw Weisman, maar ze bieden alleen zichzelf hulp.'

'Omdat ook wij niet de macht hebben om de bedrijven en het IMF en de naties tegen te houden wanneer die...'

'Begrijpt u dan onze wanhoop? Wanneer wij uw onmacht zien, kunnen we niets anders doen dan wanhopen.'

Even later, toen ze klaar was met haar taken, wandelde Linda langs de rand van het kamp. De eerste keer dat ze dat deed, een aantal weken geleden, nam ze zich voor wat voedsel en water aan de kinderen te geven, maar toen ze de onverschillige, lege blikken zag, de onwaarschijnlijke gelatenheid en het overweldigende aantal kinderen in het kamp, was ze daarop teruggekomen. Voedsel en drank uitdelen was een taak van de soldaten, op bepaalde tijdstippen en op een ordelijke manier. Haar extra inspanningen, hoe goedbedoeld ook, zouden deze gang van zaken alleen maar verstoren, zouden van sommige vluchtelingen bevoorrechten maken en zouden onderlinge jaloezie aansporen. Duizenden kinderen zouden haar onder de voet lopen, elke keer als ze in hun buurt kwam. Ze zou nooit genoeg voedsel en water hebben. En Odinga had gelijk. Ze zou dat alleen maar doen omdat ze het zichzelf oplegde. Omdat ze een onbestaande verplichting wilde nakomen.

Ze naderde het kampement van de soldaten. Die keken op als ze langskwam. Sommigen knikten haar toe, anderen negeerden haar. Dat was wat ze verdiende. Zij was het vreemde wezen in deze wereld. Toen ze langs een van de tenten liep, zag ze een gezicht dat naar haar was gericht door een vlechtwerk van stokken. Een nieuwsgierige Keniaan, vermoedde ze. Maar toen herkende ze de gevangene. De man die de soldaten bij de lijken gevonden hadden. De man die niet wilde praten. Hij keek naar haar, en ze zag dat hij een paar stevige kneuzingen en sneden in zijn gezicht had. De ondervraging was dus niet zo beschaafd verlopen als Odinga haar wilde doen geloven.

Ze bleef staan. Dat hoorde ze niet te doen. Ze hoorde door te lopen. De hele zaak ging haar niets aan. Primitieve rituelen om de een of andere godheid om gunsten te smeken. Leden van een vijandige stam die worden geofferd. Wiens dood de anderen moet afschrikken. Een dood als vergelding voor andere wrede handelingen. Ze wilde er niet over nadenken.

De blik van de man liet haar niet los. Ze keek naar hem. Ze stond op zo'n drie meter van hem vandaan. Het houten traliewerk leek deskundig in elkaar gezet. Hij zat in een soort van kooi, die grotendeels aan haar blikken werd onttrokken door een tentzeil. Ze kon alleen zijn schouders en zijn hoofd zien.

Er gebeurde niets. Ze keken slechts naar elkaar, over een afstand die vanwege hun zwijgen onoverbrugbaar was. Maar ze voelde zich bedreigd. Ze besefte dat hij alles te maken had met de slachtoffers daar tussen de rotsen. Hij had hen geofferd aan de een of andere god, en natuurlijk had hij daarbij hulp gehad.

Dat laatste joeg haar nog het meest angst aan.

11

'We hebben een match tussen twee DNA-monsters gevonden,' zei Prinsen. Hij klonk triomfantelijk, alsof de een of andere historische gebeurtenis zich voor zijn ogen had voltrokken. De landing op Mars, bijvoorbeeld, of de ontdekking van een remedie tegen kanker. Iets in die orde van grootte. 'Eén van de monsters van een vermiste komt overeen met een van de monsters van een slachtoffer.'

Eekhaut trok zijn jas uit en hing die aan de kapstok, zodat hij kon drogen. Er viel sneeuw, en hoewel het een korte wandeling was van zijn flat naar kantoor was hij behoorlijk nat geworden. En hij had het koud ook. Hij zou beter kunnen denken na een kop koffie. Maar dan niet de koffie uit de automaat, god beware hem. Hij had zijn gebruikelijke ontbijt gehad, toast met jam en een eitje en één kop echte, zelfgezette koffie. De laatste maanden was hij iets gezonder gaan ontbijten en was hij er vooral in geslaagd om de juiste winkels in de buurt te vinden. Zijn koelkast zat vol. Hij kookte regelmatig voor zichzelf, zoals hij ook voor Linda had gekookt, en hij zorgde daarbij voor evenwichtige maaltijden. Zijn flat begon er comfortabel en zelfs gezellig doorleefd uit te zien. Dat mocht ook wel na al die maanden. Hij had er al over nagedacht om de oude flat in Leuven, waar hij vroeger gewoond had, te verkopen, maar dat was toch nog iets te voorbarig. Die beslissing stelde hij nog even uit. Dat had iets te maken met schepen die je niet allemaal achter je moest verbranden of zo.

'Ze hebben de hele nacht doorgewerkt in het lab,' constateerde hij met een zeker genoegen. Net als andere rechercheurs erkende hij de noodzaak van het forensisch lab zonder te begrijpen wat daar precies gebeurde.

'Daar lijkt het wel op. Dat wordt weer een flinke factuur. Dewaal zal ons dankbaar zijn als we haar budget overschrijden. Laten we dan maar voor snelle resultaten zorgen. Anders krijgen we van dat eindeloze gezeur.'

Eekhaut vroeg zich af hoe vroeg Prinsen op kantoor kwam. Vaak was hij er al lang voor de anderen. Ook hij woonde in Amsterdam, op tien minuten fiet-sen of zo, maar toch leek het alsof de jongeman op kantoor sliep. Het scheen zijn enthousiasme niet te temperen, iets wat Eekhaut hem graag gunde. Iemand moest de zaak toch met enthousiasme aanpakken, iemand die afstand hield tot de gruwelijke details van de hele affaire. Waar bleven ze anders? De jonge-man had de slachtoffers niet te zien gekregen, dat scheelde heel wat.

'We kunnen dus een naam op een van de slachtoffers plakken,' zei Eekhaut.

'Hij heet Adriaan Basten,' zei Prinsen. 'Nou ja, zo heette hij.'

'Goed,' zei Eekhaut. Een naam. Een heel gewoon en alledaags klinkende naam. Een naam die je zo uit het telefoonboek kon pikken. Een naam die geen gruwelijke misdaad deed vermoeden.

Een slachtoffer dat een naam kreeg werd een écht mens, met een voorge-schiedenis, verlangens, ambities, dat soort dingen. Het ging niet meer om een anoniem en bijna volledig verkoold lijk op een staak midden in de Ardennen. Het werd een 'hij', iemand met een leven en een achtergrond en familieleden en vrienden. Dat maakte het erger. Voor een onderzoeker was een anoniem lijk makkelijker te behandelen dan een slachtoffer met een naam.

'Heb je zijn profiel?'

'Hij werkte als informatiespecialist voor InfoDuct, een bedrijf gevestigd hier in Amsterdam. Tweeëndertig, ongehuwd…'

'Gelukkig maar, dat bespaart ons het inlichten van een partner over zijn lot.'

'Verder zo te zien een heel gewone jongen. Sport, twee jaar militair geweest, studies, vakanties, hobby's. Een pagina vol. Een heel leven maar uiteindelijk slechts een pagina vol.'

Zoals wij allemaal, dacht Eekhaut. We vullen met ons leven nauwelijks een pagina. Maar dat zei hij niet hardop. Hij wilde Prinsen niet ontmoedigen. Hij wilde zijn enthousiasme niet meteen temperen. Er was te weinig enthousiasme in de wereld, dus hij zou er zuinig op zijn.

'Gaan we op bezoek?' vroeg Prinsen.

Eekhaut fronste en keek op zijn horloge. 'Het is acht uur, Nick. Acht uur in de ochtend. De kantoren zijn nog niet open. Secretaresses slapen nog. Balie-bedienden ook. Enfin, misschien slapen ze niet, maar ze zijn onderweg naar hun job. De stad leeft nog niet, behalve dan voor mensen zoals wij, die och-tenddieren zijn. Ben jij ook een ochtenddier, Nick?'

Prinsen grijnsde. 'Nou, ja, eigenlijk wel. Boerenjongen. Vroeg op, met de beesten.'

'Alsof ik dat geloof. Overigens, hoe maakt Eileen het?'

Het leek even alsof Prinsen ging blozen, en Eekhaut zou hem dat niet kwalijk genomen hebben. Hij had best sympathie voor mensen die nog in staat waren te blozen. Wat authentieke gevoelens, dat mocht best. 'Ze is sinds gisteravond weer in Amsterdam. Ze heeft haar eigen flatje…'

'Ik vermoed dat jij daar wat mee te maken hebt, met de keuze van dat flatje?' Prinsen schudde het hoofd. 'Nee, eigenlijk niet. Ze heeft het zelf geregeld. Ze heeft geprobeerd om weer bij haar ouders te gaan wonen, Walter. Ze heeft het echt geprobeerd. Maar dat lukte niet.'

'Het is oké, Nick.' Hij wist hoe Prinsen naar haar terugkeer had uitgekeken. Hij had er niets over gezegd, maar een paar keer had hij haar naam laten vallen, en niet per toeval, nooit per toeval. Eileen Calster, slachtoffer in een onverkwikkelijke zaak van politieke corruptie en meervoudige moord, kon niet anders dan weer in zijn leven verschijnen, nadat hij voor haar gezorgd had na afloop van die zaak.

Eekhaut vond dat clichés gekoesterd moesten worden. Zonder clichés werden er geen boeken geschreven en geen films gemaakt. Zonder clichés konden mensen niet met elkaar praten. Zonder risicoloze clichés werd er voortdurend ruzie gemaakt.

Prinsen leek niet geneigd meer te vertellen over Eileen, en dus liet Eekhaut het er maar bij.

'Zoek zo veel mogelijk achtergrondinformatie bijeen als je kan over dat bedrijf. Ja?'

'InfoDuct,' zei Prinsen verstrooid, zijn aandacht bij het scherm van zijn computer.

'InfoDuct? Wat een belachelijke naam.'

Prinsen keek op. 'Tja, het schijnt moeilijk te zijn om nog bruikbare namen te vinden die nog niemand in beslag genomen heeft. De auto-industrie heeft hetzelfde probleem met hun nieuwe modellen.'

'Gewoon nummeren, zoals BMW of Mercedes doet.'

'Te moeilijk voor de consument.'

'Larie. Wat kan het de consument schelen? Daarenboven: die Japanners hebben toch van die idiote namen voor sommige van hun modellen? Ik kom er niet meteen op, maar…'

'Ja, ik weet wat je bedoelt. Ik zoek wel op wat InfoDuct doet.'

'Uitstekend.' Eekhaut maakte een kop koffie met heet water en oplospoeder. Hij trok zich terug in zijn kantoor, maar deze keer liet hij zijn deur openstaan. Gezeten achter zijn bureau zette hij de laptop aan. Hij hoopte op een bericht van Linda, misschien had ze een manier gevonden om een e-mail te sturen. Elke avond keek hij met evenveel verwachting naar zijn eigen computer. E-mails genoeg, maar geen een van Linda. Tegen beter weten in bleef hij hopen.

Hij bekeek de nieuwsberichten van een aantal buitenlandse krantensites. Afrika kwam daar weinig in voor. Dat was enerzijds goed nieuws. Er was geen slachting aangericht in Somalië en er werden geen buitenlandse hulporganisaties bedreigd. Anderzijds waren dergelijke voorvallen misschien niet belangrijk genoeg om vermeld te worden. Afrika kwam zelden in het nieuws, ook niet wanneer er oorlogen en slachtingen plaatsvonden.

Dewaal passeerde in het gangetje en knikte hem toe. 'Ik hoor net van Nick dat jullie een van de slachtoffers hebben geïdentificeerd,' zei ze. Ze bleef even staan, maar kwam niet zijn kantoor binnen. In een hand had ze een bekertje koffie. 'Jullie gaan er meteen naartoe?'

'Ik vraag me af,' zei hij, 'of die Basten lid is van die Kerk.'

'Dat moet je natuurlijk ook even uitzoeken.'

'De Kerk geeft waarschijnlijk niet de namen van haar leden.'

'Nee, allicht niet. Maar de wet verplicht dat wel. Ga naar Binnenlandse Zaken, en vraag die informatie op. Er is een soort van meldingsplicht, dacht ik.'

'En de privacywetgeving dan?'

Ze fronste. 'Ja, je hebt misschien gelijk. Maar waarschijnlijk geldt dit niet voor religieuze organisaties. Ik zoek het even voor je op. Niks beter om een ochtend te beginnen dan wetteksten door te ploegen.' Ze verdween uit zijn zicht.

Eekhaut keek op zijn horloge. Twintig over acht. Hij wilde aan de slag. Hij wilde een bedrijf bestormen. Hij wilde informatie uit de klauwen van ambtenaren rukken. Een paar secretaresses en administratief medewerkers laten opdraven met alle info die hij eiste. Dat zou hij leuk vinden. Het was de beste manier om een ochtend te beginnen.

Hij kwam overeind en stapte het gangetje in. 'Wanneer is het kantoor van InfoDuct open?' vroeg hij aan Prinsen. De jongeman keek op van zijn scherm. 'Half tien, zegt de website. Eerder kan je er niet terecht.'

'Hoe ver is dat hier vandaan?'

Prinsen dacht even na. 'Tien minuten lopen?'

'We vertrekken op tijd,' zei Eekhaut. Hij liep naar Dewaal, die eveneens naar haar scherm tuurde. God, dacht hij, we zijn een samenleving van schermtuurders geworden. Een epidemie waarvan hij ook slachtoffer was geworden. 'En? Die wet?'

'Rustig, Eekhaut, rustig. Een momentje. Goh, wat ben jij ongeduldig vanochtend. Je moet dringend van die koffie afblijven. Ah, hier is het: er is geen meldingsplicht, behalve voor organisaties die door de overheid als gevaarlijk en te volgen zijn aangemerkt.'

Eekhaut grinnikte. 'Dus wanneer wij ze vertellen dat ze verdacht zijn, moeten ze de namen van hun leden melden.'

'Ja. Dat lijkt orwelliaans…'

'Ik dacht eerder aan Monty Python…'

'Ook wel. Ja, Monty Python is misschien wel gepast… Hoe dan ook, de Kerk van de Opperste Zuivering komt niet in aanmerking voor deze behandeling. We hebben dus geen ledenlijst van hen. En die krijgen we ook niet, vermoed ik.'

'Terwijl de Kerk wel in onze verzameling dossiers zit? Maar niet aangemerkt is als gevaarlijk?'

'Blijkbaar niet.'

'Hoe kwamen we daar ook weer bij? Jouw informant? Kan die niet…'

'Nee,' zei Dewaal beslist.

'We nemen anderzijds wél aan dat die zeven slachtoffers iets te maken hebben met die sekte. Daarover zijn we het eens, of niet?'

'Misschien ook niet. Als je het slachtoffer bent van een terreuraanslag, wil dat niet noodzakelijk zeggen dat je iets te maken hebt met de terroristen.'

'Dit is wel wat anders dan een terreuraanslag, chef. Hier werden mensen op een uitdrukkelijke wijze terechtgesteld. Het waren geen toevallige passanten die de verkeerde kleren droegen of zoiets. Het is mogelijk dat ze een band hebben met de Kerk. Lijkt logisch, toch? Als we de achtergronden van Adriaan Basten uitspitten, komen we meer te weten.'

'Zorg jij daarvoor, Walter? Heb je versterking nodig?'

'Ik kan Van Gils gebruiken, als je wil dat het allemaal snel gebeurt.'

'Snel? In elk geval graag voor 2012, want dan is het te laat.'

Hij knikte. '2012. Ik denk dat ik dat net haal. Van Gils dus. Ik zeg hem zijn dossiers even te laten vallen…'

'Zeg hem maar dat het mijn idee is…'

'En ik stuur hem de straat op.'

Dewaal zei niets. Ze wierp slechts een snelle blik op Eekhaut.

'Waar hij thuishoort?' suggereerde deze kwaadaardig.

Ze keek boos. Hij wist dat hij af en toe net iets te ver ging. Maar de afgelopen maanden hadden ze wat dat betreft nooit conflicten gehad. In elk geval geen conflicten die ze niet konden uitpraten. Hij was nu beter in staat haar emoties te lezen. 'Dat wil ik niet horen,' zei ze. 'Van Gils is een zeer geschikte en waardevolle medewerker. Hij heeft veel ervaring in het politievak. En hij kent Amsterdam uitstekend. Als zijn broekzak, dat zegt hij zelf.'

'Ik beweer niets anders.'

'Nee, dat weet ik. En ik ook niet.'

'Dus laat ik hem zijn gang gaan?'

'Dat doe je natuurlijk wel.'

Hij wist hoever hij discussies kon drijven, en hoewel hij vroeger vaak die grens overschreed, was hij nu bereid de schade te beperken. Insubordinatie: het stond niet fraai in je jaarlijkse evaluatie. Zover wilde hij hier niet gaan. Niet met hoofdcommissaris Alexandra Dewaal, die hij onder moeilijke omstandigheden had leren kennen. Die niet alleen maar achter een bureau zat en met papieren goochelde, maar die ook in het veld haar mannetje kon staan. Dus ging hij wat plagerijen betrof niet te ver. Ze had overigens haar eigen zorgen, buiten het Bureau om. Haar moeder, die dementerend in een instelling zat en haar eigen dochter niet meer herkende. Verder had ze nauwelijks nog familie. Net zoals hij. Hij had Linda. Dewaal had, voor zover hij wist, geen partner.

Maar was hij er beter aan toe dan zij, sociaal gezien? Hij had inderdaad Linda. Maar waaruit bestond de rest van zijn leven? Hij werd dit jaar vijfenvijftig. En dat was het hele verhaal. Vijfenvijftig, nooit kinderen gehad, te oud voor een nieuwe relatie die tot kinderen zou leiden. Wanneer hij binnen twintig of dertig jaar wezenloos in een tehuis zou zitten, zonder enig besef van wie hij was, dan zou niemand hem bezoeken. Niemand zou zijn naam zeggen, of achteraf over zijn verleden praten alsof hij werkelijk bestaan had. Behalve Linda.

Tegenover anderen hield hij vol dat zijn verleden, ook al was het niet verwerkt, niet meer ter zake deed. Hij hield vast aan het idee dat de toekomst het enige bruikbare pad was. Uiteindelijk wist hij beter. Er was een verleden dat je altijd bleef volgen. Als een wilde hond die je bloedspoor volgde, door een dicht bos. Tot aan een open plek, waar slechts wanhoop en pijn en dood waren. Eenmaal op die plek aangekomen hoorde je niet bang te zijn voor de hond, maar voor mensen. Heel gewone mensen. Mensen die je elke dag op straat zag lopen. Mensen die naast je werkten, in hetzelfde kantoor.

12

Toen de telefoon ging drukte Maxwell op het knopje maar hij antwoordde niet. In plaats daarvan vouwde hij rustig de handen over elkaar en wachtte af, een toonbeeld van kalmte. Hij wist dat mensen zoals Koerier bepaald zenuwachtig werden wanneer ze niets hoorden aan de andere kant van de lijn. Vooral wanneer ze beseften dat hij, Maxwell, opzettelijk niet reageerde. Ervaring had hun moeten leren dat dit niets anders was dan een trucje, maar mensen zoals Koerier begrepen dat niet. Ze begrepen niet dat er met hen en hun aangeboren onderdanige angsten gespeeld werd. Ze waren bang voor Maxwell. Ze waren in de eerste plaats bang voor Baphomet.

En uiteraard waren ze dat niet ten onrechte.

Ze hóórden ook bang te zijn. Daar zorgde Maxwell wel voor. Hij liet hun angst geen moment met rust. Hij speelde met hun angst, en zij van hun kant hoorden te weten dat de angst die ze voor hem voelden gerechtvaardigd was. Koerier in het bijzonder, die getuige was geweest van de plotselinge woede-uitbarstingen van Baphomet. En die de gevolgen van die uitbarstingen maar al te goed kende.

'We kunnen misschien ingrijpen,' suggereerde Koerier. Hij klonk verre van overtuigd toen hij dat zei. Hij klonk alsof hij zich aan een laatste strohalm vastgreep, en zelfs die strohalm voelde hij wegglippen, terwijl ook de oever van de rivier onder zijn voeten wegzakte. 'Baphomet? Misschien kan ik…'

'Je doet wat ik je zeg, Koerier,' zei Maxwell op rationele en onwrikbare toon. 'Ik word gedreven door de inspiratie van God. Voel je je niet goddelijk geïnspireerd in mijn aanwezigheid? Nee? Je doet toch maar gewoon wat ik je zeg. Laat daar geen misverstanden over bestaan.'

Zojuist had Koerier hem verteld dat de politie zeer naarstig op zoek was naar de identiteit van de zeven slachtoffers en dat ze bij InfoDuct hadden aangebeld. Bovendien hadden rechercheurs informatie gevraagd over Adriaan Basten. Koerier had het verhaal ademloos verteld, alsof het slechte nieuws Baphomet beter in één ruk kon bereiken. Koerier had uitstekende bronnen, dat wist Maxwell. Aan die bronnen lag het niet, maar wel aan Koeriers gevoel voor evenwicht.

'Je hebt me beloofd dat er op de offerplek geen sporen zouden achterblijven,' vervolgde Maxwell. Er klonk geen emotie door in zijn stem. Hij maakte een opsomming van de dingen zoals ze zich hadden voorgedaan, meer niet. Koerier wist echter dat die achtergebleven sporen zijn meester niet koud lieten. 'Je verzekerde me ervan dat de politie niet in staat zou zijn sporen te vinden, of iets waar ze concreet wat aan hadden. Dat was zo ongeveer wat je zei. Ik zou je zelfs letterlijk kunnen citeren. Onze heilige missie liep geen gevaar. En nu vertel je me dat de politie…'

'Het spijt me, Baphomet…'

'… en nu vertel je me dat de politie niet alleen sporen heeft gevonden, maar dat ze ook een van de slachtoffers hebben geïdentificeerd. Begrijp ik dat goed?'

'De rechercheurs hebben geluk gehad, Baphomet. Ze gingen op zoek naar mensen die kortgeleden waren verdwenen, en op die manier…'

'Geluk,' zei Maxwell.

'Ze gingen op zoek naar mensen die pas werden vermist, en meteen hadden ze Basten te pakken. Metagogeus en ik hebben ervoor gezorgd dat er geen sporen achterbleven op de plaats delict, niets wat identificatie van de slachtoffers mogelijk kon maken, daar waren we van overtuigd.'

'Geluk,' herhaalde Maxwell terwijl hij zijn blik liet dwalen door zijn kantoorruimte. 'Geluk bestaat niet. Professionaliteit bestaat. Doorzettingsvermogen, en ijver. Hard werken. Geloof en vertrouwen. Vooral geloof en vertrouwen in de principes van ons Genootschap. Al die dingen bestaan. Geluk daarentegen bestaat niet. Geluk is een illusie, in het leven geroepen voor de domme massa, die gelooft dat de Lotto hen binnenkort rijk zal maken. Geluk is voor kinderen die in Sinterklaas geloven. Geluk is voor huisvrouwen die denken dat de knappe postbode écht naar hen kijkt. Je hebt de politie en hun wetenschappelijke methoden onderschat. Metagogeus had ook beter moeten weten, net als de anderen die bij jullie waren.'

'Ik zal proberen uit te zoeken…'

'Koerier,' zei Maxwell. En hij liet weer een stilte vallen, omdat hij niet wilde horen wat de man ging uitzoeken. Hij wilde het niet weten. Het interesseerde hem niet welk plan Koerier zou bedenken. Het zou een overbodig plan zijn, daar was hij van overtuigd, omdat Koerier niets kon veranderen aan de situatie. En ook omdat Koerier eigenlijk niets hoefde te doen. Per slot van rekening was er niets wat hem, Maxwell, kon verbinden met de zeven lijken in de Ardennen. In het ergste geval kon er een verband worden gevonden met Koerier en met Metagogeus en de anderen. Maar niet met hem. Er bestond geen verband. Of wel? Er waren natuurlijk altijd wel ergens verbanden te vinden, maar zou de politie daarachter kunnen komen? Als een echt scherpzinnige politieman heel diep ging graven kon er misschien…

Hij had niet verwacht dat Basten – of een van de anderen – geïdentificeerd kon worden. Dat had hij inderdaad niet voorzien. Nu het toch was gebeurd, werd de situatie iets complexer. Het maakte hem kwetsbaarder.

'Is de politie al bij InfoDuct langs geweest?'

'Ja, Baphomet. Maar daar kregen ze geen informatie. Niemand had wat te vertellen over Basten. Een aardige jongen, niet verdacht, niets op aan te merken. Iemand zonder persoonlijkheid. Ze wéten daar ook helemaal niks over hem.'

'En toch vertrouw ik de zaak niet. De politie heeft veel te snel de verbinding gelegd tussen hem en de slachtoffers. Dat vind ik maar niks. We mogen niet uit het oog verliezen dat we aan de vooravond staan van onze meest ultieme loutering. We moeten radicale maatregelen treffen.'

'Dat wilde ik ook voorstellen, Baphomet.'

'Ik kan het best stellen zonder jouw ideeën, Koerier,' zei Maxwell, die opeens de noodzaak voelde om een wrede opmerking te maken, een opmerking die Koerier kon kwetsen. 'Ik zal je zeggen wat je moet doen. Wat je moet doen is me informatie bezorgen over de rechercheurs die deze zaak in handen hebben.'

'Het zijn medewerkers van het Bureau Internationale Misdaad en Extremistische Organisaties.'

'Wat is dat?'

'Een onderdeel van de Algemene Inlichtingen- en Veiligheidsdienst. Waar georganiseerde misdaad en zo onderzocht wordt. En sektes. En radicale politieke en ideologische organisaties.'

Maxwell zweeg. AIVD. Dat leek logisch. Georganiseerde misdaad. Sektes. Dat soort dingen. Geen gewone dienders dus. Niet een politieman die in het alledaagse leven laveerde tussen verkeersovertredingen en huiselijke disputen. Of die bij InfoDuct langsging omdat er een werknemer was verdwenen. Een heel ander soort politieman, het soort dat meestal de neus van een jachthond had, en de tanden ook. Dat vroeg, wat hem betrof, om heel speciale maatregelen.

'Heb je mensen bij die afdeling? Iemand die ons op de hoogte kan houden?'

'Niet in de directe omgeving, maar dichtbij genoeg. Je kent de context waarbinnen ik werk.'

Ja, dacht Maxwell, ik weet wie je bent en waar je werkt. Hij kende alle leden van het Genootschap. 'Dit is wat je gaat doen, Koerier. Je verzamelt informatie over de speurders. We zoeken in de eerste plaats naar een zwakke plek. Zwakke plekken hebben we allemaal, en dienders vormen geen uitzondering. Dan slaan we toe. Dat onderzoek van hen gaat nergens toe leiden, daar zorgen we voor.'

'Dat doe ik direct, Baphomet.'

'Ik wil pas weer van je horen als je resultaten hebt. Maar denk eraan: alleen informatie verzamelen. Je onderneemt zelf niets. Is dat duidelijk?'

'Duidelijk, Baphomet.'

Maxwell verbrak de verbinding. Hij keek uit het raam van zijn kantoor. Hij had een mooi uitzicht over Amsterdam, dat er in deze tijd van het jaar troosteloos bij lag.

We zullen ze allemaal moeten uitschakelen, dacht hij. Allemaal. Alle vijanden van het Genootschap. Zeven slachtoffers, dat was nog maar een voorproefje. Zeven, dat betekende niets. Het idee om zo veel inspanningen te spenderen aan een offertje van zeven mensen had hem zinloos geleken, maar Metagogeus en Tertullianus, en vooral Koerier, hadden erop aangedrongen. Hij had die ijverige gezellen wat vrijheden gegund, en dit was het gevolg: de onverwachte en onwelkome belangstelling van de politie en de AIVD. Hij had nog zo veel meer in gedachten, en telkens kwam hij een stap dichter bij de voldoening die hij in zijn leven zocht. Maar ondertussen tikte de tijd voort. Misschien kon hij niet meer alles doen wat hij wilde. Er zou spoedig een einde komen aan de tijd, en dan wilde hij klaar zijn. Klaar voor het einde. Klaar voor het grootste offer dat het Genootschap ooit zou brengen.

Als er tenminste zoiets als een einde was. Want die hele mythe omtrent de Apocalyps van 2012 leek hem niet veel meer dan een verzinsel van Nostradamus, iets wat regelmatig opdook in die halfzachte esoterische boeken en tijdschriften. Alsof iemand ooit in staat was geweest met succes ook maar één flard van de toekomst te voorspellen. Maar ach, het was een krachtig symbool, en de andere volgelingen van het Genootschap geloofden erin, dus waarom zou hij hen laten delen in zijn twijfels? Zelf geloofde hij alleen maar in die Apocalyps omdat het hele idee hem macht gaf – en ging het daar uiteindelijk niet om? Macht? Macht over goedgelovigen, dat wel, maar het was macht over mensen die hij onder normale omstandigheden nooit zou kunnen beheersen.

Behalve nu ze in de greep van hun eigen illusies waren. En ze wilden een groots offer brengen dat hen allemaal uitverkoren zou maken, zodat ze zonder angst de Apocalyps tegemoet konden zien.

Hij zou hun hun offer geven.

Bovendien was het ritueel in de Ardennen hem ook op een andere manier goed van pas gekomen. Het had hem geholpen een paar obstakels uit de weg te ruimen die hem in zakelijke zin hadden kunnen hinderen. Hij had dus twee vliegen in één klap geslagen.

Maar als de politie te veel te weten kwam over de rite en over de slachtoffers, zou hij voorzichtiger moeten zijn. Dan kwam misschien de grote loutering in gevaar. Dan kwam misschien hun hele plan voor het grote offer in gevaar.

De Ardennen was niet zijn idee geweest. België was, net als Nederland, een dichtbevolkt land. Er was altijd wel iemand die je op de vingers keek. Iemand die het vreemd vond dat een groep onbekende mensen in het dorp passeerde. Je liep er in het oog. De Ardennen was een extravagantie geweest, iets wat hij oogluikend had toegestaan. En nu dreigde het een risico te worden.

Hoe dan ook, het grote offer zou doorgaan. De voorbereiding was al een tijd aan de gang. Daar waren de gezellen mee bezig. Niemand wilde het afblazen.

Hij dacht aan wat de Kerk van de Opperste Zuivering, voor ze zwak en betekenisloos was geworden, in het verleden had gedaan. Die schitterende, spectaculaire offers waar mensen nu nog over spraken. De adembenemende rampen waarbij honderden mensen in één keer om het leven kwamen, zonder dat iemand vermoedde dat de Kerk er de hand in had. Honderden mensen in één keer.

Hij had de waardering van zijn volgelingen nodig, net zoals zij de illusie van de Apocalyps nodig hadden. Als bedrijfsleider was zijn macht in vele opzichten beperkt. Hier, binnen het kader van het Genootschap, had hij een uitlaatklep gevonden voor zijn machtswellust. Iets wat niemand hem zou ontnemen. Iets wat absoluut was, want het ging per slot van rekening over leven en dood…

Hij werd in zijn gedachten onderbroken door een klop op de deur. Heerlijk ouderwets, het idee dat zijn secretariaatspersoneel gewoon maar op de deur moest kloppen. Lekker traditioneel en toch te combineren met de meest waanzinnige hightech.

'Binnen,' riep hij. Hij hield zich ook niet bezig met belletjes en lichtjes die zijn beschikbaarheid aangaven. Dat soort dingen schiep een overbodige kloof tussen jezelf en je medewerkers.

Een jong meisje kwam binnen met enkele leren portefeuilles onder de arm. Onder de arm, merkte hij op. Niet de manier waarop andere secretaresses ze droegen. Die droegen ze boven op een gekromde arm, tegen de boezem aan, zoals secretaresses dat verondersteld werden te doen. Maar Serena was voor Maxwell méér dan alleen zijn secretaresse.

'Ja?' zei hij.

'Excuus, meneer Maxwell,' zei het meisje. 'Ik breng u de financiële rapporten van afgelopen week.'

'Dank je wel,' zei hij. Net zo was ze twee, nee drie jaar geleden voor het eerst zijn kantoor binnengekomen. Met wat dossiers onder de arm. Ze werkte toen al een jaar in het bedrijf, en hij had haar opgemerkt. Op een dag had ze zich iets laten ontvallen. Ze zei dat ze een man als hem bewonderde. Iemand die in deze tijden nog over God en geloof durfde te praten, zoals hij dat ten overstaan van zijn medewerkers wel eens deed. En dat had zijn aandacht getrokken, zei ze. Ze bloosde maar hij stelde haar meteen op haar gemak. Het was geen schande om over God na te denken, zei hij.

En toen, enkele weken later, was ze erop teruggekomen. Ze sprak over inspiratie, geloof, opvoeding. Daarop had hij innemend gereageerd, maar niets méér dan dat. Hij had haar tijd gegund. Hij had zichzelf tijd gegund en had haar antecedenten nagetrokken. Keurige familie, keurige studie, geen relatie. Lelieblank.

Langzaamaan, tijdens de daaropvolgende maanden, had hij haar kleine stukjes informatie gevoerd die haar moesten leiden naar de Gemeenschap. Langzaamaan. Elke keer kon hij, als hij dat wilde, de deur weer sluiten. Elke keer speelde hij nog wat langer met haar en haar gevoelens. Tot hij er sterk van overtuigd was dat zij een aanwinst kon zijn. Dat ze een ware gelovige kon worden.

Pas na ruim een half jaar had hij haar in vertrouwen genomen. Nee, dat was niet de juiste omschrijving. Hij had het web langzaam gesloten. Hij sprak van een gemeenschap van mensen die het enige en ware geloof bezaten, wars van elke conventionele religie. Haar eerste reactie was teleurstellend geweest: ze keek hem ongelovig aan. Hij begreep dat hij niet te snel mocht handelen. Misschien was zij toch niet de ware. Misschien bezat ze toch niet voldoende potentie.

Maar ze kwam terug. Met het excuus dat er dossiers getekend moesten worden, documentatie moest worden afgeleverd, projecten in de agenda moesten worden gezet. Hij zag haar vaak, en hij voerde haar langzaamaan de brokken kennis waarvoor hij haar klaar achtte. En uiteindelijk, op een vrijdag, stelde hij haar voor dat ze dat weekend bij gelijkgezinde zielen zou doorbrengen. Ze aarzelde slechts eventjes. En toen zei ze ja.

Zo was het begonnen.

Nu was ze iemand van de familie. Nu was ze een van zijn trouwste aanhangers. Nu was ze ervan overtuigd dat de loutering het enige doel in haar leven was.

Koerier, die in het echte leven een andere naam droeg en die geen koerier was, legde zijn rode mobieltje neer op zijn bureau. Hij keek op. Zo dadelijk had hij een vergadering met de eerste secretaris van de minister en met twee hoge ambtenaren. Waarover ging die vergadering ook alweer? Over de fondsen die de lokale politiehulpdiensten nodig hadden om rijdend materieel te kopen. Een banaal maar onvermijdelijk onderwerp. Dergelijke discussies maakten zijn leven niet bepaald spannend, maar het moest gebeuren, en de politiediensten moesten hun voertuigen krijgen. Het ministerie gaf toestemming en daarna werden de budgetten gepland, en binnen twee jaar, misschien, waren de voertuigen er dan.

Daarna zou hij een van die twee hoge ambtenaren vragen hoe het stond met een paar lopende politieonderzoeken. Gewoon omdat hij op de hoogte wilde blijven, niet eens uit persoonlijke interesse. Hij zou vragen hoe het stond met dat onderzoek naar die sekte. De eerste secretaris was even goed ingelicht om hem die informatie te geven, maar de laatste tijd hield hij de kiezen stijf op elkaar, alsof hij van zijn baas te horen had gekregen dat er te veel geroddeld werd over lopende onderzoeken. Voor Koerier maakte het niets uit, er was altijd wel iemand anders die wat los wilde laten. Vooral ambtenaren met banden bij het ministerie van Justitie praatten graag hun mond voorbij, om te tonen hoe belangrijk ze waren. Dat soort mensen wist van alle onderzoeken af, voornamelijk van onderzoeken die zowel geheim als spectaculair waren.

IJdelheid, dacht hij. De mooiste van alle zonden, samen met hebzucht. Als mensen geen ijdelheid en geen hebzucht kenden, hoe was het dan nog mogelijk hen uit te horen over dingen waarover ze niet mochten praten? Dan was het leven beslist heel wat minder aangenaam voor geboren intriganten als Koerier.

Hij grinnikte. De AIVD had er geen idee van hoe vaak haar zaken in de ministeries besproken werden. En hoe vaak oplettende maar niet bevoegde oren informatie opvingen die elders kon worden gebruikt. Natuurlijk moesten sommige mensen soms wat aangespoord en gepord worden, voor ze hun kennis wilden delen. Delen met hem, in dit geval. En dat porren en aansporen deed hij graag, daar was hij goed in.

Hij liet zijn blik nog even afglijden naar het mobieltje. Hij had zich ervan verzekerd dat zijn gesprekken niet werden afgeluisterd. En hij had zich ook verzekerd van een leger van toevallige en onbewuste informanten. Baphomet waardeerde die inspanningen, dat wist hij zeker, ook al waren er zo nu en dan wat wrijvingen tussen hen. Baphomet zou ervoor zorgen dat hij – Koerier – tot het centrum van de cirkel van de Genoten bleef behoren. Het centrum van de cirkel van degenen die werkelijk gezuiverd zouden worden. Daar was het Koerier om te doen.

13

Met de handen in de zij keken een arts en twee van de verpleegsters naar de noordelijke horizon. Officieel was de vlakte een savanne, maar vanwege de jarenlange droogte kon je het evengoed een woestijn noemen. Niemand gebruikte dat woord echter omdat dat de regio elke hoop op een leefbare toekomst zou ontnemen. De overwegende kleur ervan was een licht naar donkerrood neigend bruin met enkele sporen grijs. Deze morgen leek die kleur echter meer op een vuil en afgedankt paars. 'Een storm vanuit het noorden,' zei de arts. 'Dat is een beetje te symbolisch naar mijn zin.'

'Wordt het erg?' vroeg de jongste van de verpleegsters. Ze keek even achterom, naar Linda, met een frons. 'Misschien moeten we de tenten vastmaken.'

'Stormen zijn altijd erg,' zei de arts, alsof hij daar veel ervaring mee had en een aantal keren ternauwernood aan de dood was ontsnapt. Gezien zijn leeftijd, nauwelijks boven de twintig, leek dat Linda niet waarschijnlijk.

'Wat zegt de luitenant?' vroeg de andere verpleegster. 'Moeten we ons zorgen maken?'

Ze stelde de vraag aan de arts, maar keek vervolgens naar Linda. Ze weten van mijn uitstapje, dacht Linda. Ze hadden haar en Odinga zien praten. Er deden verhalen over hen de ronde. In hun schaarse vrije tijd hadden de artsen en verpleegsters niks anders te doen dan roddelen. En dat deden ze met veel overtuiging. Als onderwerp van dat geroddel kozen ze de buitenstaander. Zo ging dat altijd. Het was altijd de buitenstaander over wie geroddeld werd. Daar kon Linda mee leven, en ook met de blikken die aan duidelijkheid niets te wensen overlieten. Er is zo veel wat jullie niet over mij weten, en de rest is pure speculatie, dacht ze. Roddels konden haar niet deren.

De arts, een jonge Fransman met een modieus plukje haar onder zijn onderlip, schudde het hoofd en vouwde zijn armen over elkaar, alsof hij een belangrijk besluit had genomen. 'Misschien valt het wel mee, die storm. De mensen in het kamp lijken zich geen zorgen te maken.'

Idioot, dacht Linda. Alsof hij vaak met de mensen uit het kamp sprak. Dat deed hij nooit. Hij verzorgde hun wonden en gaf hun medicijnen, maar de conversatie verliep via een tolk en er werd alleen over wonden en ziektes gesproken. Hij wist niets over de vluchtelingen of over stormen. Ook zijn idealisme had iets berekenends, alsof zijn humanitaire functie een opstapje was naar een financieel interessantere functie. Zelf had Linda meer vertrouwen in de motieven van de verpleegsters, die ook hierna nog verpleegsters zouden zijn.

Het tweetal dat met de arts had staan praten, liep nu weer in de richting van de tent, het hoofd omlaag, gebukt onder kleine en grote zorgen. Ze waren hier al verscheidene maanden en zagen de dood elke dag in de ogen. Ze waren niet bang voor een storm. Dat zou nog wel komen, vermoedde Linda, maar voorlopig waren ze slechts matig bezorgd.

Linda borg haar logboeken weg in haar stalen kist en sloot de lade van de metalen opklaptafel die ze als bureau gebruikte. Ze keek naar de tent ernaast, waar de twee vertegenwoordigers van de VN woonden. Hun witte Toyota Land-Cruiser stond er nog. Ze waren van plan geweest de trip van tweehonderd kilometer naar het noordoosten te wagen om voorraden te gaan halen, maar leken nu hun vertrek uitgesteld te hebben. De vrachtwagens waren nog niet komen opdagen, maar dat lag waarschijnlijk aan de storm. Er waren nog voorraden, hoewel voor niet langer dan een kleine week.

De logboeken en de kartonnen mappen met documenten gingen plichtsgetrouw in de stalen kist, wat haar echter een zinloze voorzorgsmaatregel leek. Als de storm hevig huishield, zou de hele operatie misschien afgeblazen moeten worden en was de administratie nutteloos. Maar welke maatregelen waren dan niet nutteloos? Het leven hier was broos, dat wist ze ondertussen al. Een mensenleven woog minder dan een handvol zand. In Nederland was men verontwaardigd over het feit dat er jaarlijks tientallen kinderen in het verkeer om het leven kwamen en hier hielden zelfs de hulpverleners geen statistieken over leven en dood bij.

Ze zuchtte, maar niemand die het hoorde. Heel even dacht ze aan Theo, die nu waarschijnlijk zijn hele leven al netjes uitgestippeld had, zoals hij altijd deed, maar dan zonder haar. Theo, om wie ze niet treurde en om wie ze geen moment getreurd had, in het besef dat hun leven samen al jaren geleden ten dode was opgeschreven. Zij had het niet gezien, maar nadat ze uit elkaar waren gegaan, zeiden al haar vriendinnen: dat hadden we al een hele tijd zien aankomen. Ja, die waren niet verbaasd. Dat soort waarnemingen krijg je pas te horen wanneer de feiten verleden tijd zijn, meid, dacht ze. Daar heb je blijkbaar vriendinnen voor, om je uit te leggen wat zonneklaar is. En nu, met Walter? Wat zouden haar vriendinnen daarover te vertellen hebben? Niets, want ze hield Walter voor hen verborgen. Ze wilde geen relaas van een aangekondigde mislukking horen. Dat kon ze niet aan. Ook daarom had ze een pauze ingelast, een lange pauze. En wat voor pauze. Afrika, savanne, vluchtelingen, oorlog, honger, nood.

Een eind verderop stonden vijf, zes soldaten, sommigen met ontbloot bovenlichaam en zonder wapens, en allemaal keken ze naar de dreigende horizon. Ze herkende een van hen, een jonge sergeant die ze ook in de kloof had gezien. Daar had hij haar aangekeken met een angstige blik. Die angst had hij niet aan zijn luitenant getoond, daar was ze van overtuigd. En ook niet aan zijn mannen. Maar aan haar wel. Alsof hij alleen van háár verwachtte dat ze een redelijke verklaring kon geven voor de slachtoffers die ze tussen de rotsen gevonden hadden.

Maar zij had geen verklaring. Ze wist niets over Afrika. Ze wist niets over Somalië en de bewoners ervan. Ze was hiernaartoe gekomen met haar hoofd vol beelden en brokken toevallig bij elkaar geraapte kennis over Afrika, om erachter te komen dat daar weinig van klopte. Een van de dingen die ze niet had verwacht, was de geur. Films, foto's en verslagen in de krant bereiden je niet voor op de geur van de savanne, een geur van verhitte aarde, van korrelige lucht, vage geuren van mensen of dieren die in de verte voorbijtrokken, oude geuren die nog steeds in de lucht bleven hangen, ook als je dacht helemaal alleen te zijn. Zuivere geuren, heel anders dan in de door industrieel stof, uitlaatgassen en mensen verpeste atmosfeer van West-Europa. Een geur zoals de aarde vroeger, lang voor de komst van de mens, had geroken.

Iets anders wat ze niet had verwacht was de droge hitte, die alle energie uit je wegzoog. Energie die je nauwelijks meer kon aanvullen met voedsel of slaap. En nog iets wat onverwacht was, was de onwil van de lokale bevolking, van de vluchtelingen, om zichzelf als slachtoffer te beschouwen of om op z'n minst de rol van slachtoffer te spelen. Ze hadden hun trots. Jij was hooguit een vreemdeling voor ze en ze waren nieuwsgierig naar wie je was, maar eigenlijk kwam je hiernaartoe om van je vooroordelen en van je superioriteit af te komen. En daar wilden ze je wel bij helpen.

'Ze zijn veel sterker dan wij,' had een van de artsen gezegd, de tweede of derde dag na haar aankomst. 'Ze zijn fysiek veel sterker dan wij omdat hun lichaam teruggebracht is tot de essentie van het overleven. Ze zijn psychisch veel sterker dan wij omdat ze fatalistisch zijn. Wat gebeurt, gebeurt. Meer verwachten ze niet. Maar vergis je niet: de pijn en het verdriet van een Afrikaanse moeder om het sterven van een kind is even reëel als wanneer bij ons een kind sterft. Hier lijkt het alsof mensenlevens niet tellen, maar dat doen ze natuurlijk wel. Ze tellen voor hen, ondanks het fatalisme.'

Ze merkte nu pas dat luitenant Odinga naast haar stond.

'Komen zulke stormen hier vaak voor?' vroeg ze. Ze besefte te laat dat haar stem trilde. En niet omdat hij zo dichtbij stond. Naar de hel met de roddels van oververhitte verpleegsters. Ze was niet van hem onder de indruk.

Het leek even of hij niet zou antwoorden. Hij was immers niet uit deze streek afkomstig. Waarom zou hij weten of dergelijke stormen hier vaak voorkwamen? Maar toen boog hij het hoofd. 'En aantal mensen beschreef me vanochtend wat zo'n storm doet. De hemel wordt donker als het portaal van de hel, de savanne lijkt te golven alsof de aarde zelf tot leven komt, de dieren verschuilen zich, de dondergoden zijn zo boos dat ze alle andere goden in hun woede meeslepen. Wat wilt u nog méér weten?'

'Of we moeten weggaan,' zei ze.

'Weggaan?'

'Het kamp afbreken en vertrekken.'

Hij lachte even, kort en hees. Maar omdat hij haar niet wilde beledigen, hield hij daar snel weer mee op. 'Waar wilt u naartoe gaan? Zo'n storm verspreidt zich makkelijk over een groot gebied en het front ervan is allicht tientallen kilometers breed, als het niet veel meer is. Hij verspreidt zich sneller dan wij kunnen reizen, zelfs met de terreinwagens. En bovendien zijn er niet genoeg voertuigen voor iedereen. Waarom vluchten? Als de goden boos zijn, hebben ze daar heel goede redenen voor. Dan ontsnap je niet aan hen. Ze willen afrekenen met ons en onze aanwezigheid, en dat moeten we maar gewoon over ons heen laten komen!'

Ze had zich tot dan toe niet afgevraagd of hij in goden en in het bovennatuurlijke geloofde. Was hij een moslim? Een christen? Het deed misschien niets ter zake. Als je de hele noordelijke horizon zwart ziet worden, doet het er niet toe in welke god je gelooft.

'Mijn mannen binden extra lijnen aan de tenten. Alles wat waardevol of nuttig is, moet terug in de kisten en de kratten. We hebben nog een uur of twee, schat ik. Gebruik die tijd nuttig.'

Ze zag wat activiteit bij de tenten van de soldaten, maar niemand leek geneigd zich te haasten.

'Ik stuur wat assistentie,' zei de luitenant, en hij vertrok.

Ze wilde hem nog vragen wat er zou gebeuren met de lijken tussen de rotsen, maar hij was al te ver weg. Dat antwoord kende ze: er zou niets met hen gebeuren. Ze zouden daar blijven hangen, en over honderd jaar zouden hun overblijfselen daar nog steeds rusten. Precies zoals de bedoeling was van dat soort rituelen.

Ze begon haar spullen te sorteren en in te pakken. Wat belangrijk was en wat er prioriteit had, wist ze niet. Bestelbonnen, lijsten met gebruikt materiaal, medicijnlijsten voor de artsen? Kaarten van de regio – geen van alle betrouwbaar – en vluchtschema's voor het vliegtuig? Uurroosters? Niets daarvan was van belang. Niets van wat ze hier de afgelopen maanden had gedaan was essentieel. De artsen en de verpleegsters zouden hun instrumenten en medicijnen inpakken. Dat was belangrijker.

Dus liet ze haar spullen liggen en ging hen helpen.

Een uur was te kort. Twee uur zou te kort zijn geweest. Een dag, misschien, dan hadden ze al het materiaal zorgvuldig kunnen inpakken. Nu maakten ze een keuze. Het hele hospitaal en al het materiaal voor een twintigtal mensen nam veel plaats in beslag. En dan de persoonlijke spullen nog. Die konden wachten.

Tussendoor ging ze even buiten kijken. Een tiental soldaten hielp hen met het verankeren van de tenten. De halve hemel was grijs geworden, de streep zwart was gaandeweg opgeschoven. Het leek of de wereld verging.

En dat was ook zo, in het bijzonder voor de bewoners van het kamp. Die liepen af en aan, maar zonder doel en zonder dat ze iets zinnigs leken te doen. Ze zag moeders die hun kinderen binnenhaalden in de tenten, maar wat hielp dat als je tent weggeblazen werd? Ze zag oude mannen met matrassen zeulen, van de ene zinloze plek naar de andere. Ze zag de jongens die hun moeder hielpen met het verplaatsen van zakken voedsel of pannen. Niemand ging echter ergens naartoe.

De soldaten sleurden grote olijfkleurige kisten naar hun drie vrachtwagens. Daarnaast hadden ze ook nog drie jeeps, en dat was het. Hun andere transportmiddelen waren witte VN-vrachtwagens geweest, maar die waren meteen weer vertrokken nadat ze de soldaten hadden afgezet. Odinga had gelijk. Er was geen ontsnappen aan de storm. Er was geen ontsnappen aan de woede van de goden.

De artsen en verpleegsters zaten allemaal bij elkaar in de grootste tent, die ze gebruikten om te eten en voor vergaderingen. Vergaderingen waren er zelden geweest. De leden van het team kenden elkaar al van vorige opdrachten. Wie nieuw was, leerde snel de routine. Vaak samen eten was er ook niet bij. Er werd gewerkt zolang er daglicht was, en daarna was iedereen vaak te moe voor iets als een sociaal leven.

Nu niet meer, dacht Linda, toen ze de hele groep samen zag zitten, sommigen op banken, anderen op vouwstoeltjes.

'Het is zoals in Soedan, vorig jaar,' zei een van de verpleegsters dof. 'Daar had je ook van die zandstormen.'

'We hebben een aardbeving meegemaakt in Pakistan, drie jaar geleden,' zei een arts. Nu ze tijdelijk ontheven waren van hun taken, hadden ze plotseling weer tijd voor elkaar. Natuurlijk werd er tijdens de dienst, tijdens het opereren en verzorgen, ook veel gepraat, maar dat was om afstand te nemen van de gruwelijkheden.

Linda vroeg zich af waarom Odinga haar en haar alleen had meegenomen naar de twee locaties met de verbrande mensen. Dat sloeg nergens op. Als hij een medische opinie wilde horen over hun dood en over de manier waarop ze om het leven waren gekomen, had hij beter een van de artsen mee kunnen vragen. Nu had hij alleen Linda de plek getoond. Ze was er zeker van dat zij de enige was die ervanaf wist. Misschien wisten zelfs niet alle soldaten het. O jawel, zei ze tegen zichzelf, die praten natuurlijk wel onder elkaar. Zeker over iets dergelijks. Dat kon zelfs Odinga niet voorkomen.

Ze werd zich bewust van een geluid. Het was er al een tijdje, maar het kwam van ver en het was bijna onhoorbaar begonnen, maar nu was het duidelijk. En het leek sterker te worden.

Natuurlijk werd het sterker.

Het was de naderende storm.

Een verpleegster passeerde, hield halt en tuurde naar de horizon, maar niet in de richting van de storm. 'God,' zei ze met ontzag.

'Ja, naar weer op komst,' zei Linda.

De verpleegster keek even naar haar. 'Nee, daar, die helikopter.' Ze wees naar het oosten. Linda volgde haar blik. Laag over de woestijn naderde een grote helikopter. Pas nu hoorde ze de motor. Toen het ding nog wat dichterbij kwam merkte ze dat het een militair toestel was. Ze zag raketwerpers en machinegeweren en de gezichten van de piloten door het plexiglas. Die hadden moeite om het toestel op koers te houden. Schommelend tegen de wind landde de helikopter een paar honderd meter van Linda vandaan.

'Ik dacht dat ze geen vliegtuigen in de lucht kregen, met dat weer?' zei de verpleegster. 'Ze gaan ons toch niet met dat ding evacueren, hoop ik.'

Linda antwoordde niet. Een man sprong uit de cabine van de helikopter. Luitenant Odinga was meteen bij hem. Hij sprak de man aan zonder zijn hand te schudden. Deze toonde de luitenant een document. Ook drie andere mannen waren inmiddels uitgestapt, soldaten uitgerust met automatische wapens. Ze hielden de omgeving in de gaten. Een boordschutter leunde op zijn machinegeweer.

Odinga maakte gebaren in de richting van het kamp, meer in het bijzonder in de richting van de plek waar Linda stond. Vervolgens wees hij verder weg, naar de heuvels. Hoe de bezoeker reageerde kon Linda niet uitmaken. De beide mannen kwamen haar richting uit. Odinga maakte nog wat gebaren met zijn handen en armen, maar de bezoeker leek niet onder de indruk. Linda bleef staan waar ze stond, de verpleegster zocht hun tent weer op.

De mannen kwamen rechtstreeks op haar aflopen. 'Mevrouw Weisman?' vroeg de nieuweling in het Engels. Hij was blootshoofds en droeg geen zonnebril. Hij zag eruit als een Arabier, vond ze.

'Ja,' zei ze.

'Hoe maakt u het. Ik ben kolonel Saeed Al-Rahman van de Saudische inlichtingendienst en ik wilde u wat vragen stellen.'

Ze keek hem verbaasd aan. Toen keek ze naar Odinga. 'Wat betekent dit?' vroeg ze.

'Hij heeft papieren,' zei Odinga kort en tegen zijn zin. 'Hij is gemachtigd. Door de overheid. Ik heb er niks over te zeggen.'

'Ik hoorde dat u uit Nederland komt en dat u de offerplaatsen gezien hebt,' zei de Arabier. 'Maar laten we uit de wind gaan staan. Dat praat wat makkelijker. Daar in die tent misschien?' Zonder op haar te wachten stapte hij de tent in. Die was verlaten. Hij ging zitten op een stoel. Ze volgde hem. Odinga bleef uit de buurt.

'Waarom is de Saudische inlichtingendienst geïnteresseerd in een afgelegen plek ergens in Afrika waar mensenoffers worden gebracht?' vroeg ze.

'Mutaween, mevrouw,' zei hij met een innemende glimlach. 'Ik ben officier van de Mutaween. Dat is eigenlijk de religieuze politie. Maar zo'n benaming heeft in het Westen een ongunstige connotatie.' Hij sprak duidelijk Engels, met een aangenaam Brits accent. 'Deze… deze mensenoffers hebben duidelijk een religieuze achtergrond. Wij onderzoeken dergelijke fenomenen.'

'U gelooft toch niet dat ik dit geloof, kolonel? U verschijnt opeens hier, ver weg van de beschaving, in een militaire helikopter terwijl er in de hele buurt geen enkel vliegtuig de lucht in wil, en dat alleen maar voor een... voor een religieuze aangelegenheid?'

Hij knikte langzaam en kneep tegelijk zijn lippen samen. 'De omstandigheden zijn extreem, dat geef ik toe. Maar ik werk op basis van een erg strakke agenda. Zo zegt u dat toch, nietwaar? Een erg strakke agenda?' Hij glimlachte opnieuw. 'Religie is belangrijk voor ons, mevrouw. Onder de gegeven omstandigheden kan ik u daar niks meer over vertellen. Wat u hier gezien hebt is een verontrustend fenomeen. Het gaat ook niet alleen over religie. Hier zitten mensen achter die mogelijk een sinistere politieke agenda hebben.'

'Terroristen?'

'Als u wil. Nu, enkele vragen?'

'Luitenant Odinga weet veel meer dan ik.'

'Luitenant Odinga,' zei Al-Rahman toegeeflijk, 'is een intelligent man. Zijn ervaring en kennis zijn erg belangrijk in ons onderzoek naar dit fenomeen. Dat overigens niet beperkt blijft tot Afrika. Maar de luitenant heeft een beperkte... hoe zeg ik dat, een beperkte perceptie van religieuze fenomenen.'

'O,' zei Linda.

'Precies,' zei Al-Rahman. 'U bent daarentegen een buitenstaander. U komt uit een seculiere samenleving. Dat geeft u een ander perspectief. Wat hebt u gezien, denkt u?'

'Een offer. Mensen die geofferd werden.'

'Een ritueel?'

'Ja, vermoedelijk wel,' zei ze. 'U stelt de vragen aan de verkeerde persoon, kolonel. Ik ben niet religieus, zoals u zonet zelf opmerkte.'

'Dat geeft niet. Ik waardeer uw rationele antwoorden.' De kolonel glimlachte opnieuw, alsof hij haar telkens gerust wilde stellen. 'Gingen deze mensen vrijwillig dood?'

Ze rilde. De suggestie alleen al joeg haar angst aan. Je vrijwillig laten verbranden? 'Dat kan ik me niet voorstellen. Waarom gaat u de plek zelf niet bekijken?'

'Te laat, vrees ik. Niet genoeg tijd meer, met de storm. En nadien is het waarschijnlijk te laat. Ik kon de piloot overhalen tot hier te vliegen. De bergen in, dat wil hij niet. Misschien hoorde hij verhalen over dode mensen. Erg bijgelovig, jammer genoeg. Vielen er u geen details op?'

'Wat voor details? Mensen, vastgebonden aan stokken of palen, en daarna levend verbrand. Hoeveel méér details hadden mij moeten opvallen?'

'Tekens, teksten geschreven in bloed, markeringen op de rotsen?'

'Nee,' zei Linda, 'niet voor zover ik weet. Heb ik wat gemist?'

'Niet noodzakelijk,' zei de kolonel. 'Het merkwaardige is, dat deze moorden zelden vergezeld gaan van een boodschap. Zeker geen boodschap voor de buitenwereld.'

'Zijn er nog meer gevallen bekend…?'

'Er is een man aangehouden door de soldaten?'

'Ja,' zei Linda.

'Wat heeft hij te zeggen?'

'Hij praat niet.'

De kolonel leunde achterover. Het stoeltje wiebelde gevaarlijk op de ongelijke bodem. 'Hij praat niet.'

'Nee. Misschien is hij bang. Dat hij ook zo gedood wordt. Je zou om minder zwijgen.'

'Hij is iemand uit de buurt?'

Linda kon een glimlach niet onderdrukken. 'Er is hier niet echt een "buurt", kolonel,' zei ze. 'Dit is de woestijn. Er komen hier smokkelaars en mensenhandelaars langs en dat is het zo ongeveer.'

'U weet dus niet waar hij vandaan komt?'

'Ik ben verpleegster van dienst,' zei Linda. 'Vraagt u het aan de luitenant.'

'O,' zei hij, 'dat deed ik al.' Hij kwam overeind. 'Dank u voor uw tijd, mevrouw. Ik kijk nog wat rond.'

Ook zij kwam overeind. 'Waarom bent u écht hier, kolonel?' vroeg ze.

Hij keek haar verbaasd aan. 'Denkt u dat ik u niet de waarheid vertel?' Zijn glimlach verdween niet, maar in zijn blik zag ze dat hij niet ingenomen was met haar vraag. 'Zoals u zelf opmerkt: dwars door stormweer heen, met een speciale machtiging van de militaire overheid en een geleende helikopter, dat kan toch alleen maar zijn om de waarheid te dienen? Vindt u niet?' Hij stapte de tent uit. Ze ging hem achterna. Hij keek niet meer om. Ze had hem beledigd, maar het kon haar niks schelen. De kolonel begon een gesprek met de luitenant. Ze liepen samen weg.

De arts kwam bij Linda staan. 'Wie was die vreemde snuiter?'

'Ik weet het niet,' zei Linda. 'Maar het is een vreemd verhaal.' Ze zag dat beide militairen in de richting van de gevangene liepen. Ze kon hen niet goed meer zien vanwege het opstuivende zand en ging de tent weer in. Een kwartiertje later hoorde ze de helikopter vertrekken.

14

Eekhaut gooide nog maar eens een kartonnen map op de linker stapel. Na vier maanden bij het Bureau had hij nog niet een kwart doorgenomen van de informatiedossiers over de organisaties, bendes en sekten die door het Bureau in de gaten werden gehouden. Een zielig zootje, vond hij. Hij zei het niet hardop, maar het bleef een zielig zootje, hoeveel informatie er ook over hen verzameld werd. Splintergroeperingen van obscure politieke fracties, afscheidingen van ideologische achtertuinen, op krankzinnige ideeën gebaseerde groepen die zich inzetten voor het einde van de wereld, de westerse beschaving, de Europese Unie of de middenstand. Groepen die om het even welke aanslag opeisten. Groepen die opperden dat een dode politicus altijd beter was dan een levende. Groepen die de seculiere staat omver wilden werpen. Groepen die elke religie wilden vernietigen. Groepen die geen enkel doel nastreefden en dus waarschijnlijk per toeval in de verzameling terechtgekomen waren.

Er waren echter ook andere dossiers. De werkelijk ernstige en bedreigende dingen. Internationale misdaad. Mensensmokkel en mensenhandel. Verduistering en afpersing. Financiering met geld van twijfelachtige herkomst. Ondermijning van de openbare orde. Extremisme aan beide zijden van het religieuze spectrum. Infiltratie in grote bedrijven en professionele spionage. Kunstdiefstal. Drugshandel. Nog meer drugshandel. Wapenhandel, uiteraard. Die dossiers had hij apart gelegd. Omdat ze ertoe deden. Omdat hij daaraan moest werken als hij iets zinnigs uit deze baan wilde halen.

Van Gils stond in de deuropening. 'Wat zoek ik?' vroeg hij. Hij zag er meer dan ooit gedrongen uit in zijn dikke wintermantel, die hij nu uittrok.

Even leek het Eekhaut een cryptische vraag. Wat zocht hij? Alsof de politieman probeerde uit te vinden of Eekhaut helderziend was. Toen daagde het hem. 'O, in de zaak van Adriaan Basten, bedoel je. Prinsen heeft zijn dossier, vraag het even aan hem. Wat kan je vinden over die man? De officiële kant kennen we, maar ik wil ook alles over de rest van zijn leven weten. Zijn slechte en andere gewoonten. Hij woonde hier in Amsterdam, dat helpt ongetwijfeld.'

'Dan vind ik wel iets over hem.'

'Vermoedde ik al.' Eekhaut keek op zijn horloge. 'Is Prinsen er nog? Het is tijd om een uitstapje te maken.'

'De jongen loopt hier ergens rond. Hij verslijt meer schoenen dan hem lief is, vermoed ik. Ik zag hem net nog een praatje maken met Marsman.'

'Marsman?'

'Thea Marsman. Die jonge brunette, net van de politieschool. Je kent haar wel.' Van Gils grijnsde. 'Knappe meid, als je 't mij vraagt, maar dat zag je zelf al wel. Het soort meisje waarvoor mannen zich op straat omdraaien.'

'O,' zei Eekhaut. 'Nee, ik had het niet in de gaten.'

'Je draait je nooit om op straat?'

'Jawel. Vaak genoeg. Beschamend vaak. Hier in Amsterdam nog vaker dan elders. Mooie vrouwen genoeg. Maar hierbinnen functioneer ik puur op verstand en laat ik mijn hormonen achter bij de balie.'

'Geloof je het zelf,' zei Van Gils.

'Ga dat dossier nou maar opduikelen,' zei Eekhaut.

Even later trof hij Prinsen aan bij de koffieautomaat en verloste hem van een verschrikkelijke keuze tussen slechte en ondrinkbare koffie. 'Vergeet die rommel, Nick. We gaan op stap. We hebben een bedrijfje te bezoeken. Pak je jas.'

Meteen daarna stonden ze buiten, waar de lucht was opgeklaard en het opgehouden was met sneeuwen. De sneeuw bleef niet liggen, maar verzamelde zich als klodders waterige smurrie op de trottoirs en op de straat. Eekhaut mijmerde even over Tenerife of Kreta. Een warme plek met de zee in de buurt, daar wilde hij zijn, het maakte niet uit waar. Afrika was ook goed. Hij had in Somalië kunnen zijn, samen met Linda. Hij wilde overal naartoe, zolang het maar met Linda was, maar dat zou even moeten wachten. Hun relatie was voor een paar maanden bevroren, wat met deze kou niet ontoepasselijk was.

'Wachtmeester Marsman,' verbeterde Prinsen hem toen hij ernaar vroeg. 'Geen inspecteur. Nog niet. Niet iedereen is het neefje van de baas en krijgt direct promotie.' Hij grijnsde, net zoals Van Gils dat even tevoren had gedaan. Hij had geleerd de roddel niet te ontkennen, over zijn familierelatie met Dewaal en de manier waarop die relatie haar oordeel over hem al dan niet beïnvloedde. Dat was doorgaans ook Eekhauts strategie: geruchten verdienen het om altijd bevestigd te worden. Pas dan gaan mensen echt twijfelen. Als je geruchten ontkent, zijn ze ervan overtuigd dat ze waar zijn.

'Maar er is niks tussen jou en Marsman?'

'Natuurlijk wel, dat zei ik je toch net. Ze staat voortdurend aan mijn bureau. Waarom zou ik al die aandacht negeren? Ze mag gezien worden.'

'Blijkbaar. Zelfs Van Gils liep daarnet danig te kwijlen. En hij is niet zo gauw...'

'Natuurlijk is hij dat wel. Hij is een ouwe rukker, net zoals jij, hoofdinspecteur.'

Tien minuten later vonden ze een bakstenen gebouw, daterend uit het begin van de twintigste eeuw, goed onderhouden en recent opgeknapt, met een brede glazen ingang en een spuuglelijk logo boven de deur. InfoDuct, stond er in moeilijk te ontcijferen letters. Iemand had zijn best gedaan om het bedrijf al meteen een slechte reputatie mee te geven door het logo onleesbaar te maken.

De receptioniste kwam uit dezelfde mal als de meeste receptionistes. Ze verbaasde zich niet eens over de twee legitimatiebewijzen. Of de heren hun jas wilden achterlaten en even wachten? Ze zou iemand van de afdeling Personeelszaken bellen. Ze wees naar enkele krap uitziende zwartleren stoeltjes, die ongetwijfeld dienst hadden gedaan in het decor van een niet erg recente Batmanfilm. De ontwerpers leken ervan uitgegaan te zijn dat alle gebruikers van hun meubel jonger waren dan twintig, en geneigd tot anorexia. Prinsen paste precies, maar Eekhaut had er wat meer moeite mee. Hij zag zichzelf zo dadelijk al overeind komen met de stoel vastgezogen aan zijn achterwerk.

Hun politiestatus leek indruk gemaakt te hebben. Vijf minuten later stapte een lange vrouw, nog altijd aan de goede kant van de veertig, de hal binnen en kwam direct naar hen toe. Er waren geen andere bezoekers, dat hielp haar bij haar keuze. 'Hoofdinspecteur Eekhaut?' vroeg ze, en ze richtte zich tot de oudste van de twee politiemannen. 'Maddie Bunting. Verantwoordelijk voor het personeelsbeleid.'

Eekhaut kwam overeind. De stoel bleef netjes op de grond staan. Dat was een hele opluchting. 'Mevrouw,' zei hij, 'mogen wij u wat vragen stellen over Adriaan Basten?'

Ze knikte met de ogen een moment gesloten, alsof ze moeite had zich voor te stellen hoe Basten eruitzag. 'Ja, natuurlijk,' zei ze. 'Zullen we naar boven gaan, naar mijn kantoor? Dat praat makkelijker, en het is discreter ook.'

Ze ging hen voor naar de lift. Haar kantoor was drie hoog en keek uit over de gracht. Vandaag was dat geen voordeel, maar Eekhaut veronderstelde dat in de lente en de zomer het uitzicht verbluffend moest zijn. Het vertelde hem ook iets over mevrouw Bunting en over haar positie binnen dit bedrijf. Of bedrijfje, verbeterde hij zichzelf. Ondanks de ligging van het pand leek het niet alsof hij hier met een bedrijf van formaat te maken had. Maar met de virtuele economie wist je dat nooit zeker.

Ze gingen zitten. Het bureau van mevrouw Bunting bestond uit een dikke plaat glas – of iets wat op glas leek – met daarop een kleine, sierlijke laptop, een miniatuurversie van een mobieltje en een dikke leren agenda. Naast de agenda lag een massieve Meisterstück-pen. Die combinatie van zielloos hypermodern en het geïnspireerde tijdloze traditionele schrijfmateriaal zinde Eekhaut wel. Achter haar stond een lage kast van vaalgrijs hout, met laden. Op de kast stond een brede oranje bolle vaas. Aan de wand hing een uitzinnig schreeuwend abstract schilderij. De ramen werden geflankeerd door panelen van duur uitziend Japans rijstpapier. Er was een fortuin gespendeerd aan dit interieur, en het was bedoeld om indruk te maken op iedereen die wist hoe duur dergelijke spullen waren.

Hij zou zijn mening over InfoDuct moeten herzien.

Prinsen, naast hem, leek niet in het minst onder de indruk. Of hij had dat soort werktuigen en decor al eerder gezien, of hij kon niet inschatten wat hij zag.

'Ik heb al eerder collega's van u over Adriaan gesproken,' zei Bunting. 'In verband met zijn verdwijning. Ik kan niet veel zinnigs meer toevoegen aan wat ik toen vertelde.'

'Toch willen wij het nog even over hem hebben, in het licht van lopende onderzoeken, mevrouw,' zei Eekhaut. Hij was niet van plan haar uit te leggen voor welke dienst ze werkten.

Nog voor Bunting kon antwoorden, schoof de deur van haar kantoor opnieuw open. Een meisje stapte naar binnen. Ze torste een wit metalen dienblad met kopjes en een koffiekan, melk en suiker. 'U drinkt toch een kopje, heren?' stelde Bunting voor.

Dat konden ze niet weigeren. Enkele minuten gingen voorbij terwijl het meisje zonder aarzelen en zonder morsen de kopjes inschonk, alsof ze speciaal daarvoor in dienst was genomen en was opgeleid.

'Dank je wel, Annick,' zei Bunting ten slotte. Annick wierp snel een blik op Eekhaut, wat deze niet ontging, en deed de deur onhoorbaar achter zich dicht.

Eekhaut moest toegeven: de koffie was uitstekend. 'Uitstekende koffie,' zei hij goedkeurend.

Bunting reageerde niet op het compliment. 'Adriaan Basten,' zei ze. 'Hij verdween… laat 'ns kijken… enkele weken geleden? Klopt dat?'

'Vierenhalve week geleden, inderdaad. Opvallend genoeg was u het die de aangifte deed, mevrouw. Dat is belangrijk – voor mij als politieman tenminste – omdat het ongebruikelijk is. Doorgaans doen de familieleden dat.'

'Onze collega Adriaan had geen familie meer, inspecteur. Daarom leek het noodzakelijk dat wij ons met de aangifte bezighielden.'

'Geen familie? Werkelijk?' Dat had hij niet op het document gezien dat Prinsen hem gegeven had. Er stond gewoon niets op over familie. Hij was van de veronderstelling uitgegaan dat de informatie ontbrak. Nu bleek het de familie te zijn die ontbrak.

'Onder welke omstandigheden ontdekte u dat hij vermist was?'·

Bunting spreidde de handen alsof het om een vanzelfsprekendheid ging. 'Hij kwam niet meer opdagen.'

Nee, dacht hij, zo eenvoudig was dat ook weer niet. Hij had net zo goed elders kunnen zijn gaan werken, zelfs zonder ontslag te nemen. Dat soort dingen gebeurde. 'U dacht niet dat hij toevallig elders een betere carrière vond en vergat u dat te melden? Of plotseling ziek werd? Of op vakantie ging?'

Ze glimlachte. Het was een toegeeflijke glimlach. Ze wilde hem duidelijk maken hoe naïef hij was te veronderstellen dat ze daaraan zelf niet had gedacht. 'In al die gevallen zouden we iets geweten hebben. In dit bedrijf hebben medewerkers geen geheimen voor elkaar of voor het management. We stuurden iemand naar zijn woning, maar daar was hij niet. De buren wisten nergens van. We konden hem niet bereiken via telefoon of e-mail. Hij was niet iemand die opeens zijn plichten verzaakte, als u begrijpt wat ik bedoel. Dus belden we de politie.'

'En die vond niets.'

'Ik weet niet wat de politie vond. Ze houden mij niet op de hoogte van hun vorderingen omdat ik geen familie ben. U daagt hier nu plotseling op, dit is de eerste reactie die ik van de politie krijg.'

'De politie vond niets bij hem thuis, tenminste niets wat hen wijzer kon maken over zijn verdwijning.'

Bunting knikte kort. Het viel Eekhaut opeens op dat ze eenzelfde soort pakje droeg als Dewaal. Kochten ze die in dezelfde winkel? Bunting onderbrak zijn gedachten: 'De politie heeft zijn collega's ondervraagd, maar die wisten ook nergens van,' zei ze.

'Een ijverige jongeman die plotseling verdwijnt. Dat is toch merkwaardig.

Een jongeman die schijnbaar geen problemen heeft, die niemand een strobreed in de weg legt...'

'Het is een mysterie, maar daar is de politie voor, nietwaar – om mysteries op te lossen?' Ze glimlachte kort naar hem, maar Eekhaut besefte dat hij haar op de tenen trapte met zijn vragen. Ze was duidelijk een ontvlambaar type. 'Gezien mijn taak,' vervolgde ze, 'moest ik op zoek naar een vervanger. Zo iemand is moeilijk te vinden.' Ze vouwde haar vingers samen, de rode nagels als waarschuwingstekens. Niet op mijn terrein verzeild raken, zeiden die tekens. Hier lopen een paar grote, boze wolven rond.

Hij schraapte zijn keel. 'Wat deed meneer Basten hier? Waaruit bestond zijn baan?'

Ze liet haar handen weer zakken, daarmee aangevend dat hij nu op minder gevaarlijk terrein zat. 'Hij was een specialist in dienstverlening aan buitenlandse bezoekers, inspecteur. Expats, zogezegd. Buitenlanders die zich enige tijd in Amsterdam komen vestigen en allerlei specifieke zaken nodig hebben.'

'Zoals?'

'Woonruimte, verblijfsvergunning, kabelaansluiting, een internetprovider, een telefooncontract. Ziektekostenverzekering, bankrekening, belastingen, dat soort dingen. Al het papierwerk. Basten zorgde daarvoor. Zo konden onze klanten hun eigen werk doen zonder eerst dagen of weken de deuren plat te moeten lopen bij allerlei administraties en kantoren. Hij maakte hun het leven makkelijker.'

'En dat werd gefactureerd.'

'Uiteraard werd dat gefactureerd, inspecteur,' zei ze gepikeerd. 'Het gaat om mensen die dat ruim kunnen betalen. Doorgaans betaalt hun bedrijf. Het gaat bijvoorbeeld ook over medewerkers van ambassades of consulaten.'

'Intrigerend.'

Ze haalde diep adem. 'En bijzonder nuttig. U begrijpt wel dat iemand als Basten niet makkelijk te vervangen was.'

'U bent daarin toch geslaagd, mag ik aannemen.'

De vingernagels kwamen weer in zicht. 'Is dat hoe dan ook relevant voor uw onderzoek?' vroeg ze.

Eekhaut nipte opnieuw van de koffie. Hij wilde hem opdrinken voor hij lauw werd. Hij wilde even haar aandacht afleiden.

'Had meneer Basten contacten met sociale of religieuze organisaties, mevrouw?' vroeg Prinsen, gebruikmakend van de pauze die Eekhaut opzettelijk liet vallen.

Ze keek de jongeman aan en fronste haar voorhoofd, alsof die vraag moeilijk te beantwoorden was. 'Dat soort informatie bezitten wij niet, inspecteur,' zei ze uit de hoogte, nu ze door de jongste van de twee inspecteurs werd ondervraagd. 'Dat behoort tot zijn privéleven, en daar bemoeien wij ons niet mee.'

Eekhaut zette zijn kopje weer neer. 'Dat lijkt me onwaarschijnlijk,' zei hij. 'Stel dat meneer Basten lid zou zijn van een… van een uiterst rechtse organisatie die tegen immigratie is. Bijvoorbeeld. Of dat hij een racist zou zijn. Is dat dan niet iets wat u hoort te weten? Want dat kleurt toch wel zijn omgang met sommigen van uw klanten.'

Ze verschoof ongemakkelijk op haar stoel. Dit punt was duidelijk voor hem. 'Het is niet relevant…'

'Misschien wel, mevrouw,' zei Eekhaut op een streng toontje, wat haar ongemak nog leek te vergroten. 'Mogen we aannemen dat ook niet-blanke klanten gebruikmaken van uw diensten? Zwarte Afrikanen? Arabieren?'

Ze trok haar neus een klein beetje op, een geaffecteerd gebaar waar ze zich waarschijnlijk niet van bewust was. 'Afrikanen, Arabieren, ja, dat is niet onmogelijk. Wij hebben een zeer gevarieerd klantenbestand, inspecteur. Laat dat duidelijk zijn. Wij bieden een uitgebreid spectrum van diensten aan. In essentie zijn wij een verlener van informaticatoepassingen in de sociale sector. Wij zijn een dochteronderneming van TransCom, dat u wellicht kent. Nee? U bent dus slecht ingelicht. Meestal werken wij met bedrijven die… De activiteiten van meneer Basten waren slechts een deel van onze activiteiten.'

'Bijzonder winstgevend, neem ik aan. Daar is niets mis mee. Je kijkt niet zo nauw naar de moraliteit van mensen als de dollars en euro's op tafel komen, neem ik aan.'

De neus ging zo nog wat meer de hoogte in. 'Voor zover ik weet hield meneer Basten zijn mening over zijn klanten voor zich. Ook in verband met mensen van een ander ras dan het zijne, of een andere religie. Dat zouden wij ook niet getolereerd hebben.'

'Maar over zijn persoonlijke voorkeuren weet u natuurlijk niets.'

'Daarover horen wij ook niets te weten. Er is, vrees ik, weinig wat ik u over meneer Basten kan vertellen.'

'Kunnen we met een aantal van zijn collega's praten?' Hij liet het klinken alsof hij niet genoeg had aan haar uitleg.

Dat begreep ze meteen. Haar stem klonk nu ijzig, alsof ze zo meteen zijn bloed wilde drinken. 'Meneer Basten had, in de strikte zin, geen collega's,' zei ze kortaf. 'Hij runde zijn afdeling alleen. Dat maakte het ook zo moeilijk om hem te vervangen.'

Ik voel helemaal met haar mee, dacht Eekhaut. Wat een immens verlies, wat een leed moet dat voor haar betekend hebben toen Basten verdween, uit haar leven en uit haar bedrijf! Het verbaasde hem dat ze geen zwart droeg.

'Er is dus niemand die ons iets zinnigs over hem kan vertellen?' Hij boog wat voorover, dichter naar haar toe. 'Kom nou, mevrouw Bunting,' zei hij met een vage grijns. 'Mensen praten met elkaar. Dat doen ze altijd. Bij de koffie, tijdens de lunchpauze, tijdens een bezoek aan de kroeg. Hij had dus helemaal geen vrienden? Dat vind ik moeilijk te geloven.'

'Vindt u niet, inspecteur, dat dergelijke gesprekken – als ze zich al voordeden – persoonlijk zijn, en dat u de privacy van onze medewerkers moet respecteren?'

'Ik ben niet van plan, mevrouw,' zei Eekhaut, die nu behoorlijk ongeduldig werd en dat ongeduld niet uit zijn stem kon houden, 'me bezig te houden met het privéleven van uw medewerkers. Wél wil ik alles weten over Adriaan Basten. We vermoeden dat hij het slachtoffer geworden is van een moordenaar. Die moordenaar kunnen we alleen vinden wanneer we zo veel mogelijk weten over zijn slachtoffers. Omdat dít slachtoffer niet meer in staat is ons veel te vertellen, moeten we terecht bij de mensen die hem hebben gekend. Ik neem aan dat u het nut hiervan inziet.'

'Nou...' begon ze aarzelend.

O ja, dacht hij, laat haar maar een beetje in de war raken door mijn uitbarsting. Wat verwarring zorgt er misschien voor dat ze iets toeschietelijker wordt. 'Bovendien,' vervolgde hij, 'is dit niet uw beslissing.' Hij kwam overeind. 'Ik spreek zo meteen met uw personeelsleden, of u dat nu leuk vindt of niet. En misschien laat ik een paar mensen naar onze burelen halen. Laten we kijken of dat misschien tongen losmaakt. Wat denkt u?'

Ze kwam eveneens overeind. Op haar hoge hakken was ze zo lang als Eekhaut. Prinsen wist eerst niet wat te doen, maar kwam toen ook overeind.

Bunting zei, met een stem die nauwelijks haar toegeknepen keel uitkwam: 'Er zijn een paar mensen met wie hij regelmatig een babbeltje maakte, voor zover ik weet. Ik laat ze voor u halen, inspecteur. Er is hiernaast een kantoortje dat we niet direct nodig hebben.'

'Dank u, mevrouw,' zei hij koeltjes.

Hij had een kleine overwinning behaald, maar meer ook niet. Het resultaat liet niet lang op zich wachten. Vijf medewerkers kwamen een voor een het kantoortje in, allemaal keurige jongens en meisjes die op weg waren naar een veel-belovende carrière, maar die nog moesten uitzoeken wat die carrière inhield. Allemaal met de ogen vol sterren en de ziel vol verwachting, hij kende dat. Hij kende hun generatie en wist dat ze niet konden wachten om de ladder te be-klimmen, de ladder waarvan ze vaag de sporten hadden waargenomen in boe-ken, in artikelen in tijdschriften en op televisie. Vooral op televisie. Een ladder die helemaal tot aan de hemel reikte maar die door niets ondersteund werd, een detail dat ze liever negeerden.

Ze konden hem niet verder helpen. Adriaan was een fijne jongen, altijd op-getogen en tevreden, werkte tien tot twaalf uur per dag, had inderdaad geen familie en zelfs geen vriendin, leek geen ander bestaan te hebben dan zijn baan en zijn professionele omgeving, had geen hobby's of interesses, en na de derde ondervraagde vroeg Eekhaut zich af of hij met spoken en geesten praatte over spoken en geesten.

Prinsen stelde ook wat vragen en kreeg even weinig zinnige antwoorden. Na een uurtje was Eekhaut blij dat hij ervandoor kon. Hij keek nog even bij mevrouw Bunting binnen, die zo te zien een intieme relatie ontwikkelde met haar *state of the art* laptop. Hij legde een kaartje op de rand van het bureau, ervan overtuigd dat het stukje karton meteen na zijn vertrek vlam zou vatten en zou verdwijnen. 'Voor het geval u nog iets te binnen schiet.' Daarna ver-grootte hij zo snel mogelijk de fysieke afstand tussen hen. Sommige vrouwen, zo wist hij uit ervaring, hadden een karakter dat absoluut nooit met het zijne op zou kunnen schieten.

Er zou haar niets meer te binnen schieten. Die illusie had hij niet. Enkele ogenblikken na hun vertrek zouden hij en Prinsen nog minder dan een herin-nering voor haar zijn. Spoken en geesten.

Binnen een paar tellen stonden ze weer op straat. Er hingen alweer wolken aan de hemel en het was koud, maar ze waren tenminste niet meer in dat af-schuwelijke gebouw. De korte wandeling terug naar kantoor verliep groten-deels in stilte. Uiteindelijk, in de Kerkstraat, zei Prinsen: 'Dat was een zinloze actie, Walter.' Het was niet bedoeld als een verwijt. En voor deze ene keer sprak hij Eekhaut met zijn voornaam aan. Die liet dat ongestraft gebeuren.

'Och,' zei hij, 'dat weet ik zo net nog niet. We hebben een schitterend en in-spirerend voorbeeld gezien van onverschilligheid. Daar kunnen we een hele-boel van leren, vooral hoe we die geestelijke staat kunnen vermijden. Maar je hebt gelijk: we weten niet veel meer. Als Van Gils de straat verkend heeft, kan hij ons misschien meer vertellen.'

Prinsen schudde het hoofd. 'Voor mij ziet die hele religie er niet zo fris uit,' zei hij.

'Zie je het onderzoek niet zitten?'

'Dat is het niet. Ik heb problemen met het soort mensen dat... dat zich zo dicht bij God voelt. Je weet wel. Mensen die van de zekerheid uitgaan dat God hén uitverkoren heeft toen Hij zijn plannen voor het universum opstelde.'

'Mensen die zichzelf als het centrum van de wereld zien, bedoel je,' zei Eekhaut.

'Met dat soort mensen heb ik ook een probleem, maar dit is wat anders. Een rechtstreekse lijn tot God, dat bedoel ik.'

'Iets wat duidelijk van alle tijden is.'

'Ik kom uit een dergelijke gemeenschap. Tante Dewaal ook, overigens. We zijn daar allebei aan ontsnapt. Ternauwernood, eigenlijk. De roep is erg sterk.'

'Godvrezende ouders?'

Prinsen knikte. 'Niet normaal meer. Ga eens terug in de tijd. Honderd jaar, of meer. Probeer je het isolement voor te stellen waarin mensen toen leefden, verloren op het platteland. De dominee en de leraar waren de heersende intellectuele figuren in zo'n gemeenschap, en vaak waren ze een en dezelfde persoon. Hun woord was dat van God.'

'Je vader was toch geen dominee, hoop ik voor jou?'

'Nee, dat was hij niet. Maar hij was wél doordrongen van de enige en unieke waarheid, de waarheid die de Bijbel verkondigde. We hadden geen ander boek in huis. Andere boeken waren zondig, dus die las je niet. Zelfs een glimlach was zondig. Misschien heb ik mijn moeder wel nooit zien glimlachen, nu ik er goed over nadenk.'

'Nou, het is toch nog goed gekomen met je.'

Prinsen keek Eekhaut schuin aan. 'Vind je? Nou, ik vind van niet. Of denk je echt dat je je jeugd zomaar achter je laat? Zelfs al wéét je dat de clichés ervan andere mensen tot ironie aanzetten?'

'Je moet alles achter je laten, Nick. Zelfs je jeugd.'

'Jij had een normale jeugd, niet?'

'Wat is normaal?'

'Ik bedoel,' zei Prinsen, 'vrij van dat soort van... onzin waarmee ik moest leven. Nou ja, ik vond het heel normaal. Als kind, bedoel ik. Kerk, donderpreken, het woord van God, de bekrompen atmosfeer. Ik vond dat heel normaal tot ik een jaar of acht, negen was.'

'En toen ontdekte je...?'

'Dat de wereld groter was dan het woord van God alleen. Hoe? Omdat tante Dewaal stukjes van die wereld in ons huis binnenbracht. Ze woonde toen al in Amsterdam. Dat was de Verboden Stad. In Amsterdam gebeurden dingen die niet met woorden beschreven konden worden, want woorden werden ons door God gegeven en waren dus heilig. Je ontheiligde nooit een woord, dat dééd je niet.'

'Maar tante Alexandra bracht nieuwe betekenissen voor die alledaagse woorden mee.'

Prinsen glimlachte even. 'Zoiets was het, ja. Nieuwe betekenissen. Zelfs gewone woorden klonken anders uit haar mond. Alsof ze iets van een geheim gevonden had, dat wij niet verondersteld werden te kennen. Een verschrikkelijk geheim, want mijn moeder was altijd behoorlijk overstuur wanneer tante Alexandra langs was geweest.'

'Dat kan ik me voorstellen.'

'Maar omdat ze de zus van mijn moeder is, durfde die haar niet de deur te wijzen. Zou ze onder andere omstandigheden wél gedaan hebben. Maar niet met haar zus.'

'En zo leerde jij…'

'Een andere taal, als het ware. Niet onze fysieke omgeving houdt ons vast en houdt ons gevangen en zo, Walter. Het is de taal die dat doet. Het is de taal die het ons onmogelijk maakt dingen te denken die ons echt vrij maken. Als je de taal niet hebt om je vrij te maken, dan blijf je een slaaf.'

Ze liepen het gebouw binnen. Van Gils, met een rode neus, zat aan zijn bureau en keek treurig naar buiten. Ook hij dacht na over emigratie naar Tenerife of Kreta. 'Die Basten van jullie,' zei hij, 'komt uit Zeeland, maar dat is lang geleden. De burgerlijke stand heeft zo goed als niets over hem. Hij heeft geen auto. Zijn flat huurt hij en hij betaalt contant. Misschien bestaat hij niet eens.'

'Ik wil alleen weten,' zei Eekhaut, 'of we hem kunnen plaatsen in een kring van zeven lijken. Meer niet. Dat hij erbij was, wéten we. Waarom hij die twijfelachtige eer genoot zo'n verschrikkelijke dood te sterven, dat wil ik weten.'

Maar noch Prinsen, noch Van Gils had daar een antwoord op.

15

Enkele ogenblikken later riep Dewaal Eekhaut bij zich. De deur ging dicht, wat op komende ontboezemingen kon duiden. 'Je weet dat ik van controle hou,' zei ze. 'En dus wil ik weten hoe het met het onderzoek staat.'

'Nou,' zei Eekhaut. 'Eigenlijk niet best. We zijn bij het bedrijf geweest waar Basten werkt. Waar hij werkte. Het hoofd Personeelszaken heeft zo haar eigen ideeën over communicatie. Adriaan was een soort van heilige, en iedereen mocht hem graag. Maar tegelijk wist niemand iets van hem. De grote onbekende, zonder persoonlijk leven. Werkte zo goed als in zijn eentje aan een specifiek project. Volgens de beschrijvingen lijkt hij een onzichtbare medewerker: niemand heeft wat te vertellen over hem, behalve algemeenheden.'

'Dus weten we maar één belangrijk ding over hem: dat hij een van de zeven slachtoffers was?'

'Tja.'

'Terwijl de vragen nog altijd onbeantwoord blijven. Hoe komt zo'n jonge vent aan zo'n verschrikkelijk eind? Wie heeft daar de hand in gehad? Wat was de bedoeling van dat vertoon in de Ardennen?'

Eekhaut zei niets.

'Hoe gedroeg Prinsen zich?'

'Nick? Uitstekend. Niets aan op te merken. Waarom?'

'Je weet dat ik hem in de gaten hou.'

'Mensen zullen zeggen dat je het doet omdat hij je neef is.'

Dewaal klemde haar lippen opeen. Toen zei ze: 'Mensen lullen uit hun nek, Eekhaut. Dat weet je. Je weet ook dat ik hem in mijn team wil houden omdat hij behoorlijk wat potentie heeft, neef of niet. Ik had liever gehad dat hij mijn neef niet was, in de eerste plaats al niet omdat die familieaangelegenheden voor mij niks betekenen. Als hij blijft, en als hij promotie maakt, zal dat zijn omdat hij het verdient. En omdat hij harder zijn best heeft gedaan dan de anderen. Is dat voldoende, hoofdinspecteur Eekhaut?'

'Dat is voldoende, hoofdcommissaris Dewaal.'

Ze leunde achterover. 'Godverdomme,' zei ze. Ze was boos. 'Ik heb nu al ruim een jaar conflicten met de oudere agenten binnen dit Bureau, dat weet je onderhand al wel. Ik heb je eerder al gezegd dat ik jou nodig heb omdat je niet die traditie van de Amsterdamse recherche achter je hebt.'

'Dat weet ik, chef.'

'Gisteren nog vond Veneman het nodig om commentaar te leveren op… Het maakt niks uit waar hij commentaar op had, maar Véneman! Van alle rechercheurs die ik het meest nodig heb… Ik voelde me in de steek gelaten, Walter. Ik wil me niet ook door jou in de steek gelaten voelen.'

'Ik bedoelde het niet zo.'

'Ik weet dat je het niet zo bedoelde. Maar ik hoor die shit te vaak. Nou, eigenlijk niet, alleen de echo's ervan. Hoe ze over me praten. Dewaal en haar favoriete neefje, om maar één ding te noemen. Hij is mijn favoriete neefje niet. Van die kant van de familie is hij mijn énige neefje. En omdat hij daarom speciaal is, en omdat hij net als ik aan die achterlijke familie is ontsnapt, is hij mijn favoriet. Dat geldt echter niet hier in dit bureau en binnen de context van onze baan.'

'Je hoeft je niet te verantwoorden.'

'Natuurlijk wel. In mijn positie, Walter, moet ik me de hele tijd verantwoorden. En dan is er ook nog het ondefinieerbare gevoel dat hier mensen met dubbele agenda's rondlopen. Collega's van ons die niet clean zijn. Dat vermoed ik al een tijdje. Vraag is alleen: wie? De ene is loslippig wanneer een journalist die hij al jaren kent terloops wat vragen stelt, de andere heeft misschien een rechtstreekse lijn met de georganiseerde misdaad. Je ziet mijn probleem. Maar genoeg daarover. Ander onderwerp. Vanochtend belde de officier van justitie…'

'Onze nieuwe vrouwelijke officier van justitie?'

'Die je nog wel eens te zien zult krijgen, wacht maar af. Ze belt me en vraagt me of we de zeven slachtoffers al geïdentificeerd hebben. Alsof dat vanzelfsprekend is. Ik vertel haar dat we blij mogen zijn dat we één van hen konden identificeren. Ze is niet blij met de gang van zaken. Ze vreest dat de pers achter de moorden komt. Dat kunnen we natuurlijk niet hebben.'

Eekhaut kwam overeind. 'Mijn zaak niet, chef, al die politieke onzin. Ik word betaald om boeven te vangen, niet om formulieren in te vullen of om officieren van justitie gerust te stellen. Ik laat Van Gils nog maar even wroeten in de buurt waar Basten woonde. Die haalt misschien wat boven.'

'Goed, doe maar.'

'Wat zit je nog meer dwars, Alexandra?' Er waren momenten dat hij haar met haar voornaam aansprak, maar dan alleen als er niemand in de buurt was. Momenten waarop hij wist dat ze hem niet nodig had als collega, niet als hoofdinspecteur Walter Eekhaut, maar gewoon als iemand met wie ze haar zorgen kon delen.

Ze boog wat voorover. 'Ik heb heel wat vormen van misdaad gezien, Walter. Wat mensen elkaar aandoen. Waarom ze elkaar vermoorden. Er zijn de krankzinnigen en de psychopaten, maar dat zijn de uitzonderingen. De meeste mensen moorden om een specifieke reden. Er is een aanleiding, ook al is die passioneel. Hun misdaad is...' Ze zocht het juiste woord.

'Begrijpelijk,' zei hij.

'Ja, begrijpelijk,' zei ze. 'Te vatten. Rationeel te vatten, zou ik bijna zeggen, hoewel gerechtspsychiaters dat misschien zullen tegenspreken.'

'Maar begríjpelijk.'

'Ja. Dit hier...'

'Ik zie wat je bedoelt.'

Ze trok verbaasd haar wenkbrauwen op. 'Kun je je dat voorstellen? Mensen aan staken vastbinden. Ze overgieten met brandbare vloeistof en dan de fik erin? Kun je je dat voorstellen?'

Nee, dacht hij, dat kan ik niet. Dat wilde hij ook niet. Begrijpen betekende in dit geval dat hij de motieven achter zo'n daad ook nog kon vergoelijken. 'Er gebeurden,' zei hij, 'meer van dat soort vreselijke dingen in de geschiedenis...'

Ze ging weer achteroverzitten. Op de een of andere manier had zijn reactie haar gerustgesteld. Zelf vond hij het geen geruststellende gedachte. 'Dat weet ik,' zei ze. 'Oorlogen, opstanden, revoluties. Telkens wanneer de samenleving haar greep verliest. Chaos. Wanneer er geen orde meer is, geen bestuur. Wanneer de mensen bang zijn, wanneer ze door hun angst gedreven worden.'

'Ja,' zei hij, 'het...'

Maar ze onderbrak hem. 'Hier niet. Dat kan hier niet het geval geweest zijn. Een rustige open plek in een bos. Een weloverwogen opstelling van lichamen. Voorbereiding. Rationele voorbereiding. Een ritueel, dat zeiden we zelf. Dit is het werk van een wel heel bijzonder zieke geest, Walter.'

'Waarschijnlijk wel. En zo'n bijzonder zieke geest zal moeilijk te pakken zijn. Is dat wat je bedoelt?'

Ze bleef hem aankijken zonder nog wat te zeggen. Er was ook niets meer te zeggen.

Wachtmeester Thea Marsman sloeg, gezeten op de rand van het bureau van Prinsen, haar ene welgevormde been over haar andere even welgevormde been. De jongeman keek op en noteerde – mentaal en geheel voor zichzelf – twee dingen: dat de benen van wachtmeester Marsman inderdaad een strenge esthetische test konden doorstaan, ook al waren ze gehuld in een donkerblauwe panty, en ten tweede dat zij beiden alleen waren in de werkruimte op de eerste etage van het Bureau. Zowel Veneman als Van Gils als de twee andere rechercheurs die er werkten, waren er niet. Het leek een vanzelfsprekend toeval, maar misschien toch niet helemaal een toeval. Tenminste, dat was wat Prinsen ervan dacht, en hij was natuurlijk geen onbevooroordeeld getuige van de gebeurtenissen.

'Nick,' zei Marsman op een toon alsof zij zéker geen voorstellen ging formuleren, 'kan je er niet voor zorgen dat ik ook bij een van de grote zaken betrokken raak?'

'Ben je dat dan niet?' vroeg Prinsen, met een frons.

'Nee, niet echt,' zei ze terwijl ze haar hoofd schudde. 'Ik werk met Siegel aan die zaak van de Chinese importeurs van namaakgoederen, maar dat is een saaie boel. We kennen geen van beiden Chinees, en de vertalers laten ons dagenlang wachten, zelfs voor de kleinste teksten. We schieten dus niks op, en eigenlijk vervelen we ons stierlijk. Waarom we daar met z'n tweeën aan moeten werken, is ons een raadsel.'

Hij vroeg zich af waarom ze hem hierbij betrok. Wilde ze dat hij een goed woordje voor haar deed bij Dewaal? Nee, hij liet zich daarvoor niet gebruiken. 'Nou, zo moeilijk is het niet. China is een belangrijke handelspartner…'

'Hou op, Nick,' zei ze, geamuseerd en geërgerd tegelijk. 'Je weet wat ik bedoel. Ik zit de hele dag achter de computer. En met Siegel nog wel, die niet bepaald toeschietelijk is om mij iets te leren. Ik zit niet te azen op zijn baantje! Ik wil ook van die zaken behandelen waarbij ik met echte mensen in contact kom en niet alleen met invoerformulieren.'

'Aha, je wil dus het betere straatwerk doen. Dan had je bij de gewone recherche moeten gaan. Of bij Zedendelicten. Dat is pas leuk werk, als je in contact wil blijven met de interessantere uitwassen van de menselijke soort. De hoeren, de pooiers en dat soort volk. Onbehoorlijk gedrag van rijkelui. Voorbijrijdende luxewagens waarin rijke oude mannen worden gepijpt door…'

Ze zuchtte dramatisch. Het klonk niet helemaal gemeend. 'Ik wil hier niet weg, Nick, ook al ademt Siegel de hele tijd in mijn nek. Ik wil ook niet naar Zedendelicten. Eigenlijk wil ik met jou samenwerken.'

Hij knikte langzaam. 'Ik werk zelf al samen met de oudere rechercheurs. Dewaal gaat mij er echt niet alleen op uitsturen met een nog jongere assistent.' Haar benenwerk, meende hij, sprak overtuigend in haar voordeel. Waarschijnlijk sprak dat benenwerk een taal die de oudere rechercheurs wel konden waarderen, maar Dewaal uiteraard niet.

'Je vraagt dit toch niet aan mij,' zei hij, 'omdat ik het neefje ben van...'

'O,' zei ze, zogenaamd geschrokken, 'nee hoor. Dat heeft er niks mee te maken. Maar de oudere rechercheurs hebben zo hun vaste gewoonten, en het is moeilijk om...'

'... door te dringen tot...'

'Inderdaad.' Ze zuchtte opnieuw, kort en gespannen deze keer.

Dit is de echte Thea Marsman niet, dacht hij. Dit is een persiflage. Ze probeert me uit. Ze wil weten uit wat voor hout ik gesneden ben. Thea Marsman, die op de politieschool hoge cijfers haalde en perfect met wapens overweg kon, zat hier niet naast hem met haar kont te draaien om een beter baantje te krijgen. Die Thea Marsman zou daarvoor nooit een jonge rechercheur verleiden.

'Praten we er met de baas over?' vroeg hij. Visje uitgooien, dacht hij. Kijken of ik niet een grotere vis kan vangen. *Er is altijd een grotere vis.* Er zijn altijd heel veel grotere vissen.

'Zou dat helpen?' vroeg ze.

'Ik bedoel: we gaan er samen met de hoofdcommissaris over praten, jij en ik.'

Ze haalde haar schouders op. 'Het hoeft nu ook weer niet zo officieel te gebeuren.'

Nu had hij een gevoelige plek geraakt. Ze wilde helemaal niet dat dit officieel geregeld werd. Ze wilde gewoon haar benen voor zijn neus heen en weer bewegen, en haar kont, dat had hij al begrepen. 'Nee,' zei hij, 'tot zover was ik al met je mee. Jammer genoeg ken ik alleen de officiële wegen. Maar ik wil je wel in gedachten houden, Thea.'

'Werkelijk?' Het klonk niet verbaasd, alsof ze niet echt geloofde dat hij enkele seconden later nog aan haar zou denken.

'Ik kan het proberen,' beloofde hij. Maar eigenlijk was hij dat niet van plan.

16

Jan-Pieter Maxwell sloot de leren portfolio en keek de man aan de andere kant van de tafel fronsend aan. 'Deze resultaten zijn niet wat wij ervan verwacht hadden, Pieterse,' zei hij. Hij zei het op een vaderlijke manier, iets wat hij pas na jaren onder de knie gekregen had. Pas na jaren van oefening had hij begrepen hoe hij zijn stem precies moest gebruiken om mensen te beïnvloeden. Hoe hij op de juiste toon mensen moest toespreken. Een toon die betekende dat de tegenpartij weliswaar berispt werd, maar dat dit uitsluitend gebeurde uit bezorgdheid voor de gezondheid en de toekomst van de ander. Een toon die suggereerde dat zij allemaal één grote familie waren, met hemzelf uiteraard aan het hoofd van die familie, en dat ze ook allemaal in hetzelfde schuitje zaten. Een toon die inhield dat er weliswaar nog geen man overboord was, maar dat er wel heel gauw veranderingen moesten komen in het gedrag, de resultaten en de algemene instelling van de ander.

Het was niet zoiets als slaan en zalven. Slaan en zalven was een tactiek waar Maxwell zich niet mee bezighield. Met al die te vaak uitgeprobeerde tactieken had hij geen geduld. Hij gooide elk handboek over managementstijl meteen het raam uit, mocht hij in staat zijn het raam van zijn kantoor te openen. Hij had geen hoge pet op van de academici die uitzochten waarom bepaalde managers succesvol waren en andere niet. Hij had zo'n twintig jaar geleden de recentste van die boeken gelezen, maar was er snel mee opgehouden. De grote golf van managementgidsen had hij dus gemist, maar hij voelde het niet als een gemis.

De vaderlijke toon – ook al was zijn gesprekspartner niet jonger dan hijzelf – was voor hem de enige juiste toon, de meest gepaste manier om mensen aan te pakken. Het maakte niet uit of ze goede of slechte resultaten presenteerden. Het maakte niet uit of hun afdeling geld verloor, of winst maakte. Hij gebruikte steeds diezelfde toon. De inhoud van elke boodschap die hij meegaf kon echter radicaal verschillen. De vaderlijke toon kon hij zowel toepassen om een mislukking te bestraffen, als om een uitzonderlijke prestatie te belonen. En het hele spectrum ertussenin.

Iemand die hem beter kende zou kunnen vertellen dat hij deze houding tot de zijne maakte omdat hij in zijn jeugd geleden had onder een teveel aan vaderlijke supervisie. Dat klonk mooi. Eigenlijk betekende het dat zijn vader hem om de haverklap om de oren sloeg, schuldig of niet. Toen hij dertien was stierf zijn vader aan een beroerte. Daarna kwamen er geen klappen meer. Iemand die hem beter kende zou kunnen concluderen dat de geest van Jan-Pieter Maxwell een beetje misvormd was door deze jeugd, en door een overdreven soort vaderlijke aandacht. Het probleem was echter dat niemand hem beter kende. Nadat ook zeven jaar later zijn moeder was gestorven waren er geen verwanten meer, zelfs geen verre familieleden, en dus niemand die uit de school kon klappen over Jan-Pieter. Hij ging zijn eigen weg. De ontbrekende rolmodellen vulde hij zelf in, voor zover hij daar nog behoefte aan had.

Hij keek naar opvoeders en daarna naar de opzichters en de bazen, en hij leerde snel. Hij leerde dat het er niet toe deed wát je deed, maar wel welke indruk je maakte. Of je nu veel werkte, lange dagen klokte en goede resultaten bereikte, het was allemaal ondergeschikt aan de manier waarop je je gedroeg en – méér nog – de manier waarop je met de bovenste regionen van je organisatie communiceerde. Het uiterlijk was alles.

Eigenlijk had hij daarna geen goede raad meer nodig gehad van managementgoeroes. Hij had zelf ontdekt waarom succesvolle mensen succesvol zijn. Omdat ze zich succesvol gedrágen.

Pieterse, aan de andere kant van het zo goed als lege bureau, zou die boodschap kunnen begrijpen als die hem uitgelegd werd. Maar het was maar zeer de vraag of Pieterse in staat was het in praktijk te brengen. Vandaag zou hij dat in elk geval niet kunnen. Pieterse behoorde tot de betere middenklasse binnen de organisatie, maar juist omdat hij zelf besefte alleen maar middenklasse te zijn, zou hij nooit béter worden. Pieterse verdiende de vaderlijke benadering, met de nadruk op zijn eminente falen.

'Wat gaan we hieraan doen, Pieterse?' vroeg Maxwell, nog steeds op diezelfde toon. 'Mmm, Pieterse?'

Pieterse haalde diep adem en keek even naar de portfolio in de handen van zijn baas, alsof daar niet alleen de antwoorden op die vraag te vinden waren, maar ook zijn hele toekomst. Misschien was dat wel zo. De toekomst van Pieterse was samen te vatten op één velletje papier.

'We kunnen meer aandacht besteden aan de communicatie met het Nabije Oosten,' suggereerde hij. 'Ondanks gewapende conflicten zijn daar verscheidene opkomende economieën aanwezig. Maar vanwege de instabiliteit…'

'Kúnnen?' vroeg Maxwell.

'Pardon?' zei Pieterse, in de war gebracht omdat zijn verhaal was onderbroken.

'Je zei: "Kúnnen we meer aandacht besteden".'

'Móéten we, uiteraard, meneer Maxwell. Dat gaan we zéker doen. Het is een… het is een interessante markt…'

'Denk Tunesië, Pieterse,' zei Maxwell. 'Denk Egypte. Denk Noord-Afrika. Die landen willen allemaal graag bij Europa horen. Vroeg of laat wordt dat misschien een realiteit. Eén grote, uitgebreide Europese markt. Wij moeten die evolutie een stap, nee, verscheidene stappen voor blijven.'

'Natuurlijk, meneer Maxwell. Dat doen we gewoon.'

'Zo mag ik het horen, Pieterse.' Maxwell stak de portfolio vooruit, naar de man toe. 'Laten we dat even opnieuw bekijken, nietwaar?'

Nadat Pieterse weggegaan was, liet Maxwell zijn gedachten dwalen over heel andere materie. Materie die voor hem belangrijker was dan de expansie naar noordelijk Afrika. Materie die al het andere gauw overbodig zou maken. 2012, dacht hij. We hebben niet veel tijd meer. Er is nog zo veel te doen, en we hebben nog maar zo weinig tijd. Wie uitverkoren wilde worden moest zich van de zuiverheid van zijn ziel vergewissen. En de zuiverheid van de ziel, dat was niet iets wat je zomaar kon meten. Je wist dat je offers moest brengen; je wist dat een wraakzuchtige God op je neerkeek om te zien of je je plicht wel deed. Maar je wist niet of je al wel genoeg gedaan had. Of Hij tevreden was. Dat wist je niet.

Hij probeerde niet aan de Kerk te denken, die ervoor had gekozen af te wijken van de doctrine en die daardoor alle lopende projecten had vertraagd. Ze hadden grootse plannen gehad, twintig jaar geleden, en toen kwamen die jonge snuiters en noemden het zinloze moord, en die slappelingen en twijfelaars kregen zo veel mensen op hun hand dat ze…

Maxwell draaide zich om en keek naar buiten. Naar Amsterdam. Hij was woedend. Hij had reeds wraak genomen op de Kerk, maar zijn honger naar wraak was nog lang niet gestild. Dit soort honger werd nooit gestild. Temeer omdat de afrekening zo nabij was. Was zijn ziel nu al te redden? Had hij genoeg gedaan? Waren de gedane offers afdoende geweest?

Waarschijnlijk niet. Vergeleken met het verleden, en met de offers die anderen hadden gebracht, verbleekten de zijne helemaal. Een paar mensen, een paar offers. Het was, zelfs objectief bekeken, een pover resultaat.

Hij dacht al een tijdje na over het ophanden zijnde grote offer, dat élke god tevreden zou stellen. Een offer van waarlijk apocalyptische omvang.

Tegelijk was er het directe gevaar vanwege de politie. De AIVD. Het Bureau, die ministaat binnen het territorium van de AIVD. Er bestond het gevaar dat zijn naam opdook in hun onderzoek. Dat risico was weliswaar klein, maar hij wist dat mensen gingen praten – ook al werden ze gebonden door een eed, zelfs door loyaliteit. Praten deden ze onder de juiste omstandigheden altijd. Uit domheid, of omdat ze de schuld elders wilden leggen dan bij zichzelf. De meeste mensen waren zoals Pieterse. Slaven. Met een slavenziel. Slechts weinigen waren zoals hij, meesters van de situatie en van zichzelf. Dat soort mensen vond je maar zelden.

Er waren dus twee duidelijke prioriteiten: een grandioos offer brengen dat voorgoed zijn zielenheil veilig zou stellen, en de politie van zijn deur weghouden.

En toen opeens waren zijn gedachten bij Serena. Zij was het nieuwe bloed dat hij in de organisatie had gebracht. Haar hartstocht voor hun zaak hield ook hem op dreef. Met het uitzicht op wat zich in 2012 zou afspelen, was zij een van zijn beste troeven. Maar ook daarna.

Want als 2012 niet de beloofde Apocalyps bracht, dan moest hij nu al nadenken over de alternatieve plannen voor daarna. Plan B, bij wijze van spreken. Als de Apocalyps zich niet voordeed, dan zou het Genootschap nog altijd een reden van bestaan moeten hebben, en zouden zij, de eminente leden van dat Genootschap, nog steeds geïnspireerd en gemotiveerd moeten worden.

17

De storm trof hen met een hevigheid die geen van hen verwachtte, alsof een gigantische vrachtwagen met grote vaart langs het kamp suisde en een enorme hoeveelheid lucht verplaatste.

Daarna was er alleen nog maar chaos.

Linda was zich nog slechts bewust van het geluid, en van de wind die haar probeerde op te pakken en weg te slingeren. Het geluid was het ergste. Een geraas dat het einde aankondigde en tegelijk geen einde kende. Ze wist welk geluid een stormwind maakte, omdat ze stormen had meegemaakt aan de Nederlandse kust. Dit was anders, iets wat de Nederlandse stormen reduceerde tot een briesje. Dit was een veelvoud van het geraas dat ze kende, en tegelijk was het anders. En juist omdat het zo ondenkbaar anders was, was ze bang.

Ze hield haar ogen zo veel mogelijk dicht. Ze zat in een hoek van een van de tenten, naast enkele houten kisten, terwijl de rest van het team in de directe omgeving een schuilplaats had gevonden. Het enige wat ze kon waarnemen, wanneer ze even door een spleetje van haar ogen keek, was de zijkant van die kisten en het woest klapperende tentzeil. De rest van de wereld leek te bestaan uit een wervelende kolk van zand en stof. Ze vroeg zich af waarom ze niet in een van de vrachtwagens waren gaan schuilen, maar het waren de vrachtwagens van de soldaten dus daar zouden ze niet welkom zijn. Zij en de rest van het AZG-team moesten het dus doen met een tent en de beschutting van wat kisten.

Er zou van het vluchtelingenkamp niet veel meer overblijven. Wat gebeurde er dan met al die mensen? Hoeveel zouden er na afloop omgekomen zijn? Hoeveel zouden er niet al hun bezittingen kwijtraken? Bezorgd als ze was om haar eigen veiligheid, was ze des te bezorgder om de veiligheid van deze mensen. Maar daar was niets aan te doen.

Achteraf, toen de wind afnam en het geluid wegstierf, keek ze op haar horloge en zag ze dat er twintig minuten voorbij waren gegaan. Des te heftiger de storm, des te korter duurt hij, dacht ze. De atmosfeer kwam tot rust, het stof en het zand vormden een laag op alles: kisten, tentzeilen, mensen. Het landschap leek zo goed als onveranderd, omdat dat juist gevormd wordt door stormen. Het enige wat er veranderde waren de mens en zijn bouwsels.

Na afloop van het noodweer stond de helft van de tenten nog min of meer overeind, maar ze waren op verscheidene plaatsen gescheurd. De vrachtwagens waren gedeeltelijk overdekt met zand. Kisten en uitrusting staken als de ruïne van een buitenaardse stad half boven de grond uit.

Ze keek naar de plek waar het vluchtelingenkamp zich bevond. Tenten eveneens aan flarden, of gewoonweg verdwenen, en daartussenin bewogen zich grillige figuren, als nieuwe levensvormen ontsproten aan de woestijnbodem. Aan de andere kant van de horizon verwijderde de storm zich en was de hemel zwart, maar elders was die weer helder.

'Wat een puinhoop,' zei een van de artsen achter haar.

Ze reageerde niet. Het zou haar taak zijn een inventaris te maken van het resterende materiaal en van de voorraden, maar ze wist nu al dat de hele expeditie ten dode was opgeschreven. Te veel dingen die kapot waren, te veel organisatie die was verstoord. Ook bij de vluchtelingen. Ze wist nu al dat het hele team, wanneer het vliegtuig of de vrachtwagens kwamen, meteen terug zou keren naar Mombassa of waar dan ook.

Ze zocht luitenant Odinga maar zag hem nergens.

Toen ving ze een vluchtige beweging op in het kamp, daar waar ze alleen maar verslagen gestalten verwachtte.

Een krampachtig gebogen figuur, slechts half rechtop, liep door het kamp. Ze herkende de gevangene, de man die de soldaten bij de lijken hadden gevonden. Aan zijn rechterhand bengelde een rechthoekig voorwerp, iets wat leek op een doos met een handvat. Op de een of andere manier had hij zich uit zijn kooi bevrijd, maar hij was er niet vandoor gegaan. Integendeel: hij leek niet van plan het kamp te verlaten. Misschien dacht hij dat de bewoners hem in bescherming zouden nemen, of dat niemand op hem zou letten.

Hij liep kapotte tenten voorbij, op een drafje maar tegelijk behoedzaam om zich heen kijkend, alsof hij wat zocht. Toen hield hij plotseling halt. Hij stond nauwelijks tweehonderd meter van haar vandaan. Linda zag hoe hij aan de doos – eerder een metalen blik, zag ze – begon te morrelen, en hoe hij vervolgens een weidse beweging maakte, met het blik in beide handen. Hij sproeide

vloeistof over een groepje mensen – vooral vrouwen en kinderen – die hulpeloos bij de restanten van twee tenten zaten.

Ze wist opeens wat de blikken doos was. Wat erin zat.

Ze begon te rennen. Ze wilde de man tegenhouden, maar ze wist dat ze niet
op tijd bij hem kon zijn.

De man gooide een klein voorwerp naar de mensen, die gillend achteruit
weken. Een gedempte ontploffing, en rossige vlammen die plots tussen de
vluchtelingen oplaaiden. Het krijsen weergalmde in haar oren.

Ze wist dat ze de honderd meter niet op tijd kon overbruggen om een verschil te maken. Twee, drie soldaten renden haar voorbij en begonnen de vlammen te doven met stukken tentdoek en zand. Iemand greep haar arm en hield
haar tegen, maar zij keek alleen maar naar de man, die zich niet meer bewoog.
Gefascineerd keek hij naar het schouwspel van gillende en misschien zelfs ster-
vende mensen.

Opnieuw werd er aan haar arm getrokken, en ze besefte dat ze nog steeds
probeerde bij de slachtoffers te komen. Ze keek opzij. Odinga stond naast haar.
Hij had een pistool in zijn hand.

De man draaide zich in hun richting, afwachtend. Hij keek naar Linda, en
vervolgens naar de luitenant, alsof hij zich afvroeg van wie de verlossing zou
komen.

Odinga hief zijn arm op en schoot hem door het hoofd. Daarna bleef het
kermen van de gewonden nog een hele tijd aanhouden, tot de artsen en de verpleegsters hen wegvoerden.

'Ik had hem meteen moeten executeren,' zei Odinga. 'Meteen, toen we hem
vonden, we hadden moeten weten dat hij gevaarlijk was.'

Hij zat op een lege krat, zijn rug gebogen en zijn hoofd naar beneden. Linda
zat op een metalen stoeltje dat ze ergens tussen de rommel vandaan had gehaald. Het was een vreemd artefact, een van de laatste overblijfselen van een
westerse expeditie, een van de laatste verwijzingen naar de industriële wereld.

'Waarom…' Ze wilde iets zinnigs vragen maar ontdekte dat er geen zinnige
vragen meer waren. Verder dan een gebaar met de handen kwam ze niet. En
bovendien, ze kende het antwoord.

'Dergelijke sektes zijn erg oud,' zei de luitenant, opkijkend. 'Koptische in-
vloeden, waarschijnlijk. Christenen uit de oudste tijden, die hun inspiratie
haalden uit Egypte. En dan ook nog beïnvloed door de gnostici en hun apo-
criefe geschriften.' Hij keek haar aan en ze zag dat hij zichzelf weer onder con-

trole had. 'Niet dat iemand zich hier die geschiedenis herinnert, gewoon omdat er geen overlevering meer is. De mensen zijn teruggekeerd naar de natuurlijke religies van hun voorouders, maar zonder te begrijpen waar die over gaan of wat het verhaal daarachter is. Het ritueel van het vuur, dat mensen zuivert – zo veel weten ze, en dat is krachtig genoeg als symbool.'

'Is dat wat de man probeerde te doen, zichzelf zuiveren? Waarom toch?'

De luitenant bewoog zijn blik over het zand voor zijn voeten, de hare ontwijkend, en ze dacht: misschien gaat hij nu liegen, om me te vertellen wat ik misschien wil horen. Hij richtte zijn hoofd weer op. 'Wie zal het zeggen, mevrouw Weisman? Als een buitenstaander de christelijke riten bekijkt, dan zal hij ook een heleboel vragen hebben over de zinnigheid daarvan. Want geeft u toch toe, in zo'n kerk gebeuren heel gekke dingen, zéker bij de katholieken. De hostie die verandert in het lichaam van Christus en vervolgens door alle gelovigen opgegeten wordt…'

'Dat is alleen maar symbolisch.'

'Precies. Zoals u het zegt. Hier hebben de mensen ook hun eigen symbolen, en ze zijn zich bewust van de transcendentie van alles wat goddelijk is. Maar anderzijds zijn ze fatalistisch, op een intense manier die u niet kunt begrijpen. Alles wat gebeurt, gebeurt zonder enige hoop op menselijke inbreng. Je lot ligt vast. Er is weinig hoop, tenzij de een of andere heilige man je vertelt dat je jezelf kunt zuiveren door andere mensen de vuurdood te laten sterven. Dat principe trek je natuurlijk niet in twijfel, omdat het over een geloofspunt gaat. Trekt iemand het katholieke misoffer in twijfel? Nee, geen enkele katholiek doet dat.'

'Ook in deze tijden niet?'

Hij keek haar geamuseerd aan. 'Welke tijden, mevrouw Weisman? De tijden van het Westen, waar twee grote oorlogen in de loop van de voorbije eeuw samen tientallen miljoenen mensenlevens hebben gekost? Waar wapens ontwikkeld werden die in staat zijn hele steden te vernietigen? Massale oorlogen om olie en grondgebied? Als dit de tijden zijn die u bedoelt, dan begrijpen sommigen niet waarom ze iets van uw beschaving zouden moeten leren.'

Ze schudde het hoofd, maar ze sprak hem niet tegen.

'Geallieerde bommenwerpers die steden zoals Dresden of Hiroshima in enkele ogenblikken veranderden in een vuurzee, met honderdduizenden slachtoffers? Waren dat geen superieure rituelen ten bate van de machtige klasse van de westerse beschaving? Waarom zouden zogenaamd primitieve mensen dat soort riten niet willen imiteren?'

'Je schoot hem dood, luitenant. Dat kan gelden als afwijzing.'

Er verscheen een flauwe glimlach om zijn lippen, alsof ze zojuist een slechte grap had verteld. 'Natuurlijk schoot ik hem dood, mevrouw Weisman. Het is mijn taak deze vluchtelingen te beschermen. Ik oordeel niet over de motieven van degenen die hen bedreigen, ik verbaas me hooguit over menselijke waanzin. Ik heb echter gefaald in mijn taak. Niet helemaal door mijn schuld, maar ik heb toch gefaald.'

'Nee, luitenant,' zei ze, 'je hebt niet gefaald. Je deed wat je kon. Er is geen reden tot...' Maar, besefte ze, het klonk ontzettend banaal.

Hij kwam overeind. 'Dat zullen mijn superieuren ook zeggen, mevrouw. Maar ondertussen is een van de twee VN-ambtenaren dood, net zoals enkele tientallen van de vluchtelingen, en de rest zal zich weldra – vandaag nog – over het hele landschap verspreiden omdat ze geloven dat hun goden hen niet meer beschermen.'

'Je kunt niet de rol van hun god spelen.'

'Blijkbaar niet,' zei Odinga, en hij liet haar alleen.

18

Van Gils had er de pest aan om hartje winter veldwerk te moeten doen, als een loopjongen. Met een onduidelijke opdracht ook nog. Hij trok zijn leren jas dichter om zich heen en dacht aan zijn vrouw, die nu wellicht warm en knus bij de kachel zat. Hij had daar ook kunnen zitten. Met hete thee met honing erin, en een boek van Stephen King in de hand. En dat terwijl hij de straat op gestuurd werd. Had hij, na al die jaren straatdienst, het niet verdiend om zijn laatste jaren achter een bureau te mogen slijten? Ver van het rumoer en het kabaal? Zo af en toe de straat op, dat wel, omdat daar nu eenmaal zijn ziel lag, maar dan alleen wanneer het buiten aangenaam weer was en hij samen met een paar ouwe maten op een terrasje een pilsje kon drinken. De hort op, kletsen met de ouwe gabbers van de buurt, die hem vertelden wie er nu weer over de schreef was gegaan en waar er onlust te vinden was, zodat hij een interessant rapportje kon schrijven voor zijn baas. Dat was wat hij wilde.

Het was laat in de namiddag, bijna vijf uur en al zo goed als donker. Binnen een uurtje of zo zou hij thuis zijn. Een heet bad, wat eten, een glas wijn drinken, en nog wat lezen. Hij had geen grote wensen. Hij had genoeg aan de gewone dingen.

Toch zou dat nog even moeten wachten. Er was de plicht die riep, en zelfs op een dag als vandaag riep ze behoorlijk hard. En ze had de stem van hoofdcommissaris Dewaal.

Even kijken. *Adriaan Basten*. Het vel papier in zijn binnenzak vertelde hem dat die knaap geen sociaal leven had en dat hij na zijn dood al snel vergeten zou zijn. Precies de situatie waarin negenennegentig procent van de mensheid verkeerde. De jongeman had geen familie, zo veel was duidelijk, en toch moest goeie ouwe Van Gils de straat op om rond te snuffelen. Buurtonderzoek, en

Van Gils was allang blij dat die buurt in het hartje van Amsterdam lag, en niet ergens ver weg in de provincie.

Hij wist natuurlijk wat er van hem verwacht werd. Een ouwe speurhond leerde je geen nieuwe kunstjes, en in Amsterdam was er geen gat in de grond waar hij niet iemand kende die iemand anders kende die Adriaan Basten beslist zou kennen. Zo ging dat. Zelfs al kwam de jongen nooit buiten, toch zouden mensen hem kennen en iets over hem weten te vertellen. Amsterdam was nu ook weer niet zo groot dat je er totaal onopgemerkt kon leven. In de afgelopen dertig jaar had Van Gils iedereen leren kennen die er op straat wat toe deed, en al was een behoorlijk aantal van die mensen ondertussen overleden, dan nog kwam hij altijd aan zijn trekken als het erop aankwam informatie te krijgen.

Hij keek opnieuw naar het adres op het papiertje. Basten was niet kieskeurig geweest, hoewel hij lang niet de enige Amsterdammer was die er geen probleem mee had in de rosse buurt te wonen. De rode lampjes waren er nog wel maar de sfeer die er pakweg twintig, dertig jaar geleden heerste was verdwenen. De meeste meisjes waren nu zwart of bruin of de een of andere moeilijker te beschrijven variatie daarop, maar niet blank. Hoewel blank nu weer in de mode scheen te komen, maar dan spraken ze een of andere Slavische taal. Ze hadden hoge jukbeenderen en een smalle kin, en ze hadden ogen die dood waren, doder dan die van een junk die fout spul had gebruikt. Meestal waren ze zelf ook verslaafd. Dat maakte het vak kapot en dreef de oudere dames uit de stiel.

Er was hem verteld dat die Slavische meiden hun vak beter verstonden dan de Filippijnse meiden, of de Surinaamse. Hij nam dat maar voor waarheid aan, omdat zogenaamde experts het hem vertelden, maar zelf bleef hij uit de buurt van dergelijke ervaringen. Hij had collega's gekend die kind aan huis waren – als je die uitdrukking mocht gebruiken – bij de meiden op de wallen, en in de coffeeshops, en na tien jaar waren ze zo corrupt geworden dat hun pet helemaal lek was. Alles sijpelde erdoorheen, de ergste rotzooi eerst, en dat was in eerste instantie het criminele geld of wat daarvoor in de plaats kwam. Twintig, dertig jaar geleden kon je dat als diender nog maken. Vandaag ging het niet meer. Er was een nieuwe generatie van korpschefs en officieren aangetreden, academisch geschoold, niet afkomstig van de straat, en die wilden een schoon politiekorps.

En ze kregen ook een schoner korps. Maar helemaal schoon werd het nooit. Er werd nog steeds gesjoemeld. Het verschil was, dat er nu grof gesjoemeld werd. Het ging niet meer om zakgeld. Wie echt wilde bijverdienen deed dat een aantal jaren grof en vertrok dan naar een ver strand, waar geen dienders te bekennen waren, evenmin als belastinginspecteurs.

Een paar van die dienders hadden het verre strand niet gehaald. Ze lagen nu onder de bevroren zoden, of zaten in speciale isoleercellen van de gevangenis. De korpschefs deden er alles aan om de handen van de andere dienders schoon te houden.

Van Gils ging daar helemaal in mee. Hij had al die jaren geen vuile handen gehad. En hij had de holle lach van enkelen van zijn collega's moeten verdragen. Die sukkel Van Gils, die nooit 's wat meesnoepte van wat het leven te bieden had. Die nooit een poot verkeerd zette. Bang, voor zijn vrouw of voor de chef. Terwijl de chef zelf met de handen in de vleespotten zat.

Maar niet Van Gils.

Hij liep door de Oude Hoogstraat. Het was koud, maar droog. Koudste winter in jaren, zeiden de mensen. Ging hij brood halen, of vis ergens in zijn buurt, dan klaagden de mensen hoe koud het wel was. Een paar maanden eerder hadden ze geklaagd dat de planeet opwarmde en dat Nederland onder de zeespiegel zou verdwijnen, terwijl de ijsberen verzopen bij gebrek aan ijsbergen. Nu vroor het gaten in de grond en was er plotseling geen sprake meer van opwarming. Hij had zelfs gehoord dat er een nieuwe ijstijd aankwam. Daar had een Amerikaan een boek over geschreven. Kijk, dat was er mis met de mensheid: de ene aangekondigde ramp was nog niet verwerkt of ze hadden alweer een nieuwe nodig. Mensen wilden geen goed nieuws. Ze wilden rampen. Ze wilden horen dat ze binnenkort zouden uitsterven.

Op de hoek was de kroeg van Harry open. Harry had geen achternaam, had hij nooit gehad, maar iedereen wist wie Harry was en wat Harry had gedaan. Hij was matroos geweest in een tijd dat er nog echte Hollandse matrozen waren. Toen die matrozen ook op echte Hollandse schepen voeren. En hij was overal geweest waar die grote Hollandse schepen kwamen. Je kon geen grote haven noemen of hij kende er wel de naam van een paar bars. En van wat meiden uit zijn tijd.

Wat de mensen niet wisten, maar Van Gils wel, was dat Harry ervoor zorgde dat de jongens in de thuishaven nooit zonder spul kwamen te zitten. Wat dat spul was, hing af van wie je erover hoorde vertellen. Cocaïne, amfetaminen, heroïne, hasj, uppers. Wat je nodig had, daar kon Harry wel aankomen. Hij bracht het gewoon mee, toen het hier nog moeilijk te krijgen was.

Hij had twee keer vijf jaar gezeten, die Harry. Daarna was hij opgehouden met varen, omdat Maleisiërs goedkoper waren voor de rederijen. En hij was opgehouden met het handeltje, omdat de Russen hem gezegd hadden dat hij ermee moest kappen. Want hij verstoorde hun handeltje, dat erg winstgevend was. En bovendien deden zij het op veel grotere schaal dan hij. Hij was een kleine middenstander, die niet op kon boksen tegen de internationale organisaties. Dat had hij meteen begrepen, zo slim was hij wel. Met zijn geld kocht hij een kroeg en daar zat hij nu nog. En van de Russen kocht hij illegaal wodka en sigaretten.

Harry kende iedereen. Iedereen die ertoe deed. Niet de burgemeester of de wethouders of de korpschef van de politie of de hoofdredacteuren van de grote kranten, maar wel de mensen die echte informatie hadden. Er werd door geen crimineel een scheet gelaten ergens in Amsterdam-Zuid, of Harry ving de echo ervan op en kon je zo vertellen wat de man de avond ervoor gegeten had.

'Van Basten?' vroeg hij, fronsend, terwijl hij de foto bekeek die Van Gils hem voorhield. Harry was zestig of zeventig, of ouder, ook al afhankelijk van van wie je het hoorde. Zijn gezicht vertelde zijn levensverhaal niet meer.

'*Basten*. Adriaan Basten. Geen familie van de voetballer,' zei Van Gils. 'Dertiger. Werkt voor een bedrijfje op de Westerkade. Geen familie, niet voor zover wij weten. Woonde hierachter, boven de winkel van Douwer. Hield zich bezig met de zaken van rijke vreemdelingen. Financiën, huisvesting, dat soort dingen. Voor diplomaten of zakenlui die hier een tijdje rondhangen. Het betere soort tijdelijke immigranten dus, het soort waar wij grof geld aan verdienen – en zij aan ons.'

'Ja, dat soort dingen hoor ik wel 's,' zei Harry, die geen last had van immigranten, van welke soort dan ook, omdat hij op zee mensen had leren beoordelen op hun individuele kwaliteiten. 'Basten. Ja, die kwam hier wel eens binnenwaaien. Addy, eigenlijk. Dronk regelmatig een biertje met de gewone stamgasten, hoewel je duidelijk zag dat hij er niet bij hoorde. Hij had gestudeerd, om maar één ding te noemen.'

'Dat kan niemand hem kwalijk nemen.'

Harry wreef met zijn vingers langs zijn aanzienlijke en onnatuurlijk zwarte snor, zijn enige uiterlijke vorm van ijdelheid. 'Nee, allicht niet. En hij liet het ook niet blijken. Maar je wist dat hij er niet bij hoorde. Kwam ergens uit Zeeland, dacht ik, ik weet het niet precies. Aan zijn spraak kon je het niet horen.'

'En toen hij verdween? Wat werd er gezegd?'

Harry haalde de schouders op. 'Wat zeggen de mensen als er iemand verdwijnt, Van Gils? Ze zeggen van alles, maar ze weten er meestal geen barst van.'

'Dat kan ik moeilijk geloven. Hier houdt iedereen toch iedereen in de gaten? Te beginnen met de pooiers en de eigenaren van al die panden. Ze willen geen politie, ze bestieren hun zaak zelf. Dus?'

Harry haalde de schouders op. 'Ach, Van Gils, ik hoef je niets te vertellen. Er werd gezegd dat dit jochie wat te stout geweest was tegen zijn baas. Je kent de jeugd toch?'

'Zijn baas?'

'Ja. Klaagde zelf vaak dat hij de pest had aan z'n baas. Zette een grote mond op, die Addy, wat nooit een goed idee is, zeker niet tegen je baas. Waarom ga je niet op z'n werk vragen wat hij daar uitspookte? Hier vertelde hij dat er heel wat misliep op z'n werk in verband met geld en zo, en dat hij een goeie boekhouder wilde zien om een en ander uit te spitten.'

'Zei hij dat?'

'Niet tegen mij. Ik heb het van iemand anders. Er werd gesjoemeld, maar dat doen ze overal, toch? Werd hij daarom ontvoerd? Want dan vinden jullie hem geheid terug in de haven, onder de waterlijn. Ga daar maar ergens zoeken.'

'Niet meteen, Harry, niet meteen. Wat ontdekte die dan?'

'Weet ik veel! Dacht je dat die leuke, gestroomlijnde bedrijven allemaal lelieblank zijn? Jij weet toch wel beter. D'r wonen hier in de buurt nog brave werknemers, en hoe braver ze zijn, hoe minder snel ze carrière maken. D'r zijn bonafide mensen bij, maar je weet hoe ik erover denk: er is meer misdaad in die kantoorgebouwen dan op straat, wat ik je zeg.'

'Ja,' zei Van Gils, 'daar zijn we het over eens.'

'Precies. In je nieuwe baan kan jij het weten.'

'Maar in verband met die Basten, wat weet je nog meer?'

'Zijn flat is door de recherche helemaal leeggehaald. Ze vonden niks. Da's ook logisch. Zo'n gast houdt geen geheimen verborgen achter zijn boeken of op zijn computer. Die zitten allemaal in zijn hoofd.'

Juist, dacht Van Gils. Dat hoofd hebben wij, maar het is niet meer bruikbaar. Hij slurpte even aan zijn koffie. 'Waren er mensen met wie hij regelmatig sprak?'

Harry trok een gezicht. 'Was erg op zichzelf, vond ik. Je ziet dat bij mensen die van het platteland komen, ook al wonen ze al hun halve leven in Amsterdam. Ik hoorde hem niet zo vaak praten. Hij zat daar vaak, aan het uiteinde van de bar, alsof hem onrecht aangedaan was.'

'Wat waarschijnlijk ook zo was.'

Harry haalde zijn schouders op. 'Nou, en dan? Mensen moeten tegen een stootje kunnen, Van Gils. Niet? Wij kunnen tegen een stootje, omdat we al veel hebben meegemaakt. Maar d'r zijn er die gewoon niet hard genoeg zijn...'

'En hij was niet hard genoeg.'

'Nee, die indruk had ik niet. Kijk, ik zie hier honderd mensen per week, en na een tijdje duw je ze in vakjes. In zijn vakje zaten er niet veel, en da's maar goed ook. Hij was wat ze vandaag de dag een loser noemen, Van Gils. Vat je 'm? Jammer voor die jongen, en ik hoop dat hem niets is overkomen, maar hij had het niet in zich...'

'Wat? Wat had hij niet in zich?'

'Overleven, Van Gils. Dat zag je aan hem. Hij daagde mensen uit die veel groter waren dan hijzelf. Da's link. Dat weet jij toch ook...'

19

Eekhauts mobieltje zoemde vervaarlijk. Net of het een eigen karakter had, en een slecht karakter ook nog. Het vertelde hem dat hij maar beter snel kon reageren, want anders zou een digitale furie over hem neerdalen. Hij opende plichtsbewust het apparaatje en zei zijn naam.

'Hoofdinspecteur Eekhaut?' vroeg een jonge vrouwenstem die hij niet kende maar die wat hijgend en best aangenaam klonk. 'Bent u de politieman die hier was?'

'Waar is "hier"?'

'InfoDuct, bij mevrouw Bunting. Ik ben Annick. Ik bracht de koffie, weet u nog wel, toen u bij mevrouw Bunting op bezoek was?'

Hij herinnerde het zich. 'Ach ja. Uitstekende koffie overigens. Waarvoor dank.' Het slanke meisje met de mooie handen. Ja, dat wist hij nog wel. Hij kon mooie handen waarderen. Handen vertelden hem veel over de vrouw, in de eerste plaats over haar echte leeftijd.

Zo kan het wel weer, Eekhaut, waarschuwde hij zichzelf. Ze is dertig jaar jonger dan jij! Je gaat niet achter jonge vrouwen aan lopen. Niet op jouw leeftijd!

'Ik bel niet in verband met de koffie,' zei ze, en ze klonk duidelijk een beetje ongeduldig. 'Ik zet niet alleen maar koffie. Die ouwe feeks laat me elke keer opdraven als er gasten komen, maar ik ben de koffiejuffrouw niet.'

Goh, dacht hij, daar zijn we behoorlijk gefrustreerd over. Maar daarom belde ze waarschijnlijk niet. Niet om zo'n detail recht te zetten. 'U bent de koffiejuffrouw niet, goed. U doet ook belangrijke dingen. Maar u belt me waarschijnlijk ook niet omdat u die ouwe feeks niet mag.'

'Ik bel u vanwege Adriaan.'

'Basten?'

'Ja. Adriaan Basten. Wie anders? Ze hebben u waarschijnlijk niks over hem verteld?'

'Het was een teleurstellende sessie,' zei hij voorzichtig. Het was niet zijn gewoonte om aan de telefoon te praten over een lopend onderzoek. Zeker niet met burgers. Wie was zij eigenlijk? En vanwaar haar belangstelling voor de zaak?

'Ze hebben u dus niets over hem verteld. Niemand heeft u iets verteld. Dat verbaast me niks. Ze kenden Adriaan niet.'

Hij noteerde de gefrustreerde en zelfs gekwetste toon in haar stem. Dat leek hem interessant. Mensen gingen makkelijker praten als ze gefrustreerd en gekwetst waren. En daar maakte hij vaak misbruik van, door een sympathiek oor ter beschikking te stellen. 'En u wel, neem ik aan. U kende Adriaan wel.'

'Ja. Ja, dat mag u wel zeggen. Ik kende Adriaan best wel. En daarom denk ik dat ik wel degelijk, nou ja, iets over hem te vertellen heb. Anders wordt hij vergeten, weet u. Maar we kunnen dit niet over de telefoon doen. Ik wil u persoonlijk zien.'

'Dat kan. Nu meteen?'

'Over een half uurtje. Dan ben ik klaar met werken.'

Hij keek op zijn horloge. Het was net half vijf geweest. Hij besefte dat hij zin had in een Leffe, maar dat kon wachten. 'In orde. Waar spreken we af?'

'Kent u de kroeg naast het Designcentrum aan de Leidsestraat?'

'Nee, maar die kan ik wel vinden. Tenzij het een exotische locatie is waarvan de ingang verscholen ligt…'

'O nee, het is makkelijk te vinden. Net halverwege de straat. Het Designcentrum is zo'n modern roze gebouw.'

De plek was inderdaad makkelijk te vinden. De kroeg leek niet op al die andere Amsterdamse kroegjes. Hij leek ontworpen om een zeer uiteenlopend publiek op zijn gemak te stellen, ook de kleine maar belangrijke elite die ongetwijfeld het Designcentrum bezocht. Staal tegen de muren, met indirecte verlichting, en slanke blankhouten tafels en stoelen met donkerbruine leren bekleding. Een teleurstellende kroonluchter van lege bierflesjes. Er was bespaard op licht, zoals bijna overal in kroegen. Misschien verwachtten de eigenaren dat er zich onoorbare dingen in hun etablissementen zouden afspelen, en dat die zich beter in de schaduw konden afspelen.

Het meisje zat aan een tafeltje achterin. Hij schoof bij haar aan en bestelde twee koffie. Hij herinnerde zich haar bleke huid en haar natuurlijke blonde haar. Ze had er kwetsbaar uitgezien op kantoor, maar nu keek ze vastberaden.

'Is dit een geheime ontmoeting?' vroeg hij. 'Iets wat we onder ons dienen te houden? Wat we zelfs niet in ons dagboek vermelden, laat staan in een officieel rapport?'

Annick toonde hem een flauw glimlachje. 'Ze hoeven het niet te weten. Op mijn werk, bedoel ik. Ik heb uw kaartje gestolen, dat nog in het kantoor van Bunting lag. Ze doet er toch niks mee. Het zou waarschijnlijk in de prullenbak terecht zijn gekomen. U bestaat niet eens, wat haar betreft. Dat zegt waarschijnlijk genoeg over de sfeer die er heerst. O, ze doen daar allemaal erg sociaal, maar je telt er als gewone medewerker niet mee. Dus wat kan Adriaan haar schelen?'

'Waarom kan niemand me iets over Adriaan vertellen?'

'Omdat ze hem niet kennen. Dat zou hij ook niet gewild hebben. Adriaan zou er niet aan denken die zombies iets over zijn eigen leven te vertellen.'

'Aan u vertelde hij wel alles over zijn leven?'

Ze bloosde. Hij verwachtte het niet, maar ze bloosde. En niet zo'n beetje ook. Even sloeg ze haar blik neer. Misschien was het een pose, hij wist het niet zeker. Als het een pose was, was het zeer overtuigend. 'We waren goede vrienden,' zei ze. Ze moest iets wegslikken. 'Het is vreselijk dat hij... Wat is er met hem gebeurd? Ik hoorde dat hij vermoord is?'

'Ja,' antwoordde hij. Hij was niet van plan de details met haar te delen. Die zou hij zelfs niet met de moeder van Adriaan delen. Je bespaarde mensen de groezelige details, als het even kon. Het maakte immers niks uit: dood was dood. De manier waarop, dat lag in het verleden. Het leed was geleden. Daarna bekommerde je je om de levenden, omdat zij degenen waren die de rest van hun leven de pijn moesten meedragen. Die last wilde je zo licht mogelijk maken. Omdat je zelf ooit zo'n last te dragen zou krijgen, wanneer de dingen verkeerd uitpakten. Je deed het dus voor een potentiële toekomstige versie van jezelf.

'Hij is dood,' zei hij. 'Het spijt me erg. Er is niets aan te verhelpen. Ik kan niets anders doen dan de moordenaar proberen te pakken. Kan het iemand van het bedrijf zijn? Of is dat een onzinnig idee?' Het was een gewaagde vraag. Het was niet het soort vraag dat je zomaar stelde, dat besefte hij. Hij wilde echter haar reactie zien. Ze zou het niet verder vertellen aan haar collega's, daarvan was hij overtuigd.

Ze keek verbaasd. 'Iemand van het bedrijf? Een moordenaar? Dat denk ik niet. Er was niemand die een reden had om Adriaan kwaad te doen. Ze haalden hem allemaal in, professioneel gezien. Hij betekende niets in hun ogen. Hij zat wat zijn carrière betreft op een dood spoor. En dat wist hij. Niemand zag hem als concurrentie.'

'Er waren ook geen persoonlijke redenen...'

'Hij had geen persoonlijke relaties met díé mensen,' zei ze. Het klonk alsof ze 'die' mensen allemaal verantwoordelijk achtte voor de een of andere meta-fysische plaag, die de mensheid collectief overkomen was. En misschien ook voor de dood van Adriaan.

Háár Adriaan?

'Hadden jullie een relatie?'

'We waren vriénden, inspecteur. Dat was al heel wat. Voor Adriaan bete-kende dat al heel wat. Anderen vonden hem misschien een vreemde jongen. Wat hij wilde bereiken was van spirituele aard. Ik weet hoe dat vandaag de dag klinkt, maar zo zat hij in elkaar. Hij was lid van de een of andere kerk, maar daarover wilde hij niks kwijt. Hij was een gesloten boek. Je kon urenlang met hem praten, omdat hij bereid was urenlang naar je te luisteren. Dat was zijn sterke kant. Hij kon heel goed luisteren. Praten deed hij zelf niet zo veel. Luis-teren des te meer.'

Eekhaut vroeg zich af hoe dat rijmde met de rol van Adriaan als slachtoffer van een rituele moord.

'Wat voor kerk?'

'Ik weet het niet.'

'Bedoelde hij een gewone godsdienst? Protestant, katholiek? Iets waarvoor je 's zondags naar de kerk gaat, zoiets?'

Ze tuitte haar lippen en schudde het hoofd. 'Nee, nee. Met georganiseerde religies had hij niet veel geduld. Dominees en zo, daar had hij het niet zo op. Religies in die zin zeiden hem niet veel. Hij praatte erover alsof zij niet echt wisten wat er met de mensheid ging gebeuren. Alsof hij dat wél wist.'

'Praatte hij ooit over een naderende apocalyps?'

Ze dacht na. 'Zoals de ondergang van de wereld? Ja, ik denk dat hij daar iets over zei. Alsof het binnenkort...'

'Alsof het binnenkort afgelopen kon zijn? In 2012 bijvoorbeeld?'

Ze fronste haar voorhoofd. 'Nou, ik hoop van niet. Ik wil graag nog een tijdje leven.' Ze leek echt geschokt. 'Is dat zoiets als Nostradamus?'

'Wat had Adriaan daarover te vertellen?'

'Ik weet het niet meer, inspecteur. Ik luisterde er niet zo goed naar, moet ik toegeven. Hij zei me dat ik zuiver van hart was en dat ik me geen zorgen moest maken als er een eind aan de wereld kwam. Dat vond ik toen zo'n gekke uit-spraak, zeker voor hem. Maar daarna luisterde hij weer naar wat ik te vertellen had, en hij kwam er niet meer op terug.'

'Daarover sprak hij nooit met de andere collega's?'

'Ze zouden hem uitgelachen hebben, en dat wist hij. Wonderkinderen,

inspecteur, dat zijn het. Hun generatie, ook mijn generatie, dat zijn de onge-
duldige wonderkinderen, die de wereld zien als een persoonlijk geschenk.
U weet wel. Alles is een uitdaging, maar de beloning moet ook meteen volgen.
Geduld, daar hebben ze geen kaas van gegeten. Hard werken ook niet. Ze zien
op televisie dat mensen om de meest idiote redenen rijk en beroemd worden,
maar zéker niet omdat ze hard werken.'

'Ik weet wat je bedoelt.'

'Ja. Ik hou daar niet van. Daarom serveer ik koffie. Daarom laat die feeks
me koffie schenken.'

'Onder andere.' En hij begreep waarom ze daarover met Adriaan had willen
praten.

'Ach,' zei ze, 'de rest is ook niet om over naar huis te schrijven. Ik blijf daar
niet lang meer. Heb ik u een beetje geholpen?'

Hij knikte. 'Je hebt me best een eind op weg geholpen, Annick. Dat waardeer
ik. Je hebt mijn telefoonnummer. Neem gerust contact op als je nog wat te binnen schiet.'

'Ik hoop dat u de persoon vindt die…' De rest liet ze onuitgesproken. 'Adriaan had met niemand problemen. Er waren wel mensen die hij niet leuk vond,
maar dat was…'

'Mensen die hij niet leuk vond? Wat betekent dat?'

'Nou, ik weet het niet. Hij zei er niets over. Hij was ergens bij betrokken,
vergaderingen, speciale opdrachten, en daar mopperde hij wel eens over zonder
er echt iets over te zeggen. Er werd gesjoemeld, dat was duidelijk. Financieel
en zo, met budgetten. Met budgetten voor projecten. Er gaat veel geld om in
zo'n bedrijf, inspecteur. Maar dat doen mensen toch altijd, sjoemelen? Ik vroeg
hem waarover het dan ging, maar hij zei dat mensen hem een weg wezen, in
zijn leven, zoiets. Ach, het betekent allemaal niets meer.'

'Je herinnert je niks meer?'

'Nee, het spijt me. Hij dacht erover om ermee te stoppen, maar dat is alles
wat ik weet. Het spijt me.'

'Het geeft niet, Annick,' zei hij.

Toen ze vertrokken was, bestelde hij een Leffe. Het kon dus zijn dat Adriaan
Basten lid was van een apocalyptische religie die geloofde dat de wereld verging, waarschijnlijk in 2012. Als Annick beter naar hem had geluisterd, had
Eekhaut het nu zéker geweten. Maar zelfs nu wist hij voldoende. Adriaan Basten was niet per toeval aan een staak geëindigd.

Het werd tijd om met iemand van de Kerk van de Opperste Zuivering te
gaan praten.

20

Eekhaut wist dat een etentje bij Krasnapolsky hem een flinke duit zou kosten, en toch liet hij zowel een voorgerecht, hoofdschotel als dessert aanrukken, en een witte wijn van superieure kwaliteit waarvan de prijs hem onder andere omstandigheden zou doen schrikken. Sinds hij in Amsterdam was komen werken was dit zijn tweede bezoek aan dit etablissement. De vorige keer had hoofdcommissaris Dewaal hem uitgenodigd voor de lunch. Hij herinnerde zich hoe ze eruit had gezien: stijfjes, mantelpakje, uiterst vrouwelijk. Hij had haar leeftijd toen verkeerd geschat, te laag. Ze hadden eend gegeten, herinnerde hij zich. Ze hadden zelfs wijn gedronken.

Nu hield hij het bij vis. Vissoep, een vistajine, en een stuk chocoladecake na. En een hele fles wijn voor zichzelf. Terwijl hij at observeerde hij. Hij observeerde de mensen die er kwamen eten, kwamen praten, kwamen kijken… en degenen die gezien wilden worden. Meestal kwamen ze om een combinatie van al die redenen. Hijzelf speelde de rol van waarnemer. En hij zat er omdat hij voor deze ene keer behoefte had aan culinaire verwennerij. Hij zou Linda hier mee naartoe nemen, zo gauw ze weer in het land was.

Hij had echter ook een andere reden om hier te komen. Hij wilde zichzelf ervan vergewissen dat de wereld nog op een normale, fatsoenlijke manier functioneerde. Hij gaf het niet graag toe, maar die zekerheid had hij nodig. Hij wilde er zeker van zijn dat mensen nog in staat waren gewoon menselijke dingen te doen. Dat ze tot betere dingen in staat waren dan andere mensen aan staken te binden en in brand te steken – wat hem nog altijd voorkwam als de meest barbaarse daad die een mens een ander kon aandoen. Er waren ongetwijfeld geen smartelijker manieren om te sterven dan door vlammen. De inquisitie had dat geweten. Er waren waarschijnlijk geen gevreesdere manieren om te sterven.

Hier, in dit luxueuze restaurant, waar mensen de laag vernis van de beschaving uiterst dik over hun gedrag en hun ervaringen smeerden, was hij zo ver mogelijk verwijderd van mensen die anderen op zo'n manier om het leven brachten.

Tenminste, dat mocht hij veronderstellen.

Maar hij besefte dat die veronderstelling een illusie was. Dat zelfs die dikke laag vernis, die zogenaamde beschaving, ook deze mensen er niet van zou weerhouden laakbare of verschrikkelijke dingen te doen met hun medemensen. Met de juiste motivatie veranderden schijnbaar zelfverzekerde, beschaafde mensen in monsters die geen ontzag meer hadden voor het leven van anderen. Het kwam er meestal maar op aan hun de illusie te bieden dat zij superieur waren, of hun angst aan te jagen, of hun te doen geloven dat ze pas van de eeuwige verdoemenis gered konden worden als ze anderen doodden.

Dat leerde de geschiedenis.

En precies dat had de Kerk van de Opperste Zuivering in het verleden gedaan. Dat deed ze misschien vandaag de dag niet meer, maar dat verleden was te recent om afgedaan te worden als de waanzin van een onverlichte generatie. De rooms-katholieke Kerk kon daarmee wegkomen, deze sekte niet.

Nadat hij had afgerekend – hij hield het bonnetje – maakte hij de wandeling naar zijn flat. Kraag omhoog, sjaal over zijn keel en hals. Zou hij Dewaal vragen om dit etentje te betalen? Waarom niet. Hij had nagedacht over zijn werk, dus dat gold als arbeidstijd.

Hij passeerde het Muntplein en vroeg zich af of er ergens een kroeg was waar hij een sigaar kon roken. Dat kon vrijwel nergens meer, voor zover hij het zich herinnerde. Een goede maatregel, omdat het die verschrikkelijke stinkende sigaretten buiten de deur hield, maar nu kon hij ook nergens meer van een superieure sigaar genieten. En in de flat roken wilde hij niet. Dat stonk zo, achteraf. Op straat, op een bankje, daar was nu geen denken aan.

Er brandde nog licht in verscheidene cafés aan het Rembrandtplein, maar hij ging nergens naar binnen. In zijn flat was het aangenaam warm. Hij trok zijn overjas uit, hing die in de kledingkast in de gang en nestelde zich in de grote sofa. De avond ervoor had hij een boek zitten lezen. Niet *Duma Key*, daar was hij nog niet aan begonnen. Een boek van Ken MacLeod dat er veelbelovend uitzag, *The Night Sessions*. Eerst keek hij snel even zijn e-mail door, en bekeek hij een paar nieuwssites, maar de wereld had hem niets te melden. Even later viel hij met het boek open op zijn schoot in slaap op de bank.

WOENSDAG

21

'Hoeveel mensen werken hier op het Bureau?' vroeg Eekhaut. 'Zo alles bij el-kaar?'

'Vierentwintig,' zei Dewaal. 'Wij beiden meegeteld.'

'Hoeveel daarvan weten af van dit onderzoek?'

Ze hoefde niet lang na te denken. 'Zo ongeveer de helft.'

Tussen hen in lag een krant, half opengevouwen. De kop op de voorpagina, prominent bovenaan nog wel, las: NEDERLANDER SLACHTOFFER RITUELE VUUR-DOOD. Het artikel besloeg verscheidene kolommen. Er was een foto bij van wat leek op de cirkel van slachtoffers van het vuuroffer, maar details waren niet herkenbaar. Maar zelfs zo was de foto sinister genoeg, juist omdat er heel wat aan de verbeelding werd overgelaten.

'Iemand hier heeft dus een bijverdienste,' zei Eekhaut. 'Iemand die foto's en informatie naar de pers lekt.'

'Ik vermoord 'm,' zei Dewaal somber. 'Of haar.'

'Misschien is het niet een van jouw mensen,' opperde Eekhaut.

Dewaal strengelde haar vingers ineen. 'Nee, misschien niet. Iemand van het hoofdkantoor van de AIVD zelf, iemand van het ministerie van Justitie. Er zijn overal lekken mogelijk. En die verdomde journalisten ook. Altijd met hun neus op plaatsen waar hij niet thuishoort.'

De ochtend was zonnig begonnen, en volgens het weerbericht zou het de hele dag zo blijven, wat betekende dat het weliswaar koud was maar dat er geen sneeuw of regen zou vallen. Daar kon Eekhaut mee leven. Hij had zichzelf bij wijze van afwisseling getrakteerd op een ontbijt in een van de cafés op het Rembrandtplein, met een warme chocolademelk en twee croissants. De hele calorierijke behandeling dus. En als gevolg daarvan voelde hij zich uitstekend.

De ochtend was ook om een andere reden goed begonnen: hij had een mailtje gekregen van Linda. Ze was in Mombassa en zou zo snel mogelijk terug naar Europa komen. Aan haar missie was plotseling een eind gekomen, op een rampzalige manier overigens. Een zandstorm had het kamp grotendeels vernield. Iedereen was in orde, zo liet ze weten, maar de vluchtelingen hadden zich over het landschap verspreid en daardoor was de opdracht zinloos geworden. De rest van het team – de medische staf – bleef ergens in dat deel van Afrika, maar Linda had besloten dat er voor haar geen zinnig werk meer was.

Het was erg voor haar, en voor de vluchtelingen uiteraard ook, maar dat ze terugkwam was belangrijk voor hem. Ze zouden hun relatie weer kunnen oppakken. De ochtend kon eigenlijk niet meer stuk.

Behalve door het bericht in de krant dan.

'Zo meteen staat de verzamelde pers hier voor de deur,' zei hij.

Dewaal schudde het hoofd. 'Niet hier, maar waarschijnlijk wel voor de deur van de officier van justitie, en daar zal ze niet blij mee zijn. Ik kan een telefoontje verwachten.'

'Zo,' zei hij, 'de officier van justitie.'

Dewaal keek hem aan maar zei niets. Ze kende zijn problemen met autoriteit. En bovendien bestond er, zo wist ze, een kloof tussen reputatie en werkelijkheid, en dat gold zeker voor Eekhaut. Daar hield ze rekening mee, met die kloof.

Eekhaut wilde echter niet aan de officier van justitie denken. Hij dacht aan het korte bericht op zijn computer, die ochtend. Linda was waarschijnlijk gehaast geweest, nadat ze ergens in Mombassa een hotel had gevonden met internetverbinding. Er klonk een toon van verlies uit haar zinnen, van intens verlies. Er was iets misgegaan, iets wat haar geschokt had. Maar met haar was alles verder in orde. Ze was terug in Mombassa en zou weldra weer bij hem zijn. De rest van het verhaal zou hij daarna wel te horen krijgen.

'Walter,' zei Dewaal. 'Hallo, ben je er nog? Kun je heel eventjes proberen je beide voeten weer op de grond te krijgen?'

'Eh, ja, natuurlijk. Sorry.'

'Ik wil een strategie, voor de pers. Wat we hun vertellen, en wat niet. Ik wil dit uiteraard allemaal binnenskamers houden, om niemand in onze kaarten te laten kijken. Anders gaat Interpol zich er misschien mee bemoeien. En zo'n pottenkijker kunnen we missen als kiespijn.'

'Er zijn misschien buitenlanders bij betrokken,' opperde hij.

'Voorlopig houden we het bij dat ene Nederlandse slachtoffer. Zolang de andere niet zijn geïdentificeerd, blijft dit een Nederlands onderzoek. Laten we binnen die context nadenken over onze strategie.'

'Strategie? Wat wil je dan?'

'De officier van justitie wil alle mogelijke geruchten tegenspreken of ont-kennen. Officieel gaat het om een verschrikkelijke misdaad en blijven zowel slachtoffers als motieven van de daders onbekend. Behalve dat ene slachtoffer dan, dankzij ons geïnspireerde onderzoek. Hoe heet-ie ook weer? Basten? Laten we ons daar nu op concentreren.'

'Hij had geen familieleden en zo goed als geen vrienden. Een onbeant-woorde liefde op kantoor zullen we maar niet meetellen. Moeten we dieper zoeken? Vriendinnen sinds zijn zestiende? Lidmaatschap van allerlei banale organisaties?'

Dat negeerde ze. Ze had het verslag gelezen. 'En die religieuze verbanden dan, waarover dat meisje sprak? Wat kunnen we daarmee?'

'Volgens mij wist ze eigenlijk zo goed als niks over Basten. Dat hij problemen had met de sfeer op het werk is het enige wat ik het onthouden waard vond, maar wat is daar uitzonderlijk aan? Alle kantoorslaven hebben een probleem met de sfeer op het werk.'

'Ga naar het hoofdkwartier van de Kerk van de Opperste Zuivering en stel daar eens wat vragen waar we wat aan hebben, Walter. Onder andere over wat die zuivering inhoudt.'

'Dat was ik vandaag nou net van plan. Gisteren al, maar toen had ik geen tijd meer. Moet ik niet proberen uit te zoeken waar dat perslek zit?'

Dewaal schudde het hoofd. 'Ik kom mankracht te kort, Walter. Ik heb nu al vier andere rechercheurs vrijgemaakt voor dit onderzoek, wat betekent dat steeds méér mensen de details ervan kennen. De pers is misschien niet onze grootste zorg. Als we de zaak zo snel mogelijk oplossen, hoeven we ons niet te bekommeren over de pers.'

'Ja, ik zag dat je Marsman en Siegel vrijgemaakt hebt.'

'Neem Prinsen mee, die heeft oefening nodig. Hij lijkt wat afwezig de laatste tijd.'

'Je weet waarom, chef.'

Ze knikte. 'Ik weet waarom, ja. Maar ik ben zijn moeder niet, en gelukkig maar. Jij kent zijn moeder niet, en ik wens je haar niet toe. Ik voel me in elk geval niet geroepen me bezig te houden met zijn privéleven.'

'Dat vraagt hij ook niet, denk ik. Overigens: waarom lunchen wij niet meer samen? Een paar maanden geleden deden we dat zo af en toe, maar nu lijkt er wat afstandelijkheid in onze relatie te sluipen. Is er wat verkeerd gelopen tussen ons?'

'Jij hebt Linda,' zei ze hem terechtwijzend, maar niet helemaal zonder spot. 'Daar moet je het maar mee doen bij wijze van relatie, Eekhaut. Ik wil geen reden zijn voor een breuk tussen jullie.'

Zo had hij het niet bekeken. Zo had hij het ook niet bedoeld. Maar misschien speelde zijn onderbewuste spelletjes met hem. 'Linda was er een paar maanden geleden ook al, chef. Toen maakte het geen verschil.'

'Ze is niet hier en kan zich dus niet verdedigen, Walter. Tijdens haar afwezigheid wil ik niet de indruk krijgen dat je bij mij komt voor vrouwelijk gezelschap, of wat het ook is dat je nodig hebt.'

Hij grinnikte, in de eerste plaats om te voorkomen dat hij begon te blozen. 'Dat wordt dan verholpen. Ze is op weg terug.'

'Nu al? Ik dacht dat ze...'

'Blijkbaar is er een kink in de kabel gekomen daar in donker Afrika. Ik weet niet wat er scheelt. Meer dan een kort bericht kreeg ik niet. Ze is op dit moment in Mombassa, en ze reist meteen terug naar Europa.'

'Ruzie met de baas?'

'Wie weet?'

Dewaal hield haar hoofd schuin. 'Ben je lang getrouwd geweest, Walter? Ik bedoel, hoe lang waren jullie samen, jij en je vrouw?'

Die vraag riep een gezicht op bij hem, een plotselinge hand die zijn schouder aanraakte, een stem, de laatste aanblik van Esther op het zo verdomd witte en ongenaakbare bed in het ziekenhuis. En een geur, een geur waarvan hij wist dat die niet bestond, maar die alles te maken had met de dood. Het was de geur die hem het langst bijbleef, ook al verbeeldde hij zich het bestaan ervan.

'Twintig jaar,' zei hij. Hij zei het zonder dat zijn stem trilde. Zijn stem trilde al een hele tijd niet meer wanneer hij het over Esther had. Dat vertoon van emoties had hij achter zich gelaten. Maar de hand en het witte bed en de onverbiddelijke stem van de arts en de medicijnen in hun doosjes en de slangetjes die uit haar lichaam kronkelden, dat was nog altijd dichtbij.

'Misschien,' zei Dewaal, 'hoorde ik dat niet te vragen.' Haar stem klonk neutraal. Maar toen hij haar aankeek, zag hij hoe intens haar blik was. Ze keek snel weg. 'Vooruit maar,' zei ze. 'Je weet wat je te doen staat.'

22

Het hoofdkwartier van de Kerk van de Opperste Zuivering bevond zich niet in een geheim ondergronds pand, of in een kasteel aan de andere kant van Nederland of in een labyrint, zelfs niet in een tempel. Het bevond zich in een smal, keurig maar ook onopvallend herenhuis aan de Nieuwezijds Voorburgwal, waar restaurants de flanken ervan bewaakten. Drie etages, en enkele ramen die scheef in de gevel zaten, geen verschil met andere huizen in die buurt. Het was geen geheime locatie, hoewel het bronzen plaatje aan de deur behoorlijk klein was en niet meer zo goed leesbaar. Schijnbaar zag niemand er het nut van in om het brons op te poetsen.

Prinsen trok zijn rechter handschoen uit en drukte op de bel.

Op het bronzen plaatje stond gewoon: KERK VAN DE OPPERSTE ZUIVERING. Geen openingsuren, niets over rites of erediensten of consultaties. Tot zover, dacht Eekhaut, de geheime rituelen, de honderden indien niet duizenden slachtoffers van de vuurdood, de apocalyptische gedachte. Hierbinnen werden ooit snode plannen gesmeed tegen de mensheid, maar nu zag het gebouw er respectabel, zelfs saai uit.

Opvallend genoeg bleek uit het dossier dat er nooit arrestaties waren verricht in verband met de vermeende misdaden van de Kerk van de Opperste Zuivering. Er waren geen onderzoeken gevoerd die naam waardig. Er werd geen gewag gemaakt van verdenkingen. Er werd niet over lijken, verbrandingen, vuurcirkels en rituele moorden gesproken. Het leek wel alsof de activiteiten van de zogenaamde Kerk niets meer waren dan een stadsmythe, die allang door niemand meer werd geloofd. Het dossier telde een tiental vellen papier, meestal standaarddocumenten en dito vragenlijsten door rechercheurs en statistici ingevuld, veel minder dan wat er in de dossiers van honderden andere door het Bureau gevolgde organisaties zat.

De vrouw die de deur opende zag er evenmin uit alsof ze een seriemoorde-naar was. Ze was rond de zestig, zwaar en slecht ter been, waarschijnlijk omdat ze astma had of een ander probleem met haar longen. Ze kon ook net een trap hebben beklommen, zeven etages omhoog vanuit een onmogelijk diepe on-dergrondse krocht, wat onwaarschijnlijk was. Tenzij dit gebouw rechtstreeks toegang bood tot de hel. 'Ja, heren,' zei ze opgewekt ondanks haar kortade-migheid, 'wat kan ik voor u doen?'

'Algemene Inlichtingen- en Veiligheidsdienst, rechercheurs Eekhaut en Prin-sen,' zei Eekhaut, zijn politielegitimatie tonend. Zijn keurige Nederlandse po-litiekaart. Nog maar net en na vier maanden effectieve dienst gekregen in ruil voor zijn Belgische politiekaart, zo traag draaide de administratieve molen. 'Wij zijn aangekondigd, nietwaar?'

'Ah, natuurlijk, natuurlijk. Komt u toch binnen. Het is koud, niet? Erg koud, ook voor de tijd van het jaar. En dat na zo'n miserabele zomer.'

De vrouw stapte achteruit en liet de beide rechercheurs binnen. Ze sloot de deur achter hen. 'Gaat u maar door, heren, aan uw linkerkant is een salon. We gebruiken hem niet vaak, maar dit is een goede gelegenheid zoals er zich zelden een voordoet. Ik zorg even voor thee. U drinkt toch wel thee?'

Ze wachtte hun antwoord niet af maar verdween meteen de gang in. Prinsen stapte de salon in en trok zijn jas uit. Hij hing hem over een stoel. De ont-vangstkamer was klein en de meubels hoorden bij een tijdperk waarin er nog behoefte was aan salons, de enige plek in het huis waar bezoek werd toegelaten. Vroege negentiende eeuw, schatte Eekhaut. Waarschijnlijk had de Kerk niet al-leen het pand, maar ook de inboedel gekocht.

De vrouw kwam de salon weer in. 'Maakt u het zich toch gemakkelijk, heren. Gaat u zitten.'

Ze plaatste een groot dienblad met kopjes, schoteltjes, een theepot, koekjes, suiker en melk op de tafel in het midden van de kamer. Er waren in de hele salon geen religieuze symbolen te bekennen, merkte Eekhaut. Geen kruis, geen davidster, geen portretten van de Boeddha, geen...

'Ik ben Johanna Simson, het hoofd van deze Kerk in Nederland. Als de paus mij zou horen zou hij boos worden, maar ik bedoel uiteraard de Kerk van de Opperste Zuivering, en hoewel wij niet willen concurreren met andere religies, vinden wij dat we een heel aparte overtuiging verkondigen. Die trouwens naadloos aansluit op het christendom en zelfs op de islam. Suiker, melk of citroen?'

Ze was even bezig met het uitschenken van de thee, die – zo merkte Eekhaut –

sterk was en aangenaam van smaak, al kon hij die smaak niet meteen thuis-brengen. Proefde hij kaneel?

'Mevrouw Simson, we willen u enkele vragen stellen over iemand van wie we veronderstellen dat hij lid is van uw Kerk, Adriaan Basten. En we willen u ook wat vragen stellen over uw organisatie in de ruimere zin.'

'Ah,' zei ze. 'Adriaan. Hij is inderdaad lid. Om begrijpelijke redenen houden we ons ledenbestand geheim voor de buitenwereld. We willen ook niet dat er paniek ontstaat, dat begrijpt u wel. Wat zou u doen als u wist dat in 2012 de wereld zal vergaan? Maar wat zeg ik: u wéét het ondertussen al! U kent de stellingen van onze traditie, al gelooft u er misschien niet in. Wat is de bedoeling van uw bezoek? Wilde u zich meteen bekeren? Nee? Ach, ik maak een grapje.'

'Wij geven er de voorkeur aan daarover geen mening te hebben, mevrouw,' zei Eekhaut, die de blik van Prinsen ontweek. 'We zijn hier niet gekomen om over religie of over profetieën te praten. Ik vrees dat ik slecht nieuws voor u heb. Adriaan Basten is vermoord. Daarom zijn we hier.'

Het duurde even voor ze iets kon zeggen. 'Wat bedoelt u, inspecteur? Is Adriaan dood? Ik wist dat hij verdwenen was, maar dood…'

'Het spijt me, mevrouw,' zei Eekhaut. 'Hij is onder verdachte omstandigheden om het leven gekomen.' Hij overwoog wat hij daarna ging zeggen. 'Hij werd omgebracht op rituele wijze, mevrouw. Samen met zes andere mensen, in de Belgische Ardennen. Helemaal in de traditie van uw Kerk. Door het vuur dus, vrees ik.'

Mevrouw Simson dronk van haar thee, met haar ogen neergeslagen, alsof ze in het kopje naar mogelijke samenzweerders probeerde te zoeken. Eekhaut begreep dat ze die informatie even moest verwerken. Het sprak in haar voordeel dat ze niet hysterisch werd en zelfs geen traan liet. Deed ze dat wel, dan had hij niet geweten hoe hij daarop had moeten reageren.

'Adriaan,' zei ze.

'Het spijt me dat we geen beter nieuws hebben.'

Ze zette het kopje zorgvuldig op de tafel. 'Meneer Eekhaut,' zei ze, zijn officiële titel achterwege latend. 'Onze Kerk heeft een gewelddadig verleden. Maar dat weet u uiteraard al. Of tenminste: u vermoedt het. Want de vorige generaties slaagden erin om hun wandaden zorgvuldig te verdoezelen. Ze werden zelden verdacht en nooit waren er bewijzen. Dat konden ze zich ook niet veroorloven, niet alleen omdat het eeuwige heil van hun onsterfelijke ziel ervan afhing, maar ook het voortbestaan van de Kerk.'

'Hoe kunnen zinnige mensen geloven dat de dood van anderen hen kan redden, mevrouw?' vroeg Prinsen.

Simson wendde haar gezicht naar hem. 'Omdat, jongeman, het geloof een zeer sterke kracht is. Het is niet verbazingwekkend dat u vandaag deze vraag stelt. We leven in een tijdperk van ongeloof. Een seculier tijdperk, als u wilt. Mensen geloven niet meer in iets anders dan materiële dingen. Ze geloven niet meer dat er buiten hen, en buiten de materiële wereld, iets bestaat wat invloed op hen uitoefent. Zelfs degenen die zich gelovig noemen, zijn van het lauwe soort. U zou die vraag drie eeuwen geleden niet gesteld hebben. Of zelfs niet honderd jaar geleden. Toen stierven mensen voor hun geloof. En ze zorgden ervoor dat anderen stierven voor datzelfde geloof.'

'De inquisitie ligt ver achter ons, mevrouw,' zei Prinsen droogjes.

Mevrouw Simson glimlachte toegeeflijk. 'Zo ver hoeven we zelfs niet te gaan, jongeman. De nazi's vermoordden miljoenen joden, niet omdat ze staatsgevaarlijk waren, maar gewoon omdat ze joden waren.'

'Dat had geen religieuze gronden, maar sociale en racistische,' zei Eekhaut.

Simson hield het hoofd wat schuin alsof ze twijfelde aan zijn gezonde verstand, maar ze sprak hem niet tegen. 'De joods-christelijke beschaving én de islam hebben een sterke neiging gehad tot harde actie, inspecteur. Het ware geloof moest tot elke prijs verspreid worden. Tot elke prijs. Ik hoef u geen geschiedenisles te geven, u hebt hooguit een opfrissing nodig. Uw jonge collega daarentegen, zoals de rest van de jeugd van tegenwoordig, is zich maar weinig bewust van de correcte historische context. Dus om op uw vraag te antwoorden: het is tamelijk eenvoudig om mensen ertoe aan te zetten te gaan moorden voor iets waarin zij geloven.'

'Dat is de traditie van uw Kerk.'

'Dat is de traditie van wereldrijken, dus ook de spirituele wereldrijken, inspecteur. En ja, onze Kerk kende die traditie ook. Maar ook wij hebben de stap gezet naar het afzweren van gewelddadigheid. We hebben nog steeds dezelfde riten, en ons geloof blijft onveranderd, maar u kunt ons niet meer verdenken van wandaden. Overigens moet ik eraan toevoegen dat u die van het verleden nooit zult kunnen bewijzen. Er werd ons heel wat aangewreven waar wij niets mee te maken hadden. Hiroshima, bijvoorbeeld. Wat totaal belachelijk is. Op die schaal...'

'Zou een offer op die schaal geen zin hebben als in één keer het eeuwige zielenheil voor alle gelovigen gegarandeerd kon worden?'

Johanna Simson leunde wat achterover. Ze trok een pijnlijk gezicht, wat waarschijnlijk meer te maken had met haar rug dan met de vraag. 'Het christendom had één enkele profeet nodig, die gekruisigd werd. Hij stierf om de zonden van alle mensen weg te vagen. Dat bleek niet te werken want de meeste christenen zitten nog altijd met de erfzonde opgezadeld. Waarom veronderstelt u dan dat wij zo buitensporig te werk zijn gegaan?'

'Ik probeer me in te leven in de wereld van uw traditie, mevrouw,' zei Eekhaut.

Ze keek hem medelijdend aan. 'Dat kunt u niet, inspecteur. U bent niet doordrongen van de vele mysteries van ons geloof. U moet helemaal teruggaan tot het prille begin van het christendom om de oorsprong van onze rituelen te begrijpen. Weet u iets over de gnosis, over het gnosticisme?'

'Alleen wat ik ooit ergens gelezen heb, mevrouw.'

'Voor de christelijke godsdiensten is het gnosticisme geen religie, maar een afwijking. Een leer die al, onmiddellijk na het ontstaan van dat christendom, als ketterij werd beschouwd.'

'Ik herinner me dat de God van de gnostici eigenlijk niet de schepper van het heelal is…'

'U hebt toch iets onthouden, merk ik,' zei mevrouw Simson. 'Eerst en vooral moet u begrijpen dat de oorsprong van het gnosticisme van ver vóór Christus dateert. Zoroastrisme, Chaldese astrologie, hellenistische filosofie, Egyptische mythologie voornamelijk, maar ook de joodse apocalyptische gedachte. Voor de gnostici, en dus ook voor onze Kerk, is God een soort van spirituele vaderfiguur, maar Hij bevindt zich buiten de kosmos. Die kosmos, het universum waarin wij leven, is intrinsiek slecht, maar het is niet Zijn werk. Integendeel, de kosmos en alle schepselen werden geschapen door een andere, vijandige entiteit, die wij de Demiurg noemen. Die Demiurg wordt in zijn verderfelijke werk geholpen door een hele hiërarchie van duistere wezens, de Archonten. Op die manier is de Demiurg, onze schepper dus, een kwaadaardig en donker wezen, terwijl de ware God buiten de kosmos regeert over het rijk van het licht.'

'En zo verklaar je de kwaadaardigheid van mensen, en waarom God niet ingrijpt.'

'Inderdaad. De mens is een gevallen wezen, dat terechtgekomen is in de materiële kosmos waar de Demiurg heerst. Dit is de God van het Oude Testament, die een allesbehalve vergevingsgezinde of nobele figuur is. Het probleem is dat de mens niet uit deze wereld van het duister kan ontsnappen door zijn geloof in de goede God, of door zijn moraliteit of door goede dingen te doen. Hij kan slechts ontsnappen door het zich eigen maken van een transcendente wijsheid, de gnosis, zodat hij de bedoelingen en motieven van God kan ontdekken.'

'Dat is een hele opgave,' zei Eekhaut.

'Dat is het zeker. In de loop van de geschiedenis van de gnostiek hebben velen geprobeerd die zoektocht naar de gnosis op een eigen manier te vervolmaken. Ik zal u niet vervelen met de namen van sektes en individuen die om die reden onderdrukt werden door de orthodoxe christenen.'

'Maar voor u bestaat de zuivering in het doden van andere mensen.'

'Niet meer, zoals ik u uitlegde. Dat was echter wel de oorspronkelijke traditie van de Kerk, een traditie die eeuwenoud is en die zich op allerlei manieren over de planeet heeft verspreid. Een bescheiden en goed verborgen traditie, maar soms met grote gevolgen.'

'U bleef anders wel onopgemerkt.'

'Mensen zien ons als charlatans. Ze begrijpen ons niet en weten niets over ons. Omdat wij spreken over de Apocalyps en over het wereldeinde en over God en over de redding van de ziel, zijn ze er ervan overtuigd dat wij beschimpt mogen worden. De ware diepte van ons geloof ontgaat hun. Misschien hielp dat ons om onopgemerkt te blijven.'

'En wat vindt u van hen?'

Ze maakte een gebaar met haar rechterhand, de hele wereld minimaliserend. 'We hebben medelijden met hen.'

'Ze eindigen daarom dus niet op de brandstapel?'

'Vandaag niet meer,' zei Simson ironisch. 'Twee decennia geleden stonden er nieuwe mensen op in de schoot van onze Kerk. Voor hen was de komende verlossing niet te rijmen met de verschrikkelijke offers die we tot dan toe brachten. Verlossing van de ziel, inspecteur, is een kwestie van innerlijke overtuiging. Met andere mensen doden bereikten we niets.'

'Maar de traditie was sterk.'

'Ah!' zei ze. 'Natuurlijk was de traditie sterk. Kijk, ik vertel u over onze geschiedenis, in de overtuiging dat alles wat ik u vertel niet in een rechtbank gebruikt zal worden, bij gebrek aan bewijzen. De traditie liet zich niet meteen opzijduwen, maar anderzijds is ze kwetsbaar, om evidente redenen.'

'Een radicale sekte scheurde zich af.'

'U hebt uw huiswerk gedaan. Natuurlijk, u bent het soort van politieman dat alles wil weten voor hij de vragen stelt. Zo is het gegaan, inspecteur. Degenen die wreedheid in hun hart hadden gesloten, die dronken waren van de macht die ze dachten te bezitten, en ook degenen die blindelings geloofden in de zuiverheid van hun geloof, scheurden zich van het ware geloof af. Uw wereld zal ongetwijfeld psychologische profielen gebruiken om hen te typeren. Voor wat ons aangaat zetten zij een onaanvaardbare misdaad voort, waarmee wij ons niet meer willen identificeren.'

'En die radicale groep, dat is het Genootschap van het Vuur. Kunnen we daar namen van individuen op plakken? Zij zijn ook uw vijanden, neem ik aan. U weet dat ze ondertussen verdergaan met het brengen van offers. Collectieve offers, volgens uw voormalige traditie. Waarvan uw vriend en gezel Adriaan Basten recent het slachtoffer werd.'

Simson bewoog haar hoofd in zijn richting. Haar ogen waren oud en vochtig. Even had hij medelijden met haar, ook al kon hij zich dat niet veroorloven. 'Er zijn namen, ja. Er zijn namen. We dragen allemaal namen. Maar helpen zal het u niet, inspecteur. We gebruikten in die dagen geen echte namen. Binnen deze kring gebruikten we een symbool, een valse naam, een bescherming tegen de vijandelijkheid van de buitenwereld.'

'U kunt ons dus niet helpen hen te identificeren?'

'De enige naam die ik kan noemen is die van Baphomet.'

'En wie is hij?'

'De leider van de afgescheurde sekte, inspecteur. De grote inspiratie van het Genootschap. De kop van het serpent. De inspiratie van de oude en opnieuw tot leven geroepen traditie. Een monster van vuur dat de wereld door het vuur zal vernietigen.'

'Maar wie hij in werkelijkheid is...'

'Dat weet ik inderdaad niet. Ik heb hem maar enkele keren ontmoet, uitsluitend tijdens officiële bijeenkomsten van de Kerk, toen we nog samen waren.' Ze boog haar hoofd wat naar voren, met een scherpe glimlach, alsof ze hem ging terechtwijzen. 'Misschien is er geen werkelijkheid in de zin zoals u die meent te kennen. Misschien bestaat die man alleen maar als de kop van het serpent, inspecteur. Daar moet u rekening mee houden.'

'Pardon mevrouw,' zei Prinsen. 'Die Apocalyps, het wereldeinde in 2012, gelooft u daar in letterlijke zin in? Ik bedoel...'

'Maar natuurlijk,' zei ze minzaam, alsof hij naar een vanzelfsprekendheid vroeg. 'U en ik zullen daar getuige van zijn. Alles wat voorspeld is, komt uit. De toekomst ligt vast. Vanaf het begin van de tijden ligt de toekomst vast. En u zult beiden nog lang genoeg leven om het einde van de wereld mee te maken.'

'We zijn niet veel opgeschoten,' zei Eekhaut tegen Prinsen, toen ze weer op de stoep stonden. 'Ik ben er zéker van dat ze ons nu in de gaten houdt. Laten we maken dat we uit de buurt komen. Dat soort mensen bezorgt me de kriebels.'

'De Apocalyps,' zei Prinsen. 'Stel dat het waar is. Een schepper die meer op Satan lijkt dan op de God van het Nieuwe Testament…'

Eekhaut gromde. 'Laat ik niet merken dat je die onzin gelooft, jongeman. Ik laat je onmiddellijk opsluiten.' Ik moet hem in de gaten houden, dacht hij. Die jongen is nog steeds erg beïnvloedbaar.

'Natuurlijk geloof ik daar niet in,' zei Prinsen snel. 'Maar een einde van de wereld, het is altijd mogelijk. Een asteroïde, een supervulkaan…'

'Of een verdomd ingrijpen van God,' suggereerde Eekhaut geïrriteerd. 'Al die onzin. Ik heb dorst. Die vurige voorspellingen maken me dorstig.'

Ze stapten een kroeg binnen waar een paar oudere stelletjes aan de bar zaten. Eekhaut en Prinsen namen een tafeltje en bestelden. Eekhaut vroeg om een bruin bier, maar wat hij kreeg was geen Leffe. Het had een wat zurige, maar niet geheel oninteressante smaak. 'Onheilsprofetieën doen het altijd goed in de kranten en op de boekenmarkt. Wie rampen en onheil voorspelt, heeft altijd succes, jongeman,' zei hij verwijtend. 'Kijk maar naar Nostradamus. Wordt tegenwoordig nog steeds gelezen. Het verschrikkelijke en meestal erg nabije einde van de mensheid: geen beter verkoopargument.'

'Het meeste van wat ze vertelde wisten we al.'

'Baphomet,' zei Eekhaut. 'Dat is een nieuw element. Geeft onze tegenstander tenminste een naam.'

'We kunnen moeilijk een opsporingsbericht uitvaardigen op basis van zo'n naam. Stel je voor.'

Eekhaut zette zijn glas neer. 'Kom, Nick, waarom zo negatief? We weten opeens een heleboel dingen over hem. Hij is alleszins een man. En hij is ouder dan, laten we zeggen, vijftig.'

Prinsen slurpte omzichtig van het witbier dat hij besteld had. 'Waarom denk je dat hij ouder is dan vijftig?'

'Omdat hij blijkbaar tot de oorspronkelijke radicalen behoorde, die zich twintig jaar geleden afscheidden van de Kerk. Dat doe je niet wanneer je twintig bent, maar misschien wél wanneer je dertig of ouder bent. Iemand met een zekere macht, waarschijnlijk ook in het openbare leven. Iemand die onafhankelijk kan opereren.'

'Ze heeft niets meer over Basten verteld.'

'Nee, dat was ze ook niet van plan. Maar het is duidelijk: Basten was iemand uit hun kamp, en de anderen hebben hem te pakken gekregen. Het is dus oorlog tussen de Kerk van de Opperste Zuivering en dat vurige Genootschap. Dat maakt het ons wat makkelijker. Zo kunnen we de partijen duidelijk uit elkaar houden. Dit is mijn scenario: dat Genootschap scheurt zich af van de Kerk omdat die in de ogen van haar leden te soft is geworden. De wereld zal ten onder gaan door het vuur en waarom zouden ze daar niet meteen mee beginnen. Omdat de softies ook meteen de meest laakbare der mensen zijn, vallen zij als eerste slachtoffers. Ik vraag me af hoeveel medestanders mevrouw Simson al heeft verloren.'

'Zonder ledenlijst is dat niet na te gaan,' zei Nick.

'Jammer genoeg niet, nee. Mevrouw Simson staat natuurlijk boven aan de verlanglijst van het Genootschap. Dat weet ze ongetwijfeld.'

'Ze heeft haar geloof.'

Eekhaut speelde met zijn glas. 'Wat bedoel je daar nou mee, ze heeft haar geloof?'

'Nou…'

'Betekent het misschien,' zei Eekhaut, 'dat je het leuker vindt op de brandstapel te eindigen mét een geloof om je aan op te trekken, dan zonder?'

'Nee, dat bedoel ik niet…'

'Goed, laat dan je filosofische speculaties achterwege, Nick.'

Prinsen keek Eekhaut fronsend aan, maar besloot er niet op in te gaan. Hij zei: 'Misschien moeten we haar in de gaten houden?'

Eekhaut trok zijn wenkbrauwen op. 'Wie gaat dat doen? Jij en ik? Observeren, dat kost mankracht, en ik denk niet dat tante Alexandra daarvoor te vinden is. Te duur, en vooral ook te duur.'

'Noem haar niet zo.'

'Wie? O, tante Alexandra. Nee, sorry, dat hoor ik niet te doen. Maar nu iets anders: hoeveel vermiste mensen hebben we nog op onze lijst?'

'Lijst?'

'Had je niet een lijst opgemaakt van mensen die recent vermist zijn en die in het profiel passen dat we hadden opgemaakt van…'

'Ah, die lijst.' Prinsen zocht in de binnenzak van zijn jas. 'Hier is hij. Wat zoeken we?'

'Onderlinge relaties, verbanden, om het even wat hen kon samenbrengen voor dat laatste feest.'

Prinsen liep de lijst door. 'Weinig of niks, behalve die twee die in hetzelfde bedrijf werkten.'

'Waar?'

'TransCom.'

'Mmm. Zegt die naam ons iets?'

'Het is het moederbedrijf van InfoDuct, voor zover dat belangrijk is.'

'Waar Basten werkte?'

'Ja, maar dat wist je toch al?'

'Nee. Ik hoor de naam TransCom nu voor het eerst. Hebben we een rapport over die twee verdwijningen?'

'Nee, alleen de namen en de datums. Er zit een week tussen. Dat is gek, als je erover nadenkt.'

'Een epidemie van verdwijningen binnen de kring van hetzelfde bedrijf? Dat is inderdaad vreemd. Het is té vreemd. Ik voel de neiging om iemand te gaan ondervragen. Wat denk je?'

'Dat we vandaag al genoeg vreemde theorieën hebben gehoord?'

'Je kunt nooit genoeg mensen ondervragen, Nick. Dat wist Stalin ook al. Je kan nooit paranoïde genoeg zijn. Vaak loont het.'

23

Jan-Pieter Maxwell liet zich terugrijden naar Amsterdam. Hij had een hekel aan het openbaar vervoer, zelfs aan taxi's, en daarom stond er altijd een auto met chauffeur voor hem klaar. Gezamenlijk konden de bedrijven die hij beheerde dat best betalen. En zelfs méér. Hij deed goede zaken. Snelle verplaatsing tussen de verschillende hoofdzetels betekende tijdwinst.

Wie daarbij het meeste won was hijzelf. Hij kon ongemerkt en ongehinderd reizen. Niemand bemoeide zich met hem. En hij kon even ongestoord telefoneren. Zoals nu met Koerier, die hem vertelde dat hij de rechercheurs had doorgelicht die bij de zaak betrokken waren. Dé zaak. Er was maar één zaak waarvoor Koerier hem kon bellen.

'En hebben we grip op hen?' vroeg Maxwell. 'Iets wat hun enthousiasme wat kan temperen?'

'De ene is een Belg die uitgeleend is aan de AIVD. We weten heel weinig over hem. Hij woont in de Utrechtsestraat. Ik kan iemand langs sturen om zijn flat te bekijken als je dat wilt.'

Maxwell tuitte zijn lippen, hoewel Koerier dat niet kon zien. 'Dat lijkt me niet echt nuttig. En de andere?'

'Een jonge rechercheur die uit het noorden komt, Nick Prinsen. Zijn profiel belooft meer. Hij is het neefje van hoofdcommissaris Alexandra Dewaal. Dat op zich is natuurlijk al interessant. En hij heeft een vriendinnetje, een labiel meisje dat ook in Amsterdam woont. Ze was betrokken bij een moordzaak waaraan deze Nick enige tijd geleden werkte, en blijkbaar leerden ze elkaar op die manier kennen.'

'Dat lijkt inderdaad veelbelovend. Wat heb je nog meer?'

'Dat is zo ongeveer alles. Ik wilde voorstellen ons te concentreren op die jonge rechercheur. Die lijkt me kwetsbaar.'

'Ik laat je de vrije hand, Koerier,' zei Maxwell. 'Ik zie dat je het uiteindelijke doel niet uit het oog verliest: het verstoren van het onderzoek. Onze vijanden zijn uiterst kwaadaardig en hun middelen zijn onbeperkt. Ze kunnen ons vertrappen, maar dan moeten ze ons eerst vinden. En ik hoop dat ze ons pas vinden wanneer dit voor ons irrelevant geworden is. De uiteindelijke Verlossing komt slechts diegenen toe die de verdrukking weten te weerstaan, dat weet je toch, Koerier?'

'Natuurlijk, Baphomet, dat weet ik.'

'Daarom is deze opdracht uiterst belangrijk. Voorkom dat het onderzoek vooruitgang boekt.'

'Is dat binnen onze doctrine aanvaardbaar? Ik vraag het maar, omdat het ter sprake komt op de…'

'Je toont een merkwaardig en zelfs betreurenswaardig gebrek aan geloof, Koerier. Ik hou er niet van je aan je rol te herinneren. Jij bent er om mijn wensen uit te voeren. Dat zei ik je eerder al. Vergeet niet dat ik degene ben die jullie naar de uiteindelijke zuivering van je ziel zal voeren. Of twijfel je daaraan? Want zoals je weet zijn er anderen die…'

'Nee, Baphomet,' zei Koerier snel. 'Ik twijfel geen moment.'

'Aarzel dan ook niet. Maar voer mijn verlangens uit nog voordat ik ze uitspreek. De kloof naar de hel ligt aan je voeten, vergeet dat niet.'

'Ik zal het niet vergeten, Baphomet.'

Nadat hij de verbinding verbroken had, zat Maxwell nog een tijdlang voor zich uit te staren. Het bleef hem verbazen hoe hij er steeds weer in slaagde geïnspireerde idioten als Koerier alles te laten doen waar een zinnig mens niet over zou piekeren. Dat was zijn gave in dit leven. Mensen overtuigen. Op die manier was hij erin geslaagd Serena te overtuigen om zich aan te sluiten bij het Genootschap. Serena, die gefascineerd leek door de idee dat mensen zoals hijzelf in staat waren om mensenoffers te brengen. Ze was gefascineerd door de idee dat ze binnenkort medeplichtig zou zijn aan de grote en ultieme loutering.

Natuurlijk hoorden mensen zoals Serena niet tot de categorie van de gewone burgers. Hijzelf hoorde ook niet tot die categorie. Wij zijn anders, had hij haar gezegd, omdat we beseffen hoe diep de menselijke passie ons kan voeren. Wij zijn anders omdat we een directe lijn hebben met de Schepper. Wij zijn anders omdat we de enige ware gelovigen zijn in een ketterse wereld, in een wereld van koud cynisme.

Wij zijn anders.

En in dit geval betekent het dat we béter zijn. Omdat we alles overhebben voor slechts een korte blik op de oneindigheid van God.

Dat had hij haar gezegd.

Met deze woorden had hij andere volgelingen aangetrokken. Met deze woorden had hij, twintig jaar geleden, de ware gelovigen losgemaakt van de Kerk en haar verraderlijke, lauwe pseudo-geloof. Met deze woorden was hij erin geslaagd het ware, ultieme geloof te vrijwaren.

Serena had die toewijding in hem gezien. Ze was waarlijk een hemels wezen, en in snel tempo werd ze een van zijn meest trouwe aanhangers binnen het Genootschap. Misschien was ze wel gezónden. Daar moest hij over nadenken. Misschien was het wel een gunstig voorteken dat hij haar ontmoette, en dat ze hem nu, op de vooravond van de laatste dagen van de mensheid, bijstond. Ja, het was een teken. Het betekende dat hij en de andere Genoten op het goede pad waren.

Het Genootschap van het Vuur was klaar voor de laatste dagen, en het zou weldra een laatste, alles overtuigend offer brengen. Hij was klaar, omdat hij alles had gedaan wat menselijk mogelijk was om de Schepper gunstig te stemmen ten aanzien van Zijn ware volgelingen. Hij was klaar, omdat hij zichzelf zou zuiveren van de laatste van zijn menselijke zonden.

Ja, werkelijk, de loutering kon wat hem betrof niet snel genoeg aanbreken.

24

Johanna Simson zat aan het uiteinde van de palissander tafel. Rondom haar, op met oud leer beklede stoelen, zaten acht leden van de Kerk. Ze kende deze mensen al vele jaren. Sommigen onder hen kende ze al sinds ze kinderen waren. Ze had hen helpen opvoeden. Ze had hun verteld over de doctrine van de zuivering, maar had hun de praktijk daarvan onthouden. Ze was toen een jonge vrouw geweest die zelf geen kinderen kon krijgen, en het werken met kinderen van anderen had haar getroost. Ze wist dat de Kerk nooit zou verdwijnen zolang er kinderen waren, zolang de kinderen de leer kregen aangereikt. Haar ouders hadden haar ook opgevoed met diezelfde doctrine, maar in onwetendheid van de vuurdood die daarbij hoorde. Pas als volwassene kreeg je te horen welke consequenties je geloof had.

Op dat moment was je er echter al van overtuigd dat dit het enige ware geloof kon zijn. Je kon dus niet meer terug. Er was geen weg terug. Je kon alleen maar voorwaarts, en daar wachtte de Apocalyps en de uiteindelijke verlossing.

Johanna was een van de mensen geweest die twintig jaar geleden het initiatief hadden genomen om te breken met de traditie, en in het bijzonder met de uitvoering van de traditie. Toen was ze bijna veertig geweest en leidde ze de Kerk in Nederland. Het was een noodzakelijke beslissing geweest, die ze niet lichtvaardig had genomen. Ze zag hoe de kinderen die ze had helpen opgroeien zich gingen bezondigen aan de vreselijkste misdaden: het nemen van andere levens. Dat kon en zou ze niet toestaan. Ze kende de doctrine en ze kende de voorspellingen, en ze kende de ijver die ook haar ouders hadden vertoond, allemaal in weerwil van eeuwen intellectuele verlichting. Maar in haar was een afgrijzen ontstaan, dat sterker was dan die ijver.

Ze had daar met andere leden van de Kerk over gesproken. Velen hadden haar begrepen. Velen bleken eenzelfde gevoel te hebben. De wereld had al een kwarteeuw een oorlog van zich afgeschud, had al een kwarteeuw het fascisme van zich afgeschud, maar de religie die hen zo nauw aan het hart lag bleef steken in een vorm van middeleeuwse vernietigingsdrang. Dat kon zo niet langer.

De oudere generatie, die de Kerk had gekend in moeilijke tijden, werd aan de kant gezet. De nieuwlichters wezen het geweld af. Ze deden dat overal waar de Kerk actief was. Tot verbazing van Johanna had de vernieuwingsgedachte overal meteen succes, ook in het buitenland. Een tijdperk werd afgesloten. En enkele jaren later werden er geen dodelijke offers meer gebracht.

Dat was twintig jaar geleden.

Twintig jaar waarin het ritueel aan diepte won, nu het niet langer een laakbare daad was. Nu het een intellectueel ritueel was geworden.

Deze vernieuwing had echter een deel van de kerkgemeenschap er niet van weerhouden hardnekkig de oude doctrine in ere te houden. De eerste jaren was dat niet opgevallen. Er gebeuren altijd rampen. Er vallen altijd wel ergens doden. Mensen komen op de meest verschrikkelijke manieren om het leven.

Na een tijdje ontdekten sommigen een patroon. Nee, het was erger dan dat: ze herkénden een patroon. Ze herkenden het patroon waarvoor ze de verantwoordelijkheid hadden afgewezen. Ze herkenden het patroon uit de tijd van hun eigen ouders en grootouders.

Nog steeds stierven mensen de vuurdood in wat niets anders kon zijn dan de uitvoering van het zuiveringsritueel. Maar wie was daarvoor verantwoordelijk? Iemand zette de bloedstollende traditie voort, maar wie?

Niemand die hier vandaag rond de tafel zat, wilde daar toen nog wat mee te maken hebben. Ook de vestigingen van de Kerk in andere landen en op andere continenten hadden van die traditie ondertussen afstand genomen.

Er was dus een beweging actief die de diepe essentie van de Kerk en van het ritueel nog steeds in ere hield. Die, als het ware, het ware geloof nog steeds praktiseerde.

'Al sinds twintig jaar proberen wij hen ervan te overtuigen dat het uitoefenen van geweld niet aansluit bij de loutering van de ziel,' zei Johanna. 'Dat geloof geen tastbare bewijsstukken dient over te leggen. Dat geloof een innerlijke overtuiging is. Dat de loutering spiritueel is.'

'Ze aanvaarden onze argumenten niet,' zei de jongeman die links van haar zat. 'Ze blijven ervan overtuigd dat de dood van anderen hen zal verlossen. Ook onze voorouders waren daarvan overtuigd. Het is een sterke traditie.'

'Ze zijn ondergedoken,' zei een vrouw van tegen de veertig met sluik donkerblond haar tegenover hem. 'Ze leven ondergedoken en we hebben geen contact meer met hen. Dat maakt het ons behoorlijke lastig om hen van hun ongelijk te overtuigen.'

'De situatie,' zei Johanna, 'is veel ernstiger dan dat. Ging het alleen maar om het overtuigen, dan konden we initiatieven nemen. Hier rond de tafel ontbreken echter een aantal gezichten. Sinds een tijdje verdwijnen er diverse ijverige vrienden van ons. We maakten ons eerst geen buitensporige zorgen, omdat het niet volgens een patroon gebeurde. Maar de laatste tijd zijn hun aantallen en de frequentie waarmee ze verdwijnen angstaanjagend. En het onderzoek dat de politie voert, naar de zeven lijken die in België gevonden werden...' Ze wilde bepaalde dingen onuitgesproken laten. Maar iedereen wist het. Iedereen wíst het.

'Wat we vandaag te weten kwamen duidt op het ritueel,' zei een man met een stomp neusje en een rossige stoppelbaard. 'We herkennen deze tradities. Dit is een krachtig ritueel. Dit is geen toevallige aanslag waarbij toevallige passanten om het leven gebracht worden. Dit is een doelbewuste...'

'Waarbij minstens één persoon uit onze rangen betrokken is,' zei de blonde vrouw. 'Een nieuw ritueel, dat is schokkend.'

'Ja,' zei Johanna. 'En daarom onderzoekt de politie onze activiteiten. Ik betreur de dood van onze metgezel, maar ik betreur evengoed de belangstelling van de autoriteiten. Ook al zijn we tegenwoordig een onschuldige Kerk, we lopen nog steeds groot gevaar. We lopen dubbel gevaar. Enerzijds omdat we het als Kerk niet overleven als de activiteiten van onze voorgangers bekend worden. Anderzijds omdat de afvalligen schijnbaar van plan zijn ons te vernietigen.'

'Wat doen we? Wat kunnen we ondernemen?'

'We kunnen beter vragen: wat kunnen we ons nog veroorloven te ondernemen?'

'We kunnen hen opjagen die ons opjagen,' zei Johanna.

De man met het rossige baardje lachte even. 'En hoe doen we dat? Welke middelen hebben we? We kunnen niet rekenen op de medewerking van de politie, zo veel is duidelijk.'

'Sommigen onder ons hebben vaardigheden die ons in staat stellen ons te verdedigen.'

'O? En wie hebt u in gedachten?'

Simson glimlachte ongedwongen. 'Hulp is onderweg, broeders en zusters.'

25

'Kan iemand van Public Relations dit niet doen? Of van Personeelszaken?'

'De rechercheurs vragen specifiek naar u, meneer Maxwell,' zei Serena. Aan haar stem was te horen dat ze er vreselijk mee in haar maag zat, maar dat ze de heren van de politie niet van zich af kon schudden. Dat zou ze natuurlijk wel geprobeerd hebben, maar klaarblijkelijk wisten de rechercheurs dat meneer Maxwell in het gebouw aanwezig was. 'Ze zitten in het kamertje bij de receptie. Ik kan natuurlijk ook zeggen dat u nog in een vergadering zit, en dat ze moeten wachten. Dat geeft u wat tijd om...'

'Uitstel is zinloos, Serena. Ach, laat ze maar meteen binnen. En stel mijn andere afspraken uit met, laten we zeggen... twintig minuten. Langer kan dit niet duren. En waarover wilden ze me spreken, zeiden ze?'

'Dat zeiden ze niet, meneer Maxwell. Ik vroeg het, maar ze wilden het niet zeggen.'

'Laat ze maar binnen.'

Even later hield Serena de deur van zijn kantoor open en liet twee mannen binnen. Maxwell herkende de *off the rack* pakken, de verbeeldingsloze dassen, de hemden die na vijf wasbeurten al goed waren voor de vuilnisbak. Hij herkende gebrek aan smaak van een kilometer afstand, en gebrek aan verbeelding van nog veel verder. Dienders, was wat dat ene kleine deel van zijn hersenen hem vertelde.

Maar een ander deel van zijn hersenen, een ouder en minder gastvrij deel, vertelde hem tegelijk dat ze een gevaar betekenden. Dat ze hier niet toevallig waren, maar vanwege zaken die hem direct aangingen. En natuurlijk wist hij wat die zaken zouden zijn.

'We hebben wat vragen voor u, meneer Maxwell,' zei de oudste van de twee rechercheurs, die zich identificeerde als hoofdinspecteur Eekhaut en die praatte als een Vlaming. Dat was dus ongetwijfeld de Belg over wie Koerier hem had verteld. Ze waren van de AIVD, ook dat verhaal van Koerier klopte dus. De andere, die zich had voorgesteld als inspecteur Prinsen, zei niets.

Dit zijn ze dus, dacht Maxwell.

Hij verloor er zijn schijnbaar goede humeur niet bij. 'Heren, wat kan ik voor u doen? Stelt u uw vragen maar. Gaat u zitten. Koffie, iets fris?'

'Nee dank u, we houden het kort,' zei Eekhaut, die niet ging zitten. Maxwell zag ongeduld. En ongenoegen, en dat was prima wat hem betrof, want dan zou de man net iets minder helder denken. 'Karl Desmedt en Libbert Berthout, dat zijn twee van uw medewerkers, is ons verteld. Klopt dat?'

'Dat klopt inderdaad, heren. Die twee werkten voor dit bedrijf. U komt vanwege hun verdwijning? Ik herinner me dat er daarvoor reeds collega's van u over de vloer zijn geweest. Met een heleboel vragen die ik niet kon beantwoorden. Is er nieuws? Zijn er nieuwe aanwijzingen opgedoken? Zijn ze gevonden?'

'U bent, neem ik aan, bezorgd over het lot van uw medewerkers? Dat is toch zo?'

'Bezorgd?' zei Maxwell, en hij besefte dat hij Eekhaut uitdaagde met net iets te veel amusement in zijn stem. Alsof hij de vraag van de rechercheur niet helemaal serieus nam.

'Ja,' zei Eekhaut, 'bezorgd. Zoals een goede huisvader dat zou zijn als een van zijn kinderen zoek is. Is dat niet uw taak, een goede huisvader zijn voor uw medewerkers, meneer Maxwell?'

'Het zijn,' zei Maxwell afgemeten maar nog steeds vriendelijk, 'medewerkers. Ze werken voor dit bedrijf, een bedrijf dat ik bestuur in opdracht van de eigenaren ervan. Ik ben een manager. Als zodanig heb ik verantwoordelijkheden. In de eerste plaats ten overstaan van de eigenaren.'

'De eigenaren,' herhaalde Eekhaut. 'U houdt zich niet bezig met het privéleven van uw medewerkers, neem ik aan.'

'Ik beheer verschillende bedrijven van dezelfde industriële groep, heren,' zei Maxwell. 'Vandaag ben ik een dag hier, morgen ben ik een dag in Rotterdam. Ik heb honderden medewerkers. Deze beide namen onthoud ik, omdat ze opeens waren verdwenen. Er doen daarover geruchten de ronde. Ik probeer er niet naar te luisteren, naar die geruchten. Mensen zeggen de gekste dingen, uit sensatiezucht. Ik probeer ook niet het werk van de politie te doen.'

'Hebt u hun familieleden bezocht? Ontroostbare echtgenotes of moeders getroost? Wederom, uiteraard, in uw functie van goede huisvader.'

'Dat is niet mijn taak,' zei Maxwell gepikeerd. 'Ik heb iemand van Human Resources gestuurd.'

'Wat was uw relatie met hen?' vroeg Prinsen. 'Ik bedoel: waardeerde u hun inbreng? Werkten ze hier al lang?'

Maxwell keek de jongeman aan. 'Beide heren werkten hier al een tijdje, voor zover ik me herinner, inspecteur. Er waren ook geen problemen. Maar zoals ik u zei: ik heb heel wat medewerkers. Mijn collega's van Human Resources zouden de jaarlijkse evaluaties kunnen nakijken, maar dat is vertrouwelijke materie. Daarvoor moet u een bevelschrift hebben, vermoed ik.'

Prinsen zei: 'Werden uw personeelsleden regelmatig aan een medische controle onderworpen?'

'Dat is niet onmogelijk, maar ik meen dat dat alleen gebeurde toen ze in dienst kwamen. We hebben geen medisch programma. Wilt u meer weten over hun gezondheid, dan stel ik voor dat u dat aan hun huisarts vraagt.'

'Geen van hun huisartsen heeft hen de voorbije jaren gezien, en we hebben ook geen ziekenhuizen gevonden waar ze geregistreerd stonden.'

'Dat lijkt me niet abnormaal. Ze waren allebei jong en waarschijnlijk kerngezond,' zei Maxwell, plotseling opgewekt. 'Zo wil ik al mijn medewerkers wel. U hebt er geen idee van hoeveel werkuren er verloren gaan aan ziektedagen. Om over gewoon verzuim nog maar te zwijgen.'

'Uw personeelsproblemen gaan ons niets aan, meneer Maxwell,' kwam Eekhaut opnieuw tussenbeide. 'Er verdwijnen twee van uw medewerkers en u maakt zich zorgen over uw statistieken. Hebt u stilgestaan bij wat zo'n vermissing teweegbrengt bij de families van de betrokkenen?'

Maxwell zei, ingehouden: 'Ik heb contact op laten nemen met de families...'

'Ze hebben waarschijnlijk de pest aan uw symbolische sympathie, meneer Maxwell,' zei Eekhaut, nog steeds rustig. 'Hebben ze wel of niet een medisch onderzoek ondergaan toen ze hier kwamen werken? Ik verwacht op z'n minst dat u hun een aidstest af liet nemen, gewoon omdat u uw handjes niet vuil wilt maken aan...'

'Dat moet u opnemen met de mensen van Human Resources,' zei Maxwell grimmig. 'Als er een test voor wat dan ook is gedaan...'

'Hebben ze een brief nagelaten?' vroeg Eekhaut.

'Een brief?'

'Waarin ze lieten weten waarom ze weggingen. Als ze dat al uit vrije wil deden.'

'O, nee. Helemaal niets.'

'Ze wandelden hier naar buiten en kwamen niet meer terug? En u stelt zich daar geen vragen bij?'

Maxwell liet even zijn blik zakken naar zijn handen. Toen keek hij Eekhaut weer aan. Hij is woedend, dacht deze. Maar hij wil het niet laten blijken. Hij wil helemaal geen emoties laten blijken. 'Uw collega's van de recherche,' zei Maxwell, 'vroegen daar ook al naar. Waarom doet u twee keer hetzelfde werk, inspecteur? Vertrouwt u het onderzoek van uw collega's niet? Ach, dat zijn de gewone dienders, ik begrijp het al. Beetje achteloos, die collega's, toch? U, daarentegen, bent ongetwijfeld de specialist of zo.'

'Waar kan ik uw afdeling Human Resources vinden?' vroeg Eekhaut. 'Een praatje met die mensen lijkt me aangewezen.'

'Ze hebben u niets te vertellen, inspecteur.'

'Ik vraag het maar één keer beleefd, meneer Maxwell,' zei Eekhaut, nog steeds de kalmte zelf.

'Vraagt u het maar aan de secretaresse, die zal u op weg helpen,' zei Maxwell, opnieuw gepikeerd. 'En u krijgt uiteraard onze volledige medewerking.'

'Ik verwacht niets anders,' zei Eekhaut. Hij draaide zich om en beende het kantoor uit, snel gevolgd door zijn acoliet.

Maxwell keek op zijn horloge. Verdomde smerissen. Twintig minuten? Het gesprek had slechts een fractie daarvan geduurd. Maar dat was lang genoeg geweest. Waarom kwamen die dienders hiernaartoe? Desmedt en Berthout? Hadden ze de lijken dan toch kunnen identificeren? Ondanks het vuur? Hij zou Koerier daarover opnieuw moeten aanspreken. Nee, dat was nutteloos. Er waren geen sporen achtergelaten, had hij hem verzekerd. Maar nu, nauwelijks enkele dagen later, stond de AIVD in zijn kantoor.

Het werd tijd om iets te ondernemen. De zaak dreigde uit de hand te lopen.

Prinsen schudde het hoofd. 'Waarom wond je je toch zo op, daarbinnen?' Ze stonden nog in de hal van het bedrijf, en de jongeman was ervan overtuigd dat de receptioniste hen kon horen.

'Wond ik mij op?' vroeg Eekhaut.

Prinsen dacht: er zit hem iets dwars. Niet alleen dat hij zijn zin niet kreeg. Het is iets fundamentelers.

'Ik kon zijn kop niet zien,' zei Eekhaut.

'Je kon zijn… Wat bedoel je?'

'Het wordt tijd dat ik je typisch Vlaamse uitdrukkingen leer, Nick. Gewoon een uitdrukking van instinctieve antipathie. Dat soort managers heb ik leren kennen bij de recherche in België, maar ze komen overal voor. In elke organisatie vinden ze hun habitat. En ze doen het goed. Ze manipuleren, ze schuiven hun pionnen, ze maken en kraken mensen omdat het in hun strategie past. Je zag dat hij ons meteen weer weg wilde hebben. Hij was niet van plan ons iets nuttigs te vertellen. *Human Resources*. Die mensen beseffen zelf niet hoe ironisch dat klinkt. Mensen als grondstoffen. Mensen als basismateriaal.' Hij keek boos om zich heen. 'Weet je wat me ook zo stoorde? Dat toekomstige werknemers zelfs niet fysiek gescreend lijken te worden. Wil die vent niet weten of zijn menselijke grondstoffen wel klaar zijn om optimaal te renderen? Geen aids, geen afwijkingen, dat soort dingen?'

Prinsen keek Eekhaut verwijfeld aan. 'Ik ben geen expert in personeelszaken, Walter. Maar ik geloof dat het verboden is een lichamelijk onderzoek te verrichten bij kandidaat-werknemers met het oog op een baan.'

'Dat laatste was ironisch bedoeld, Nick. Ik weet ook wel dat het onwettig is, maar die Maxwell leek me precies zo'n bedrijfsleider die dat toch doet. Kandidaten naar de arts sturen voor een onderzoek. Om te kijken of zijn bedrijf geen risico's loopt. God, ik wil een stevige pint bier, Nick.'

'We moeten terug naar kantoor.'

'Dat kantoor loopt niet weg, net zomin als Dewaal.' Eekhaut keek gemelijk naar de receptioniste, die haar best deed om de beide rechercheurs te negeren. 'Zou zij meer weten, denk je?'

'Wat? Waarover?'

'Over Desmedt en Berthout, waarover anders? Receptionistes weten doorgaans een heleboel dingen over het bedrijf waar ze werken. Ze weten wie er met wie 's ochtends naar binnen komt en wie er met wie na afloop weer weggaat, en ze weten wie wie belt en dat soort dingen...'

'Suggereer je dat ik...'

Eekhaut trok zijn wenkbrauwen op. 'Welnee, Nick, ik suggereer helemaal niks. Ik suggereer alleen maar dat we hier in de buurt een pint gaan drinken, over de goeie ouwe tijd praten, en dan weer aan het werk gaan. Heb jij een beter idee?'

Prinsen tuitte zijn lippen. 'Nee, eigenlijk niet.'

'Nou, ik wel, Nick. Ik stel voor dat ik hier in de buurt een pint ga drinken, en dat jij ondertussen een gesprekje aanknoopt met dat knappe meisje achter de balie, en dat je haar wat onschuldige vragen stelt over de mensen hier, en of ze weet hoe dat zit met onze twee verdwenen vrienden. En dat je na afloop van dat gesprek naar mij komt en me vertelt wat je te weten bent gekomen.'

'Je verwacht toch niet dat ik…'

'En je maakt desnoods een afspraakje met haar, vanavond, hapje eten… bioscoopje…'

'Ik kan niet…' sputterde Prinsen.

'Eileen begrijpt het vast wel. Hoort allemaal bij de job.' Eekhaut legde even zijn hand op de schouder van Nick. 'Tot zo dadelijk. Kom niet terug zonder resultaten.'

Hij stapte naar buiten voor Prinsen kon reageren.

Hij was aan zijn tweede pils toe – een middelmatig blond bier, maar de keuze was beperkt – toen Prinsen de kroeg binnenkwam, zijn jas uittrok en die over een stoel legde. Hij keek niet blij. 'Mooie collega ben jij,' zei hij.

'Je hebt er een vriendin bij,' zei Eekhaut, sussend en plagend tegelijk. 'Dat is heel belangrijk in het leven. En je hebt dat aan mij te danken.'

Prinsen besloot het erbij te laten. 'Desmedt en Berthout werkten allebei op de afdeling die de financiële controles deed voor de verschillende bedrijven die Maxwell leidt.'

'Zozo.'

'En er waren de afgelopen maanden aardig wat spanningen,' voegde Prinsen daaraan toe. 'Tussen hun afdeling en Maxwell. Boze telefoontjes, mensen gingen kwaad en overstuur zijn kantoor uit. Er gingen geruchten rond over financiële malversaties.'

'Malversaties,' zei Eekhaut. 'Da's een mooi woord.'

'Je weet wat ik bedoel.'

'Gebruikt jouw nieuwe vriendin ook zulke dure woorden? Malversaties?'

Prinsen keek Eekhaut ongeduldig aan. 'Weten we nu genoeg?'

'We weten iets,' zei Eekhaut. 'Maar veel betekent het niet. Twee verdwenen medewerkers hadden misschien problemen met de manier waarop bepaalde financiële transacties in het bedrijf geregeld waren. Dat is niet uitzonderlijk. Ik heb heel wat van dat soort situaties gekend, Nick. Dat heb je in alle bedrijven.'

'Waarom moest ik dan…'

'We nemen dit element mee in het onderzoek, jongeman. Het is een interessant gegeven. Ik zal zéker bij Dewaal vermelden dat jij deze informatie met gevaar voor eigen leven kon vergaren.'

'Shit,' zei Prinsen, en hij bestelde een biertje, alleen voor zichzelf.

26

'Mevrouw de hoofdcommissaris,' zei officier van justitie Apostel, met nadruk op de titel, 'ik heb de indruk dat u wat problemen hebt met uw onderzoek.'

Apostel was vijftig, asblond, slank, gebruind alsof ze dagelijks een rol speelde in *Baywatch*, en ze droeg geen make-up. Haar stem klonk niet hard, maar ze liet er geen twijfel over bestaan dat zij aan het woord zou blijven tot ze zelf de andere partij het woord gaf.

Ze was hoofdofficier van justitie in Amsterdam geworden op basis van een paar opzienbarende zaken en had vier maanden eerder de aanstelling gekregen die ze, ook volgens de pers, ten volle verdiende. Dewaal kon daarmee alleen maar instemmen. Beide vrouwen hadden elkaar gewogen en zwaar genoeg bevonden, en beiden respecteerden de professionele kwaliteiten van de ander, zonder direct vriendinnen te worden. Dewaal wist dat de officier van justitie zichzelf staande moest houden in een mannenwereld, wat ook voor haarzelf gold, maar dat maakte hen niet automatisch tot bondgenoten.

Het was echter de rol van de officier van justitie om de hoofdcommissaris het leven niet al te makkelijk te maken, ook al viel deze hoofdcommissaris niet zozeer onder haar bevoegdheid, maar eerder onder die van de minister van Binnenlandse Zaken.

'En,' vervolgde Apostel, 'zo meteen staat de pers hier voor mijn deur, camera's en microfoons en fotografen en de hele toestand, en dan krijg ik het warm. Ik krijg het altijd warm als ik in het volle licht van de publieke belangstelling sta, hoofdcommissaris. Temeer wanneer het om zo'n verschrikkelijke zaak gaat, en wanneer het publiek bovendien meent dat een en ander toegedekt wordt.'

'Wij werken niet in het openbaar,' zei Dewaal droogjes.

'O? Werkelijk niet? Wordt u niet van fondsen voorzien door de goede en gulle belastingbetaler? Komt dit geld niet bij u via het ministerie van Financiën, en dus uit de schatkist? Natuurlijk werkt u in het openbaar. Misschien niet wat betreft de details van uw onderzoek, maar als er aanslagen plaatsvinden en er gaan mensen dood, dan moeten andere mensen gerustgesteld worden. We zijn de daders op het spoor, enzovoort.'

'We zijn de daders altijd op het spoor,' zei Dewaal.

Apostel zei een moment lang niets meer. Ze leek na te denken over haar volgende verwijt. Maar dat kwam niet. Ten slotte zei ze: 'U hebt een strategie uitgewerkt.'

'Nee,' zei Dewaal. 'We hebben, ten behoeve van de pers, geen strategie, vandaag in elk geval niet.'

'Nee?'

'Ik heb een van mijn mensen opdracht gegeven aan een persbericht te werken, maar er was... er kwam iets tussen.'

'Er komt altijd iets tussen. Dat zei de man die met zijn twintigtonner aan de verkeerde kant van de weg terechtkwam en daar twee gezinnen platreed ook. Het is een cliché, hoofdcommissaris. Bent u degene die zo meteen de pers te woord staat?'

'Mijn functie bij de AIVD laat dat niet toe, mevrouw.' Ze kon het niet helpen dat ze een beetje ijzig klonk.

Apostel boog het hoofd een beetje. Maar niet instemmend. 'Natuurlijk is dat nu net de boodschap die ik straks kwijt zal willen.'

'Zoals u wilt.'

'Nee!' zei Apostel met stemverheffing. 'Zo wil ik het helemaal niet. En laat die formaliteiten maar vallen, Dewaal. Ik ben hier nieuw, maar ik heb in de provincie een hele reputatie achtergelaten, en ze trillen daar nog van de opgelopen zenuwen. Ik wíl niets. Ik éís. Dat doe ik. Als ik om een verklaring voor de pers vraag, dan wil ik die meteen op mijn bureau.' Het volume van haar stem daalde. 'En nu ik je de huid vol gescholden heb, hoofdcommissaris, ga ik over naar de fluwelen handschoen.'

Dewaal keek de officier van justitie strak aan.

'De AIVD heeft een grote autonomie, hoofdcommissaris.'

'De aard van ons onderzoek...'

'Laat maar zitten. Ik ben bekend met de mythe van de AIVD. Die autonomie heeft echter z'n grenzen. Op zeker moment schop je verdomd hard tegen een heilig huisje aan. Het mijne, dat van de een of andere minister, misschien van een hoge ambtenaar. Of je komt in aanvaring met een politicus, met een verdomde kruisvaarder. Ik sta aan jouw kant, Dewaal. Twijfel daar niet aan. Zolang jij aan de mijne staat.'

'Dat weet ik.'

'Toen je hier zonet binnenkwam wist je dat niet. Toen dacht je dat je me met een kluitje het riet in kon sturen met een verhaaltje over een medewerker die geen tijd had. Volgende keer neem je die persstrategie en de verklaring zelf in de hand. Kunnen we dat zo afspreken?'

Dewaal haalde diep adem. De hoofdofficier van justitie had gelijk, maar het was moeilijk toegeven. Misschien had ze hier een bondgenoot. Misschien. Voor hoe lang, dat wist ze niet. Misschien was het toch het beste om het geduld van Apostel maar niet te veel op de proef te stellen.

'Ik zal ervoor zorgen dat u een goed persbericht krijgt,' beloofde ze.

'Goed,' zei Apostel. 'Nou wil ik dat je een kop koffie gaat drinken en dat je binnen een half uur terug bent op dit kantoor. Ik wil de zaak verder met je doornemen, maar eerst moet ik even iemand anders spreken.'

Dewaal kwam overeind. 'U wilt dat ik...?'

'In de buurt, ja. Ik zal iemand sturen. De kantine is links om de hoek. Blijf in het gebouw, dat scheelt...'

27

Eileen reageerde meteen toen de twee mannen haar vastgrepen. Ze wilde zich omdraaien in hun greep, door haar knieën zakken en uithalen met haar rechtervoet. Haar vorige ervaringen met geweld hadden haar reflexen blijvend aangescherpt. Ze had een moordenaar achter zich aan gehad, en ze had een aanslag op haar leven overleefd. Haar wereldbeeld was daardoor veranderd: een klein en bijzonder waakzaam stukje van haar brein hield haar vluchtreflex voortdurend in gereedheid.

Maar de mannen waren geen amateurs. Hun slachtoffer kreeg de kans niet om zich te verweren, uit te halen of weg te glippen. Ze kreeg zelfs niet de kans om te gaan gillen. Ze kreeg een leren handschoen met een stevige hand erin over haar mond geduwd en werd letterlijk van de grond getild. In een oogwenk voerden de ontvoerders haar in de richting van een grote SUV met geopende achterdeur.

Ze had een uurtje geleden met Nick gebeld om te vertellen dat ze een paar vrienden van vroeger wilde opzoeken. 'Vroeger' was een relatieve term, die sloeg op de periode vóór haar overhaaste vertrek naar huis, en dus vóór de moord op Pieter, die toen haar vriend was geweest. 'Vroeger' betekende ook een periode van relatieve onschuld, een soort van verlengde kindertijd, of een tijd van volmaakte adolescentie, waarop ze in momenten van nood nog steeds beroep deed.

Haar kindertijd bracht ze, samen met haar broer en zus, in de buurt van Groningen door, voornamelijk in oude huizen en wilde tuinen. Ze was een kind dat niets begreep van de wereld, omdat die wereld veraf lag, ver buiten de grenzen van het gehucht waar ze met haar ouders woonde. Haar ouders hielden dat isolement opzettelijk in stand. Naar hun motieven had ze jarenlang gezocht, maar de stilte waarin ze zich zelfs nu nog hulden verhinderde dat ze daar iets over te weten kwam.

Er was Maarten geweest, haar broer, wiens uitstapjes op het terrein van zijn toen al onvermijdelijke waanzin de beide zussen overleverde aan bizarre en vaak ongemakkelijke spelletjes. Pas veel later spraken ze daarover met elkaar. Toen waren ze zelf al bijna volwassen en had Maarten zich teruggetrokken in de ondoorgrondelijkheid van zijn eigen geest.

Hun ouders stonden te ver van hen af om aan deze situatie iets te doen. Ze beriepen zich op God om de wereld goed te maken, maar God bleef weigeren hen ter wille te zijn. Ze beriepen zich op de dominee om het leven van de beide meisjes in goede banen te leiden, maar die hadden besloten weg te gaan. Ze besloten in de grote stad te gaan studeren. Zo was Eileen als studente in Amsterdam terechtgekomen, waar ze overleefde met het weinige geld dat ze van thuis kreeg, en los-vaste baantjes in een stad waar grote behoefte was aan los-vaste werknemers.

Na de dood van Pieter, haar vriend, had ze een laatste poging ondernomen om haar ouders te begrijpen. Daarom was ze teruggegaan naar huis. Ze wist dat haar terugkeer niet definitief zou zijn. Ze wist dat ze de moderne wereld van normale mensen had omarmd, en dat die haar enige toekomst betekende.

Amsterdam. Waar de stijve, omslachtige taal van thuis oploste in de mistige lucht van korte ochtenden. Waar mensen concreet leefden. Waar tolerantie een andere dan een Bijbelse betekenis had.

Waar Nick haar met open armen ontving, al beloofde zij zichzelf hem voorlopig wat van zich af te houden. Ze kende hem nauwelijks. Ze was nog niet over de dood van Pieter heen. Ze had geen behoefte aan Nick, in elk geval niet om haar over de dood van Pieter heen te helpen.

Maar dat was allemaal ver weg toen ze werd ontvoerd. Het was geen grap, dit was serieus. Toen de twee mannen haar achter in de auto duwden, schoot dat allemaal door haar heen. Waarom zou iemand haar ontvoeren? Ze was geen losgeld waard, niemand zou ervoor betalen om haar vrij te krijgen.

'Wie zijn jullie?' vroeg ze, toen de hand in de handschoen haar mond vrijliet.

'Kop dicht,' zei een van de mannen. Hij had een sjaal over de onderkant van zijn gezicht getrokken, maar ze zag dat hij niet meer zo jong was. Misschien wel vijftig. De andere was wat jonger. Achter het stuur zat een derde man. Het portier sloeg dicht en de auto reed snel weg, wat in het centrum van Amsterdam een hele prestatie was. Ze kon niet zien waar ze naartoe reden, want de ramen waren verduisterd.

De jongste van de twee mannen trok haar armen achter haar rug en maakte haar polsen aan elkaar vast.

'Niemand betaalt losgeld voor mij,' zei ze. 'Het heeft geen zin mij te ontvoeren. Ik ben arm. Mijn ouders zijn arm.'

De oudere man lachte kort. 'Wie heeft het over losgeld?' zei hij.

De man achter het stuur gromde. 'Doe haar de blinddoek om.'

Een zwarte doek werd over haar hoofd getrokken. Ik word misselijk van de beweging van de auto, dacht ze. Maar dat gebeurde niet. Ze voelde een prik in haar dij, en meteen daarna voelde ze niets meer.

De stem die uit het piepkleine luidsprekertje kwam, klonk beschaafd, ondanks de boodschap. Een beschaafde stem die een zakelijk aanbod deed, en die geen ruimte liet voor onderhandelen. 'Eileen Calster,' zei de stem. 'Zij is onze gast, meneer Prinsen. We weten dat ze een goede vriendin van u is, maar momenteel zijn wij degenen die haar gezondheid en leven in handen hebben. En we zorgen voorlopig goed voor haar, u hoeft zich geen zorgen te maken. Ze komt niks tekort.'

Op dat moment kon Nick Prinsen even niet nadenken. Op dat moment geloofde hij, net zoals Eileen enkele ogenblikken eerder, dat het een grap was. Er was echter niemand die een dergelijke grap met hem zou uithalen. Het sloeg gewoon nergens op. Alsof het iets was waarover je grappen zou willen maken. Hij had geen vrienden die geintjes met hem zouden uithalen. En zij evenmin, voor zover hij wist.

'Wat willen jullie van mij?' vroeg hij voorzichtig. Omdat hij meteen begreep dat het niks met haar te maken had. Ze hadden haar ontvoerd omdat ze zijn vriendin was. Het ging om hem.

De stem klonk voldaan. Dit bevestigde zijn vermoedens. 'U wilt haar toch terug?'

'Natuurlijk wil ik haar terug. Er mag haar niks overkomen.'

'Dat zal ook niet gebeuren. Niet zolang u doet wat we van u willen.'

'En dat is?'

De stem aan de telefoon legde precies uit wat hij wilde. De opdracht was niet ingewikkeld. Of toch wel. De opdracht was ingewikkeld omdat de man die met hem sprak voorstelde dat Prinsen iets tegen zijn principes deed. Hij luisterde. Hij gaf geen commentaar. Hij luisterde tot de stem klaar was, en toen werd aan de andere kant de verbinding verbroken, zonder belofte over de toekomst, zonder te beloven dat Eileen hem gezond en wel zou worden teruggegeven.

28

Dewaal bevond zich, sneller dan ze had gehoopt, opnieuw in het kantoor van Apostel. Ze had net genoeg tijd gehad voor koffie en een bezoek aan het toilet. Ze had op haar horloge gekeken: twintig minuten. Het gaf een beetje een gevoel van déjà vu, vond ze, maar ze wist dat ze de plichten die bij haar ambt hoorden fier moest dragen. 'Zullen we die beschamende episode maar snel vergeten?' had Apostel meteen voorgesteld, toen Dewaal werd binnengelaten en weer plaatsnam op een stoel.

Op de andere stoel zat een correct geklede Arabische heer met dik zwart haar en een donkere huid. Zijn diepliggende ogen keken haar even aan, ontweken haar blik niet, en dreven toen snel weer naar het interieur. Hij werd aan haar voorgesteld als kolonel Saeed Al-Rahman van de Mutaween, de Saudische religieuze politie. Hij was hier, legde Apostel uit, op voorspraak van de minister van Binnenlandse Zaken. En over zijn nadrukkelijke aanwezigheid zouden dus geen discussies gevoerd worden, zo waarschuwde de blik van Apostel.

Zoals je wilt, dacht Dewaal. Je krijgt de ruimte waar je recht op hebt. Tot ik precies weet wat die kolonel Saeed Al-Rahman hier komt uitzoeken.

'Over de reden van zijn aanwezigheid zullen we het zo meteen hebben, hoofdcommissaris,' zei Apostel, 'en dan spreken we Engels. Ik heb kolonel Al-Rahman uitgelegd dat ik eerst met u enkele zaken te bespreken had, maar hij had geen zin om in het voorvertrek te wachten. Nou, moet hij zelf weten. We negeren hem gewoon.'

De Mutaween, dacht Dewaal. Arabieren. Een kolonel. Wat krijgen we nu? Wat hangt me nu weer boven mijn hoofd?

'En hij verstaat geen Nederlands?' vroeg ze.

'Laten we aannemen van niet. Er is overigens iets wat we zonet nog niet hebben besproken. Je hebt een lek in je Bureau. Anders was die hele zaak niet in de krant gekomen.'

'Ik ben me ervan bewust dat er iemand met de pers praat,' zei Dewaal. 'Ik weet alleen niet wie. Misschien is het niet opzettelijk, maar u weet hoe dat gaat. Er hangen voortdurend van die journalisten rond in kroegen en zo. En mensen praten graag over hun werk en nog méér over zichzelf.'

'Dat is geen excuus. Onderneem er wat tegen.'

'Ik kan moeilijk het hele team ontslaan,' zei Dewaal. 'De directie van de AIVD heeft in het verleden nagelaten de mensen afdoende te screenen, en bepaalde praktijken werden ook toen al niet bestraft. Het gif zit er dus al een tijdje in. Geef me een jaar om de zaak schoon te vegen.'

'Een jaar. Dat is lang. Ondertussen is je Bureau zo lek als een mandje.'

'Zo erg is het niet,' zei Dewaal. 'Het gaat om twee of misschien drie mensen, schat ik. De anderen kan ik vertrouwen. De minister is hiervan overigens op de hoogte.' En ze dacht: laat de officier van justitie dat maar met de minister opnemen. Laat die hoge ambtenaren de zaak maar onder elkaar uitvechten. Ik hoor wel wie er wint.

Apostel knikte kort, alsof ze precies die reactie verwacht had. Ze goochelde met een zwarte en duur uitziende pen. 'Ik praat wel met de minister. Nu de andere kwestie. De kolonel is waarschijnlijk in allerijl hiernaartoe gevlogen, omdat een landgenoot van hem op trieste wijze aan zijn eind gekomen is.' Ze keek de Arabier aan en zei, in het Engels: 'We bespreken nu uw zaak, kolonel.'

De kolonel glimlachte en boog zijn hoofd instemmend.

'Een landgenoot van hem, een Saudisch staatsburger, kwam twee dagen geleden om het leven in Amsterdam.'

'Is dat een zaak voor ons?' vroeg Dewaal, eveneens in het Engels. 'Een gewoon moordonderzoek ligt ver buiten onze bevoegdheid.'

'Het is niet "zomaar" een burger van onze staat, mevrouw,' zei Al-Rahman 'Het gaat om prins Abdallah ibn Faisal ibn Saud. De naam alleen al vertelt u waarom ik hier ben. Hij kwam om het leven in een villa net buiten Amsterdam, een gebouw dat onze overheid voor hem huurde.'

'Dat is hoogst onfortuinlijk voor de prins,' zei Dewaal diplomatisch, zich afvragend hoe de kolonel zich voelde nu hij moest onderhandelen met twee vrouwen. Alsof het haar wat kon schelen met wat voor gevoeligheden de kolonel te kampen had. Hij droeg een westers pak, en een stropdas, dus had hij waarschijnlijk zijn meest voor de hand liggende gevoeligheden thuisgelaten.

'Maar ik ben nog altijd niet bevoegd om moordzaken te onderzoeken.'

'De kolonel is niet zomaar naar ons toegekomen,' zei Apostel. 'Toen het nieuws bekend werd, nam hij meteen een militair vliegtuig. Zijn regering neemt deze zaak hoog op.'

De kolonel verborg een kuchje achter zijn hand. 'Er zijn twee aspecten aan deze zaak, mevrouw,' zei hij, en hij richtte zich tot Dewaal. 'Enerzijds werd de prins op een hoogst gruwelijke manier omgebracht: hij stierf de vuurdood in zijn villa, vastgebonden op een stoel. Mevrouw de officier van justitie leek ervan overtuigd dat deze modus operandi u zou interesseren.'

Dat was zéker het geval, dacht Dewaal. Een dergelijke modus operandi interesseerde haar buitengewoon.

'Bovendien was Zijne Hoogheid niet alleen in de villa.'

'Een geval van...' begon Dewaal.

De kolonel liet haar niet uitspreken. 'De andere aanwezigen stierven een even gruwelijke dood, maar vooral het feit dát ze aanwezig waren stoort mijn regering. En het stoort de leden van de koninklijke familie des te meer. Dus is het een uiterst gevoelige materie.'

Dewaal zei niets.

De kolonel vervolgde: 'Zijne Hoogheid was in aanwezigheid van drie jonge westerse vrouwen die betaald werden om Zijne Hoogheid te vermaken, mevrouw. En misschien is dat in uw land niet iets waar men van opkijkt, maar in mijn land zal dit niet onbelangrijke detail een blamage betekenen voor de hele koninklijke familie. U kunt zich allicht de gevolgen hiervan voorstellen.'

'De prins was de tweede achterneef van de... van de Saudi-Arabische koning,' voegde Apostel daaraan toe.

'Ik begrijp het,' zei Dewaal. 'Er is dus discretie nodig in deze zaak.'

'Nee, mevrouw,' zei Al-Rahman, 'deze hele zaak mag het daglicht niet zien. Dat is, dacht ik, de juiste uitdrukking, nietwaar?'

'En u bent hier als vertegenwoordiger van de koninklijke familie?'

De kolonel schudde het hoofd. 'Ik ben hier niet eens, mevrouw. Officieel ben ik een officier van de Mutaween, die wij in ons land de Hayaa noemen, een afkorting van wat we kunnen vertalen als de "Commissie voor de Promotie van de Deugd en het Voorkomen van Ontucht". Wij houden toezicht op de uitvoering van morele principes die onze samenleving en onze religie eigen zijn, in het licht van de wensen van Allah – de almachtige, de genadige.'

'U zorgt ervoor dat mensen niet van de geloofsleer afwijken, neem ik aan,' zei Dewaal, zich bewust van de scherpe blik van Apostel. Ze zou geen millimeter mogen afwijken van een voorzichtige benadering van deze materie. Er zou niet op gevoelige teentjes getrapt worden. Niet met dit soort gesprekspartners.

Kolonel Al-Rahman glimlachte charmant en innemend. 'Er is geen reden om de gevoeligheden uit de weg te gaan, mevrouw. Wij zijn ons ervan bewust dat velen in het Westen de sharia beschouwen als onverenigbaar met democratie en mensenrechten. Dat soort gekibbel is mijn probleem niet. Ik ben een politieman, net als u. In Saudi-Arabië wordt de sharia streng toegepast. U zult dit vandaag niet veranderen, en ik ook niet, mocht ik dat willen. Wat niet het geval is. De sharia en de islam hebben vele voordelen, ook voor vrouwen. De wetteloosheid die in vele westerse democratieën heerst, heeft ons geen lessen te leren.' Hij bleef glimlachen, en niet eens geforceerd. 'Ik wil deze discussie hier niet voeren. Onze naties hebben goede diplomatieke betrekkingen. Dat maakt mijn taak een stuk eenvoudiger. Daarom verzoek ik u om deze zaak in behandeling te nemen en ervoor te zorgen dat de pers hier niet achter komt. Officieel was de prins alleen in de villa, en kwam hij om het leven door een ongeluk.'

'U wilt niet dat wij eventuele daders vervolgen?'

'Dat is uw probleem, mevrouw. U kent nu de grenzen van mijn opdracht.'

'En,' zei Apostel tot Dewaal, 'gezien de relaties waarover de kolonel het had, zullen we opereren binnen die grenzen. Dat gebeurt, uiteraard, in samenspraak met uw minister, hoofdcommissaris. Uw beste mensen werken aan deze zaak, neem ik aan?'

Dewaal keek de officier van justitie aan. 'We werken aan een gelijksoortige zaak. Er zijn parallellen, maar het is voorbarig te concluderen dat het om dezelfde daders gaat. Moet ik mijn mensen ook dit, eh, voorval laten onderzoeken binnen het kader van het eerdere onderzoek?'

De kolonel kwam overeind. 'Deze zaken laat ik geheel aan u over, mevrouw,' zei hij tot Apostel. 'Maar indien de dood van Zijne Hoogheid onderzocht wordt, wens ik aanwezig te zijn bij de procedures. Uiteraard als waarnemer.'

'Uiteraard,' zei Apostel, met een waarschuwende blik op Dewaal. Waag het niet daar opmerkingen over te maken in aanwezigheid van de kolonel, zei die blik. Dewaal wachtte dan ook tot de kolonel vertrokken was.

'Ik moet hem meenemen tijdens het onderzoek?'

'Alexandra, we kennen elkaar al een hele tijd, en ik heb nooit geweten dat je je wat aantrok van toeschouwers.'

'Het gaat niet om deze ene pottenkijker. Ik moet dit verhaal uit de buurt van de media houden, terwijl jij weet dat we een lek hebben op het Bureau.'

'Een lek dat jij moet dichten.'

'Vierentwintig mensen,' zei Dewaal.

'Ja. Zijn die allemaal onbetrouwbaar? Je sprak van twee of drie mensen aan wie je twijfelde?'

'Ik weet het niet. Nog niet.'

'Ik zal de zaak anders stellen: hoeveel zijn er absoluut te vertrouwen? Je hebt toch wat nieuwe mensen...?'

'Ja.'

'Dat neefje van je...'

'Ik wil mijn familie niet voortrekken.'

Apostel glimlachte op een niet geheel eerlijke manier. 'Nou, voor de goede zaak doe je dat deze keer dan wel.'

Voor de goede zaak, dacht Dewaal. Er zijn geen goede zaken. Er zijn zaken die we verknoeien en er zijn zaken die we tot een goed einde brengen, en de grens daartussen is heel dun.

29

Eekhaut nam plaats op de stoel tegenover Dewaal en vouwde meteen zijn benen over elkaar. Een vage pijn in zijn linkerknie hinderde hem al sinds die ochtend, maar het was niet erg genoeg om een arts te consulteren. Opmerkelijk genoeg lagen er nu verscheidene dossiers en documenten over het oppervlak van haar bureau verspreid, alsof ze er niet meer toe kwam op te ruimen. Alsof ze zich had overgegeven aan de chaos die onvermijdelijk eigen was aan de administratie en aan haar functie. Dat paste niet echt bij haar. Ze was normaal gesproken de ordelijkheid zelve. Haar werkruimte leek vaak op de cel van een postindustriële monnik. Technologie genoeg, maar geen papierwerk en zéker geen rommel. Eekhaut vroeg zich af hoe ze dat voor elkaar kreeg. Zijn eigen bureau lag altijd vol met allerlei spullen, maar hij voelde zich daar ook niet slecht bij.

Zijzelf zag er niet al te best uit. Haar huid was grauw en er zaten donkere kringen rond haar ogen. Hij vroeg zich af of hij haar mee zou nemen naar een kroeg. De koude buitenlucht zou haar goeddoen, en de frisse Leffe nog meer. Ze werkte te hard en ze bracht te veel uren in dit gebouw door. Ze had ontspanning nodig, en hij nam aan dat ze daar weinig van kreeg in haar privéleven. Misschien had ze geen privéleven.

'Een Arabische Prins,' zei hij. Met hoofdletters. Arabische Prinsen komen doorgaans alleen voor in Duizend-en-één-nacht en aanverwante sprookjes. Ze komen alleen voor in de verbeelding van Richard Burton. De victoriaanse wereldreiziger, niet de Britse acteur. Hij verwachtte geen Arabische Prinsen in Amsterdam.

'Je leest de krant niet,' constateerde ze.

'Je weet dat ik geen kranten lees. Een Arabische prins. Als het in de krant stond zou ik het ook niet geloofd hebben. En drie callgirls. Zijn we niet in een soap terechtgekomen? Heet dat overigens tegenwoordig ook nog zo? *Callgirls*?'

Ze leunde achterover in haar stoel. 'Wat maakt het uit, Walter, ze zijn dood. Net als de prins. En de officier van justitie wil dat wij deze zaak bekijken.'

'Ik neem aan dat de officier zich niet druk maakt om die callgirls,' zei hij.

Dewaal antwoordde niet. Haar blik zei genoeg.

'Heeft het iets te maken met ons andere lopende dossier?'

'Ja. We weten nog niets over de motieven van de daders, maar de rest ruikt – en dat bedoel ik niet letterlijk – naar de zaak van onze sekte. Geboeide en weerloze slachtoffers en iets wat lijkt op een rituele moord.'

'Levend verbrand,' zei Eekhaut. 'Zoals de zeven in de Ardennen. We strompelen van de ene nachtmerrie in de andere, chef.'

Zij leek er ook niet gelukkig mee. 'Nou, de patholoog veronderstelt dat ze alle vier gestikt zijn door de rook, voordat de vlammen hen bereikten.'

'Veronderstelt?'

'Ja, dat las ik in het rapport dat ik van de officier van justitie kreeg. De patholoog mocht de prins niet onderzoeken, kan je je wel voorstellen. Zijn ambassade maakte daar bezwaar tegen. Onreine handen van ongelovigen die het lichaam van een vooraanstaand moslim bezoedelen, je weet wel. De recherche wilde wél een onderzoek, en tot ze daaruit zijn blijft zijn lichaam in de koelcel bij de patholoog. Nu hoor ik dat de zaak toch vooruitgang boekt en dat hij de lijken van de vrouwen gaat bekijken. Wij gaan de villa met een bezoekje vereren.'

Dus niet eerst een Leffe, dacht hij. En op haar kleine provocatie wilde hij ook al niet ingaan. 'Ik loop niet achter om het even welke zaak aan omdat er een officier van justitie begint te blaffen, chef. Het verslag van de patholoog zegt genoeg. Wat kunnen wij daar nog gaan doen? De lucht opsnuiven?'

'Er is heel wat meer aan de hand, Walter, dan een moord op een Arabische diplomaat. De zaak dreigt uit te draaien op een volwaardig diplomatiek incident. Je hebt er geen idee van hoe gevoelig die mensen zijn. Een Arabische politieofficier die speciaal daarvoor overvliegt en wil helpen voorkomen dat de pers er een schandaal van maakt, dat zegt toch genoeg? Het Arabische slachtoffer is een lid van de koninklijke familie. Gaan er bij jou al lichtjes branden? En vervolgens staat de minister achter in mijn nek te hijgen omdat hij zijn Arabische ambtsgenoot een dienst wil bewijzen.'

'Waarom al die ijver? Om de minister levenslang gratis benzine voor zijn auto te bezorgen? Of wil-ie op vakantie op een van die kunstmatige eilanden van hen?'

Dewaal zuchtte vermoeid. 'Het doet er niet toe, Eekhaut. We gaan ernaartoe,

leuk of niet. Vervolgens houden we de zaak zo gesloten mogelijk. Geen voor-
aanstaande dode Arabieren in de kranten.' Ze keek hem schuin aan. 'Ik merk
dat je niet genoeg actie ziet, Walter. Je komt niet genoeg op straat. Je zit te veel
met je kop in dossiers. Ik herinner me dat je béter was als er een paar keer op
je geschoten werd. Dat ontbreekt helaas in deze zaak.'

'Valt te regelen, chef. Ik schiet een paar keer zelf, en wacht een reactie af.'

Ze kwam overeind, een meter vijfenzestig. Tien centimeter méér dankzij de
hakken. En gekleed alsof ze een paar ministers tegelijk aankon. Wat misschien
ook wel zo was, vermoedde hij. Wat kon haar het kabaal rond een dode Arabier
schelen? Blijkbaar heel wat. Iemand had haar onder druk gezet. 'Het zijn niet
de kogels waar je voor uit moet kijken, Walter. Mensen kunnen je veel meer
kwaad doen dan wapens. Mensen, met hun mond en met hun verstand.'

'Of wat daaraan ontbreekt,' zei hij. Maar hij hield verder zijn mond. Er
waren momenten waarop met haar argumenteren een zinloze bezigheid was,
in de eerste plaats omdat hij niet de juiste argumenten had. Hij had geleerd op
zulke momenten zijn mond te houden. Dat lukte niet altijd, maar hij paste
zich zo veel mogelijk aan.

En dus volgde hij haar naar de garage, waar ze in een kleine Volvo stapte die
hij nog niet eerder gezien had. Hij kwam zelden in de garage. Hij had zelden
een auto van het Bureau nodig. De Volvo was nieuw en paste helemaal bij
Dewaal. Hij paste niet bij hem. Eekhaut stak een eindje boven Dewaal uit, zelfs
als ze hakken aanhad, en hij paste dus niet in die kleine autootjes. Maar hij
maakte geen bezwaar.

Dat ze zelf met hem op stap ging bewees het belang van dit onderzoek.

Ze reden snel het centrum uit. Hij keek naar de verkleumde mensen die op
de tram wachtten. Hij keek naar de rillende mensen die snel te voet nog boodschappen deden. Geen fietsers te zien. Die lieten hun rijwiel wat vaker op stal
als het koud en glad was. Maar Amsterdam was zo zonder fietsers niet in haar
normale doen.

Even later bevonden ze zich al op de ringweg, vanwaar ze zuidwaarts reden.
Ver hoefden ze niet te gaan. Een groter verschil met het centrum van Amsterdam was niet denkbaar. Brede villa's op grote lappen grond, meestal met een
muur eromheen, hekken, camera's, een hele straat vol. Ergens midden in die
straat vertraagde Dewaal en reed een poort voorbij waar twee politiemannen
in uniform stonden. Ze stopte bij een villa die groot genoeg leek voor een
trouwfeest van de koninklijke familie. Imposant was het gebouw ook, al deed
de zichtbare brandschade af aan de schoonheid ervan. Aan de linkerkant waren

de zijmuren en een deel van het dak zwartgeblakerd. Het gras en de struiken aan die kant waren grotendeels weg, niet alleen door het vuur, maar ook door het water en door de activiteit van de brandweer.

'Camera's?' vroeg hij, terwijl ze uitstapten. 'Ze hebben hier bewakingscamera's. Hebben we iets op tape?'

'Zoals?'

'Ik zou het niet weten,' zei hij. 'Indringers bijvoorbeeld. Je weet wel, mensen met slechte bedoelingen. Potentiële moordenaars van wie we graag een portret zouden hebben. Met jerrycans vol benzine. Dat soort volk.'

'De camera's werkten niet.'

Hij trok een verbaasd gezicht. 'O, pech dus. Al had ik dat kunnen verwachten. Ze werkten niet omdat de huurder niet samen met drie dames op de foto wilde. En honden? Heeft de prins geen honden? Zo van die dingen die blaffen als je zonder aankondiging in hun buurt komt?'

Dewaal schudde het hoofd. 'Hij was blijkbaar niet dol op honden. Nou, kijk niet zo verbaasd. Iedereen heeft zo z'n eigenaardigheden. En volgens de sharia mag hij geen honden houden.' Ze bleef bij de voordeur staan. 'Hij was moslim. Geen honden dus.'

Eekhaut snoof. 'Hij was moslim. Geen honden. Maar wel callgirls?'

'Tja,' zei ze, 'ik ben geen moslim en weet dus niet wat zo'n prins allemaal mag doen.'

'O, daar zit dan het probleem met het thuisfront. Geile prins laat betaalde juffrouwen huisbezoeken brengen. Zoiets willen ze uit hun Arabische dagbladen houden.'

De deur ging open en een politieman liet hen binnen. 'Boven, achteraan,' zei hij, met een duim in de richting wijzend. Hij droeg een machinepistool, zag Eekhaut. Waarom droeg hij in godsnaam een machinepistool bij een plaats delict? Zou iemand het huis willen stelen? Of misschien achtergebleven sporen alsnog uitwissen? Opeens leek hem alles mogelijk.

Dewaal nam de trap naar boven. Een trap die bedacht was om het woord 'monumentaal' te kunnen illustreren. De hal van de villa was groter dan Eekhauts complete flat, zo leek het tenminste. Half zo groot in elk geval. Hij volgde Dewaal naar boven, over de geluiddempende traploper die een patroon van fleur de lis eindeloos herhaalde. Hij snoof. Er hing een doordringende chemische geur in het huis. En de stank van verbrand vlees. Had hij daarnet ook al moeten merken, maar hij was te druk bezig geweest. Met argumenteren.

Boven aan de trap was een overloop met een vloer van dieprood marmer en een smal roze tapijt eroverheen. Er kwamen drie deuren op uit. De binnen-muur en de zoldering waren grauw en hele stukken van de verf waren wegge-schroeid. Het tapijt had in brand gestaan en was nu gedeeltelijk herschapen in een vochtige zwarte smurrie, waar ze voorzichtig overheen stapten. De mid-delste deur werd bewaakt door nog een politieman. Wat er van de deur over was hing nog maar aan één enkele scharnier.

Dewaal en Eekhaut stapten over de drempel.

De kamer erachter was zwart. Geen enkele oorspronkelijke kleur van het interieur had de brand overleefd, net zomin als de voorwerpen zelf. Zwart als het achtereind van de duivel, dacht Eekhaut.

'Stel je voor hoe ze de lijken hieruit moesten halen,' zei Dewaal. 'Kun je je dat voorstellen?'

Die ervaring werd hun tenminste bespaard. Er waren geen lijken meer te bergen. Eekhaut had geen behoefte aan lijken. Zeker niet aan verkoolde lijken. Het was zo al erg genoeg, vooral de stank. In de kamer was het vuur genadeloos tekeergegaan en was de temperatuur hoog opgelopen. De rest van het huis had niet veel schade opgelopen, maar deze kamer was totaal weggebrand. Opval-lend hoe goed geïsoleerd de kamer was. Stevige brandvertragende muren en deuren, vermoedde hij. Een solide gebouwd huis. Maar als het daarbinnen brandt, heb je meteen een oven.

'Waren er nog andere mensen in huis?'

Dewaal schudde het hoofd. 'De bedienden hadden vrij, zoals je kunt ver-wachten. De buren belden de brandweer toen de vlammen aan de achterkant door de ramen kwamen. Maar toen was het allang te laat. Er is weinig schade omdat het gebouw brandveilig is gemaakt.'

'Brandveilig.'

'Tenzij je met benzine gaat knoeien, natuurlijk.'

'Ze gebruikten dus benzine.'

'Ja. Dat blijkt uit het rapport van de technische recherche. En ze waren niet bepaald zuinig.' Ze stapten rond in de kamer en bekeken wat er restte van het interieur, dat hier en daar nog ternauwernood herkenbaar was. Gesmolten stoelen, het karkas van een bed, loshangende stukken muurbekleding, een eveneens gesmolten grootbeeld-tv. Twee ramen die openstonden en waarvan het glas was verdwenen. Het hout van de ramen zelf grotendeels verkoold. Er was behoorlijk wat waterschade, ook aan de achterkant van het huis.

Gek, dacht Eekhaut, de brandweer was erbij voor de brand kon overslaan naar de rest van het huis. Brandveilig, inderdaad.

In de kamer was het ijskoud, doordat de ramen openstonden. De hel, dacht Eekhaut, maar dan de bevroren versie.

Dewaal zei: 'Hij was op het bed vastgebonden, de drie meisjes op die stoelen. Misschien heeft dat enige betekenis. Ze konden elkaar zien, tijdens de laatste momenten van hun leven.'

'Ze zijn niet gestorven door verstikking,' zei Eekhaut. 'Dat geloof ik niet.'

'Waarom denk je dat?'

'Als er brand was gesticht elders in het huis, en de rook verspreidde zich vóór het vuur, dan zou ik je verhaal geloven, chef. Dan was er eerst een heleboel rook, en dan waren ze gestikt. Hier ging alleen deze kamer in de fik. Dit moet snel gebrand hebben, met grote hitte. Als die muren echt brandveilig zijn, werd dit een soort van oven. Ze werden geroosterd.'

'Ja,' zei ze. 'Dat klinkt logisch.'

Hij keek haar even aan, maar ze gaf geen krimp. Dat had hij niet verwacht, harde dame die ze was. Maar toch, het lot van de slachtoffers in gedachten...

'En toch zegt de patholoog iets anders?'

'Ja, in zijn officiële rapport. Hij heeft het over dood door verstikking en het inademen van hete dampen. Ik weet niet waarom hij de ware aard van de...'

'Gaat dat rapport ook naar de familie van de prins?'

'Ongetwijfeld. Wordt vertaald door hun ambassade en zo. Ja.'

'Nou, daar heb je het. Waarschijnlijk staat er ook in zijn rapport dat de drie vrouwen personeelsleden van de ambassade waren, en dat ze staatszaken bespraken met de prins. De gevoelens van de familieleden sparen. Hun neef of wat dan ook heeft niet geleden, en gezondigd heeft hij al evenmin.'

Dewaal zei niets.

'Het is opnieuw een ritueel,' zei Eekhaut. 'Daar kunnen we niet omheen. Niet zoals het er nu naar uitziet.'

'Er kunnen toch andere motieven gespeeld hebben...'

'We hoeven toch niet écht ver te zoeken. De onwaardigen. In de ogen van zo'n radicale sekte is iedereen die aanhanger is van een andere religie een zondaar. Iedere niet-christelijke religie... En dan nog rollebollen met hoeren. En waarschijnlijk waren er ook drugs in het spel. Onwaardig. Zo simpel is het.'

'Wat een klotezooi,' zei ze. Het klonk niet kwaad, eerder treurig.

Ja, dacht hij, dat vat het zo ongeveer wel samen. Het was een klotezooi omdat de moordenaars geen gewoon, alledaags en voor ons begrijpelijk motief hebben. Een motief als wraak of hebzucht. Iets waarvoor je de nodige verdachten kon vinden. In deze zaak ging het om moordenaars die niet eens gek waren.

Zelfs psychopaten hadden meestal een plan, dat binnen hun context rationeel was. Deze mensen moordden gewoon maar, omdat ze zichzelf wilden zuiveren. Hoe begon je daar wat tegen?

'Hier is niets voor ons te vinden,' zei hij, omdat hij het niet meer kon aanzien. 'Aan zo'n zaak kunnen we alleen maar onze vingers branden.'

Ze haalde de schouders op. 'Ik maak wel een proces-verbaal op.'

'Met dezelfde inhoud als dat van de patholoog?'

'Ben je gek? Nee, ik noteer dat het mogelijk dezelfde daders zijn als die in de Ardennen. Laat de gewone recherche het maar uitzoeken. De officier van justitie kan de pot op. Ze moet het maar regelen met de minister. Misschien worden we van de zaak gehaald.'

Ze draaide zich om. Kolonel Al-Rahman stapte de kamer in. 'Hoofdcommissaris Dewaal,' zei deze, in het Engels. Hij draaide zijn hoofd om naar Eekhaut. 'En hoofdinspecteur Eekhaut. Hoe maakt u het?'

'Kennen wij elkaar?' vroeg Eekhaut.

'Komt u hier zomaar binnen?' vroeg Dewaal.

'Ja en ja, in die volgorde,' zei Al-Rahman. Hij glimlachte en leek wel een reclame voor tandpasta. Hij droeg een donkerblauw pak over een wit hemd en een rode das, waardoor hij leek op een manager van een respectabel ogend en beursgenoteerd bedrijf. Een power-manager. Het leek een perfecte camouflage, behalve dat je in hem geen Nederlander kon herkennen. 'Hoort daar een lange verklaring bij? En waarom stelt u mij niet voor aan uw collega, hoofdcommissaris?'

'Overigens,' zei Eekhaut, 'het is Eek-haut. U spreekt het verkeerd uit. Neem het Engelse woord *stakeout*. Wat de politie doet wanneer ze criminelen wil vangen. Spreek het uit zonder de eerste twee letters. Eekhaut.'

'Walter,' kwam Dewaal snel tussenbeide, 'dit is kolonel Saeed Al-Rahman van de Mutaween, de Saudische religieuze politie. Hij is hier in verband met de moord op de prins. Kolonel, u hebt al van mijn collega Walter Eekhaut gehoord, merk ik.'

'Maar natuurlijk, mevrouw. Wij hebben een goed functionerende inlichtingendienst. Tegenwoordig, met het internet, is het niet moeilijk om op voorhand te weten met wie u gaat praten. Daarom ken ik, in zekere zin, meneer Eekhaut bijna als een persoonlijke vriend.'

'Inlichtingendienst?' vroeg Dewaal.

Al-Rahman bleef glimlachen. 'Binnenlandse veiligheid, religieuze politie, inlichtingendienst. In mijn land is er geen onderscheid. De schending van religieuze wetten staat er gelijk aan het bedreigen van de integriteit van de staat. U kunt zich voorstellen dat ik een boeiende baan heb.'

'Ketters oppakken,' zei Eekhaut op joviale toon. 'Dat hebben we hier ook gedaan, maar dat is lang geleden. Nog voor we de Verlichting hadden. Zouden jullie ook moeten proberen, de Verlichting. Mensenrechten en zo. Er gaat een hele wereld voor je open. Rationeler, en minder bloeddorstig.'

'Walter!' waarschuwde Dewaal.

'Laat maar, mevrouw,' zei Al-Rahman goedgemutst. 'Of dacht u dat ik dit voor het eerst hoor? Geen westers land of ik hoor dat de islam en de sharia niet aansluiten bij het democratisch gedachtegoed en bij de idee van mensenrechten. Ik herinner er dan altijd aan dat vrouwen onder de sharia aanzienlijk meer rechten hebben dan in sommige van uw zogenaamde democratieën. Ik herinner er tegelijk ook aan dat wij weliswaar strenge straffen hanteren, maar dat we slechts weinig mensen in onze gevangenissen hebben. In tegenstelling tot, bijvoorbeeld, de Verenigde Staten. En in om het even welke Arabische stad is het veiliger op straat dan in Amerika.'

'Dat is een discussie die we hier niet gaan voeren, kolonel,' zei Dewaal, met een nadrukkelijke blik op Eekhaut. Hij was gewaarschuwd. Je gaat niet in de clinch met de kolonel, zei die blik. Niet terwijl je dienst hebt. Niet terwijl ik in de buurt ben. Dat zei haar blik. Voor een keer deed hij netjes wat er van hem verwacht werd. Eigenlijk deed hij te vaak wat ze van hem verlangde, vond hij zelf. Daar moest hoognodig verandering in komen.

'Verschrikkelijk, nietwaar?' zei de kolonel, met een allesomvattende blik op het interieur van de kamer. 'Dat vier mensen hier een wrede dood stierven, is een ondraaglijke gedachte. En dat de moordenaars zo eenvoudig toegang hadden tot deze woning, schokt ons nog meer. Ik heb het voorlopige rapport gelezen, commissaris. De alarminstallatie was uitgeschakeld en de camera's werkten niet. Nalatigheid, misschien. Of opzet.'

'U studeerde in het Westen, kolonel?' vroeg Dewaal.

'Eén jaar in de Verenigde Staten, en drie jaar in Londen. Vandaar dat ik erin geslaagd ben het Amerikaanse accent te weerstaan en het Britse te cultiveren. Het is een voordeel goed Engels te spreken. Zéker ook in de Arabische wereld. Het zal u choqueren wanneer ik u zeg dat de meeste Arabische volken bestaan uit achterlijke boeren. Gelukkig zijn er de Saudi's, die hun de weg van de beschaving kunnen wijzen.'

'Was de prins daarvoor hier, kolonel?' vroeg Eekhaut. 'Om zich wegwijs te maken in onze zogenaamde beschaving?'

De kolonel zei: 'Hij was hier omdat hij een diplomatieke missie voorbereidde. De Nederlandse overheid heeft dringend behoefte aan meer olie. Dat zal u niet verbazen. Ze willen hun technologische kennis daarvoor ruilen. Baggerwerken, architectuur, havenbouw, dat soort dingen. Iets wat wij nodig hebben, en waarvoor we op dit moment nog geen specialisten hebben.'

'Kan de moord geen politieke bedoeling hebben, kolonel?' wilde Dewaal weten.

'Mevrouw, ik dacht dat voor u de zaak duidelijk was? Gaat het niet om een groep religieuze fanatiekelingen? Dat was wat de officier van justitie mij uitlegde. Mensen die zichzelf willen verzekeren van hun plaats in de genade van Allah? Was het dat niet?'

'Inderdaad. Dat vermoeden we.'

'In dat geval kunnen we de zaak als afgesloten beschouwen wanneer u de leden van deze groep arresteert.'

'Werkelijk?' zei Dewaal. 'Is dat voor u voldoende?'

'Dat, en het feit dat deze zaak vertrouwelijk behandeld wordt. Misschien moet ik enkele van de moordenaars naar mijn land overbrengen, maar daar krijgen ze meteen de doodstraf, en dus zal Nederland ze niet willen uitleveren. Temeer wanneer het zelf ook Nederlanders zijn. Dus neem ik genoegen met een deskundige aanpak van uw diensten.'

'Het is gebruikelijk,' zei Dewaal, 'dat lichamen van slachtoffers in zaken als deze onderzocht worden door een patholoog-anatoom. Ik heb gemerk dat de vier lichamen weggehaald zijn. Heeft uw regering daar de toestemming voor gegeven, kolonel?'

'Wat de vrouwen betreft hebben wij geen zeggenschap, commissaris. Zijne Excellentie zelf, dat is natuurlijk een delicate materie. Ja, ik verzocht de betrokken diensten de lichamen onder bewaring naar het forensisch instituut te brengen. Het lichaam van Zijne Excellentie zal door de imam bezocht en gezuiverd worden. Uiteraard is een autopsie onmogelijk.'

'Zoals u wilt, kolonel,' zei Dewaal. 'Anderzijds blijft deze woning verzegeld, tot onze technische recherche er helemaal klaar mee is.'

De kolonel maakte een kleine buiging. 'Dan zie ik u bij een volgende gelegenheid, commissaris. Inspecteur.'

'O, kolonel…' zei Eekhaut. 'Een vraagje.'

'Ja, hoofdinspecteur?'

'Ik meen begrepen te hebben dat er in uw land heel wat prinsen zijn.'

'Dat is correct, hoofdinspecteur.'

'In welke orde van grootte?'

'Excuseer?'

'Ik bedoel: hoevéél prinsen zijn er in uw land?'

'Ach, een paar duizend... Zoiets? Ik neem aan dat iemand het juiste aantal kent, en ik kan het opzoeken als u dat wilt, maar het is iets in die, eh, orde van grootte.'

'Dank u, kolonel. U hoeft het niet op te zoeken.'

Toen de kolonel de deur achter zich had dichtgetrokken, zei Dewaal: 'Jij gaat naar de autopsie van de vrouwen, Walter. En waarom vroeg je dat over die prinsen?'

'Het aantal prinsen? Gewoon, even iets navragen wat ik dacht te weten.'

'Waar haal je dat dan vandaan?'

'*The Kingdom*. Leuke film. Vertelt het een en ander over het vaderland van onze kolonel. Zou u moeten zien.'

'Nee, dank je wel. Nu die autopsie, graag.'

'Staat dat wel in mijn taakomschrijving?'

'Ik vermoed dat onze kolonel heel goed op de hoogte is van de achtergronden van deze zaak, Walter. Ik kan niet om hem heen... wat is er?'

Hij trok een vies gezicht. 'De stank hier is al voldoende voor vandaag. Denk je echt dat ik voor mijn plezier naar het mortuarium ga...'

'Daarna mag je naar huis.'

'Daarna hang ik over de toiletpot. Misschien de hele avond wel...'

'Doe alsof je een man bent, Walter.'

Hij schudde het hoofd. 'Onder protest dan...'

30

Eekhaut werd door een taxi afgezet bij het mortuarium, een toepasselijk somber gebouw, daterend uit de late negentiende eeuw, in een wijk die hij niet kende maar waar alleen gegoede burgers een optrekje konden betalen. Een strakke noordenwind begeleidde hem naar binnen, waar een hal met glazen deuren uit de jaren zestig niets deed om hem te verwelkomen. Een paar decennia eerder was er een zinloze poging ondernomen om met een dikke laag verf structurele problemen op te lossen. Achter een duidelijk geïmproviseerde balie keek een jongeman met ongeschoren wangen hem ontmoedigd aan. Hij legde een dik dossier neer, stak een goedkope ballpoint in de borstzak van zijn oude stofjas en trok één wenkbrauw omhoog, bij wijze van begroeting. Eekhaut vroeg hem waar hij de patholoog-anatoom kon vinden, die – een lift en twee helverlichte gangen later – een blozende zestiger bleek te zijn, en naar de naam IJslander luisterde. 'Guus,' zei hij er zelf bij, alsof het gebruik van een achternaam in dit gebouw verboden was. Hij drukte Eekhaut bescheiden de hand. Een stevige handdruk niettemin. 'De drie jonge vrouwen? Wat ervan over is. Ik wist dat u daarvoor kwam. Jullie komen altijd voor de ergste gevallen. Volg me maar.'

Eekhaut had onderweg in de taxi telefonisch zijn komst aangekondigd, maar het was een vrouw geweest die de afspraak noteerde. Die vrouw was waarschijnlijk de assistent-pathologe, die geduldig stond te wachten bij drie stalen tafels waarop de lichamen van de slachtoffers lagen. Of, zoals IJslander het uitdrukte, wat daarvan over was. Er stak een fraai stuk been onder de korte groene doktersjas van de aantrekkelijke assistente uit, en daar was Eekhaut blij mee, want het leidde zijn aandacht een beetje af van de lichamen.

'Bent u bekend, inspecteur, met wat intens vuur doet met het menselijk lichaam?' vroeg IJslander. Eekhaut slaagde er maar niet in aan hem te denken als Guus. Dókter IJslander, dat leek het meest gepast. Het maakte dit bezoek officieel, niet tot iets wat hij deed omdat hij er zin in had.

De assistente, aan wie hij niet was voorgesteld, liep naar de eerste tafel. Het lichaam dat daarop lag was dat van een mens, onmiskenbaar, maar het was kleiner dan hij verwachtte, en het lag verkrampt ineengebogen, de gebruikelijke foetushouding van een menselijk lichaam dat blootgesteld wordt aan grote hitte.

'De mens bestaat voor een groot deel uit water, inspecteur. Dat verdampt uiteraard bij verbranding. Bovendien gaan lichamen onder invloed van het vuur buigen, vanwege de spieren en de ruggengraat die...' IJslander deed zijn masker voor, hoewel Eekhaut niet inzag waar dat goed voor was. Geen patiënt die ziek kon worden van de bacillen van de goede dokter. En andersom ook al niet. 'Wilt u bij het onderzoek aanwezig zijn, inspecteur? Ik vraag het maar omdat ik u hier niet eerder heb gezien, en misschien is dit niet iets wat u graag meemaakt?'

'Ik word verondersteld te horen wat uw conclusies zijn.'

'Dan had u de moeite niet hoeven doen, inspecteur. Die conclusies bezorg ik uw Bureau binnen een uurtje. Ik verwacht niet dat ik meer tijd nodig heb om uitsluitsel te krijgen over de precieze doodsoorzaak van deze slachtoffers, en over wat ze de laatste minuten van hun leven doormaakten. Hebt u ervaring met...?'

'Nee, niet veel.' Eekhaut had dergelijke onderzoeken altijd vermeden. Je liet de patholoog zijn werk doen en je las het rapport achteraf. Ieder zijn specialisatie. Alleen in films hingen politiemensen met hun neus boven opengesneden lijken. In werkelijkheid was dat nergens voor nodig.

Wat had Dewaal met hem willen doen? Hem een lesje leren in bescheidenheid? Of bezat ze een sadistisch trekje dat hij nu pas leerde kennen?

Maar ze had niet gezegd dat hij wel degelijk...

'Ik wacht hier ergens wel,' zei hij. 'Misschien kan ik ergens koffie krijgen?'

'Achter in de gang, de deur rechts. Ga uw gang. Koffie, frisdranken, allerlei broodjes en snacks. Wij werken lange dagen hier en we gunnen onszelf graag een extraatje. Ik zie u zo gauw ik hier klaar ben.'

Opgelucht verliet Eekhaut de zaal. Zonder probleem vond hij de kantine, die hem deed denken aan een van die decors uit de betere sf-films, waarin ontwerpers werkelijk hebben nagedacht over de doorleefdheid van het interieur van ruimteschepen. Genre *Alien*. Niet dat hij op dit moment aan *Alien* wilde denken. Niet aan monsters die zich een weg door menselijke lichamen vraten.

Het wachten duurde minder dan een uur. Hij had twee koppen koffie en een vruchtensap gedronken, en een ietwat droge donut gegeten, van het toilet gebruikgemaakt en een paar tijdschriften doorgebladerd toen IJslander binnenkwam. Zonder masker en zonder zijn groene chirurgenjas, gewoon in jeans en een geruit hemd, alsof hij net thuis in de tuin had gewerkt. Hij rook naar ontsmettingsmiddel. Beter dat dan naar barbecue, dacht Eekhaut. 'Nou,' zei hij, 'zoals ik al dacht, een eenvoudige zaak.'

'Uw conclusies?'

IJslander ging zitten en schonk voor zichzelf een mok koffie in uit de thermoskan. Hij keek om zich heen, waarschijnlijk op zoek naar suiker en melk, maar hij vond niets. 'Ik mail mijn volledige rapport naar uw Bureau, inspecteur. Waar zijn de...' Hij kwam opnieuw overeind en opende een van de kasten. 'U hebt hem graag zwart, merk ik, maar ik ben een zoetekauw. Mijn assistente overigens ook. Het enige wat we gemeenschappelijk hebben. Dat, en de drang om in dode mensen te gaan snijden.' Hij grinnikte, deed drie zakjes suiker in zijn koffie en ging weer zitten. 'Dood door shock, hartstilstand en vergiftiging door het inademen van rook, en in de eerste plaats door de pijn. Is snel gegaan, vermoed ik, gelukkig voor de betrokkenen. Ik heb een poging gedaan om bloed en maag te onderzoeken, wat onder deze omstandigheden een probleem is. Alcohol en cocaïne, maar dat zal u niet verbazen.'

'Was er nog iets wat u opviel?'

IJslander trok de wenkbrauwen op. 'Wat zou me in zo'n geval moeten opvallen? Dat de tijd van de inquisitie en de brandstapels is teruggekeerd? Dat mensen altijd onder de vermomming van de beschaving wrede wezens blijven? Dat deze arme vrouwen geen enkele misdaad of zonde kunnen hebben begaan, erg genoeg om op die vreselijke manier gestraft te worden?'

'Niets fysiek abnormaals?'

'Niets, onder deze omstandigheden.' IJslander wreef over zijn ogen. 'Kijk, inspecteur, ik zie de hele tijd lijken. Dat doet me niets meer. Als je dit werk doet, dan denk je niet aan hen als mensen. Je ziet raadsels die je wilt oplossen. Ze waren vastgebonden, ze waren weerloos, en ze hebben korte tijd verschrikkelijke pijn geleden. Ik hoop dat u de beesten vindt die dit gedaan hebben.'

'Beesten? Meervoud?'

'O ja, dit kan niet het werk van één persoon zijn. Er waren meerdere indringers nodig om deze vrouwen in bedwang te houden en vast te binden, en bovendien die man. Er was toch ook een man bij betrokken, hoorde ik? Ik hoop dat u ze snel vindt en dat ze levenslang uit de samenleving verdwijnen.'

Eekhaut kon daar alleen maar mee instemmen. 'Hoeveel alcohol en coke?' vroeg hij.

IJslander trok een gezicht. 'Nu vraagt u te veel van me. Ik zou denken, maar dan alleen gebaseerd op mijn ervaring en op gissingen, dat ze behoorlijk high waren toen ze doodgingen. Alle drie. Behoorlijk onder invloed. Ik weet wat u denkt. Misschien hebben ze daarom niet echt geleden.'

'We kunnen alleen maar dankbaar zijn voor de kleine dingen.'

IJslander grinnikte. 'Gek dat u dat zegt, inspecteur. Gewoonlijk ben ik degene die relativeert. Hoort bij het werk. Inderdaad, de kleine dingen.' Hij dronk van de hete koffie. 'U zou mijn baan niet willen hebben, nietwaar?'

Eekhaut haalde de schouders op. 'Nee, dat niet.'

'Het omgekeerde is ook waar. Ik zou de uwe niet willen. Ik krijg te maken met iets wat in de ogen van buitenstaanders griezelig is. Verschrikkelijke dingen. Dode mensen, of restanten ervan. Ik praat thuis niet over mijn werk. Maar u…'

'Ja?'

'Nou, u krijgt te maken met de echte monsters. De perverse moordenaars, de kinderlokkers, de psychopaten.'

'Ja,' zei Eekhaut. 'Daar krijgen wij mee te maken.'

31

Het leek op een park maar het was de tuin van een privéwoning. Die tuin grensde aan een glooiende heuvel met een weiland. De woning zelf lag aan het eind van een lang pad dat breed genoeg was voor een auto, maar dat niet was verlicht. Het verhaal ging dat een waanzinnige architect dit huis had laten bouwen, vlak na de Eerste Wereldoorlog, om aan de wereld te ontsnappen. Wat later bij sommigen de gedachte opriep dat hij toch niet zo gek was geweest. Hoewel hij geen familie had en waarschijnlijk erg weinig vrienden, had hij het huis voorzien van precies dertien slaapkamers en vier zitkamers.

Een wereldoorlog later werden het gebouw en de omliggende tuin gekocht door een rijke en veel verstandiger industrieel die het geheel zag als een belegging. De architect was toen al enkele jaren dood. Nu was het in handen van zijn erfgenamen, die het hele zaakje verhuurden. Dat deden ze via een makelaarskantoor, zodat niemand precies wist wie de huurders waren, of waarvoor het gebouw gebruikt werd. Al sinds verscheidene maanden had een van Maxwells bedrijven een contract met het kantoor, zogezegd voor trainingen van topmedewerkers. In werkelijkheid maakte het Genootschap van het Vuur echter als enige gebruik van het huis en de grond eromheen.

De tuin was koud, de meeste planten overwinterden, wachtend op de eerste warmte van de lente. Bevroren dauwdruppels hingen aan boomtakken, hoewel het al namiddag was. Een flauw zonnetje slaagde er niet in hen weer in water om te toveren. Een pad leidde van het huis door de tuin, en splitste zich verscheidene keren, tevergeefs op zoek naar een bestemming. Die splitsende paden voerden ongetwijfeld ergens naartoe, maar bezoekers namen niet de moeite om dat uit te zoeken. Het maakte hun niet uit. Ze hadden genoeg aan de vele zich splitsende paden van hun persoonlijke leven.

Elk van de bezoekers had een naam. Het bijzondere aan die naam was dat hij hun niet gegeven was bij hun geboorte. Geen biologische ouders hadden bij hun wieg gestaan en emotioneel deze naam gefluisterd. Hij was hun gegeven op het moment waarop ze voor het eerst in de schoot van dit Genootschap samen waren gekomen, twintig jaar geleden, en hadden besloten dat alleen zij de uitverkorenen waren. Hadden besloten dat alleen zij bij de ondergang van de wereld gered zouden worden. De uitverkorenen, het ware Genootschap van het Vuur. Die zekerheid over het komende einde van de wereld bracht hen samen. Ze wisten wanneer dit zou plaatsvinden: in het aardse jaar 2012. Niet alleen de wereld, maar het hele universum zou dan herschapen worden in een bol van intens vuur. Ze wisten niet welke maand, welke week of welke dag. Ze kenden het exacte uur niet, maar dat was irrelevant. Er wachtte hun daarna de eeuwigheid die zij in de nabijheid van de Schepper zouden doorbrengen, dus wat maakten enkele weken of maanden uit?

Elk van hen kende de anderen alleen maar bij diens gegeven naam. Er waren wat uitzonderingen op deze regel, maar niet heel veel. De man die Baphomet genoemd werd, kende als enige de ware identiteit van alle uitverkorenen. Geen van hen echter wist wie deze leider in het dagelijks leven was. Ze verkozen allemaal anonimiteit en respecteerden de anonimiteit van de ander. Nieuwsgierigheid was een ontoelaatbare zonde. Hun grootste wens was de eeuwigheid, niet de aardse roem. Daarom vermeden ze omgang met de pers en probeerden ze niet de aandacht van de bevolking te trekken. Dat deden ze niet uit bescheidenheid, maar omdat ze het niet konden verdragen op te vallen. In het aanschijn van hun Schepper zouden ze aan Zijn voeten mogen zitten, verheven boven de creperende massa, en dus waren wereldse roem en ambitie irrelevant.

Ze beseften dat hun levenswandel hen in aanvaring bracht met de gevestigde machten, maar dat waren wereldse machten, en die waren van geen betekenis. Aan het einde der tijden, heel binnenkort, zou de Schepper een finaal oordeel vellen over de hele mensheid, en er zouden maar heel weinig uitverkorenen zijn.

Baphomet trad hen tegemoet vanuit het huis. Hij droeg een sober pak, een wit hemd – bij de kraag dicht maar zonder das – en een donkergrijze wollen overjas. Allemaal waren ze stevig ingepakt tegen de kou: parka's, lange wollen mantels, dikke ribfluwelen broeken, sjaals, handschoenen. Ze leken wel een verzameling amateurpoolreizigers, in plaats van Genoten die behoorden tot een religieuze sekte.

'Genoten,' zei Baphomet. 'De grootsheid van onze Schepper moge over u neerdalen. Zijn licht schijnt eeuwig op ons neer.'

De stemmen van de Genoten herhaalden die laatste zin. Baphomet liet even een korte stilte vallen. Toen zei hij: 'Laten we praten over onze problemen.'

'Een interessante omgeving kies je daarvoor uit, Baphomet,' zei een zware man, met beide armen over zijn borst geslagen. Hij droeg de naam Tertullianus en was daar trots op, alsof het een eretitel was. Het was dan ook een oude naam, ontleend aan een Carthaagse vroegchristelijke filosoof die in de late eerste eeuw en aan het begin van de tweede eeuw leefde. 'Is het huis zelf niet vrij? Of moeten we allemaal eerst bevriezen voor we uiteindelijk door Gods eeuwige vuur verteerd worden?'

Baphomet suste hem met een handgebaar. 'Zo meteen gaan we naar binnen waar het warm is, waarde vrienden, waar we de Schepper danken en waar drank en eten klaarstaan. Maar praten doen we in deze tuin. Hij herinnert ons aan de Tuin van Eden. Kijk om u heen, vrienden, en open uw hart. Is de wereld zelfs in dit seizoen niet wonderlijk? Is de materiële schepping geen wonder? Heeft God ons niet geïnspireerd tot grote daden dankzij Zijn Schepping? Jammer dat daar weldra een eind aan komt.' Hij wierp een snelle blik op Serena, die vooraan stond, helemaal niet onwennig tussen de oudere Genoten. Hij had haar gevraagd vooraan te staan.

'Misschien moeten we iets van die wereld proberen te redden,' suggereerde een kleine, blonde vrouw. 'Kan dat niet? Waarom kan dat niet?'

Maxwell negeerde haar. Ze was een van die kritische Genoten die hij moest verdragen omdat ze nogal wat aanhang had bij een paar vrouwen van haar leeftijd. De meeste andere Genoten hadden het echter niet hoog met haar op. 'Helaas,' zei hij, 'verzamelen er zich donkere krachten aan de horizon. Onze ijver heeft de politie en de overheid attent gemaakt op ons bestaan. Niet dat we niet in hun dossiers voorkwamen, maar we waren nauwelijks zichtbaar, en we vormden geen bedreiging. De laatste tijd echter zijn we iets te ijverig geweest, en iets te opvallend. Ik draag daar de volle verantwoordelijkheid voor. Ook ik ben ongeduldig wat betreft de verlossing, maar die ijdele verlangens hebben consequenties.'

'Ook wij zijn ongeduldig,' zei Serena luid.

'Onze plannen vorderen, Genoten,' zei Baphomet. 'Het laatste en ultieme offer, dat ik lang geleden al beloofde, staat voor de deur. Nog even geduld. Ondertussen moeten we discreet zijn. We kunnen ons niet de belangstelling van de buitenwereld veroorloven.'

'Het grote offer moet gebracht worden,' zei een vijftiger. Hij was lang en lichtjes gebogen, alsof de winter hem deed lijden. 'Het grote offer moet eindelijk gebracht worden. Anders worden we niet gelouterd.'

Baphomet suste hem meteen. 'Niemand van ons zal het laatste jaar tegemoet hoeven zien zonder gelouterd te zijn. Ik vraag om geduld.'

'Iedereen moet naar eigen vermogen de kans krijgen zich te zuiveren,' zei de blonde vrouw. 'Iedereen moet aan bod komen. Dat is democratie.'

Waarom, dacht Baphomet kwaad, sta ik toe dat dit stomme mens hier niet ter zake doende opmerkingen maakt? Hij wist echter dat hij het zich niet kon veroorloven op dit moment een Genoot de mond te snoeren.

'De politie zit ons dicht op de hielen,' zei een andere Genoot, een magere zestiger die zich onophoudelijk zorgen leek te maken. Hij was Horothetes, die Koerier begeleid had naar de Ardennen, samen met enkele jongere Genoten.

'Dat is de schuld van degenen die het nodig vonden onvoorzichtig te werk te gaan in de Ardennen,' zei de blonde vrouw.

Baphomet hief zijn hand op. 'Het ritueel was te opzichtig. Ik herhaal dat ik daar zelf verantwoordelijk voor ben. Het was te opzichtig…'

'Omdat Baphomet wilde afrekenen met een aantal persoonlijke vijanden,' zei Tertullianus, die zichzelf kouwelijk omarmde. 'Laten we dat allemaal in gedachten houden. Hij had persoonlijke motieven bij het uitkiezen van de slachtoffers.'

'De doctrine,' zei Baphomet streng, 'houdt in dat de onwaardigen gestraft moeten worden. Op die basis maakte ik mijn keuze. Ik vond onwaardigen genoeg in mijn omgeving. Waarom dan verder zoeken en meer risico nemen?' Hij keek om zich heen naar de groep. 'Is er iemand die aan mijn keuze twijfelt? Iemand?'

Niemand leek daartoe geneigd, ook al keek Tertullianus uitdagend naar de andere Genoten, op zoek naar steun die hij niet kreeg.

'Goed,' vervolgde Baphomet. 'Want we kunnen nu, met het zicht op ons laatste en grootste offer, niet aarzelen of twijfelen. Zo dadelijk zullen we de Heilige Namen reciteren, en onze ziel zuiveren, voordat we aan tafel gaan. En we zullen bidden dat we vrij mogen blijven. In de ogen van God, onze Schepper, zijn we nog steeds niet zuiver genoeg.'

'Wanneer zal het ooit voldoende zijn, Baphomet?' vroeg een tengere, oude vrouw, die schijnbaar minder dan de andere te lijden had onder de kou. 'Op welk moment kunnen we onszelf als geschikt beschouwen voor de zuivering?'

'Pas wanneer de laatste dag aanbreekt,' zei Baphomet, 'zullen we weten of we onze plicht gedaan hebben. Daarom moeten we ons blijven inspannen. Met de aanloop van de laatste loutering hebben we de ultieme fase bereikt van onze geschiedenis.'

'We lopen elke dag het risico ontmaskerd te worden,' zei Tertullianus. 'Dat kunnen we niet riskeren. We kunnen niet riskeren gearresteerd te worden door de aardse machten. In de gevangenis worden we bezoedeld door de aanwezigheid van zo veel corruptie en kwaad. Daar zullen we onze hoop op zuiverheid verliezen. We moeten dus vermijden ontdekt te worden.'

'Het ritueel van vorige maand was te opzichtig,' zei de oude vrouw. 'Veel te opzichtig. We hebben onze dagelijkse rituelen, en onze bijeenkomsten.'

'Het was noodzakelijk,' herhaalde Baphomet, nu ongeduldig, 'omdat het aansluit bij een oude traditie. Ik hoef de leden van dit gezelschap er niet aan te herinneren dat wij degenen zijn die gekozen hebben voor het in stand houden van de traditie. En die traditie houdt op haar beurt bepaalde rituelen in. Zonder deze rituelen wijken we af van onze doctrine en van alles waarvoor wij staan en waar we in geloven. Ik neem aan dat niemand in dit gezelschap dit wenst.'

'Laten we ons concentreren op de laatste loutering, Baphomet,' kwam Serena tussenbeide. 'Om onze redding veilig te stellen. Dat moet genoeg zijn.'

'Veiligstellen,' zei Baphomet, 'is dat niet wat we voortdurend doen? We geloven, of anders gaan we ten onder. Binnenkort zal de wereld met onze doctrine kennismaken, wanneer we het vuur van de hel loslaten op deze wereld. Dan zijn we compleet gelouterd en hebben we niets meer te vrezen. Ieder van ons weet dat dit plan zijn doel weldra bereikt. Nog even geduld, Genoten. Nog even geduld.' Hij keek om zich heen. 'Geen andere meningen? Goed. Dan gaan we nu naar binnen, vrienden. We zijn onder elkaar. We kunnen vrijuit praten. Laten we geen geheimen voor elkaar hebben.' En met een innemende glimlach maakte hij een zwierig gebaar naar de dubbele glazen deuren van het huis.

Terwijl de anderen het huis binnengingen, stapte een man in een lange zwarte mantel op Baphomet af. Hij had de hele tijd bij de deur staan wachten, alsof hij niet deel uitmaakte van het gezelschap. Baphomet wist wie hij was. Hier, in deze kring, droeg hij de naam Metagogeus: een statige dertiger die respect afdwong, meestal met stilte.

'Het meisje?' vroeg Baphomet gedempt.

'Zoals beloofd, Baphomet. Ze is in onze handen. We hebben contact opgenomen met haar vriend, de rechercheur. Van zijn medewerking zijn we nu zeker. Tot op een bepaalde hoogte, uiteraard.'

'En je liet geen twijfel bestaan over wat we van hem willen? Dat heeft hij begrepen?'

'We waren duidelijk genoeg, Baphomet. Hij weet wat er op het spel staat.'

'Mooi. We hadden dit al eerder moeten doen. Het zou ons veel kopzorgen bespaard hebben. Dan nu iets anders: ik hoorde dat een belangrijke buitenlandse diplomaat om het leven is gekomen in zijn villa. Een Saudische prins. In gezelschap van een paar jongedames. Dat laatste is pijnlijk voor een moslim. Wat mij echter meer zorgen baart, Metagogeus, is dat een van onze medestanders toch wat al te ijverig is geweest. Ik herinner me hiervoor geen opdracht te hebben gegeven.'

'Schijnbaar heeft iemand op eigen houtje een zuivering uitgevoerd. Het lijkt inderdaad op een overhaast uitgevoerd ritueel.'

'Heb je er een idee van wie die creatieve medebroeder of -zuster was?'

'Geen idee. Mogelijk iemand die alleen handelde. Of hooguit een verbond tussen enkele volgelingen. Eén persoon alleen lijkt me eigenlijk niet erg waarschijnlijk.'

'Ja. Dat soort initiatieven hoort weliswaar tot de traditie, maar het is veel te opzichtig. Ik blijf het herhalen: doeltreffendheid en discretie gaan hand in hand, ook in deze zaken. '

'Het ritueel in de Ardennen...' zei Metagogeus.

'Ik wist toen heel goed wat ik deed, Metagogeus,' siste Baphomet. 'Ik herinner me dat jij en Koerier beloofden alle sporen uit te wissen. Ik vroeg en éíste perfect werk, zoals ik altijd doe. Ik werd teleurgesteld.'

'Het spijt me, Baphomet. Het is buiten mijn wil verkeerd gelopen. Ik zal bij elke volgende gelegenheid beter opletten. En ik zal er uiteraard op toezien dat Koerier zijn zaken ter harte neemt. Hij heeft soms zeer persoonlijke ideeën, die hij tot elke prijs wil uitwerken. Dat is niet altijd een goede strategie.'

'Nog even over deze zaak. Door die loutering in de villa is de aandacht van de politie opnieuw op ons gericht. Verspreid onder onze vrienden het bericht dat dergelijke persoonlijke initiatieven niet langer getolereerd zullen worden. We concentreren ons uitsluitend op ons finale plan.'

'Ik zal het bericht verspreiden, Baphomet.'

Toen Metagogeus vertrokken was, wendde Baphomet zich tot Serena. 'Geniet je van deze poppenkast, van deze discussies?'

Het meisje leek te schrikken van de onverwachte vraag. 'Het is...'

'Het heeft niets met geloof te maken, dat geef ik toe. Het heeft niets met onze spirituele boodschap te maken. Dit is de basis van ons ondernemen. De pijnlijke details van een overtuiging die achtervolgd wordt door haar vijanden. Wij zijn als de eerste christenen in Rome. We leven ondergronds. We zijn gedoemd omdat we onze zekerheden niet kunnen delen met de meerderheid van de bevolking, maar dat geeft niet want die meerderheid is het per slot van rekening onwaardig om onze zekerheden te delen.'

'Ik kan het onderscheid nog niet maken, Baphomet. Ik voel me klein in het bijzijn van zo veel Genoten die hier al jarenlang deel van uitmaken.'

'Geen nood, m'n kind. Je bent jong, maar je bezit het ware geloof. Dat heb je de afgelopen jaren bewezen. Je bent dapper. Velen kunnen een voorbeeld aan je nemen.' Hij wilde haar hoofd aanraken, haar zegenen, maar hij hield zich in. Dat zou net iets te ver gaan.

'Ik wil geloven,' zei ze, met zo veel vuur dat het hem verbaasde. Hij had, wat haar betrof, de juiste beslissing genomen. Ze had méér vuur in haar frêle lichaam dan de meesten van de zogenaamde Genoten.

32

'En wat heeft dat neefje van jou uitgespookt?' vroeg Van Gils.

'Te hard rijden op de ringweg, twee keer door rood gereden, en ruzie gemaakt met de dienders die hem aanhielden.'

'Nou,' zei Van Gils. 'Die heeft zijn best gedaan.'

De man tegenover hem knikte. Oleg woonde nu zo'n drie decennia in Nederland, maar hij was zijn zwaarmoedige Slavische inborst nog niet kwijtgeraakt en dat wilde hij ook niet. Het was ongetwijfeld het enige wat hij nog overhad uit de Oekraïne van zijn jeugd. Een sombere Slavische inborst. Hij was naar Nederland gekomen met een aanzienlijk deel van zijn familie en had zich in het zuiden van Amsterdam gevestigd, waar hij nu, na jarenlang ploeteren en sparen, een keten wasserijen en kleine kruidenierswinkels met Oost-Europese producten had. Hij boerde goed, dat zag je aan de dure leren jas die hij droeg en aan de iets te opzichtige Rolex om zijn pols. Een échte Rolex, daar twijfelde Van Gils niet aan.

Oleg zag eruit als een onderwereldfiguur, en dat was hij ook. Hij was in die dertig jaar zeven keer veroordeeld voor het smokkelen van sigaretten en alcohol, heling, valsheid in geschrifte en het aanzetten tot prostitutie. Dat laatste woog voor Van Gils nog het zwaarst, maar die praktijk had Oleg twintig jaar geleden al afgezworen. Daar had zijn vrouw voor gezorgd. Smokkel en heling, dat kon er nog mee door, maar vrouwen tot prostitutie aanzetten, daar kon zijn orthodox-christelijke vrouw niet om lachen. Ze had gedreigd dat hij meteen op straat zou staan als hij er niet mee ophield, en dus had hij zijn conclusies getrokken. Anderhalf jaar gevangenisstraf had de rest gedaan, ook al had Oleg minder dan de helft daarvan echt uitgezeten.

Het neefje in kwestie was de jongste zoon van zijn zus. Het probleemkind van de familie. Het soort jongen dat je overal tegenkomt, ook in de beste families. Verwend – dat gaf zelfs Oleg toe – en iets te veel zakgeld, en dus snelle auto's en blitse zonnebrillen en dat soort dingen. Je reed toch niet écht te hard als je honderdzestig reed? Om vier uur 's ochtends? Op de ringweg? Waar de maximumsnelheid honderd was? Waar maakten die dienders zich nou druk om?

Oleg had zijn neefje gezond verstand proberen bij te brengen. 'Maar mijn zus is zelf geen groot licht, inspecteur, en haar man trekt het zich niet aan omdat hij niet de echte vader van de jongen is. Ach, u kent dat soort situaties, dat maakt u elke dag mee. En dus komt de familie bij mij terecht als er wat loos is. En nu is er wat loos, want die jongen gaat naar de gevangenis, daar draait het op uit.'

'Ik kan wel wat regelen, Oleg. Dat zei ik je gisteren ook al. Ik ken de politierechter van vroeger. Heb heel wat zaakjes gedaan voor die man. Ik praat wel met hem. Krijgt waarschijnlijk een paar jaar rijverbod, daar moet-ie mee leven. Zorg ervoor dat hij dan ook niet meer achter het stuur kruipt. Rijden tijdens een rijverbod, daar kan zelfs ik niks aan doen.'

'Een echte vriend, inspecteur, dat bent u,' zei Oleg. 'Kom met de vrouw naar me toe, we gaan ergens goed eten, dat ben ik u schuldig. Of ik bezorg u kaartjes voor de wedstrijd Ajax-Feyenoord, dit weekend in de Arena.'

'Als je me die informatie kunt bezorgen waar ik om heb gevraagd, dan ben ik allang blij.'

'O, dat.' Oleg reikte met zijn hand in de zak van zijn jas. 'Heb ik bij me. Was niet moeilijk. We hebben overal relaties, nietwaar.' Hij keek op het velletje papier dat hij tevoorschijn haalde. 'TransCom. Karl Desmedt en Libbert Berthout. Bizarre namen, voor Hollanders. Maar goed. Ik ben ook Hollander, maar mijn naam is natuurlijk hetzelfde gebleven. Desmedt was informatiemanager voor dat bedrijf. Berthout was een hoofdboekhouder. Allemaal hoge functies, goed betaald. Het gerucht gaat dat ze zich daar niet goed voelden.'

'Werkelijk?'

'Tja. Gebeurt, dat soort dingen. Kijk, ik heb ook mensen in mijn winkels die niet goed werken. Dan zeg ik: jij doet beter je best of je vliegt eruit. Zo simpel is dat. Ze kennen me. Ze wéten dat ik het meen. Dus werken ze beter. Ik hoef bijna nooit iemand te ontslaan.'

'Goed voor jou. En deze twee?'

'Geruchten, meer niet, inspecteur. Ze zouden ruzie gehad hebben met hun baas. Dreigden dat ze dingen die ze wisten zouden rondbazuinen. Welke dingen, dat weet ik niet. Ben ik niet te weten gekomen. Er is altijd ruzie in bedrijven. Er gaat veel geld om. Mensen willen te veel ineens. Zoals mijn neefje. Gek van auto's, snelle auto's, maar verdient geen cent. Ik zeg hem: eerst geld verdienen, dan auto's. Maar zijn moeder is veel te gek met hem!'

'Dus die Desmedt en Berthout hadden problemen met de leiding van Trans-Com. Komt die informatie uit betrouwbare bron?'

'Nicht van mijn andere zus, inspecteur. Die werkt daar. U weet, gewoon op het secretariaat. Koffiezetten, telefoon aannemen, dingen typen, andere dingen archiveren. Iemand moet het doen. Niemand ziet haar, maar zij ziet alles. Ze hoort alles wat er gezegd wordt. Onzichtbare Hollanders, zoals ik.'

'Nou, Oleg, jij bent niet zo onzichtbaar.'

'Misschien niet genoeg. Dat was mijn probleem. Ik val op. Maar tegenwoordig hou ik me alleen nog maar bezig met wasserijen en winkels. Goed geld te verdienen. Geen gesjoemel nodig. Ik blijf netjes binnen de wet, inspecteur. Regelt u dat voor mijn neefje? Dan gaan we samen lekker eten. Russische keuken. Wat zwaar voor de Nederlandse maag, maar heel lekker en heel voedzaam. Goed tegen de kou in de winter. Wat zegt u van een fles wodka?'

'Daar zeg ik geen nee tegen.'

Oleg schoof hem een papieren zak toe onder de tafel. 'Er is nog wat, inspecteur…'

'Ja?'

'Ik weet dat u altijd op zoek bent naar handel in verdachte en gevaarlijke materialen. Vanwege uw nieuwe baan en zo.'

'Ja, inderdaad. Wapens, drugs, alles wat maar…'

'Ik weet niet of dit iets voor u is. U weet dat ik overal familie heb. Nou, ik hoorde van een oom dat hij en enkele partners benaderd werden door een bedrijf om een tankwagen met twintigduizend liter vloeibaar gas te leveren. Daarin handelt mijn oom, brandstoffen en chemische stoffen in grote hoeveelheden.'

'Wat is daar dan zo speciaal aan?'

'Het eigenaardige, volgens mijn oom, is de koper, niet het product. Hoewel dit soort gas nu niet meteen iets is wat hij dagelijks verkoopt. Explosief spul. En nog vreemder is dat de koper de oplegger erbij wilde. Gewoon de hele tankwagen.'

'O? Wie is dan de koper?'

'Een bedrijf dat Immo Technologies heet.'

Van Gils schreef het op. 'En wat doet Immo Technologies? Weet je dat?'

'Dat is het nou net. Het beheert grote industriële panden. Fabrieken bijvoorbeeld.'

'Fabrieken moeten verwarmd worden.'

'Niet met dit soort brandstof. Ik zei het al: dit is uiterst explosief spul. Het is bedoeld voor de chemische industrie, niet voor verwarmingsketels. Nee, inspecteur, dat spul is niet voor hen bestemd. Het wordt misschien doorverkocht. Misschien aan iemand in een oorlogsgebied. Irak of Iran of zo. Naar het schijnt kan je er raketten mee aandrijven. U weet wel. Irak. Massavernietigingswapens.'

'Ik bekijk het,' zei Van Gils. 'Maar het probleem van die massavernietigingswapens in Irak is nu al een tijdje van de baan.'

'Iran dan. Er is altijd iemand die dit soort dingen wil hebben. En zelden legitiem. Maar misschien is het niets.'

'Misschien. Maar ik zal het toch bekijken.'

33

Kolonel Saeed Al-Rahman opende de deur van de badkamer, stapte over de drempel, keek vluchtig in de spiegel en draaide de kraan van de douche open. Hij regelde de temperatuur van de waterstroom, trok zijn hand weer terug, draaide zich om en ging voor de spiegel staan. Hij bekeek zijn gezicht. Hier in Nederland zou hij niet erg opvallen, er waren genoeg buitenlanders op straat om hem te helpen op te gaan in de menigte. Maar iemand die zorgvuldig keek zou merken dat hij geen Turk was, of Marokkaan. Dat hij geen van beide was. Niet dat een dergelijke ontdekking iets uitmaakte, geen mens zou hem op straat hinderen, en in het hotel werd hij voorkomend behandeld. Daar had hij voor gezorgd. Maar het maakte hem hier tot een buitenstaander.

Hij kleedde zich uit, draaide zich weer om en stapte de douchecel in, onder het hete water. Hij sloot zijn ogen en liet het water over zijn lichaam lopen. Hij was dit koude weer niet gewend, en zo veel kleren dragen evenmin, wat maakte dat zijn lichaam voortdurend in de war was. Kwam hij ergens binnen, dan begon hij meteen te transpireren, ook al omdat hij niet goed overweg kon met de drukkende atmosfeer van huizen en kantoren. Thuis droeg hij katoenen pantalons en hemden die zijn lichaam streelden als de handen van fraai ge- vormde en deugdzame maagden – ah, achtervolgd te worden door die clichés! Als hij zijn ogen sloot, voelde hij zich weer thuis.

Toen de generaal hem in zijn kantoor had geroepen met de boodschap dat deze opdracht hem toekwam, had de man enkele waarschuwende woorden ge- sproken. Eerst over de ontdekking in Somalië. Dat was op zich al erg genoeg. Maar nu kwam Nederland er ook nog bij. Al-Rahman had meteen begrepen waar het de generaal om ging. Hij kreeg een openbare en een verborgen agenda mee. De openbare agenda maakte van hem een rechercheur, die de Neder- landse overheid en politiediensten moest assisteren bij het lopende onderzoek in Amsterdam, naar de dood van de prins. Daarbij was het niet belangrijk of er een moordenaar gevonden werd en voor het gerecht gebracht. Dat was het probleem van de Nederlandse overheid. De opdracht van kolonel Al-Rahman was van een heel andere orde. Geen lid van het huis van Saud mocht door de handen van westerlingen onderzocht worden – ook niet wanneer het de handen van artsen waren. En het gerechtelijk onderzoek mocht geen voor het slachtoffer nadelige conclusies trekken.

De opdracht was duidelijk genoeg. Dit was niet Al-Rahmans eerste onderzoek van dit kaliber, en evenmin zijn eerste vertrouwelijke buitenlandse missie. De generaal en vooral de koninklijke familie rekenden op hem.

Zijn verborgen agenda was complexer, maar tegelijk ook kristalhelder. Het was het aspect waar hij het minst dol op was. Nou ja, dol. Hij hield van zijn werk en hij hield van zijn gezin en van zijn vaderland. Hij kende zijn verplichtingen tegenover zijn vaderland en de koninklijke familie. Om al die redenen aanvaardde hij deze opdracht, inclusief het verborgen deel ervan, maar niet omdat hij het idee van plicht erkende in de zin die andere officieren van zijn korps aan die term toekenden.

Plicht was eer. Je plicht doen was het volbrengen van je eigen, zeer diepe en persoonlijke verlangens om hogere machten te dienen. Zijn verborgen taak daarentegen was niet helemaal eervol. Zijn verborgen taak had niets te maken met het vaderland en het huis van Saud. De generaal had hem duidelijk gemaakt dat zij allebei verplichtingen hadden, andere verplichtingen dan die die hen bonden aan het huis van Saud. Verplichtingen die de besognes van mensen en van tijdelijke rijken te boven gingen.

Zijn verborgen agenda was in dat opzicht veel belangrijker dan zijn openbare agenda. Al-Rahman begreep dat.

Hij draaide de kraan dicht en stapte de douchecel uit. Hij drapeerde één handdoek om zijn heupen, droogde zijn haar, hoofd en bovenlichaam met een andere en stapte de kamer in. De tv stond aan, op CNN. Ook thuis keek hij vaak naar CNN. Je wist wanneer je door de leugens en het bedrog heen moest kijken, maar tegelijk moest je het die Amerikanen nageven: ze waren altijd goed op de hoogte van wat er in de wereld gebeurde. Zolang het tenminste Amerikaanse belangen aanging. Een vrouw van Indische afkomst had het over onlusten op het subcontinent. Al-Rahman wist dat drie officieren van zijn divisie daar actief waren en verbaasde zich dus niet over het lokale geweld en een bomaanslag op een moskee. Hij prees zich gelukkig dat hij die opdracht niet had gekregen.

Nog vochtig van de douche ging hij op de sofa zitten. De gordijnen waren slechts gedeeltelijk dichtgetrokken, maar hij bevond zich op de vierde verdieping en het hotel keek uit op een park. Dat hij halfnaakt naar CNN zat te kijken zou geen enkele contraspionagedienst interesseren, en toevallige gluurders zouden er niet zijn. Misschien waren er microfoons in zijn kamer, en misschien ook niet, maar zelfs dat maakte niets uit. Hij was hier alléén, en niemand kwam hem opzoeken. Officieel was dit een opdracht met een erg laag profiel. Officieel bestond hij nauwelijks.

De dag erna had hij een afspraak die niet op de agenda stond. Dat had de generaal voor hem geregeld. Hij had gesproken over oude vrienden, oude vriendschappen, en hoewel Al-Rahman daar bij zichzelf bij gefronst had, had hij geen commentaar gegeven. De generaal had het gesprek kort gehouden, erop rekenend dat de kolonel wist hoe hij dergelijke opdrachten tot een goed einde moest brengen. En dat wist Al-Rahman. Ook het verborgen aspect van zijn buitenlandse missie was voor hem geen primeur. Hij wist dat er een onvermijdelijk maar noodzakelijk einde aan deze opdracht zou komen, en wat de uitkomst van zijn daden te betekenen zou hebben.

Het enige wat hem zorgen baarde, was de vraag hoe hij bij het officiële onderzoek van de veiligheidsdienst betrokken kon blijven. Hoe hij op de hoogte moest blijven van hun vorderingen. Maar met zijn diplomatieke papieren zou dat wel geen probleem zijn.

DONDERDAG

34

Eekhaut schrok op door de schrille toon van zijn mobieltje. Had hij dat zo ingesteld? Was hij de oorzaak van dat afschuwelijke geluid? Hij keek om zich
heen, maar geen van zijn collega's was in de buurt – en dat was maar goed ook,
want er was geen mens die zo'n toontje verdroeg. De ringtone was die van
Linda. Het paste niet bij haar, hij moest dat beslist veranderen, maar dat stelde
hij steeds weer uit. Het machientje hield pas op de stilte te verstoren toen hij
het openklapte.

'Walter!' zei ze meteen.

Het was voor hem een van die momenten waarop je je niet realiseert dat er
een intelligent antwoord van je verwacht wordt. 'Mmm,' was alles wat hij kon
uitbrengen. Daar ging zijn reputatie als welbespraakt mens.

Verdomme, dacht hij, het klinkt zelfs niet alsof ik blij ben haar te horen.

Gelukkig negeerde ze het.

'Ik ben in Madrid aangekomen, Walter. Met een vlucht vanuit Mombassa.
Hallo? Hoor je me?'

'Jaja, ik hoor je. Duidelijk zelfs.'

'Sliep je of zoiets?'

'Hoe laat is het daar?'

'Net geen negen uur. In de ochtend,' zei ze.

'Hier is het ook net geen negen uur.'

'Oeps, sorry. Ik realiseerde me niet… Je bent aan het werk. Ik ben helemaal
in de war.'

Hij glimlachte. 'Geeft niet, schat, je mag me op elk moment van de dag bellen. Ik ben blij je te horen. Vergeef die ouwe knorrige vent die ik geworden ben.
Ik ben echt blij. Je bent dus veilig.'

'Ik ben al een tijdje veilig, maar nu nog meer dan gisteren. Ik vlieg zo snel mogelijk naar Amsterdam, maar de volgende vlucht die ik kan nemen is pas om… is pas morgenochtend heel vroeg. Niks aan te doen. De rest is volgeboekt. Waarschijnlijk toeristen die de winter zijn ontvlucht en nu terug naar huis willen. Verdomme, een hele dag op deze luchthaven… Ik ben morgen zo rond half acht op Schiphol.'

'Ik haal je op. Je zult wel uitgeput zijn.'

Hij hoorde hoe ze glimlachte. Ondanks alles. 'Welnee. Doe geen moeite. Ik neem de trein. Het is helemaal geen probleem.'

'Je hebt stapels bagage. Ik haal je op.'

'Ik heb niet zo veel. Heb wat dingen achtergelaten. Het is allemaal misgegaan, en daar waren mensen die de spullen goed konden gebruiken. Handbagage met het hoogstnodige, dat is alles. Ik neem de trein. Ik bel je vanaf het station in Amsterdam. Vandaar zou ik wel een lift willen hebben. In een politieauto. Met zwaailichten en sirene. Kun je dat voor me regelen?'

'Ik doe mijn best.'

'Weet ik. Je doet altijd je best. Kijk, ik vertel de rest later wel. Batterij is bijna leeg, groetjes…'

Ze viel weg. De telefoon was stil. Ochtend. Sirenes in de verte. Hij leunde weer achterover in zijn stoel. Tot zover haar Afrikaanse avontuur. Lieve god, dacht hij. Hij was blij dat het achter de rug was. Dat ze naar huis kwam. Linda. Hij zou haar naam nog een paar keer zeggen, maar besloot dat uit te stellen tot ze er persoonlijk was.

Prinsen liep langs zijn kantoortje, een beetje slungelig, zoals hij er soms uitzag wanneer hij niet goed op zijn houding lette. De jongen merkte dat Eekhaut naar hem keek, maakte een bocht en kwam binnen.

Hij ziet er niet goed uit, dacht Eekhaut. Er vreet iets aan hem. Misschien slaapt hij slecht. Hij zou geneigd zijn dat gebrek aan slaap aan Eileen te wijten, maar Prinsen keek allesbehalve alsof hij hele nachten in orgieën doorbracht. Of zelfs maar in de buurt van zijn vriendin was gekomen. Er zat een diepe dubbele plooi tussen zijn wenkbrauwen, en hij had rimpels op zijn voorhoofd die daar op zijn leeftijd niet hoorden te zitten.

'Duikt er al een spoor op?' vroeg de jongeman.

'We gingen gisteren eerst naar de villa van die vermoorde Arabier, en ik had het genoegen om naar de lijkschouwing van de drie vrouwen te gaan. Geen prettig gezicht. Ik ging koffiedrinken en liet de patholoog zijn werk doen.'

'Mmm,' zei Prinsen. 'Zou ik ook doen. Ik heb nog nooit een sectie meegemaakt. Dat wil ik liever zo houden ook.'

'Op zeker moment slepen ze je daarnaartoe. Je weet hoe enthousiast patho-
logen kunnen zijn over hun… over hun patiënten.'

'Ja, dat heb ik gehoord.'

Ik moet hem dringend inwijden in de volgende stap van het politiewerk,
dacht Eekhaut. Toegepaste anatomie. Hij moet, hoe dan ook, zijn eerste lijk
zien. Nee, het zou niet zijn eerste lijk zijn. Maar een lijk dat door een patholoog
onder handen genomen wordt. 'We hebben,' zei hij, 'zo meteen overleg met
de chef, dan weten we wat iedereen bij elkaar geraapt heeft. Gaat het een beetje
met je?'

'Mmm? O, ja, het gaat wel. Beetje moe.'

'Slaaptekort?'

Prinsen keek even naar hem, maar werd afgeleid door Van Gils die langsliep.
'Morgen, luitjes,' zei hij opgewekt. 'Weersvoorspelling: milder weer de komende dagen. Het wordt gauw weer lente.'

Prinsen gromde wat en liet Eekhaut alleen.

Er scheelt echt wat aan die jongen, dacht hij. Hij gedraagt zich niet zoals anders. En dat verontrustte hem. Elke vorm van afwijkend gedrag bij zijn collega's
verontrustte hem. Omdat het meestal iets onheilspellends te betekenen had.
En dat kon hij wel missen.

35

Het vrouwtje, gebogen als een hoepel, zette het dienblad met thee, kopjes, schoteltjes, suiker, melk en koekjes neer op het tafeltje in het midden van de salon.
'Is er nog iets van uw dienst, mevrouw?' vroeg ze.

Mevrouw Simson schudde het hoofd. 'Dank je, Dottie, ik red me wel.' Ze
keek Dottie nog even na. Het vrouwtje was op de achtergrond degene die bijna
zeven decennia lang in ditzelfde huis de meesters van de Kerk had gediend,
al sinds ze een meisje was. Dottie, die steeds klaarstond met thee en koekjes en
met goede raad en met adressen, en die de correspondentie van de Kerk had
verzorgd. Dat laatste deed ze al een tijdje niet meer, vanwege de reuma en fa-
lende ogen. Dottie, die het levende geheugen van de Kerk was, maar die zich
niet opdrong.

Dottie, die zonder twijfel de meesters van de Kerk had gediend toen die nog
uit blinde overtuiging de plannen smeedden die tot de dood van honderden
onwaardigen leidden. Dottie, die de brieven verzond, waarin codewoorden en
mysterieuze tekens bevelen doorgaven en locaties aanduidden. Namen, die niet
mochten worden uitgesproken, zaten nu nog steeds vastgeklonken in haar geheugen. Dottie, die alles wist, maar die nooit een woord te veel zei en die zou
sterven met de vele troebele geheimen van de Kerk in haar hoofd. Zou sterven
met een verschrikkelijke kennis.

Dottie had de wijziging van koers moeiteloos overleefd. Ze had de oude garde
zien verdwijnen, ze had de nieuwe jonge leeuwen zien opgroeien die een beroep
deden op menselijkheid en op mededogen, en die de vuuroffers verboden. Dat
was meer dan twintig jaar geleden. Ze had meteen haar nieuwe meesters dezelfde
trouw geboden als de oude. Daar bestond niet eens discussie over. Misschien
was ze zelfs opgelucht, nu ze niet langer die verschrikkelijke brieven hoefde te
versturen, die verschrikkelijke verantwoordelijkheid hoefde te dragen.

Maar Dottie had ook de meest recente generatie meegemaakt, die zich af-scheurde van de humanistische traditie, en die terug wilde naar de leer van vroeger, naar een rigide, wraakzuchtige verheerlijking van de Schepper.

'O,' zei Simson voordat Dottie de kans had te verdwijnen, 'als de bezoeker arriveert breng je hem meteen naar de salon, en je neemt zijn mantel van hem aan. En denk eraan: hij spreekt geen Nederlands.'

'Dat is geen probleem, mevrouw,' zei Dottie. Ze hoefde niet eens te weten welke taal de bezoeker dan wel sprak, omdat ze zich van een glimlach bediende die iedereen op dezelfde manier verwelkomde.

Haar handen trillen meer dan ooit, dacht Johanna. Ook al probeert ze dat voor mij verborgen te houden. Maar ja, we worden allemaal oud. Onze gene-ratie heeft haar tijd gehad. We hebben de Kerk groot gemaakt, maar we hebben ook onze dwaalwegen ingezien. Wij hebben het schisma beleefd. Degenen die geloven in het naderende wereldeinde hebben ons wreed behandeld. Ze hebben ons verdoemd tot uitsterven.

De bezoeker, wist ze, behoorde echter tot een jongere generatie. Zijn naam was Saeed Al-Rahman en hij was een Arabier, een Ware Gelovige, zoals hij zich-zelf noemde. Hij was een van degenen die de traditie van de Kerk tot aan de eindstreep zou voeren, terwijl hij evengoed een devoot moslim was, naar eigen zeggen. Hij zou de rituelen in ere houden wanneer de ouderen daar niet meer toe in staat waren. Generaties na generaties die het woord van God, gegeven aan de Kerk, mondeling overbrachten. En verspreidden, als dat enigszins kon. Hij was hierheen gestuurd door een oude vriend van de Kerk, een hoge Ara-bische officier, die Al-Rahman jaren geleden tot de stellingen van de Kerk had geïntroduceerd.

Maar uiteindelijk maakte het niet veel meer uit wat Johanna Simson en de leden van de Kerk nog ondernamen. Het einde der tijden was nabij. De eindtijd was aangebroken, de laatste jaren van de mens en van het universum. Daarna zou alles terugkeren naar de genade van de Schepper. Daarna zouden alle zon-den niet zozeer vergeven, maar wel uitgewist zijn. Inclusief de zonden die de ouderen begaan hadden, toen ze nog de dwaalwegen van het geweld bewan-delden.

Wie zouden dan de uitverkorenen zijn? Niet de ketters die nog steeds on-schuldige mensen tot de vuurdood veroordeelden. Niet de miljoenen met hun dwalende geloof. Niet de massa's die nooit nadachten over hun plaats in het universum. Niemand zou overblijven, in de genade van God. De mensheid zou uitsterven, ook in spirituele zin.

Dottie sloot de deur achter zich. Johanna Simson bleef alleen achter in de salon. De thee zou zo meteen vers gezet worden in de keuken, wanneer de bezoeker kwam. Muntthee, met veel suiker.

Johanna probeerde even aan niets te denken en te mediteren. Ze had de Bijbel al in geen tijden gelezen, maar ze kende grote stukken ervan uit haar hoofd. De boodschap ervan was helemaal tot haar doorgedrongen.

'We zijn allemaal kinderen van het boek,' had de Arabische generaal aan de telefoon gezegd. Dat was... hoe lang geleden? Een paar weken. Hij had langzaam gesproken en eenvoudige zinnen gebruikt, omdat hij wist dat Johanna de taal die hij sprak niet goed kende. Ook voor hem was het een vreemde taal, dat hoorde ze aan zijn accent. Maar ze hadden elkaar uitstekend begrepen. Ze deelden dezelfde overtuiging. Hetzelfde vuur brandde in hen, over een kloof van culturen en talen heen.

'Ik stuur hulp,' had hij beloofd. Dat kon niet zomaar meteen, waarschuwde hij. Hulp sturen zou achterdocht wekken. De zaak moest goed voorbereid worden. Nu echter had de gelegenheid zich voorgedaan. Er zou een man naar haar toe komen, als ware hij een messias, en hij zou de Kerk helpen. Hij zou de Kerk helpen af te rekenen met Baphomet. De generaal – een oude vriend, een vriend van de Kerk, een ware gelovige die dezelfde God aanbad hoewel onder een andere naam – had troostende woorden gesproken. We overleven het wel, zei hij. Er is geen enkele macht op deze aarde die ons van ons uiteindelijke doel kan afhouden. Geen enkele.

Ze had zijn sterke geloof bewonderd. En ze was boos op zichzelf geweest omdat ze had getwijfeld, omdat ze zich had laten overspoelen door vlagen van pessimisme en wanhoop.

Er werd aangebeld. Johanna hoorde Dottie naar de voordeur sloffen. Ze hoorde haar stem, maar het antwoord kon ze niet verstaan. Toen ging de voordeur weer dicht. Meteen werd er aan de deur van de salon geklopt. Dottie deed open en liet de man binnen. Johanna kwam overeind. De man was jonger dan ze verwacht had. Midden de dertig, schatte ze. Dat was hoopvol, maar ze vroeg zich af of hij sterk genoeg zou zijn om zijn opdracht aan te kunnen. In zijn ogen zag ze echter dat hij het soort man was dat wist hoe de problemen van de Kerk opgelost konden worden. Het ging te ver om te spreken over een messias, maar hij kwam als door de voorzienigheid gezonden.

Ze sprak hem aan in het Engels, wat voor hen beiden een vreemde taal was. 'Het is met bijzonder veel genoegen dat ik u hier mag verwelkomen, broeder,' zei ze. De taal leende zich voor formaliteiten. Ze hield daarvan. Ze hield van een formeel en duidelijk taalgebruik, iets anders dan het lukrake, onverzorgde taaltje dat tegenwoordig door de jeugd en zelfs door volwassenen gebruikt werd.

Saeed Al-Rahman boog zijn hoofd. 'Het is een hele eer door u ontvangen te worden,' zei hij. 'Ik hoorde dat u problemen hebt.'

'Ja,' zei ze. 'Die hebben we.' Ze wist dat hij een hoge officier of zo was in de geheime dienst van Saudi-Arabië.

Dottie kwam binnen met de thee. Johanna en de man gingen zitten terwijl zij de thee inschonk. De man nam suiker maar geen melk. Niet in zijn muntthee.

'Ik ben hier niet toevallig,' zei hij. 'Mijn aanwezigheid is het gevolg van een hele serie van gebeurtenissen, maar niet van toevalligheden.'

'Dat weten we. Onze wederzijdse vrienden, die wij zeer waarderen om hun zinnige oordeel, hebben goed werk verricht. U kent ons probleem. We hebben dezelfde vijanden. Ik hoop dat u met die vijanden kunt afrekenen. Het uur van de laatste dagen komt steeds dichterbij. De Kerk mag dan niet meer gehinderd worden door vijanden.'

'Dat begrepen we. Daarom ben ik hier.' Al-Rahman glimlachte en dronk van de thee.

'Wij rekenen op de jongere generatie om ons gedurende dit laatste, finale jaar staande te houden,' zei ze. Ze probeerde het hem zo goed mogelijk uit te leggen, in een taal die niet de hare was. Het zou jammer zijn als hij haar bedoelingen verkeerd interpreteerde. Misverstanden kon ze niet gebruiken.

'We weten allebei,' zei hij met een korte en verdedigende glimlach, 'dat de profetie niet gebonden is aan een exact jaartal. Het gaat eerder om een grove aanduiding van een toekomstig einde der tijden, een fenomeen dat op zich ook al in belangrijke mate een symbool is. Overigens, uw finale jaartal is niet hetzelfde voor mijn cultuur. Daarom dringen zo veel van onze leden aan op de voortdurende hernieuwing binnen de Kerk. Vandaag, volgend jaar, binnen honderd jaar.'

Deze gang van zaken stond haar helemaal niet aan. Hij was dus een van degenen die geloofden dat alles wat met de Kerk te maken had symbolisch was geworden. Nu ze de letterlijke rituelen hadden afgestoten, leek het erop dat iedereen ook maar meteen de gedachte aan de Laatste der Dagen naar een verre toekomst wilde verschuiven. In Nederland echter was de traditie van het letterlijke geloof nog sterk. 2012 zou het finale jaar van de mensheid worden. Wat daarna gebeurde, had niets meer te maken met de aardse realiteit. Aarde en universum zouden ophouden te bestaan. Alle menselijke aspiraties zouden ophouden te bestaan.

Ze had iets anders verwacht van kolonel Al-Rahman. Ze had niet gedacht dat hij een filosofische discussie zou beginnen, maar dat was haar eigen schuld geweest. Ze had te veel puntjes op te veel i's willen zetten. Hoe dan ook, hij was hier, en hij was degene met een oplossing. Over de filosofie zouden ze het later wel hebben. Daar hadden ze nu geen tijd voor.

'Misschien is dat niet belangrijk,' ging de kolonel verder, alsof hij rekening hield met haar verwarring. 'Belangrijker is dat de leden van het Genootschap nog altijd sterk geloven in het einde. Ze zullen geneigd zijn zich te haasten. We mogen dus een ware orgie van offers verwachten, mevrouw. Dat is het grootste gevaar. Dat ze zich niet meer zullen willen of kunnen beheersen.'

Hij weet wat het belangrijkste punt in dit debat is, dacht ze. Hij beseft gelukkig heel goed waar dit over gaat. Hij is een overtuigd aanhanger. Ze was opgelucht. Het kwam wel goed. Haar verre vrienden hadden een man gestuurd die precies leek te weten wat hem te doen stond.

36

Eileen kon niet ontsnappen, zo veel was haar ondertussen duidelijk geworden. Ze had het kamertje de halve nacht lang verkend, bij het licht dat vanuit de gang kwam en dat door het venstertje boven de deur scheen. Misschien had ze in de schemer een aantal details gemist, maar ze dacht niet dat ontsnappen tot de mogelijkheden behoorde. Ze had geroepen en ze had gesmeekt, ze had een hele tijd tegen de deur gepraat, maar er was niemand komen opdagen. Het hoge raampje in de buitenmuur bood ook al geen mogelijkheden: het was te klein en ze kon er niet bij. Er zaten geen tralies voor, maar dat was ook niet nodig. Het was een vreemde kamer waar ze gevangenzat: vier bij vier, en muren van zeker drie meter hoog. Alsof ze in een doos zat. Een betonnen doos.

Afgelegen en ver verwijderd van alle menselijke bewoning, anders hadden ze er wel voor gezorgd dat ze zou zwijgen. Roepen en gillen had geen zin. Een hok waarvan de muren groezelig waren, in geen jaren voor iets nuttigs gebruikt, zonder enig zicht op de toekomst.

Nu kwam het ochtendlicht door het raampje. Het was kil in de kamer, en vochtig, alsof ze gedeeltelijk ondergronds zat. Misschien was dat ook zo. Ondergronds, en het raampje net op het niveau van de begane grond. Op het houten bed lagen een dunne matras en twee dekens, maar ze had niet willen slapen. Ze had zich wel in die dekens gewikkeld tegen de bijtende kou die haar handen en voeten deed verstijven, maar slapen kon ze niet. Onder het raampje stonden een kleine houten tafel en een rechte stoel. Oud spul, ergens vandaan gesleept. Vreemd eigenlijk dat iemand meubels had aangesleept. Dat iemand die moeite had gedaan en zich bekommerd had om meubels. Werd het een lang verblijf? Zou ze hier over enkele weken nog zitten?

En waarom hadden ze haar eigenlijk ontvoerd?

Niet om geld, dacht ze. Dat kan het niet zijn. Vrouwenhandel misschien.

Je hoorde daar voortdurend over. Jonge blanke vrouwen die van de straat geplukt worden en vervolgens naar een van de Arabische landen verdwijnen. Of naar Rusland. Rusland was tegenwoordig meer in trek bij degenen die dergelijke verhalen verzonnen. Alsof ze daar niet genoeg blanke vrouwen hadden. Ze exporteerden ze zelf naar West-Europa, dus een tekort was er niet. Maar vrouwenhandel, dat leek zo'n vergezocht idee. Ze zou niemands slavin zijn. Het idee alleen al.

Ze was na de injectie ontwaakt met een vaag gevoel van misselijkheid in haar maag en wazigheid in haar hoofd, alsof ze een buikgriepje had gehad. Maar dat ging na een korte tijd weer over. Ze zat op het bed, onder een van de dekens, de knieën opgetrokken. Ze wachtte af. Iets anders was er niet te doen. Ze had nog al haar kleren aan, maar haar portefeuille, haar mobiele telefoon en huissleutel waren haar afgenomen. Naast haar stond een fles mineraalwater. Degenen die haar hadden ontvoerd waren tot op zekere hoogte bezorgd om haar gezondheid. Aan de andere kant voorspelde deze kamer echter niet veel goeds.

Er klonk een klop op de deur, die meteen openging. Twee mannen, in het zwart gekleed en elk met een bivakmuts over hun hoofd. Ze houden hun gezichten voor me verstopt, dacht ze. Ze laten me dus weer vrij. Ze doen al die moeite opdat ik hen later niet kan herkennen.

De eerste man droeg een stalen dienblad met twee borden, een mok en een glas, een stalen kannetje, een flesje fruitsap, brood, een stuk salami en wat kaas. Alsof het de roomservice van een luxe hotel was. Dat kwam haar goed uit. Ze had honger. Ze zei geen nee tegen het voedsel ook al kwam het van de mensen die haar ontvoerd hadden. In een opwelling had ze de hele troep op de grond kunnen gooien, maar dan had ze niets te eten en zou ze zwakker worden. Dat wilde ze niet.

'Waarom ben ik hier?' vroeg ze met een opzettelijk klein stemmetje. Misschien vertelden ze haar iets als ze geen bedreiging vormde.

Alsof ze onder deze omstandigheden ooit een bedreiging zou kunnen vormen.

De eerste man zette het dienblad op tafel, de andere bleef bij de deur staan. Oplettend, niet achteloos. Dit waren mensen die dit soort dingen vaker deden. Professionele ontvoerders. Was dat geruststellend? Was het een geruststellende gedachte dat er zoiets bestond als professionele ontvoerders?

'Eet nou maar,' zei de eerste man. 'Straks kom ik je halen om naar het toilet te gaan.'

De tweede zei niets. De eerste had een accent van iemand uit het zuiden van Nederland. Ze waren allebei blank, zag ze. Dat zag ze aan hun handen, aan het stuk huid tussen mouw en handschoen.

'Wanneer kan ik weer weg?' vroeg ze. Tegen beter weten in. Het ging hun niet om geld. Waarom dan wel? Die vraag wilde de man niet beantwoorden. Ze ging er dus maar van uit dat ze op zeker moment weer weg mocht.

Zouden ze haar die hoop gunnen?

'Dat duurt niet lang meer,' zei de eerste man. Hij keek haar even zwijgend aan. Toen zei hij: 'Maak je geen zorgen. Er overkomt je niks.' Hij sprak zorgvuldig, als iemand uit een beschaafd milieu. Iemand die misschien zelfs gestudeerd had. Hij klonk niet als een doordeweekse boef.

Niet dat ze veel wist van de manier waarop doordeweekse boeven praatten.

Beide mannen stapten naar buiten. De deur ging weer op slot. Ze kwam onder de dekens vandaan en ging op de stoel zitten. Het ontbijt was veelbelovend. Er zat hete koffie in het kannetje. Iemand had zich de moeite getroost om goed voor de gevangene te zorgen, dat was hoopgevend.

Het bestek was van plastic. Ook daar hadden ze aan gedacht. Er was niets wat ze als wapen of werktuig kon gebruiken.

Ze probeerde zich te herinneren hoe dergelijke situaties in films opgelost werden. Ziekte simuleren. Een wapen improviseren. Hulp van buitenaf halen. Communiceren met andere gevangenen.

Allemaal onzin. Dat waren dingen die je alleen in films zag. Dingen die niet van toepassing waren in de echte wereld. Alleen het stalen dienblad en misschien de koffiekan zou ze kunnen gebruiken. Maar niet tegen twee forse mannen.

Dus wachtte ze af. Tot er wat gebeurde. Tot er opnieuw iemand kwam, met nieuws.

37

Alexandra Dewaal had een aantal mensen van het Bureau samengebracht in de kleine conferentiezaal naast haar eigen kantoor. Veel stelde die zaal niet voor: te klein voor een conferentie en te groot om er een extra kantoor van te maken. De ramen lagen aan de achterzijde van het pand en gaven uitzicht op blinde muren en verderop gelegen gebouwen, schoorstenen, plaatstaal en beton. Niemand ging er ooit voor de ramen staan, behalve wanneer hij met zijn gedachten elders was. De ramen gingen niet open, niet om mensen te verhinderen te vluchten, maar ongetwijfeld omdat het goedkoper was dan ramen die open konden. En makkelijker te beveiligen.

Er werd koffie gedronken en de gezichten stonden ernstig. Prinsen en een andere jonge agent zaten in een hoek, aan computers. De anderen wachtten af tot de baas kwam. Er werd gepraat over vrouw en kinderen, over sport, over de politieke actualiteit, over de financiële crisis die maar aanhield. Er hing geen klok aan de wand, maar de horloges gaven aan dat het ongeveer half tien was. Er werden wat roddeltjes uitgewisseld, er werd wat over het weer gezeurd, en de groep leek op een willekeurige verzameling collega's in een willekeurig bedrijf. Er was niet te merken dat dit AIVD'ers waren. Ze droegen geen wapen, zoals in Amerikaanse tv-series. Ze droegen geen badge. Zelfs hun conversaties en hun blikken verraadden niet dat ze wet en samenleving beschermden.

Dewaal kwam binnen en sloot de deur achter zich. Ze keek naar het tiental mensen rondom de tafel, zoals ze gekeken zou hebben naar een voetbalploeg van twaalfjarigen. Wat ze dacht, hield ze voor zich. 'Goedemorgen allemaal,' zei ze. 'Deze vergadering gaat over het dossier van de Kerk van de Opperste Zuivering en de daarvan afgescheiden sekte die doorgaans bekendstaat als het Genootschap van het Vuur. We hebben geen codenaam voor het dossier omdat er maar een paar mensen mee bezig zijn, en op dit moment heb ik geen inspiratie, dus blijft dat zo. Ik verwijs iedereen naar de vorige briefing en naar de memo's die jullie ongetwijfeld ijverig gelezen hebben. We hebben echter redenen om aan te nemen dat de dreiging die van de sekte uitgaat heel wat ernstiger is dan alleen maar de moord op een kleine groep mensen. Ik verwijs naar de plaats delict in de Ardennen, voor degenen die nog niet helemaal op de hoogte zijn. Vandaar dat ik het team uitbreid met iedereen die niet met een dringend dossier bezig is.'

Ze ging aan het hoofd van de tafel zitten. 'Tot nog toe hebben we weinig sporen en nog minder aanwijzingen. Wat we hebben is gebaseerd op vermoedens en op mondelinge getuigenissen. We weten dat vier weken geleden zeven mensen op een afgelegen plek in de Belgische Ardennen om het leven werden gebracht door verbranding, op een manier die een ritueel suggereert. Eén van die slachtoffers is positief geïdentificeerd als Adriaan Basten. Hij werkte voor Info-Duct, waar hij zich bezighield met expats die tijdelijk in Nederland wonen en werken. Dat impliceert onder andere financiële transacties van enige omvang.'

Ze wierp een korte blik op Eekhaut. 'Een aantal andere mensen met een gelijksoortig profiel verdween ongeveer in dezelfde periode als Basten. Omdat we echter geen fysieke beschrijvingen en slechts weinig DNA hebben om ons op te baseren, is identificatie van de overige zes slachtoffers problematisch. Er bestaat echter het sterke vermoeden dat twee andere vermiste personen, eh...' ze bladerde in haar documentatie, '... die werkten voor TransCom, Libbert Berthout en Karl Desmedt, tot de slachtoffers behoren. Hun baas, Jan-Pieter Maxwell, doet erg luchtig over hun verdwijnen...'

'Omdat hij een kapitalistische zak is,' zei Eekhaut. 'Die zich niet interesseert voor zijn "medewerkers". Vroeger zeiden ze gewoon: "ondergeschikten". Toen wikkelden ze daar geen politiek correcte doekjes om. Vandaag zeggen ze medewerkers en ze bedoelen: kantoorslaafjes die we onbetaalde overuren zullen laten draaien tot ze helemaal uitgeperst zijn.'

Dewaal negeerde hem. 'We kunnen van deze drie mensen alleen Basten identificeren als een van de zeven slachtoffers. Die Berthout en Desmedt zouden iets te weten gekomen zijn over Maxwell en diens financiële transacties, maar details daarover ontbreken. Het duidt echter wel op een mogelijk motief. Daar komt nog bij dat twee dagen geleden, dat was dus dinsdagavond, een Arabische diplomaat en drie jonge vrouwen omkwamen bij een brand in een huurwoning. Een brand die werd aangestoken. De vier slachtoffers waren vastgebonden. Er is dus reden om aan te nemen dat er een verband is met de zaak in België. De motieven van de moordenaars zijn religieus en verwijzen naar de ondertussen door de Kerk van de Opperste Zuivering afgezworen traditie van menselijke offers.'

'Vergeet de Apocalyps niet,' zei Eekhaut.

'En laten we inderdaad de Apocalyps niet vergeten, zoals hoofdinspecteur Eekhaut ons helpt herinneren. Voor degenen die niet op de hoogte zijn is er documentatie beschikbaar, maar ik mag veronderstellen dat jullie allemaal weten waarover het gaat.'

Van Gils stak een vinger op. 'Wat doen we met de aankoop van die twintigduizend liter gas door Immo Technologies?'

'Van Gils,' legde Dewaal uit, 'hoorde gisteren iets waaraan we aandacht moeten besteden. Een ons onbekend bedrijf, Immo Technologies, kocht recent een tankwagen gevuld met twintigduizend liter uiterst brandbaar en explosief gas, er is een technische term voor…?'

'Het is wel heel vreemd,' zei Van Gils, 'dat een bedrijf tegelijk het transportmiddel en de vracht koopt.'

'De tankwagen en het gas, bedoel je,' zei Eekhaut.

Prinsen, achter de computer, zei: 'En raad eens wie de eigenaar is van Immo Technologies?'

'TransCom,' zei Eekhaut.

Prinsen keek hem vuil aan. 'Je hebt gespiekt. Of je hebt het zelf al opgezocht.'

'Geen van beide. Het was gewoon een gok.'

'Dat zal wel,' zei Prinsen. 'Maar je hebt gelijk. TransCom is voor negentig procent eigenaar van Immo Technologies.'

Veneman, aan de hoek van de tafel, zei: 'Explosief spul, dat gas. Brandstapels? Daar hebben ze dat voor nodig. Lijkt logisch.'

'Een tankwagen vol gas?' vroeg Prinsen. 'Praat geen onzin. Daar maak je geen brandstapels van. Dat spul verdampt op kamertemperatuur.'

'Ze zijn vast iets gevaarlijks van plan.'

'Hoog tijd dat we wat ondernemen. Arresteren we die Maxwell?' vroeg Veneman.

'Op basis waarvan?' zei Prinsen. 'Verkeerde soort brandstof in de tank van zijn auto? God man, zeg toch iets zinnigs. We hebben niks tegen hem.'

Eekhaut keek hem met een frons aan maar zei niets. De jongen was nog steeds vinnig. Zo was hij gewoonlijk niet. En zeker niet tegenover iemand als Veneman, die daar ook zijn wenkbrauwen al over optrok.

'We arresteren niemand,' zei Dewaal. 'Nu nog niet. Op dit moment zijn er geen verdachten, alleen maar motieven.'

'We hebben die Maxwell nog niet op het rooster gelegd,' zei Eekhaut. 'Ik persoonlijk vond hem meteen sympathiek. Een modelburger. Ik zou wat meer tijd in zijn buurt willen doorbrengen, chef, als ik mag. Nagaan wat hij doet en met wie hij spreekt. Kunnen we geen telefoontap krijgen?'

'Op basis waarvan? Vermoedens? Lijkt me sterk.'

'Bespeel de officier van justitie,' zei Eekhaut. 'Zijn jullie geen maatjes?'

'Dat is genoeg,' zei Dewaal boos. 'Ik heb een hekel aan die praatjes. Het leidt nergens toe. Serieus overleg, dat wil ik. Zijn er ook nog zinnige suggesties?'

'Uitzoeken,' zei Veneman, 'waarom die twee werknemers van TransCom verdwenen. Vandaag hebben we vermoedens, maar dat is niet genoeg. Morgen komen er misschien hele verhalen over professionele meningsverschillen bovendrijven.'

'Baphomet,' zei Eekhaut.

'Wie?' zei Dewaal.

Eekhaut keek naar Prinsen. 'Herinner je je, Nick, dat Johanna Simson het over Baphomet had, de leider van die afvallige sekte, twintig jaar geleden?'

De jongeman keek op en knikte. 'Maar dat is een schuilnaam. De leden van de Kerk kennen elkaar niet bij hun echte naam. Meestal niet.'

'Geloof je dat werkelijk?' zei Eekhaut. 'Dat ze elkaar niet kennen? Simson en die Baphomet? Ik durf te wedden dat Johanna Simson heel goed weet wie Baphomet is. En dat Maxwell en Baphomet één en dezelfde persoon zijn. En ze leest beslist kranten. Ze hoort de roddel en ze hoort de waarschuwingen van haar medestanders. Daarom weet ze ook wie haar Kerk bedreigt.'

'Maar,' zei Veneman, 'ze zal dat jou niet vertellen, Walter.'

'Dat hoeft ze me ook niet te vertellen. Er zijn voldoende aanwijzingen om vandaag nog…'

De telefoon die midden op tafel stond zoemde. Veneman nam op. Hij luisterde. 'De hoofdcommissaris? Ja, die is hier. We zijn in vergadering. Wie zegt u?' Hij keek op, naar Dewaal. 'Er staat een Arabier beneden aan de receptie, chef. Een kolonel dinges. De balie verstond zijn naam niet. Hij spreekt Engels.'

'Verdomme,' zei Dewaal. Ze kwam overeind. 'Ook dat nog. Vergadering even geschorst. Drink nog een kop koffie maar loop niet weg, jongens. Ik ben meteen weer terug. Eerst onze bezoeker afhandelen.'

Ze liep de gang door, vastbesloten de Arabier te vragen het lopende onderzoek niet te verstoren, en zich nergens mee te bemoeien. Ze wist echter dat ze geen vat op hem zou hebben. Hij had politieke steun, en belangrijke mensen benadrukten dat hij onmisbaar was voor het onderzoek. Zo ging dat. Zo ging dat altijd, en hoewel ze daar een hekel aan had, wist ze dat ze er niets aan kon doen. Weliswaar hadden organisaties als de AIVD een grote autonomie, maar ze konden de bevelen van de verantwoordelijke politici niet zomaar negeren.

Kolonel Al-Rahman stond aan de balie. Hij keek naar een van de posters die daar aan de muren hingen, vakantieposters met tropische stranden en de geneugten van de Provence. Het was puur decoratie. Het had niets te maken met de activiteiten van het Bureau. Maar wel leuk gevonden. Een toevallige bezoeker zou op het verkeerde been gezet worden.

'Kolonel,' zei Dewaal in het Engels. 'U wilde mij spreken? Ik heb momenteel een vergadering met mijn staf en kan nu geen tijd voor u vrijmaken. Kunnen we later op de dag een afspraak maken?'

Hij droeg een pak dat waarschijnlijk van wol was, donkergrijs, en had een zwarte overjas over zijn arm. Heel elegant, dacht ze. Dat schoot door haar heen, die gedachte. Het had slechter gekund, die kolonel. Hij had zestig kunnen zijn, dik, kalend en bijzonder onvriendelijk. Het had heel wat slechter kunnen zijn.

Niet dat het wat uitmaakte. Ze wilde hem niet in de buurt van haar onderzoek.

'Ik ben hier niet voor u persoonlijk, hoofdcommissaris,' zei Al-Rahman zacht maar met nadruk. 'Ik heb opdracht gekregen u bij te staan bij het lopende onderzoek naar de moord op mijn landgenoot. Ik heb hier papieren…' hij haalde enkele in drieën gevouwen vellen uit zijn binnenzak, '… die mij volmacht geven om op Nederlandse bodem op te treden. Ik wil uw onderzoek beslist niet verstoren, temeer omdat ik geen Nederlands spreek, maar het is wel de bedoeling dat iemand van uw staf mij voortdurend op de hoogte houdt van uw vorderingen.'

'Ik vrees dat ik niemand in mijn staf heb, kolonel, die daarvoor de tijd heeft. We zijn eigenlijk onderbezet, en dit is niet het enige lopende onderzoek. Hier in Nederland zijn diensten als de onze altijd onderbemand. Het is een structureel probleem.'

Hij boog het hoofd, en glimlachte fijntjes. 'Mag ik u erop wijzen dat deze documenten getekend zijn door uw korpschef, of hoe noemt u dat, het hoofd van de AIVD, dacht ik? En bovendien door de bevoegde minister. Ik probeer me terug te vinden in de details van uw organisatie en van uw, eh, netwerk. Gelukkig is die structuur niet zo complex als de hiërarchie van mijn eigen organisatie.' Hij schudde even het hoofd en perste zijn lippen samen, alsof hij zichzelf berispte om die uitlating. 'Ik kan me voorstellen, mevrouw, dat u me als een lastpost beschouwd. Dat begrijp ik. U hebt iemand als ik inderdaad niet nodig in dit onderzoek. Maar wij beiden hebben een opdracht, en daar moeten we ons aan houden. We voeren bevelen uit, jammer genoeg.'

Ze bekeek de papieren. De essentie ervan drong al snel tot haar door. Kolonel Al-Rahman maakte vanaf nu de facto deel uit van haar team. Het ging niet alleen om de moord op de prins. Hij was onvermijdelijk ook betrokken bij het hele onderzoek naar de sekte. Wat moest ze in hemelsnaam met hem aan? Ze kon hem niet de straat op sturen, ze kon hem niet verdachten laten ondervragen, ze kon in de praktijk niets met hem beginnen, en hij sprak inderdaad geen Nederlands, maar ze zat aan hem vast.

En hij natuurlijk ook aan haar.

Wat was de beste strategie in dit geval? Het probleem zo veel mogelijk negeren? Laat de kolonel maar in de buurt rondhangen, dacht ze. Ik doe gewoon of hij er niet is. Misschien verdwijnt hij dan vanzelf, na een dag of twee.

'Goed, kolonel. Volgt u mij dan maar naar boven. Ik stel u voor aan het team.' Ze klonk beleefd en correct, hoopte ze.

Ze knikte naar de man achter de balie en ging de kolonel voor naar de trap. Toen ze de vergaderruimte binnenstapten viel er een stilte. 'Mensen,' zei ze in het Nederlands, 'dit is kolonel Al-Rahman van de Saudische politie.' Dat hij van de religieuze politie was vermeldde ze voorlopig even niet, om de zaak niet te compliceren. Of om te voorkomen dat iemand er aanstoot aan zou nemen. 'Vanwege de aanslag op een voornaam lid van de Saudische koninklijke familie zal hij met ons meewerken in dit onderzoek. Eekhaut, vertaal jij even summier voor hem wat wij zeggen?'

'Ik?' zei Eekhaut. 'Ben ik nog tolk ook?'

'Jij bent de internationale waarnemer, de verbindingsman tussen de AIVD en buitenlandse inlichtingendiensten. Dit klusje is geknipt voor jou. En je spreekt je talen. Het zou jammer zijn als we je talenten niet ten volle gebruiken.'

'Lieve hemel,' zei Eekhaut

'En gedraag je. Ga naast de kolonel staan, zodat hij je kan horen. Mensen, waar waren we gebleven...?'

Eekhaut keek de kolonel even aan. Die glimlachte naar hem, alsof het allemaal niet zo erg was. Misschien was het niet zo erg. Maar Eekhaut voelde er niets voor om oppasser te spelen. 'Het spijt me dat ik u in verlegenheid breng,' zei de kolonel zachtjes, alsof hij had begrepen wat Dewaal vertelde.

'O,' zei Eekhaut, 'dat is niet het geval. U brengt mij niet in verlegenheid.

Ik vraag me alleen maar af wat zo'n hoge officier hier doet, voor een zaak die uiteindelijk, nou ja, niet zo interessant is…'

'De prins had veel belangen en vele vrienden,' fluisterde de kolonel. 'Groot diplomaat, favoriete neef van de koning. Kan niet weggecijferd worden. Wordt ook niet verondersteld vermoord te worden. U ziet meteen het probleem.'

'Ach ja. En dus sturen ze een kolonel van de politie.'

'Ik ben eigenlijk van het leger,' zei Al-Rahman. 'Daarna kreeg ik een functie bij de politie. In die chronologische volgorde, bedoel ik. Excuses voor het misverstand.'

'Werkelijk? Leger? Welk onderdeel?'

Al-Rahman glimlachte zuinig. 'Speciale eenheid, zoals dat bij u in het Westen en in de films heet. Infiltratie in vijandige kringen, omgaan met explosieven en wapens, opleiden van partizanen, dat soort dingen. Maar nu gewoon politie.'

'Leuk voor u. Zeker met zo'n achtergrond. Veel actie gezien?'

'Nee, want ons land voert de laatste jaren geen oorlog. In elk geval niet openlijk. Maar we hebben problemen met terrorisme en met extremisten, en de bestrijding daarvan is mijn terrein. Ook toen ik in het leger zat.'

'En nu politie?'

Hij knikte. 'En nu politie.'

'Kunnen we?' vroeg Dewaal, met een blik op de beide mannen.

'Mij best,' zei Eekhaut.

Een half uurtje later was de briefing afgelopen. Dewaal liep naar haar bureau. De rechercheurs verspreidden zich. Eekhaut bleef rondhangen en hield Prinsen in de gaten. De jongeman was er met zijn hoofd niet echt bij geweest. Hij zat met de computer te knoeien en had nauwelijks wat gezegd. Dat vond Eekhaut vreemd. De jongen had wat aan zijn hoofd. Het had niks met het onderzoek te maken. Eekhaut wilde niet aan de mogelijkheden denken. Er was een lek naar de pers, waaraan Dewaal zich mateloos ergerde. Hij achtte Prinsen daar eigenlijk niet toe in staat, maar waarom niet? Misschien was voor hem de verleiding te groot geweest. Misschien had een journalist iets over hem, zodat Prinsen wel moest klikken.

Prinsen kwam overeind, trok zijn jas aan en liep naar de lift. Even later zag Eekhaut hem het gebouw verlaten. Dat was vreemd. Het was geen lunchpauze. Verre van.

Snel trok hij zijn eigen jas aan en ging Prinsen achterna. Het betekende misschien niets, maar hij wilde zekerheid.

38

'Dit is beslist onvoldoende,' zei de stem aan de telefoon. Er lag een afwijzende toon in de stem, alsof de spreker niets anders verwachtte dan dat Prinsen hem zou teleurstellen.

'Veel meer werd er echt niet besproken,' zei Prinsen. Hij stond in een tochtige telefooncel waarvan het glas volgekrast was met schunnige boodschappen. 'Waakzaamheid, de dossiers opnieuw helemaal uitpluizen, klaarmaken voor eventuele actie. Toen kwam die kolonel op de proppen…' Hij hoopte dat de man aan de andere kant van de lijn hem geloofde. Kon hij goed genoeg liegen? Klonk zijn stem overtuigend genoeg?

'Welke kolonel?' Meteen klonk er achterdocht in die stem.

'Hij heet Al-Rahman en werkt voor de Saudi's. Hij is officier van de inlichtingendienst en onderzoekt de moord op die prins die jullie…' De rest slikte hij in. Wat wist hij over de misdaden van zijn anonieme bellers?

'Het is daar een heel circus bij dat Bureau van jullie,' zei de stem, die niet inging op de suggestie, maar het verband ook niet ontkende. 'En van jou verwachten we meer medewerking. Een betere rapportering. Dit lijkt helemaal nergens op. Je lieve vriendin heeft het koud en ze is hongerig. Ze heeft je nodig, zéker op een moment als dit. Het zou héél erg zijn als ze nog méér kou zou lijden.'

'Als jullie ook maar één…'

'Jaja, dat kennen we,' zei de man, duidelijk niet geïmponeerd. 'Wij kijken ook films. Eén haar op haar hoofd, enzovoort. Er zal heel wat méér aan haar gekrenkt worden dan wat haren als jij ons niet nauwkeurig op de hoogte houdt van wat daar gebeurt, Prinsen. En ons zal je ook niet meer terugvinden. Hou die zinloze dreigementen dus voor je. Ze maken geen indruk.'

'Ik kan niet meer doen dan alles vertellen wat ik weet. Ik ben niet overal bij betrokken.'

'Nee? Wantrouwen ze je? Wil je baas je kop niet meer zien? Of krijg je misschien omdat je de jongste bent alleen maar de stomme klusjes? Hoofd rechtop, Prinsen. Ambitie. Dat is toch wat jullie jonge mensen drijft? Nou?'

'Ze weten van de tankwagen met het gas.'

'De tankwagen,' zei de stem neutraal.

'Over Immo Technologies en de band met TransCom.'

'O? Wat weten ze dan?'

'Niet veel. Ze raden maar wat. Ze vragen zich af wat een bedrijf als Immo Technologies met al dat brandbare spul gaat doen.'

'Mmm. En verder?'

'Dat is het,' zei Prinsen.

'Zijn er namen gevallen?'

'Van wie?'

'Dat moet jij ons vertellen, stomme diender!'

'Nee, geen namen.'

'Als je ons bedondert, betaalt je vriendin de prijs!'

'Dat is alles wat ik weet.'

Opeens was de lijn dood. Prinsen keek naar de hoorn en legde hem weer neer. Toen keek hij om zich heen. Hij voelde dat iemand hem in de gaten hield. Het Frederiksplein was zo goed als verlaten. Een paar oude mensen, stevig ingepakt, en een paar jongeren die blijkbaar niet meer naar school hoefden maar ook geen werk hadden. En toch werd hij in de gaten gehouden. Iemand was hem gevolgd tot aan de telefooncel, iemand had hem het nummer zien intoetsen, iemand had naar hem gekeken terwijl hij praatte. Omdat ze wilden weten of hij alleen was, omdat ze wilden weten of hij wel de waarheid sprak.

Maar niemand in de buurt lette op hem.

Hij had niet de waarheid gesproken, niet de hele waarheid, maar dat konden de ontvoerders niet weten. Hij moest erop gokken dat ze het niet konden weten. Hij vertelde hun een paar dingen, in de hoop dat ze daar genoegen mee namen. Zodat ze vervolgens zouden denken dat het onderzoek nog niet opschoot. Maar tegelijkertijd suggereerde hij dat hij niet bij alle aspecten van het onderzoek betrokken was. En blijkbaar geloofden ze het.

Het was echter wel balanceren op het slappe koord. Aan de ene kant was Eileen in gevaar. Er was geen denken aan dat hij haar leven nog meer in gevaar zou brengen. Voor haar bracht hij desnoods elk denkbaar offer. Zelfs zijn carrière, en als het moest ging hij de gevangenis in. Dat had hij allemaal voor haar over.

Aan de andere kant zou ze toch wel in gevaar zijn, ook al deed hij zijn best om de ontvoerders van relevante informatie te voorzien. Misschien zouden ze haar hoe dan ook doden.

Hij beende bij de telefooncel vandaan, alsof hij bang was dat de ontvoerders konden terugbellen en méér eisen zouden stellen. Binnen enkele uren verwachtten ze opnieuw een telefoontje van hem. Als hij hen niet belde, zouden ze hem op zijn mobieltje weten te vinden. Ze hadden hem eerder al mobiel gebeld, maar dat had wel risico's voor hen, dus zouden ze het waarschijnlijk niet opnieuw doen. Vandaar het gedoe met de telefooncel.

Hij was te doorzichtig geweest. Zijn leven was te doorzichtig geweest. Iemand was het opgevallen dat hij in het hele team de zwakke schakel was. Vanwege Eileen. In de eerste plaats vanwege Eileen.

Hij draaide zich om.

Daar stond Eekhaut. De handen in de zakken van zijn jas, en geduldig wachtend tot Prinsen afscheid nam van de telefooncel. Geen enkele emotie was van zijn gezicht af te lezen, maar Prinsen zag dat hij iets wist. Hoeveel had de Belg gehoord? Hoeveel vermoedde of veronderstelde hij?

'Nou, Nick,' zei Eekhaut. 'Is er niet iets wat je me moet vertellen?'

Ze zaten achter in Café Bouwman en dronken koffie met een likeurtje, op aandringen van Eekhaut. 'Politiemensen drinken nu eenmaal,' zei hij. 'Dat is niet eens een regel, het is een natuurwet. En natuurwetten kun je niet weerstaan. Ze zijn er gewoon. Persoonlijk hou ik het bij een pint bier, van adellijke origine dan wel, maar jij hebt wat sterkers nodig.'

'Het spijt me,' zei Prinsen, met de blik strak op het likeurtje gericht. Maar wat betekende dat? Spijt dat hij zich had laten vangen? Spijt dat hij het verkeerde pad was ingeslagen?

'Jouw spijt betekent gezien de omstandigheden niet veel, Nick. Vertel me eerst maar eens met wie je belde. Ben jij degene die informatie lekt naar de kranten?'

Verbaasd keek Prinsen op. Eekhaut vatte dat op als een bewijs van schuld, want hij vervolgde: 'Nou, tante Alexandra zal niet mals voor je zijn. Ze zal er een gloeiende hekel aan hebben als morgenochtend de details van het onderzoek in de kranten staan. Begrijpelijk, vind je ook niet?'

Prinsen keek hem verbijsterd aan. 'Is dat wat je denkt? Dat ik met de pers praat?'

'Waarom sta je dan op het Frederiksplein in een openbare telefooncel te bellen, en ben je helemaal overstuur?'

'Nee, het heeft niks met de kranten te maken.'

Eekhaut nipte aan zijn likeurtje en wachtte. Er gebeurde niks. Hij nam opnieuw een slok en goot er wat koffie achteraan, zich ervan bewust dat dit niet goed was voor zijn keel. Daarom was er zo veel keelkanker in Normandië, waar ze hele dagen calvados dronken met hete koffie erbij.

'Je wilt het me niet vertellen.'

'Nee, ik kan het niet.'

Eekhaut leunde naar voren. 'Nick, je moet nu even goed naar me luisteren. We gaan zo dadelijk, wanneer de koffie en de likeurtjes op zijn, terug naar kantoor. Daar gaan we één van twee dingen doen: of we vertellen Dewaal met wie je sprak en waarover, en we zetten die situatie recht, of ik ga alleen naar Dewaal en vertel haar dat jij buiten de pot pist. De keuze is aan jou, maar je kan maar één van deze twee dingen kiezen.'

'Het is Eileen,' zei Prinsen.

Eekhaut keek verbaasd. 'Eileen? Wat is er met haar? Is ze ziek? Is ze niet in orde? Ga je daarom in een telefooncel...'

'Ze is ontvoerd.'

Met een ruk zat Eekhaut rechtop. Hij had het plotseling heel koud. Een rilling was van top tot teen door hem heen geschoten. 'Ontvoerd.'

'Door mensen die alles van ons onderzoek willen weten, en die van mij eisen dat ik hen op de hoogte hou. Als ik haar terug wil zien, moet ik ze vertellen hoe het met het onderzoek staat.'

'Mensen die wat te maken hebben met het Genootschap van het Vuur?'

'Ja, daar twijfel ik niet aan. Lieve god, Walter...'

'En ze hebben Eileen.'

'... van die types die andere mensen levend verbranden. Die rituele offers brengen!'

Eekhaut was al blij dat er niemand in hun buurt zat. Prinsen had tranen in zijn ogen, zijn gezicht was verwrongen van de wanhoop. Hij had te doen met de jongen, maar dit was niet het geschikte moment voor medelijden. Evenmin voor tranen, maar daar maakte hij geen opmerking over.

'Wat vertelde je hun zonet?'

'Zo weinig mogelijk. Over Immo Technologies en over het brandbare spul en over... Maar niets over Maxwell. Ik wilde hun niet laten weten dat wij iets gingen doen met Maxwell.'

'Goed. Ze luisteren dus naar je. Ze hebben je in hun greep.'

'Ja, en er is blijkbaar iets aan de hand met die tankauto vol gas. De manier waarop die man aan de andere kant reageerde… of niet reageerde.'

'Ze plannen dus iets. Wat doen we nu met jou?'

'Met mij? We moeten Eileen vinden.'

'Absoluut,' zei Eekhaut. 'Dat is een prioriteit. Maar we kunnen dit niet onder ons doen, Nick. We moeten Dewaal inlichten.'

'Nee, dat kunnen we niet, Walter. Dan gaat het misschien helemaal mis. Dat risico kan ik niet nemen.'

Eekhaut legde zijn hand op de pols van Prinsen. De jongen was flink overstuur. Dat begreep hij best. 'Luister naar me, Nick. Er is geen sprake van dat we het leven van Eileen in gevaar zullen brengen. Daar denken we zelfs niet aan. Daarom moet het lijken alsof jij nog steeds in hun macht bent. Laten we met Dewaal praten, alleen jij en ik, en haar de situatie uitleggen. Zij móét weten wat er aan de hand is. We kunnen dit niet achter haar rug om doen.'

'Echt niet?'

'Nee. Dan loopt alles verkeerd. Je was zo stil, en toen liep je opeens weg zonder iemand iets te zeggen. Dat maakte mij achterdochtig. En misschien heeft iemand anders ook iets in de gaten.'

'Ik zie niemand,' zei Prinsen.

'Vandaag niet, morgen misschien wel. Morgen is er iemand die jouw vreemde gedrag opvalt. En die zich afvraagt waarom je buiten het gebouw in een telefooncel staat te bellen. En met wie. Dan val je door de mand. Dus praten we nu met Dewaal.'

'In de hoop dat ze het stilhoudt.'

'Ze houdt het stil. Omdat we niet anders kunnen. Bovendien hebben we nu een voordeel: de ontvoerders weten niet dat wij het weten. We kunnen hun valse informatie in handen geven.'

'Maar dan loopt Eileen gevaar.'

'Niet meer dan nu. Is ze nog in leven?'

'Ik weet het niet.'

'Je vermoedt van wel. Goed, dan is ze waarschijnlijk morgen ook nog in leven.'

Er viel een ongemakkelijke stilte in het kantoor van Dewaal. Eekhaut had het woord gevoerd, want Prinsen was er niet toe in staat geweest. Dewaal had geluisterd, en ze had de hele tijd geen commentaar gegeven. Ze had zelfs geen vragen gesteld zolang Eekhaut aan het woord was. Geen goed teken, vond hij.

'Nou?' vroeg hij ten slotte, omdat hij niet van plan was lang op een reactie te wachten nadat hij was uitgepraat.

'Ik weet het niet,' zei Dewaal.

'Wat weet je niet, chef? We kunnen niet anders. De ontvoerders mogen niet vermoeden dat wij van hun bestaan weten. We moeten ze geselecteerde informatie geven.'

'Je weet niet eens of Prinsen wel hun enige bron is,' zei Dewaal. 'Heb je daar al aan gedacht? Dat er misschien nog een andere... een andere bron in onze gelederen aanwezig is?'

'Daar heb ik nog niet aan gedacht,' zei Eekhaut.

'En dan kunnen we het risico niet nemen.' En tegen Prinsen zei ze: 'We doen alles om haar te redden, Nick. Geloof me, we willen niet dat haar iets overkomt. Maar we kunnen nu ook weer niet doen alsof er niets aan de hand is. Als we al onze kaarten tonen...'

'We hebben geen kaarten,' zei Eekhaut. 'We hebben een paar vage hypotheses...'

'Goed, laten we dan achter Jan-Pieter Maxwell aan gaan,' zei Dewaal, maar duidelijk tegen haar zin. 'Ik zal er maar van uitgaan dat hij ons enige zinnige spoor is, en een spoor dat we ons niet kunnen veroorloven te negeren. Laten we de man binnenstebuiten keren. Zijn persoonlijke leven, de bedrijven waarvoor hij werkt, alles. Maar jullie moeten bereid zijn de risico's erbij te nemen. Als de ontvoerders van Eileen voor hem werken, dan kunnen we haar leven in gevaar brengen.'

'Zullen de rituele moorden ophouden als we hem arresteren?' vroeg Prinsen.

'Ze houden niet op, Nick. Een apocalyptische religie die er geen been in ziet de traditie van massamoorden voort te zetten gaat niet opeens haar plannen veranderen omdat we achter een van hun belangrijke mensen aanzitten. Er staat iets te gebeuren. Iets belangrijks.'

'Er gebeurt nog wel het een en ander voordat hun apocalyps eraan komt,' zei Prinsen. 'Misschien is er geen haast.'

'Ze hebben toch wel veel haast om zich op tijd te louteren,' zei Eekhaut. 'Anders hadden we die lijken in de Ardennen niet gevonden. En nu die prins en zijn ludieke gevolg. Ze hebben haast. De eindstreep komt in zicht. Waarschijnlijk maakt het niet uit waar of hoe de loutering plaatsvindt. Kwestie voor hen is, dat het zo gauw mogelijk gebeurt. Zodra die loutering voltrokken is, kunnen de leden van de sekte zich voorbereiden op het einde.'

'Dat denk ik ook,' zei Dewaal. 'Dit is wat we doen: we laten Prinsen gefilterde informatie doorspelen aan de ontvoerders, en tegelijk gaan we op Maxwell af.'

Kunnen we daar allemaal mee leven? Ondertussen laat ik wat mensen uitzoeken waar de telefoontjes naartoe gaan. Nick, welk nummer bel je?'

Prinsen pakte een papiertje en schreef het nummer op. 'Het is een prepaid toestel,' zei hij. 'Zo dom zijn ze niet.'

'Laat toch maar nakijken,' zei Dewaal. 'Ik laat Van Gils ook rondvragen naar het soort mensen dat ontvoert op bestelling…'

Prinsen schudde het hoofd.

'Van Gils,' zei Dewaal, 'weet hoe hij discreet te werk moet gaan, Nick. En die man kent heel wat mensen in die branche. Ontvoerders die op bestelling werken, daar kan hij wat mee. Hij weet dat mensen praten over dat soort opdrachten.'

'Tenzij het leden van de sekte zelf zijn. Amateurs.'

'Mmm. Je hebt gelijk. Maar zonder Van Gils horen we niet wat er op straat gebeurt. Ik neem het op me, Nick…'

'Het leven van Eileen…'

'Ik weet het,' zei ze. 'Hij zal discreet zijn.' Haar vaste telefoon zoemde. Ze nam op, noemde haar naam en luisterde. 'Een ogenblik,' zei ze. En tegen Eekhaut en Prinsen: 'Eruit, jullie. Ik krijg de minister aan de lijn. Die gaat me de huid vol schelden en dan wil ik jullie niet in de buurt hebben.'

Nadat de beide rechercheurs de deur achter zich hadden dichtgetrokken, zei ze: 'Verbind maar door.'

'Hoofdcommissaris,' zei de amechtige en koele stem aan de andere kant. 'Ik bel in verband met het onderzoek naar de Kerk van de Opperste Zuivering. Dit is niet het eerste gesprek dat we over dit onderwerp hebben.'

'Nee, excellentie. Inderdaad. We hadden het er een paar dagen geleden nog over.'

'Ja. En vandaag vraag ik u hoe het met uw onderzoek staat. Ik krijg namelijk bezorgde telefoontjes van mijn collega van Buitenlandse Zaken, die – dat weet u wel – bij een andere politieke fractie hoort en die maar al te graag aan de buitenwereld en dus ook aan de pers te kennen wil geven dat wij en ik in het bijzonder ons werk niet naar behoren doen. U verwacht het al: ik leef in de hoop op positief nieuws.'

'We hebben een aantal sporen, die we nu nalopen, excellentie. Die ons kunnen leiden naar de moordenaars. We maken vorderingen, maar de zaak is complex. En we moeten voorzichtig te werk gaan, om geen paniekreacties bij de tegenstander te veroorzaken.'

'Dat is niet wat ik van u wil horen, mevrouw. Sporen, die zijn er altijd. Dat is wat de politie zegt wanneer ze er geen idee van hebben wat er aan de hand is. Dan onderzoeken ze verschillende sporen. Bij de AIVD lijden ze blijkbaar aan dezelfde kwaal. Sporen. Daar hoef ik bij de pers niet mee aan te komen. Die willen namen en gezichten.'

'Namen en gezichten hebben we nu niet, excellentie. Daar is het echt nog te vroeg voor.'

'Met andere woorden: u hebt helemaal niets. U bent niet in staat de moordenaars tegen te houden, terwijl die van hun kant rustig in Nederland een belangrijke Arabische diplomaat vermoorden.'

'En drie Nederlandse meisjes,' voegde Dewaal daaraan toe.

'Die drie meisjes,' zei de minister geërgerd, 'kunnen me geen reet schelen, hoofdcommissaris. Ze waren ergens waar ze niet hoorden te zijn, en ze behoren niet tot een beroepsgroep die mij interesseert. De Saudi's van hun kant, zijn bijzonder boos, omdat we niet in staat zijn een familielid van de koning afdoende te beschermen. En om redenen die u wel kunt begrijpen, hoop ik, hecht ik bijzonder veel belang aan hun gevoelens.'

'Met permissie, excellentie,' zei Dewaal droogjes, 'de zorgen van de Saudische koninklijke familie kunnen míj geen reet schelen. Als hun geile en overspelige neefje zijn lul niet in zijn broek – of wat hij ook droeg – kon houden en daar drie callgirls voor nodig had, dan hadden zijn bezorgde familieleden maar voor bescherming moeten zorgen! Ik van mijn kant, excellentie, maak me zorgen om de veiligheid van gewone Nederlandse burgers. En wat we op dit moment weten, is dat het Genootschap van het Vuur binnenkort misschien een groots opgezette barbecue heeft gepland, eentje die alle vorige aanslagen en offers zal doen verbleken!'

'Commissaris…!'

'Het is hóófdcommissaris, excellentie. En als uwe excellentie werkelijk bezorgd is om zijn politieke carrière, kan hij het best dit Bureau zijn werk laten doen. Anders zal zijne excellentie weldra aan de rest van Nederland kunnen uitleggen waarom de overheid een ramp van werkelijk apocalyptische omvang niet kon voorkomen.'

Ze smeet de hoorn erop.

De minister belde niet meer terug.

Dat was tegelijk goed en slecht nieuws. Waarschijnlijk hing hij nu aan de telefoon met haar baas.

Maar die zou de zaak wel sussen. Hij kon moeilijk zijn eigen hogere kader in de steek laten. Dat soort dingen deed snel de ronde, en dan kwam hij zelf in een moeilijke positie terecht. Hoera dus voor kantoorpolitiek en voor roddel. Maar uiteindelijk deden dergelijke uitvallen haar carrière geen goed. Er kwam een evaluatie aan en dan zou ze de prijs voor haar relatieve onafhankelijkheid betalen. Ze moest dus snel een resultaat tevoorschijn toveren. Zonder resultaat was haar grote mond alleen maar een nadeel.

Apocalyptische omvang. Een groots opgezet ritueel. En dan een minister uitdagen. Ze had zich werkelijk op uiterst glad ijs begeven.

Ze kwam overeind en opende haar deur. 'Eekhaut, Prinsen, meteen in mijn kantoor.'

De snelheid waarmee de twee rechercheurs terugkeerden verbaasde haar. Ze hadden gewoon staan wachten, omdat ze wisten dat het gesprek met de minister niet zonder gevolgen zou blijven.

'Ik wil dat jullie iedereen die niet dringend bezig is morgenochtend hiernaartoe laten komen. Jan-Pieter Maxwell en zijn bedrijven moeten helemaal doorgelicht worden. Ik bel Apostel om een bevel tot huiszoeking te organiseren, en desnoods een aanhoudingsbevel voor de man. Maar dan zonder dat iemand het in de gaten heeft. Zéker de pers niet. Dus niemand buiten jullie weet wat we morgen gaan doen, is dat duidelijk? En wat jouw vriendin betreft, Nick, die vinden we beslist terug.'

39

'Over hoeveel mensen kunnen we beschikken?' sprak Maxwell zichzelf toe in de manshoge spiegel van de salon. Een kostbaar erfstuk, die spiegel. Had hij van een oudtante, van wie hij alleen wist dat ze bijzonder ijdel was geweest. Vervolgens herhaalde hij de vraag, maar legde de nadruk net iets anders: 'Over hoevéél mensen kunnen we beschikken?' Hij grijnsde naar zijn spiegelbeeld. 'Hoevéél mensen?'

Hij haalde zijn schouders op. Het klonk niet goed. Het klonk zoals hij zou klinken in de bestuursraad van de bedrijven die hij beheerde. Hij klonk als een manager die om werkkrachten verzocht. Die het aantal koppen van loonslaven geteld wilde hebben.

Dat klonk goed in het bedrijfsleven, maar hier niet. Niet onder deze omstandigheden. Het Genootschap was geen bedrijf. Het steunde op de intensiteit van zijn geloof, niet op de wens om winst te maken. Of wel, maar dan een ander soort winst. Een spirituele winst. Een werkelijk immateriële activa in de boekhouding.

Hij probeerde het opnieuw, met andere accenten. 'Over hoeveel medestanders kunnen we beschikken, Koerier?' Hij hief het hoofd op, stak zijn kin vooruit. 'Hoeveel medestanders zullen bereid zijn ons te helpen, Koerier?'

Dat klonk nog beroerder. Het klonk verdomd slecht. Waarom zouden die medestanders niet bereid zijn te helpen? Dit was, per slot van rekening, hun garantie op een loutering zoals ze die nog niet eerder aangereikt hadden gekregen. Hij, Baphomet, bood hun een kans op de eeuwigheid, en waarom zouden ze die kans niet grijpen?

Misschien was de vraag overbodig. Hij moest ervan uitgaan dat alle leden van het Genootschap hem zonder vragen te stellen zouden volgen. Als hij hun het project uitlegde – een project dat een tijdje geleden in beweging was gezet en dat nog slechts de finishing touch moest krijgen – zouden ze hem als één man volgen, omdat ook zij het grandioze ervan zouden inzien.

Hij grijnsde opnieuw naar de spiegel en naar zichzelf. Er was een wereld daarbuiten waar ook hij deel van uitmaakte, maar die wereld was ondergeschikt aan de genade van God en aan de bestorming van de laatste heuvels op weg naar het eeuwige leven.

Niemand zou dit in de weg staan.

Niemand zou tussen hemzelf en de zekerheid dat hij een uitverkorene zou zijn komen te staan. Binnen korte tijd zou alles volbracht zijn. Hij wilde niet zo lang wachten om zich te verzekeren van een graad van zuiverheid die weinigen vóór hem hadden bereikt. In het licht van wat sommige voorvaderen hadden gedaan was hij vandaag een onbetekende figuur, maar weldra zou hij op gelijke hoogte met hen staan.

Hij deed enkele stappen naar achteren, zodat hij zichzelf helemaal kon zien in de spiegel. Toen liep hij naar een deur, die uitkwam op de gang. Hij deed de lichten uit. In het trappenhuis brandden nog wat lampen en buiten in de tuin ook, dus hij stond niet helemaal in het donker. Hij stapte de gang door en opende een deur aan het einde. Daarachter bevond zich een grotere salon, met verscheidene deuren die naar andere delen van het gebouw leidden.

'Metagogeus!' zei hij op gedempte toon.

De man dook op alsof hij materialiseerde van tussen de schaduwen. Schaduwen die patronen op zijn gezicht vormden zo complex als zijn naam. 'Baphomet,' zei de man.

'Is iedereen er?'

'Ja, Baphomet. Ze zijn er allemaal.'

'Waar is Koerier?'

'Ook in de tuin. Hij bewondert de bevroren planten.'

'O? Tja, had altijd al een beetje een poëtische inslag, die Koerier. Dat kan hem niet kwalijk genomen worden. We gunnen hem wel een beetje vrijheid. Goed, dan gaan we naar hen toe.'

Ze liepen de tuin in, waar fakkels en kaarsen met de schaduwen speelden. Er hing een geur van brandend houtskool. Daar had Baphomet voor gezorgd. De juiste sfeer, dat was in zijn ogen belangrijk. Zelfs deze mensen lieten zich beïnvloeden door sfeer. Daarom gebruikten ze onder elkaar ook zo'n 'gezwollen' taal. Archaïsch. Bekakt, zouden sommigen zeggen. Het onderscheidde hen. Ook dat was de traditie.

'Koerier,' zei hij luid. De aanwezigen keken op.

Koerier deed een stap naar voren. 'Baphomet?'

'Volgen alle ware gelovigen ons?'

Dat, dacht hij, was de enige juiste manier om de vraag te formuleren. Degenen die niet volgden waren geen ware gelovigen. Zij werden vanaf vandaag uitgesloten. Zij zouden de eeuwigheid in het duister van een persoonlijke hel doorbrengen. Net zoals degenen die in de afgelopen maanden openlijk hadden getwijfeld aan het doel van dit Genootschap. En met wie hij op gepaste wijze had afgerekend.

Een offer is des te zinniger als je tegelijk afrekent met je tegenstanders.

'Alle ware gelovigen volgen ons, Baphomet,' zei Koerier stijfjes. 'Ga ons voor en wij volgen u. U bent het enige licht op ons pad.'

Precies, dacht Baphomet. Het enige licht. Koerier wist precies waar het om ging en wat er onder deze omstandigheden gezegd moest worden. De juiste woorden, daarvoor kon hij zoals altijd op Koerier rekenen.

'Lotgenoten! Gezellen van het Vuur!' zei Baphomet luid. 'Allen die hier zijn, zullen na overmorgen de zekerheid hebben dat ze gezuiverd de uiteindelijke afrekening kunnen afwachten, zonder angst voor de keuzes die God zal maken aan het einde der tijden.'

Een paar broeders en zusters keken elkaar aan, maar niemand gaf commentaar.

'Voor overmorgen hebben wij een groot offer gepland, broeders en zusters. Overmorgen zal er een nooit eerder vertoond offer worden gebracht. De laatste en meest definitieve loutering, waar wij allemaal op hebben gewacht. Een offer dat de wereld zal verbijsteren en dat ons opwaarts voert naar de nederige plaats aan de rechterzijde van God. Wanneer Hij dan ten slotte het hellevuur over deze wereld zal doen neerdalen – en dat gebeurt heel binnenkort, zoals we allemaal weten – zullen wij als enigen de eeuwigheid aangeboden krijgen. Grijp dus deze kans. Hierna zullen alle wereldlijke zorgen betekenisloos worden.'

'Hoe weet Baphomet,' vroeg de blonde vrouw aan wie hij zich eerder al geërgerd had, 'dat dit offer voldoende zal zijn? Staat Baphomet rechtstreeks in contact met God?'

Hij keek haar aan. Ze was gespannen, alsof het naderende einde haar deed verlangen naar een ander soort zekerheid. 'Niemand van ons durft zoiets uit te spreken, zuster. Maar wie de moeite genomen heeft om de traditie van ons geloof te bestuderen, wéét dat grootse offers al van oudsher een vaste plaats innamen in onze rituelen. Elk van ons kent de voorbeelden. Wie het aan geloof ontbreekt, krijgt nu de gelegenheid terug te treden, alvorens de details van dit offer bekend worden gemaakt. Degenen wier geloof standvastig en sterk is, volgen mij.'

Verscheidene aanwezigen wierpen boze blikken op de vrouw, die met de handen samengevouwen Baphomet uitdaagde. 'Ik vind dat we daar allemaal samen over moeten oordelen...'

'Oordelen,' zei Baphomet met stemverheffing, 'is wat uiteindelijk alleen God doet. Wij handelen. Wij smeken Zijn genade af. Dat is wat wij doen, en daarom zijn wij Zijn kinderen. Daarom zullen wij, wanneer het einde van het universum wordt aangekondigd, overwinnen op de naamloze en ketterse horden!'

Verscheidene kreten van volgelingen overstemden de eerste woorden van het commentaar van de vrouw, dus deed ze er maar het zwijgen toe.

Baphomet strekte zijn armen uit. 'Maar wanneer deze vergadering meent dat we het offer moeten uitstellen...'

Méér kreten nu: *Nee! Nee!*

Baphomet keek de vrouw aan. 'Zuster, is uw geloof te licht voor deze daad? Dan verlossen wij u van uw verplichtingen...'

Verbijsterd schudde de vrouw het hoofd. 'Nee, Baphomet, dat bedoelde ik helemaal niet. Ik bedoelde alleen maar dat we democratisch moeten zijn en dat we daarom aan iedereen de kans moeten geven om zijn mening te geven over...'

Ze werd opnieuw overstemd door boos geroep. Niemand volgde haar.

Baphomet hief de armen op. 'Broeders en zusters, Genoten van het Vuur! Overmorgen zal geen van u nog hoeven twijfelen. Dan hebben we een laatste stap gezet naar onze zuivering. Zetten wij deze stap samen?'

Er klonken alleen maar instemmende kreten.

Nadat de gelovigen naar binnen waren gegaan en er broodjes en wijn waren rondgedeeld, nam Baphomet Koerier apart. 'Ik ben die dissidentie van de onwetenden beu,' zei hij. 'Er valt met dat mens absoluut geen land te bezeilen. Hou haar in de gaten en zorg ervoor dat ze niet met mensen van buiten onze gemeenschap praat.'

'Er zijn definitievere oplossingen,' opperde Koerier.

Baphomet schudde het hoofd. 'Je weet dat ik daar een groot voorstander van ben. Maar we hebben weinig tijd. Onze planning is in haar laatste fase aanbeland. De hele operatie moet zorgvuldig gecoördineerd worden.'

'Metagogeus en ik hebben voor de nodige toegangspasjes gezorgd,' zei Koerier. 'We hebben enkele volgelingen bij de bewakingsdienst. Morgen regelen we de technische details. Daarna is alles klaar voor het ritueel.'

'Er mag niets misgaan,' zei Baphomet waarschuwend.

'Ik doe wat nodig is, Baphomet. Ook wat onze weifelende broeders en zusters betreft. Ik zorg voor een definitieve oplossing.'

Ruim achttienhonderd kilometer zuidelijker zat Linda op een ongemakkelijk stoeltje in haar hotelkamer. Het licht in de kamer was uit, de overgordijnen open, en ze keek naar de bewegende gloed die Madrid was, dertien verdiepingen lager. De onwaarschijnlijke, ontastbare gloed van die wereldstad was voor haar als de projectie van een wereld die geen recht had op bestaan. Het was een vreemde, verticale wereld, die de natuur onrecht aandeed. Dat is, dacht ze, omdat je zonet nog in de tegenpool van deze wereld leefde, waar alle dingen horizontaal georiënteerd waren.

Ze bracht haar rechterhand naar haar voorhoofd, waar te veel gedachten krioelden. Dat moest ophouden. Maar het zou niet ophouden. Hoewel ze de ochtend erop heel vroeg op het vliegveld moest zijn, was ze na een snelle maaltijd niet op bed gaan liggen. Ze wist dat ze niet zou kunnen slapen. In elk geval niet meteen. Ze had te veel om over na te denken.

Er was het Afrikaanse project. Plotseling geëvacueerd door de Keniaanse soldaten. Samen met de andere Europeanen in snel tempo weggevoerd, alsof ze het risico liepen voorgoed door het continent opgeslokt te worden. En luitenant Odinga, die ondertussen koppig alle uitleg weigerde. Zijn glimmende gezicht strak van de zorgen. Zorgen die ook zij had. En dan was er nog die episode met die vreemde Arabier.

Uitleg? Aan uitleg kwamen ze nauwelijks toe. Het hele project was vanwege de storm nutteloos geworden. Het kamp was zo goed als verlaten, op enkele honderden mensen na die te zwak waren om te vertrekken. 'Kunnen wij hen dan niet meer helpen?' had Linda aan de arts die de leiding had, gevraagd, maar die had een kort gebaar gemaakt met hoofd en schouders, waarmee hij zijn eigen moedeloosheid illustreerde. Nee, dus. Nee, het medische team was daar niet langer om de vluchtelingen te helpen, want die vluchtelingen hadden zich onttrokken aan de controle van de troepen en van elke al dan niet symbolische macht. Onttrokken aan de controle, door weg te vluchten voor de storm, maar dat kwam op hetzelfde neer.

Eén enkele storm, die het hele avontuur beëindigde.

Ze was verbijsterd over de hulpmiddelen die westerlingen ter beschikking hadden. Het team werd opgepikt door een vliegtuig vanaf een primitieve airstrip en meteen naar Mombassa gevlogen, waar er wooncabines met airco tot hun beschikking stonden, echte douches en echte toiletten, een bar en een pizzeria. Dingen die ze enkele weken eerder als vanzelfsprekend had beschouwd, maar die ze nu bekeek alsof er een buitenaardse invasie had plaatsgevonden.

Was ze zo lang in het binnenland geweest? Was ze in die korte tijd opgeslorpt door de woestijn en door de eentonigheid van de horizon?

De overgang van woestijn naar beschaving liet haar nauwelijks ruimte voor aanpassing. Voor ze het wist zat ze op een vlucht naar Madrid, in kleren die niet van haar waren, een katoenen pantalon en een t-shirt met een mannenhemd eroverheen, en nauwelijks bagage bij zich. Ze besefte dat ze in Madrid kleren moest kopen, maar eigenlijk kon ze het evengoed laten. Want uiteindelijk was het niet belangrijk. Ze zou het tot Amsterdam wel uithouden in de weinig elegante spullen die haar waren toegestopt. Erger was dat haar mentale planning nu in de war was geraakt. Ze werd gedwongen om beslissingen over haar leven te nemen, nu meteen, terwijl ze die nog maanden had willen uitstellen.

Met haar voet duwde ze tegen de poot van het tafeltje waaraan ze zat. De hotelkamer was ruim en gerieflijk, maar zonder enig spoor van intimiteit. Duizenden mensen hadden hier kortstondig vóór haar gewoond, en na haar zouden er opnieuw duizenden mensen komen, en geen van hen had een naam of een identiteit. Haar reistas – uitgereikt in Mombassa en afkomstig van het Rode Kruis – lag nog steeds op het bed, het enige persoonlijke in de kamer.

Ze had de televisie niet aangezet, ze wilde niet weten hoe de wereld eraan toe was, ze wilde die verschrikkelijke sprekende hoofden niet zien.

Zo meteen zou ze een douche nemen, maar eerst zou ze in de reistas zoeken naar een extra setje ondergoed – eveneens uitgereikt door het Rode Kruis en dus het absolute minimum: standaard witte slipjes en witte sokken maar geen beha – en daarna zou ze een tijdlang onder het hete water gaan staan. In Mombassa had ze ook een hete douche genomen, maar toen was ze meteen weer bezweet geweest toen ze enkele minuten later naar buiten liep. Hier in haar kamer, met zorgvuldige klimaatcontrole, zou dat niet gebeuren. Maar daar diende dat hete water eigenlijk niet voor. Niet voor het zweet.

Het water moest haar aandacht afleiden. Ze wilde niet aan Walter denken, omdat ze nog niet in het reine gekomen was met haar twijfels. Walter was te snel na Theo gekomen. Ze had niet de tijd gehad om de relatie met Theo en het einde daarvan te verwerken. Walter had haar overvallen, niet op een vervelende manier, maar wel overvallen. Niet dat hij zich had opgedrongen, helemaal niet. Uit hun gesprekken was een man naar voren gekomen die oud en wijs genoeg was om zich niet overhaast in een nieuwe relatie te storten. En juist door die terughoudendheid had hij haar overvallen.

De afgelopen maanden hadden ze elkaar vaak gezien, ze hadden veel gepraat, ze hadden samen gegeten en gedronken, maar geen enkele keer had hij haar vragen gesteld over hun relatie. Geen enkele keer had hij haar verplicht een beslissing te nemen over hun relatie, die – alles wel beschouwd – zelfs nauwelijks een relatie was. O, ze wist dat hij verliefd op haar was, op die vreemde en bijna jongensachtige manier van hem. Het was niet eens een bewuste pose; zo was hij gewoon. Maar waarom twijfelde ze over haar gevoelens? Wat voor invloed had Theo nog?

Walter vroeg niets en verlangde erg weinig. Ze dronken een glaasje absint in een bar, ze waren naar de film geweest, ze wandelden samen de killer wordende herfst en daarna de winter in, en op een avond vertelde ze hem dat ze ontslag had genomen omdat ze voor een half jaar naar Afrika wilde.

Daar had Walter niet eens vreemd van opgekeken. Hij wist niets van Theo, maar ze vermoedde dat hij besefte dat vroegere relaties haar kwetsbaar hadden gemaakt. En daarom – zo nam ze aan – vroeg hij zo weinig aan haar. Niet uit gebrek aan interesse, maar omdat hij dat tere scherm tussen het heden en haar verleden niet wilde doen scheuren, een scherm waarachter ze zo veel emoties verborg.

Ze wist dat ze er beter aan deed hem op de man af te vragen waarom hij afstand hield. Dat zou hun relatie waarschijnlijk goeddoen. Gewoon op de man af. *Walter: probeer je mij tegen mezelf te beschermen – want dat heb ik niet meer nodig. Ik heb juist duidelijkheid nodig.*

Madrid bood haar geen antwoorden. Ze had een stap gezet van te veel naïviteit naar te veel onzekerheid. Er moest, hoe dan ook, duidelijkheid komen. Maar niet meteen, dacht ze. Niet meteen. Laat ik het maar kalm aan doen.

40

Van Gils had het goed begrepen. Onopvallend, dat had de hoofdcommissaris gezegd. De straten afdweilen en de kroegen aflopen, maar discreet. Ze had hem op het hart gedrukt dat geen van de andere rechercheurs op de hoogte was van de ontvoering, behalve dan Prinsen en de Belg. En dat hoorde zo te blijven.

Het vriendinnetje van Prinsen ontvoerd! Hij herinnerde zich haar wel, hij had haar vluchtig ontmoet in verband met een eerdere zaak. Het meisje had toen heel wat doorgemaakt. En nu was ze ontvoerd. Dat komt ervan, dacht hij, wanneer je je inlaat met een diender als Prinsen. Zo'n jongen die nog niet droog was achter zijn oren. Prinsen, die stuntelde in zijn relatie, het verbaasde hem niet. Maar veel plezier beleefde Van Gils niet aan die gedachte.

Het idee echter dat hij zomaar in het wilde weg zou gaan rondvragen en vervolgens zou ontdekken waar iemand haar opgesloten hield, dat was gewoon een lachertje. Hij had het niet met zo veel woorden gezegd tegen de baas, maar hij had het wel gedacht. Tien jaar geleden, toen had hij de vinger aan de pols gehad en wist hij wat er in zijn wijk gebeurde, in een flink deel van Amsterdam zelfs. Maar dat was verleden tijd. Hij had nog altijd een vinger aan de pols, maar hij vermoedde dat het niet meer de juiste pols was. Mensen zouden nog met hem praten, maar omdat hij zijn ronde in de wijken niet meer deed, kenden de jongeren hem niet. Vertrouwen was ver te zoeken.

De oudere generatie echter, degenen die hij kende van vroeger en die wisten wat hij waard was, was nog niet vertrokken. Zij wisten nog waar hij vandaan kwam.

De Jordaan. Als er ergens nieuws was, dan wel in die goeie ouwe Jordaan. De wijk was niet meer wat ze ooit geweest was, maar na tienen was het er nog steeds de beste plek voor een stevige dronk en een goed gesprek.

'Klerezooi,' gaf Rikkert toe, met een geeuw die hij niet eens onderdrukte, terwijl hij tegelijkertijd zijn baard streelde. 'Ik ken je, Van Gils. Je gaat achter alles aan wat maar onrechtvaardig is. Wat vraag je me nu? Of er een gerucht gaat dat een meissie op bestelling is ontvoerd? Wat voor een maffe vraag is dat? Is ze ontvoerd of niet?'

'Ze is duidelijk ontvoerd,' zei Van Gils. 'Maar mondje dicht, je weet van niks. Je hebt ook niks van me gehoord.'

'Dan ken ik er ook niet met jou over praten, Van Gils, als je me niks zegt. Ik zou niet weten waarover ik wat moest zeggen. Wie is dat grietje en waarom is ze ontvoerd? Wie moet er zo dringend poen hebben?'

'Het gaat niet om geld. Het gebeurde in opdracht, om iemand te chanteren.'

'O, dat soort dingen,' zei Rikkert. Hij had een rood gezicht dat door een continue noordenwind leek te zijn bewerkt. Van Gils had hem altijd zo gekend. Rikkert was verweerd geboren, en had ook altijd een baard gehad. 'Dochter van een belangrijk iemand dus.'

'Ik kan je niks vertellen. Ken je iemand?'

'Tegenwoordig doet niemand dat soort dingen meer, Van Gils. Dat zou jij moeten weten. Met die verhalen over pedofilie en kinderlokkers en de zware straffen die mensen krijgen, blijven de meeste gasten wel van kinderen af.'

'Ze is geen kind meer. Ze is een jaar of twintig.'

'O. Da's wat anders. Twintig. Alleen maar om iemand af te persen? Ik ken misschien wat rondvragen en zo. Hoeveel tijd heb je?'

'Een uur.'

Rikkert lachte schor. 'Een uur? Drink dan maar snel je biertje op, Van Gils, want dan zal je nog heel wat kroegen moeten aflopen.'

'Niks dus?'

'Je weet wat ik doe. Een beetje spullen verpatsen met een luchtje eraan. Maar nooit het zware werk en zeker geen vrouwen en geen drugs. M'n neef ook niet trouwens, al sjoemelt-ie met tweedehands auto's. Van mensen blijven we af. Je moet het zoeken bij de Russen, Van Gils. Maar daar ken jij niet mee praten. Ze spreken geen Nederlands als ze dat niet willen.'

'Ik heb m'n buik vol van Russen,' zei Van Gils. Ze hadden allemaal hun buik vol van Russen, maar er was geen ontkomen aan.

'Het is gewoon de pest, die kerels. Ach, na twintig jaar weet je nog altijd niet wat je aan ze hebt. En vandaag zijn het de Tsjetsjenen. Die zijn nog véél erger dan de Russen. Die spreken helemaal geen Nederlands en ze trekken meteen een hamer of een mes uit hun zak.'

'Dat is niet bemoedigend.'

'Kijk maar naar Antwerpen. Daar zitten zo veel Tsjetsjenen dat de Belgen er nu met een Slavisch accent leren spreken.'

Van Gils lachte.

'Waarom ga je niet effe langs bij De Dooie Matroos?' suggereerde Rikkert. 'Of heb je daar geen maatjes meer? Je ken er toch nog wel komen?'

'Waarschijnlijk wel. Wat moet ik daar?' De Dooie Matroos was geen kroeg voor zeelui, maar voor mensen die bij de gemeentelijke diensten werkten. Buschauffeurs, trambestuurders en dat soort volk.

'Je weet nooit. En het is maar twee stappen hiervandaan.'

'Zal ik doen,' zei Van Gils. Hij dronk zijn bier op, gooide wat geld op de tapkast en stapte de kou in. Koud was het inderdaad, maar er hing al een klein beetje dooi in de lucht. De Dooie Matroos was druk. Hij aarzelde even voor hij er naar binnen ging. Dit was zijn zevende kroeg. Hij dacht al niet meer in termen van onkostenvergoeding. Daar zorgde de baas wel voor. Maar de uren, die kreeg hij niet terug. Zijn vrouw zou straks weer niet staan te juichen. Zeker niet na zeven of meer biertjes. Tijd dat ik ermee kap, dacht hij. Met kroegen bezoeken en met het politiewerk.

Maar dat was hooguit een vluchtige gedachte.

Toen hij de kroeg binnenstapte deed hij snel zijn overjas uit. Het was er warm. Het was druk. Hij wist de tapkast te bereiken en bestelde nog een biertje. Dat kon hij wel hebben, berekende hij. Maar dit zou de laatste zijn. Hij keek op zijn horloge. Kwart over tien. Hij nam een slok en meteen werd zijn arm vastgepakt in een stalen klem. 'Van Gils!' zei een stem een eind boven zijn ene oor. De stem klonk niet verbaasd en ook niet blij. Hij registreerde slechts zijn aanwezigheid.

Van Gils keek op. De kolos die naast hem stond was een kop groter dan hijzelf en had veel weg van een berg vlees. Het leek alsof die berg helemaal uit spieren bestond, maar Van Gils wist wel beter.

'Sjaakie,' zei Van Gils. Het was niet meteen de man die hij hoopte tegen het lijf te lopen. Sjaakie had al van jongs af aan dit postuur gehad, vermoedde iedereen. Hij had hier en daar gewerkt, meestal vanwege zijn gestalte, omdat hij de indruk wekte dat hij mensen met één klap buiten bewustzijn kon slaan. Portier, uitsmijter, dat soort klussen. Af en toe als kleerkast voor de een of andere criminele organisatie. Twee keer gepakt voor geweldpleging, en beide keren door Van Gils. Maar Sjaakie had één voordeel: hij was niet rancuneus. Er bestond een relatie van ongewapende vrede tussen hem en Van Gils. De rechercheur wist dat Sjaakie niet clean was, en de vleesberg wist dat Van Gils hem alleen maar zou oppakken als hij een bepaalde, maar niet nader gespecificeerde grens overschreed.

De man liet een diep gorgelend geluid horen, wat zijn manier van lachen was. 'Je kent me nog?'

Natuurlijk ken ik je nog, dacht Van Gils. 'Hoeveel heb je gekregen toen ik…?'

'Anderhalf jaar, waarvan ik zeven maanden echt gezeten heb. Terecht. Ik kan het je niet kwalijk nemen. Je bent een smeris, dus dat hoort zo. Je bent toch nog steeds diender?'

'Nog steeds.'

'Geen pensioen? Ben je daar nog niet aan toe?'

'Nog even niet. Ik bekijk het wel. Biertje?'

'Nou, waarom niet. Een biertje kan er altijd in. Ben je een avondje uit of ben je aan het werk?'

'Werk.'

'Aha.' Een grote knuist omknelde het nieuwe biertje. 'En je wil horen wat er in deze buurt gebeurt, zoals vroeger. Je wilt niks missen, ook al zit je daar de hele dag met je luie reet op een bureaustoel. Ik ken dat, Van Gils. Ik weet best hoe het er bij jullie aan toe gaat.'

'Jij weet een heleboel van wat er in de stad gebeurt.'

'Sjaakie weet álles,' zei de man.

'Kunnen we ergens apart zitten? Waar we niet zo in 't oog lopen?' zei Van Gils – hoewel Sjaakie overal in het oog liep, ook al zat hij op een stoel.

'Nou nou, meneer de rechercheur, dat kunnen we hier niet hebben! Stel dat we toch gezien worden! Daar gaat me reputatie! Nou ja, als je aandringt. En laat de biertjes maar komen. Ik heb trouwens nog een probleempje met die lui van het wijkbureau…'

'Ik zal kijken of ik iets voor je kan doen, maar eerst maar 's wat kletsen, Sjaakie.'

Even later zaten ze achter in de kroeg aan een tafeltje. Veel privacy hadden ze niet, maar het geluid van hun stemmen droeg niet ver. 'Jonge meid, twintig, ontvoerd en ergens opgeborgen, om druk uit te oefenen op een andere collega. Net gebeurd.'

'Waar is-ie mee bezig?'

'Met die zeven verbrande mensen…'

Het gezicht van Sjaakie kon, tot verbazing van velen, een uiteenlopende hoeveelheid emoties aan. 'O, zag ik in de kranten. Dat is behoorlijk linke soep. En nu pakken ze dat wijfie, om jullie dwars te zitten.'

'Dit blijft onder ons.'

'Bij Sjaakie blijft alles onder ons.'

En deze ene keer wist Van Gils dat hij daarop kon rekenen. Sjaakie was niet erg slim, maar net slim genoeg wanneer de rechercheur hem in vertrouwen nam.

'Laat 's denken...' De grote hand ging naar de kin terwijl de blik naar de zoldering ging, als in een karikatuur. 'Er waren laatst drie van die gasten die een pand nodig hadden, met een kelder. Ik hoorde dat er een paar auto's gebruikt werden... En het waren niet een paar verhuizers die wat balen katoen veilig wilden opslaan. '

'Weet je ook waar?'

'Ken je de Bickersgracht? Aan het Westerdok?'

'Ja, natuurlijk. Een van die plekken waar we op winteravonden nou echt graag komen, de mensen van de douane en wij.'

'De oom van mijn zwager heeft daar toevallig een pandje dat niet gebruikt wordt en ook weer wel, je weet wat ik bedoel.'

'Ja.'

'En nu is het voor enkele dagen verhuurd. Gewoon lui die niet gestoord willen worden. Geen vragen ook. Is dat wat voor je?'

'Misschien wel. Over hoeveel mensen praten we?'

'Drie, dacht ik. Maar ik zou het de oom van die zwager kunnen vragen.'

'Niet doen, Sjaakie. Geen slapende honden wakker maken.'

'Heb ik je geholpen?'

'Misschien wel. Nog een biertje? En vertel me dan maar eens over je probleem met het wijkbureau...'

VRIJDAG

41

Voor Linda uit Madrid vertrok, belde ze Eekhaut wakker. Ze zou om zes uur in de ochtend op Schiphol aankomen. Ze had alleen handbagage, dus kon ze een half uurtje later al op Amsterdam Centraal zijn.

'Goed dat je je paspoort nog hebt.'

'Ja,' zei ze, 'maar zelfs de Spanjaarden deden niet moeilijk. Als je blank bent kom je moeiteloos door de controles heen. Dat domme vooroordeel speelt deze ene keer in mijn, eh, voordeel. Normaal gesproken hoef ik niet eens meer langs de Nederlandse paspoortcontrole.'

'Weet je het zeker?'

'Wat? Dat ik niet meer…'

'Dat ik je niet van Schiphol moet afhalen? Het is heus geen moeite.'

'Ben je gek? Dat hele eind naar Schiphol rijden en dan terug. De trein is veel gemakkelijker. Als ik drie koffers had gehad, dan mocht je me afhalen.'

Hij had zich erbij neergelegd. Maar met een dienstwagen even op en neer naar Schiphol, eventueel met sirene en zwaailichten, had hem wel leuk geleken. Dewaal hoefde het niet te weten. Hij moest wel tekenen voor de auto, maar ach, daar vond hij wel een verklaring voor.

Stipt om half zeven stond hij bij Amsterdam CS. Met een dienstwagen die hij diezelfde ochtend tot verbijstering van de bewaking al had afgehaald. Aangezien de hoofdingang nog steeds werd verbouwd, parkeerde hij de auto duidelijk zichtbaar bij de linkeringang van het station en liep naar binnen. Het was een neutrale wagen, maar hij droeg het logo van de AIVD op de voorruit, wat een parkeerwacht niet zou ontgaan en hem er hopelijk van zou weerhouden een parkeerboete uit te schrijven.

Ondanks het vroege uur was het druk in het stationsgebouw. Wat bezielde al die mensen om al zo vroeg op pad te gaan? vroeg Eekhaut zich af. Kantoorslaven waren het in elk geval niet, want er werd ijverig gesleept met rolkoffers, rugzakken en dozen.

Hij keek op het bord. De trein van Schiphol werd verwacht om 06.47 uur. Dat gaf hem nog wat tijd. Hij haalde een kop koffie bij een geduldige juffrouw aan de balie van een sandwichbar. De koffie was lauw en erg zoet, niet zoals hij hem wilde, maar het was tenminste cafeïne. Geen erg goede cafeïne, maar hij werd er iets wakkerder van.

En toch ben ik een ochtendmens, maakte hij zichzelf wijs.

Werkelijk, hij was een ochtendmens. Zo had hij zichzelf altijd gekend. Meteen klaarwakker wanneer de wekkerradio tot leven kwam.

De afgelopen jaren had hij echter de hulp van cafeïne nodig om helemaal wakker te worden. En nu had hij dezelfde ochtend zelfs al een zelfgemaakte scheut van het spul gehad, en een stevig ontbijt. Om vijf uur. Veel te vroeg natuurlijk. Na haar telefoontje had hij nauwelijks meer kunnen slapen.

De trein van Schiphol werd aangekondigd en hij haastte zich naar het juiste perron. Passagiers stapten uit, een minderheid met bagage. Hij zag Linda meteen. Ze wuifde. Ze liepen op elkaar af. Ze zag er anders uit, ze zag eruit alsof ze die paar maanden op een andere planeet had doorgebracht, waar de tijd trager verliep. Een planeet waar de dingen anders gedaan werden dan hier in Nederland. Dat was ook zo. De planeet Afrika. Ze droeg vrijetijdskleding die helemaal niet bij haar paste. Die in elk geval niet paste bij de Linda die hij kende.

Ze kusten elkaar en hij voelde zich een beetje verlegen omdat hij zich gedroeg als een verliefde tiener. Maar niemand leek daar aanstoot aan te nemen.

Hij bekeek haar. 'Is dat vuil of heb je een kleurtje gekregen?'

Ze lachte. 'Het is de natuurlijke reactie van de huid op de inwerking van ultraviolet licht, idioot. Het vuil is er ondertussen wel af. Het hotel in Madrid stelde weinig voor, maar er was in elk geval een douche. In Somalië hadden we die luxe niet, maar we behielpen ons. Het zou je verbazen hoe vindingrijk je wordt als je weinig water hebt.'

'Wassen met zand,' zei hij. 'Ik help je met je bagage.'

Ze grijnsde en hield een kleine tas omhoog, die blijkbaar niet veel spullen bevatte. 'Meer is er niet. Met dank aan het Rode Kruis. Dit kan ik best zelf dragen, dat laatste eind.'

'Je hebt me vast veel te vertellen. Ik wil alles weten.'

'Absoluut. Maar niet hier. Ik wil naar mijn flat. Ik wil onder mijn eigen douche staan, ik wil een echt Hollands ontbijt en dan wil ik met jou praten. Heb je daar allemaal tijd voor?'

'Ik maak er tijd voor. Maar om tien uur wil Dewaal ons allemaal bij elkaar hebben. Er is crisisoverleg.'

'O, sorry, ik heb niets gevolgd van wat er hier allemaal gebeurt. Is er niet de hele tijd crisis?'

Hij schudde het hoofd. 'Ik vertel er later wel over. Het is niet belangrijk. Dat je terug bent is veel belangrijker. Ik breng je naar huis en terwijl jij doucht maak ik ontbijt. Onderweg doen we wel wat boodschappen. We hebben nog een paar uurtjes om bij te praten.'

Hij leidde haar naar buiten en naar de auto. 'Een echte politie-auto,' zei ze, spottend en bewonderd tegelijk. 'Ik heb last van een cultuurshock, Walter. In Somalië was er geen politie. Alleen militairen die met automatische wapens rondliepen. En mensen die te voet honderden kilometers aflegden. En mensen die zonder meer in de savanne verdwenen.'

'Ik kan me voorstellen dat wat je hebt meegemaakt weinig opbeurend was.'

'Je hebt geen idee, Walter.' Ze keek naar hem op. Hij had inderdaad geen idee, en dat kon ze hem niet verwijten. Het was ook haar schuld: zij moest zo nodig ver weg om naar zelfbevestiging te zoeken.

Hij zette haar reistas achterin en ze reden weg. 'Wat is er misgegaan?'

'Er was een storm,' zei ze. 'Echt een verschrikkelijke storm. Zelfs de plaatselijke bevolking had dit nog nooit meegemaakt. Het leek wel of het niet op-hield. Zo moet het einde van de wereld zijn, denk ik. Als de wereld aan haar eind komt, dan wil ik het niet meemaken. Ik heb de generale repetitie gezien. Toen het voorbij was, was er niet zo heel veel meer over van het kamp. Ook ons materiaal was er erg aan toe. De meeste van onze tenten waren aan flarden. En veel van onze medische instrumenten en voorraden waren onbruikbaar geworden. De soldaten deden wat ze konden. We hadden een fantastische luitenant, in Engeland opgeleid. Maar ook hij kon nog maar weinig doen, helemaal op het einde.'

'Waren dat lokale troepen?'

'Nee, een Afrikaanse vredesmacht met een mandaat van de Verenigde Naties. Blauwhelmen dus. Niet dat het uiteindelijk veel uitmaakte. De vluchtelingen verlieten het kamp om verder te trekken naar het westen, meer naar het binnenland. Misschien was dat niet zo'n slecht idee, ik weet het niet. De doden bleven gewoon liggen. Ze liggen er nog, vermoed ik. Niemand wilde ze begraven. Wij mochten het niet. De soldaten lieten het niet toe, vraag me niet waarom. Bijgeloof, waarschijnlijk.'

'Er was niemand die de vluchtelingen tegenhield toen ze vertrokken?'

'De soldaten in elk geval niet. Hoewel het nou net hun opdracht was de vluchtelingen daar op die plek te houden.'

'De wereld is niet klaar om met al die rampen af te rekenen,' zei hij. Hij remde. 'Ik parkeer hier even om wat te eten te kopen. Je hebt niks in je koelkast, neem ik aan.'

'Leeg. Staat zelfs uit. Alleen water en elektriciteit. Ik kan een douche nemen.'

'Je bent welkom in mijn flat, als je wilt.'

'Nee, ik ga liever naar m'n eigen optrekje. Ik heb ook warme kleren nodig.'

Hij liet haar even alleen, stapte de nachtwinkel binnen en kocht wat spullen. Brood, eieren, ham, kaas, oploskoffie, melk, suiker, tomaten, uien, een blik witte bonen in tomatensaus. Hij kocht ook twee flessen wijn voor later, voor haar. Dat alles stouwde hij achter in de auto. Hij besefte dat een dergelijke voorraad een vluchtelingengezin in Somalië waarschijnlijk een hele week in leven hield.

'God, wat heb jij allemaal meegebracht? Heb je die winkel beroofd?'

'Uitgebreid ontbijt. Je zal opnieuw moeten wennen aan onze overdaad.' Hij keek even naar haar, maar ze reageerde er niet op. Het was een domme opmerking geweest, maar ze had hem blijkbaar niet gehoord. Des te beter, vond hij.

Haar flat was stil en koud. Ze rilde. Het jack dat ze aanhad was veel te dun, maar ze had nog niet geklaagd. Ze draaide overal de verwarming hoger. Ze liep de badkamer in en even later hoorde hij water lopen.

Hij ging ondertussen op zoek naar het nodige materiaal om het ontbijt te maken. Een broodrooster, een paar pannen. Hij dekte de tafel in de woonkamer. Toen ging hij in de keuken aan het werk. Tien minuten later stond ze naast hem, gewikkeld in een overmaatse witte handdoek en met natte haren. 'Fantastisch,' zei ze. 'Wil je niet voorgoed bij mij blijven wonen? Ik vind vast wel een plekje voor je in de logeerkamer.'

Dat had ze niet eerder gevraagd, en misschien was het nu niets meer dan een opwelling. Hij glimlachte alleen maar. Samenwonen was tot nog toe geen optie geweest, zelfs geen onderwerp van gesprek. Daar was het nog veel te vroeg voor in hun relatie.

Ze dook de slaapkamer in en kwam even later terug, gekleed in een spijkerbroek en een sweater. De flat was al warmer geworden. Ze droogde haar haren met de handdoek.

'Ga maar aan tafel. Het is zo goed als klaar.'

Hij bracht eerst de koffie, en daarna het geroosterde brood en de rest van het ontbijt. 'De Engelsen weten wat ze doen, dat ze zo uitbundig ontbijten,' zei hij. 'In de eerste plaats bevordert het het humeur. Met een volle maag heb je meer oog voor de ironie die God hanteerde bij het scheppen van de wereld. Bovendien kun je dan beter denken, dankzij een vlottere doorstroming van het bloed naar de hersenen. Slim volk, die Engelsen. Jammer dat ook daar de tradities verloren gaan.'

Hij serveerde haar eieren met ham, gebakken tomaten en warme bonen in tomatensaus. Ze viel erop aan alsof ze in geen dagen voedsel gezien had.

'Op die Spaanse vluchten laten ze je blijkbaar honger lijden,' zei hij. Zelf schepte hij een bescheiden portie op. Het was per slot van rekening zijn tweede ontbijt die dag.

Ze at met een eetlust die hem verbaasde. Na haar tweede kop koffie zei ze: 'Dat was hoognodig. Ik was helemaal…' Plotseling verborg ze haar gezicht in haar handen en begon ze te huilen. Zonder veel geluid, maar met schokkende schouders. Verdomme, dacht ze. Verdomme, dit verdien ik niet. Ze verdiende het niet om zijn medelijden op te wekken. Ook niet nu ze voor het eerst in dagen afstand kon nemen van de spanning, van de angst. Het heeft niks met hem te maken, dacht ze. Het had niks met hem te maken, en dat zou hij wel weten, maar ze schaamde zich niettemin voor haar reactie. Zo dadelijk zou hij haar knuffelen en haar geruststellen en haar…

Hij legde zijn hand op de hare. 'Het is goed, meisje,' zei hij. 'Je bent terug. En de rest is niet meer van belang.'

Ze veegde haar gezicht af met een papieren servet dat hij haar aanreikte. 'Ik weet het niet,' zei ze. Hij had ongelijk. De rest was nog steeds van belang. Ook al trof haar geen schuld, ook al had ze geen andere optie gehad dan te vluchten. Het was nog steeds een vlucht.

'Omdat je die mensen niet kon helpen?' vroeg hij.

Ze knikte. Laat hem maar geloven wat hij wil, dacht ze. Dat het te maken heeft met mijn rechtvaardigheidsgevoel, met mijn compassie voor de slacht-offers. En dat het niets met mij te maken heeft, met die potsierlijke, egoïstische ik. 'Dat ook, ja. Duizenden vluchtelingen. En er kwamen er nog méér. Wij waren met een paar mensen, en een handjevol soldaten. Het was zo… over-weldigend. Alsof we overspoeld werden. Maar die mensen deden niks. Die zaten in de schaduw van hun tentzeilen, en ze keken ons niet eens aan. Zo ga je je gedragen als je vluchteling bent, neem ik aan. Je bent nergens meer, en je kunt niemand aankijken omdat je je schaamt.'

'Je probeerde tenminste te helpen. Dat is al heel wat.'

'Helpen? Ik weet wat de artsen en de verpleegsters deden, maar het leek niet alsof ze ook maar enig verschil maakten. We maakten natuurlijk wel een verschil. Voor enkele honderden mensen. Maar voor de rest waren we van voorbijgaande aard. We hadden geen invloed op hun levensstijl, op hun cultuur of op hun toekomst. Voor we kwamen waren ze vluchteling, en toen we vertrokken waren ze dat nog. En toen de storm kwam was het opeens allemaal afgelopen.'

Ze zuchtte. Hij schonk haar nog wat koffie bij. Vervolgens kwam hij overeind en ruimde de tafel af. De koffie liet hij staan. Die zou ze ongetwijfeld nog nodig hebben.

'Wat doen jullie ondertussen?' vroeg ze.

Hij ging weer zitten. 'In vergelijking met wat jij doormaakt stelt het niet veel voor.' Hij wist dat het een leugentje om bestwil was. Anderzijds waren de perspectieven heel verschillend. Misschien maakte het inderdaad niets uit dat een sekte mensen offerde.

'Ik wil ook geestelijk terug naar Nederland,' zei ze. 'Ik heb geen behoefte aan restanten van de savanne en hongerende kinderen die mijn slaap bevolken. Ik wil dingen doen die ik zelf onder controle heb. En geen fatalisme, maar zekerheid dat je je eigen lot in handen hebt. Ik wil gewoon mijn oude leven weer oppakken.'

'Je gaat niet terug naar Somalië?'

'Ja, misschien later wel. Er is nog zo veel te doen, ondanks de… Nou ja, je weet wel. Maar nu, vandaag, wil ik een tijdje bij jou zijn.' Ze zorgde ervoor dat het klonk alsof ze het echt meende. Ze zorgde ervoor dat hij de twijfel en het voorbehoud niet hoorde.

'Wij zitten achter een sekte aan,' zei hij. 'Dat is wat we de laatste weken voornamelijk gedaan hebben.'

'Een sekte. Dat klinkt sinister.'

'Is het ook. Ze offeren mensen.'

'Dat meen je niet.'

'Jammer genoeg wel. We ontdekten de resten van een van hun rituele moorden, ergens in de Belgische Ardennen. Zeven slachtoffers. Ze binden mensen vast aan palen en steken ze dan in brand. Daar bestaat hun ritueel uit. En het is onbegrijpelijk wat ze daarmee…'

Een geluidje ontsnapte haar. Hij keek haar aan. Dat was net iets te veel geweest, vreesde hij. Ze had er geen behoefte aan dergelijke vreselijke dingen te horen na wat ze zelf had doorgemaakt.

'Je hoeft je niet…'

'Dat heb ik in Somalië ook gezien,' zei ze naar adem snakkend.

'Wat heb je daar gezien?'

Ze beschreef de vondsten tussen de rotsen. 'De ene cirkel was oud. De luitenant scheen te denken dat die daar al eeuwen stond. Die lichamen leken wel versteend. Door de droogte en de zon. De andere was recent. Die mensen waren nog maar kort dood. Het ziet ernaar uit dat jouw sekte ook buiten Nederland actief is.'

'Dat verbaast me niet,' zei hij.

'En dat soort dingen gebeurt ook hier, in Europa?'

'Het is allemaal niet nieuw, als we de geruchten mogen geloven.' Hij vertelde haar over de verhalen die de ronde deden over de activiteiten van de Kerk.

Ze schudde het hoofd, met de handen op haar wangen. 'Dat is verschrikkelijk. Wat een verschrikkelijke manier om te sterven.'

'Zeg dat wel. Onze vondst in de Ardennen is het eerste echte bewijs voor dergelijke offers.'

'Die andere dingen…'

'Los Alfaques?'

'Ja. Is elke grote ramp waarbij mensen in de vlammen omkwamen dan niet verdacht?'

'Schijnbaar slaagde de Kerk er steeds in ze voor ongelukken te laten doorgaan. Tenminste, dat is de theorie. De twee collectieve moorden die wij onderzoeken zijn geenszins theorie. Als daar inderdaad een sekte achter zit, dan hebben we genoeg redenen om verontrust te zijn.'

'En de cirkels die ik in Somalië zag dan? Er was een man, misschien een Somaliër, die door de soldaten gevangen was genomen bij die plek. Later, na de storm, probeerde hij enkele vluchtelingen te vermoorden. Hij overgoot ze met benzine en stak die aan. De soldaten schoten hem dood.' Er was meer te vertellen dan dat, besefte ze. Een bedaarde zwarte luitenant en een Arabische geheim agent in een helikopter, maar ze besloot niet op de details in te gaan.

'Misschien had die man niets met onze zaak te maken,' zei Eekhaut. 'Daarenboven zijn vuuroffers niet zo ongewoon in de geschiedenis van primitieve stammen.'

'Dat kan je nu niet beweren. Niet nu ze dat naar Nederland exporteren.'

'Nee, dat kan ik inderdaad niet.' Hij keek op zijn horloge. 'Ik moet gaan, vrees ik. Vergadering. We spreken elkaar vanavond.' Hij liet haar niet graag alleen, maar hij kon niet anders.

Saeed Al-Rahman wilde zich niet voorstellen hoe het zou zijn om voortdurend in hotels te leven, zoals sommigen van zijn collega's in de diplomatieke dienst deden. Hij probeerde zich dat leven niet voor te stellen, ook al was hijzelf zo nu en dan verplicht om een paar dagen in een hotel door te brengen, wanneer hij op missie ver van huis was. Maar opstaan zonder de vertrouwde geur van zijn vrouw naast hem, zonder de vertrouwelijke warmte van een geliefd menselijk wezen naast zich, dat trok hem niet aan. De badkamer niet te kunnen delen met iemand die je banale dingen vertelde over een nauwelijks herinnerde droom. Zich alleen te moeten aankleden en te ontbijten in het gezelschap van mensen die hij niet kende en niet wilde kennen. Geen vertrouwde handen die hem zijn kopje koffie aanreikten of de tafel afruimden.

Hij had genoeg opgeofferd voor het vaderland om niet op deze manier te hoeven leven, vond hij, maar dat was een gedachte die zijn overste niet deelde. Kolonel Saeed Al-Rahman was een officier in de politiemacht van het huis van Saud, en pas op de tweede plaats was hij een burger met een persoonlijk leven en persoonlijke wensen. Die volgorde legde het leven in het koninkrijk van Saud hem op.

Al voor hij volwassen was had hij geweten welke offers er van hem verwacht werden. Op zijn zeventiende had hij zijn ouderlijk huis verlaten, niet om medicijnen te studeren zoals zijn ouders dat hadden gewild, maar om in het leger te gaan. Het leger had intelligente jongemannen nodig, zeker als ze aanleg hadden voor het leren spreken van vreemde talen. Als ze bovendien ook nog godvrezend waren en ijverig de Koranschool hadden gevolgd, stond niets een carrière in de weg. Saeed kwam meteen bij de cadetten terecht en eindigde vijf jaar later als luitenant bij de top tien van zijn jaar.

Dit is Iran niet, dacht hij, met een blik op de wereldkaart die de professor internationale geschiedenis hem tijdens dat laatste jaar van zijn opleiding meerdere keren had aangewezen. Als dit Iran was geweest, dan was de jonge en ijverige luitenant ongetwijfeld gesneuveld in die lange, wrede en totaal zinloze oorlog tegen de soennieten van Saddam, de tiran die om de verkeerde redenen gesteund werd door de Amerikanen. Dit was Saudi-Arabië, de wieg van de islamitische beschaving, waarnaar uiteindelijk elke moslim terugkeerde. De plek waar ook de Amerikanen thuis wilden zijn, al beseften ook zij dat deze wankele en kwetsbare vriendschap met het machtigste Arabische land alleen maar gebaseerd was op wederzijdse hebzucht. Zij de olie, en wij het geld, dacht de jonge luitenant Saeed Al-Rahman. Die bedenking hield hij echter helemaal voor zichzelf.

Zijn familie had een geschikte vrouw voor hem gevonden en ze trouwden drie weken nadat hij aan de academie was afgestudeerd. Zijn eerste opdracht bracht hem naar Jordanië, waar hij advies gaf aan de lokale veiligheidsdiensten, alsof hij, een jonge luitenant zonder ervaring, de getergde en vermoeide officieren van de Jordaanse veiligheidsdienst iets zinnigs kon vertellen. Maar hij kweet zich hardnekkig van die taak en verwierf een reputatie van gedreven en eigenzinnig officier. Hij leerde in de praktijk wapens en explosieven te gebruiken en hoe je mensen kunt laten praten wanneer je hun eindeloze pijn in het vooruitzicht stelt. Meestal begin je met de vingers – dat leerde hij van die Jordaanse officieren. Het kwam erop neer dat hij meer leerde van hen dan andersom.

Vier maanden lang leefde hij gescheiden van zijn jonge vrouw. Hun communicatie verliep via brieven. Ze mochten niet telefoneren, want hij was niet officieel in Jordanië. Hij bewonderde haar liefde en genegenheid voor hem, een man die zij nauwelijks kende en die ze voor haar huwelijk nooit had gezien. Maar huwelijken, zo kreeg hij te horen, zijn succesvol wanneer de beide partners hard werken aan hun relatie. De idee dat geheel toevallig samengebrachte partners een even goede relatie konden hebben als mensen die elkaar al jaren kennen, brachten zij in de praktijk.

Hij wilde niet meer van haar gescheiden zijn. Na vier maanden kreeg hij een baan in Riaad, en daar werden in de daaropvolgende jaren hun drie kinderen geboren. Terrorisme, oorlogen, spionage en aanslagen dreven hen af en toe weer uit elkaar, maar zij twijfelde niet aan hem en hij evenmin aan haar. Soms waren ze maanden van elkaar gescheiden, maar toen hij uiteindelijk bij de religieuze politie ging werken werd hem beloofd dat hij voortaan alleen maar regionaal actief zou zijn.

Tot hij een gesprek had met een generaal, een oude bekende en een oude medestander en vriend van zijn familie. De opdracht was eenvoudig en er waren geen risico's aan verbonden. Hij moest echter wel naar het buitenland, eerst naar Somalië en daarna naar Nederland. Maar Saeed Al-Rahman zag al snel de noodzaak van deze operatie in. Hij was al jaren een overtuigd aanhanger van een geloof dat hij bedreef naast de islam.

Hij stond in de badkamer en smeerde scheerschuim over zijn kin en wangen. De generaal had gesproken over de toekomst van kolonel Al-Rahman. De jonge officier kon binnen enkele jaren hoogstwaarschijnlijk toetreden tot de garde van het paleis. Dat zou een hele eer zijn, en het betekende ook dat de kolonel een ruimere woning zou krijgen. Al-Rahman had hem bedankt en zei dat hij het aanbod zeker in gedachten zou houden. Maar wat gebeurde er met zijn oudste zoon, Achmed, die naar Amerika wilde om er te gaan studeren? Dit leek hem belangrijker dan een groter huis. Al-Rahman wist dat de Saudische overheid jaarlijks een beperkte groep studenten toeliet om in de Verenigde Staten te gaan studeren, maar alleen kinderen die tot het huis van Saud behoorden.

De generaal had zijn blik naar zijn boekenkast laten dwalen alsof hij steun zocht bij de religieus geïnspireerde werken die daar stonden. Dat was boerenbedrog, wist Al-Rahman. De generaal stond allerminst als religieus man bekend, hij stond eerder bekend als een man die alleen maar meeging in het uiterlijke vertoon van zijn meesters om zijn positie veilig te stellen. De generaal kende de sharia uitstekend, maar paste die zelden toe. De sharia is er voor het gewone volk, zei hij dan. 'Dat ligt niet in mijn macht, kolonel,' had hij gefluisterd, alsof dit gebrek aan macht een geheim was tussen hen. 'Uiteraard heeft dit geen invloed op je opdracht, noch op je ijver,' had hij eraan toegevoegd. In de wetenschap dat de kolonel de opdracht niet kon weigeren.

In de wetenschap dat de kolonel zijn plicht niet zou verzaken. Een plicht die op dit moment elders lag dan bij het huis van Saud.

42

'Ga je nou nog mee naar de Arena of niet?' vroeg Van Gils aan Veneman. Deze laatste keek verstoord op, met een frons die bijna een vraagteken vormde. 'Ik vraag het je maar,' vervolgde Van Gils, 'omdat je vorige week zei dat je die wedstrijd wel wilde zien. Het is morgen, en anders verkoop ik dat kaartje aan iemand anders.'

'Ik zei toch al dat ik graag meega,' zei Veneman. 'Man, waarom moet ik je alles drie keer zeggen.'

'En jij, Eekhaut? Je kunt nog steeds mee als je wilt. We vinden nog wel ergens een extra kaartje. Kans van je leven om eens écht voetbal te zien. Hollands voetbal. Ajax, dat zegt je toch wel iets, hoop ik. Een heel andere klasse dan die Belgische ploegen waarvan ik de namen maar niet kan onthouden.'

Eekhaut, die bij het raam stond en zich afvroeg of het nu werkelijk al begon te dooien, keek verbaasd op. 'Voetbal?' Hij was heel ergens anders met zijn gedachten.

'Internationaal bekende sport, groot veld met veel volk eromheen, twee keer elf spelers, schoppen tegen een bal aan?'

'Ik heb absoluut geen interesse in sport,' zei Eekhaut. 'Je kan me er geen plezier mee doen.'

'Geen sport?' vroeg Veneman verbaasd.

Siegel, die zijn laptop dichtklapte, grinnikte. 'Een Vlaamse speurneus die niks met sport te maken wil hebben? Waar kom jij vandaan?'

'Het spijt me, jongens,' zei Eekhaut, 'maar zo is 't. Sport interesseert me niet.'

'Geen enkele sport? Wielrennen? Toch iets voor Belgen?'

'Nee, ook niet.'

'Wie heeft de laatste Tour de France gewonnen? Weet je dat niet?'

'Geen idee.'

'Nou... Ik wist niet dat je zo'n cultuurbarbaar was.'

Eekhaut draaide zich om. Hij werd kwaad om de vanzelfsprekendheid die Van Gils suggereerde. 'Kun je je inbeelden, Van Gils,' zei hij, 'dat ik een paar uur ga doorbrengen met een paar duizend mensen die niks beters te doen hebben dan joelen om een stomme sport? Ga ik daar m'n enige vrije dag aan opofferen?' Zijn plotselinge woede was niet geprovoceerd, en eigenlijk verdiende Van Gils het niet om zo aangesproken te worden. 'En daarna ook nog urenlang nabomen over de strategie en over de gemiste kansen? En dat om een evenement dat geen enkel belang heeft?'

'Rustig maar,' zei Van Gils, 'ik kon toch niet weten dat je daar zo over dacht?'

'Dan weet je het nu. En weet je wat me ook zo ergert? Dat mensen zo veel energie steken in zo'n stomme sport, terwijl ze zich dagelijks laten bedriegen door bazen, door politici, door zwartwerkers, door...'

'Een mens moet zich af en toe ontspannen,' zei Veneman op neutrale toon.

'Heel wat mensen zijn opgehouden met zich in te laten met de samenleving, Veneman. Ze doen hun werk, ze klagen in de kroeg over hun loon en over hun baas, ze hangen de hele avond voor de tv, en ondertussen stemmen ze rechts omdat dat soort populisten hen naar de mond praat. En precies dat soort mensen wil niks meer weten over de problemen van onze tijd. En dus worden ze belogen en bedrogen. We worden collectief armer, terwijl een kleine elite snel rijker wordt. Onze spaarcentjes zijn in rook opgegaan door de bankcrisis en niemand die daar een oplossing voor heeft. Ondertussen wrijven speculanten zich in de handen.'

'Ja, je zal wel gelijk hebben,' zei Van Gils. 'Zo zijn mensen nu eenmaal, Walter. Kun je het ze verwijten? Ze hebben jaren geleden al ontdekt dat er niks tegen het systeem te doen is, en dus gunnen ze zichzelf een pleziertje wanneer het kan.'

'O,' zei Eekhaut, 'en we gaan al feestend ten onder.'

'Misschien moet je zelf in de politiek,' zei Siegel, 'als je 't allemaal zo goed weet.'

'Vat het niet al te persoonlijk op, Van Gils,' zei Eekhaut, nog steeds kwaad, en hij negeerde de opmerking van Siegel.

'Dat was ik niet van plan,' zei Van Gils. 'Wij gaan hoe dan ook morgen naar de Arena, tenzij Dewaal écht van plan is ons zeven dagen lang vierentwintig uur te laten werken.'

'Doet ze niet,' zei een van de andere agenten.

'Beslist niet,' zei Veneman. 'Zaterdag is heilig. Ajax tegen Feyenoord. De wedstrijd van het jaar. Daar komt een hoop volk op af. En wij zullen er zéker bij zijn.'

Dewaal marcheerde de zaal binnen. Ze droeg een zwarte broek met veel zakken, een combatvest over een zwart T-shirt en daarover een donkergrijze parka, die ze meteen uitgooide. Eekhaut werd zo langzamerhand een beetje paranoïde van de verschillende versies van Dewaal die hij al gezien had. En wanneer ze andere kleding droeg, wás ze ook iemand anders. Vandaag zou niemand haar ongestraft voor de voeten kunnen lopen. 'Goedemorgen,' zei ze vastberaden. 'Iedereen aanwezig?'

De rechercheurs dromden samen in de vergaderruimte. De meesten brachten hun beker koffie mee. Ondanks het vroege uur leken ze allemaal uitgeslapen. Het weekend kwam eraan, maar voor deze groep mensen had dat geen speciale betekenis. Criminelen en onderwereldfiguren stopten niet met het begaan van misdaden omdat het weekend was.

Op het grote whiteboard hingen een aantal vergrotingen van foto's. Met zwarte stift had Dewaal er namen onder geschreven. Maxwell, Basten, Desmedt, Berthout, Johanna Simson. 'Dit zijn de voornaamste spelers in dit spel,' zei ze, toen ze merkte dat ze de aandacht van het hele gezelschap had. Ze zag er onwaarschijnlijk stoer uit in haar outfit, en zelfs Eekhaut had wat moeite om de goedgeklede dame in haar te herkennen die zo vaak het bureau vlak naast deze vergaderruimte bezette.

'Ik moet eigenlijk zeggen: dit wáren de voornaamste spelers. Zoals jullie weten zijn sommigen ofwel dood, ofwel vermist en waarschijnlijk dood. Het onderscheid is puur academisch. De man waar het om draait is hij.' Ze tikte met de achterkant van de stift tegen de foto van Maxwell. Het was niet zo'n goede foto. Hij was een beetje onscherp, wat de man leeftijdloos maakte. En wat hem er ook ongevaarlijk deed uitzien. 'Jan-Pieter Maxwell, telg van een uitstervend geslacht waarvan de grootvader de laatste van een reeks belangrijke ondernemers was, in meer dan één betekenis. Een echt patriarchale figuur, een beetje zoals in een streekroman. Affaires, kinderen bij allerlei vrouwen, je kent dat wel. Daarna is er van de familie niet veel goeds meer te vertellen. Jan-Pieter was blijkbaar van plan de uitzondering te worden: een academische topper, een door insiders getipte manager die het klaarspeelt om verschillende bedrijven van één enkele groep te beheren, iemand die alles voor zijn baan overheeft.'

'Zo kennen we d'r nog wel een paar,' zei Veneman, die in een hoek zat.

Er werd gegrinnikt, maar Eekhaut wist niet op wie Veneman had gedoeld. Dewaal ging onverstoorbaar verder. 'Wat wij vermoeden over Maxwell is dit: dat hij de leider is van het Genootschap van het Vuur. We hebben geen bewijzen, alleen verdenkingen. We hebben eigenlijk te weinig om een zaak aan op te hangen, maar de huiszoekingen zullen hopelijk bewijsstukken opleveren. Ik wil de man zelf het eerste verhoor afnemen, want zonder concrete bewijzen moeten we hem na zes uur al laten gaan.'

'Gewoon maar oppakken,' zei een van de oudere rechercheurs. 'Niet aarzelen maar gelijk oppakken.'

'Dat gebeurt misschien zo meteen,' zei Dewaal. 'Daarom zijn we hier. Ik heb hard moeten zeuren om Apostel ervan te overtuigen dat Maxwell een serieuze verdachte is, hoewel zij niet te spreken is over het gebrek aan materiële bewijzen. Ik heb bovendien huiszoekingsbevelen voor zijn woning en voor zijn kantoren losgepeuterd. We vallen overal tegelijk binnen, met de hulp van de Recherche Amsterdam-Amstelland. Het gaat om zes kantoren.'

'Nou, wat je een ijverige manager noemt.'

'Reken op weerstand van baliepersoneel en juridische diensten,' waarschuwde Dewaal.

'Met die juristen rekenen we wel af,' zei Van Gils strijdvaardig.

'Dat doen we.'

Eekhauts aandacht werd getrokken door een beweging links van hem. Kolonel Al-Rahman was naast hem opgedoken. Hij had er geen idee van waar de man zo plotseling vandaan kwam. De Arabier had waarschijnlijk magische krachten en kon om het even waar opduiken, helemaal in de sprookjesachtige traditie van zijn land. Dat was een eigenschap die hun allemaal van pas kon komen. Al-Rahman boog zich naar Eekhaut toe en zei, in het Engels en met zijn fluweelzachte stem: 'U vertaalt zo dadelijk voor mij, ja?'

Eekhaut knikte. Maar zijn aandacht bleef bij Dewaal. Hij zou de kolonel zo dadelijk wel bijstaan, maar eerst wilde hij horen wat de baas te vertellen had.

'Ik wil dat iedereen zijn dienstwapen draagt,' zei ze. 'Maar dan discreet als het even kan. De rechercheurs gaan mee in uniform, om het allemaal officiëler te maken, en om eventuele juristen te ergeren. Denk hierom: we hebben alléén voor Maxwell een arrestatiebevel, maar iedereen die tegenwerkt nemen we natuurlijk ook mee. Is dat duidelijk voor iedereen?'

Er werd instemmend geknikt.

Ze reikte de meest nabije rechercheurs wat papieren aan. 'Geef dit door. Dit is de verdeling van de groepen. We houden voortdurend contact via de porto.

Er is ook een noodfrequentie in geval van problemen. Denk eraan dat we deze mensen ervan verdenken moordenaars te zijn, en blijkbaar goed georganiseerd. Samen in een groep zullen ze misschien weerstand bieden.'

'Hoe zit dat met de voertuigen?' vroeg Veneman. 'We hebben er niet genoeg...'

'Recherche Amsterdam zorgt voor extra transport, mensen. Ze wachten hierbuiten op ons. Wees aardig tegen ze, anders moet je lopend terug naar huis. We vertrekken binnen vijftien minuten. Dan moet iedereen in de wagens zitten. Denk er ook om: gecoördineerde actie. Ik wil niet dat de ene groep een half uur eerder in actie komt dan de andere.'

De rechercheurs verlieten de zaal.

'U komt in beweging, hoofdinspecteur?' vroeg Al-Rahman aan Eekhaut. 'Of vergis ik mij?'

'U vergist zich niet, kolonel. En waarschijnlijk gaat u met mij mee.' Eekhaut keek op het papier dat hij van Dewaal had gekregen. Zijn naam stond bij de groep die de woning van Maxwell met een bezoek ging vereren. Samen met Dewaal. En, inderdaad, met de kolonel. 'Kijk kijk,' zei hij, opgetogen, 'we mogen zelfs met de hoofdcommissaris op stap.'

'Is dat een reden tot vermaak?' vroeg Al-Rahman fronsend. 'Het vereist een grote zorgvuldigheid, nietwaar? De blik van een overste die de hele tijd op je gericht is. De drang om perfect te handelen is dan erg sterk.'

'Natuurlijk, maar we gaan altijd zorgvuldig te werk,' zei Eekhaut, die niet goed wist wat hij met de opmerkingen van de kolonel aan moest. Hij keek hem aan, maar zag geen spoor van ironie. 'We gaan een hoofdverdachte oppakken,' verklaarde hij. 'We hebben geen concrete bewijzen, maar we nemen hem toch mee voor ondervraging.'

'Ah!' zei de kolonel. Alsof daarmee diens diepere vermoedens over de opsporingsmethodes van de wispelturige westerse politie werden bevestigd.

'Ja, werkelijk. Ik weet niet hoe u dergelijke zaken in uw land aanpakt, kolonel, maar hier betekent het dat we de man zes uur lang mogen ondervragen, zonder een advocaat erbij.'

'Is dat zo? Dat lijkt me erg ondemocratisch, hoofdinspecteur. Zonder een advocaat? Zoiets zou zelfs in mijn land niet kunnen. En wat doet u met de mensenrechten?'

Eekhaut fronste en vroeg zich af of de kolonel het serieus meende of niet. De man keek absoluut ernstig. Het was onmogelijk uit te maken wat hij écht dacht. 'Dat is de wet,' zei hij. Misschien maakte hij zich met die opmerking belachelijk. Maar ach, dacht hij, dat kon er ook nog wel bij.

'En de wet heeft altijd gelijk,' bevestigde Al-Rahman.

Betweter, dacht Eekhaut. De wet heeft altijd gelijk. Je zal dat beslist niet aan de leden van jouw koninklijke familie vertellen wanneer je uitlegt dat de moordenaar van hun dierbare prins is opgepakt. Met wat pech moest Nederland Maxwell uitleveren aan de Arabieren, en die zouden zonder pardon zijn handen en vervolgens zijn hoofd afhakken.

Nee, dat gebeurde niet. Niet met een Nederlands staatsburger. Hoewel het een voorbeeldige straf zou zijn. Definitief ook, vooral dat hoofd. Eekhaut was geen voorstander van dat soort barbaarse straffen, maar het bestaande rechtssysteem in het Westen was ook niet echt afschrikwekkend. Zo was er iets te zeggen voor beide systemen, vond hij. Definitieve straffen hadden echter het nadeel dat ze onomkeerbaar waren. Gevangenhouding natuurlijk ook; je geeft niemand zijn verloren jaren terug wanneer zijn onschuld pas later blijkt.

'U denkt,' zei Al-Rahman met een afgemeten glimlachje, net of hij Eekhauts gedachten had geraden, 'dat het ongewoon is een Arabier te horen argumenteren als voorstander van de mensenrechten. U denkt dat wij strenger zijn dan uw wetten.'

'Ik weet heel weinig af van uw wetten,' zei Eekhaut. 'Maar het verbaast me, ja, dat wel.'

'De sharia is niet bloeddorstig, inspecteur Eekhaut,' zei de kolonel, terwijl ze de trap naar beneden namen. 'Ze verspreidt een zo groot mogelijk gevoel voor rechtvaardigheid. Maar de sharia moet wél in de context van haar ontstaan gezien worden. Lang geleden was dat, de mensen waren toen primitiever dan nu. Ze hadden strenge wetten nodig, omdat ze veel kwetsbaarder waren, ook als samenleving. De risico's waren veel groter dan nu. Gewone dingen die wij vandaag zonder meer weggooien hadden toen grote waarde, vooral om te helpen overleven. Bovendien begrijpen we vandaag veel beter wat misdadigers drijft, om maar één ding te noemen.'

'Dus er worden geen handen meer afgehakt?' zei Eekhaut. En hij had er meteen spijt van dat hij dat had gezegd. Het was een verdomd cliché, en hij moest clichés nu juist vermijden. Hij liep het risico een cliché te ergeren dat een wapen droeg. 'Overigens, kolonel, hebt u een dienstwapen?'

De kolonel grijnsde en trok zijn sweater opzij. Daaronder zat een pistool. De kolonel droeg deze keer geen pak, maar semi-militaire kledij, en was dus waarschijnlijk op de hoogte gebracht van het feit dat hij vandaag in actie moest komen.

Ach ja, dacht Eekhaut, Dewaal heeft hem natuurlijk al ingelicht. Hij komt nooit zomaar per toeval. Hij heeft goede geloofsbrieven. Die dienen voornamelijk om Dewaal ertoe te bewegen hem op de hoogte te houden van de feiten, zelfs nog voordat de leden van het Bureau worden ingelicht. Erg goede geloofsbrieven blijkbaar.

Eekhaut nam zich voor de kolonel niet te veel tegen de haren in te strijken. De man was een onbekende factor, een vreemde speler en een vage pion. Hij was niet de eerste de beste chef die zich aanbood om door Eekhaut gepest te worden. Bovendien was de kolonel een buitenlander, en precies daarom had hij recht op iets meer sympathie, want Eekhaut wist heel goed hoe het was om hier een buitenlander te zijn.

Ze stonden buiten op straat, de schouders opgetrokken vanwege de kou. De kolonel ging op zoek naar de juiste auto en Eekhaut wilde hem volgen, maar werd tegengehouden door Van Gils, die Dewaal met zich meebracht. 'Baas,' zei de rechercheur op een fluistertoontje, 'ik heb wat gehoord in verband met het verdwenen meisje.'

'Ah,' zei Dewaal, 'je hebt je oren goed te luisteren gelegd.'

Van Gils vertelde kort wat hij de avond ervoor van Sjaakie had gehoord.

'Ken jij die plek, inspecteur?' vroeg Dewaal.

'Als mijn broekzak, min of meer dan,' zei Van Gils, met een blik op Eekhaut. 'Maar het is niet zeker dat ze daar ook werkelijk is. Het is een gok.'

'We kunnen alle gokken gebruiken. Wat doen we? Ik kan niemand missen voor de net opgestarte operatie. Maar het leven van mevrouw Calster is in gevaar. Hoewel het, zoals Van Gils zegt, wel een gok is.'

'Dit wordt een harde dobber voor Nick,' zei Eekhaut.

'Weet ik,' zei Dewaal. 'Maar ik moet ook prioriteiten stellen. Ik wil deze overvallen per se achter de rug hebben, en vervolgens het hele team weer in het Bureau hebben, vóór we iets anders ondernemen. Daarna ga jij, Eekhaut, met Van Gils en Prinsen die locatie bekijken. Bezwaren?'

De twee rechercheurs schudden het hoofd.

'Goed, dan doen we het zo. Actie, heren.'

Buiten stonden vier zwarte busjes en evenveel personenwagens, allemaal met draaiende motoren en met zwaailichten. De stedelijke recherche had ten behoeve van de AIVD het beste materiaal uit de garage gehaald. Eekhaut vroeg zich af hoe dat zoal liep met de samenwerking tussen die diensten. Maar op dit moment maakte dat niets uit. Er was vervoer, en dat was het belangrijkste.

Dewaal zou achteraf het papierwerk wel afhandelen en boze boekhouders kalmeren.

Hij kroop met Dewaal en de kolonel in het eerste voertuig, een massieve BMW 7. Dewaal zat voorin, naast Siegel, die reed. Eekhaut keek op zijn horloge. Het was nu precies kwart voor tien. De BMW trok snel op. Achter hen reden de andere voertuigen, die uitwaaierden naar verschillende locaties. Dewaal draaide zich om, keek naar de kolonel alsof ze wat wilde zeggen, maar bedacht zich en keek weer voor zich uit. Siegel stuurde het voertuig met hoge snelheid door het ochtendverkeer, sirenes en lichten op volle sterkte.

'Wij moeten de grootste afstand afleggen,' zei Dewaal, haar hoofd half naar de twee passagiers achterin gewend. 'Als we daar arriveren, komen de andere teams pas in actie. Pas dan en niet eerder. Ik wil niet dat een overijverige assistent Maxwell inlicht over onze komst.'

'Hebben we zijn huis in de gaten gehouden?'

Dewaal schudde het hoofd. 'Daar had ik geen mensen voor. Ik heb vandaag iedereen nodig. Een observatie zou me zeker twee mensen kosten, en ik mag ze niet overdag laten werken na een nachtelijke prestatie. Arbeidswet. En ik moet een speciale aanvraag indienen bij de officier van justitie en de minister. Het leek me gewoon de moeite niet waard.'

Al-Rahman zei tegen Eekhaut: 'Wij arresteren de hoofdverdachte?'

'Dat is de bedoeling,' zei Eekhaut. 'Als God het wil.'

Al-Rahman negeerde dat laatste. 'Op verdenking van moord?'

'Op verdenking van een heleboel dingen, waaronder meervoudige moord en samenzwering en aanzetten tot allerlei misdaden.'

'Ah,' zei de kolonel, alsof dat alles verklaarde.

De BMW reed onverantwoord snel. Waarom die haast? dacht Eekhaut. We vinden Maxwell thuis of we vinden hem niet thuis, waarschijnlijk dat laatste, of we ons nu haasten of niet. Maar Siegel leek er een weinig aanbevelenswaardig genoegen aan te beleven om zo snel te rijden met een ruim twee ton zware auto. Iets wat Eekhaut zelf nooit had gedaan, ook niet in Brussel. In Amsterdam leek het hoe dan ook een misdaad om zo hard te rijden. Eekhaut beeldde zich oude Surinaamse dametjes in die ternauwernood aan het spurtende vehikel konden ontkomen, en zag de haatdragende blikken van de burgers al voor zich. Zelfs Dewaal keek twee keer waarschuwend in de richting van de chauffeur, maar besloot niets te zeggen.

Uiteindelijk vertraagden ze in een straat die eruitzag alsof die ergens tussen de twee wereldoorlogen was gebouwd, met huizen in een typische maar ondefinieerbare stijl die Eekhaut als post-middenklasse-Hollands ervoer. Hij had er geen idee van wie er woonde en of zulke mensen sowieso tot een bepaalde klasse behoorden. Hij wist niets. De huizen waren goed onderhouden, stonden elk op hun stukje grond en het groen leek de eeuwigheid te trotseren, zelfs zo diep in de winter. Puntdaken, houten panelen, geen kunststof kozijnen of van dat moderne spul. Goede kwaliteit, er hoefde in geen eeuw gerestaureerd te worden.

Niemand op straat. Er kringelde wat rook uit sommige schoorstenen, alsof de mensen er nog kolen of hout aan de hemelgoden offerden, maar dat was dan ook de enige aanduiding dat er in deze buurt levende wezens waren. Er hing een vochtige kilte over dit deel van de stad.

'Nummer drieëndertig,' zei Dewaal. Overbodig, want Siegel had zijn huiswerk goed gedaan. Hij stopte voor een huis dat ongeveer halverwege de straat lag. Ze stapten alle vier uit. Dewaal pakte haar portofoon en sprak een paar woorden. Op datzelfde moment zouden op zes andere plaatsen in de stad de andere teams in actie komen.

Ze liep op het hek van nummer drieëndertig af.

Eekhaut, nu en dan geplaagd door een iets te levendige fantasie, verwachtte een tirade van automatisch vuur vanuit het huis. Maar dat gebeurde niet. Er gebeurde helemaal niets, ook niet toen Dewaal bij de toegangspoort aanbelde. Niet eens een boze hond die tegen het hek aan sprong. Zelfs geen buurman die zijn hoofd uit het raam stak en informeerde wat de dame en de heren wilden. Misschien werkte de bel niet. Hij was tenminste van buiten niet te horen.

'Inspecteur,' zei Dewaal tegen Siegel. De man liep naar de poort toe, boog zich voorover en uit zijn handen klonk het gerammel van kleine metalen voorwerpen. Eekhaut had verwacht dat hij een breekijzer uit de koffer van de BMW zou halen, maar de methode van Siegel bleek heel wat subtieler en even doeltreffend: de poort zwaaide moeiteloos open. Ze liepen naar de voordeur, waar Dewaal aanklopte. Er was geen bel. En dat aankloppen was puur een formaliteit. Opnieuw goochelde Siegel met het slot, en ook deze hindernis had hij snel overwonnen.

In het huis was het stil, maar het was er ook aangenaam warm. Iemand had de verwarming laten aanstaan, maar vast niet ter ere van de politiemensen. Eekhaut vroeg zich af of ze misschien toch verwacht werden. 'Politie Amsterdam,' riep Siegel voor de goede orde nogmaals. 'Wij komen naar binnen.'

Zelfs toen gebeurde er niets. Geen kat die uit de gang ontsnapte, geen vrouw die krijste, geen plots verschijnend sektelid met een zeis. Ze raakten er bijna door ontgoocheld. Alle vier stapten ze over de drempel. Eekhaut, die strategisch maar niet helemaal onlogisch als laatste kwam, sloot de deur achter zich.

'Eekhaut, begane grond, samen met de kolonel. Siegel, wij nemen de bovenverdiepingen,' beval Dewaal.

Ze verspreidden zich door het huis. Eekhaut zag vanuit zijn ooghoek dat de kolonel zijn pistool getrokken had. Zelf deed hij dat niet. Er was geen enkele aanleiding voor. De kolonel scheen daar echter anders over te denken. Een stil en schijnbaar leeg huis riep bij hem allicht andere associaties op. Misschien slopen er in Arabische huizen heel wat meer seriemoordenaars rond dan in de modale Nederlandse woning. Of terroristen natuurlijk.

Het gekke was, dat hun overvalteam twee vreemde eenden in de bijt had, in de definitie van Dewaal. Eén daarvan was een Arabische kolonel, die waarschijnlijk geen recht had om hier te opereren, maar die wel met een getrokken pistool rondliep, en van een stevig kaliber ook nog. Een Amerikaans wapen, leek het. Dat verbaasde Eekhaut niet. Die Arabieren kochten al hun wapens in de vs, of niet soms? Hun gevechtsvliegtuigen en hun handwapens tenminste wel.

Het huis bleek echter verlaten te zijn.

'Blijkbaar is hij vanmorgen weggegaan en was hij niet meer van plan nog terug te komen,' zei Dewaal. 'Dat kan onze theorie bevestigen. Misschien kan ik er zelfs de officier van justitie mee overtuigen.' Ze had in de koelkast gekeken. Ze had de kamers boven bekeken. 'Het bed is netjes opgemaakt. Hij woont hier alleen, zo te zien. Zo'n groot huis en helemaal alleen. Een schande.' Zo'n uitspraak etaleerde alleen maar haar Nederlandse vrekkigheid, oordeelde Eekhaut, die daarover echter zijn mond hield. Ook hij had ooit in een huis gewoond dat naar Nederlandse maatstaven onbehoorlijk groot was. En ook helemaal voor hem alleen. Hij piekerde er niet over zich daarvoor te schamen.

Dewaal sprak een paar woorden in haar portofoon. Daarna luisterde ze. Ze zei nog een paar dingen, en ze klonk boos. Siegel slenterde wat rond, de kolonel had zijn wapen weer weggeborgen. Uiteindelijk verbrak Dewaal de verbinding. 'Hij is nergens te vinden. Afwezig, zeggen ze overal. Onbereikbaar. In vergadering. Maar nergens lijfelijk aanwezig. Gewoon niemand die weet waar hij is.'

'Gaan we het huis opnieuw helemaal doorzoeken?' vroeg Siegel. 'En wat zoeken we dan precies?'

Dewaal knikte. 'We gaan inderdaad dit hele pand helemaal ondersteboven keren. Het zou zonde zijn de machtiging niet volledig te gebruiken. En alles wat we vinden nemen we mee voor nader onderzoek: computers, archieven, documenten, cd-rom's en andere bestandsdragers. De hele handel. Ik verwerk het wel in mijn rapport. Vooruit, aan het werk!'

Het duurde zeker twee uur voor alle teams weer in de Kerkstraat waren. Sommige rechercheurs hadden dozen vol paperassen bij zich, en in totaal waren er vier laptops in beslag genomen, maar andere teams waren met lege handen teruggekomen omdat Maxwell niet in alle kantoren persoonlijke spullen had liggen. Somber overzag Dewaal de stapel materiaal. 'Ons daardoorheen werken kost ons op z'n minst een paar weken,' zei ze. 'En veel mensen kan ik daarvoor niet vrijmaken. De dienst Toezicht en Budgettering klaagt nu al over de kosten van deze operatie.'

'Dan kunnen we d'r maar beter meteen aan beginnen,' opperde Veneman. 'Tenzij u vindt dat het allemaal de moeite niet loont.'

'We doen het wel degelijk,' zei Dewaal. 'Moet ik jullie eraan herinneren dat de drie verdwenen medewerkers allemaal een bedreiging vormden voor de positie van Maxwell? Ze wisten allemaal te veel over de gang van zaken in zijn bedrijf. Het ziet ernaar uit dat hij met dat ritueel in de Ardennen niet alleen voor zijn zuivering zorgde, maar dat hij ook een paar lastposten uit de weg heeft geruimd. Dat Basten ook nog lid was van de Kerk, was een incidenteel meevallertje. Ja, jongens, Maxwell is onze man.'

Een jonge rechercheur stak haar hoofd om de deurpost. 'Commissaris, u hebt een buitenlijn,' zei ze. 'In uw kantoor.'

'Ach,' zei Dewaal, die een blik op Eekhaut wierp. Daarmee bedoelde ze: die andere zaak, met Eileen Calster, daar houden we ons zo dadelijk mee bezig. 'Er zal toch niets met m'n moeder zijn?' Ze ging snel haar kantoor in, terwijl de rechercheurs de hele stapel materiaal in ogenschouw namen, die op inderhaast bij elkaar geschoven tafels verspreid lag. 'Leuk idee van ons, niet?' vroeg Veneman. 'Gewoon een huis en een paar kantoren leeghalen, hoofdzakelijk om die man te ergeren, en nu zitten we met zo veel rommel dat we d'r geen raad mee weten. Nou, of ze het wil of niet, dat worden overuren.'

'Iets voor de echte computernerds onder ons,' zei Thea Marsman, voor wie dit de eerste actie was geweest. Merkwaardig genoeg droeg ze hetzelfde combatvest als haar baas, wat bij Eekhaut de gedachte ontlokte dat beide vrouwen waarschijnlijk in dezelfde winkel waren gaan shoppen. Waarschijnlijk in het een of andere magazijn van de Mobiele Eenheid.

Dewaal kwam haar kantoor weer uit. Ze keek bedenkelijk. 'Mag ik jullie aandacht even,' zei ze. 'Jullie weten dat er een informant zit bij de sekte, iemand die mij af en toe voorziet van informatie. Kijk niet zo verbaasd, Veneman, het is niet echt een geheim hier. Nou, die informant weet me zonet te vertellen dat de sekte een aanslag voorbereidt, morgen, ergens in Amsterdam, en dat er massa's doden zullen vallen. En hij klonk doodsbenauwd, wat onder de gegeven omstandigheden wel te begrijpen is, hoewel hij toegaf dat er al lang sprake was van zo'n aanslag.'

Ze begonnen allemaal tegelijk door elkaar heen te praten.

Dewaal hief beide handen op. 'Rustig nu allemaal. Stilte, alsjeblieft. Nee, de informant kan me niet zeggen waar precies en hoe laat. Maar we hebben enkele aanwijzingen.'

'De tankauto vol gas.'

'Ze maken er een bom mee.'

'Ergens waar veel mensen zijn.'

'Het soort mensen dat voor hen, hoe zeggen ze dat, "onwaardig" is.'

'Het Centraal Station?'

'De Dam, tijdens de middagdrukte? Morgen is het zaterdag, dan is het een gekkenhuis in de stad.'

'De rosse buurt?'

'De Kalverstraat?'

Dewaal stak opnieuw haar handen omhoog: 'Zo kan-ie wel weer, mensen. Allemaal interessante ideeën, maar allemaal niets méér dan gissingen. En we kunnen niet al die plekken tegelijk in de gaten houden. Laten we nadenken. Waar kunnen ze ongemerkt een complete tankwagen met twintigduizend liter vloeibaar gas parkeren zonder dat hij opvalt? Op een plaats waar ook nog veel publiek is.'

Opeens waren er helemaal geen suggesties meer. Althans niet direct.

'Ik zie het al,' zei ze. 'Luister, we hebben niet veel tijd meer. Ik bel meteen de minister van Binnenlandse Zaken en de korpschef van de regio Amsterdam-Amstelland. En onze directeur-generaal. We kunnen het ons niet veroorloven deze zaak niet heel serieus te nemen... En wat jullie betreft: pluis die spullen uit, tot we iets zinnigs vinden.'

Kolonel Al-Rahman leunde tegen een archiefkast, net of hij zich al in het kantoor thuis voelde. Op Eekhaut en Dewaal na had nog niemand een woord met hem gewisseld. Niet dat het hem leek te hinderen de buitenstaander te zijn. De leden van het team hadden moeite met zijn aanwezigheid, zoals ze moeite zouden hebben gehad met elke buitenstaander, en niet speciaal omdat hij een buitenlander was. Hij had niets met de groep te maken, vonden ze, en ze zagen bevestiging voor die stelling in de houding van de kolonel, die gewoon afwachtte tot er wat gebeurde.

'Kunnen we hem niet kwijt?' fluisterde Veneman tegen Eekhaut.

Die haalde de schouders op. 'Ik zit aan hem vast. Bevel van de baas. Jij hebt mooi praten.'

'Moet je hem geen logeerbed aanbieden?'

'Ben je gek? Niet in mijn flat.'

'Ik hoorde dat hij in Hotel de L'Europe verblijft, onze kolonel. En dat hij alles met de taxi doet, stel je voor. Niemand wil die geruchten bevestigen, maar ik dacht dat jij…'

'Ik weet niks,' zei Eekhaut, geheel naar waarheid.

'Ze heeft het je niet verteld? Nou, dat lijkt me sterk. Moet jij hem niet dag en nacht in de gaten houden?'

Eekhaut kreeg de indruk dat Veneman een loopje met hem nam. 'Ik hou me met hem bezig wanneer hij en ik samen dienst hebben. Wat hij daarbuiten doet, is zijn zaak.'

'Zoals je wilt,' zei Veneman achteloos. Maar Eekhaut wist dat zijn collega nieuwsgierig was, en werkelijk wilde weten of er veel geld gespendeerd werd aan het verblijf van de kolonel en door wie. Allemaal een kwestie van op tijd bij de baas gaan klagen over gemaakte kosten en over de belabberde beloning. 'Maar weet je wat, Eekhaut?'

'Nee, wat weet ik?'

'Ik vraag me af wat de opdracht van die kolonel is. Probeer me niet wijs te maken dat het alleen om de moord op die prins van hem gaat. Want daar is hij helemaal niet mee bezig.'

'Wél als Maxwell verantwoordelijk blijkt te zijn voor die moord.'

'Die moord valt toch niet meer onder onze jurisdictie, Eekhaut?'

Eekhaut merkte dat Prinsen somber aan de kant stond. Hij wist waar de jongeman aan dacht. Hij dacht aan Eileen en aan haar lot. Dewaal was zich van dat probleem bewust, maar had niet geaarzeld om openlijk tot de aanval op de sekte over te gaan. Prinsen had niks kunnen doen. Het was mogelijk dat hiermee het lot van Eileen was bezegeld, maar Dewaal had het risico toch genomen.

Eekhaut zag hoe Prinsen plotseling de zaal verliet. Het werd hem kennelijk te veel. Dewaal was bezig enkele mensen opdracht te geven om de documentatie en de pc's uit te pluizen en had niets in de gaten. Hij ging de jongen zelf achterna. Die stond in de gang, het hoofd gebogen, de hand tegen zijn linkeroor. Hij was aan het bellen.

Prinsen zag Eekhaut naderbij komen. Hij wuifde hem toe met zijn vrije hand. *Kom dichterbij.* Eekhaut hoorde hem zeggen: 'Dat is mijn schuld toch niet. Mij werd niets gevraagd en zelfs dan had ik niet...'

Hij luisterde en keek schuins naar Eekhaut. Hij knikte. 'Godverdomme,' zei hij. Toen luisterde hij weer. 'Als jullie haar wat aandoen dan...' En hij luisterde weer even. 'Goed,' zei hij, afsluitend. 'Ik zal doen wat ik kan. Maar jullie zijn... Hallo? Hallo!?' Hij liet de telefoon zakken en keek Eekhaut verbijsterd aan. 'Ze zijn woedend omdat ik hen niet heb gewaarschuwd.'

'Dat kon je toch niet.'

'Nee, maar dat geloven ze niet. Ik moet nu alles in het werk stellen om het onderzoek te dwarsbomen.'

'En hoe moet je dat doen?'

Plotseling stond Dewaal bij hen. 'Nou?' vroeg ze.

'De ontvoerders,' zei Eekhaut. 'Ze willen weten waarom Nick hen niet ingelicht heeft over onze actie.'

'We moeten meteen optreden,' zei Dewaal. 'Eekhaut, jij gaat met de beide inspecteurs naar de Bickersgracht. Nu meteen. Als het een dood spoor is, is dat jammer. Dan moeten we wat anders bedenken.' De rechercheurs wilden ervandoor gaan. 'O, en nog iets. Iemand moet ook nog eens met die mevrouw Simson gaan praten.'

'Van de Kerk?'

'Ja. Het kan niet waar zijn dat die niets af weet van Maxwell.'

'O? Dat zijn toch geen dikke vrienden? Waarom vertelt ze ons dan niet alles wat ze weet?'

'Misschien,' zei Dewaal, 'heeft ze haar eigen agenda.'

43

'Dat jochie van jou had meteen heel wat minder praatjes toen we een hartig woordje met hem wisselden,' zei de man met de bivakmuts. Zijn stem klonk wat rasperig, alsof hij last had van de koude buitenlucht – of te veel rookte. 'Hij zong gelijk een toontje lager, geloof me maar, meid.'

Dat de man een muts droeg, zodat Eileen zijn gezicht niet kon zien, bleef haar hoop geven. Ze maken me niet dood, dacht ze. Nog niet, in elk geval. Ze hebben ook geen reden om me dood te maken. Ik ben hier alleen maar omdat ze Nick onder druk willen zetten. Ik ben hier als onderpand.

Ze hadden haar zelfs nauwelijks aangeraakt, en daarom vermoedde ze dat de mannen professionele criminelen waren, niet uit op brutaliteiten of vertier. Ze werkten in opdracht. Ze hadden haar niet eens vastgebonden. Blijkbaar waren ze erg zeker van zichzelf. Ze waren er duidelijk van overtuigd dat Eileen niet kon ontsnappen.

Achter haar zei de andere man: 'Maar hij hield zich niet aan onze afspraak, en dat is natuurlijk een beetje dom. Eigenlijk verdient hij een pak slaag.' Ze kon zijn gezicht evenmin zien, maar ze hoorde hoe hij grijnsde bij die laatste woorden.

'Inderdaad,' bevestigde de eerste man. 'Hij is niet erg geschikt. Hij is helemaal niet de stoere jongen die we verwacht hadden. Een watje, stel je voor! Een smeris die niet tegen een stootje kan. Weet je zeker dat je hem als vriendje wil houden, juffie? Denk daar toch maar 's over na.'

'Ach,' zei de andere man, 'daar wil ze nu niet over nadenken. Ze wil sowieso niet te veel denken, nietwaar, schat? Want nadenken doet pijn, onder deze omstandigheden. Omdat je dan beseft dat de dood op de loer ligt. Als die lieve jongen van jou niet netjes meewerkt, krijg je heel snel door dat je van de ene op de andere minuut dood kunt zijn. En je wil toch zeker niet doodgaan in dit stinkende hok?'

Eileen zei niets, dat leek haar de beste strategie. Er werd niet van haar verwacht dat ze iets zei. Als ze niets zei, dan kon ze ook geen domme dingen zeggen. Het was hoe dan ook beter dat ze de mannen liet praten. Mogelijk lieten ze nog interessante dingen doorschemeren, iets wat duidelijkheid gaf over haar toekomst. Ze waren met z'n tweeën, maar Eileen vermoedde dat er een derde man was, en dat de twee die ze zag niet altijd dezelfde twee waren. Een derde man dus, wat het niet makkelijker maakte als Nick een manier vond om haar te komen bevrijden.

'Ze zegt niet veel, hè?' zei de ene man. Degene die beschaafd praatte en dat een beetje verborgen probeerde te houden. 'Ze heeft niet echt veel praatjes. Dat vind ik nou leuk aan zo'n meisje, dat ze niet veel praatjes heeft. Zo'n meisje zou ik ook voor mezelf willen. Die diender heeft gewoon puur mazzel gehad met deze griet. En dat verdient hij niet.'

'Hoe zou jij je voelen?' vroeg de andere. 'Gevangen en in een kamertje met ons erbij. Jij zou ook niet zo veel te zeggen hebben. Zulk aangenaam gezelschap zijn we niet.'

'Hoe lang blijven we hier nog?' vroeg Eileen.

'Da's wel weer genoeg zo,' zei de een. 'Nou worden we iets te intiem, juffie.' Hij kwam overeind en liep naar buiten, naar wat volgens Eileen een gang was. Ze zag een oude muur van vuile bakstenen, en vanboven viel er grijs licht naar binnen. Een fabriek of zo. Een halfvergane, muffe fabriek. Waar al een tijd niemand meer kwam. Zeker niet om er te werken.

De man die in de gang stond zei tegen de andere: 'Kom je nog, of moet ik je met haar opsluiten? Zou je wel willen, hè?'

De tweede man stapte ook naar buiten. De metalen deur ging dicht, met een onaangenaam geluid van oud staal op steen. Een fabriek, een werkplaats. Een groot, hol gebouw, oud en verlaten. Die kennis zou haar weinig helpen, als ze niet de kans had om met de buitenwereld te communiceren.

Zouden ze haar aan het eind van dit verhaal alsnog vermoorden?

Ze ging op de stoel zitten. Ze had de muren geprobeerd en de vloer, maar er was niets wat haar kon helpen te ontsnappen of te communiceren. Een klein raampje, drie meter boven haar hoofd, en verder alleen maar steen. Misschien waren ze ver van Amsterdam verwijderd. Misschien was ze zelfs in het buitenland. Alles was mogelijk. Ze was een tijdje bewusteloos geweest, misschien zelfs lange tijd. Van de rit wist ze dus niets. Haar ontvoerders hadden de kans gehad een heel eind met haar rond te rijden.

Ze keek op. Er kwam een eigenaardig geluid van buiten. Alsof iemand ver weg in het gebouw opnieuw een deur liet dichtslaan. Een geluid dat haar intrigeerde. Elk geluid dat op de aanwezigheid van mensen duidde intrigeerde haar. En toen klonk hetzelfde geluid opnieuw...

44

'Ben je daar zeker van?' vroeg Eekhaut. Hij keek bezorgd, omdat hij de situatie niet helemaal onder controle had. Uit ervaring wist hij dat er ongelukken konden gebeuren wanneer je de situatie niet voor honderd procent in handen had.

Van Gils knikte. Eekhaut had hem op verkenning gestuurd. Het bedrijfsterrein had er bedrieglijk verlaten uitgezien, maar hij nam geen risico's. Van Gils was het terrein op geslopen, maar hij was meteen teruggekomen. Eigenlijk had Prinsen dat moeten doen: hij was de jongste en de meest behendige, maar Eekhaut gaf de voorkeur aan Van Gils. Prinsen kon wel eens gekke dingen gaan doen, als hij vermoedde dat Eileen ergens op het terrein in gevaar was. Kon wel eens de neiging hebben er alléén en zonder dekking van de anderen op uit te trekken, de koene ridder en zo…. Hij was jong en dacht in de eerste plaats aan de veiligheid van Eileen, niet aan zijn eigen veiligheid. Maar zo kon hij haar juist in gevaar brengen.

Ze stonden net buiten het gebouwencomplex, naast de open toegangspoort, vanwaar ze naar binnen konden kijken door een paar gaten in de buitenmuur. Op het ommuurde terrein stond een drietal vrijstaande gebouwen op een binnenplaats. Hun aandacht ging in het bijzonder uit naar het gebouw recht aan de overkant, een bakstenen fabriekshal met hoge, smalle ramen en een plat dak.

'Een zwarte Landrover en twee mannen die een sigaret staan te roken. De derde is ergens binnen, ik zag hem bewegen door de ramen.' De twee rokende mannen konden onmogelijk zicht hebben op de poort. Dat kwam goed uit. Het betekende ook dat ze niet erg op hun hoede waren.

'Is er nog ergens een ruit intact op dit terrein?' vroeg Eekhaut. Glas was altijd een risico. Als er geschoten werd bijvoorbeeld.

Van Gils schudde meewarig het hoofd. 'Ramen,' herhaalde hij, maar zonder verdere uitleg. 'We kunnen beter assistentie vragen. Misschien zijn er nog meer ontvoerders binnen.'

'Dat lijkt me niet erg waarschijnlijk,' zei Eekhaut. 'Om één meisje te bewaken? Drie is al een verspilling van mankracht. Hoe lang duurt het overigens voor die assistentie hier kan zijn?'

Van Gils aarzelde. 'Een uurtje. Als we de baas inlichten moet zij eerst het aanhoudingsteam van het korps Amsterdam oproepen, die lui met machinepistolen, bivakmutsen en speciale overvalwagens...'

'Jezus. Ik dacht dat het Bureau zelf wel genoeg mankracht had wat betreft mensen die hun hand niet omdraaien voor een inval van dit bescheiden kaliber. Wat heb je in de auto? Een machinepistool of twee?' Hij wist uit ervaring dat in sommige voertuigen van het Bureau extra wapentuig verborgen zat, of dat er wat bleef slingeren na een actie.

Van Gils keek beteuterd naar de oude Mazda waarmee ze waren gekomen. 'Dat is niet bepaald het elitevoertuig van de eenheid,' zei hij. 'Het enige wapen daarin is... nou ja, eigenlijk niets.'

'Drie pistolen dus.'

'Drie tegen drie,' zei Prinsen strijdlustig. 'En wij hebben het voordeel van de verrassing. Waar wachten we op? We hebben toch geen back-up nodig?'

'Eileen loopt gevaar als het op een schietpartij aankomt,' waarschuwde Eekhaut. 'En we hebben niet echt een strategie. Bovendien kennen we het terrein niet. Drie belangrijke punten tégen een directe inval. Wat doet het Bureau in zo'n geval?'

'We hebben zelden zo'n geval,' zei Van Gils, die zich als oudste lid van het Bureau deed gelden. 'Wij krijgen hoofdzakelijk te maken met witteboordencriminaliteit, met bedrijfsfraude en witwaspraktijken. Da's werk van een heel ander kaliber.'

'Onzin,' zei Eekhaut. 'Ik hoor altijd allerlei cowboyverhalen over hinderlagen en achtervolgingen en schietpartijen van jullie...'

'Nou ja,' zei Van Gils. 'We hebben wel materiaal, maar we kunnen moeilijk opnieuw langs het Bureau en dan terug...'

'Laten we gewoon naar binnen sluipen,' stelde Prinsen voor. 'Zo moeilijk is dat toch niet?'

'Het is altijd moeilijk als je je op onbekend terrein waagt,' zei Van Gils.

'Ze is daar, in dat gebouw,' zei Prinsen stellig.

'Weten we niet zeker,' zei Van Gils.

'Momentje,' zei Eekhaut. 'Ik ben hier nog altijd de hoogste in rang. Dus neem ik het initiatief. Iedereen klaar? Nick, zie je die muur daar aan de rechterkant?'

Prinsen gluurde omzichtig door een van de gaten. 'Ja.'

'Jij sluipt daarlangs tot je ter hoogte van de ingang van het gebouw bent. Dan wacht je tot ik een teken geef.'

'Wat voor teken?'

'Dat maakt niks uit, Nick. Je wacht gewoon tot wij in actie komen. Ik stuur Van Gils naar de andere kant. Dan hebben we deze twee in elk geval van verschillende kanten onder schot.'

'En de derde?'

'Zou die risico's nemen, denk je? Met drie tegenstanders voor zich?'

'Nou, dat zou best kunnen. Hij kan Eileen als levend schild gebruiken.'

'We zien wel.'

Prinsen wilde nog wat zeggen, maar slikte het in. Het leek hem geen goed plan, maar een beter plan was er niet. Ze konden moeilijk gewoon naar de twee mannen toe stappen. De jongeman liep weg van de beide oudere rechercheurs, en Eekhaut hield hem in de gaten tot hij wist dat hij zijn positie had bereikt.

'Jij loopt zo meteen naar de linkerzijde, door de poort,' zei hij tegen Van Gils.

'Dan zien ze me.'

'Niet als je voorovergebogen loopt.' Op de binnenplaats stonden enkele half vergane kratten, een paar roestige containers en een oude vrachtwagen. Van Gils kon die als dekking gebruiken, oordeelde Eekhaut.

De rechercheur deed wat hem gevraagd was, en even later had ook hij zich verdekt opgesteld. Mooi, dacht Eekhaut, die besefte dat hij niet echt een plan had. Hoogste rang of niet, hij had weinig ervaring met dit soort situaties. Hij was een rechercheur, en toestanden zoals deze waren hem vreemd.

Hij trok zijn pistool, zette de veiligheidspal om en spande het wapen. Hij had nog niet met dit wapen geschoten, en was ook niet van plan dat vandaag te gaan doen. Maar als het nodig was, zou hij niet aarzelen.

Hij kwam overeind en stapte langs de open poort de binnenplaats op. Onder zijn schoenzolen kraakten grind en glas. Hij keek eerst naar de Landrover, die bij de hoek van het gebouw stond, ongeveer waar Prinsen zich schuilhield. Er zat niemand in het voertuig. Vervolgens richtte hij zijn blik op de twee mannen die voor de poort van het gebouw stonden te roken en die hem nog niet in de gaten hadden.

Een van hen gooide zijn sigaret weg en keek toevallig zijn kant op. Hij stootte zijn maat aan en maakte een beweging met zijn hoofd in de richting van de naderende man alsof hij wilde zeggen: kijk hem eens. Eekhaut liep onverschrokken door, het pistool hield hij in zijn rechterhand, vlak achter zijn heup. Ooit moesten de beide mannen jong en atletisch zijn geweest, maar nu maakten ze alleen indruk vanwege hun omvang. Voornamelijk vet, dacht Eekhaut. En beiden waren een goed eind in de veertig. Zelf was hij ook niet bepaald fit, maar deze mannen nog minder.

'Dit is privéterrein!' riep een van de twee hem toe.

De ander, die blijkbaar minder vertrouwen had in de toevallige indringer, zette een stap opzij en liet zijn rechterhand onder de rand van zijn leren jekker verdwijnen, waar ongetwijfeld zijn wapen zat.

Eekhaut richtte zijn rechterarm op, met het pistool. Yep, dacht hij, twee *has-beens* die mee willen spelen als handlanger, maar daar allang de flair niet meer voor hebben. 'Handen weg van je wapen,' zei hij. 'Politie. Jullie staan onder arrest. Deze gebouwen zijn omsingeld.'

Hopeloos dramatisch, dacht hij. Gewoon zonder enige overtuigingskracht. Waarom klonk dat in films toch altijd zo veel beter? Maar bij dit kaliber tegenstanders zou het wel effect sorteren.

Hoopte hij.

Maar dit soort dingen liep natuurlijk nooit helemaal zoals je hoopte.

Het wapen van de ene man kwam tevoorschijn, alsof hij de waarschuwing niet had gehoord. De loop van het dodelijke vuurwapen ging omhoog en wees naar Eekhauts hoofd.

Voor Eekhaut er erg in had, schokte het pistool in zijn rechterhand en hij besefte dat hij het wapen met beide handen had moeten vasthouden, want de terugslag bracht hem uit zijn evenwicht.

De ontvoerder met het wapen kromp in elkaar en viel neer. Zijn revolver kletterde op de kinderkopjes, ver van hem vandaan.

De maat van het slachtoffer vloekte en greep naar zijn eigen wapen.

Eekhaut schoot opnieuw, maar omdat het te snel ging en hij het juiste evenwicht nog niet had teruggevonden, miste de kogel zijn doel.

Zijn tegenstander schoot, maar tegelijk klonken er drie harde knallen links van Eekhaut.

De man keek verbaasd naar Van Gils, voor hij door zijn knieën zakte.

Prinsen spurtte vooruit, naar de deur van het gebouw. Van Gils probeerde hem bij te houden, maar hield halt bij de twee mannen die op de grond lagen. Hij trapte de vuurwapens voor de goede orde uit de weg. Prinsen was toen al in het gebouw verdwenen. Van binnen klonk gekletter, en een stem.

Eekhaut ging achter Prinsen aan. In het gebouw was het schemerig, ondanks het ontbreken van glas in de ramen. Het was een fabriekshal, zo veel was duidelijk, met de roestende restanten van imposante machines en met grote waterplassen ertussenin. Achterin was een rij deuren.

Prinsen hield een derde man onder schot.

'Waar is ze?' riep hij. Hij trok de hamer van zijn pistool naar achter. 'Nu meteen. We vinden haar ook zonder jou, maar als je meewerkt gaat het een stuk sneller.'

'Nick,' zei Eekhaut, dichterbij komend. 'Je gaat niet schieten, Nick,' zei hij.

'Daar, achter jullie,' zei de man, die daar blijkbaar niet van overtuigd was. 'Het kamertje waarvan de deur gesloten is.'

'Heb je hem?' vroeg Prinsen aan Eekhaut.

'Ik heb hem,' zei Eekhaut, die nu de man onder schot hield.

Prinsen haastte zich naar de deur, die niet lang standhield.

Prinsen wilde meerijden met de ambulance, mee met Eileen. Maar Eekhaut dacht daar anders over. 'We gaan eerst terug naar het Bureau, om de hele toedracht door te praten met Dewaal, Nick,' zei hij. 'Je hebt heel wat uitleg te geven. Ik vermoed dat ze precies wil weten waar je mee bezig bent...'

'Ze weet alles,' klaagde Prinsen, die zijn blik niet van Eileen afwendde terwijl zij door twee broeders op een brancard getild werd. 'Je doet net alsof dit allemaal achter haar rug om is gebeurd.'

'O, je zou het allemaal op eigen houtje gedaan hebben als ik niets had ontdekt, Nick. Jij gaat dus nu eerst met mij naar Simson, en daarna zal tante Alexandra een eitje met je te pellen hebben. Van Gils gaat ondertussen mee met de ambulance en let op Eileen. Ze is in goede handen, Nick.'

De jongeman keek achter zich, waar twee ziekenbroeders Eileen in de ambulance schoven. 'Oké dan,' zei hij.

'Het duurt echt niet lang,' zei Eekhaut.

45

De ondergrondse ruimte had muren en een zoldering van gewapend beton en staal, en leek in staat een atoombom te weerstaan, maar Koerier had Baphomet ervoor gewaarschuwd dat dat een illusie was. 'Wat je ziet is een ondersteunende structuur waarboven nauwelijks gewicht zit. Het gewicht van het bovengrondse deel van het hele complex wordt gedragen door de externe structuren, de muren en de bogen en de buitenwand. Hier werd staal en beton gebruikt omdat dat het goedkoopste was. Wat had u anders verwacht? Hout, plastic? Niet dus. Het vraagt ook geen onderhoud. Dit werd zo gebouwd omdat het niet te duur in het gebruik zou zijn.'

Baphomet draaide zijn hoofd naar de tankauto. Hij was gekleed in zwarte jeans en een dikke sweater van dezelfde kleur, onder een donkerblauwe parka, die openhing. 'Waarom is dit dan zo gigantisch? Wordt het gebruikt als garage of wat? Ik zie het nut er niet van in.'

'Het is voor concerten,' zei Koerier. 'Dan staan de vrachtwagens van de podiumbouwers en de technische teams hier opgesteld. Daar aan de andere kant zitten liften die grote decorstukken naar boven kunnen brengen. Soms worden hier bussen gestald. Ik heb het uitgezocht, dit deel van het complex wordt nu niet gebruikt. Niemand dus die ons zal storen.'

Op twintig meter van hen vandaan stond de tankwagen geparkeerd, precies in het midden van de ruimte. Hij bestond uit een donkerblauwe trekker en een oplegger met een cilindervormige tank van gematteerd roestvrij staal, waarop de naam van een firma was geschilderd. Een man klom uit de cabine van de combinatie en sloeg het portier dicht.

'Zijn er ingangen die afgesloten moeten worden?' vroeg Baphomet.

'Vier,' zei Koerier. 'Dat is al gebeurd. Eén ingang blijft voorlopig open, voor ons. Daarna gaat dit alles hermetisch dicht, nadat we de tijdklok ingesteld hebben. Vervolgens nog de extra maatregelen…'

'Allemaal automatisch dus.'

'Inderdaad. Zodra de klok is opgestart kan niemand nog per toeval in deze ruimte komen. En ik zorg voor nog enkele hindernissen, voor het geval hier iemand doordringt.'

Serena stond met de armen over elkaar op enkele meters van Baphomet vandaan. Ze had nauwelijks naar de omgeving gekeken, alsof die haar niet interesseerde. 'Wat vind jij ervan, m'n beste Serena?' vroeg Baphomet haar.

Ze had staan dromen, veronderstelde hij, en zijn vraag wekte haar uit haar gedachten. 'Het lijkt… ik weet het niet,' zei ze. 'Ik kan me niet voorstellen…' Ze maakte een gebaar met beide handen dat het hele complex omvatte, dat ongetwijfeld de toekomstige slachtoffers omvatte. Alsof het allemaal te groot voor haar was, het hele idee.

'Nee,' zei hij, 'dat begrijp ik.' Hij glimlachte ontspannen. Ja, hij voelde zich werkelijk helemaal ontspannen. Serena droeg een donkerrood skipak, of iets wat daarop leek, en het stond haar goed, vond hij. 'Het geeft niet, Serena. Je zal uiteindelijk wel begrijpen waarom dit moet gebeuren. Heel binnenkort zal je de noodzaak hiervan inzien. Nu lijkt het overweldigend, het hele idee. De omvang ervan. Maar je zult inzien dat dit in het niets verzinkt in vergelijking met de beloning die ons te wachten staat. Geloof je me?'

'O,' zei ze met een glimlach, 'ik geloof je, Baphomet.' En ze klonk ook zo, alsof ze werkelijk geloofde wat hij zei, alsof ze geen andere keuze had dan te geloven wat hij zei.

Metagogeus, die net uit de cabine van de tankwagen was geklommen, kwam bij hen staan. 'Alles is klaar, Baphomet. Wil je de installatie nog nakijken?'

'Dat zal Koerier wel doen, waarde gezel. Koerier?'

'Meteen,' zei Koerier. Hij liep naar de tankwagen en trok de cabinedeur weer open. Zijn bovenlichaam verdween uit het zicht.

'Precies ingesteld zoals ik het wilde?' vroeg Baphomet.

'Uiteraard,' zei Metagogeus. 'Er zal niets mislopen, dat beloof ik u. We zullen gelouterd worden en kunnen vooruitkijken naar…'

'Is dit wel noodzakelijk?' onderbrak Serena hem. 'Ik bedoel, ik twijfel niet aan dit hele… aan de rite en aan de noodzaak van loutering, maar moeten we daarom zo veel mensen tot de dood… veroordelen?'

'Wij veroordelen niet, Serena,' zei Baphomet op die geruststellende toon die ze ondertussen zo goed had leren kennen. 'Deze mensen voor wie jij het zo goedbedoeld opneemt, zijn al lang geleden door God zelf veroordeeld. Ze hebben die veroordeling aan zichzelf te wijten, want ze werden te licht bevonden in Zijn ogen. Wij, m'n lieve vriendin, zijn slechts Zijn werktuigen. Wij zetten Zijn veroordeling om in de praktijk. Méér doen we niet. Deze mensen zijn al dood, hoewel ze dat zelf niet beseffen. Wij voltrekken slechts Zijn wil.'

'Hoe kan je daarvan zo overtuigd zijn?'

Baphomet hield zijn hoofd schuin. Ging ze nu opeens twijfelen aan het vuur van haar eigen passie? Kon het zijn dat hij zich in haar had vergist? Kon het zijn dat zij minder overtuigd was dan hij had gedacht? Had hij de afgelopen jaren tevergeefs zo veel van zijn energie in haar geïnvesteerd?

'Voel je niet de genade van de Schepper in jezelf, Serena?' vroeg hij op diezelfde zalvende toon die hij zojuist had gebruikt. 'Is er opeens twijfel in je ziel, terwijl je daarnet nog, gisteren nog, zo veel absolute zekerheid bezat?'

'Het spijt me, Baphomet,' zei ze, de blik neerslaand. 'Ik gedraag me als een verwend kind. Ik onderwerp me nederig aan de wensen van God.'

'Goed zo, verwend kind, goed zo. God ziet en oordeelt, en Hij zal jou met genade en mededogen beoordelen. Wacht je op ons bij de uitgang?'

Ze knikte en liep naar de tankwagen. Koerier had het portier van het voertuig gesloten en kwam naar de beide andere gezellen toe.

'Koerier,' zei Baphomet. 'Zorg jij ervoor dat je haar niet uit het oog verliest? Ik wil niet dat ze met iemand praat. Begrepen?'

'Daar zal ik voor zorgen,' zei Koerier, en hij keek om naar waar het meisje net nog gestaan had, maar hij zag haar niet. Ze was vast wel ergens in de buurt.

'Is er een probleem, gezel?' vroeg Metagogeus. 'Is er een probleem met het meisje, en moeten wij dat dan niet weten? Ik dacht dat ze uitverkoren was, door jou in het bijzonder. Twijfel je opeens aan haar?'

Baphomet keek hem aan. Hij had de veel jongere gezel altijd bewonderd om diens kalme benadering van problemen, maar nu leek Metagogeus nerveus. Wat niet verbazingwekkend was. Vlak voor het grootste offer dat het Genootschap ooit zou brengen, en bovendien met de laatste dagen van de mensheid in het vooruitzicht. Wie zou daar niet zenuwachtig om zijn?

We kunnen het ons niet veroorloven, dacht hij. We kunnen het ons niet veroorloven om zenuwachtig te worden. Dan liepen de zaken verkeerd. En ook voor wie niet geloofde in de komende Apocalyps, stond er te veel op het spel. Hij had de gezellen zover gekregen dat ze met veel enthousiasme en toewijding deze aanslag wilden plegen. Dit was niet het moment om twijfel te tonen. Alles komt goed, beloofde hij zichzelf. Ook al zou hij misschien voorgoed moeten onderduiken. Daarna zou niets meer hetzelfde zijn.

Hij had hier lang genoeg over nagedacht. Hij had een machine in werking gezet die niet meer gestopt kon worden. En dat wilde hij ook niet. In de eerste plaats niet omdat zijn macht over zo veel mensen nooit zo tastbaar was geweest als nu.

Hij wierp nog even een blik op Serena, die weer was opgedoken en vol ontzag naar de tankwagen stond te kijken. 'Ik weet het niet, vriend,' zei hij tot Metagogeus. 'Ik weet het niet. Ze leek me een drang te bezitten die ik ook bij mezelf herkende. En nu zie ik de twijfel in haar groeien, ook al was het maar voor even. Twijfel is wat we ons het minst kunnen veroorloven. Twijfel is wat we het minst in ons hart mogen toelaten. Daarom heb ik Koerier gevraagd erop toe te zien dat ze geen problemen veroorzaakt.'

'Dat lijkt me een prima idee,' zei Metagogeus. 'Zijn alle andere voorzorgsmaatregelen getroffen?'

'Koerier heeft voor alles gezorgd.'

'Is hij te vertrouwen, Baphomet?'

Baphomet keek de andere man fronsend aan. 'Waarom vraag je dat?'

'Omdat wij het welslagen van deze onderneming in de handen van enkelen van onze gezellen hebben gelegd. Dat houdt risico's in. Ieder mens kan falen.'

'Jij en Koerier controleren elkaars werk. Er kan dus niets misgaan.' Baphomet keek op zijn horloge.

'Er is misschien al iets misgegaan. Ik krijg geen contact meer met onze medewerkers die voor de bewaking van mevrouw Calster instonden.'

Baphomet keek hem strak in de ogen. 'Meen je dat?'

'Jammer genoeg wel. Ze antwoorden niet. Misschien is er een technisch probleem, maar van geen van beide toestellen krijg ik een antwoord. We moeten er rekening mee houden dat de politie die meid bevrijd heeft.'

'Ach,' zei Baphomet, 'dat maakt nu niets meer uit. Alle voorbereidingen voor het offer zijn al getroffen. De politie weet niet waar ze ons moeten zoeken. Die jonge rechercheur kon ons toch niets nieuws meer vertellen.'

Metagogeus zei niets meer.

'Geen twijfel, broeder?' vroeg Baphomet.

Metagogeus schudde het hoofd. 'Nee, broeder, geen twijfel. Alleen opgewonden in afwachting van het evenement.'

'Op datzelfde ogenblik zullen wij ver hiervandaan zijn, broeder.'

'Horen we niet in de buurt te blijven om getuige te zijn…'

'Het zal aan getuigen niet ontbreken. En het zal evenmin ontbreken aan verslaggeving. Als de samenleving in z'n geheel ineenstort, zijn er altijd genoeg getuigen in de buurt. Wij kunnen het ons veroorloven van een afstandje toe te kijken. Beschouw dat als een voorrecht.'

'Wat doen we dan met het meisje?' vroeg Metagogeus met een knikje naar Serena.

'Waarde vriend, is je vertrouwen in onze eigen gezellen zo miniem? Natuurlijk is ze een van de onzen. Ze zal gezuiverd worden, zoals wij allemaal. We zorgen ervoor dat ook zij getuige kan zijn van het offer, samen met ons. Daarom zullen we haar begeleiden.'

'En bewaken, bedoelt u.'

Baphomet knikte afgemeten. 'Dat ook, ja. Voor het geval ze iemand anders is dan we denken. Ook daarom maak ik van haar een medeplichtige. Voor het geval ze iemand blijkt te zijn die ons vertrouwen niet waard is. Maar tot dan, beste Metagogeus, zal ik in de zuiverheid van haar ziel geloven. Dat is mijn taak: in de zuiverheid van de ziel van al onze Kinderen geloven. En ervoor zorgen dat die ziel zuiver blijft.'

46

Het was minder koud dan 's ochtends en dan de vorige dag en Eekhaut dacht: zozo, misschien krijgen we nu toch al een vroege lente. Januari, da's natuurlijk te vroeg in het jaar, maar misschien is het ergste van de winter voorbij. Hij zou natuurlijk ongelijk krijgen. Er kwamen nog minstens twee koude maanden, dat wist hij ook wel.

Vervolgens dacht hij niet meer aan de seizoenen, terwijl hij met Prinsen aankwam bij mevrouw Simson. Nou ja, niet bij mevrouw Simson zelf, maar bij haar Kerk, die veelgeplaagde organisatie die hij niet kon vergeven dat ze de traditie van de vuurdood zo lang in leven hadden gehouden. Het herenhuis aan de Nieuwezijds Voorburgwal leek nog afstandelijker en stiller dan de vorige keer. Hier huisde alleen de geschiedenis. En geheimen. Allicht huisden hier veel geheimen. Geheimen waar zelfs de ingewijden niet meer over spraken.

Op de stoep voor het huis wendde Eekhaut zich tot Prinsen. 'We praten alleen over deze ene zaak,' zei hij.

'Ja, natuurlijk,' zei de jongeman. 'Waarover anders?'

'Daarna, nadat deze zaak opgelost is, wil ik met haar praten over hun traditie. Er zijn nog heel wat vragen, vind je niet? Misschien zijn er duizenden mensen omgekomen omdat deze mensen geloofden in een illusie. Omdat ze zich lieten leiden door tradities die ze niet in twijfel trokken.'

Prinsen schudde even het hoofd. Hij had weinig zin met Eekhaut een discussie over religie en illusies te voeren, maar de opmerking verdiende een antwoord. 'Dat is de geschiedenis van het christendom in een notendop, Walter. Het maakt niets uit in wiens naam, in de naam van welke God een offer wordt gebracht. Steeds als het zwaard neerdaalt in Zijn naam, wordt er een misdaad begaan. Ga je alle kruisvaarders opgraven en voor het gerecht dagen?'

'Dit is recente geschiedenis, Nick. De kruisvaarders hadden niet het voordeel van de Verlichting. Wij wel.'

'Laten we het dan realistisch bekijken. Denk je dat je bewijzen vindt tegen de individuele leden van de Kerk? Wil je de onderzoeken naar honderden rampen in de afgelopen tientallen jaren opnieuw openen?'

'Nee. Een bekentenis uit de mond van een van deze mensen volstaat. Spijt en uitleg, dat wil ik horen. Ik wil rechtvaardigheid zien zegevieren. Dat is een sterke motivatie. Bij mij in elk geval.'

'O,' zei Prinsen. 'Een bekentenis. Mooi. En ik heb respect voor je motieven, maar heb je mij daarvoor nodig? Hou je me daarvoor van Eileen weg?'

Eekhaut werd hier bepaald knorrig van. 'Je geeft me geen kans?'

'Niet wat dit betreft, nee. Ik ken dit soort mensen beter dan jij, Walter. Ik weet toevallig een heleboel over mensen die de gevangene zijn van hun eigen tradities. Mensen die zo kortzichtig zijn dat ze liever sterven in armoede dan hun vooroordelen te laten varen. Jij komt uit een rooms nest. Daar is de religieuze ervaring allang verwaterd. Jullie hebben die Verlichting inderdaad omhelsd. Jij kan je de hardnekkigheid van fundamentalistische gelovigen niet meer inbeelden.'

'Ik kan me de woede van familieleden inbeelden. De familieleden van alle slachtoffers die omkwamen vanwege de traditie van anderen. En op dit moment, Nick, volstaat dat voor mij.'

Prinsen knikte. 'Dat begrijp ik. Je kan haar daar zo meteen mee confronteren.'

'Wie? Mevrouw Simson? Deze keer niet, Nick. Ik zei het al: hier gaan we alleen vragen stellen in verband met het lopende onderzoek. We proberen uit te zoeken wat ze weet van Maxwell. En wat wil jij, Nick? Wil jij niet wat rechtvaardigheid in de wereld?'

'Ik heb Eileen terug,' zei Nick. 'De rest zie ik wel.'

Eekhaut knikte. Nick bleef nog altijd een groot vraagteken voor hem. En ondertussen stonden ze hier op straat filosofische discussies te houden, terwijl er politiezaken aangepakt moesten worden. In de kou nog wel.

Eekhaut belde aan. Een bejaard vrouwtje deed open, het gezicht stond nauwelijks verbaasd, alsof ze elk moment bezoek verwachtte. 'Recherche,' zei Eekhaut en hij toonde zijn politielegitimatie. 'Wij willen mevrouw Simson graag nog een keertje spreken.'

'Mevrouw Simson is ziek,' zei het vrouwtje. 'Misschien kunt u beter maandag terugkomen.'

'Dit kan niet wachten, mevrouw. Mevrouw Simson heeft ons al eerder ontvangen en ze weet waarover dit gaat. Het is een kwestie van leven en dood.'

Het oude vrouwtje aarzelde even, met een diepe frons. Toen zei ze: 'Komt u binnen, ik zal haar zelf laten beslissen. Wat zijn uw namen?'

'Eekhaut en Prinsen.'

'Ik heb uw namen eerder gehoord in dit huis, heren. Gaat u even naar de salon. Ik praat met mevrouw.'

'Zal ze begrijpen hoe belangrijk dit voor ons is?' vroeg Prinsen aan Eekhaut, in de zitkamer.

'Desnoods laat ik haar naar de Kerkstraat brengen, Nick, ziek of niet. Maar praten zal ze. Hoe dan ook. Hoe laat is het?'

Prinsen keek op zijn horloge. 'Kwart voor vier.'

'We hebben alweer een hele dag verloren.'

'Het onderzoek is nog maar net begonnen.'

'En misschien is het snel weer gedaan ook. We hebben geen minuut te verliezen, Nick. Wat gebeurt er morgen? En waar gebeurt het? Waarom heeft de sekte een tankauto vol gas nodig?'

'Om te laten ontploffen.'

'Natuurlijk, maar waar? Het Centraal Station? Schiphol?'

Hij werd onderbroken omdat Johanna Simson de kamer binnenkwam. Ze werd enigszins ondersteund door het dametje, dat daar geen moeite mee scheen te hebben, ook al was ze aanzienlijk ouder en magerder. 'Heren,' zei Simson. 'U bent alleen hier omdat het belangrijk is, neem ik aan, dus maak ik opnieuw tijd voor u. Excuseert u mij, maar ik ben wat grieperig.'

'Wij zullen u niet lang lastigvallen, mevrouw,' zei Eekhaut. 'We willen alleen weten waar we Jan-Pieter Maxwell kunnen vinden. Hij is niet thuis, en niet in een van zijn kantoren. Waarschijnlijk kent u zijn andere schuilplaatsen?'

'U veronderstelt dus dat ik Jan-Pieter Maxwell ken, inspecteur? En dat ik weet waar hij zich ophoudt?'

'Natuurlijk kent u hem, mevrouw. U kent hem onder de naam Baphomet. Dat wist u al een hele tijd, maar u vond het niet nodig om ons te helpen.'

Ze negeerde dat laatste. 'En wat doet u vervolgens, inspecteur, als ik u zijn schuilplaats geef? U stuurt er gewapende politiemensen op af, er volgt een belegering, er vallen doden. Dat is precies wat hij wil, maar voor het zover is, zal hij ervoor gezorgd hebben dat hij gezuiverd is van alle zonden – ook al gelooft hij misschien niet echt meer in de uitgangspunten van zijn eigen religie.'

'We moeten hem vinden, mevrouw. Het leven van een massa mensen staat op het spel.'

'Het aantal schuilplaatsen waar hij kan onderduiken is niet oneindig, inspecteur. Maar of u hem zomaar vindt, dat betwijfel ik. Vraagt u het aan uw oudere collega's, die Amsterdam beter kennen. Er is geen stad met méér plekken die voor de buitenwereld onzichtbaar zijn dan Amsterdam. Hij heeft veel vrienden, inspecteur, die allemaal bereid zijn hem onderdak te bieden. Méér nog: die desnoods voor hem en voor hun gezamenlijke idealen willen sterven.'

Eekhaut zuchtte. 'We krijgen hem dus niet te pakken? Bedoelt u dat?'

'Hij is ongrijpbaar, heren. Dat hebt u toch al door? Ik wens u veel succes, dat wel. Ook in het belang van de Kerk. Net als u weet ik dat de wereld niet veilig is zolang iemand als Jan-Pieter vrij rondloopt. Hij is de slang uit het Oude Testament. De slang die de mensheid tot de zonde verleidde. U kent het Oude Testament toch wel, meneer Eekhaut? Deze slang kan alleen vernietigd worden door zijn kop van zijn romp te scheiden.'

'De doodstraf bestaat niet meer in Nederland, mevrouw. Onthoofding, dat is een hele tijd geleden.'

'In dit geval betreur ik het, inspecteur. En u zult het ontbreken van een definitieve straf voor dit soort mensen op een dag ook betreuren.' Mevrouw Simson glimlachte even. 'U moet die vorm van executie natuurlijk niet letterlijk nemen.'

'2012 is nabij, mevrouw. Tot dan gaat hij de gevangenis in. Daarna is zijn geloof niet relevant meer.'

'Er is geen gevangenis voor hem, heren. Zelfs met hetgeen u hem ten laste kunt leggen blijft hij niet lang tussen vier muren. En trouwens, tijd is voor mensen zoals hij slechts een relatief begrip. Dood het monster, en doe het nu. Vroeg of laat moet het toch gebeuren, zijn invloed is te ingrijpend voor onze samenleving. Vergeet u niet dat 2012 eerder een symbool is dan realiteit. Wanneer dat jaar voorbij is, komen er nog veel meer krachtige symbolen. Baphomet beseft dat maar al te goed. Zijn religie blijft altijd relevant, zelfs lang nadat het magische jaar van de verlossing achter de rug is. Hij praat de mensen gewoon een ander idee aan. Een nieuw idee, en een idee dat opnieuw zal leiden tot pijn en angst. Daarom moet zijn invloed stoppen.'

'Op dit moment zijn we bezorgder om een reële aanslag dan om toekomstige symbolen, mevrouw. Weet u écht niets wat ons verder kan helpen?'

Simson zuchtte, alsof ze het ergste bevestigd zag. 'Hij voorspelde een enorme offergave? Gericht aan God? Dat verbaast me niets, hij is een ketter. Wij van onze kant hebben onze dwalingen ingezien. Hij niet. U zult hem vinden daar waar het offer geschiedt. Anders heeft dat offer immers geen zin. De ware gelovigen staan midden in de kring van brandende lichamen, inspecteur. Dat is de ware Apocalyptische gedachte. Baphomet zal die gedachte eren.'

Simson zat ongemakkelijk op de stoel, met de oude mevrouw stijfjes naast haar. Haar ademhaling ging moeizaam. 'Het spijt me, heren, ik had u thee moeten aanbieden, maar vanwege mijn ziekte loopt het hier niet op rolletjes. De gemeenschap buigt zich al over mijn opvolging. Dat heb ik hun zelf gevraagd. Ons werk moet voortgezet worden…'

'Ook na 2012?' vroeg Prinsen.

Mevrouw Simson knikte en glimlachte, op een bijna toegeeflijke manier. 'De eeuwigheid kent geen grenzen, jongeman. We mogen vermoeden dat voorlopig hetzelfde geldt voor de mensheid. Wij zijn zoals altijd klaar voor de Apocalyps, die op elk moment kan toeslaan. 2012 lijkt een goed moment. De mensheid zal er echter niet klaar voor zijn, voor de Apocalyps bedoel ik. Wij wel. Wij zijn al een hele tijd klaar. Anderzijds is het jaartal hypothetisch geworden. Een voorlopige aanname. Begrijpt u?'

'Ik denk dat ik begrijp wat u bedoelt. Maar Maxwell zorgt ervoor dat anderen nog steeds sterk geloven in de Apocalyps en in dat jaartal.'

'O, daar ben ik van overtuigd, ja. Zijn medestanders zijn helemaal verblind door zijn profetische gaven, maar vooral door zijn leiderschap. Hij is een zeer overtuigend man, inspecteur. En wanneer het befaamde jaar gepasseerd zal zijn, zonder dat de wereld ten onder is gegaan, heeft hij alweer een andere theorie klaarliggen voor die volgelingen van hem. Hij zal geschriften ontdekken die bevestigen dat de werkelijke Apocalyps zich zal voltrekken in 2022. Hij is erg sterk in dat soort creatieve verzinsels.'

'Wat niet voor uzelf geldt? Ik bedoel, u gaat niet meer op zoek naar symbolische of andere data om…'

'Was ik niet duidelijk genoeg, inspecteur? Wat voor waarde heeft een jaartal, wanneer er zo veel mythologie mee gemoeid is? Jaartallen zijn een uitvinding van de mens. De natuur – en God – heeft daar niets mee te maken.'

'Er is nog iets wat ik u wilde vragen,' zei Eekhaut, en hij haalde een velletje papier uit zijn jaszak. 'Iets wat we op de plaats van de misdaad hebben gevonden.' Hij toonde het velletje aan mevrouw Simson. Het waren de drie regels die hij en Dewaal gevonden hadden op de hut in de Ardennen.

'Geef me even mijn bril, Dottie,' zei mevrouw Simson. '*Deze wereld lijkt eeuwig te duren, maar het is slechts de droom van een slaper.* Moeilijk is dat niet, inspecteurs. Het is een bekend idee. Het zegt u niets?'

'Borges?' wilde Eekhaut weten.

'*La vida es un sueño* bedoelt u? Inderdaad, u kent uw klassiekers, inspecteur.

Maar Borges haalde de mosterd bij een andere meester in de dichtkunst, de Perzische soefidichter Rumi, die in de dertiende eeuw leefde. Hij predikte verdraagzaamheid en stichtte de orde van de dansende derwisjen. Daar komt die tekst vandaan.'

'En wat betekent het precies, mevrouw?'

'Ik sprak u al over de gnostici, inspecteur. U weet waar de traditie van onze Kerk op gebaseerd is.'

'Zo'n traditie geeft niemand het recht om te moorden, mevrouw,' zei Prinsen pinnig.

Ze glimlachte de jongeman vermoeid toe. 'Een waarheid die wij te laat hebben ingezien. Als dit allemaal openbaar wordt, dan wordt ons elke ramp van de voorbije eeuw verweten. Daarom hebben we besloten dat verleden te verbergen. Het is voorbij. Het heeft, zoals dat zo mooi klinkt, geen keer meer. Tienduizenden doden, ze komen niet meer tot leven.'

'Als in een droom,' vulde Eekhaut aan. 'Zoals in de tekst.'

'U hebt het begrepen, inspecteur,' zei Simson. 'Het is als in een droom. Misschien zijn onze tradities niet in staat de eenentwintigste eeuw te overleven. Misschien kunnen zij die confrontatie niet aan.'

'En kan alleen een pragmatist als Maxwell dat.'

'Ja, daar lijkt het wel op. Iemand die eigenlijk geen geloof bezit, maar misbruik maakt van de goedgelovigheid van anderen om er zelf beter van te worden. Dat zou in het kort de les kunnen zijn.'

'En toch wilt u ons niet helpen om de man die zelfs uw ergste vijand is, te pakken te krijgen.'

'Ik dacht dat ik u dat al uitgelegd had, inspecteur.' Ze zuchtte. 'Er is geen manier meer waarop ik u kan helpen. Dit huis is leeg, op mij en mijn trouwe vriendin na. Al het andere behoort tot het verleden. Misschien is het beter dat u nu gaat. Ik wil niet onbeleefd zijn. Maar ik ben moe, en mijn wereld is moe.'

Ze kwam overeind. Het tengere vrouwtje hielp haar haar evenwicht te bewaren terwijl ze de salon verlieten.

47

Hoofdcommissaris Dewaal was onder de meest uiteenlopende omstandigheden niet makkelijk van haar stuk te brengen. Dat was nu ook niet het geval. Ze zat tegenover Van Gerbranden, de zilverharige minister van Binnenlandse Zaken. Ze bevonden zich in diens indrukwekkend ruime kantoor, met een originele Rothko aan de muur. Naast haar zat de in keurig uniform gestoken korpschef van de regio Amsterdam-Amstelland, Edward Mastenbroek, die zijn best deed om een strategische en dus betekenisvolle afstand te behouden tot Dewaal. Aan haar andere kant, op een al even nadrukkelijke afstand, zat haar eigen directeur-generaal, de immer keurig uitziende Stuger. Ze bevond zich geheel in mannelijk gezelschap en hield zichzelf voor dat ze niet onder de indruk hoefde te zijn.

In het ergste geval, dacht ze, ontslaan ze me. Maar ze brengen me niet van mijn stuk. Niet deze drie mannen. Ze had lang geleden al afstand gedaan van imposante vaderfiguren, nadat ze had ontdekt hoezeer hun positie was gebaseerd op wantrouwen en onderdrukking. Ze had dergelijke figuren leren kennen als gevoelloos maar kwetsbaar. Ze kunnen je pijn doen, en ze kunnen je verstoten, en ze kunnen je kleineren – maar alleen wanneer je zelf geen andere uitweg ziet dan de rol van slachtoffer. Neem je echter zelf je lot in handen, dan blijken ze de spreekwoordelijke reuzen op lemen voeten, deze vaderfiguren. Die ene vaderfiguur in het bijzonder.

'Een inval op verschillende locaties tegelijk,' zei directeur Stuger op een voorzichtige toon, afwegend of het idee hem wel beviel. Hij droeg een driedelig pak en een donkerblauwe das die dik geknoopt was. 'En vervolgens een gewapende interventie elders in de stad, met schoten, waarbij gewonden gevallen zijn. Drie arrestanten, die weinig met de zaak te maken hebben en die we alleen ontvoering en afpersing ten laste kunnen leggen. Jaja. Niet echt een goed resultaat. De hoofdverdachte in uw onderzoek, hoofdcommissaris, is nog steeds zoek, en u weet nog steeds niet waar die befaamde aanslag zal plaatsvinden. Een... aangekondigde aanslag? Aangekondigd door uw informant, die anoniem is? Is dat niet een samenvatting van de situatie in dit onderzoek?'

In het ergste geval, dacht ze nogmaals, ontslaan ze me. Ze maken me nu duidelijk dat ze geen hoge verwachtingen van me hadden, en dat ik ze niet op andere gedachten heb gebracht. Ze bevestigen de mindere rol die vrouwelijke bevelvoerende officieren spelen, en vragen zich af hoe ze zelf zo naïef hebben kunnen zijn het tegendeel te verwachten. Dus ontslaan ze me. Maar eerst voeren ze me levend aan de pers, die breeduit over mijn gebrek aan kwaliteiten kan speculeren. In die volgorde zal het gebeuren. Ze voeren me eerst aan de pers, en als die klaar met me is, dan ontslaan ze me en begin ik een zelfstandig beveiligingsbedrijf en neem ik mensen zoals Van Gils en Veneman en Prinsen, en waarom ook niet Eekhaut, in dienst, want die hebben dan ook allemaal geen baan meer. In het ergste geval.

'De dreiging is reëel genoeg, directeur,' zei ze. 'Daar kunt u van op aan.'

'We onderschatten uw inzicht niet, mevrouw,' zei de minister, die tevens een smetteloos donkergrijs pak droeg, maar met een dieprode das. Hij zag eruit zoals hij er altijd uitzag op officiële foto's: keurig en volslagen karakterloos. De perfecte über-ambtenaar. Hij leek niet geneigd haar te verdedigen. Dat had ze ook niet verwacht. Hij wilde ongetwijfeld voorkomen dat de uiteindelijke verantwoordelijkheid voor een ramp bij hem kwam te liggen.

De grenzen van de verantwoordelijkheden zijn dus al bij voorbaat afgebakend, dacht ze.

'En,' vervolgde de minister, 'wanneer er een dreiging zou bestaan van het kaliber dat u, eh...'

'... suggereert,' zei Stuger op zachte toon.

'Ja,' knikte Van Gerbranden kort, 'van het kaliber dat u suggereert, dan moeten we daar uiteraard rekening mee houden. Aan de andere kant wordt het bijzonder moeilijk om Amsterdam morgen een hele dag lam te leggen, alleen maar omdat u iets vernomen hebt van een informant, iemand die u bovendien niet eens bij naam kunt noemen. Waarom stelt u niet voor de stad gewoon even te ontruimen? Dat zal de burgemeester leuk vinden.'

'Hebben we andere aanwijzingen?' vroeg Mastenbroek. De korpschef had zijn pet op zijn schoot liggen, met galon en al. Terwijl hij zijn vraag stelde had hij, waarschijnlijk zonder het te beseffen, even de bovenlip opgetrokken. 'Aanwijzingen die de hele zaak wat meer gewicht en geloofwaardigheid geven?'

Gewicht, dacht ze. Laten we het vooral niet hebben over gewicht. Of over geloofwaardigheid. Laten we het eens hebben over bureaucratie. Maar nee, ze zou het vandaag niet over bureaucratie hebben. 'We hebben,' zei ze op een zo neutraal mogelijke toon, 'een verslag over een gestolen tankwagen met twintigduizend liter vloeibaar gas. Dat gas is explosief wanneer het plotseling vrijkomt. Eén vlammetje en je krijgt een gigantische knal. Het is niet ondenkbaar en zéker niet moeilijk om van zo'n tankwagen een autobom te maken.'

'Wat voor impact zou die bom hebben, gesteld dat hij ergens in het centrum afgaat?' vroeg de minister.

'Ik heb niet de gelegenheid gehad om specialisten te raadplegen, excellentie,' zei Dewaal. 'Mijn eigen inschatting is dat zo'n bom, zoals ik zei, een gigantische knal geeft.'

'Hoe gigantisch?' drong de minister aan. Zijn stem had nu een rauw randje.

Dewaal trok een gezicht. 'Een paar huizenblokken, vermoed ik. Een paar straten. Misschien alles plat binnen een straal van een halve kilometer. Honderden, misschien duizenden doden en veel meer gewonden. Hangt van de omstandigheden af. Als zo'n ding in de buurt van de Kalverstraat ontploft, op een zaterdagmiddag, spreken we misschien van duizend doden.'

'Zijn er voorstellen, heren?' vroeg minister Van Gerbranden, die zich niet van de wijs liet brengen door het idee van duizend doden. Hij was het gewend om consensus te zoeken, na de mening van anderen gehoord te hebben. Hij was daarentegen niet geneigd om zelf initiatieven te nemen. Dat kon alleen maar nadelig voor hem uitpakken als het misliep.

'Kunt u nogmaals contact opnemen met uw informant, mevrouw?' vroeg korpschef Mastenbroek.

Dewaal schudde het hoofd. 'Ik vrees van niet. Het is eenrichtingsverkeer. Hij verkeert in een uiterst penibele situatie. Hij praat alleen maar met me als hij veilig is, en als er geen spoor naar hem terugloopt.'

'Dat is klote,' zei de korpschef. Maar verder commentaar had hij niet. Hij kende dat soort informanten, en wist alles af van de politiek van de AIVD op dat gebied. Je had informanten nodig in dat vak. Je vertrouwde ze niet echt, en je kon ze niet opvoeren als getuigen in een proces, maar je had ze nodig. De kanaries in de mijngangen, als het ware.

Het punt was echter dat niemand graag met informanten werkte.

Minister Van Gerbranden keek hem afkeurend aan, waarschijnlijk vanwege de volkse uitdrukking. De minister kwam zelden onder het volk. 'Er is altijd reden voor bezorgdheid, maar anderzijds kan de hele opzet ook slechts een kwestie van bangmakerij zijn.'

'Bangmakerij?' vroeg Dewaal. Ze vergat even het protocol.

Van Gerbranden maakte een omcirkelende beweging met zijn rechterhand. 'Misschien wil deze sekte, eh... de...'

'Het Genootschap van het Vuur,' hielp directeur Stuger.

'Ja, deze sekte... misschien willen ze alleen maar paniek zaaien. Een beetje zoals die... Nou, ik ben het vergeten. We hadden nog zo'n zaak, een jaar of zo terug. Ter zake. Bent u ervan overtuigd, hoofdcommissaris, dat deze sekte de tankauto in bezit heeft, en in staat is hem als bom te gebruiken?'

'Dat is wat we aannemen,' zei Dewaal.

'Waarom neemt u dat aan?'

'Omdat ze mogelijk al een aantal van dit soort aanslagen op hun geweten hebben, van deze omvang. Nou ja, niet precies van deze omvang, maar in elk geval met honderden doden en...'

Van Gerbranden onderbrak haar, ongeduldig. 'Zijn er bewijzen voor hun betrokkenheid bij deze aanslagen? Want u hebt het over Los Alfaques, en de ramp met de KLM-Boeing op Tenerife, en dergelijke dingen. Jaja, ik heb de dossiers ook gezien, en ze kwamen allemaal van uw Bureau. Veel krantenknipsels, goed voorzien van documentatie, maar erg pover wat betreft echte feiten. Povere analyse ook. Allemaal rampen waarbij geen bewijzen van kwade opzet bestaan.'

'Leden van de Kerk hebben zo goed als toegegeven dat ze daarbij betrokken waren,' zei Dewaal droogjes.

'Maar diezelfde Kerk heeft toch lang geleden afstand genomen van dergelijke methoden?'

'Inderdaad, maar het Genootschap is vastbesloten de oorspronkelijke...'

'Jaja,' zei de minister kort, 'ik ken het verhaal onderhand wel. Het stond zelfs in de kranten, nietwaar? Niet echt gelukkig, die lek naar de kranten. Nou, hoe dan ook, niks meer aan te doen. Eigenlijk hebt u heel weinig om een actie van onze kant te rechtvaardigen, hoofdcommissaris. Zeker geen algehele evacuatie of wat dan ook.'

'Ik moet de hoofdcommissaris even bijvallen,' zei Mastenbroek. 'Als we nodeloze maatregelen treffen, dan maken we ons misschien belachelijk, maar áls er een aanslag komt waar we niet op voorbereid zijn, dan rollen onze koppen.'

'Ik heb geen behoefte aan een grafische voorstelling van wat er mogelijk kan gebeuren,' zei Van Gerbranden. 'Ik stel voor dat iedereen zijn mensen in staat van paraatheid houdt, maar dat we niet heel Amsterdam platleggen. Zolang er niets bekend is over de mogelijke plek van een sowieso hypothetische aanslag, heb ik er geen zin in om concrete maatregelen te treffen. En u, heren?'

Dewaal voelde zich niet geroepen om nog langer haar persoonlijke mening te geven.

Van Gils zat in de kleine kantine van het Bureau en dronk uit een grote mok waar ongetwijfeld niet alleen koffie in zat. Hij hief hem als toost naar Eekhaut toen die binnenkwam. 'Ben je Nick onderweg kwijtgeraakt, Walter?'

Eekhaut keek naar de handen van Van Gils, die de mok omklemden. Toen keek hij naar de ogen van de man. We hebben al veel tijd besteed aan deze zaak, dacht hij. Te veel tijd. Het begint zijn tol te eisen. 'Ik heb hem naar het ziekenhuis gebracht. Zo veel kon ik nog wel doen, vind je niet? Hij heeft nog een onderhoud met de chef te goed, maar het ziet ernaar uit dat ze daar nu toch geen tijd voor heeft. Uitgesteld is echter niet verloren, ook in dit geval niet. Hoe gaat 't met Nicks vriendin?'

Van Gils liet zijn blik zakken, naar de mok, maar er speelde een fijne glimlach om zijn mond. 'Gezien de omstandigheden goed. Het is een dappere meid. Ze zou mijn dochter kunnen zijn.' Hij keek op naar Eekhaut. 'Ze twijfelde er geen moment aan dat hij haar zou komen halen, vertelde ze. Is dat geen mooi verhaal, Walter? Ze wist dat Nick haar zou komen redden. Gelukkig zijn degenen die zo veel zekerheden hebben.'

'Amen,' zei Eekhaut, die daar niets aan toe te voegen had. 'Waar is de chef nu?'

'Ze verdedigt haar zaak bij de hoge pieten op het ministerie. Ze komt vandaag niet meer terug, vermoed ik. En ik heb er alle begrip voor, Walter, dat ze daarna geen zin meer heeft om terug te komen. Het zal geen leuk onderhoud zijn, met die hoge omes.' Hij dronk de mok in enkele slokken leeg en kwam overeind, weliswaar met enige moeite, maar dat had niets met de koffie te maken. 'De dag zit erop, Walter. Ik kap ermee. Mijn oude botten zeggen me dat het weekend is. Morgen haalt Veneman me op voor het voetbal.'

'Veel plezier ermee. Ik zal hier zijn, vrees ik.'

'Kom je dan morgen naar kantoor?'

'Jij niet dan? Ook niet na de wedstrijd? De chef zal iedereen op z'n post willen, voor het geval er wat gebeurt. Moet jij overigens niet weer de straat op om wat mensen aan de tand te voelen?'

'Nou,' zei Van Gils, 'vergeet dat maar even. Er gebeurt niks hoor. Die tankwagen, dat is een dood spoor. Het is zo'n belachelijk verhaal, dat ik er niet meer in geloof. En als de baas de rest van de politie en het hele ministerie niet kan alarmeren, dan kunnen we toch niks doen. Dat wordt duimendraaien dus.'

'Er zal een nationaal politiealarm zijn, denk ik. Ze zullen iedereen optrommelen.'

'En dan? Gaan we heel Amsterdam platleggen alleen maar omdat een anonieme en misschien niet betrouwbare informant zegt dat er iets staat te gebeuren? Geloof ik nooit. Ik weet hoe het apparaat werkt, Walter. De minister durft de verantwoordelijkheid niet te nemen, en de politiechefs hebben de mankracht er niet voor, zéker niet tijdens het weekend. En ze hebben niet genoeg geld om iedereen paraat te houden. Er gebeurt dus niets.'

'Stel dat die tankwagen...'

'Waar, in godsnaam, gaat zo'n sekte een grote tankwagen waarvan ook nog eens een signalement verspreid is, neerpoten? Kom, Eekhaut, laten we realistisch zijn. Iedere agent in Nederland kijkt uit naar dat ding. Dewaal heeft van die theorieën die gewoon nergens op slaan. Gaan ze hem op de Dam parkeren en daar laten ontploffen? Lijkt je dat waarschijnlijk? Weet je hoe groot zo'n tankwagen is?'

Eekhaut haalde zijn schouders op. 'Rot op, Van Gils.' De man ergerde hem.

Van Gils liet zich niet van zijn stuk brengen en grinnikte. 'Zo hoor ik het graag.'

Eekhaut bleef alleen achter in de kantine. Hij overwoog koffie, maar bedacht zich. Linda wachtte op hem. Ze zouden een hapje gaan eten. Opeens had hij daar geen zin meer in. Opeens leek de wereld waarin Linda en hijzelf veilig ergens konden gaan eten niet meer reëel. Die veilige wereld bestond niet meer sinds deze zaak was begonnen. Hij had wekenlang de schijn opgehouden, voornamelijk voor zichzelf.

Thea Marsman kwam binnen slenteren, alsof ook zij al in weekendstemming was. Siegel kwam achter haar aan. 'O, hallo,' zei ze. 'Ik dacht dat ik hier de enige was.'

'Is iedereen al weg?' vroeg Eekhaut.

Marsman en Siegel deden hun overjas uit en hingen die op.

'Ik zag die kolonel hier nog rondlopen,' zei Siegel, 'en iemand van de bewaking, maar verder is het verlaten.'

Marsman grinnikte. 'We zijn helemaal overgeleverd aan Basil, vrees ik. Ach, nu je toch hier bent, wilde ik je vragen...'

Eekhaut keek op. 'Ja?'

'… hoe het met Nick is.'

'Nick? Uitstekend, onder deze omstandigheden. Hij heeft zijn vriendin terug, gezond en wel. Een zorg minder dus, voor hem althans. Wij blijven zitten met een onopgeloste zaak en een voortvluchtige verdachte.'

'Ja,' zei ze. 'Wat gebeurt er morgen?'

'Er is permanente dienst, vertelde de chef me. Zitten afwachten tot er iets gebeurt. Ik ga in elk geval niet in het centrum van Amsterdam rondlopen. Je daagt het noodlot niet uit, vind ik. Als er niets gebeurt, dan zien we elkaar maandag terug en zoeken we verder naar Maxwell.'

Ze knikte. 'Dan ga ik maar,' zei ze. 'Ik woon niet in Amsterdam, dus mij gebeurt niets. En net zoals jij ga ik morgen de stad niet in. Maar je kunt me bellen als je me nodig hebt, inspecteur.'

Daar twijfelde hij niet aan. Hij liep de gang door naar zijn bureau. Daar zette hij de computer aan, maar hij bleef werkeloos staren naar het opstartscherm. Het was vrijdag, eind van de middag, en hij was moe. Er was te veel gebeurd de afgelopen week. Te veel om in één leven te dragen. En dit weekend zou hij zijn verplichtingen niet kunnen ontlopen. Linda had dat vast al begrepen.

48

Toon, de gepensioneerde agent die in de flat onder Eekhaut woonde, had hem zoals altijd hartelijk gegroet. 'Zo, al een tijdje niet gezien, Walter. Druk, waarschijnlijk. Geen tijd voor een borrel? En deze keer hoef je echt niet zelf een fles mee te brengen.'

Hij had de man bedankt. 'Ik zit zoals altijd tussen twee dingen in, Toon. Mijn vriendin is vanochtend teruggekomen uit Afrika en ik ga nu naar haar toe. Even bijpraten.'

'O, ja, bijpraten. Absoluut,' zei Toon, wiens rimpels wezen op jaren ervaring met intermenselijke relaties. 'Dat is belangrijk in elke relatie. Afrika? Moet een heel avontuur zijn. Mijn generatie ging naar den vreemde, ook, op avontuur, maar de koloniën, dat was eigenlijk al voorbij toen. Jullie hadden Congo nog, maar dat duurde ook niet lang meer. Waar is ze geweest?'

'Somalië.'

'Somalië?' De rimpels werden dieper. 'Vreselijke dingen over gehoord. Vreselijke dingen over heel Afrika gehoord. Vervloekt continent. Komt nooit meer goed.'

'Kom, niet zo pessimistisch, Toon,' zei Eekhaut. 'Vele landen doen het niet zo slecht. Er is hoop. Er is ook nog veel misère, maar de dingen gaan erop vooruit.'

'Nooit vlug genoeg.'

'Nee, nooit vlug genoeg.'

'Geen borrel dan?'

Eekhaut had het hoofd geschud. 'Bedankt, Toon. Ik moet ervandoor. De plicht roept, en harder dan ooit.'

Warm ingepakt had hij de wandeling naar de kroeg in snel tempo gemaakt, zodat hij een beetje verhit was toen hij er binnenkwam. Snel die overjas uit en de sweater ook. Linda zat al aan het tafeltje – hun tafeltje – met een glas heldere drank, een glas water zo te zien. Hij schoof bij haar aan. 'Het spijt me,' zei hij, 'dat ik vanmorgen zo bruusk verdween.'

Ze schonk hem een stralende glimlach. Hij bestelde voor hen beiden een glas wijn. Koppig, dacht hij, en ere aan de slechte gewoonten. Maar hij had dit te lang moeten missen. Weken, gelukkig geen maanden. Hoe zou het geweest zijn als Linda inderdaad maanden was weggebleven? Niet makkelijk.

'Ik kijk vaak over mijn schouder,' zei ze.

'Hoe bedoel je dat?'

'Om te zien of niemand me volgt.'

'Lieve god. Waar is dat voor nodig? Ben je bang voor Afrikaanse geesten? Heb je een tovenaar ontmoet?'

Hij merkte meteen dat ze het meende. 'Ja, ik heb een tovenaar ontmoet. Een Afrikaanse tovenaar die mensen levend verbrandde vanwege de een of andere krankzinnige religie. En hier hoor ik dat die tovenaar zijn plaatselijke bondgenoten heeft. En dat jullie hem niet kunnen pakken.'

'Het gaat om een hele organisatie, en de situatie is ingewikkeld. Wat jij zag, is wat een oude religie doet bij wijze van zuivering. Die religie is over de hele wereld verspreid, maar heeft gelukkig geen groot aantal volgelingen. Hier in Nederland heeft de religie dat soort rites ondertussen afgezworen. Maar de leden van een afgescheurde sekte blijven de traditie voortzetten.'

'En dat allemaal voor een geloof.'

'Ja. Het irrationele denken dat tot het uiterste gaat.'

'Ik weet niet of ik wel helemaal teruggekomen ben…'

Hij legde zijn handen op de hare en dacht tegelijk: het is alsof ik haar voor de eerste keer aanraak. Alsof ik haar voor het eerst leer kennen. Er was iets gebeurd in Afrika, en hij wilde die herinnering bij haar verdoezelen. Maar dat zou niet gebeuren. Daar was hij niet toe in staat.

'Je bent nu weer helemaal hier…'

'Behandel me niet als een slachtoffer,' zei ze plotseling scherp. 'Behandel me niet alsof ik een van die slachtoffers ben die je maar aan je borst hoeft te drukken zodat jij je beter kunt voelen.'

Hij schrok van die uitval, maar liet het niet merken. Er was meer aan de hand dan de Afrikaanse ervaring, besefte hij. 'Ik druk zelden slachtoffers aan mijn borst, Linda,' zei hij kalm. 'En het is niet mijn bedoeling om je zo te behandelen als…'

'Maar de dingen zijn ánders,' zei ze met nadruk.

'Niet tussen ons.'

'Jawel, Walter. Ze zijn anders door wat ik heb meegemaakt. Jij bekijkt mij anders: als iemand die in nood zat, die is ontsnapt aan een vreselijk lot…'

'Ben je ook bedreigd door die… ?'

'… iemand die niet met de gegeven situatie om kan gaan…'

Hij werd nogal overdonderd door haar argumenten, en dat gebeurde hem niet vaak.

'Het is,' zei ze, 'alsof ik van één wereld naar een andere wereld ben gestapt, en weer terug. Misschien was het een vergissing. Ik had niet naar Afrika moeten gaan. Maar na mijn ontslag wilde ik gewoon een andere horizon zien.'

'Je hoeft je toch niet te verontschuldigen.'

Hij merkte dat haar glas leeg was. Het zijne was nog vol.

'Wat bedoel je daarmee? Dat ik bezig ben mijn houding te vergoelijken? Dat wil ik niet.'

'Nee, Linda, dat is niet wat ik wil zeggen. Het was geen verkeerd idee om naar Afrika te gaan. Voor velen is dat een positieve ervaring. Voor jou liep het anders. Je was er niet op voorbereid…'

'Niemand kan voorbereid zijn op…' zei ze zacht. Ze keek naar haar glas. 'Ik word alcoholist,' zei ze. 'Dat lijkt me een goed idee. Haal je nog een glas voor me?'

Hij kwam overeind en bracht haar nog een wijn.

'Hoe kunnen die mensen, vanwege hun overtuiging…' begon ze nadat hij het volle glas voor haar had neergezet.

'Dat is wat wij ons ook afvragen. Maar daarna proberen we gewoon die mensen tegen te houden. Mentaliteit en domheid kun je niet veranderen, maar je kunt mensen uit de samenleving halen zodat ze geen kwaad meer doen.'

Ze zei niets meer.

'Ik wil niet dat de dingen tussen ons veranderen,' zei hij na een tijdje. 'Linda?'

Ze leek wat gekalmeerd. Alleen haar ogen niet. Haar ogen waren niet in orde. Dit was niet een andere Linda dan de Linda die enkele weken eerder Amsterdam achter zich gelaten had. Dit was dezelfde Linda, maar met een andere kijk op de wereld.

Hij boog, figuurlijk althans, het hoofd. Ook hij was niet helemaal meer dezelfde als een paar weken geleden. Je weet natuurlijk dat er gruwelijke misdaden worden begaan. Uit naam van alles wat maar een naam heeft: natie, ras, religie. Je wéét dat, en elke keer als je het op het nieuws ziet, bekijk je de beelden alsof het fictie is. We zijn vandaag de dag over alles goed geïnformeerd, dacht hij, en daarom beschouwen we alles als fictie. We houden afstand – we moeten wel, anders worden we gek – en we laten alles aan ons voorbijgaan.

Voor Linda, en in mindere mate voor hem, was fictie een deel van het leven geworden.

'Hoe was jouw dag?' vroeg ze. Alsof ze zich plotseling herinnerde dat ook hij een leven had.

Zijn dag. Wat kon hij daarover vertellen? Hij vermeed het meestal met haar over zijn werk te praten. Het bleef telkens bij een paar algemene opmerkingen – het soort dat lang getrouwde stellen tegen elkaar maken wanneer ze 's avonds thuiskomen.

'Wat zijn je plannen, nu je terug bent?' vroeg hij.

Hij reikte Linda een tijdelijke oplossing aan: praten over de dingen die nu meteen, vandaag en vanavond, aan de orde zijn. Dat zou haar helpen om Afrika even van zich af te zetten. Later zou het allemaal weer terugkomen, maar hij kon op zijn minst proberen haar leed wat te verzachten.

Tijdelijk. Daar was hij zich van bewust.

En dus vroeg hij naar de banale dingen in haar leven.

Het komt wel goed, dacht hij bij zichzelf. Beloofde hij zichzelf. Het komt allemaal wel goed.

Eileen zei: 'Neutraal terrein.' Dus niet bij haar thuis, en in elk geval ook niet bij Prinsen. Neutraal terrein, dus had hij een trui en zijn parka aangetrokken en was naar de kroeg gegaan waar ze hadden afgesproken, en ze vonden een tafeltje in een hoek waar ze konden praten zonder afgeluisterd te worden. Het was sowieso niet druk. 'Ze sluiten waarschijnlijk vroeg,' waarschuwde hij.

Eileen legde haar bleke handen op de zijne. 'Nick.'

'Mmm?'

'Ik weet niet…' En toen zweeg ze. Het ontbrak haar aan de juiste woorden om te zeggen wat ze voelde. Maar hij kon ook niet raden wat ze voelde.

'Het spijt me dat je hierbij betrokken bent geraakt, Eileen,' zei hij. Want dat kon hij wel doen, zijn verontschuldigingen aanbieden. Omdat hij wist dat het zijn schuld niet was, en ze zou het hem ook niet verwijten. Maar daarmee raakte hij waarschijnlijk niet de kern van haar probleem.

'Ik moet nu zeggen dat het jouw schuld niet is,' zei ze, opeens weer ferm en vastberaden, zoals hij haar van vroeger kende. 'Maar dat kan ik niet. Ik heb het gevoel dat jouw baan mij altijd in gevaar zal brengen, op de een of andere manier. Ik bedoel, niet noodzakelijk het risico dat ik ontvoerd word, maar stel dat we samenwonen…'

'Ja?'

'Moet ik dan elke avond op je wachten, in de hoop dat je heelhuids thuiskomt, of moet ik wachten op een andere agent die me komt vertellen dat je bent doodgeschoten?'

'Dat gebeurt zelden, Eileen, dat soort dingen. Heel zelden.'

'Hoe zelden worden vriendinnen van politiemensen ontvoerd, Nick?'

Ze had een punt. Ze had een verdomd goed punt. Ze kenden elkaar nog maar pas, en nu al was ze bij diverse politiezaken betrokken geraakt.

'Ik kan niets van je vragen, Nick,' zei ze.

'Jawel, je mag alles van me vragen.'

'Nee, nee, absoluut niet. Ik weet waar je vandaan komt en wat het je heeft gekost om hier te komen. We hebben dezelfde achtergrond. Streng gelovige ouders, een kleine bekrompen gemeenschap, een besloten wereld die alleen op de Bijbel gericht is. En dan onze kleine rebellie, onze vlucht naar de grote stad en naar de rest van de wereld. Nee, Nick, lach niet, het is een cliché, ik weet het, maar wij zijn het bewijs dat dit nog steeds gebeurt.'

'Ja, daar twijfel ik niet aan. We hebben een heuse kerk en een sekte om dat te bevestigen.'

'Ik wil daar afstand van nemen. Weg daarvan. Weg van die hele…'

'Dat begrijp ik. Ik ook.'

'Maar ik wil ook geborgenheid…' Het kostte haar zo veel inspanning om dat toe te geven, en ze wilde dat hij dat inzag.

'Dat begrijp ik…'

'Nee, Nick, je begrijpt het misschien niet helemaal. Als kind wist ik niet beter dan dat de wereld van mijn ouders ook mijn wereld was en altijd mijn wereld zou zijn. Als kind kun je geen vragen stellen, omdat je geen eigen wereldbeeld hebt. Dan is je wereldbeeld dat van je ouders. Nick?'

'Ja?'

'Ik wil een ander wereldbeeld, maar niet zonder jou erin.'

Hij wist niet meteen wat hij moest zeggen.

'Met alles erbij, Nick. Desnoods.'

Hij knikte. 'Maar liever zonder de risico's?'

Ze bleef even stil. Ten slotte zei ze: 'Omdat ik in mijn vorige leven niets van mezelf kon hebben. Geen persoonlijkheid, geen eigen gedachten, geen eigen voorkeuren. Alles werd voorgeschreven. Dat is een geruststellend idee voor wie geen persoonlijkheid bezit en niet wil nadenken, maar voor mij was het niet genoeg.'

'Ja,' zei Nick. Want hij wist hoe het werkte. Zelf kwam hij ook uit zo'n milieu. Een man gekleed in het zwart die de gemeenschap het eigen denken onthield, op basis van een heilige tekst van twintig of meer eeuwen oud. Een samenzwering van angst en bekrompenheid, altijd bij uitstek de combinatie die mensen vermorzelde. Traditie, dat ook. *We doen het al eeuwen zo, waarom zouden we het veranderen.* De wereld verandert, maar wij niet. Wij willen de moderne wereld niet. Wij willen niets, alleen onze eigen overtuigingen.

'Ik wil jou ook in mijn wereld,' zei hij, even niet bang voor nog meer clichés. Simpele, dooddoenerige gedachten, maar precies wat zij beiden nodig hadden.

Niemand had zich intussen bekommerd om kolonel Al-Rahman, maar de kolonel was de laatste die daarover zou klagen. Dat hij onopvallend bleef, was in zijn voordeel. Hij had de leden van het team zorgvuldig geobserveerd tijdens de gebeurtenissen van die dag. Hij had de sterke en de zwakke kanten van hun respectievelijke karakters tegen elkaar afgewogen en had gezien welke rechercheurs het meest gedreven waren. Ondanks de taalbarrière had hij proberen te begrijpen waarover ze onderling praatten, en hoe ze hun voorkeuren en aversies probeerden onder controle te houden. Dat soort dingen merkte hij altijd meteen op, daar was hij tenslotte in getraind.

Terwijl hij uit de douche in zijn hotelkamer stapte, wierp hij een korte blik in de spiegel, maar hij wendde meteen zijn hoofd weer af. De man die hij in de spiegel zag had hem niets nieuws te leren over hoe hij eruitzag, en nog minder over de manier waarop hij ouder werd. Alleen in zijn verbeelding zag hij een door de koele avondwind bewegend gordijn naar hem wuiven, en rook hij de scherpe maar niet onaangename geur van de houtskoolvuren waarboven straatventers nog steeds, zoals ze al eeuwen deden, aan ijzeren spiezen geregen rundvlees roosterden. Zo meteen zou er de bedwelmende geur van koffie zijn, of misschien van thee, en zouden de handen van zijn vrouw zijn armen aanraken. Ze zouden beiden plaatsnemen op de divan, en ze zouden heerlijke zoete gebakjes eten, die hij voor haar had gekocht.

Niets daarvan gebeurde hier, in Amsterdam, in dit barokke hotel waar hij sliep naast Britse handelsreizigers en Duitse technici, van hen gescheiden door een veel te dunne muur.

Hij had vandaag nieuwe dingen geleerd, niet in het minst over de manier waarop deze Nederlanders hun politiezaken organiseerden. Hij had echter niets nieuws geleerd over de menselijke natuur. Ook hier beschermden mannen de vrouw van wie ze hielden tegen onheil en ontucht, maar ze gaven minder om het welzijn van degenen die ze niet persoonlijk en intiem kenden. Ook hier werkten mensen om er beter van te worden, maar ze zagen die verbeteringen bijna uitsluitend in materiële zin, en niet in de zin van eer, of van invloed. Hoewel, invloed misschien nog wel. Iemand als hoofdcommissaris Dewaal werd gestuurd door haar verlangen om meer invloed te kunnen uitoefenen. De andere leden van het team waren gedreven in hun werk, dat wel, maar uiteindelijk was het voor hen niets anders dan een baan.

De kolonel trok de badjas van het hotel aan. Daaronder was hij naakt. De verwarming in de kamer stond hoog en zo meteen zou hij die uitzetten, anders sliep hij vast niet goed. Hij hield niet van kunstmatige warmte, maar in deze koude streken had hij geen keuze. Hij herinnerde zich de faciliteiten – of het gebrek daaraan – tijdens zijn periode in Engeland, de karige en tochtige bungalows, de gebrekkige sanitaire voorzieningen, het eentonige eten. Hier had hij het beter.

Hij ging aan het tafeltje zitten en opende de leren portfolio die zijn vrouw hem voor zijn verjaardag had gegeven, drie jaar geleden. 'Elke keer dat je deze portfolio opent, denk je aan mij,' had ze gezegd. En nu dacht hij aan haar, temeer omdat hij zijn pen oppakte en haar een brief schreef. Hij schreef graag brieven, een manier van communiceren die hij verkoos boven de digitale middelen die hem ter beschikking stonden. Toch dacht hij niet over zichzelf als een ouderwetse man.

De opdracht is bijna ten einde, schreef hij haar. Hij zou de brief de volgende ochtend met luchtpost laten versturen; de brief zou niet later dan een paar dagen voor zijn eigen terugkeer thuis aankomen. De opdracht was bijna ten einde. Het was slechts een kwestie van het vinden van het serpent, maar dat kon hij aan de Nederlanders overlaten. Die zouden zonder meer de schuilplaats van de oude slang vinden. Dat lukte hen wel.

Zijn taak behelsde nog maar één ding: het serpent moest sterven. Aan die conclusie twijfelde kolonel Al-Rahman niet. Hij wist zeker dat deze taak volbracht zou worden. Alleen wist hij nog niet hoe dat precies zou gebeuren. Waarschijnlijk zou hij zelf moeten optreden.

Hij aarzelde. Het vel papier was voor de helft gevuld met de zorgvuldig neergeschreven woorden. Hij aarzelde even. Toen begon hij verder te schrijven.

ZATERDAG

49

'Dat is toch niet te geloven!' riep Dewaal uit. Ze was niet ongerust, ze was niet ontstemd, ze was zelfs niet kwaad; ze was gewoonweg woest. En ze wist zich duidelijk geen raad met die emotie. Ze wist dat ze zichzelf onder controle moest houden ten overstaan van haar team, maar dat lukte haar slechts met moeite. 'Van Gils en Veneman vinden het dus niet nodig om vandaag langs te komen, terwijl alles erop wijst dat er mogelijk ergens in deze stad een aanslag gepleegd zal worden. Weten ze dan niet dat er een algemeen alarm is afgekondigd? Dat de burgemeester toch maar het zekere voor het onzekere neemt?'

Ze had het hele team verzameld in de open kantoorruimte op de eerste etage, waar onder normale omstandigheden alleen Veneman, Van Gils, Prinsen en drie andere rechercheurs zaten. Het was twee uur, buiten hing een hardnekkige kille mist die nu pas optrok, en in het gebouw hing een verslagen stemming. De hele ochtend hadden de rechercheurs de in beslag genomen documenten van Maxwell doorgenomen en diens computers virtueel uitgeplozen. Zonder enig resultaat. Ze hadden een stortvloed van informatie gevonden over de werking van het Genootschap, maar niets wat hen hielp het volgende doelwit van de organisatie te vinden. Vervolgens had Dewaal hen allemaal samengeroepen, nadat ze opnieuw met haar superieuren had gepraat.

Dat was geen gemakkelijk gesprek geweest.

Het hele team was aanwezig, op één zieke en twee personen die op buitenlandse missie waren na, en natuurlijk de twee ontbrekende rechercheurs. Eekhaut telde zestien man. Achttien, met Dewaal en de onvermijdelijke kolonel Al-Rahman erbij. De technische medewerkers en die van de bewaking waren er niet omdat zij geen deel uitmaakten van het rechercheteam, en daar waren ze onder de gegeven omstandigheden niet rouwig om. Hij wilde protesteren en de chef erop attent maken dat ze heel goed wist dat Veneman gisteren meer dan zijn plicht had gedaan, en dat een dagje ertussenuit geen overdreven luxe was. Maar hij zweeg. Het argument zou, zo vermoedde hij, niet ver dragen. Op dit moment was zij degene die gelijk had.

Dewaal droeg jeans, een rode blouse en stevige stappers. Ze had een hoog-rode kleur. Die ochtend had ze er niet aan gedacht een kam of borstel door haar haar te halen. De cosmetische industrie kon haar zelfs geen make-up ver-kopen. Zo meteen, dacht Eekhaut...

'Dat zal gevolgen hebben voor de betrokkenen!' dreigde ze.

... krijgt ze een hartaanval. Te veel opwinding, en dat omdat twee recher-cheurs een dagje vrijaf genomen hebben, op een zaterdag nog wel. Hij zei: 'Ze leken van de veronderstelling uit te gaan...'

Dewaal gaf hem niet de kans goede argumenten te formuleren – zoals hij gevreesd had. 'Het interesséért me niet wat ze veronderstellen! Ze kennen de zaak. Ze hebben niet te oordelen over mijn orders. Waarom kan niemand ze bereiken?'

Iedereen zweeg.

'Zolang we geen zekerheid hebben over de exacte locatie en het tijdstip van de aanslag tasten we in het duister,' zei een van de andere rechercheurs, van dezelfde leeftijd als Van Gils, en schijnbaar bereid het voor zijn collega op te nemen.

Dewaal keek hem vuil aan maar zei niets.

Ze weet, dacht Eekhaut, dat ze de steun van de oudere rechercheurs nodig heeft. Of ze dat nu leuk vindt of niet. Of ze hen nu vertrouwt of niet. Hij wist dat haar vertrouwen met betrekking tot een bepaald soort rechercheur bij het Bureau niet erg groot was. Daarom waren hijzelf en Prinsen zo vaak op pad wanneer het op gevoelige dossiers aankwam. En in mindere mate Van Gils, wiens kennis van de schimmen van Amsterdam ze hard nodig had.

Dat zou misschien veranderen, nu ze zich door hem in de steek gelaten voelde.

Hij zei: 'Ze dachten dat er vandaag niets zou gebeuren, chef. Anders waren ze beslist wel gekomen.'

'Wat kunnen we verder nog doen?' vroeg een rechercheur, die Binnendam heette. 'Is de Mobiele Eenheid op pad? Is het leger op pad? Is het korps Am-sterdam in staat van alarm?'

Eekhaut merkte dat kolonel Al-Rahman zich naar Prinsen boog en uitleg vroeg. De jongeman was hem daarbij gretig van dienst. Eekhaut herinnerde zich dat Dewaal die taak aan hem had toegewezen, maar hij was allang blij dat de jongeman het had overgenomen. De Saudische kolonel begon een beetje te veel te kleven.

'Het kenteken en de beschrijving van de tankwagen zijn landelijk verspreid, baas,' zei Thea Marsman, die tussen twee potige rechercheurs in stond. 'Tot nog toe is-ie nergens gesignaleerd.'

'Waarschijnlijk omdat hij al ergens verborgen staat,' opperde Eekhaut. 'Lang voor wij ernaar gingen zoeken. De vraag is: waar?'

Dewaal zuchtte. 'Ik kreeg zelfs de minister niet mee, mensen. Hij weigert heel Amsterdam plat te leggen op basis van wat hij als geruchten ziet.'

'Waarom voert u uw informant niet op?' vroeg een rechercheur.

'Omdat,' zei Dewaal met meer geduld dan ze zich op dat moment kon veroorloven, 'de communicatie met die informant slechts in één richting loopt. Ik dacht dat ik dat al duidelijk gemaakt had. Hij belt mij. Wanneer hij wil. Ik weet niet waar ik hem kan vinden.'

'Wat hem nou niet echt betrouwbaar maakt,' zei Thea Marsman.

Dewaal was duidelijk bereid haar informant tot het uiterste te verdedigen. 'Hij heeft ons precies verteld waar we de lijken in België konden vinden. Dat maakt zijn informatie betrouwbaar genoeg.'

'Maar nu we hem nodig hebben,' zei Prinsen, 'laat hij niets van zich horen. Dat is niet erg handig, chef.'

'Verander niet van onderwerp, Prinsen! Ik had het over Van Gils en Veneman.'

'Het lijkt me,' zei Eekhaut snel, 'dat we andere zorgen hebben dan twee ontbrekende rechercheurs.' Hij zei het op een verzoenende toon, wat hem een verbaasde blik van Prinsen opleverde. Een onderzoekende blik, die zei: zo ken ik je niet, Eekhaut, jij die zo makkelijk de confrontatie zoekt.

Dit was echter niet het moment voor confrontaties, vond Eekhaut.

Dewaals woede leek wat geblust, ze keek op haar horloge. 'Ik wil van iedereen ideeën horen. En nu meteen. Wat zijn de belangrijkste problemen?'

'We moeten uitzoeken waar de aanslag plaats gaat vinden.'

'We moeten de tankwagen vinden.'

'Wie kunnen we verhoren om de schuilplaats van die Maxwell te vinden? Hebben we niet een paar van zijn medewerkers gearresteerd?'

'Huurlingen,' zei Dewaal. 'Geen leden van het Genootschap. En dus nutteloos. Ze kennen hun opdrachtgever niet eens.'

'Wat doen we met de eigendommen van Maxwell?' vroeg iemand.

'Tot nog toe,' zei Dewaal, 'vertellen die ons erg weinig over de voortvluchtige meneer Maxwell en zijn uitwijkmogelijkheden. De spullen die we in beslag hebben genomen worden nog steeds onderzocht, op aanduidingen over een eventuele schuilplaats of concrete gegevens over de plannen van de sekte.'

'Computers?'

'Zoals jullie zonet konden merken: geen resultaat.'

'Iets op naam van de sekte?'

'Het is geen geregistreerde organisatie, ze bezitten geen eigendommen, ze bestaan dus niet.'

'Andere leden van de sekte? Waarom praten we niet opnieuw met die mevrouw... wat is haar naam?'

'Simson. Ze is ernstig ziek en wil ons ook niets zeggen. Ze weet waarschijnlijk allang niets meer over de samenstelling van de sekte, op de naam van Maxwell na.'

Kolonel Al-Rahman was de enige die kalm bleef, in de eerste plaats omdat hij de discussie niet kon volgen. Hij luisterde naar de summiere uitleg die Prinsen hem gaf, knikte en bleef onverstoorbaar. Eekhaut vroeg zich even af waarom de man hier nog bleef rondhangen, maar liet de gedachte weer varen.

'Elke logica is zoek,' zei een van de rechercheurs. 'Gaan we nu echt brainstormen tot de dag voorbij is?'

'Misschien hebben Van Gils en Veneman gelijk: er gebeurt niks, en zij genieten van die wedstrijd.'

Eekhaut liet zijn blik naar buiten dwalen, door het raam aan de voorzijde van het gebouw. Daarachter was de mist net voldoende opgetrokken om de bomen te kunnen zien, en de oude huizen aan de overkant van de straat. Hij bracht zijn handen naar zijn hoofd. En kreunde.

Omdat er nog steeds gebrainstormd werd, lette niemand op hem. Niet meteen. Pas toen hij twee, drie keer 'shit' zei, keek Prinsen naar hem. 'Eekhaut?' vroeg hij. De kolonel keek ook zijn kant op. 'Voel je je niet lekker?'

De andere leden van de groep vielen stil.

'Een ritueel waarbij zo veel mogelijk slachtoffers moeten vallen,' zei Eekhaut. 'Dat is de ambitie van de sekte. Denk na over hun traditie. Los Alfaques, de Innovation, Tenerife, enzovoort. Telkens waren de slachtoffers in de ogen van de Kerk of het Genootschap zogenaamde onwaardigen, maar per definitie is iedereen die geen lid van de Kerk en later van de sekte is, onwaardig.'

'Ja, en daarom kunnen ze overal...'

'Nee,' zei Eekhaut. 'Zo veel mogelijk slachtoffers. Hier in Amsterdam.'

'O god,' zei iemand, na een korte stilte. Misschien was het Thea Marsman.

'De Arena,' zei iemand zacht.

'De voetbalwedstrijd tussen…'

En toen begon iedereen door elkaar te praten.

'Hoeveel mensen verwachten ze daar…'

'Wanneer begint…'

'Waar Van Gils en Veneman naartoe zijn…'

'In de kelders van…'

Dewaal hief haar armen op. 'Ophouden, iedereen.' Meteen kreeg ze de aandacht. 'Waarom zouden ze daar een aanslag plegen?'

'Duizenden doden,' zei Eekhaut. 'De ultieme loutering. Het grootst mogelijke offer. Een tankwagen met twintigduizend liter explosief gas. Wat kan het anders zijn?'

Ze keek op haar horloge. 'Wanneer begint de wedstrijd? Iemand? Iémand moet dat toch weten? Godverdomme, ik dacht dat jullie mannen allemaal voetbalgekken waren!'

'Om drie uur,' zei Binnendam.

'Dan hebben we iets minder dan een uur. Ik bel de korpschef en de minister. Eekhaut, binnen tien minuten wil ik dat iedereen buiten staat, met zo veel mogelijk wagens, sirenes en lichten, kogelwerende vesten. Dus klaar om te vertrekken.' Ze dook haar kantoor in.

'Iedereen heeft de baas gehoord!' riep Eekhaut.

'Misschien is het niet…' werd er geopperd. Door iemand die echter geen aandacht meer kreeg. Iedereen maakte zich gereed voor de actie.

50

Zes politiewagens reden het terrein van de Amsterdam Arena op. Hoewel het er druk was, werd er meteen plaats voor gemaakt. Stewards en beveiligers van de Arena waren ingelicht. Ongeveer driekwart van de toeschouwers had echter al een plaatsje gevonden op de tribunes, de rest werd tegengehouden door de stewards, waardoor er relletjes ontstonden en enkele tientallen agenten van de ME – die ter gelegenheid van de wedstrijd aanwezig waren – tussenbeide moesten komen. Supporters van Ajax en Feyenoord wierpen boze blikken op de zojuist gearriveerde politiemacht, die ze verantwoordelijk achtten voor het feit dat hun de toegang tot het complex ontzegd werd. Er heerste al een gespannen sfeer tussen de rivaliserende clubs, maar nu werd die ronduit vijandig.

De BMW waarin Dewaal, Eekhaut, Prinsen en Siegel zaten, kwam tot stilstand bij een gebouwtje aan de buitenzijde van de afrastering. Daar stonden al verscheidene voertuigen. De andere auto's van het Bureau zochten daartussenin een plek. Eekhaut stapte uit en overzag het terrein, voor zover hij wat kon zien, want de mist bleef hier en daar in flarden hangen. Het was duidelijk dat de inderhaast opgeroepen politiediensten een allegaartje waren. Aan de rechterkant stonden ongeveer twintig donkerblauwe overvalwagens van de ME en twee waterkanonnen. Die zouden er waarschijnlijk onder andere omstandigheden ook geweest zijn. Aan deze kant van de afrastering stonden verscheidene grote suv's met verduisterd glas. Naast de voertuigen van het Bureau waren twee zwarte Mercedessen geparkeerd, elk met een chauffeur in uniform. Een stuk of zes hoge politieofficieren stonden op een kluitje naast het gebouwtje, alsof ze bij elkaar bescherming zochten.

Het was Mastenbroek, de korpschef, die de leiding van de operatie op zich nam – zo liet Prinsen Eekhaut weten met een knikje naar de magere, grijze man met de scherpe neus. De korpschef werd omringd door officieren, al dan niet in uniform, van het korps en van de AIVD. Eekhaut kende geen van hen. Het team van het Bureau bleef op een afstandje wachten, alleen Dewaal mengde zich onder de officieren.

Ze praatte snel met Mastenbroek, die een paar keer het hoofd schudde. Een eind verderop ontstond kabaal omdat er nog meer supporters werden tegengehouden. Een politieman met een megafoon schreeuwde hun een verklaring toe, maar dat leek de gemoederen niet te kunnen bedaren. Er werd gejouwd naar de politiemensen. Eekhaut stapte achteloos wat dichter naar de officieren toe. 'D'r zit dertigduizend man binnen,' hoorde hij Mastenbroek zeggen. 'Die evacueren we niet in een paar minuten. En zelfs al zouden we dat doen, dan wordt het een chaos. Ik kan toch moeilijk omroepen dat er ergens een bom ligt…'

'We hebben er geen idee van hoeveel tijd we nog hebben,' zei Dewaal. 'Weten we waar de vrachtwagen zich bevindt?'

'In de garage onder het veld,' opperde een officier. 'Waar anders?'

Een andere hoge officier, in uniform, kwam tussenbeide. 'Waar blijft de explosievenopruimingsdienst? Die had al hier moeten zijn.'

'Ze zitten vast in het verkeer, al twintig minuten…'

'We weten niet,' zei Dewaal opnieuw, 'hoeveel tijd we hebben vóórdat die bom ontploft. Er moet dus meteen wat ondernomen worden.'

'Ik hoop dat u het bij het rechte eind hebt, hoofdcommissaris,' zei Mastenbroek. 'En dat die informant van u te vertrouwen is. Want anders wordt dit een gigantische miskleun, dat beseft u toch wel. We zijn nu al gedwongen u zo ver te volgen, maar ik hoop – ook voor u persoonlijk – dat deze zaak met een sisser afloopt.'

'We kunnen met enkele mensen naar binnen gaan,' stelde Eekhaut voor.

De korpschef keek hem aan, de scherpe neus kliefde als de boeg van een zeilboot door de lucht. 'Bent u toevallig bomexpert, inspecteur?'

'Dit is een van mijn…' begon Dewaal.

'Nee,' zei Eekhaut. 'Ik ben geen bomexpert. Maar we hebben een militair expert bij ons die heel wat afweet van explosieven.'

'Wie?' vroeg Dewaal verbaasd.

'Kolonel Al-Rahman,' zei Eekhaut, met een knikje naar de Saudische officier.

Mastenbroek fronste zijn voorhoofd, hij keek van de ene man naar de andere. 'Wie is dat, in godsnaam?'

'Hij is lid van de Saudi-Arabische politie, Eekhaut, niet van het leger,' zei Dewaal, de korpschef en de andere officieren negerend.

'En toch weet hij heel wat van bommen af. Hij is onze beste gok op korte termijn, chef.'

'Hoe kom je daarbij?' vroeg Dewaal. 'Dat hij een bomexpert is?'

'Dat heeft hij me zelf verteld. Hij behoorde tot de speciale eenheden, zei hij. Explosieven en dat soort dingen.'

De kolonel bleef onbewogen, maar niets ontsnapte aan zijn aandacht.

Hij heeft zijn naam horen noemen, besefte Eekhaut. Hij weet dat dit over hem gaat.

'Kolonel?' vroeg Dewaal in het Engels.

Al-Rahman keek haar aan. 'Mevrouw?'

'Weet u iets van explosieven?'

De kolonel knipperde even met zijn ogen, toen keek hij naar Eekhaut, en richtte zich ten slotte weer tot Dewaal. 'Inderdaad, mevrouw. In het leger geleerd. Hebt u een expert nodig?'

'Nou,' zei Dewaal, 'ik denk van wel.'

'Zegt u het maar, wat moet er gebeuren?'

'Hier kunnen we niet aan beginnen,' zei Mastenbroek, in het Nederlands. 'Ik riskeer dit niet. Een buitenlandse rechercheur van wie we de achtergrond niet kennen… En bovendien een Arabier. We gooien de pers een vette kluif toe als dit misloopt.'

'De EOD is er nog steeds niet,' meldde een officier.

Mastenbroek keek kwaad. 'Nee, daar was ik ook al achter.'

Dewaal zei: 'En u kunt die Arena niet binnen een paar minuten evacueren. U bent niet eens begonnen…'

'We kunnen geen paniek…' Mastenbroek keek Eekhaut aan. 'Heeft hij u dat verteld? Dat hij iets van explosieven afweet?'

'Ja, toen we… ja, enkele dagen geleden. En hij bevestigde het zonet. Waar wachten we op?'

Mastenbroek keek naar Dewaal. 'Neemt u de verantwoordelijkheid?'

Ze lachte kort en schamper. 'Voor wat? Leven en dood van tienduizenden mensen? Als dit misgaat, maak ik me over mijn carrière geen zorgen meer. Als ik met mijn team naar binnen ga, krijgen we een plekje in de skybox, letterlijk.'

'In dat geval laat ik alles geheel aan u over, hoofdcommissaris. Als u zelf het risico wilt lopen.'

Dewaal keerde zich van hem af. 'Jij,' zei ze tegen Eekhaut, 'en de kolonel. Ik, Prinsen, Siegel en Binnendam. Machinepistolen en vesten. Nu meteen.'

'U hoeft niet mee te gaan,' zei Mastenbroek. 'Als bevelvoerend officier zou ik dat niet doen als ik u was.'

Dewaal trok de kunststof gespen van haar vest wat strakker aan en voelde of haar pistool goed in haar heupholster zat. Toen keek ze de korpschef recht in het gezicht. 'Ik neem persoonlijk de verantwoordelijkheid voor deze operatie, chef, en dus ga ik samen met mijn mensen naar binnen. Als de explosievenopruimingsdienst arriveert, kunt u hen ons achterna sturen, als u dat wilt. Maar waar mijn team gaat, ga ik onder deze omstandigheden ook.' Ze keek naar Eekhaut en naar Prinsen en bewoog haar hoofd in de richting van de Arena. Toen wendde ze zich weer tot de korpschef. 'Ik heb een conciërge nodig, of iemand anders die het gebouw kent.'

Even later werd er een oudere man in een donkerblauwe overall bij haar gebracht. Hij zag er verward uit, waarschijnlijk vanwege de algehele commotie en het verschijnen van zo veel belangrijke personen, maar hij begreep direct waarom hij onmisbaar was voor de politie. Ja, hij werkte al in de Arena sinds de opening, hij deed het algemene onderhoud van de technische installaties en kende het gebouw op zijn duimpje.

'Een grote plek waar een vrachtwagen naar binnen kan? Ja, die weet ik. De garage onder het terrein. Daar staan altijd vrachtwagens als er grote installaties of decors gebruikt worden. Bij popconcerten en zo. Nu niet, die zal wel leegstaan.'

'Daar gaan we naartoe,' zei Dewaal. 'Zo snel mogelijk.'

Het uitverkoren groepje, met de technicus voorop, liep op het gebouw af. Kleinere groepjes toeschouwers werden door leden van de ME naar buiten geleid, maar een algehele evacuatie leek nog niet aan de orde. In de verte naderden nog meer officiële voertuigen, inclusief brandweerwagens. Zo meteen, dacht Eekhaut, is de chaos hier compleet. Zelfs zonder bom kan dit een ramp worden. Paniek, mensen die elkaar onder de voet lopen. Hij wilde er niet aan denken.

De technicus opende een dubbele deur en liet hen het gebouw binnen. Hij wilde meteen verder lopen, maar Dewaal hield hem tegen. 'Misschien is er iemand die ons zal verhinderen in de buurt van de bom te komen,' zei ze.

'Iemand die dringend zelfmoord wil plegen?' opperde Prinsen. 'Dat lijkt me niet in overeenstemming met de traditie...'

'Iemand die ervoor wil zorgen dat dit ritueel door niemand verstoord wordt.' Dewaal knikte naar de technicus. 'Voorzichtig.'

De hele groep vorderde langzaam door de halfduistere gang, de wapens getrokken.

'Denk erom, mensen, dat er in de buurt van die tankwagen niet geschoten wordt,' waarschuwde Dewaal. 'Dat ding is in alle opzichten een bom. Eén kogel op de verkeerde plaats en ze hoeven ons niet eens bij elkaar te vegen.'

Het koude zweet brak de technicus al uit, maar als hij zijn beslissing om als gids te dienen betreurde liet hij dat verder niet merken. Het team volgde hem door een gang met een flauwe bocht waarop verscheidene stalen deuren uitkwamen. De overheersende kleuren waren grijs en donkerblauw. Langs de zoldering liepen tientallen pijpen en kabels, met opvallende kleuren gecodeerd. Het rook er naar olie en ontsmettingsmiddelen.

'Is het nog ver?' vroeg Dewaal.

'Dit is een groot gebouw, mevrouw,' zei de technicus, met een korte blik achterom. Hij praatte alsof iedereen hoorde te weten hoe groot dit gebouw was.

'Hoe ver?'

Hij antwoordde niet maar bleef bij een deur staan, die er niet anders uitzag dan de andere en alleen het nummer xt554 droeg, wit op grijs.

'Hier?'

'Hierachter heb je meteen toegang tot de grote garage onder het veld, mevrouw.'

'Doe open, langzaam.' De rechercheurs hielden hun wapens gereed.

De man drukte op de hendel, maar er gebeurde niets.

'Nou?' vroeg Dewaal.

'Dicht,' zei de man.

'Lieve god nog aan toe, man, heb je dan geen sleutel?'

'Er is geen sleutel nodig, mevrouw. Iemand heeft de deur aan de andere kant geblokkeerd.'

'Kom jongens,' zei Dewaal tegen haar rechercheurs. 'Geef een duwtje.'

Ze probeerden het gezamenlijk, maar er kwam geen beweging in de deur. 'Logisch ook,' zei Prinsen, 'als je een bom legt, dan wil je geen pottenkijkers. Dus blokkeer je de ingangen.'

'Is er een andere toegang?'

'Verderop is nog een deur, en er is de toegangspoort zelf, voor de vrachtwagens.'

'Vooruit!'

Ook de tweede deur bewoog niet. De technicus leidde hen naar een zes meter hoge poort, die eveneens potdicht bleef.

'Welke mogelijkheden hebben we nog?' vroeg Dewaal aan de technicus, die ondertussen kletsnat was van het zweet. 'Snel, we weten niet hoeveel tijd…'

'Er is een technische doorgang, langs de kabels,' zei de man. 'Het is krap, maar je kan erdoor.'

'Waar?' vroeg Dewaal. 'Laat het ons zien.'

De technicus liep naar een rij stalen panelen in de muur. Hij draaide aan een hendel en een van de panelen schoof opzij. Daarachter was een nis, waar het vol hing met horizontaal lopende kabels van verschillende omvang en kleuren.

'Wat is dit?' vroeg Eekhaut.

'Energietoevoer voor het hele ondergrondse deel van het gebouw, datatransmissie, de alarmsystemen. Dat soort dingen. Alles loopt hierlangs, om onderhoud en aanpassingen makkelijk te maken.'

Dewaal drong naar voren. 'De rondleiding is voor een andere keer,' zei ze bruusk. 'Je kan hierdoor?'

'Naar links, mevrouw,' zei de technicus.

Dewaal trok haar pistool en stapte zelf de nis in. Tussen de stalen panelen en de muur van kabels was er een kleine meter ruimte. Ze stapte voorzichtig naar links. De andere agenten volgden haar.

In de smalle ruimte kreeg ze het plots benauwd. En dat had niets te maken met gebrek aan ademruimte. Ze voelde gevaar. Ze wist dat ze niet zo makkelijk in de buurt van de bom konden komen.

Hoewel er op regelmatige afstanden verlichting was in de ruimte, pakte ze haar zaklamp en klikte die aan. Ze bleef staan. Met de smalle lichtbundel scheen ze over de vloer, en vervolgens langs de beide wanden.

'Waarom stoppen we?' vroeg Prinsen, achter Eekhaut.

'Chef?' zei Eekhaut.

'Ze kennen het gebouw,' zei Dewaal zacht.

'Ja,' zei Eekhaut. 'En?'

Ze zette twee stappen vooruit en stopte toen weer. 'Die Baphomet is gek,' zei ze.

'Ongetwijfeld,' zei Eekhaut.

'Hij is waarschijnlijk paranoïde. Maar hij is geen idioot.'

'Ja,' zei Eekhaut, die zijn geduld begon te verliezen. De bom tikte. Waarom maakte Dewaal geen haast?

'Dus voorziet hij dat wij deze toegang tot de garage vinden.'

Eekhaut antwoordde niet. Hij voelde plotseling helemaal klam aan. Zijn instinct vertelde hem dat hij weg moest lopen. Onder deze omstandigheden ging dat echter niet. 'Een valstrik?'

Ze scheen opnieuw met haar zaklamp over de vloer en de wanden. Toen zag ze het. Aan de linkerkant, laag tegen de stalen panelen, knipperde een rode led. Als die rechts gezeten had, tussen de bedrading, had ze het niet gezien. Of had ze er geen aandacht aan besteed. Nu zat hij aan de verkeerde kant.

Ze zakte door haar knieën en verlichtte het zwarte doosje waar de led op zat. Er zaten geen kabels aan. Ze zat anderhalve meter van het doosje vandaan.

'Wat is het?' vroeg Eekhaut achter haar.

Ze draaide haar hoofd om. 'Een sensor, vermoed ik.'

'En wat doet die?'

'Verdomme, Eekhaut, als ik dat wist…' Ze haalde diep adem en kwam overeind. 'Vraag aan de technicus of er nog een andere ingang is naar de garage.'

Eekhaut gaf de vraag door aan Prinsen, die het antwoord kreeg van verderop in de nis. 'Ja,' zei Eekhaut tegen Dewaal. 'Er is een kanaal voor de ventilatie. Dat loopt over de zoldering. Waarom kunnen we dat ding daar niet onklaar maken?'

'Ben jij een expert? Of laten we onze kolonel erop los?'

'Oké,' zei Eekhaut.

'Terug, allemaal. We proberen de ventilatieschacht.'

Even later stonden ze weer in de brede gang naast de stalen panelen. Iedereen was verhit en bezweet. 'Nou?' vroeg Dewaal aan de technicus. Die maakte een korte beweging met het hoofd en liep een zijgang in. Hij stopte in een grotere ronde ruimte en keek omhoog. Boven hun hoofden liepen drie vierkante metalen schachten door de muur heen. 'Maar die zitten te hoog…'

'Ladders,' beval Dewaal.

Het team zwermde uit, maar de technicus riep: 'In de technische ruimte achter die gele deur.' Eekhaut gooide de deur open en even later kwamen Siegel en Binnendam aanlopen met een lange aluminium ladder. De technicus wees hun waar ze de ladder moesten neerzetten. 'Daarboven is een luik waardoor je in de schacht kunt klimmen.'

'Waar komen we dan uit?'

'In de garage. Daar zit ook zo'n luik.'

'Maar daar is geen ladder.'

'Er is een open metalen loopbrug met een trap naar beneden. Daaraan is gedacht.'

'Vooruit,' beval Dewaal.

Prinsen ging voorop. Hij klom de ladder op en duwde het luik van de schacht weg. Eekhaut volgde. Dewaal legde snel aan Al-Rahman uit wat er moest gebeuren. Die knikte en volgde haar. Ondertussen verdween Prinsen in de schacht. De technicus bleef beneden wachten.

Eekhaut had zijn zaklamp aangeklikt, maar zag niet veel meer dan de benen en voeten van Prinsen. De schacht was net groot genoeg om een mens door te laten, kruipend. Hij hield niet van de benauwdheid, maar had weinig keuze dan verder te kruipen. Na een meter of tien schoof er een streep licht door de schacht op de plek waar Prinsen zich bevond, en de jongeman stapte door het luik. Eekhaut hoorde hem op de metalen trap stommelen en volgde hem.

De ruimte onder hen leek leeg, op een tankwagen na. Dewaal, die gracieus uit de schacht schoof, strekte haar arm uit naar Prinsen, die meteen de ladder af wilde, naar de begane grond. 'Hij is paranoïde, weet je nog wel,' fluisterde ze. Ze keek om. Naast haar stonden Eekhaut, Prinsen en Al-Rahman op de loopbrug. Siegel en Binnendam zaten nog in de schacht. 'We zitten hier niet bepaald op een goede…'

Een harde knal galmde door de ruimte. Een kogel maakte een gat in de schacht een meter bij Dewaal vandaan.

'Dekking!' riep ze. Er was geen plaats waar ze dekking konden zoeken. Siegel viel halsoverkop uit het luik, meteen gevolgd door Binnendam. Ze verspreidden zich over de loopbrug, wapens naar alle kanten.

Drie knallen volgden. Kogels ketsten af op het staal van de loopbrug en het beton boven hun hoofden.

'Let op de tankwagen!' waarschuwde Dewaal.

Al-Rahman kwam overeind en schoot met zijn machinepistool in de richting van de poort, waar ze zonet aan de andere kant hadden gestaan. Stukken beton vlogen in het rond. Achter een betonnen balk verschenen een hoofd en een arm met een pistool erin. De kolonel loste een nieuw salvo, er klonk een kreet van pijn en de arm verdween.

'We moeten naar beneden,' zei Siegel. 'Hierboven zijn we schietschijven.'

'Jij en Binnendam elk aan een uiteind van de loopbrug, geef dekking. De anderen naar beneden.'

'Het is gekkenwerk,' zei Prinsen, maar hij was als eerste bij de ladder. Hij slingerde zijn machinepistool op zijn rug en klauterde naar beneden. Vanuit een andere hoek, achter een stalen afscheiding, werd opnieuw geschoten. Siegel beantwoordde het vuur. Hij bleef schieten tot Prinsen de vloer bereikte. De jongeman zocht meteen dekking achter de vrachtwagen. Twee kogels ketsten tegen het voertuig.

'Snel,' siste Dewaal, 'voor ze op de tank schieten.' Ze gaf het voorbeeld en klauterde soepel de ladder af, gevolgd door Eekhaut en Al-Rahman.

Van achter de afscheiding werd opnieuw geschoten, maar de schutter had waarschijnlijk geen goed zicht op de politiemensen, want de kogels vlogen hoog tegen de zoldering aan. Dewaal kwam naast Prinsen terecht. Eekhaut en de kolonel liepen langs de andere kant van de tankwagen. Eekhaut besefte dat ze letterlijk naast een tijdbom liepen. De klok die afliep, of een kogel die verkeerd terechtkwam, het zou geen verschil maken.

De kolonel legde een hand op zijn schouder. Samen hurkten ze neer bij de achterzijde van de tankwagen. Al-Rahman schoof zijn machinepistool op zijn rug en trok zijn gewone pistool. Hij wees naar zichzelf en naar een betonnen muurtje dat langs een hellend vlak omlaag liep. Daarlangs werd waarschijnlijk materiaal bestemd voor de Arena naar de liften gereden.

Eekhaut knikte.

Al-Rahman kwam overeind en rende naar het muurtje. De schutter vuurde twee keer maar raakte niets. Al-Rahman liet zich hard op de vloer vallen en keek, met zijn pistool in de aanslag, langs de rand van het muurtje.

Het was plotseling stil geworden in de grote ruimte.

Dat voorspelde niet veel goeds, vond Eekhaut. Hij draaide zijn hoofd om en keek naar Siegel en Binnendam, die nog altijd de wacht hielden op de loopbrug.

Er klonk een kreet van achter de tankwagen. Eekhaut draaide zich om. Een man in het zwart rende van achter de afscheiding naar voren. Hij had geen wapen meer. Maar in zijn rechterhand hield hij een klein, donker, eivormig voorwerp.

Eekhaut wist meteen wat het was.

De man bewoog zijn linkerhand en trok de pin uit de handgranaat. Toen hief hij zijn rechterhand op.

Eekhaut bracht zijn machinepistool omhoog.

Drie, vier kogels raakten de man vanuit verschillende hoeken. Hij viel achterover. De granaat rolde weg, in de richting van de muur.

'Dekking zoeken!' riep Dewaal.

De knal echode door de garage. Eekhaut hield zijn handen over zijn oren, maar het was te laat. Zijn trommelvliezen leken gescheurd.

Al-Rahman liep op een drafje naar de gevallen man toe. Hij knielde bij hem neer. Prinsen en Dewaal kwamen van de andere kant van de tankwagen tevoorschijn, het wapen in de aanslag. Er waren geen andere tegenstanders meer.

Dewaal wuifde naar Siegel en Binnendam. Die klommen naar beneden. Ze keken elkaar allemaal aan. 'Godverdomme,' zei ze. 'Wat staan jullie daar te doen? Maak die bom onschadelijk!' Ze trok Al-Rahman met zich mee en wees naar de tankwagen. De kolonel holde naast haar. Nick en Siegel klommen de cabine in, op zoek naar de bom. Prinsen vond hem, in de ruimte achter de stoel van de bestuurder.

'Kolonel,' riep Dewaal.

De Arabier kroop achter de bestuurdersstoel. Hij boog zich over de bom maar gaf geen commentaar. Uit de zak van zijn jekker haalde hij een stalen werktuig. Het leek op een gecompliceerd zakmes. Prinsen probeerde hem bij te lichten met zijn zaklamp.

'Hoeveel tijd hebben we nog?' vroeg Dewaal in het Engels.

'Eén minuut twintig,' mompelde de kolonel vanuit de smalle ruimte.

'Lieve god,' zei Dewaal.

'Inderdaad, maar dan Allah.' De kolonel stak een zaklamp tussen zijn tanden.

'Kunnen we…' wilde Dewaal voorstellen.

De kolonel haalde de zaklamp weer tussen zijn tanden vandaan en gaf hem aan Prinsen. 'Even niet,' zei Al-Rahman. Er klonk een klik.

Is dat goed, een klik? vroeg Dewaal zich af.

De kolonel draaide zijn hoofd om keek haar aan. 'Het is in de handen van Allah,' zei hij, geruststellend.

'Ik hoop dat het ook in uw handen is, kolonel,' zei ze.

Hij glimlachte, kwam overeind en toonde haar een stukje van een rode elektriciteitskabel. 'Maar natuurlijk, mevrouw. Waarom zou u aan mij twijfelen?'

'Is de bom…?'

Hij keek even naar het mechanisme van de bom en klom toen van achter de stoel vandaan. 'Zelfs zonder mijn tussenkomst,' zei hij, 'zou de bom niet af zijn gegaan, mevrouw.'

'Wat? Waarom niet?'

'De timer werkte nog wel, vandaar dat ik voor alle zekerheid het kabeltje heb doorgeknipt, maar de ontsteking zelf was al onklaar gemaakt. Haastig, door iemand die goed wist wat hij deed. De vraag is dus: door wie?'

Dewaal schudde haar hoofd. 'Misschien het werk van mijn informant. We liepen dus geen gevaar?'

'Nee, mevrouw. De bom zou hoe dan ook niet gewerkt hebben. Maar laten we toch maar voorzichtig zijn. De explosieve lading zit nog steeds op z'n plaats. U kunt de verschillende onderdelen ervan beter laten demonteren. Misschien moeten we eerst de tank afkoppelen en weg laten slepen. Ik zou geen risico's nemen.'

Ze stapte de cabine uit.

'Het is in orde, mensen,' zei ze. En in haar portofoon: 'De bom is onschadelijk gemaakt. Laat een technisch team naar binnen. De deur van de garage moet opengemaakt worden en de oplegger met de tank naar buiten gesleept.'

Ze keek Eekhaut aan. 'Ik had jou niet voor niks gezegd dat je de hele tijd bij de kolonel moest blijven.'

Het team drukte de kolonel de hand, die moeite had om daar bescheiden bij te blijven. 'U weet toch,' zei hij even later tegen Eekhaut, 'wat Baphomet betekent?'

Eekhaut keek hem verbaasd aan. Al-Rahman was nooit zo scheutig met ongevraagde informatie. 'Nee, geen idee.'

'In het oud-Frans was dat de naam die christenen gebruikten om de profeet Mohammed aan te duiden. Ze hadden het moeilijk met de uitspraak van veel Semitische en oosterse namen en woorden, vandaar dat jullie nog steeds spreken over Avempace of Averroës. Zo werd Mohammed of Mahommed tot Baphomet verbasterd.' Hij glimlachte. 'Maar misschien is die verklaring apocrief, zoals zo veel verhalen uit onze culturen.'

'Is het niet ironisch dat hij de naam van de profeet aanneemt, terwijl hij een vernietigende, apocalyptische religie leidt?'

Al-Rahman knikte, liet zijn blik even afdwalen naar zijn handen, die nog steeds het multifunctionele werktuig en het eindje kabel vasthielden, en keek toen weer op, met een glimlachje. 'Dat, m'n beste inspecteur Eekhaut, is inderdaad bijzonder ironisch. Maar ironie is geen kwaliteit die alleen de westerse cultuur bezit.'

'O,' zei Eekhaut, 'daar twijfel ik niet aan. Hoewel ik natuurlijk niet...' Hij maakte een gebaar waarmee hij duidelijk maakte hoe hij erover dacht. En hij besefte waarom de man opeens zo spraakzaam was: de spanning was hoog opgelopen, en nu moest hij stoom afblazen. Op zijn manier.

'Te veel onbekende factoren,' gaf Al-Rahman toe. 'Daar worden wij beiden door geplaagd. Wij, in de Arabische wereld, zien de westerlingen als hebzuchtig, gespeend van cultuur, imperialistisch, ontuchtig, en zo veel meer. Maar gek genoeg bewonderen we jullie vanwege jullie wetenschappelijke en technische verwezenlijkingen, jullie literatuur en vooral de films, de hele populaire cultuur. Onze jeugd is gek op jullie popmuziek.'

'Waar die niet verboden is.'

De kolonel glimlachte toegeeflijk, als naar een opstandige leerling die een terechte maar weinig welkome opmerking maakte. 'Inderdaad, maar ook daar waar het verboden is, is de jeugd er gek op. Jullie slagen erin universele waarden en esthetische normen te ontdekken, die elke andere cultuur als een uitdaging ziet. Maar het is wel allemaal commercie bij jullie. Het is allemaal zo… weinig geïnspireerd, zeker in het licht van eeuwige geestelijke waarden. Dat ondermijnt de cultuur van de Koran. En daarom is er haat, hoofdinspecteur. Omdat er velen onder ons zijn die de oppervlakkigheid van de westerse cultuur niet in overeenstemming kunnen brengen met de hogere waarden van ons geloof en van onze cultuur.'

Het was, besefte Eekhaut, een opvallend lange toespraak. Al-Rahman gebruikte argumenten die hij al kende, argumenten die verantwoordelijk bleven voor de kloof tussen beide culturen.

Waarom ben je écht hier, kolonel?

Toch niet om wat overbekende uitspraken over culturele verschillen tussen het Westen en de wereld van de islam te debiteren?

Het mobieltje van Dewaal trilde. Ze sloeg het open en zei haar naam. Ze luisterde aandachtig en gebaarde naar Eekhaut, maar die begreep het niet. 'Wil je dat herhalen?' zei ze. Ze maakte een schrijfbeweging. Eekhaut viste een notitieboekje en een pen uit de borstzak van zijn vest en gaf die aan haar. Met haar telefoon tussen schouder en oor schreef ze iets op. 'Hoe lang nog?' vroeg ze. 'Hallo? Hoor je me?'

Ze klapte het mobieltje weer dicht en keek naar de andere rechercheurs. 'Verbinding verbroken,' zei ze, een beetje onthutst.

'Wie was dat?' vroeg Prinsen.

'Mijn informant. Kon blijkbaar niet vrijuit spreken. Baphomet is met een stel andere leden van de sekte ondergedoken.' Ze overhandigde Eekhaut het boekje, geopend. 'Hun schuilplaats. Waarschijnlijk blijven ze daar niet lang. En toen hield het gesprek gewoon op.'

'Dekking weggevallen,' opperde Prinsen.

Dewaal keek hem ongelovig aan. Dat wilde er bij haar niet in.

Ze liepen naar de ladder waarlangs ze naar beneden waren gekomen. 'Is er al iemand die de poort of een van die deuren open krijgt? Ik wil niet opnieuw door die schacht.' De technicus, die hen was gevolgd nadat het vuurgevecht was afgelopen, liep naar de deur. Dewaal richtte zich tot Prinsen. 'Ik wil meteen met Veneman en Van Gils spreken, hier. Bel hen maar privé.'

'Dat heb ik al gedaan toen we onderweg waren, chef,' zei Prinsen. 'Ik heb een bericht ingesproken, want ze namen geen van beiden op.'

Een van de deuren werd opengegooid en een tiental mannen in zwarte uniformen en helmen kwam binnen. 'Verzamelen buiten,' zei Dewaal tegen haar team.

Even later stonden ze buiten het gebouw, waar Van Gils en Veneman intussen aangekomen waren. Beiden keken schuldig. 'We hoorden dat er iets aan de hand was, en Veneman luisterde zijn voicemail af,' zei Van Gils. 'Is de zaak opgelost?'

'Zonder jullie, ja,' zei Prinsen. 'We hebben de bom onschadelijk gemaakt.'

'Kennen jullie deze plek?' vroeg Dewaal aan de twee rechercheurs die hun voetbalwedstrijd in het water hadden zien vallen, en toonde hun het notitieboekje.

'Mmja,' zei Veneman. 'Het Kleine Water? Ligt op de Veluwe. Mensen die ik ken gaan daar in de lente vissen. Er is een camping en een dorpje. Ligt nogal afgelegen, ooit was het iets waar je vanuit Amsterdam naartoe ging voor rust, maar tegenwoordig gaat iedereen naar Spanje of zo. Perfect voor een schuilplaats, zeker in de winter.'

'Hoe ver?'

'Een kilometer of negentig hiervandaan.'

Dewaal knikte. 'Veneman, verzamel iedereen van het team die hier is. We vertrekken meteen.'

'Ja, mevrouw,' zei Veneman, duidelijk opgelucht dat ze niets meer zei over zijn afwezigheid.

51

Koerier stond naast het lijk met het pistool in de hand. Door de geluiddemper was hij er zeker van dat niemand het schot gehoord had. Niet dat er veel mensen in de omgeving waren. Dit was blijkbaar niet de plek waar je als toerist naartoe kwam, in elk geval niet hartje winter. De vijvers waren grotendeels dichtgevroren en watervogels waren nergens te bekennen. De oever was vochtig en kil, de bossen duister. De natuur was gestopt met geluiden maken. De vakantiehuisjes waren stil en koud, en tochtig ongetwijfeld ook nog. Je kon er alleen maar ziek worden. Alleen de grootste bungalow van het park werd verwarmd, en dat was alleen omdat Baphomet de eigenaar kende en omdat hij gereserveerd had. Anders was de hele omgeving koud en onherbergzaam geweest.

Koerier keek even achter zich. De keuken grensde aan wat in de zomer de tuin was. Het was nu ook een tuin, maar hij was grijs en troosteloos, en verlaten. Als hij dat wilde kon hij het lijk ongemerkt naar buiten slepen. Maar wat dan? Begraven was uitgesloten, omdat de grond bevroren was. Die inspanning wilde hij niet eens overwegen. In de vijver? Dat ging ook al niet, tenzij hij een wak in het ijs hakte. Het ijs was weliswaar niet erg dik, maar als hij het lijk daar zonder meer achterliet zou het na de winter meteen gevonden worden. De vijvers waren nauwelijks meer dan een meter diep.

Met zijn vrije hand tastte hij naar de loop van het pistool. Warm, maar niet heet. Kon ook moeilijk, hij had maar één keer geschoten. Toen schroefde hij de geluiddemper los en stak die in zijn zak. Het pistool duwde hij onder zijn riem, op zijn rug.

Hij knielde neer bij de dode man op de vloer. Het hoofd was gedeeltelijk weggeschoten. Een vieze troep, maar op die manier wist je in elk geval zeker dat hij meteen dood was. Een soort van troost ook voor de betrokkene die heengegaan was zonder pijn of spijt, hoewel dat Koerier niets kon schelen. De man had een tragere en pijnlijker dood verdiend, maar nu was voornamelijk het gemak waarmee Koerier met hem kon afrekenen van belang. Een ruzie of gevecht had hij willen vermijden.

Hij pakte de mobiele telefoon op die naast de man lag. Het display was donker. Misschien was het toestel kapotgevallen. Het maakte niks uit. De man had ongetwijfeld de politie gebeld. Wie anders? Wat had hij gezegd? Hij had het adres van deze plek genoemd, zo veel had Koerier nog gehoord. En dat betekende dat de gezellen direct ergens anders heen moesten. Zo meteen stond de politie voor de deur.

De vraag was waar ze naartoe konden. Had Baphomet misschien nog een schuilplaats in gedachten?

Koerier kwam overeind toen de deur die naar de gang leidde openging. Baphomet keek hem verbaasd aan. 'Ik dacht dat ik wat hoorde,' zei hij, alsof er niets meer gebeurd was dan een bord dat was gebroken.

'Je hoorde hem vallen,' zei Koerier. 'Het schot kon je niet horen.'

Baphomet keek naar de dode man. 'Metagogeus? Had je een probleem met hem?'

Koerier was blij dat Baphomet de handeling niet gelijk veroordeelde. Hij vertrouwt mij, dacht hij. Hij weet dat ik een goede reden had om de man neer te schieten. 'Het enige probleem dat ik met hem heb, is waar ik hem laat. Zonet had ik een ander probleem, maar dat heb ik meteen geregeld. Hij belde de politie. Hij vertelde ze waar we zijn. We hadden een verrader onder ons, Baphomet. Een van onze eigen gezellen, die zowel zijn zielenheil als dat van ons heeft verkocht aan onze vijanden. We moeten meteen vertrekken.'

Baphomet leek niet erg ondersteboven van dat nieuws. 'Waarom zou hij dat gedaan hebben, Koerier? Ons verraden?'

Koerier keek Baphomet aan, zijn ogen samengeknepen alsof hij tegen de zon in tuurde. De meester leek niet in het minst aanstalten te maken om te vertrekken. 'Wat bedoel je, Baphomet?'

'Waarom zou iemand als Metagogeus de politie vertellen waar we ons schuilhouden? Hij is schuldig aan verscheidene misdaden, net als wij. Misdaden die hem een lange gevangenisstraf kunnen opleveren. Hij heeft ons heus niet aan de politie verlinkt. Bovendien was hij in het dagelijks leven een hoge ambtenaar, hij had heel wat te verliezen.'

'Ja, om te beginnen zijn eeuwige zuivere staat.'

Baphomet maakte een achteloos hoofdgebaar. 'Ja, om te beginnen dat al.

Dus blijf ik zitten met mijn vraag: waarom zou hij ons verraden?'

Koerier was even op zoek naar de juiste argumenten. 'Hij werkte voor de politie. Is dat niet duidelijk genoeg?'

'Je weet dat dat onzin is, Koerier. Ik ken alle leden van dit gezelschap en ik weet hoe ver hun geloof en hun passie reiken. Niemand van ons werkt voor de politie. Hij was al jarenlang een enthousiaste en toegewijde dienaar van onze gemeenschap. Het geloof en de passie van Metagogeus reikten heel ver. Misschien veel verder dan jouw geloof en passie, Koerier.'

'Bedoel je, dat ik geen goede...'

Baphomet onderbrak hem meteen. 'Ik bedoel niets. Ik constateer alleen maar dat jij een pistool in je handen houdt waarmee je onze vriend en een gewaardeerd lid van het Genootschap hebt doodgeschoten. Ik moet bekennen dat ik het vreemd vind dat je een van onze gezellen zonder verder onderzoek executeert...'

'Hij stond met de politie te bellen en vertelde ze waar we zijn! Ik wilde hem tegenhouden.'

'Zo te horen was het kwaad dus al geschied. Levend was hij ons meer waard geweest dan dood. Bijvoorbeeld als gijzelaar.'

Koerier raakte nu wel erg geïrriteerd door de koppigheid van zijn meester. Zag de man de noodzaak van zijn daad dan niet in? 'Hij was een verrader, Baphomet! Onze traditie vertelt toch hoe we om moeten springen met verraders? Hebben we dat niet recent van onze meester zelf geleerd?'

Baphomet schudde het hoofd, met een blik op de dode. 'Onze traditie, Koerier, leert ons inderdaad hoe we om moeten springen met verraders en afvalligen. Wat die traditie ook vertelt, is dat we niet achteloos over het leven van onze eigen gezellen beslissen. We overleggen. We denken lang na over ons oordeel. Dat vergt een zorgvuldig proces van overwegingen, m'n beste gezel. En pas daarna voeren we de executie uit, als die werkelijk onvermijdelijk is. Dat is onze manier van werken. En daar heb je je niet aan gehouden.'

'Het spijt me, Baphomet, maar onder de gegeven omstandigheden zag ik geen andere mogelijkheid. We worden vervolgd en we moeten snel handelen.'

'Vervolgd?' riep Baphomet verbaasd. 'Natuurlijk worden we vervolgd. Daar is ook alle reden toe. Terwijl wij hier ruziën, heeft zich het grootste zuiverende offer in de geschiedenis voltrokken. Althans voor wat betreft de recente geschiedenis. Jammer genoeg hebben we geen televisie of radio hier, zodat we geen getuige kunnen zijn van onze glorie, maar morgenochtend kopen we ergens een krant en dan zullen we er alles over lezen. Een enorme explosie in een bomvol voetbalstadion, met duizenden slachtoffers! Natuurlijk worden we vervolgd. Dat was toch onvermijdelijk?'

'Misschien moeten we…'

Baphomet hief zijn hand op. 'Maakt het iets uit dat we vervolgd worden, Koerier? Nee, dat maakt niks uit. Helemaal niet, omdat we nu een staat van zuiverheid hebben bereikt die ons toestaat zonder verder uitstel het einde af te wachten. Onze vijanden zullen weldra van het oppervlak van deze wereld verdwijnen, en wij zullen overblijven, als spirituele wezens met de eeuwigheid vóór ons. Zij die ons achtervolgen kunnen ons alleen maar benijden.'

Koerier zei niets meer.

'De vraag die je je stelt, Koerier, is deze: moeten we vluchten, nu we de politie verwachten? Nietwaar?'

'Ik ben ervan overtuigd dat we zo snel mogelijk hiervandaan moeten,' zei Koerier.

'Was er een getuige van het gesprek dat dit onfortuinlijke slachtoffer van jouw dadendrang met de politie had?'

'Ik hóórde het toch…'

'Ik heb het niet over jezelf, Koerier,' zei Baphomet streng. 'Was er een andere getuige?'

'Nou, nee, we waren hier alleen.'

'Jullie beiden?'

'Hij stond in de keuken, alleen, toen ik binnenkwam. Ik hoorde zijn laatste woorden en trok de conclusie…'

Baphomet wierp een korte blik op de dode man. Alsof hij een ogenblik lang diens heengaan betreurde. 'Uiteraard kan hij zich niet meer verdedigen.'

'Waar héb je het over, Baphomet? Heb ik je vertrouwen verloren? Geloof je me niet?'

Baphomet hief een revolver op en richtte hem op het hoofd van Koerier. Een oude, maar dodelijk uitziende revolver. 'Nee, Koerier, ik ben niet geneigd je te geloven.'

'Jezus zeg, doe dat wapen weg! Dat is nergens voor nodig.'

'Bang van een wapen, Koerier? Iemand die daarnet zelf een gezel heeft doodgeschoten is bang voor het wapen dat een ander draagt? Waarom was je daarnet niet even terughoudend?'

'Dit gaat te ver, Baphomet. Doe dat wapen weg…'

De deur achter Baphomet ging opnieuw open. Serena stond in de deuropening en keek met grote ogen van de ene man naar de andere. Zoals hij daar stond kon Baphomet haar niet zien. Hij zette twee stappen opzij tot ze in zijn blikveld verscheen zonder dat hij zijn blik van Koerier afwendde.

'Wat doen jullie?' vroeg het meisje. Toen zag ze het lijk van Metagogeus. 'God! Wat is hier gebeurd?'

'Onze gezel Koerier zegt dat hij Metagogeus betrapte toen die de politie belde.'

'Waarom zou hij de politie bellen?'

'Toch is dat precies wat er gebeurde,' zei Koerier. 'Ik vertel de waarheid.'

'Waarom richt je dan een wapen op hem?' vroeg Serena aan Baphomet.

'Omdat ik hem niet geloof. Ik ken Metagogeus al een hele tijd. Kan het zijn dat ik me in hem heb vergist? Dat is niet onmogelijk. Ik kan me in iedereen vergissen. Mogelijk kan ik me ook in Koerier vergissen. Hoe dan ook, ik blijf me in minstens één van hen vergist te hebben. Maar wie? Hoe los ik dit dilemma op?'

'Door dat wapen te laten zakken,' zei Koerier, 'en naar mij te luisteren. We moeten hier weg. De politie kan hier elk moment binnenvallen...'

'We zitten een eind van de bewoonde wereld,' zei Baphomet. 'Zo gauw zijn ze hier niet.'

'En waar gaan we dan naartoe?' wilde Serena weten.

'Dat is inderdaad een probleem,' zei Baphomet. 'Ik kan niet voortdurend nieuwe schuilplaatsen bedenken. Sinds de politie is binnengevallen in mijn huis en mijn kantoren, heb ik niet veel plaatsen meer in de aanbieding. We zullen het moeten doen met deze plek.' Hij richtte zich tot Serena. 'Ga de andere gezellen halen.'

'Baphomet!' waarschuwde Koerier.

'Ga ze halen!'

Serena snelde weer weg, vloog de trap op, en even later stommelde een groepje mensen naar beneden. Drie gezellen, die geholpen hadden bij het monteren van de bom, kwamen de keuken binnen. Het waren drie jongere en enthousiaste leden, die Baphomet precies om die reden had uitgekozen. Hij wilde deze opdracht niet uitvoeren met wat hij de ouderlingenbrigade noemde. Hij wilde niet op een moment als dit discussies beginnen van het soort dat eerder al was opgedoken. De meeste gezellen van de sekte hadden in zijn ogen allang de capaciteiten niet meer om daadkrachtig op te treden. Daarom had hij jonge gezellen uitgekozen.

Iedereen keek naar elkaar en naar het wapen in de hand van Baphomet.

'En wat nu?' vroeg Koerier.

'Jasper, Nemeth, breng het lijk naar buiten en leg het ergens naast het huis neer. Het maakt niet uit waar.'

'Ze vinden hem…' zei Koerier.

'Dan vinden ze hem maar. Het maakt niet uit. We hebben vandaag duizenden doden op ons geweten, maar de loutering is voltrokken. Heb je dan zo weinig geloof, Koerier, dat je dit niet wilt inzien?'

'Je wilt opgepakt worden,' zei Koerier. 'Je wilt opgepakt worden om aan de wereld te laten zien dat jij degene bent die dit allemaal op zijn geweten heeft. Je wilt opgepakt worden omdat je de wereld wilt uitlachen…'

'Misschien,' zei Baphomet, 'is dit inderdaad het moment om de wereld te confronteren met de wezenlijkheid van onze passie. Om onze boodschap duidelijk te maken. Om de onwaardigen met hun neus op de feiten te drukken. Feiten waaraan ze niet meer kunnen ontkomen.' Hij grijnsde. 'Misschien maken we meteen een heleboel nieuwe bekeerlingen. Dat zou werkelijk een overwinning voor onze ijver en onze passie zijn.'

'Je praat te veel over passie, Baphomet,' zei Koerier. 'Voor een rationeel mens praat je veel te veel over passie.'

'Jasper, Nemeth?' zei Baphomet.

De twee jongemannen tilden Metagogeus op en droegen hem naar buiten. De deur viel achter hen dicht. Baphomet hield zijn revolver nog steeds op Koerier gericht, wiens eigen wapen nog achter zijn riem zat.

52

De negentig kilometer werd in een recordtijd afgelegd. De vijf zware auto's baanden zich moeiteloos een weg door het verkeer, dankzij hun zwaailichten en sirenes. Vracht- en personenwagens weken snel uit voor het voorthaastende konvooi. Dewaal was de hele tijd aan de telefoon. Het papierwerk zou ze later moeten doen, maar ze had op z'n minst mondelinge toestemming nodig voor de operatie. Zelfs mét de bemiddeling van de korpschef duurde het even voordat iemand van het ministerie van Justitie die toestemming gaf. Pas toen hield ze op met sakkeren. 'Je zou toch denken dat we een nationale politiedienst zijn, en elke keer als ik buiten de stadsgrenzen kom en lokaal politiewerk wil doen, heb ik toestemming nodig. Dat moet veranderen.'

Alleen het laatste stuk ging trager: eerst een provinciale weg die door enkele dorpen slingerde en ten slotte – de laatste paar kilometer – een veredeld spoor tussen de bomen.

Zoals in de Ardennen, dacht Eekhaut, maar dan zonder de sneeuw. Hij zat in de eerste auto, met Veneman aan het stuur. Achterin zaten Dewaal, Prinsen en Al-Rahman. Die laatste had een onbetwiste plaats in het team veroverd, voornamelijk dankzij het onschadelijk maken van de bom. De taalbarrière scheen niet echt meer een probleem te zijn. Iedereen accepteerde hem zonder dat daarover enige discussie bestond. Hij was ook snel van begrip. Prinsen fluisterde hem een paar woorden toe, en de hele zaak was hem duidelijk.

Na een laatste helling zagen ze een tiental gebouwtjes aan de bosrand, rond een grote vijver. De hemel aan de andere kant van het bos had de kleur van een naderende storm. Dewaal liet de voertuigen verspreiden en stilhouden. De rechercheurs stapten uit; zwarte gestalten met pistolen en hier en daar een shotgun of een machinepistool in de aanslag.

Niets in de omgeving bewoog, op wat takken en struiken na waar de wind doorheen speelde. De kou kroop diep in de botten van de politiemensen. Als er hier gewonden vallen, dacht Eekhaut, is de kans dat ze sterven groot. Hij wist wat er met je gebeurde als je gewond raakte bij koude temperaturen. Onderkoeling was dan een reëel gevaar, je ging waarschijnlijk eerder dood door de kou dan door bloedverlies.

Dewaal keek door een verrekijker naar de gebouwen. 'Ze zien er verlaten uit. Maar achter de grootste bungalow staan drie auto's, dus er zijn mensen in de buurt.'

'Tenzij ze te voet of met een ander vervoermiddel gevlucht zijn,' opperde Eekhaut.

Dewaal liet de verrekijker zakken. 'We moeten er rekening mee houden dat ze van onze komst op de hoogte zijn. De informant is waarschijnlijk betrapt tijdens zijn laatste gesprek met mij.' Ze wendde haar hoofd naar Eekhaut. 'Of ze zijn al een heel eind hiervandaan. Hoe dan ook, we nemen geen risico's.'

'Nee, natuurlijk niet. Ze vormen geen bedreiging meer voor de bevolking.'

'Veneman?' zei Dewaal.

'Chef?'

'Ga met vier man naar de rechterzijde. Stel ze zo op dat niemand daar het bos in kan. Blijf uit de buurt van de gebouwen.' Ze wenkte een andere agent. 'Thijssen, jij neemt vier man mee naar de andere kant. Kijk uit voor het ijs op de vijver. Dat is waarschijnlijk niet dik genoeg op om te staan.'

Veneman en Thijssen vertrokken. Even later stonden de verschillende groepen opgesteld op een ruime afstand van de gebouwtjes.

'Is dit een vakantiekamp of zo?' vroeg Eekhaut. 'Voor in de zomer?'

'Geen idee,' zei Dewaal. 'Waarom? Was je van plan hier in de zomervakantie een huisje te huren?'

'Nee,' zei hij. 'Troosteloze boel. Ik ga wel naar Tenerife.'

'Iedereen op z'n post? Goed, en nu kijken of we beet hebben.' Ze pakte een megafoon en zette die aan haar mond. 'Maxwell! We hebben de gebouwen omsingeld. Kom tevoorschijn, ongewapend.'

Er gebeurde niets. Enkelen van de agenten bewogen zich, de rest van het landschap negeerde de boodschap.

'Verdomme,' zei ze. 'Zitten ze er nou of niet?'

Eekhaut zei niets. Hij had niets zinnigs op te merken over de situatie.

'Het betekent hoe dan ook dat we naar binnen moeten,' zei Dewaal. 'Tijdverlies, als ze al weg zijn. Waarom komen ze niet gewoon naar buiten? Ze zien toch wel in dat ze verloren hebben?'

De kolonel plukte aan haar arm. 'Wat is de situatie, mevrouw?'

'Ze zitten waarschijnlijk daarbinnen,' zei ze in het Engels. 'We weten niet met hoeveel ze zijn. Waarschijnlijk zijn ze gewapend.'

'Misschien kunt u beter op versterking wachten,' opperde hij.

'Versterking? We zijn met ruim voldoende mensen, dat is niet het probleem. We kennen de buurt niet, dat is lastig. We kennen de indeling van die bungalows niet. Ik hou er niet van mijn mensen onbekend terrein op te sturen.'

'Baphomet?' zei Al-Rahman. 'Is die man ook daar, denkt u?'

'Ja,' zei ze. 'Precies, Baphomet.'

'Jammer dat we geen scherpschutters hebben,' vond Prinsen.

'Die zijn nutteloos, zonder doelen.'

'Ja, maar ze hadden ons kunnen dekken terwijl wij naar die bungalows toe gaan.'

'Oké, mensen,' zei Dewaal plotseling met stemverheffing. 'We gaan gewoon naar binnen. Onder dekking en voorzichtig.'

Van alle kanten kwamen de agenten en rechercheurs in een ruwe halve cirkel in beweging.

'Zie je wel,' zei Koerier. Ze hadden ruim een uur in de bungalow gewacht op een beslissing van Baphomet, een beslissing die maar niet kwam. Nu zaten ze daar nog steeds, door de politie omsingeld. De drie jongste gezellen waren duidelijk zenuwachtig en hielden hun meester in de gaten.

'Hou je mond,' zei Baphomet. Het klonk niet eens kwaad, en dat was ook niet de bedoeling, want hij wilde zeker de jonge gezellen niet onnodig verontrusten. Jasper had het wapen van Koerier afgenomen en was op een stoel bij het raam in de woonkamer gaan zitten, vanwaar hij – net als de anderen – een goed uitzicht had op de mensen van de AIVD, die rondom het gebouwencomplex waren opgesteld. Ze wisten vrij zeker dat de politiemensen hén niet konden zien, omdat er in het huis geen licht brandde. Zojuist had de door een megafoon versterkte stem van een vrouw hun gemaand om zich over te geven, maar in het huis had niemand daarop gereageerd.

'Wat doen we nu?' vroeg Koerier. 'Baphomet? We zijn omsingeld en machteloos. Zie je nu je waanzin in, broeder? We hadden meteen moeten vluchten. Waarom deden we dat niet?'

Baphomets gedachten leken ver van hen vandaan. Het duurde even voor hij reageerde. 'Er is geen reden voor al die opwinding, broeder en gezel. Het grote en allesomvattende offer is al gebracht. Onze zonden zijn uitgewist, ons wacht de redding. Wat hier met ons gebeurt is niet meer van belang.' Hij keek naar de andere mannen. 'Is alles in orde gebracht, Nemeth, Thoth?'

De twee jonge gezellen knikten zwijgend.

'Wat ben je van plan?' vroeg Koerier. 'Wat voor plan is er nu weer gerijpt in jouw...'

Baphomet glimlachte toegeeflijk en gaf Koerier niet de gelegenheid zijn zin af te maken. 'Er is nog tijd voor een allerlaatste offer, Koerier,' zei Baphomet. En hij dacht: jij bent te zwak om dat te begrijpen, gezel. 'Gezel': het woord betekende niets meer. Niets had nog betekenis. Hijzelf was klaar om afscheid te nemen van het leven, maar ook dat maakte niets meer uit. Natuurlijk had hij een plan B. In de chaos en verwarring die zo meteen zouden losbarsten kon hij ongezien verdwijnen. Laat de gezellen zich maar verweren, dacht hij. Hierna verdwijnt zowel Maxwell als Baphomet voor een tijdje uit het zicht.

Hij zei: 'Het is echt het allerlaatste offer, dat beloof ik je. Zo gauw de politie hier binnendringt, verenigen wij ons met onze Schepper. Dat bespaart ons de schande van een proces en van de gevangenis. Je wilt toch niet naar de gevangenis, de laatste maanden die je nog te leven hebt, Koerier? Ik wéét wat ik niet wil. Er is geen aardse macht die mij kan overheersen. En dat geldt voor ons allemaal. Zie je ons in een gevangenis zitten, Koerier? Toch niet echt, hoop ik.'

Serena zat in een leunstoel in de hoek van de woonkamer en keek naar de mannen. Vooral de drie jonge gezellen, die onbewogen leken te wachten op het einde, hadden haar aandacht. Voorbeeldige volgelingen, die geen eigen mening hadden. Die althans geen kritische mening lieten blijken. En die zeker niet sterk genoeg waren om tegen Baphomet in te gaan. Gedeeltelijk was het schijn: de jongemannen waren bang voor Baphomet, maar bevreesder waren ze voor het heil van hun ziel.

'Wat is het? Wat heb je gepland? Een bom?'

'Inderdaad. Een heel prozaïsch explosief tuig, Koerier,' zei Baphomet. 'Opnieuw een bom. Ik geef toe dat het niet getuigt van een overmaat aan verbeelding. Maar het zal doeltreffend zijn. Ook zo getuigen wij van onze...'

'Ze komen eraan,' zei Nemeth.

Baphomet keek op. De politiemensen slopen omzichtig naar de gebouwtjes toe, voorovergebogen, alsof ze kogels verwachtten. Alles ging volgens plan, wat hem betrof. Zelfs de politie was op tijd, wat meer was dan hij had kunnen dromen. 'Laten we hen vooral niet hinderen,' zei hij. 'Laten we hen vooral niet hinderen bij het uitoefenen van hun beroep.'

De eerste agenten die de gebouwen bereikten slopen langs de muren naar de deur en de ramen. Het ging duidelijk moeizaam. Het leek in het geheel niet op wat je op televisie te zien kreeg. Ze gedroegen zich houterig en keken schichtig alle kanten op.

'Ze hebben veel te weinig ervaring met dit soort acties,' zei Dewaal tegen Eekhaut. Alsof ze van plan was de hele groep hierna naar een trainingskamp te sturen. 'En jij?'

'Naar mij moet je niet kijken voor het goede voorbeeld,' zei hij. Hij keek naar zijn pistool alsof hij wilde nagaan of het ding echt was en geen klapperpistooltje. 'Dit werk deden we in Brussel ook niet. Schieten en zo, SWAT spelen. Daar heb ik me nooit mee beziggehouden.'

Ze hurkten achter een schutting, waarvan het hout krom en verrot was, met opvallend dikke nerven. Was dit werkelijk ooit een vakantiekamp geweest? vroeg Eekhaut zich af. Het leek hem niet de plek waar hij een gezin naartoe zou sturen. Het had verdomd veel weg van een decor uit een boek van Stephen King, met een moordenaar die zich net achter de rand van het bos schuilhield, in de schaduwen. Precies wat we nog nodig hebben, dacht hij, een moordenaar die zo meteen door het bos loopt te struinen.

Hij keek langs de rand van de schutting naar het dichtstbijzijnde huis, een lelijk bakstenen bungalowtje met een rieten dak, erg pittoresk maar slecht onderhouden, wat zijn mening over het kamp alleen maar bevestigde. 'Zeven huizen,' zei hij.

'Ja,' zei Dewaal. 'Dat was me ook al opgevallen. We doorzoeken ze een voor een, tenzij je een andere suggestie hebt.' Ze sprak in haar portofoon. 'Thijssen?'

'Ja?' klonk de stem van de agent. Zijn stem trilde zenuwachtig. Ze zagen hem staan, naast een schuurtje. Gehurkt, met een machinepistool dat op zijn knie rustte.

'Twee man blijven buiten, drie naar binnen. Elke kamer zorgvuldig doorzoeken. We zijn op zoek naar verschillende mensen, en ze zijn gewapend. Let op voor je begint te schieten. We hebben misschien nog een levende informant daarbinnen, en de rest willen we ook levend hebben als het kan.'

'Ze geven zich niet over,' wist Eekhaut opeens zeker, zijn blik gefocust op de bungalow. 'Dat doen ze niet. Niet zolang ze geloven wat ze geloven. Ze zijn ervan overtuigd dat ze helemaal in het reine zijn met hun Schepper, en dat die hen zo meteen met open armen ontvangt. Dat maakt ze des te gevaarlijker. Ze willen gewoon stérven. Hun bevrijding ligt wat hen betreft om de hoek.'

'Hou je mond, Walter,' zei Dewaal. 'Ik kan dat soort onzin missen als kies-pijn. En je vertelt me niks wat ik niet al weet. Concentreer je. Wij nemen het eerste huis hier. Vooruit, jongens.' Ze kwam overeind en liep gebogen en ge-bruikmakend van struiken en schuttingen naar het huis toe.

Eekhaut en Prinsen volgden haar. Achter hen kwamen Al-Rahman en nog een rechercheur. Eekhaut bewonderde een moment lang de slanke vormen van Dewaal in haar combatuitrusting, maar richtte vervolgens zijn aandacht op het huis. En op de andere bungalows in de buurt.

Jasper zei: 'Ze komen hiernaartoe, Baphomet.' Zijn stem klonk een beetje rauw.

Baphomet keek op. 'En wat gebeurt er in de buurt van de andere huizen?'

'Ik zie een paar agenten die het oostelijke gebouw zijn binnengedrongen. Drie binnen, twee buiten. De rest kan ik niet zien. O, ze komen nu weer naar buiten.'

'Dat is genoeg. Als ze hier binnenkomen brengen we de bom tot ontploffing. Let op mijn teken.'

Serena stapte naar hem toe en greep zijn arm vast. 'Laten we dat niet doen, Baphomet,' zei ze. 'Het heeft geen zin meer.' Ze liet zijn arm niet los en keek hem in de ogen terwijl ze dat zei.

Hij keek haar verbaasd aan, en keek toen naar haar hand op zijn arm. 'Waar is je passie gebleven, meisje?' fluisterde hij. 'Waarom vertel je me nu dat dit geen zin meer heeft? Ik dreig pijnlijk teleurgesteld te raken in jou. Dat wil ik niet. Zo snel als je overtuigd was van deze zekerheden, zo snel verlies je je ge-loof. Zeg me dat je het niet meent.'

Ze hield zijn arm nog steeds vast. 'Er kan geen heil gevonden worden in het doden van mensen, Baphomet,' zei ze.

'Nou, je klinkt niet erg overtuigend. Dat is mijn afdeling – overtuigend klin-ken. Weet je wel waarover je praat? Hè? Zo meteen noem je hen ook nog "on-schuldige" mensen. Zover ga je toch niet?'

'Ze zíjn onschuldig.'

'Net zoals de slachtoffers in de Arena en de andere onwaardigen die wij of-feren opdat de ware God ons zal erkennen…'

'Het is een leugen,' zei ze. En ze richtte een klein maar doeltreffend uitziend pistool op Baphomet. 'Je leeft al een hele tijd met een leugen, Maxwell. Dat moet hier en nu stoppen.'

Baphomet keek verbaasd in de loop van het wapen, dat op zijn hoofd was gericht. 'Breng de bom tot ontploffing, Jasper,' zei hij rustig.

'Dat doe je niet, Jasper,' zei Serena, zonder haar blik van Baphomet af te wenden. 'Dat doe je niet omdat je in leven wil blijven. Net als ik. Je wil niet sterven voor een leugen.'

'Hierna leven wij eeuwig,' zei Baphomet triomfantelijk. Of tenminste: hij probeerde het zo te laten klinken. Maar dat lukte niet helemaal. 'We laten hier slechts zinloze herinneringen achter, en een leeg lichaam. Dat is wat ons geloof ons leert. Ons geloof is geen leugen. De bom, Jasper.'

Serena schudde kort het hoofd. Ze was niet van plan de woordenstrijd met Baphomet te verliezen. 'Hij is een bedrieger, Jasper, deze man die zich Baphomet laat noemen. Hij is een fanaticus, een bezetene die verteerd wordt door een waanidee. Er ís geen eeuwigheid. En zelfs al was er een eeuwigheid, dan zijn jullie niet uitverkoren. Als de bom ontploft ben je alleen maar dood. En dat is definitief.'

Buiten rammelden de agenten aan de voordeur. Stemmen, een bevel. Meteen klonk er een klap van de deur die opengetrapt werd.

'Jasper!' zei Baphomet.

'De bom in de Arena is niet afgegaan,' zei Serena.

Baphomet verstrakte. 'Natuurlijk wel. Hij was afgesteld om…'

'Ik heb ervoor gezorgd dat hij niet kon ontploffen. Toen jullie even niet keken. Er is geen explosie geweest, er is geen offer gebracht. Jullie zijn niet gelouterd. Je grote evenement ging niet door.'

'Wie ben jij?'

'Ik ben een agente van Interpol, meneer Maxwell. Buiten wacht de politie op u. U staat onder arrest. En het doet me veel genoegen dat te kunnen zeggen.'

Jasper noch een van de anderen bewoog.

Alleen Koerier rukte zich los uit zijn verdwazing.

Eekhaut en Prinsen drongen tegelijk de kamer binnen. Ze werden geconfronteerd met een onverwacht schouwspel. De jonge vrouw hield Maxwell onder schot, en werd op haar beurt onder schot gehouden door een van de andere aanwezigen, een nors kijkende vijftiger wiens verwrongen gezicht duidelijk maakte dat hij in geen geval een grapje maakte. Ze deden een stap naar voren om plaats te maken voor Dewaal en de kolonel. De drie jongemannen in de kamer waren weliswaar gewapend, maar maakten geen aanstalten om hun wapen te gebruiken.

'Jullie laten ons ongehinderd naar buiten gaan,' zei de vijftiger. 'Die blaag en ik. En dan stappen we in een auto, en jullie houden je nog steeds gedeisd. Jullie komen niet tussenbeide. Ik ben van plan mijn laatste maanden in vrijheid door te brengen. Of mijn laatste jaren, afhankelijk van de uitkomst van de een of andere goddelijke interventie.'

Maxwell zei niets. Hij leek helemaal niet betrokken bij hetgeen er gebeurde. Zijn blik ging van de ene persoon naar de andere, maar hij bleef zwijgen.

Het meisje keek geërgerd naar de politiemensen. 'Jullie coördinatie is niet veel soeps,' zei ze. 'En jullie zijn ook nog te laat. Ik had echt gehoopt op een betere samenwerking.'

'En wie mag jij dan wel zijn?' vroeg Dewaal, die iedereen tegelijk in de gaten probeerde te houden. Met name Maxwell en de vijftiger, die er het gevaarlijkst uitzagen. De drie jongemannen leken weifelaars. Die zouden niets proberen zolang ze niet direct gedwongen werden tot actie over te gaan. Maar die ene man met het pistool, die vormde een onmiddellijk risico.

De vijftiger stapte naar voren en duwde zijn wapen onder de kin van het meisje. Ze gaf geen kik en slaagde erin haar wapen nog steeds op Maxwell gericht te houden.

'Nou 's effe kijken,' zei de vijftiger grimmig. 'Eens zien wat het leven van dit wicht waard is. Ze zegt dat ze van Interpol is, maar ik heb zo het vermoeden dat niemand van onze bezoekers daarvan afweet.'

'Leg die wapens neer,' zei Dewaal. 'De tent is omsingeld. Je komt hier niet weg.'

'We zijn gelouterd!' kraste Baphomet. Maar het klonk nog minder overtuigd dan eerst. Het klonk zelfs radeloos. Hij had zonet alles waar hij voor stond zien opgaan in rook. Hij had zijn zorgvuldig opgestelde plan in het water zien vallen. 'We zijn gelouterd en dus niet bang voor de fysieke dood.' Maar het klonk alsof hij er zelf niet meer in geloofde.

'Gelouterd?' zei Eekhaut. 'Je bent nog net zo smerig als altijd, Maxwell. Voor jou is er geen loutering mogelijk. Hou ermee op. Deze komedie heeft nu lang genoeg geduurd. Het is gedaan met het moorden.'

'We zijn…' begon Baphomet opnieuw. 'En jullie sterven hier allemaal. Jasper, de bom!'

Jasper besloot stil te blijven zitten. Hij had niet veel opties. De optie die zijn mentor hem bood leek nog het minst het overwegen waard, en dus bewoog hij niet.

'Als hij een beweging maakt, dan sterft hij meteen,' zei Prinsen, om er zeker van te zijn dat voor iedereen de zaak helder en duidelijk was.

Dewaal bewoog haar pistool van de ene man naar de andere. Ze deed dat met vaste hand, omdat ze het initiatief niet kwijt wilde. 'Die wapens neer. Nu!'

Serena liet haar wapen vallen. Het kletterde op de houten vloer.

Koerier volgde haar voorbeeld niet.

'Koerier,' zei Baphomet. 'Doe je plicht!'

Koerier keek zijn meester aan. 'Zijn we gelouterd, meester?'

Baphomet sloot even de ogen en liet zijn hoofd op en neer bewegen, als in een weloverwogen bevestiging. 'Ja, Koerier, dat zijn we.'

'Dank u, meester,' zei Koerier. Hij duwde het pistool onder zijn eigen kin en haalde de trekker over.

53

Serena deed niet veel moeite om het bloed van haar gezicht en hals te vegen. Ook haar kleren zaten onder, maar het leek geen indruk op haar te maken. Ze zat tegenover Eekhaut aan de keukentafel en dronk water uit een groot glas. Hij merkte dat haar handen niet eens trilden. Al-Rahman stond tegen het aanrecht geleund, de armen over elkaar. Ze hadden beiden van Dewaal de opdracht gekregen bij de jonge agente te blijven terwijl de andere rechercheurs de arrestanten naar de auto's brachten. Het lijk van de vijftiger bleef voorlopig liggen, ten behoeve van het technisch onderzoek. Geen van de drie aanwezigen had er aandacht voor.

'Interpol,' zei Eekhaut instemmend. 'Dat verdomde Interpol. En wij weten nergens van.'

Kolonel Al-Rahman keek onbewogen toe. Hoeveel hij begreep, wist Eekhaut niet, maar hij zou zichzelf niet voor de gek houden. Dat de kolonel niet om uitleg vroeg betekende genoeg.

'Hoe kom je hier terecht? Waarom is Interpol erbij betrokken?'

Serena keek op van haar glas, dat ze met beide handen vasthield. 'We zitten al een tijdje achter Maxwell aan, inspecteur. Al sinds hij het Genootschap stichtte. Ons dossier over de Kerk is waarschijnlijk net zo dik als dat van jullie, maar wij kijken over landsgrenzen heen. Toen die Kerk niet langer een gevaar vormde – als ze dat ooit al deed – verschoven we onze aandacht naar de afvalligen. Naar de psychopaten, zoals Maxwell. We hielden hem in de gaten, hoewel we hem niets konden maken, daarvoor was hij gewoon te slim. En omdat het niet verboden is als psychopaat een sekte te organiseren, konden we niets doen zolang er geen aanwijzingen voor strafbare feiten waren.'

'En wij wisten al die tijd van niets. Wij deden een onderzoek naar hem, en jullie zaten rustig af te wachten tot hij in de fout ging.'

'Ho even, jullie grote baas wist het wél. De directie van de AIVD is op de hoogte gebracht, maar naar het schijnt zitten er lekken in de gelederen van de AIVD en van jullie departement, en daarom werd het stilgehouden. Het spijt me overigens, maar ik had geen opdracht om jullie hierbij te betrekken.'

'Met wie had je dan contact?'

'Rechtstreeks met mijn baas bij Interpol, die op zijn beurt informatie kreeg van jullie directie. Grappig eigenlijk, nietwaar? De grote jongens praten met elkaar, maar doen geen moeite om de troepen op de hoogte te brengen. Alsof er in hun rangen geen lekken zitten, geen jaloezie en geen lunches met journalisten. Welkom in de schaduwwereld van de schaduwen, inspecteur. Ik vermoed dat u lang genoeg bij de politie zit om te weten dat dergelijke dingen aan de orde van de dag zijn.'

'Ik zie er de grap niet van in. We hadden je evengoed kunnen doodschieten toen we hier binnenvielen. Je zag er radeloos genoeg uit. Met dat malle pistooltje van je.'

Ze haalde de schouders op en zette het lege glas op tafel. Ze bekeek even de rug van haar ene hand, waar nog steeds bloedspetters op zaten. 'Dat was inderdaad het risico. Ik begrijp dat je kwaad bent. Ik zou dat in jouw plaats ook zijn. Ik had absoluut niet verwacht dat we elkaar voor de voeten gingen lopen. En onze bazen maken zich daar al helemaal geen zorgen over, over agenten van verschillende diensten die elkaar voor de voeten lopen. Als er maar resultaten geboekt worden is alles geoorloofd, dat is wat ze denken.'

'Hoe ben je bij Maxwells Genootschap binnengekomen?' vroeg Eekhaut.

Ze keek op. 'Heel simpel eigenlijk. Een sollicitatie bij zijn bedrijf, met de juiste papieren in de hand, en dan het spelletje gespeeld van de door religie verblinde deerne, in wie hij gaandeweg een mogelijke aanwinst zag voor zijn sekte. Ik ben daar al enkele jaren mee bezig. Misschien kwam ik wat hem betrof op het juiste moment. Ik vermoed dat hij er eigenlijk rekening mee hield dat die Apocalyps niet echt zou komen, en dat hij dus jonge mensen wilde rekruteren voor later. Jonge mensen die ook na 2012 de zaak moesten voortzetten. Dat zal blijken uit het verhoor. Bovendien leek hij het niet helemaal te kunnen vinden met de oudere discipelen.' Ze grinnikte. 'Sommigen van hen waren echt modale opportunisten. Nog een reden waarom hij het blijkbaar met jongeren wilde proberen.'

'En onze informant?'

'De man die ze Koerier noemden en die hier zo dramatisch een eind aan zijn leven maakte, betrapte die informant terwijl hij met jouw baas belde. Ik kon niets voor hem doen, op dat moment zeker niet. Anders had ik hem hier levend uitgehaald. Ik wist overigens niet eens dat jullie een informant binnen het Genootschap hadden.'

'Een informant die alleen met de baas sprak en wiens identiteit ze niet kende. Dat was trouwens geen geheim, voor niemand. Voor geheimen moet je bij jullie zijn.'

'Hoe wisten jullie dat die informant te vertrouwen was?'

Eekhaut keek op. 'Hij gaf ons enkele weken geleden aanwijzingen waardoor we een plek vonden waar zeven mensen door de sekte waren vermoord. Dat leek voldoende om ook zijn volgende mededelingen serieus te nemen.'

'O, dat. Mmm. We vroegen ons al af hoe jullie die plaats delict hadden ontdekt.'

Al-Rahman boog zich een beetje naar voren. 'Is de zaak nu helemaal opgelost, inspecteur?' vroeg hij in het Engels.

Eekhaut knikte. 'Ja, kolonel, hiermee is alles opgelost. De voornaamste daders komen geheid in de cel, daar gaan we van uit. Dat kunt u aan uw superieuren melden.' Al-Rahman kwam overeind. Serena keek hem aan. 'Dit is werkelijk een geslaagde internationale samenwerking, kolonel,' zei ze. Eekhaut had haar uitgelegd wie de kolonel was en wat zijn aandeel was geweest. 'Maar,' zei ze, 'u verbaast me toch een beetje.'

Hij fronste zijn wenkbrauwen. 'Werkelijk? Waarom?'

'Waaruit bestaat uw opdracht eigenlijk? Ging het erom de moordenaars van uw landgenoot op te pakken?'

'Precies. De eer van de Saudische koninklijke familie staat op het spel. U begrijpt ongetwijfeld hoe belangrijk dat is. Ik ben een nederige dienaar...' Met een allesomvattend gebaar van beide handen liet hij de rest onuitgesproken.

'Aha,' zei ze, maar het klonk alsof ze aan de oprechtheid van de man twijfelde. 'Ik heb uw profiel bekeken, kolonel. Toen u hier opdook heb ik meteen aan mijn mensen gevraagd na te trekken wie u bent. U werkt bij de inlichtingendienst van uw land, nietwaar? De geheime dienst. U bent niet zomaar de eerste de beste politieofficier.'

'Dat heb ik ook nooit ontkend, mevrouw,' zei hij. Gladweg. Alsof niets wat ze zei hem kon verrassen en nog minder in het nauw kon drijven.

'Nee, natuurlijk niet. Dat hebt u waarschijnlijk nooit ontkend omdat het u niet gevraagd werd. Bij u is dat onderscheid tussen verschillende politiediensten niet altijd duidelijk, nietwaar?' Ze keek Eekhaut aan. 'Zullen we nu gaan? Ik moet rapport uitbrengen aan mijn baas. En nu wil ik toch ook wel graag andere kleren aan en me wassen en zo.'

'Pas wanneer we in Amsterdam zijn. Hier toch niet, hoop ik?'

Ze keek naar de keuken. 'Nee, hier niet. Al heb ik de badkamer niet eens gezien.'

Ze kwamen overeind, de kolonel volgde hen. Buiten stonden de vijf auto's van het Bureau netjes op een rij. De gevangenen zaten verspreid over de voertuigen. Enkele agenten bleven achter bij het vakantiehuisje met de dode Koerier en Metagogeus.

'Ik wil nog iets vragen aan… aan meneer Maxwell,' zei Al-Rahman. 'Hebt u er bezwaar tegen?'

Eekhaut keek naar Dewaal, die tien meter verderop stond te praten met Veneman. De rechercheur had een portofoon aan het oor en leek gewikkeld in een diepgaand gesprek, zowel met het toestel als met zijn baas. Waarschijnlijk stonden ze in contact met haar meerderen. Hij kon haar maar beter niet storen, leek het. 'Nou,' zei hij, 'ik denk dat dat wel in orde is.'

De kolonel wandelde ontspannen naar de eerste auto toe. Achterin zat Maxwell, met handboeien om. Twee agenten bewaakten hem. Niet dat Maxwell nog ergens naartoe kon, maar toch.

Eekhaut maakte een gebaar. De agenten lieten de kolonel door. Die boog zich voorover tot in de auto.

Eekhaut vroeg zich af wat ze te bedisselen hadden. Hij had de wens van de kolonel moeten negeren. Er was niets wat de kolonel nog aan Maxwell te vragen kon hebben, nu de zaak afgerond was. Jawel, wie de prins vermoord had. Eigenlijk hinderde het hem dat Al-Rahman nog steeds in de buurt rondhing. Maar ach, hij had geen reden gehad om het verzoek te weigeren.

Achter in de auto klonk een oorverdovende knal.

Bloed spatte tegen de achterruit en de zijruit.

Al-Rahman kwam weer overeind, met zijn pistool in de hand. De twee agenten keken hem aan, alsof hij een geest was die zich plotseling in hun aanwezigheid had gematerialiseerd. Hij hief zijn pistool omhoog, het bungelde aan twee vingers. Hij keek naar Eekhaut, zonder enige uitdrukking op zijn gezicht. Gladjes, onverstoorbaar, zoals hij de hele tijd al was geweest.

Dewaal was de eerste die in beweging kwam. Ze duwde de kolonel opzij, boog zich in de auto en tastte naar het lichaam van Maxwell.

Veneman greep het wapen van de kolonel. Die bood geen weerstand.

'Lieve hemel,' zei Serena, naast Eekhaut.

Enkele uren later zaten een paar van de rechercheurs in de vergaderruimte op éénhoog in het Bureau. Er werd niet gesproken. Er werd koffie gedronken en een paar mensen waren even naar buiten geweest om een sigaret te roken. Er waren donuts en gebakjes, maar bijna niemand at ervan. De meeste leden van het Bureau waren naar huis gegaan. Alleen Eekhaut, Prinsen, Van Gils en Veneman bleven achter. Met Serena. En met Dewaal, die uit haar kantoor kwam. Waar ze een paar telefoontjes had gepleegd, met de deur dicht. Met wie ze praatte en waarover die telefoontjes gingen konden de aanwezigen wel raden.

'En wat zegt onze kolonel?' wilde Eekhaut weten.

'Hij zegt niet veel,' zei Dewaal, duidelijk niet van plan te veel in haar kaarten te laten kijken. Ze had een paar smerige zaakjes op te lossen.

'Maar hij zegt wel iets,' zei Veneman. 'Bijvoorbeeld op de vraag waarom hij hoognodig Maxwell moest doodschieten. In een van onze auto's nog wel.'

Dewaal schudde het hoofd. 'De slang moest onthoofd worden, zei hij, en dat is het zo'n beetje. O ja, en dat hij diplomatieke onschendbaarheid geniet.'

Van Gils lachte schor. 'Voor moord? Geen sprake van. Daar krijgt hij twintig jaar voor, en daarna mag hij pas weer naar huis.'

'Nee,' zei Dewaal, 'zo loopt het waarschijnlijk niet. De ambassade was al aan de lijn, en ze zijn in overleg met de minister van Binnenlandse Zaken. Ze hebben het schijnbaar over gerechtvaardigde terechtstelling en meer van dat soort onzin. We zien hem waarschijnlijk morgen of overmorgen al vertrekken.'

'En hij wil niet zeggen waarom hij het deed? Toch niet omdat hij het recht in eigen hand wilde nemen? Dan hadden de Arabieren evengoed over de uitlevering van Maxwell kunnen onderhandelen.'

'Je weet best dat Nederland geen eigen staatsburgers uitlevert, zéker niet naar een land waar de doodstraf nog bestaat.'

'Wijs besluit,' zei Van Gils, 'maar kijk eens waar we nu beland zijn. Nóg een lijk en wel van een weerloze arrestant. Dat tikt flink aan, en we krijgen als eenheid een slechte naam.' Hij keek even naar buiten, alsof hij liever op straat rondjes liep dan hier binnen te moeten zitten. Hij dacht aan een lekker koud pilsje in zijn stamkroeg, waar hij altijd thuis kon komen. Dit keer niet met de andere jongens van het Bureau, maar alleen.

'De slang,' zei Eekhaut.

Prinsen keek hem aan. Net als de anderen.

'Heb jij ook nog een slang gezien, Walter?' vroeg Dewaal. 'Of houd je die plotselinge ingeving voor jezelf?'

Eekhaut keek op. 'Wat de kolonel zei: dat de slang onthoofd moest worden.

Dat heb ik eerder gehoord, van iemand anders. Dat de slang onthoofd moet worden. En dat er geen gevangenis is...'

'Ja, we weten het onderhand wel,' zei Dewaal.

'Mevrouw Simson,' zei Prinsen.

Ze keken naar de jongeman. 'Toen we met haar praatten,' verduidelijkte hij. 'Die mevrouw die de Kerk van de Opperste Zuivering leidt. Ze zei iets over...'

'Leidde,' zei Dewaal. 'Die de Kerk léídde, verleden tijd. Ze stierf vanmorgen aan een hartaanval. Die was haar meteen fataal.'

'Ze heeft dus haar wraak gekregen, maar net iets te laat,' zei Eekhaut. 'Je bedoelt dat de kolonel voor haar werkte?'

'Daar ziet het wel naar uit. Zij zei dat Baphomet de gevangenis zou ontlopen, of dat zo'n straf niet aan hem was besteed, en dat je zo'n slang de kop moet afhakken. Of iets in die zin.'

'Hij was dus een agent van de Kerk?' zei Prinsen ontzet. 'Dat meen je toch niet?'

'Het ziet er anders wel naar uit,' zei Dewaal. 'Wat een prachtig plan. De Kerk is meteen van de concurrentie af, terwijl iemand anders de schuld krijgt. Maar het blijft uiteraard een veronderstelling.'

'Heeft die Maxwell even pech,' zei Van Gils op een toon alsof hij tegen niemand in het bijzonder praatte. 'Dacht hij écht dat hij rein en zuiver was geworden, omdat het niet in hem opkwam dat we de aanslag wel eens verijdeld konden hebben.'

'En ik probeerde hem dat aan het verstand te brengen,' kwam Serena tussenbeide.

'Over jouw rol praten we nog wel met je baas,' dreigde Dewaal. 'Ik ben niet enthousiast over die rol van deus ex machina die je opvoerde. Waar blijven we als er om de haverklap infiltranten van andere diensten opduiken?'

'Nog meer formulieren en toestemmingen,' zuchtte Veneman.

'Pech dus voor Maxwell,' zei Eekhaut. 'Ongezuiverd naar de eeuwige jachtvelden.'

'Dat is echt balen,' zei Veneman. 'Dat de hele zaak zo afloopt.'

'Voor Maxwell loopt het in elk geval anders af dan hij hoopte,' zei Dewaal. 'Ik vermoed sterk dat hij zelf helemaal niet meer in de profetie geloofde, en eigenlijk wilde verdwijnen om uit de handen van de politie te blijven. Misschien was die sekte slechts een rookgordijn, want die bedrijfjes van hem waren allesbehalve bonafide.'

'Zoals we al vermoedden,' zei Eekhaut. 'En daarom werden er een paar lastige en nieuwsgierige medewerkers uit de weg geruimd...'

'Nou,' zei Dewaal, 'dat wordt inderdaad weer een berg papierwerk. Het zou hoe dan ook papierwerk geweest zijn, luitjes, maar nu...'

'Is hiermee het laatste woord gesproken?' wilde Van Gils weten. 'Ik vraag het maar, want ik ben niet zo gek op mensen die andere mensen in de fik steken.'

Eekhaut dacht aan Afrika. Hij dacht aan Somalië. Hij dacht aan Linda. 'Reken maar dat er nog heel wat gekken rondlopen,' zei hij. Hij keek door het raam naar buiten. Het raam dat uitkeek op de Kerkstraat en op het plantsoen. Het was donker en de straatlantaarns verspreidden een ziekelijke oranje gloed. Hij keek op zijn horloge. Het was zaterdag en de dag was zo goed als voorbij. Hij wilde wat anders doen dan hier op kantoor zitten.

Dewaal kwam overeind. 'We sluiten de tent, mensen. Morgen is het zondag. Daarna weer aan de slag. God, en overuren ook nog.'

'Maandag staat het allemaal in de krant,' zei Prinsen. 'De verijdelde aanslag op de Arena, de schietpartij in het bungalowpark, Maxwell, de Kerk, de sekte...'

'Laat maar gebeuren,' zei Dewaal. 'Maandag moeten jullie gewoon de lopende dossiers weer induiken.' Ze keek op haar horloge. 'Is er nog iemand die meegaat een borrel pakken?'

Eekhaut verontschuldigde zich. Ze vonden het flauw van hem, maar hij hield vol: hij had een andere afspraak. Dewaal kalmeerde de andere rechercheurs door een rondje te beloven, wat de aandacht voldoende afleidde. Ze maakte naar Eekhaut een gebaar naar de deur en hij stond op.

Linda had die ochtend een reservesleutel van zijn flat gekregen. Ze had Walter verbaasd aangekeken, maar had de sleutel aangenomen zonder wat te zeggen. Nu zat ze in zijn woonkamer, ze had koffie gemaakt en al wachtend had ze die opgedronken. Het kon zijn dat ze tot diep in de nacht moest wachten, misschien tot de dag erop, misschien viel ze zelfs op zijn sofa in slaap als hij niet kwam opdagen.

Ze had zichzelf ervan overtuigd dat ze daarmee geen stap te ver zette. De sleutel was geen cadeau geweest, evenmin een verplichting. Zo zat hij niet in elkaar. Hij liet opties open, meer niet. Hij zou haar niet de deur wijzen, maar ook niet zeuren wanneer ze na de koffie weer vertrok. Ze wist dat hij geen haast had wat hun relatie betrof. En binnen enkele weken, hooguit enkele maanden, zou ze hem vertellen over Theo en over de plek die Theo had ingenomen en over hetgeen hij vandaag niet meer betekende. Ze zou hem vertellen over de rest van haar leven. Ze zou hem vertellen over de toekomst. Haar toekomst, en als ze een beetje onvoorzichtig was ook over hun gezamenlijke toekomst.

Toen ze rondkeek in de kamer viel het haar op dat er geen foto's op het dressoir stonden. Er lagen wel boeken, netjes op een stapeltje, maar foto's waren er niet.

Ze keek op haar horloge. Het was al laat. Misschien zou ze zo meteen een taxi bellen en naar haar eigen huis gaan. Maar misschien ook niet. Ze wilde nog even wachten.

Nawoord

Een boek publiceren en naar de lezer brengen is een ondernemen waar vele mensen aan meewerken, elk met hun eigen specialisatie. Dat was zo voor *Absint*, en niet minder voor dit boek. De auteur wil dan ook expliciet de medewerkers van Boekerij en De Standaard Uitgeverij bedanken voor hun inspanningen. Speciale dank – zonder in het minst de inspanning van anderen te willen miskennen – gaat naar mijn uitgever Jürgen Snoeren, stevige rots in de branding, naar Gerard Suurmeijer (wiens taalkundige suggesties ik bijna blindelings volg), naar Marc van Biezen (voor de keurige ontvangst en de perscontacten in Amsterdam) en naar Bieke van Duppen (niet in het minst voor de absintfontein en de persrelaties in Vlaanderen).